조선시대 시가의
현상과 변모

김승우 金承宇

1978년 서울 출생. 고려대학교 국어국문학과를 졸업한 후, 동 대학원에서 고전문학 전공으로 석사·박사학위를 받았다. 2007년부터 2013년까지 고려대학교 민족문화연구원에서 연구원·선임연구원·HK연구교수로 근무하였고, 2014년 이래 전주대학교 국어교육과 교수로 재직 중이다. 제20회 나손학술상(羅孫學術賞)을 수상하였으며, 주요 논저로 『용비어천가의 성립과 수용』[2013년 문화체육관광부 우수학술도서]·『19세기 서구인들이 인식한 한국의 시와 노래』[2015년 대한민국학술원 우수학술도서] 등이 있다.

조선시대 시가의 현상과 변모

2017년 5월 17일 초판 1쇄 펴냄

지은이 김승우
펴낸이 김흥국
펴낸곳 보고사

책임편집 이경민
표지디자인 손정자

등록 1990년 12월 13일 제6-0429호
주소 경기도 파주시 회동길 337-15 보고사
전화 031-955-9797(대표), 02-922-5120~1(편집), 02-922-2246(영업)
팩스 02-922-6990
메일 kanapub3@naver.com / bogosabooks@naver.com
http://www.bogosabooks.co.kr

ISBN 979-11-5516-487-7 93810

정가 30,000원

조선시대 시가의 현상과 변모

김승우

보고사
BOGOSA

책머리에

이 책은, 박사학위논문을 개고하여 출간한 『용비어천가의 성립과 수용』[2012]과 한국시가에 대한 19세기 서구인들의 관점을 다룬 『19세기 서구인들이 인식한 한국의 시와 노래』[2014]에 이어 단독 저서로는 필자가 세 번째로 펴내는 책이다.

대부분 박사학위를 받은 이후에 학술지에 발표한 논문들로 구성되어 있으며, 그 가운데 많은 수는 학위논문의 성과를 보완하기 위한 목적을 띠고 있다. 통상 학위논문을 제출한 이후에는 논문의 성과를 심화하는 연구를 기획하기 마련이고, 필자의 경우에도 예외는 아니었다. 하지만 우연한 기회에 필자의 관심은 서구인들이 한국의 시가나 문학을 어떠한 견지에서 바라보고 논의하였는지를 탐문하는 쪽에 미치게 되었다. 처음에는 한두 편의 논문으로 마무리 지으려 했던 이 분야의 연구에 한동안 잠심했던 터라 정작 고전시가의 전통적 주제에 대한 탐구에는 충분한 시간을 할애하기 어려워 공력이 분산된 형국이 되고 말았다. 기왕 시작한 분야를 3년 전 『19세기 서구인들이 인식한 한국의 시와 노래』로 종합한 이후에야, 뒤늦으나마 조선시대 시가의 제반 양상들에 대한 관심으로 온전히 회귀하였고 그간의 결과물들을 다듬어 이제 비로소 책으로 엮을 수 있게 되었다.

물론, 처음부터 단행본의 체재를 염두에 두고서 작성해 간 글들이 아닌 만큼, 책 전체를 통괄하는 맥락이 명확히 드러난다고 할 수는 없다. 더구나 이 책에 실린 논문들은, 멀리는 필자의 박사과정 시절부터 고려대학교 민족문화연구원 인문한국(HK) 사업단을 거쳐 현재 전주대학교에 근무하게 되기까지 여러 시기에 걸쳐 작성된 것이기도 하다. 소속 기관에서 추진한 기획 연구의 일환으로 착수하게 된 분야도 섞여 있어서 해당 사례들이 여타 부분에 비해 도드라진 면도 없지 않다. 이를테면, 새롭게 떠올린 착상이나 눈앞에 놓인 과제들을 그때그때마다 나름대로 온힘을 다해 해명하고 탐문한 궤적이 이 책에 담겨 있다고 표현하면 적실할 듯하다.

다만, 그처럼 숨 가빴던 행로를 되돌아보니 어느 정도 뚜렷한 윤곽이 간취될 수 있었다. 당초 필자의 박사학위논문은 『용비어천가』라는 대작이 조선 초기에 어떠한 경로를 거쳐 성립되었고, 그것이 조선 중기 이래 어떤 방식으로 새롭게 인식되었는지를 되짚어 가는 작업이었다. 그러한 관심의 구도가 은연히 개입되어서인지 소논문을 작성할 때에도 조선 전기 시가의 제반 현상을 당대의 정치·사회·문화적 요인들과 연계 지어 탐문하는 작업이 한 축을 이루고, 이 같은 현상이 조선 후기와 근대전환기에 들어 수정·변모·재인식되어 가는 사례들을 밝히는 작업이 또 한 축을 이루게 되었다. 명백히 의도한 것은 아니었으되, 단순한 '산고(散稿)'의 수준을 넘어서는 두 갈래의 큰 줄기가 지난 수년간 연구의 흐름을 형성하게 된 셈이다. 그리하여 조선 전기 시가를 다룬 제1부의 제목을 '조선 전기 시가의 현상'으로 삼고, 조선 후기 이래의 작품과 논의를 분석한 제2부의 제목을 '조선 후기와 근대전환기 시가의 변모'로 삼은 후, 이들을 묶어 '조선시대 시가의 현상과 변모'라는 서명을 붙였다.

당연한 말이지만, 이 책에서 다룬 내용들이 조선시대 시가의 특징을 모두 통괄하고 있지는 않다. 그러한 기획은 평생에 걸친 연구를 통해서도 달성하기 어려운 일종의 목표일 따름이다. 다만, 그간 소홀히 다루어졌거나 미처 거론되지 못했던 여러 내역들을 개개 주제별로 새롭게 제기하고 확인하는 한편, 조선시대 시가사의 역동적 면모를 조망한다는 측면에서 본서의 의의가 드러나리라 생각한다.

이 책이 나오기까지 여러 분들의 도움을 받았다. 지도교수님이신 김흥규 선생님은 부족한 제자에게 늘 생산적인 부담감을 주셨고, 이 책에서도 그 영향이 짙게 배어난다. 필자가 석사학위 과정생 때부터 선생님은 언제나 직업인이나 교사가 아닌 연구자 또는 학자로서의 자기 인식을 되새기도록 채근해 오셨다. 연구원 업무가 바쁘다거나 강의가 있다거나 학교일에 매어 있어서 연구를 소홀히 할 수밖에 없다는 변명은 가당치 않았고 아예 들으려고도 하지 않으셨다. 전주에 온 이후에는 한 학기에 한 차례 정도밖에 찾아뵙지 못하지만, 간단히 안부를 확인하신 다음에는 곧바로 요즘 어떤 자료나 책을 보고 있는지, 근간에 어떤 논문을 썼고 쓸 것인지, 4~5년 내의 장기적인 연구 주제는 무엇인지 등등을 줄곧 물으셔서 상경하는 차 안에서는 늘 그 생각만을 떠올리며 답변 준비를 해야 할 정도이다. 지난 겨울에 찾아뵈었을 때 그처럼 채근하시는 이유를 얼핏 들려 주셨다. 연구원을 이끌고 수많은 사업을 주관하시느라 정작 본인 연구에 충실하지 못했다는 회한을 털어놓으시면서 선생님은 "시간이 좀 더 있으면 좋겠다."라고 나직이 말씀하셨다. 정년 무렵과 이후까지도 계속해서 중량감 있는 책을 내시는 선생님께서 그런 말씀을 하시니 그 준엄함이 지금까지도 마음을 무겁게 짓누른다. 학위를 받고 임용이 된 다음에도 선생님이 내내 어렵게 느껴지는 이유를 새삼 깨닫게 된다.

돌아가신 아버지를 떠올릴 때마다 가슴이 먹먹해지지만, 항상 아들의 편에서 생각해 주시는 어머니, 어릴 때나 지금이나 동생 걱정이 떠나지 않는 형님, 과분할 만큼 사위를 자랑스러워해 주시는 장인·장모님을 뵈면 큰 위로를 받고는 한다. 아내 김옥천 씨는 가장 가까운 곳에서 늘 자리를 지켜 주는 동반자이다. 만난 지 이제 10년이 되는 아내에게서 결혼 전부터 이제껏 가장 자주 들어 본 말은 "괜찮아" 내지 "걱정하지 말아"일 듯하다. 괜찮지 않고 걱정거리 가득한 일이 많았기에 더욱 미안하고도 고마울 따름이다. 더구나 지난 겨울에는 둘째 아이를 낳고 돌보느라 고생이 이만저만이 아니었다. 이제 일곱 살이 된 해율이는 요즘 동화책을 만드는 일에 빠져서 더욱 더 수다스러운 아이가 되었다. 새로 동화를 짓고 캐릭터를 그리느라 늘 다망한 하루를 보낸다. 아직 첫돌도 지나지 않은 해성이는 누나를 바라보는 일로 소일하는 누나 바라기가 되어 부지런히 세상을 관찰하고 있다. 별 탈 없이 밝게 자라 주는 해율·해성이를 볼 때면 더할 수 없는 고마움을 느낀다.

어석 자료를 검토해 주신 같은 과 유경민 선생님과 한문 자료에 대해 많은 조언을 주신 한문교육과 강동석 선생님, 교정 원고를 전달 받고 출력하는 데 도움을 준 김찬미 조교, 그리고 방대한 분량의 원고를 보시고도 선뜻 출간을 허락하신 보고사 김홍국 사장님과 실무를 맡아 주신 박현정 출판부장님 및 이경민 선생님께도 깊은 감사의 말씀을 드린다.

도움을 주신 모든 분들께 늘 기쁜 일만 가득하기를 염원한다.

교정이 내려다보이는 520호 연구실에서

2017년 4월 김승우

목차

제3장 조선 전기 시가의 이면

제2부 조선 후기와 근대전환기 시가의 변모

제1장 조선 후기 시가의 전환

제1부

조선 전기 시가의 현상

제1장

조선 전기 시가의 형식적 면모

경기체가 시형의 활용

세종대의 경기체가 시형詩形에 대한 연구

1. 들어가며

경기체가는 국문학 연구 초창기부터 관심을 받아 왔던 갈래이다. 그 독특한 시형에 착목한 논의가 우선적으로 제출되었으며, 갈래의 명칭 역시 형태적 특성에 의거하여 제안된 경우가 많았다.[1] 대개 〈한림별곡(翰林別曲)〉을 위주로 이루어진 고찰은 경기체가의 정격형을 도출해 내거나, 율격상의 특징을 분석하거나, 현전 경기체가의 분포를 찾아 정리하거나, 경기체가의 장르 귀속 문제를 살피는 논의 등으로까지 이어지면서 다채로운 연구 성과가 산출되어 왔다. 이처럼 경기체가는 한국시가의 여러 역사적 갈래 가운데 독특한 지위를 차지하는 작품군으로서 주목 받아 왔던 것이다.

그러나 경기체가는 남아있는 작품 수가 제한되어 있기 때문에 더 이상 깊이 있는 논의를 진행하기에는 현실적인 난점이 존재한다. 현재까지 명확하게 그 존재가 알려진 작품은 30편을 넘지 않는데, 이는 경기

---

1 '경기체(景幾體)'·'경기체가(景幾體歌)'·'경기하여가(景幾何如歌)'·'경기하여가체(景幾何如歌體)'·'경기체별곡(景幾體別曲)'과 같은 용어가 그러하다. 그밖에 '별곡(別曲)'·'별곡체(別曲體)'·'별곡체가(別曲體歌)'·'한림별곡체(翰林別曲體)'·'한림시(翰林詩)' 등과 같은 용어가 제안되기도 하였다. [이임수, 「경기체가」, 김광순 외, 『한국문학개론』, 경인문화사, 1996, 117면; 임기중 외, 『경기체가연구』, 태학사, 1997, 17면.]

체가가 약 400년 동안 존속하였다는 점을 상기할 때 결코 풍부하다고는 말할 수 없는 수이다.[2] 때문에 경기체가 갈래의 사적 전개와 수용·변용 양상을 살피기 어려울 뿐만 아니라 경기체가가 다른 시가 갈래와 어떤 관계를 맺는지에 대해서도 뚜렷한 단서를 찾기가 쉽지 않다.

이 같은 난점은 부분적으로 경기체가 갈래의 요건이나 영역을 지나치게 정격(定格) 작품들을 위주로 파악하려 했던 데에서 발생하는 것은 아닌가 생각한다. 즉, 경기체가의 전개를 온전하게 도출해 내기 위해서는 〈한림별곡〉과 같이 정격에 해당하는 작품들, 또는 "偉 □□景 긔 엇더ᄒᆞ니잇고[偉 □□景 幾 何如]"라는 경기체가 특유의 투식구(套式句)가 개재된 작품들에만 논의를 한정할 것이 아니라, 경기체가의 시상(詩想)이나 어법이 적용된 작품들의 존재에 대해서도 폭넓게 고려해야 할 필요성이 있으리라는 것이다.

특히, 가장 많은 수량의 경기체가 작품이 창작되었던 세종대는 이 문제를 해명하기 위한 하나의 실마리를 제공한다. 갈래의 세력이 가장 왕성했던 이 시기에는 경기체가 시형이 활용되는 빈도가 여타 시기보다 현저했을 가능성이 그만큼 높기 때문이다. 따라서 경기체가가 세종대에 지니고 있던 위상을 정교하게 검토함으로써 경기체가 갈래 자체의 특성은 물론, 조선 초기 시가사의 주요 국면 역시도 한층 명확히 드러낼 수 있을 것이다.

이 같은 목적을 달성하기 위해 이하에서는 우선 현전 경기체가 작품의 시대적 분포를 분석한 후, 세종대에 경기체가 시형이나 시상을 활용하여 제작된 주요 작품들의 내역 및 의의를 검토하는 순서로 논의를

---

2 마지막 경기체가 작품으로 알려진 철종대 민규(閔圭, ?~?)의 〈충효가(忠孝歌)〉는 경기체가의 잔영으로 파악하는 것이 일반적이다. 따라서 선조대를 지나면서부터 경기체가 갈래가 소멸 내지 해체되었다고 보아야 할 것이다.

진행해 가고자 한다.

2. 현전 경기체가의 분포

경기체가 작품의 분포나 작품 수는 논자마다 다소 다르게 파악되고는 한다. 종래 알려지지 않았던 경기체가 작품들이 새로 발굴되면서 작품 수가 점차 늘어나게 되었던 사정도 있고, 원문이 전해지지는 않으나 관련 기록을 살필 때 경기체가 형태를 지녔을 것으로 추정되는 작품이 더러 있어서 이를 산정하느냐의 여부에 따라 현전 작품 수가 달라지기도 한다.

한편, 일단 경기체가 갈래에 부합하는 작품들의 내역을 대략적으로 산정하였다 해도 작품들 사이의 편차는 분명히 존재한다. 즉, 경기체가는 형식적 제약이 다른 어떤 시가 갈래보다도 까다로운 데다가 정격적 시형을 구현하지 못하는 작품들도 적지 않기 때문에, 대개 〈한림별곡〉을 기준으로 경기체가의 정격적 시형을 설정한 후 그로부터 이탈되는 정도를 따져서 변격 또는 파격으로 파악하는 방식이 일반적으로 적용된다. 물론, 이 경우에도 어느 정도의 이탈부터를 변격이나 파격으로 파악해야 할지에 대한 이견이 있으며, 어느 정도의 파격 이상이어야 더 이상 경기체가 시형을 구현하지 못하는 작품으로 판정할지에 대해서도 견해는 제각각이다.[3]

---

3 경기체가의 기본형 또는 정격형을 설정하는 방식 역시 논자마다 조금씩 다르지만, 음수와 음보를 복합적으로 적용하여 정격을 도시화하는 경우가 가장 흔하다. 일반적으로 다음과 같은 형식을 추려낼 수 있다. [경기체가의 형식적 특성에 대한 여러 논자들의 견해는 임기중 외, 앞의 책, 32~34면에서 비교·정리된 바 있다. 4행과 6행의 음보를 "偉 / ~景 / 긔엇더 / ᄒᆞ니잇고"와 "偉 / ~景 / 긔 / 엇더ᄒᆞ니잇고"로 다르게 파악하기도

위와 같은 점들을 종합적으로 고려하되, 여러 논자들 사이에 경기체가 갈래로 논의되어 왔던 작품들의 범위를 최대한 넓게 잡아 시대순으로 모두 나열해 보면 아래 표와 같다.[4]

【표1】 현재까지 알려진 경기체가 작품 일람

순번	작 품	작 자	연 대	장수	형식	수록문헌	주요내용
1	한림별곡(翰林別曲)	한림제유(翰林諸儒)	고종3년(1216) 경	8장	정격	악장가사(樂章歌詞)	신흥사대부들의 호기로운 모습
2	관동별곡(關東別曲)	안축(安軸)	충숙왕17년(1330) 경	9장	변격	근재집(謹齋集)	관동팔경의 모습

하는데, 이 글에서는 '긔'를 분리하는 것이 율독에 보다 적합하다고 보아 후자의 견해를 채택하였다.]

전대절
□□□ □□□ □□□□ 3음보
□□□ □□□ □□□□ 3음보
□□□□ □□□□ □□□□ 3음보
偉 ~景 긔 엇더ᄒᆞ니잇고 4음보

후소절
□□□□ □□□□ [再唱] 4음보
偉 ~景 긔 엇더ᄒᆞ니잇고 4음보

4 김문기, 「경기체가의 종합적 고찰」, 김학성·권두환 편, 『고전시가론』, 새문사, 1984, 282면; 성기옥, 「경기체가」, 김학동·박노준·성기옥 외, 『한국문학개론』, 새문사, 1992, 95면; 이임수, 앞의 논문, 119~120면; 김창규, 『한국 한림시 평석』, 1996, 국학자료원; 박경주, 『경기체가 연구』, 이회문화사, 1996, 11~15면; 임기중 외, 앞의 책, 18면에 수록된 내역을 종합하여 정리하되, 김영진에 의해 새로 발굴된 〈화산별곡〉과 〈구령별곡〉을 추가한다. [김영진, 「구촌 이복로의 경기체가: 〈花山別曲〉과 〈龜嶺別曲〉」, 『한국시가연구』 25집, 한국시가학회, 2008, 347~360면.] 아울러 부전 작품 세 편도 'ⅰ'·'ⅱ'·'ⅲ'으로 따로 번호를 매겨 시대순으로 삽입한다. 한편, '정격'·'변격'·'파격'의 구분은 김문기, 앞의 논문, 275~276, 281~282면에서 파악된 결과를 준용하였다. 김문기는 이에 대한 명확한 기준을 제시함으로써 일관성을 유지하고 있기 때문이다. 그는 ①각 행의 음보율이 정격형과 같으면서 1행 가감되었을 경우와 ②1장이 6행으로 되어 있더라도 2행 이상의 보격이 정격형과 어긋날 경우를 변격형으로 설정하고, ①각 장 사이의 균형이 깨지고 ②행의 수가 정격형보다 2행 이상 가감되었거나 ③각 행의 음보율도 깨지는 등 일관성을 찾아볼 수 없는 형으로서 다만 제5행에 반복구가 있다거나 여타 행에 "~景긔엇더ᄒᆞ니잇고"의 뜻을 가진 말이 붙어 있는 경우를 파격형으로 구분하였다.

3	죽계별곡 (竹溪別曲)	〃	충숙, 충목왕대 (1330~1348)	5장	〃	〃	고향 순흥(順興) 죽계(竹溪)의 승경과 미풍을 노래
4	상대별곡 (霜臺別曲)	권근(權近)	태조, 태종대 (1392~1409)	5장	〃	악장가사	신흥왕조 조선 관원들의 호기로운 기상
5	구월산별곡 (九月山別曲)	유영(柳穎)	세종5년(1423)	4장	정격	문화유씨보 (文化柳氏譜)	유씨 문중이 일어난 구월산과 문중의 기풍을 찬양
6	화산별곡 (華山別曲)	변계량 (卞季良)	세종7년(1425)	8장	〃	세종실록 (世宗實錄) 악장가사	조선의 창업과 수도 한양, 세종의 선정 등을 찬양
7	가성덕(歌聖德)	예조(禮曹)	세종11년(1429)	6장	〃	세종실록	중국 황제와 조선의 번영을 기림
8	축성수(祝聖壽)	〃	〃	10장	파격	〃	〃
9	오륜가(五倫歌)	미상(未詳)	세종14년(1432)	6장	정격	악장가사	오륜과 도덕을 노래
10	연형제곡 (宴兄弟曲)	〃	세종대	5장	〃	〃	형제간의 우애를 강조
11	서방가(西方歌)	의상화상 (義相和尙)	〃	10장	〃	염불작법 (念佛作法)	불도(佛道)에 귀의할 것을 독려
12	미타찬(彌陀讚)	기화(己和)	〃	10장	변격	함허당어록 (涵虛堂語錄)	〃
13	안양찬(安養讚)	〃	〃	10장	〃	〃	〃
14	미타경찬 (彌陀經讚)	〃	〃	10장	〃	〃	〃
i	완산별곡 (完山別曲)	변효문 (卞孝文)	세조2년(1456)	?	?	세조실록 (世祖實錄)	?
15	기우목동가 (騎牛牧童歌)	지은(智블)	세조대	12장	변격	적멸시중론 (寂滅示衆論)	불도(佛道)에 정진할 것을 독려
16	불우헌곡 (不憂軒曲)	정극인 (丁克仁)	성종3년(1472)	6장	〃	불우헌집 (不憂軒集)	성은에 대한 감사와 향리 생활에의 자족감
17	금성별곡 (錦城別曲)	박성건 (朴成乾)	성종11년(1480)	6장	〃	오한공유고 (五恨公遺稿)	나주 유생들의 소과 급제를 찬양
18	배천곡(配天曲)	예조(禮曹)	성종23년(1492)	3장	〃	성종실록 (成宗實錄)	임금의 덕을 찬양

ii	'상대별곡체(霜臺別曲體)'	문신(文臣)	연산군11년(1505)	5장	변격	연산군일기(燕山君日記)	간흉(奸凶)을 척결한 갑자사화(甲子士禍)의 위업
iii	관산별곡(關山別曲)	반석평(潘碩枰)	중종12~13년(1517~1518)	8장	?	금호유고(錦湖遺稿)	변방민(邊方民)들과 변장(邊將)들의 노고를 위무
19	화전별곡(花田別曲)	김구(金絿)	중종대(1519~1531)	6장	파격	자암집(紫巖集)	유배지 해남(海南)의 풍경
20	화산별곡(花山別曲)	이복로(李福老)	중종대(1530년 경)	6장	정격	구촌문고(龜村文稿)	안동(安東)의 승경과 그곳에서 노니는 홍취
21	구령별곡(龜嶺別曲)	〃	〃	6장	변격	〃	벼슬에서 물러나 한거(閑居)하는 홍취
22	태평곡(太平曲)	주세붕(周世鵬)	중종36년(1541) 경	5장	파격	무릉세고(武陵世稿)	유자(儒者)가 본받아야 할 몸가짐
23	도동곡(道東曲)	〃	〃	9장	〃	〃	조선의 유학을 칭송
24	육현가(六賢歌)	〃	〃	6장	〃	〃	중국의 여섯 성인을 칭송
25	엄연곡(儼然曲)	〃	〃	7장	〃	〃	현자(賢者)에 대한 칭송, 도덕을 찬양
26	독락팔곡(獨樂八曲)	권호문(權好文)	명종・선조대(1567~1587)	7장	〃	송암유집(松巖遺集)	강호에서의 풍류
27	충효가(忠孝歌)	민규(閔圭)	철종11년(1860)	6장	〃	고흥유씨세보(高興柳氏世譜)	충효의 도덕을 선양

위 표에 정리된 바와 같이, 고려 고종대의 〈한림별곡〉으로부터 경기체가 시형이 처음 출현한 이래 고려조의 작품으로는 안축(安軸, 1282~1348)의 〈관동별곡〉과 〈죽계별곡〉이 더 남아 있고, 그 이외는 모두 조선조의 소작이다. 아울러 대략 중종대를 넘어서면 작품이 더 이상 활발하게 창작되지는 않는 형상이다. 이른바 정격·변격·파격을 막론하고 작품 원문까지 확인할 수 있는 사례는 모두 27건이며, 원문이 전하지는 않으나 관련 기록과 정황상 경기체가 작품으로 파악되는 사례가 세 건 있다.

즉, 세조대에 전주부윤(全州府尹) 변효문(卞孝文, 1396~?)이 지어 올렸다가 세조(世祖, 이유(李瑈), 1417~1468)의 혹평을 받았던 〈완산별곡〉이[5] 경기체가 형식이었으리라 추정된 바 있으며,[6] 연산군대에 〈상대별곡〉의 체(體)에 의거하여 새로 제진된 악장도 응당 경기체가 작품이었을 것이다.[7] 또한 『금호유고(錦湖遺稿)』에 간단한 설명이 전하는 반석평(潘碩枰, ?~1540)의 〈관산별곡〉 역시 경기체가일 가능성이 높은 것으로 논의되었다.[8]

이들 부전 작품까지 포함하면 현재까지 알려지거나 논의된 경기체가 작품은 모두 30편으로서, 왕대별로는 세종대가 10편으로 가장 왕성하게 작품이 창작된 것을 알 수 있다. 중종대에도 수량상으로는 적지 않은 작품이 지어졌으나, 그 구체적 양상을 살피면 세종대에 비하기 어렵다. 즉, 중종대에는 김구(金絿, 1488~1534)·이복로(李福老, 1469~1533)·주세붕(周世鵬, 1495~1554) 등 사대부 문인층만이 주된 작자층으로 확인되는 반면, 세종대에는 유영(柳穎, ?~1430)과 같은 사대부는 물론, 변계량(卞季良, 1369~1430)과 같은 고위 관각문인(館閣文人), 예조와 같이 국가의 의례를 담당하는 기관, 심지어 기화(己和, 함허당(涵虛堂), 1376~1433)와 같은 당대의 고승으로까지 작자층이 확대되었을 뿐만 아니라, 경기체가에 담긴 내용도 세족(世族)에 대한 자긍부터 신왕조와 군왕에 대한 칭송·지성사대(至誠事大)의 표명·유가적 이념의 선양·불가(佛家)에로

---

5 『세조실록』 권3, 2년 1월 20일(경인). "全羅道觀察使李石亨, 進全州府尹卞孝文所製〈完山別曲〉, 御書曰: "無所用也." 命藏于慣習都監, 是曲辭荒意鄙, 人皆笑之."

6 조규익, 『조선 초기 아송문학 연구』, 1986, 태학사, 84면.

7 『연산군일기』 권57, 11년 4월 23일(무인). "傳曰: "今者奸兇盡去, 朝野無事. 玆以五月初五日進宴于大妃殿, 仍饋諸王后族親, 上奉慈殿, 下敦九族. 其以此意, 令能文文臣, 依〈霜臺別曲〉體製曲, 令運平習奏之."" 이 작품의 창작 배경에 대해서는 본서의 제1부 1장 「연산군대의 악장 개찬에 대한 연구」의 3절 3)항을 참조.

8 전일환, 「關山別曲에 관한 연구」, 『모악어문학』 1집, 전주대 국어국문학회, 1986, 35~47면.

의 귀의 등에 이르기까지 다양한 양상을 보이고 있기 때문이다.

이처럼 세종대는 작자층으로나 작품의 내용면으로나 경기체가 갈래의 세력이 가장 왕성했던 시기라 할 수 있으며, 그만큼 경기체가의 향유도 활발하게 이루어졌던 정황이 드러난다. 대체로 정격을 유지해 왔던 경기체가의 시형이 다소 흐트러지거나 경기체가 시형의 일부만이 활용되어 작품이 제작되기도 하는 등 이른바 변격과 파격형 경기체가가 본격적으로 나타나기 시작하는 것도 이때이다. 이를테면 경기체가 갈래가 지닌 가능성이나 적용력이 최대치로 발현된 시기가 바로 세종대라는 판단을 내릴 수 있는 것이다.

그 같은 견지에서, 경기체가 고유의 어법과 시상의 전개 방식이 세종대에 들어 여타 갈래의 시가 작품들에까지 폭넓게 영향을 미쳤던 현상은 눈여겨볼 만하다. 그에 해당하는 작품들은 표면적으로는 잘 파악되지 않을 뿐만 아니라, 형태상으로도 변격형이나 파격형 경기체가라고조차 지칭할 수 없기는 하지만, 바로 그러한 측면이 오히려 경기체가 갈래의 전개 양상을 살피는 데 보다 유효한 시각을 제시해 줄 수도 있다. 즉, 정격의 경기체가 시형이 점차 이완되면서 변격과 파격이 빈출하게 되고, 그 정도가 심해지면서 이내 갈래가 소멸 단계에 접어들게 되었다는 것이 종래의 주요한 논의 구도였다면, 오히려 경기체가가 가장 왕성하게 창작·향유되던 세종대에는 파격을 넘어서는 정도의 변형 작품들이 적지 않게 산출되었으며, 이러한 현상은 곧 경기체가 갈래의 소멸이 아닌 상승 또는 확장의 국면으로 파악해야 할 필요성이 있다는 것이다.

위와 같은 가설적 논의를 검증하기 위해, 아래에서는 세종대에 경기체가 시형의 영향을 받아 지어진 것으로 분석되는 작품들의 구체적인 양상을 검토하게 될 것이다.

3. 세종대 경기체가 시형의 적용 사례와 특징

1) 〈축성수(祝聖壽)〉

세종11년(1429) 6월 〈가성덕(歌聖德)〉과 함께 예조에서 지어 올린 〈축성수〉는 중국 황제에 대한 칭송과 조선의 지성사대 기조, 그리고 임금의 축수를 담은 작품이다. 흥미로운 사실은 같은 날 같은 예조에서 같은 주조의 두 작품을 제진해 올렸음에도 불구하고, 〈가성덕〉은 정격의 경기체가 시형을 온전히 유지하고 있는 반면, 〈축성수〉는 일반적 시형에서 크게 벗어나 있다는 점이다. 종래까지 다소의 편차는 있을망정 대체로 잘 지켜져 내려오던 경기체가의 정격이 〈축성수〉에 이르러 크게 흐트러지면서 처음으로 명백한 파격을 산출하게 되었던 것이다.

예컨대 이보다 2, 30여 년 전에 지어진 것으로 추정되는 〈상대별곡〉의 경우에도 마지막 제5장에서 큰 변형이 이루어지면서 경기체가 일반의 시형을 이탈하게 되지만, 그러한 변형은 한 편의 작품을 마무리하기 위한 인상적 종결부로서의 기능을 감당한다고 분석할 수 있기에, 작품 전체적으로는 중대한 파격이라 파악하기 어려운 것이 사실이다.[9]

반면, 〈축성수〉는 처음부터 경기체가 시형의 일부만을 활용하여 제작한 작품으로서 그 파격의 정도가 현저하다.

我朝鮮 在海東	우리 조선은 해동에 있어
殷父師 受周封	은나라 부사께서 주나라의 봉함을 받았네

9 『악장가사』, 「가사」, 〈상대별곡〉의 제5장: "楚澤醒吟이아 녀는 됴ᄒᆞ녀 / 鹿門長往이아 너는 됴ᄒᆞ녀 / 明良相遇 河淸盛代예 / 驄馬會集이아 난 됴하이다." 〈상대별곡〉의 마지막 장에서 변형이 이루어진 이유에 대해 조규익은 악장적 효용성에 의한 것이라 보았고, 김명준은 시적 종결감을 조성하기 위한 장치라고 분석하였다. [조규익, 『선초악장문학연구』, 숭실대 출판부, 1990, 80면; 김명준, 『악장가사 연구』, 다운샘, 2004, 180면.]

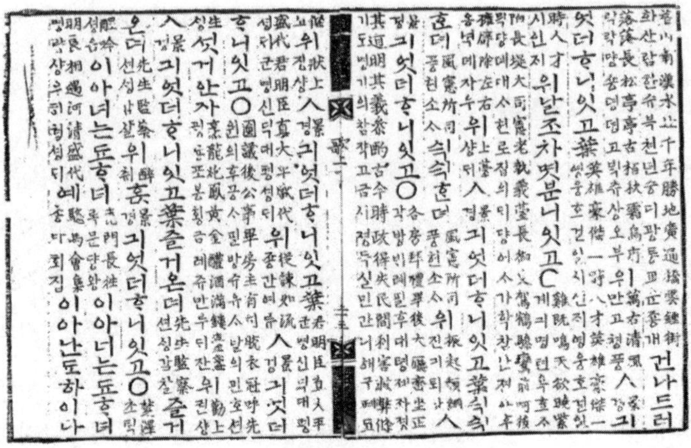

華山南 漢水北 千年勝地 廣通橋 雲鍾街 건나드러
落落長松 亭亭古栢 秋霜烏府 위 萬古淸風ㅅ 景 긔
엇더ᄒᆞ니잇고 葉 英雄豪傑 一時人才 英雄豪傑 一
時人才 위 날조차 몃 분니잇고○ 鷄旣鳴 天欲曉
紫陌長堤 大司憲 老執義 臺長 御史 駕鶴驂鸞 前呵後擁
辟除左右 위 上臺ㅅ 景 긔 엇더ᄒᆞ니잇고 葉 싁싁
ᄒᆞᆫ뎌 風憲所司 싁싁ᄒᆞᆫ뎌 風憲所司 위 振起頹綱ㅅ
景 긔 엇더ᄒᆞ니잇고○ 各房拜 禮畢後 大廳齊坐 正
其道明 其義參酌 古今 時政得失 民間利害 救弊條
件 위 狀上ㅅ 景 긔 엇더ᄒᆞ니잇고 葉 君明臣直 大平
盛代 君明臣直 大平盛代 위 從諫如流ㅅ 景 긔 엇더
ᄒᆞ니잇고○ 圓議後 公事畢 房主有司 脫衣冠 呼先
生 섯거 안자 烹龍炮鳳 黃金醴酒 滿鍾臺盞 위 勸上
ㅅ 景 긔 엇더ᄒᆞ니잇고 葉 즐거온뎌 先生監察 즐거
온뎌 先生監察 위 醉ᄒᆞᆫ 景 긔 엇더ᄒᆞ니잇고○ 楚澤
醒吟 이아니녀는 됴ᄒᆞ녀 鹿門長往 이아니녀는 됴ᄒᆞ녀
明良相遇 河淸盛代 예 聰馬會集 이아 난 됴하이다

【그림1】 〈상대별곡〉 [『악장가사』]

偉 永荷皇恩 景何如　　아, 영원토록 황은을 받는 광경 어떠합니까!

八條敎 啓群蒙　　　　여덟 가지 가르침으로 몽매함을 깨우치니
仁聖化 傳無窮　　　　어질고 성스러운 교화 무궁토록 전하네
偉 永荷皇恩 景何如　　아, 영원토록 황은을 받는 광경 어떠합니까!

– <축성수> 전 10장 중 제1·2장

〈축성수〉와 경기체가 갈래를 연계 지을 수 있는 특질은 오직 매장 마지막에 반복되는 후렴구뿐이다. 규정화된 음수율을 지닌 4행의 전대절(前大節)과 2행의 후소절(後小節)로 이루어져 있으며, 각 절 마지막 행에 "偉 □□景 긔 엇더ᄒᆞ니잇고"나 그에 상당하는 어구를 반복하는 경기체가 정격의 요건 가운데 〈축성수〉에 적용된 사항은 오직 "偉 永荷皇恩 景何如"뿐인 것이다. 이러한 제한적 자질 때문에 논자에 따라서는 〈축성수〉를 경기체가 갈래에서 아예 제외하는 경우도 있고,[10] '유사(類似) 경기체가'라는 용어로 묶어 별도로 분류하기도 하며,[11] 경기체가에 포

함하더라도 예외적 사례 또는 파격으로 논의하는 것이 일반적이다.

그러나 위와 같은 형식적 측면에서 조금 빗겨나 작품의 내용 및 시상의 전개 방식과 연계 지어 파악한다면, 〈축성수〉는 경기체가 일반의 특성에 매우 잘 부합하는 작품으로 볼 수도 있다. 특히 경기체가의 장르류(類) 귀속 문제에 있어서 더욱 그러하다. 경기체가의 장르에 대해서는 교술이나 서정, 또는 양자의 복합으로 논의되어 왔다. 즉, 외부 세계에 존재하는 사물·행위·관념들을 병렬적으로 늘어놓아 전달하는 방식이라는 점에서 교술적 갈래로서의 특징을 지니는 한편, 나열된 사물이나 행위 등도 작자의 주관성에 의해 선택·재구성된 세계일 뿐만 아니라 그것들을 모두 아울러 "偉 □□景 긔 엇더ᄒᆞ니잇고"라는 정서적 감격으로 마무리하는 방식이라는 점에서는 서정적 갈래로서의 특징을 나타내기도 한다는 것이다.[12]

이러한 장르적 특질은 〈축성수〉에서도 뚜렷하게 드러난다. 매장 2행까지에서는 별다른 정서적 감흥이나 찬탄 없이 사실과 행위를 나열하는 데 중점을 두다가 그 같은 교술적 내용들을 매장 마지막에서 영탄적 언술로써 수렴해 내고 있기 때문이다. 더불어 비록 경기체가 전대절의 '3·3·4'나 '4·4·4', 후소절의 '4·4·4·4'와 같은 규정된 음수율을 따르지는 않았으되, 매장 1·2행의 6언구가 다시금 3언과 3언으로 분단되도록 짜놓은 점 역시 예사롭지 않다. 이와 같은 형식이 단 한 차례의 예외도 없이 일관된다는 것은 일정한 사물·사실들을 병렬적으로 나열하기 위한 지향이 작용한 때문으로 분석되며, 이는 곧 경기체가 특유의 시상

---

10 김문기, 앞의 논문, 276면; 성기옥, 앞의 논문, 95면.

11 조규익, 앞의 책(1986), 261면.

12 김흥규, 「장르론의 전망과 경기체가」, 논총 간행위원회 편, 『백영 정병욱 선생 환갑기념 논총』, 신구문화사, 1982; 김흥규, 『한국문학의 이해』, 민음사, 1986, 115~117면.

전개 방식을 작자들이 작품 속에 담아내려 한 결과로 파악할 수 있다.

〈축성수〉와 같은 시형이 고안된 이유는 악곡상의 문제와 관련 지어 가늠해야 할 것이다. 선초의 악장(樂章)이 대개 음악은 고려 이래의 것을 그대로 활용하면서 거기에 가사만 새로 지어 넣는 방식으로 제작되었다는 사실에 착안한다면, 〈축성수〉 또한 모종의 악곡에 적절히 배자(排字)하는 방식으로 지어졌으리라 추정할 수 있다.[13] 다만, 그 악곡이 기존의 경기체가 악곡과 다르다는 것은 분명한 사실이다. 이처럼 〈축성수〉의 제작자들은 완연히 이질적인 성격의 악곡에 올리기 위한 가사를 짓는 과정에서조차 경기체가의 특질을 어떻게든 원용해 보고자 의도하였던 것이다.

〈축성수〉의 사례로부터 알 수 있듯이, 세종대에는 경기체가의 활용 빈도가 점차 높아지면서 작품 수가 확충되는 한편으로, 다른 시가 양식이나 작품에까지 경기체가의 시형과 특질이 영향을 미치고 있었던 것이다.

2) 〈천권동수지곡(天眷東陲之曲)〉·〈응천곡(應天曲)〉

〈천권동수지곡〉과 〈응천곡〉는 모두 세종 즉위년(1418)에 참찬(參贊) 변계량이 지어 올린 작품으로서 시기상으로는 세종11년(1429)에 제진된 〈축성수〉에 비해 10년 넘게 앞서 있다. 그럼에도 불구하고 이 두 작품을 〈축성수〉보다 뒤에 다루는 이유는 〈축성수〉가 비록 파격으로 파악

13 〈축성수〉는 정간보가 남아 있지 않아 악곡상의 특징을 짚어내기가 어려운 상황이다. 다만, 〈축성수〉와 그 형태가 유사한 〈정동방곡(靖東方曲)〉이 〈서경별곡〉의 악곡으로 불리어졌다는 점을 감안한다면, 〈축성수〉의 악곡 역시 〈서경별곡〉의 악곡과 어느 정도 관련이 있으리라는 추정이 가능할 것이다. [장사훈, 『국악논고』, 서울대 출판부, 1966, 64면.]

될망정 경기체가의 영역에서 검토되는 것이 일반적인 반면, 〈천권동수지곡〉과 〈응천곡〉은 적어도 표면적으로는 경기체가 시형과 연계 지을 수 있는 여지가 훨씬 미약하기 때문이다. 두 작품은 경기체가보다는 그 내용적·기능적 특성에 따라 악장의 갈래에서 논의되는 것이 보통이며, 특히 둘 모두 연장체인 데다 매장 말미에 동일한 후렴구가 반복된다는 점 때문에 고려속요(高麗俗謠)의 특성을 포함하고 있는 작품으로서의 의의가 강조되기도 한다.[14]

그러나 두 작품에 미친 경기체가 시형의 영향력도 면밀하게 검토해 보아야 할 필요성이 있고, 대략 다음의 두 가지 측면에서 그러한 가능성을 살필 수 있다. 먼저, 작자인 변계량은 세종대 악장 제작을 주도했던 인물로서, 당대의 시가와 음악에 대해 폭넓은 이해를 갖추고 있었음은 물론 이를 실제 작품 제작에 적극 활용하기도 하였다.[15] 이 같은 편력 가운데 경기체가와 관련하여 특히 주목되는 사항이 바로 세종7년(1425)에 조선의 창업과 도읍 한양의 형승·세종(世宗, 이도(李祹), 1397~1450)의 선정 등을 찬양하는 내용으로 지은 경기체가 〈화산별곡(華山別曲)〉이다. 〈화산별곡〉은 〈한림별곡〉과 마찬가지로 전 8장일 뿐만 아니라 뚜렷한 정격을 유지하고 있기에 현전 작품 가운데 〈한림별곡〉과 가장 근접한 형식을 지닌 것으로 평가될 수 있는 사례이다.[16] 이처럼 변계량은 경기체가 양식의 존재와 효용을 명확히 인식하여 그 기조에 걸맞은 작품을 직접 지어 내었으며, 때문에 이보다 앞서 지은 〈천권동수지곡〉과 〈응천곡〉 역시 경기체가 양식에 대한 그의 관심이 반영되었을 여지

---

14 성기옥·손종흠, 『고전시가론』, 한국방송통신대 출판부, 2006, 223~226면.

15 변계량이 지은 악장의 특징에 대해서는 조규익, 앞의 책(1990), 115~135면; 조규익, 『조선조 악장의 문예 미학』, 민속원, 2005, 454~477면에서 자세히 검토되었다.

16 〈화산별곡〉의 전반적 성격에 대해서는 본서의 제1부 2장 「경기체가 〈화산별곡〉의 제작 배경과 구성」을 참조.

를 상정할 수 있다.

다음으로 〈천권동수지곡〉과 〈응천곡〉 공히 앞서 살핀 〈축성수〉와 매우 유사한 형태 및 특성을 지니고 있다는 점 역시 주목된다. 상당한 파격임에도 불구하고 〈축성수〉가 경기체가의 일종으로 파악될 수 있는 주요 근거는 ①매장 앞부분에서 사물이나 사실을 일률적으로 나열하는 교술적 특성이 나타난다는 점과 ②이를 받아 매장 마지막에 정서적 영탄을 표출하면서 시상을 맺는다는 점, ③특히 정서적 영탄에 해당하는 어구가 "偉 永荷皇恩 景何如"라는 경기체가 특유의 투식구라는 점 등이다. 상기의 요건들이 〈천권동수지곡〉과 〈응천곡〉에서도 어렵지 않게 간취된다.

於皇天 眷東陲　아, 하늘이 동방을 돌보아
生上聖 濟時危　상성(上聖)을 낳아 위태한 세상을 구제하였네.
偉 萬壽無疆　아, 만수무강하소서.

扶太祖 代高麗　태조를 도와 고려를 대신하게 하고,
尊嫡長 正天彝　적장(嫡長)을 높여 천륜(天倫)을 바르게 했네.
偉 萬壽無疆　아, 만수무강하소서.

－<천권동수지곡> 전 5장 중 제1·2장

我應天 國于東　우리가 천명에 응하여 동방에 나라를 세우고,
聖繼神 治益隆　성자 신손이 계승하여 나라가 더욱 융성하니,
荷天福祿　하늘의 복록을 받았도다.

協堯華 達舜聰　요(堯) 임금의 밝으심과 순(舜) 임금이 총명으로,
交隣義 事大恭　의로써 이웃나라와 사귀고 공손하게 큰 나라를 섬기니,

荷天福祿　　　　하늘의 복록을 받았도다.

– <응천곡> 전 10장 중 제1·2장

일단 표층적으로도 두 작품의 형식이 〈축성수〉와 매우 유사하다는 사실이 드러난다. 즉, 매장이 세 개의 행으로 이루어져 있고, 앞 두 행이 3언과 3언으로 양분되는 6언의 형태를 띠며, 매장 마지막 행은 동일한 후렴구로 일관되고 있다는 점 등이 그러하다. 이처럼 〈축성수〉·〈천권동수지곡〉·〈응천곡〉은 모두 같은 악곡에 올려 불렀으리라 추정될 수 있을 만큼 그 형식이 흡사한 것이다.

표면적인 상사성 이외에 경기체가의 갈래적 특성으로 논의를 좁혀 보아도 여러 흥미로운 지점들이 발견된다. 두 작품 모두 위에서 정리한 세 가지 요건 가운데 ③의 요건, 즉 "偉 □□景 긔 엇더ᄒᆞ니잇고"에 해당하는 어구가 발견되지 않는다는 점을 제외하면, ①과 ②의 요건에서는 명확히 경기체가 일반의 특성을 구현하고 있다는 것이다. 매장 앞 두 행에서 사물이나 사건을 나열하다가 마지막 행에서 이를 정서적 감탄으로 수렴하고 있기 때문이다.

아울러 ③의 요건에 대해서도 다시금 생각해 보아야 할 필요가 있다. "偉 □□景 긔 엇더ᄒᆞ니잇고"가 경기체가 양식에서 가장 일반적으로 발견되는 규정적 어구이기는 하지만, 이것이 일부 장에서는 다른 어구로 대체되기도 할 뿐만 아니라,[17] 작품에 따라서는 아예 모든 장에서 일률적으로 다른 어구가 쓰이기도 하기 때문에,[18] "偉 □□景 긔 엇더ᄒᆞ니잇

17 이는 〈한림별곡〉에서부터 나타나는 특징이기도 하다: "위 날조차 몃 부니잇고"[1장 6행]; "위 듣고아 즘 드러지라"[6장 6행]; "위 囀黃鸝 반갑두셰라"[7장 6행]; "위 내 가논ᄃᆡ ᄂᆞᆷ 갈셰라"[8장 4행].

18 특히 불승들의 작품에서 이러한 사례를 찾아볼 수 있다. 예컨대, 의상화상(義相和尙, ?~?)의 〈서방가〉에서는 각 장의 마지막 행이 "爲 □□□□景[∅·伊·沙] 나ᄂᆞᆫ 됴해라"로

고”가 발견되지 않는다고 해서 경기체가의 요건을 구비하지 못하였다고 단정할 수는 없는 것이다.

더 나아가, 『세종실록』에 수록된 위 작품들의 형태가 반드시 변계량이 지은 형태 그대로이리라 확신할 수 없는 상황이기도 하다. 실록과 같은 관찬 사서에 우리말이 섞인 작품을 적을 때에는 국문 부분을 누락하거나 한역의 형태로 수록하는 경우가 많았기 때문이다. 가령, 『고려사』 권71에서 다루어진 〈한림별곡〉의 경우 전대절·후소절의 한문 부분은 그대로 적되 국문이 나오는 부분은 ‘云云【俚語】’이라 하여 모두 생략하였으며,[19] 연산군대에 〈납씨곡(納氏曲)〉의 곡조에 따라 새로 지은 악장 역시 국문 현토(懸吐)가 누락된 형태로 『연산군일기』에 수록되기도 하였다.[20] 따라서 위 작품들의 사례에서도 이러한 사정을 충분히 감안하여 그 후렴 부분을 좀 더 정교하게 분석해 보아야 할 필요가 있다.

偉 永荷皇恩 景何如 - <축성수>의 후렴
偉 萬壽無疆 □□□ - <천권동수지곡>의 후렴
□ 荷天福祿 □□□ - <응천곡>의 후렴

대체되었으며, 함허당 기화의 작인 〈미타찬〉·〈안양찬〉·〈미타경찬〉에서는 1장의 4행이 모두 “□□□□ 最希有”로, 2장 이하의 4행이 모두 “□□□□ 亦希有”로 대체되었다.

19 『고려사』 권71, 「志」 25, 樂 2, 속악, 〈한림별곡〉.

20 『연산군일기』 권57, 11년 1월 18일(갑진). 반대로 연산군(燕山君)이 직접 지은 신제 악장은 ‘爲舍音道’·‘于里’·‘舍叱多’·‘是小西’와 같은 이두(吏讀)를 달아 우리말 어휘까지 살려 적었다. [『연산군일기』 권60, 11년 12월 24일(갑술).] [연산군대에 이루어진 이들 개찬 악장의 표기와 특징에 대해서는 본서의 제1부 1장 「연산군대의 악장 개찬에 대한 연구」의 3절 2)항과 6)항을 참조.] 그밖에도 실록에 수록된 시가 작품은 그 정확도나 일관성을 확신할 수 없는 경우가 많다. 〈가성덕〉 둘째 장의 후소절이 누락된 채 『세종실록』에 실린 것도 널리 알려진 사례 가운데 하나이다. [『세종실록』 권44, 11년 6월 8일(계미).]

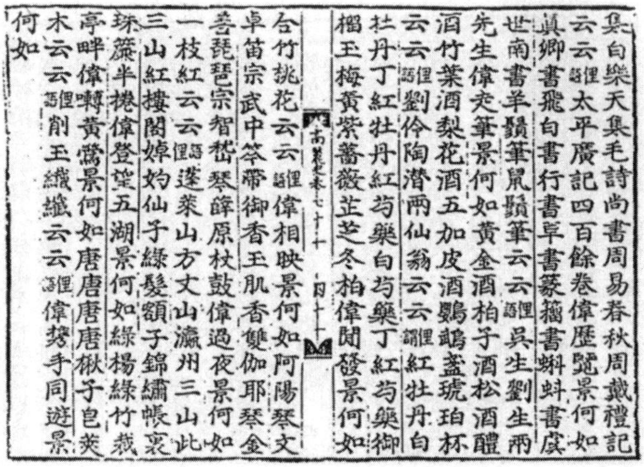

集白樂天集毛詩尚書周易春秋周戴禮記
云云俚語太平廣記四百餘卷偉歷覽景何如
眞卿書飛白書行書草書篆籀書蝌蚪書虞
世南書羊鬚筆鼠鬚筆云云俚語吳生劉生兩
先生偉走筆景何如黃金酒柏子酒松酒醴
酒竹葉酒梨花酒五加皮酒鸚鵡盞琥珀杯
云云俚語劉伶陶潛兩仙翁云云俚語紅牡丹白
牡丹丁紅牡丹紅芍藥白芍藥丁紅芍藥御
榴玉梅黃紫薔薇芷芝冬柏偉間發景何如
合竹桃花云云俚語偉相映景何如阿陽琴文
卓笛宗武中琴帶御香玉肌香雙伽倻琴金
善琵琶宗智嵇琴薛原杖鼓偉過夜景何如
一枝紅云云俚語蓬萊山方丈山瀛洲三山此
三山紅樓閣婥妁仙子綠髮額子錦繡帳裏
珠簾半捲偉登望五湖景何如綠楊綠竹栽
亭畔偉囀黃鶯景何如唐唐唐唐楸子皂莢
木云云俚語削玉纖纖云云俚語偉携手同遊景
何如

【그림2】〈한림별곡〉 [『고려사』 권71]

먼저, 〈축성수〉의 경우, 위 후렴을 실제 가창시에는 "偉 永荷皇恩景 엇더ᄒᆞ니잇고"로 불렀으리라 짐작할 수 있으며,[21] 이 때 '영하황은'을 제외한 나머지 어휘는 우리말이거나 우리말과 한데 묶여 의미를 구성하는 부분에 해당한다. 이처럼 〈축성수〉의 경우는 한문구는 일단 그대로 적으면서 실제 가창시에 나타나는 우리말 구절까지도 한역의 방식으로 가급적 현시해 놓은 사례에 해당한다. 덕분에 이 작품의 형태적 소원이 경기체가에 잇닿아 있다는 사실을 짐작할 수 있게 된 것이다.

반면, 〈천권동수지곡〉의 경우는 감탄사인 '위'는 그대로 적은 대신, '만수무강' 뒤에 잇달아 있었을 우리말 어구는 기록 과정에서 생략한 것으로 보인다. 〈축성수〉와 〈천권동수지곡〉이 동일한 특성의 시형을 지니고 있으며, 때문에 이들 가사를 올려 부르는 악곡 또한 같거나 매우

21 〈화산별곡〉의 사례를 통해 이 같은 사정을 짐작할 수 있다. 즉, 〈화산별곡〉의 경우 『세종실록』에는 전대절·후소절의 마지막 행이 "□□景其何如"와 같은 형식의 한문으로 표기되었으나, 실제 가창을 반영하는 『악장가사』에는 "위 □□ㅅ景 긔 엇더ᄒᆞ니잇고"와 같은 국문으로 수록되었다. [『악장가사』, 「가사」, 〈화산별곡〉.]

유사하리라 판단할 수 있으므로, 두 작품의 후렴 부분 역시 그 어휘까지 꼭 일치하지는 않더라도 최소한 대등한 길이를 가져야 할 것이다. 따라서 본래 변계량이 지어 올렸을 〈천권동수지곡〉에도 후렴 뒤에 "景 (긔) 엇더ᄒᆞ니잇고[景何如]"나 그에 상당하는 우리말 어구가 덧붙어 있었으리라는 추정이 가능하다.[22]

〈응천곡〉의 경우 역시 마찬가지이다. 우선 앞부분에서는 '위'가 생략되었으리라 짐작된다. '위'는 감탄사이기 때문에 소리를 나타낼 뿐 특별한 뜻을 함의하지는 않으므로,[23] 작품을 실록에 수록하는 과정에서도 이 부분이 불요하다고 판단하여 누락한 것은 아닌가 생각된다. 아울러 '하천복록' 뒤에도 본래 모종의 우리말 어구가 달려 있었으리라 보이는데, 그러한 어구로서 유력하게 떠올릴 수 있는 대상은 역시 "景 (긔) 엇더ᄒᆞ니잇고"이다. 〈응천곡〉의 매장 2행까지에서는 조선 창업의 위업과 사대교린(事大交隣)의 기조·세종의 덕치(德治) 등을 서술하고 있으므로, 그 같은 성세가 모두 하늘의 복록을 받아 이루어진 결과라는 점을 "하늘의 복록을 받은 광경 어떠합니까[荷天福祿 景 엇더ᄒᆞ니잇고]"라는 자부심 어린 어구에 담아 내보임으로써 신왕조에 깃든 천명(天命)이나 천조(天祚) 또는 천조(天助)를 효과적으로 강조할 수 있기 때문이다. 결국,

---

22 이 경우 '萬壽無疆' 뒤에 누락되었을 말이 무엇인지 특정하기는 어려우나, 의미상으로는 기원의 뜻을 담은 모종의 어휘가 갖추어져 있었을 듯하다. 물론, "景 긔 엇더ᄒᆞ니잇고"도 생각해 볼 수 있다. 군왕의 '만수무강'이란 미래의 일이므로 이 어구가 언뜻 어울리지 않은 듯 보이기는 하지만, "영원히 황제의 은혜를 입는다."라는 〈축성수〉의 '永荷皇恩' 역시 미래의 일이기는 마찬가지이며, 유영의 〈구월산별곡〉 2장에서 "爲 餘慶無窮 景 긔 엇더ᄒᆞ니잇고"라 한 것도 가문의 경사가 앞으로도 무궁하기를 염원하는 마음이 담긴 표현으로 볼 수 있다. 이를테면 미래의 일을 현재화하여 확신에 찬 기원으로 표출하는 방식이다.

23 '위'가 작품마다 '위'·'偉'·'爲' 등으로 달리 적히는 것도 이 때문이다. '위': 〈한림별곡〉·〈상대별곡〉·〈오륜가〉 등. '偉': 〈화산별곡〉·〈가성덕〉·〈축성수〉 등. '爲': 〈관동별곡〉·〈죽계별곡〉·〈구월산별곡〉 등.

실록에는 '荷天福祿'으로만 표기된 〈응천곡〉의 후렴구가 본래는 "偉 荷天福祿 景何如"이었을 가능성을 상정할 수 있으며, 또한 그렇게 판단할 때에만 같은 악곡에 올려 실연했으리라 추정되는 〈축성수〉와 〈응천곡〉의 연계 역시 보다 분명히 드러나게 되는 것이다.

요컨대, 비록 현전 표기상으로는 경기체가 양식과 별반 관련이 없어 보이는 〈천권동수지곡〉·〈응천곡〉조차도 교술과 서정이 교직(交織)된 시상의 전개 방식을 고려하거나, 이들과 매우 유사한 시형을 지닌 〈응천곡〉과의 관계를 참작하거나, 작품을 기록에 남기는 과정에서 국문 어구가 누락되었을 여지까지 감안한다면, 경기체가 일반의 특성을 이면적으로 구현한 작품이라 파악할 수 있다.[24] 이처럼 두 작품은 세종대에 경기체가 시형의 적용 범위가 어느 정도였는지, 갈래의 세력이 어느 정도로 강했는지를 보여주는 또 다른 사례로서 주목할 만하다.

3) 〈용비어천가(龍飛御天歌)〉

세종27년(1445)에 제진된 〈용비어천가〉의 시형은 다소의 편차가 있기는 하지만, 대개 2행 대우(對偶) 형식으로 한 장이 구성된다.[25] 즉,

---

24 조규익 역시 이들 작품을 '유사 경기체가'로 묶어 범주화하였고, 성호주는 아예 해당 작품들을 온전히 경기체가의 영역에서 다루어야 한다고 주장하기도 하였다. [조규익, 앞의 책(1986), 261면; 성호주, 「경기체가」, 한국문학개론 편찬위원회 편, 『한국문학개론』, 혜진서관, 1991, 107면.] 다만, 선행 논의들에서 상기 작품들을 경기체가의 일종으로 파악했던 주요 근거는 그 형태적 특성이었다. 형태적 특성이 무엇보다 중요하기는 하나, 교술과 서정이 복합된 시상의 구성 또한 고려해야 할 필요가 있으며, 아울러 작품의 기록 과정에서 일부 어휘나 어구가 누락되었을 가능성도 상정해야 하리라 생각한다.

25 논의의 혼란을 막기 위해, '용비어천가'가 시가(詩歌) 작품에 대한 지칭으로 쓰일 경우에는 '〈용비어천가〉'로, 10권 5책의 서책에 대한 지칭으로 쓰일 경우에는 '『용비어천가』'로 구별하여 표기한다. 다만, 둘 사이의 구별이 뚜렷하지 않거나 포괄적인 지칭이 필요할 경우에는 '『용비어천가』'로 통일하여 부른다. 본서의 이하에서도 마찬가지이다.

서두인 제1·2장과 이른바 '무망장(无忘章)'으로 불리는 제110~124장, 그리고 마지막 제125장을 제외하면 〈용비어천가〉 대부분에 해당하는 제3~109장은 선사(先詞)와 차사(次詞)의 대우로 짜여 있으며, 선사에 고성(古聖)의 사적이, 차사에 조선조 조종(祖宗)의 사적이 각각 제시되면서 양자가 견주어지는 것이다.

다만, 제3~109장 안에서도 일부 예외가 나타나는데, 제86~89장의 경우 고성의 사적 없이 선사와 차사 모두 태조(太祖, 이성계(李成桂), 1335~1408)의 사적으로만 일관되고, 시형에서도 두 행 사이의 대우가 뚜렷하지 않다. 그 가운데에서도 제88·89장은 특히 주목된다.

마ᅀᆞᆫ사ᄉᆞᄆᆡ둥과∘도ᄌᆞᄀᆡ입과눈과。遮陽ㄱ세쥐∘녜도잇더신가
굿븐쒸을∘모ᄃᆡ놀이시니。聖人神武ㅣ∘엇더ᄒᆞ시니[26]
麋脊四十∘與賊口目。遮陽三鼠∘其在于昔
維伏之雉∘必令驚飛。聖人神武∘固如何其

– <용비어천가> 제88장

솘바올닐굽과∘이본나모와。투구세사리∘녜도ᄯᅩ잇더신가
東門밧긔∘독소리것그니。聖人神功이∘ᄯᅩ엇더ᄒᆞ시니[27]
松子維七∘與彼枯木。兜牟三箭∘又在于昔
東門之外∘矮松立折。聖人神功∘其又何若

– <용비어천가> 제89장

---

26 "마흔 사슴의 등과 도둑의 입과 눈과 차양의 세 마리 쥐 옛날에도 있으시던가? / 구부린 꿩을 틀림없이 날리시니 성인의 신기한 무예가 어떠하십니까?" 이 장은 『태조실록』 권1, 「총서」에 수록된 여러 단편적 일화들과 제35·37장에서 이미 다루어진 내용들을 활용하여 지은 것이다. 〈용비어천가〉에 수록된 각종 전거(典據)의 연원에 대해서는 본서의 제1부 2장 「『용비어천가』의 전거와 체재에 대한 연구」의 2절을 참조.

27 "솔방울 일곱과 시든 나무와 투구 세 살이 옛날에도 또 있으시던가? / 동문 밖의 다복솔이 꺾어지니 성인의 신기한 공이 또 어떠하십니까?" 이 장에서는 제58·37·9장에서 이미 다루어진 내용들을 다시금 촉급하게 엮어내고 있다.

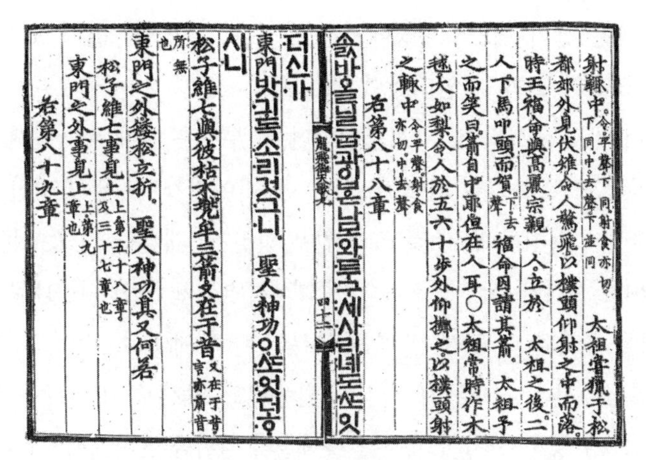
射鞸中。令平聲下同。射食亦切。 太祖嘗獵于松都郊外見伏雉令人驚飛以樸頭仰射之中而落。時王福命與高麗宗親一人立於 太祖之後二人下馬叩頭而賀。下去聲 福命因請其箭。 太祖予之而笑曰箭自中耶但在人耳○太祖常時作木毬大如梨令人於五六十步外仰擲之以樸頭射之輒中。令平聲。射食亦切。中去聲

右第八十八章

東門之外矮松立折。 聖人神功其又何若

松子維七與彼枯木旣卑三箭又在于昔 又在于昔言亦前昔 所無也

東門之外矮松立折。 聖人神功其又何若

松子維七事見上 上第五十八章及三十七章也

東門之外事見上 上第九章也

右第八十九章

【그림3】〈용비어천가〉 제88장 [『용비어천가』 권9]

이러한 예외적 장들이 개재된 원인은 〈용비어천가〉 전체의 구성을 살핌으로써 해명될 수 있다. 〈용비어천가〉는 인물의 사적·시형의 특성·장의 기능 등에 따라 몇 개의 단락으로 구분되는데, 그 가운데 제86~89장은 제27장부터 이어져 오던 태조의 사적이 제90장부터 전개되는 태종(太宗) 이방원(李芳遠, 1367~1422)의 사적으로 이월되는 부분에 해당한다.[28] 즉, 태조 관련 서술이 처음 이루어지는 제9~16장에서는 태조가 왕조를 개창할 수밖에 없었던 중대한 계기나 위화도회군(威化島回軍)과 같은 역사적 결단을 서술하여 창업의 정당성을 설파하였으며, 제27~89장에서는 이러한 내용을 이어받되 그보다 더욱 확대된 견지에서 태조 자신의 개인적 능력이나 덕성과 같은 소소한 사항들까지도 반복하여 자세히 다루었다.[29] 태조의 사적을 큰 줄기로 모아들이는 제

28 〈용비어천가〉의 구성 방식이나 단락 구분에 대한 여러 논자들의 견해에 대해서는 김승우, 『용비어천가의 성립과 수용』, 보고사, 2012, 16~18면; 본서의 제1부 1장 「〈용비어천가〉의 단락과 구성에 대한 연구」의 1절을 참조.

9~16장과는 달리 제27~89장에서는 사적들을 가급적 펼쳐 보이려는 확장의 의도가 크게 개입되었던 것이다.

따라서 태조의 사적이 더 보충된다면 이 부분은 얼마든지 길게 이어갈 수 있는 구조로 열려 있으며, 실상 〈용비어천가〉 전체의 절반 분량을 이 단락이 차지하게 된 것도 그 같은 확장 및 개방적 성격 때문으로 볼 수 있다. 이러한 개방 구조를 일면 폐쇄하면서 또한 그 나름대로 확장의 성격을 유지할 수 있게 해 주는 부분이 바로 제86~89장이고, 이 중 제88·89장에서는 경기체가 시형이 활용되고 있기에 더욱 주목된다.

제88·89장 공히 선사에 제시된 사적들의 의미를 말미에서 "녜도 [쏘] 잇더신가"라는 언술로써 한 차례 정리한 후, 차사에 제시한 사적의 의미 또한 말미에서 "[쏘] 엇더ᄒᆞ시니"라는 언술로써 다시 정리하고 있는데, 이는 여타 장에서는 전혀 찾아볼 수 없는 독특한 형식이다. 특히 선사와 차사의 종결부가 모두 설의(設疑)와 과시의 수사로 이루어져 있어 태조의 신무 및 신공에 대한 자긍심이 묻어난다는 점에 유념할 필요가 있다. 더구나 차사의 '엇더ᄒᆞ시니'는 경기체가의 투식구인 '엇더ᄒᆞ니잇고'를 직접 연상시키기도 한다. 사적의 주체가 태조이기에 주체존대 선어말어미 '-시-'가 개입되었고, 뒷부분에는 율격상의 고려로 어말어미 '-잇고'가 생략되었다는 점을 감안한다면,[30] '엇더ᄒᆞ시니'는 곧 '엇더ᄒᆞ니잇고'의 〈용비어천가〉적 변용으로 파악될 수 있는 것이다.

때문에 제88·89장은 실상 〈용비어천가〉의 통상적 시형보다는 오히

---

29 때문에 제27~89장에는 무용담류(武勇談類)의 소재가 흔히 등장하고 태조의 소싯적 일화(逸話)들도 적지 않게 포함되었는데, 그만큼 태조와 관련된 각종 사적들을 이 부분에 집대성해 놓으려 했던 것으로 분석된다.

30 정병욱, 「용비어천가의 결미법에 대하여」, 『(증보판) 한국고전시가론』, 개정판, 2003, 신구문화사, 191~195면; 배석범, 「악장의 언어질서 연구」, 한국정신문화연구원 박사학위논문, 1998, 92~93면.

려 경기체가 양식에 가까운 모습으로 분석된다. 선사는 경기체가의 전대절, 차사는 후소절과 매우 유사한 모습을 띠는 것이다. 한문가사의 경우가 더욱 그러한데, 예컨대 제88장의 한문가사를 경기체가 시형에 의거하여 단계적으로 재배열해 보면 이러한 사정을 좀 더 직접적으로 확인할 수 있다.

【표2】〈용비어천가〉 제88장 한문가사의 재배열

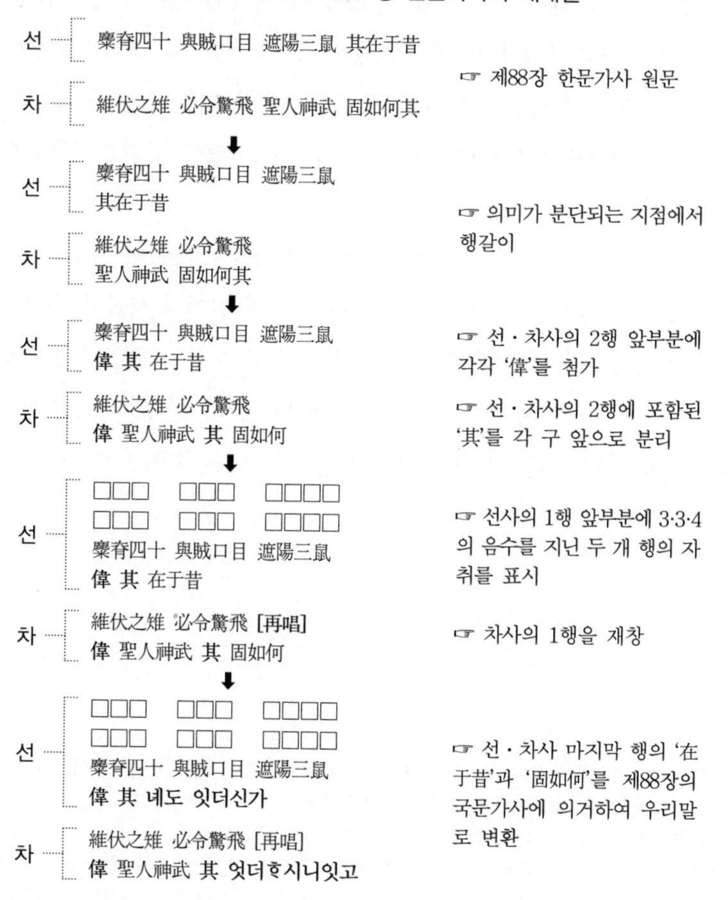

선	麋脊四十 與賊口目 遮陽三鼠 其在于昔	☞ 제88장 한문가사 원문
차	維伏之雉 必令驚飛 聖人神武 固如何其	
⬇		
선	麋脊四十 與賊口目 遮陽三鼠 其在于昔	☞ 의미가 분단되는 지점에서 행갈이
차	維伏之雉 必令驚飛 聖人神武 固如何其	
⬇		
선	麋脊四十 與賊口目 遮陽三鼠 **偉 其** 在于昔	☞ 선·차사의 2행 앞부분에 각각 '偉'를 첨가
차	維伏之雉 必令驚飛 **偉** 聖人神武 **其** 固如何	☞ 선·차사의 2행에 포함된 '其'를 각 구 앞으로 분리
⬇		
선	□□□ □□□ □□□□ □□□ □□□ □□□□ 麋脊四十 與賊口目 遮陽三鼠 **偉 其** 在于昔	☞ 선사의 1행 앞부분에 3·3·4의 음수를 지닌 두 개 행의 자취를 표시
차	維伏之雉 必令驚飛 **[再唱]** **偉** 聖人神武 **其** 固如何	☞ 차사의 1행을 재창
⬇		
선	□□□ □□□ □□□□ □□□ □□□ □□□□ 麋脊四十 與賊口目 遮陽三鼠 **偉 其 녜도 잇더신가**	☞ 선·차사 마지막 행의 '在于昔'과 '固如何'를 제88장의 국문가사에 의거하여 우리말로 변환
차	維伏之雉 必令驚飛 [再唱] **偉** 聖人神武 **其 엇더ᄒᆞ시니잇고**	

의미에 따라 행갈이를 다시 하고, 중간에 '위'라는 감탄사를 삽입하며, 같은 구를 재창(再唱)토록 하는 등의 방식으로 약간의 손질을 가하면 경기체가 시형으로 무리 없이 변모되는 것을 확인할 수 있다. 특히 4언 4구로 이루어진 한문가사의 경우 경기체가 전대절의 3행 및 후소절의 첫 행에 나타나는 4언과 공교롭게도 부합하기 때문에 더욱 더 경기체가 시형과의 친연성을 도출해 낼 수 있다. 이로 미루어 보면, 위에서 재구한 방식의 역순으로 88장 및 89장이 지어진 것이라 추정할 수도 있다. 즉, 〈용비어천가〉의 찬자들은 당초부터 경기체가의 특질에 의거하여 제88장과 89장을 지어 내고자 의도하였으며, 그러한 특질을 내면적으로 보존하면서 〈용비어천가〉의 일반적 시형을 구현하였으리라는 것이다.[31]

이 같은 경기체가 양식의 흔적은 국문가사에서도 물론 발견된다. 비록 규정화된 음수가 지켜진 것은 아니지만, 사건이나 사물을 병행적으로 나열하는 특색과 감탄 및 설의의 방식으로 시상을 종결하는 지향은 국문가사에서도 역시 잘 드러나기 때문이다. 한문가사를 재배치했던 방식을 제88장의 국문가사에 적용하여 그 결과만을 보이면 아래와 같다.

---

31 〈용비어천가〉의 국문가사와 한문가사 가운데 어느 쪽이 먼저 지어졌을지에 대해서는 논란이 있으나, 경기체가 양식과의 연계를 고려한다면 적어도 제88·89장의 경우는 한문가사의 시형을 우선적으로 염두에 두었을 가능성이 크다고 할 수 있다. 한문가사 선행설에 대해서는 조흥욱에 의해 여러 측면에서 검토된 바 있다: 조흥욱, 「용비어천가의 창작 경위에 대한 연구: 국문가사와 한문가사 창작의 선후관계를 중심으로」, 『어문학논총』 20집, 국민대 어문학연구소, 2001, 143~162면.

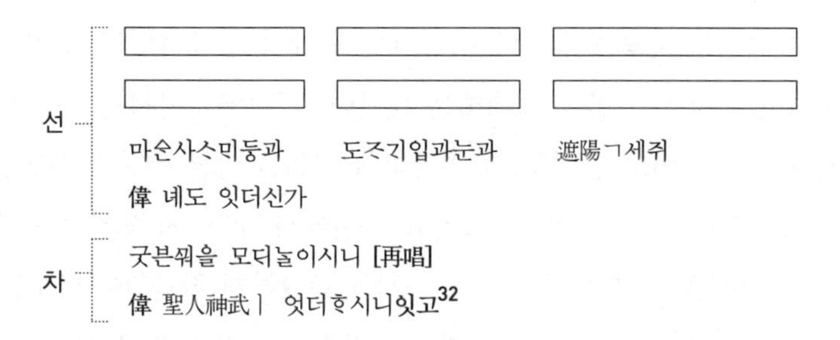

위와 같이 태조 관련 사적의 마지막 부분인 제88·89장에 굳이 경기체가 시형을 도입한 이유는 경기체가 양식에 응축된 시상 전개 방식을 〈용비어천가〉의 전체 구도 속에 효과적으로 전용하려 한 때문으로 짐작된다. 즉, 경기체가는 객관적 현실계의 사물·행위와 관념을 병렬적으로 늘어놓아 전달하는 데 그치지 않고 "偉 □□景 긔 엇더ᄒᆞ니잇고"와 같은 어구를 통해 그것들 모두를 아우르는 정서적 감격으로 나아가게 되거니와, 의미상으로 보면 제27~85장의 태조 관련 서술들은 경기체가 전대절·후소절의 전반부에 병렬적으로 나열되는 사물·행위·관념 부분, 곧 교술적 부분에 해당될 수 있다. 제27~85장은 태조에 관한 각종 사적들을 최대한 상세히 제시하는 데 할애되고 있기 때문이다. 따라서 그러한 확장의 국면을 일면 차단하면서 앞서 나온 교술적 내용들을

---

32 국문가사의 경우 음수('□')로 음보를 산정하기가 곤란하기 때문에 〈용비어천가〉 원문의 권점(圈點) 단위에 따라 구(句)의 자취를 표시하였다. 한편, 제88장을 대상으로 시도한 시형 분석은 제89장에도 적용될 수 있다. 그 결과를 한문가사와 국문가사로 각각 나누어 제시하면 아래와 같다.

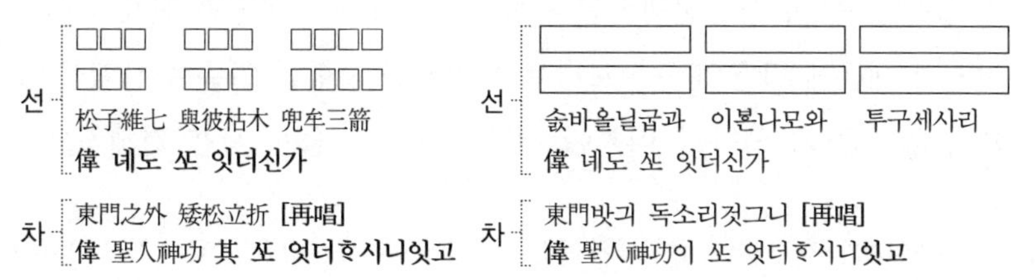

영탄적 수사로써 최종적으로 수렴하는 단계가 필요하였던 것이다.

하지만 확장의 국면을 폐쇄하는 것만이 목적이 되어서는 곤란하다. 태조의 영웅적 면모는 이루 다 언급하기 어려울 만큼 무한정하다는 주지도 유지해야 하는 탓이다. 그러한 측면에서 제88·89장에서는 태조의 단편 사적들이 짧은 어구 속에 다시금 촉급하게 집약되어 나오는데, 이는 이미 서술된 것 이외에도 태조의 자질과 명망을 드러내는 사적은 얼마든지 더 제시될 수 있다는 어감을 전달하는 데 크게 기여한다.

이렇듯 확장과 폐쇄 및 개방과 차단의 지향을 동시에 달성하기 위한 기재로서 경기체가 시형은 매우 적절한 대상으로 착목되었던 듯하며, 때문에 〈용비어천가〉의 일반적 시행 분단 방식에 큰 무리를 주면서까지 그 양식을 도입해 왔던 것으로 보인다. 여기에는 세종대에 경기체가가 활발하게 지어지고 유통되었던 상황도 중요한 배경으로 작용하였을 것이다.

4) 〈월인천강지곡(月印千江之曲)〉

〈용비어천가〉의 특정 부분에서 경기체가 양식이 활용되었고, 그것이 작품 전체의 구성에 대단히 효과적으로 기여한다는 점을 확인할 수 있었다. 〈용비어천가〉에서 그러한 사례가 발견된다면, 같은 시형으로 지은 〈월인천강지곡〉에서도 응당 유사한 현상이 나타나리라 기대할 수 있다. 다만, 〈월인천강지곡〉의 경우는 〈용비어천가〉와 달리 한문가사가 없을 뿐만 아니라 전체적인 구성에서도 대개 삽화별로 전개가 이루어지기 때문에 작품의 구성보다는 표면적인 시형을 위주로 사례를 살펴야 할 필요가 있다.[33] 여기에 해당될 법한 곡들은 작품 전체적으로

---

33 〈용비어천가〉와 〈월인천강지곡〉의 구성상 차이에 대해서는 김승우, 앞의 책, 266~277

여럿 발견되지만, 특히 다음과 같은 경우에서 경기체가의 영향력이 두드러지게 간취된다.

> 耶輸를 깃교리라 쉰 아ᄒᆡ 出家ᄒᆞ니 父王ㅅ 善心이 엇더ᄒᆞ시니
> 羅雲이 ᄀᆞᆯ외어시ᄂᆞᆯ 다시 說法ᄒᆞ시니 世尊ㅅ 慈心이 엇더ᄒᆞ시니[34]
>
> \- <월인천강지곡> 기146

> 두 아기ᄅᆞᆯ 더브러 어마님 뵈ᅀᆞᄫᆞ시니 아ᄃᆞᆳ ᄠᅳᆮ 엇더터신고
> ᄒᆞᆫ 아ᄃᆞᆯ올ᅀᅡ 여희샤 하ᄂᆞᆳ긔 비ᅀᆞᄫᆞ시니 어마니ᇇ ᄠᅳᆮ 엇더터신고[35]
>
> \- <월인천강지곡> 기355

> 옷과 구슬와 ᄇᆞᆳ쇠와 곳과 金銀 七寶ㅣ 다 오니이다
> 이ᄅᆞᆯᅀᅡ 나타 風流 니르리 오니 寶珠ㅅ 威德이 긔 엇더ᄒᆞ니[36]
>
> \- <월인천강지곡> 기493

우선, 기146과 기355에서는 선사와 차사의 대우를 유지하면서도 각 행의 마지막 부분에서 "□□□□ 엇더ᄒᆞ니잇고"나 그에 상당하는 설의로써 영탄을 표출하고 있다. 두 곡 모두 선사와 차사의 앞부분에 사건을 나열한 후 그것을 '□□□□'에 해당하는 명사구에 집약하여 드러내 보이는 방식을 취하고 있는데, 이는 경기체가 고유의 시상 전개 방식과 일치한다.

면 참조.

34 "야수를 기쁘게 하려 쉰 아이 출가 [하게] 하니 부왕의 선심이 어떠하십니까? / 나운이 [불평하여 세존께] 덤비시거늘 다시 설법하시니 세존의 자심이 어떠하십니까?"

35 "두 아기를 더불어 어머님 보여 드리시니 아드님의 뜻이 어떠하시던고? / 한 아들을 여의시어 하느님께 비시니 어머님의 뜻이 어떠하시던고?"

36 "옷과 구슬과 팔찌와 꽃과 금은 칠보가 다 옵니다. / 이에야 나타나 풍류 이르도록 오니 보주의 위덕이 그 어떠합니까?"

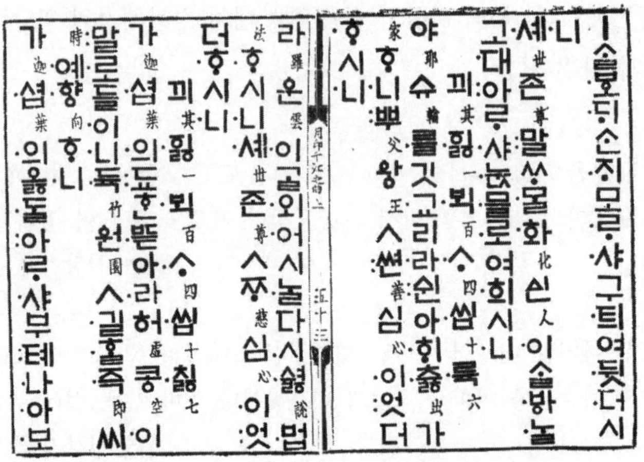

【그림4】〈월인천강지곡〉 기146 [『월인천강지곡』 상]

가령, 기146에서는 석가모니(釋迦牟尼, B.C.624~B.C.544)의 아들인 라후라(羅候羅, 나운(羅雲), ?~?)가 출가하자 석가모니의 부친인 정반왕(淨飯王, Suddhodana, ?~?)이 석가족(釋迦族)의 동자 50명을 함께 출가시켰던 사적을 선사에 담고, 아직 불도를 이해하지 못하는 라후라에게 석가모니가 자애롭게 설법하는 광경을 차사에 담는 한편, 이를 각각 '부왕의 선심(善心)'과 '세존의 자심(慈心)'이라는 어구에 집약하여 그것들이 '어떠하냐'라는 설의로써 각 행을 종결하였다. 기355는 기349~405에 개재된 본생담(本生譚)인 수대나태자담(須大拏太子譚)의 전반부 가운데 한 곡으로서, 적국에 보시를 한 죄로 귀양을 가게 된 수대나태자가 적소로 떠나기 전 두 자식과 함께 모후를 찾아뵙는 장면을 형상화하였다. 어머니를 걱정하는 태자의 지극한 효성과 태자가 어서 돌아올 수 있도록 하늘에 손 모아 기원하는 어머니의 애절함이 경기체가의 어법으로 표출되고 있다.

한편, 선사와 차사 사이에 대우가 뚜렷하지 않은 기493은 곡 전체가

한데 엮여 경기체가 시형을 이루는데, 이 경우가 경기체가의 특성에 좀 더 부합할 뿐만 아니라 내용상으로도 삽화 안에서 차지하는 역할이 보다 뚜렷하다. 기493은 기445~494에 걸쳐 있는 또 다른 본생담인 선우태자담(善友太子譚)의 종결부에 해당하며, 삽화의 인물을 다소 기계적으로 정리하여 매듭 짓는 기494를 제외하면 사실상 선우태자담의 마지막 곡이라 할 수 있다.[37] 여기에서는 선우태자가 이복동생인 악우(惡友)의 갖은 방해에도 불구하고 용궁(龍宮)에서 보주(寶珠)를 얻어 와 비로소 백성들을 구제하는 광경을 묘사하고 있다. 보주로부터 온갖 진귀한 물건들이 쏟아져 나오는 장관을 선사에 열거하고, 차사에서 이를 '보주의 위덕[寶珠ㅅ 威德]'이라고 응축한 후 "그것이 어떠합니까[긔 엇더ᄒᆞ니]"라는 영탄을 표출하는 방식이다. 여러 고난 끝에 얻어낸 보주가 장대하게 그 효험을 발휘하는 모습을 인상적으로, 그리고 자랑스럽게 드러내 보이고 있는 것이다.[38]

앞서 〈용비어천가〉 제88장의 국문가사를 경기체가 시형으로 재구했던 것과 마찬가지 방식으로 기493의 구절들을 재배치하면 선사와 차사가 각각 전대절과 후소절에 대응되면서 경기체가 시형으로 무리 없이

---

37 "아바님 일훔이 摩訶羅闍ㅣ러시니 오ᄂᆞᆳ날애 淨飯이시니 / 夫人이 摩耶ㅣ시고 善友ㅣ如來시고 調達이 惡友ㅣ러니 [아버님 이름이 마하라사(摩訶羅闍)이시더니 오늘날에 정반(淨飯)이시니. / 부인이 마야(摩耶)이시고 선우(善友)가 여래이시고 조달(調達)이 악우(惡友)이러니]" [기494]

38 김기종은, 〈월인천강지곡〉의 이 부분에 위정자로서의 세종의 심리가 반영되어 있다고 분석한 바 있다. 즉, 선우태자가 겪은 "고난 및 갈등의 계기가 '중생고(衆生苦)'로 표현된 백성의 가난이고, 갈등이 해결되는 보주의 위덕이 가난의 해결에 집중하고 있다는 점은, 위정자로서의 〈월인천강지곡〉 작자의 관심을 끌 수 밖에 없었을 것"이라고 보았다. [김기종, 『월인천강지곡의 저경과 문학적 성격』, 보고사, 2010, 244면.] 이러한 분석에 따른다면, 세종은 백성들이 영원히 굶주림을 면하게 되는 선우태자담의 마지막 장면을 특히 감격스럽게 표현하려 하였으며, 그러한 의도를 구현할 수 있는 시적 장치로서 경기체가 시형을 도입한 것이라 추정할 수 있을 것이다.

변환되는 것을 확인할 수 있다.

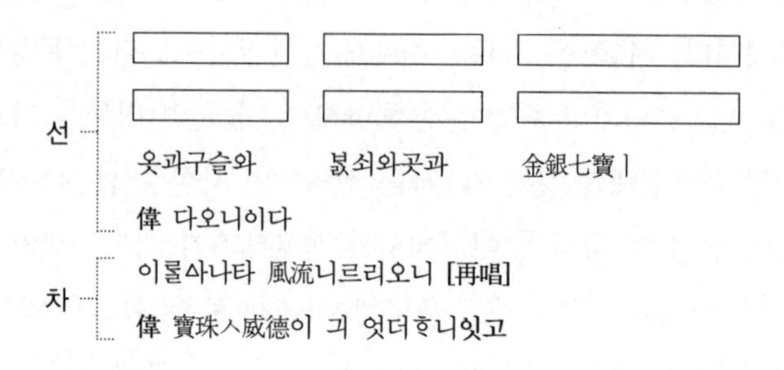

이처럼 〈용비어천가〉와 마찬가지로 〈월인천강지곡〉에서도 경기체가의 어법과 시상이 드러나는 사례를 찾을 수 있으며, 특히 〈월인천강지곡〉의 경우에는 국문 어휘의 사용이 더욱 두드러지기 때문에 다른 어떤 작품들에서보다도 국문화된 경기체가 시형의 가능성을 살펴볼 수 있다는 의의가 발견되기도 한다.[39]

4. 나가며

이상에서 세종대에 경기체가의 시상이나 어법을 활용하여 제작한 작

39 이 밖에 다음과 같은 장들에서도 경기체가 시형의 영향력을 일부 도출해 낼 수 있다. 〈월인천강지곡〉의 전편이 아직 밝혀지지 않은 상황이고 보면, 경기체가 시형이 영향을 미친 사례는 더 존재하리라 짐작된다.

바리예 들어늘 몰라 눉믈 디니 긔 아니 어리니잇가
光明을 보ᅀᆞᆸ고 몰라 주구려 ᄒᆞ니 긔 아니 어엿브니잇가 – 기103

七年을 믈리져 ᄒᆞ야 出家ᄅᆞᆯ 거스니 跋提 말이 긔 아니 웃ᄫᅳ니
七日ᄋᆞᆯ 믈리져 ᄒᆞ야 出家ᄅᆞᆯ 일우니 阿那律 말이 긔 아니 올ᄒᆞ니 – 기176

太子ㅣ 도라오샤 머리 좃ᄉᆞᄫᆞ시니 그낤 일이 엇더ᄒᆞ시니
아바님 뉘으츠샤 布施 펴긔 ᄒᆞ실ᄊᆡ 오ᄂᆞᆳ 일이 이러ᄒᆞ시니 – 기400

품들의 사례와 특징을 분석하였다. 논의된 사항들을 항목별로 정리하면 다음과 같다.

○ 현재까지 알려지거나 거론된 경기체가 작품은 모두 30편 정도이며, 왕대별로는 세종대가 10편으로 가장 많다. 세종대는 작자층으로나 작품의 내용면으로나 경기체가 갈래의 세력이 가장 왕성했던 시기임은 물론, 경기체가 갈래가 지닌 가능성과 적용력이 최대치로 발현된 시기이기도 하다. 경기체가 고유의 어법과 시상 전개 방식이 세종대에 들어 여타 갈래의 시가 작품들에까지 폭넓게 영향을 미쳤던 것도 그 같은 상황을 반영한다.

○ 〈축성수〉의 경우 매장 2행까지에서는 별다른 정서적 감흥이나 찬탄 없이 사실과 행위를 나열하는 데 중점을 두다가 매장 마지막에서 그 같은 교술적 내용들을 영탄적 언술로써 수렴해 내고 있기에, 비록 파격이 심하기는 하나 경기체가의 일종으로 파악하는 데 큰 무리가 없다. 〈축성수〉의 제작자들은 완연히 이질적인 성격의 악곡에 올리기 위한 가사를 짓는 과정에서조차 경기체가의 특질을 어떻게든 원용해 보고자 의도하였던 것이다.

○ 변계량 소작의 〈천권동수지곡〉과 〈응천곡〉은 현전 표기상으로는 경기체가 양식과 별반 관련이 없어 보이기는 하지만, 교술과 서정이 교직된 시상의 전개 방식을 고려하거나, 이들과 매우 유사한 시형을 지닌 〈축성수〉와의 관계를 참작하거나, 작품을 기록에 남기는 과정에서 국문 어구가 누락되었을 여지까지 감안한다면, 둘 모두 경기체가 일반의 특성을 이면적으로 구현한 작품이라 파악할 수 있다. 두 작품은 세종대에 경기체가 시형의 적용 범위가 어느 정도였는지, 갈래의 세력이 어느 정도로 강했는지를 보여주는 또 다른 사례로서 주목할 만하다.

○ 〈용비어천가〉의 경우 태조 관련 사적의 마지막 부분인 제88·89장에 경기체가 시형이 도입되었는데, 이는 경기체가 양식에 응축된 시상 전개 방식을 〈용비어천가〉 전체의 구도 속에 효과적으로 전용하려 한 때문으로 짐작된다. 즉, 제27~85장에 상세화 된 태조의 각종 사적들을 모두 모아 종합하는 단계를 설정하였던 것이다. 또한 태조의 영웅적 면모가 이루 다 언급하기 어려울 만큼 무한정하다는 주지를 전달하는 데에도 경기체가 시형은 기여하는 바가 크다. 이렇듯 확장과 폐쇄 및 개방과 차단의 지향을 동시에 달성하기 위한 기재로서 경기체가 시형은 매우 적절한 대상으로 착목되었던 것이다.

○ 한편, 〈용비어천가〉와 같은 형식으로 제작된 〈월인천강지곡〉에서도 경기체가의 어법과 시상이 드러나는 사례를 수 개의 곡에서 찾을 수 있다. 특히 〈월인천강지곡〉의 경우에는 국문 어휘의 사용이 더욱 두드러지기 때문에 다른 어떤 작품들에서보다도 국문화된 경기체가 시형의 모습 내지 가능성을 살펴볼 수 있다는 의의가 발견된다.

경기체가는 한국시가의 역사적 전개상에서 매우 독특한 위상을 차지하는 갈래이다. 일찍이 중국 사신이 〈한림별곡〉의 가사를 구해 가고자 했을 정도로 특이한 구성과 시상을 지니고 있으며,[40] 사대부 문인들에게는 물론 불승들의 포교 의도나 국가 예악의 정비 과정에서도 가치가 인정되어 여러 작품이 지어지기도 하였다. 경기체가의 특성에 주목하게 되는 가장 큰 요인은 역시 그 시형이라 할 수 있겠는데, 돌이켜 생각하면 대개 정격적 시형을 기준으로 갈래의 전개를 살펴 오는 동안 오히려 경기체가의 영향력이나 분포가 온전히 포착되지 못했던 것은 아닌

40 김명준, 앞의 책, 151면.

가 하는 문제점이 발견된다. 이 장에서 경기체가 시형이 적용된 작품들의 사례를 보다 폭넓게 탐색해 보고자 시도한 이유도 여기에 있다.

어떠한 문학 갈래에서든 마찬가지이지만, 시가의 경우에는 특히 특정 갈래의 시형이나 시상 등이 인접 갈래의 작품들에 영향을 주어 흔적을 남기는 경우가 적지 않다. 이는 곧 갈래의 넘나듦 내지 혼종을 보여주는 사례로 논의될 수 있으며, 갈래가 생성되거나 소멸되는 단계에서 그 같은 현상이 더욱 빈번하게 나타나고는 한다. 하지만 갈래의 세력이 왕성한 시기에도 역시 유사한 상황을 발견할 수 있는데, 이때에는 그 갈래의 역동성이나 적용력을 분석하기 위한 지표로서 해당 사례들을 주의 깊게 살펴야 할 필요가 있다. 이 글은 경기체가 갈래가 상승하던 시기인 세종대의 작품들 속에서 상기와 같은 현상을 검증해 본 시도로서 탐색의 범위를 확장한다면 경기체가 시형이 적용된 작품들은 그밖에도 더 많이 발견될 것으로 예상한다. 이에 해당되는 작품들에 대해서는 추후 지속적으로 탐색해 보아야 하겠거니와, 우선 경기체가 갈래가 현재까지 알려진 것보다 더욱 강한 세력을 지니고 있었다는 점은 위의 논의를 통해 충분히 그 근거를 확보하게 되리라 생각한다.

연산군대의 악장 개찬에 대한 연구

1. 들어가며

【그림1】 연산군묘 [서울시 방학동 소재]

연산군(燕山君, 이융(李㦕) 1476~1506)에 대해서는 사학 분야에서 이미 여러 연구가 제출되었으며, 그 범위와 종류도 연산군대의 정치·사회적 사안에서부터 연산군 개인의 심리를 조명하는 논의에 이르기까지 다양하다.[1] 한편, 연산군은 10년 남짓한 재위 기간[1494~1506] 동안 사화(士禍)를 두 번이나 일으킨 폐주(廢主)의 표상으로 흔히 논의되지만, 문학 분야의 연구에서는 그 같은 역사적 귀로와는 일정 정도 거리를 둔 지점에서 연산군의 시재(詩

1 연산군에 대하여 근래까지 이루어진 사학계의 각종 논의들은 김범, 『사화와 반정의 시대: 성종·연산군·중종과 그 신하들』, 역사비평사, 2007, 99~161면에 반영·정리된 바 있다. 이 글에서도 연산군대의 역사적 사안과 관련하여서는 이 책의 서술을 다수 참고하였다.

才)를 논의하는 한편, 연산군의 내밀한 정감을 그의 작품들 속에서 검출해 보고자 하는 작업이 일찍부터 시도되기도 하였다.[2] 이러한 연구가 가능했던 것은 무엇보다도 연산군이 역대의 군주 가운데 유난히 많은 140여 수의 한시를 남겼을 뿐만 아니라, 시작 과정에서도 당대의 일반적 규준에 따르기보다 자신의 심회를 직접적으로 드러내는 방식으로 작품을 지었던 탓에 그 독특한 성격이 잘 드러나기 때문일 것이다. 실제로 갑자사화(甲子士禍) 이후 폐위되기까지 약 2년여의 기간 동안 집중적으로 지어진 그의 시에는 몇 개의 계열을 설정하여 살필 수 있을 정도로 다양한 지향이 나타나기도 한다.[3] 이처럼 시인으로서의 연산군의 특질을 검토하려는 시도는 그의 인간적 면면을 살피는 데에도 유효한 시각을 제시해 주는 것이 사실이다.

그러나 위와 같은 연산군의 시작이 주로 개인적인 차원에서 이루어졌다는 사실에 유념해야 할 필요가 있다. 그의 한시 작품은 대개 특정 계기나 사안에 대한 심경을 표출하는 데 소용되었기 때문에 자족적인 성격을 띠는 경우가 많다. 따라서 연산군의 문학적 관심이 좀 더 공론화된 사례에 주목함으로써 개인적·자족적 시작과는 또 다른 부면의 지향을 도출해 내어야 할 필요성이 제기되며, 바로 그 같은 목적에 부합하는 자료가 바로 연산군대의 개찬 악장(樂章)들이다.

---

2 이승녕, 「연산군의 詩想의 고찰」, 『동방학지』 12집, 연세대 동방학연구소, 1971, 247~265면; 조규익, 「조선왕조실록 소재 시가 작품 연구 Ⅱ: 연산조를 중심으로」, 『열상고전연구』 4집, 열상고전연구회, 1991, 59~99면; 배규범, 「香奩과 虛無의 시학: 연산군의 문학적 사유를 중심으로」, 『어문연구』 32권 3호, 한국어문교육연구회, 2004, 417~443면; 송희복, 「우리 문학사에 있어서 군주 시가의 재조명」, 『국제언어문학』 23호, 국제언어문학회, 2011, 193~203면 등.

3 이에 대해 배규범은 '영명(英明)한 군주(君主)로서의 자각(自覺)'·'폐주(廢主)의 길·몰락(沒落)의 길'·'향락(享樂)과 허무(虛無)의 교차'라는 세 가지 범주로 나누어 연산군의 한시를 분석하였다. [배규범, 앞의 논문, 423~440면.]

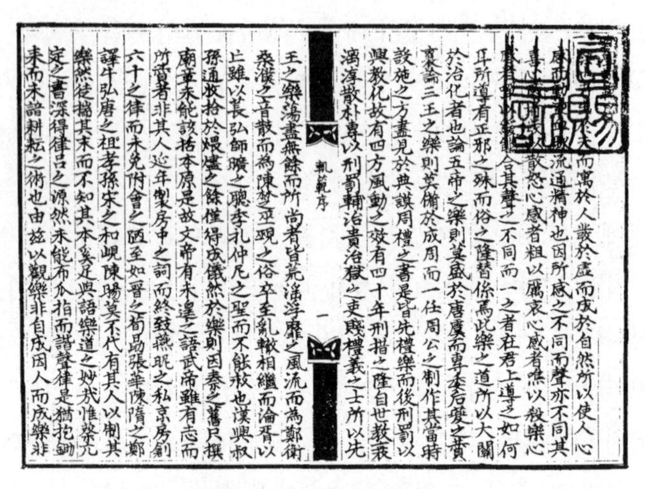

而寓於人發於虛而成於自然所以使人心
流通精神也因所感之不同而聲亦不同其
散怒心感者粗以厲哀心感者噍以殺樂心
合其聲之不同而一之者在君上導之如何
耳所導有正邪之殊而俗之隆替係焉此樂之道所以大關
於治化者也論五帝之樂則莫盛於唐虞而專委后夔之責
論三王之樂則莫備於成周而一任周公之制作其當時
設施之方盡見於典謨周禮之書是皆先禮樂而後刑罰以
興敎化故有四方風動之效有四十年刑措之隆自世敎衰
漓淳散朴專以刑罰輔治貴治獄之吏賤禮義之士所以先

軌範序 一

王之樂蕩盡無餘而所尙者皆荒淫靡之風流而爲鄭衛
桑濮之音散而爲陳楚巫覡之俗卒至亂轍相繼而淪胥以
亡雖以萇弘師曠之聰孔仲尼之聖而不能救也漢興叔
孫通收拾於煨燼之餘僅得成儀然於樂則因秦之舊只撰
廟樂未能該括本原是故文帝有未遑之語武帝雖有志而
所尙者非其人延年製房中之詞而終致燕昵之私京房創
六十之律而未免附會之陋至如晉之荀勗張華陳隋之鄭
譯牛弘唐之祖孝孫宋之和峴陳暘莫不代有其人以制其
樂然徒摘其末而不知其本奚足與語樂道之妙哉惟蔡元
定之書深得律呂之源然未能布指而諧聲律是猶抱鋤
耒而未諳耕耘之術也由玆以觀樂非自成因人而成樂非

【그림2】『악학궤범』「서」

익히 알려진 바와 같이, 조선 건국 직후부터 악장을 새로 지어 내거나 고려 이래의 악장을 편삭(編削)하는 일은 신왕조의 제도 문물을 정비하는 데 대단히 중요한 과업으로 인식되었거니와, 그러한 과업은 성종(成宗, 이혈(李娎), 1457~1494) 재위기인 15세기 말에 들어 일련의 정리 단계에 이르게 된다. 문제는 한 세기가량에 걸친 예악 정비의 성과물들이 약 10년 후인 연산군 재위 후반기 들어 다수 개찬되었다는 점이다. 과연 연산군은 종래 악장의 어떠한 측면에 불만을 느꼈고, 어떠한 취지와 형식의 악장을 새롭게 추구하였으며, 또한 악장의 개찬을 통해 어떠한 의도를 표출하고자 하였는지 검토해 보아야 하는 이유가 여기에 있다. 더구나 연산군대 악장 개찬이 추진되는 과정에서 기존 악장의 활용 양상이나 형식 및 내용에 대한 품평이 적지 않게 나타난다는 점도 주목할 만하다. 요컨대 연산군대의 악장 개찬은 조선 전기의 악장 논의 전반에 걸친 문제들을 포함하고 있는 것이다. 상기 내역들을 이하에서 상론해 나가고자 한다.

2. 연산군대 악장 개찬의 배경

연산군대의 악장 논의는 생모인 폐비 윤씨(廢妃 尹氏, ?~1482)와 관련된 일련의 풍파, 즉 갑자사화가 마무리되던 무렵인 연산군10년(1504)부터 연산군이 중종반정(中宗反正)으로 폐위되기 직전인 연산군12년(1506) 8월까지의 사이에 집중적으로 발견된다. 갑자사화 이전에도 악장의 연행이나 쓰임에 대한 논의가 전혀 없었던 것은 아니지만, 그 수위는 종래 악장의 내용을 묻고 여악(女樂)을 사용할지 여부를 심의하는 정도에 한정된다. 아울러 악장에 관한 논의를 촉발한 주체 역시 연산군이 아닌 대신들이었으며, 연산군은 대신들의 견해에 가부를 결정하는 정도의 역할을 수행하는 데 그친다.[4]

이렇듯 제한된 논의는 궁중 악장이 다수 지어졌던 태조·태종·세종대는 물론, 세조나 성종대에 비하더라도 그 정도가 미미한 것이 사실이다. 무오사화(戊午士禍)의 여파로 사초(史草)가 다수 일실된 탓도 있겠으나, 적어도 연산군 재위 초반기까지는 악장에 관해 별반 논의할 필요가 없었기 때문이라고 파악하는 편이 보다 합당할 것이다. 연산군은 성종대에 정비된 제도 문물을 이어 받아 보위에 오른 군주였고, 특히 악장의 영역에서는 왕조 개창 이래의 각종 성과들이 성종의 치세 막바지에 『악학궤범(樂學軌範)』으로 이미 정리되어 나온 상황이었다. 이를테면 종래 악장의 내용과 활용 방식에 대한 전범적 해석이 확립되어 있었던 것이다. 여악의 사용이나 악장의 실연(實演) 곡목 등에 대해서는 다소의 논란이 잠재되어 있기는 하였으나, 그러한 개별적 사안을 제외하면 악장에 관한 전반적 논의를 새로 시작해야 할 만큼 중요한 계기가 발생하지

---

4 『연산군일기』 권23, 3년 5월 15일(병진); 권31, 4년 9월 23일(무오); 권32, 5년 3월 8일(정묘); 권47, 8년 11월 4일(계유); 16일(을유) 등.

는 않았다.

연산군이 기존 악장을 대폭 개편하는 한편 신제 악장을 공공연히 요구하게 된 배경에는 그러한 전범적 위상이 크게 약화되거나 연산군 자신이 성종대의 전범에 과히 얽매일 필요가 없게 된 상황이 존재하며, 그 단초는 갑자사화를 통해 마련된다. 갑자사화 이전에도 삼사(三司) 등 언론(言論)에서 연산군의 폐행을 성종의 전례와 대비하여 자주 비판하였던 탓에 연산군은 일찍부터 부왕(父王)에 대한 열등감을 키워 왔던 데다, 생모인 폐비 윤씨의 존재를 인식하게 되면서부터는 부왕을 향한 반감이 더욱 격렬해졌던 것이다. 성종의 기일에 사냥을 하거나, 선릉(宣陵)에서 연회를 베풀거나, 성종의 영정에 활을 쏘는 등의 행태가 성종 및 그의 치세에 대한 반감을 상징적으로 드러낸 사례라 할 수 있거니와,[5] 연산군은 성종대의 예악이나 악장을 고치는 데 있어서도 별다른 거부감을 갖지 않게 되었던 것이다.

한편, 악장의 개찬과 좀 더 밀착된 사항으로, 문학과 예술에 대한 연산군의 취미가 갑자사화를 전후하여 부쩍 표면화되었다는 점 역시 지적할 만하다. 연산군은 갑자사화 이후 다수의 한시를 지었을 뿐 아니라, 승지(承旨)를 비롯한 측근들에게 자신의 시에 화답하는 작품을 지어 올리게 하거나, 아예 시제(詩題)를 따로 내려 응제(應製)하게 하는 등의 방식으로 시작(詩作)에 열의를 보인다. 더불어 재래의 시편들 가운데 모범이 될 만한 작품들의 전고를 찾아 주해를 붙이게 하고 어제찬집청(御製撰集廳)을 별도로 설치하는 등 시작의 기반을 마련하는 데 비상한 관심을 보이기도 한다.[6] 그밖에 궁중에 내화청(內畫廳)을 두어 화공(畫

5 『연산군일기』 권60, 11년 12월 23일(계유); 24일(갑술); 권62, 12년 4월 3일(임자) 등.
6 배규범, 앞의 논문, 413~418면 참조.

工)들을 모아들인 후 자신이 원하는 그림이나 병풍을 제작하여 올리도록 채근하는 일도 있었다.[7]

이렇듯 연산군의 취향은 시는 물론 회화의 영역에까지 두루 걸쳐 있었으나, 이 장에서 다루는 악장과 관련하여 보다 중시되는 사항은 궐내의 각종 행사나 연회에 소용되는 궁중악의 재편이다. 갑자사화를 계기로 왕권에 대한 견제 세력이 무력화되자 연산군은 궁중에서 자주 연회를 베푸는 한편, 흥청(興淸)과 같은 전문 예인 집단을 구성하여 연악(宴樂)에 대비토록 한다. 흥청의 폐해가 심각하였으며 궁중 연회의 법도 역시 참람한 수준으로까지 훼손되었다는 점은 『연산군일기』의 여러 곳에서 확인되는 바인데, 그토록 과다한 비용을 지출하면서까지 흥청을 우대함으로써 연산군은 자신의 미감과 심회에 어울릴 만한 음악을 상시 향유하고자 하였던 것이다. 그러한 지향의 연장선상에서 종래 궁중악 가운데 마음에 들지 않는 것들을 개편하거나 새로운 내용의 악장을 지어내는 데에도 관심이 미치게 된다.

> 어서(御書)를 내리기를,
> "음악은 화창한 것을 주장하는데, 근래엔 운평(運平)과 광희(廣熙) 등 일체의 주악하는 자들이 고식(姑息)과 가례(假禮)로 죄만 피하려 하여, 밖에서와 같이 기운을 펴지 않고 혹 머리도 쳐들지 않으며 혹 한 가지 노래를 질질 끌고 있는 일이 있으니, 이것은 음악의 본뜻에 매우 어긋나는 일이므로 지금부터는 그런 일이 없이 힘써 화창하게 하여 한결같이 음악의 뜻에 맞게 하라. 만약 어기면 범한 자뿐만 아니라 관원(官員)·총률(摠律)·제조(提調)도 아울러 결죄(決罪)하고 용서하지 않을 것이다."

하였다. 이어서 전교하기를,

---

7 『연산군일기』 권47, 8년 12월 13일(신해); 권48, 9년 2월 7일(갑진) 등.

> "승지 강혼은 어서(御書)의 뜻으로 다시 글을 지어 악관(樂官)을 깨우치게 하라."

하였다. (…)[8]

위 인용에서 연산군은 음악의 본질이 화창(和暢)함에 있다고 단언하면서, 그 같은 본질적 요건을 제대로 실연하지 못하는 궁중의 악대, 즉 운평과 광희의 태도에 대해 위협적인 경고를 하고 있다. 악공들이 힘써 연주하지 않거나 고식적으로 꾸며서 연주하기에 침울한 심사를 자아낸다는 지적이다. 이처럼 악의 요건을 화창함으로 규정함으로써 연산군은 종래의 엄숙하고 규범적인 정취를 거부하고 새로운 주조와 분위기의 악장을 요구하게 되었던 것으로 분석된다.[9]

위의 사항들과 긴밀히 연관되면서 또 하나 연산군이 종래 악장을 개찬하고자 의도하였던 요인은 자신의 치세를 대내외에 현창하려는 목적 속에서 찾아볼 수 있다. 악장이란 기본적으로 왕조 창업의 위업을 찬양하고 번영이 지속되기를 염원하는 내용으로 구성되므로 칭송의 수사가 필연적으로 개재되기 마련이다. 이러한 특질에 의거하여, 연산군은 그가 '간흉(奸凶)의 척결(剔抉)' 작업이라 규정했던 갑자사화의 업적과 사화 이후의 태평세(太平世)를 찬양하는 악장이 필요하다고 생각했던 것이다. 다음과 같은 언급은 그러한 연산군의 의도를 파악하는 데 도움을 준다.

---

8 『연산군일기』 권60, 11년 11월 13일(갑오). "下御書曰: "樂主和暢, 而近來運平廣熙一應奏樂人等, 姑息假禮, 謀欲逃罪, 不似在外布氣, 或不擡首, 或牽一歌等事, 甚乖樂意. 自今毋使如是, 務獻和暢, 一稱樂意. 違則非唯犯者, 官員·摠律·提調, 竝決罪不饒." 仍傳曰: "承旨姜渾, 以御書意改製, 諭樂官." (…)"

9 한편, 음악의 본질이 화창함에 있다고 했던 연산군의 언급은 시에 대해서도 유사하다. 그는 당시의 규례적 시작법을 거부하고 홍성한 기운이 느껴지는 시를 짓거나 신하들에게 짓도록 종용하는 데 주안을 두었다. [조규익, 앞의 논문, 64~71면; 배규범, 앞의 논문, 422~423면.]

> 전교하기를,
> "이번에 간흉(奸兇)이 모조리 제거되어 조야(朝野)가 무사하매, 이에 5월 5일로 대비전(大妃殿)께 진연(進宴)하고, 여러 왕후의 친족에게 공궤(供饋)하여, 위로 자전(慈殿)을 받들고 아래로 구족(九族)을 돈독히 하려 하니, 이 뜻으로 글 잘하는 문신으로 하여금 <상대별곡(霜臺別曲)> 체(體)에 따라 곡을 짓게 하여, 운평으로 하여금 익혀서 연주하게 하라."

하였다.[10]

재위 중인 임금의 업적이나 덕망을 칭송하기 위한 악장이 지어진 사례는 이전에도 여럿 발견된다. 태조대의 〈정동방곡(靖東方曲)〉·〈문덕곡(文德曲)〉·〈신도가(新都歌)〉, 태종대의 〈근천정(覲天庭)〉·〈수명명(受明命)〉, 세종대의 〈하황은(荷皇恩)〉·〈가성덕(歌聖德)〉·〈축성수(祝聖壽)〉·〈화산별곡(華山別曲)〉, 세조대의 〈평삭방송(平朔方頌)〉 등은 모두 조정의 기강을 확립한 업적이나 문치를 이룬 덕망·신도 한성(漢城)의 형승·명 조정과 원만한 관계를 유지한 공적·반란을 평정한 무공 등 재위기에 일어난 여러 사안들을 악장으로 형상화한 사례이다. 그러나 이들 악장의 경우 적어도 표면적으로는 조정의 신료가 자발적으로 지어 임금에게 헌상하는 모양새를 취했던 반면, 연산군은 직접 신제 또는 개찬 악장의 내용과 형식을 적시하고 그에 맞게 신하들이 실제 작품을 지어 올리도록 종용하는 방식을 택하였다. 이는 매우 이례적이라 할 만한데,[11] 그와 같은 무리를 하면서까지 연산군은 악장을 통해 자신의 치적

10 『연산군일기』 권57, 11년 4월 23일(무인). "傳曰: "今者奸兇盡去, 朝野無事. 玆以五月初五日進宴于大妃殿, 仍饋諸王后族親, 上奉慈殿, 下敦九族. 其以此意, 令能文文臣, 依〈霜臺別曲〉體製曲, 令運平習奏之.""

11 특히 세종(世宗)이 현 임금의 업적을 악장으로 지어 연행하는 것은 격에 맞지 않는 일이라고 언급했던 전례까지 상기한다면, 연산군의 이러한 행적은 더욱 두드러진다. [『세종

을 대내외에 공인하려는 의도를 강하게 내비쳤던 것이다.

연산군이 악장을 개찬한 이유와 관련하여 위에서 논의한 세 가지 사항, 곧 재래 악장이 지니고 있던 전범성에 대한 거부·문학 및 음악에 대한 기호·그리고 자신의 업적을 악장으로써 현상(現像)하려는 목적은 실상 서로 긴밀하게 연관됨은 물론, 상호에게 조건으로 작용되기도 하였다. 때문에 이 가운데 어떠한 요소가 보다 우선하는지를 가늠하기는 어려우나, 대개 연산군대의 악장 개찬이 갑자사화 직후부터 이루어진다는 점에 착안한다면, 마지막에 거론한 요인, 즉 '간흉'을 척결한 위업을 악장의 공식적 성격을 활용하여 드러내 보이려는 목적이 가장 주요했던 것으로 파악된다. 여기에 문학 및 음악에 대한 연산군의 관심과 기호가 더해지면서 그러한 의도가 더욱 구체화되었고, 부왕에 대한 개인적인 반감이 발동하여 성종 재위 말엽『악학궤범』으로 종합·정리된 악장의 체계를 무단히 변개해 보고자 하는 가외의 의도까지 작용한 것으로 보인다. 이처럼 연산군대의 악장 개찬은 여러 복합적 의도와 배경 속에서 이루어졌던 것이다.

3. 개찬의 내역과 특징

『연산군일기』에서 발견되는 악장 관련 기사는 대부분 연산군이 문신들에게 신제 악장을 주문하거나 기존 악장의 개수(改修)를 지시하는 문맥으로 이루어져 있다. 노랫말까지 모두 기록된 경우는 드물 뿐만 아니라, 관련 기사들도 단발적인 언급에 그치는 경우가 많아서 그 전후 맥락

실록』 권56, 14년 5월 7일(갑자).]

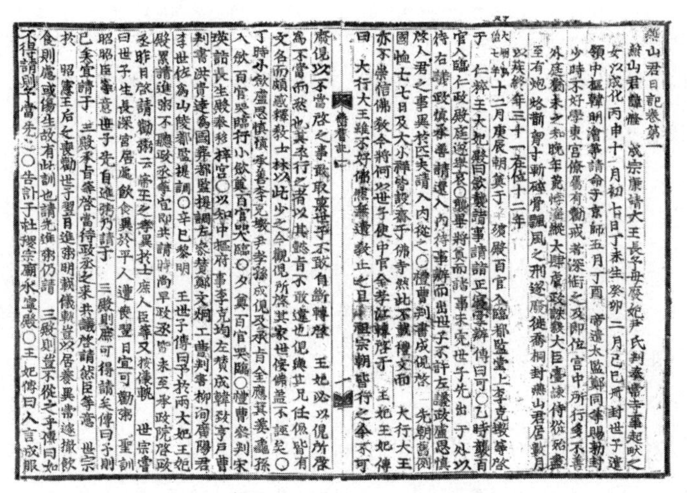

燕山君日記卷第一
燕山君諱㦕 成宗康靖大王長子母廢妃尹氏判奉常寺事起畎之
女以成化丙申十一月初七日丁未生癸卯二月己巳冊封世子遣
領中樞韓明澮等請命于京師五月丁酉 帝遣太監鄭同等賜勅封
少時不好學東宮僚屬有勸戒者深銜之及即位宮中所行多不善
外庭猶未之知晩年荒惇淫縱大肆虐政誅戮大臣臺諫侍從殆盡
至有炮烙剖孕寸斬碎骨飄風之刑遂廢徙喬桐封燕山君居數月
以疾終年三十一在位十二年
大明弘治七年十二月庚辰朝奠于 殯殿百官入臨都監堂上李克墩等啓
于 仁粹王大妃殿曰欲啓諸事請詣正寢擧哀傳曰可○巳時襲百
官入臨仁政殿庭遂擧哀○襲畢將負而諸事未完世子先出于外以
侍右議政愼承善請還入內侍事辦而出世子不許左議政盧思愼
啓人君之事異於匹夫請入內從之○禮曹判書成俔啓 先朝舊例
國恤七七日及大小祥皆設齋于佛寺然此不載禮文而 大行大王
亦不崇信佛敎今將何以世子使中官金孝江傳啓于 王妃王妃傳
曰 大行大王雖不好佛然無遺敎止之且 祖宗朝皆行之今不可
廢俔以不當啓之事敢取稟世子不敢自斷轉啓 王妃必以俔所啓
爲不當而然也其本行之者以其然者不敢違也俔與其兄任俔皆有
文名而頗惑釋敎士林以此少之今觀俔所啓其家世侫佛蓋不誣矣○
丁時小斂盧思愼愼承善李克墩尹孝孫成俔及承旨全應其姜龜孫
入斂百官哭臨行小斂奠百官哭臨○夕奠百官哭臨○禮曹參判宋
瑛詣長生殿奉移梓宮○以知中樞府事李克均左贊成韓致亨戶曹
判書洪貴達爲國葬都監提調左參贊鄭文炯工曹判書柳洵廣陽君
李世佐爲山陵都監提調○辛巳黎明 王世子傳曰予於兩大妃王妃
殿累請進粥不聽政丞等宜即共請時尙早政丞皆未至承政院啓政
丞昨日啓請勸粥云帝王之孝異於士庶人臣等又援像趙 世宗嘗
曰世子生長深宮居處飮食異於平人遭喪翌日宜可勸粥 聖訓
昭昭臣等意世子先自進粥乃請于 三殿則庶可得請矣傳曰予則
已矣宜請于 三殿承旨等啓當待政丞之來共議啓請然臣等意 世宗
於 昭憲王后之喪勸世子翌日進粥明祖儀軌豈以居養異常遂撤飮
食則處或傷生故有此訓也請先進粥仍請 三殿則豈不從之乎傳曰如
不得請則予當先之○告訃于社稷宗廟永寧殿○王妃傳曰入言成服

【그림3】『연산군일기』 권1 「총서」

을 파악하기가 어렵다. 다만, 신제와 개수를 막론하고 연산군의 의도는 종래 악장을 일부 산삭하여 다른 방식으로 연행하거나 기존 악장의 시형에 의거하여 가사를 새로 지어 붙이는 등 이전의 악장을 활용하는 방식으로 실현된다. 따라서 연산군대의 악장 개찬을 살피는 데에도 역시 기존 악장이 어떠한 경로로 활용되었는지를 기준으로 내역을 나누고 그 구체적인 특징을 도출하는 것이 효과적이리라 생각한다. 이하에서 이와 같은 방식에 따라 논의를 진행하되, 논의의 차례는 『연산군일기』에 수록된 기사의 시간적 순서를 따른다.

1) 〈봉황음(鳳凰吟)〉

연산군대의 악장 개편과 연관된 가장 이른 시기의 기록은 세종대 윤회(尹淮, 1380~1436)가 지은 〈봉황음〉에 대한 언급으로부터 발견된다.[12] 갑자사화가 마무리되어 가던 때인 재위10년(1504) 12월에 이르러 연산군은 창기(唱妓)들을 모아 흥청과 운평 등의 조직을 새로 설치함으로써 연악에 대비토록 하는데, 〈봉황음〉 관련 기사 역시 흥청의 설치 시기와 인접해 있다.

> 전교하기를,
> "흥청 등의 이름은 간흉을 탕척(蕩滌)하는 뜻을 취한 것이니, 문장에 능한 자로 하여금 <봉황음>의 곡조에 의거하여 가사를 짓게 하라."
> 하였다.[13]

이 기사가 나오기 며칠 앞서 연산군은 창기 및 악공들의 조직을 세 부류로 나누어 각각 '흥청'·'운평'·'광희'라고 이름 붙이면서 그 뜻을 풀이하였다. 이때 흥청은 "사악한 더러움을 씻어낸다[탕척사예(蕩滌邪穢)]"라고 하였거니와,[14] 위에서도 역시 유사한 어구로써 흥청의 의미를 설명하고 있다. 문맥으로 미루어 볼 때, 연산군은 그 같은 흥청의 뜻에 걸맞은 악장을 지어내라 지시한 것으로 이해되는데, 이를테면 흥청의

---

12 "山河千里國에 佳氣鬱葱葱ᄒᆞ샷다 / 金殿九重에 明日月ᄒᆞ시니 / 群臣千載예 會雲龍이샷다 / 熙熙庶俗ᄋᆞᆫ 春臺上이어늘 / 濟濟群生ᄋᆞᆫ 壽域中이샷다 / 濟濟群生ᄋᆞᆫ 壽城中이샷다 / 高厚無私ᄒᆞ샤 美貺臻ᄒᆞ시니 / 祝堯皆是 太平人이샷다 / 祝堯皆是 太平人이샷다 / 熾而昌ᄒᆞ시니 禮樂光華ㅣ 邁漢唐이샷다 / 金枝秀出 千年聖ᄒᆞ시니 / 緜瓞增隆 萬歲基샷다 / 邦家累慶이 超前古ᄒᆞ시니 / 天地同和ㅣ 卽此時샷다 / 邦家累慶이 超前古ᄒᆞ시니 / 天地同和ㅣ 卽此時샷다 / 豫遊淸曉애 玉輿來ᄒᆞ시니 / 人頌南山ᄒᆞ야 薦壽杯샷다 / 人頌南山ᄒᆞ야 薦壽杯샷다 / 配于京ᄒᆞ시니 十二瓊樓ㅣ 帶五城이샷다 / 道與乾坤合 恩隨 雨露新이샷다 / 千箱登黍稌 庶彙 荷陶鈞이샷다 / 帝錫元符ᄒᆞ샤 揚瑞命ᄒᆞ시니 / 滄溟重潤ᄒᆞ고 月重輪이샷다 / 滄溟重潤ᄒᆞ고 月重輪이샷다 / 風流楊柳에 舞輕盈ᄒᆞ니 自是豐年에 有笑聲이샷다 / 自是豐年에 有笑聲샷다 / 克配天ᄒᆞ시니 聖子神孫이 億萬年이쇼셔." [『세종실록』 권146, 「악보」.]

13 『연산군일기』 권56, 10년 12월 28일(갑신). "傳曰: "'興淸'等名, 取蕩滌姦兇之意. 令能文者, 依〈鳳凰吟〉曲, 作歌詞.""

14 『연산군일기』 권56, 10년 12월 22일(무인). "下御書樂名, 曰'興淸', 曰'運平', 曰'廣熙'. 仍傳曰: "所謂'興淸'乃蕩滌邪穢之意也, '運平'乃運際太平之意也. 其意何如?" 承旨等啓: "稱號甚美.""

주제가와도 같은 노래를 주문하였던 셈이다. 따라서 당시 새로 지은 노래는 물론 흥청이 담임하여 연행하였을 것이며, 이를 통해 흥청의 지위를 보장하는 한편 조직을 보다 공고하게 다지려 했던 듯하다.

여기에서 주목할 만한 점은 연산군이 신제 악장의 본보기로 〈봉황음〉을 적시하였다는 사실이다. 이는 〈봉황음〉에 대한 연산군의 호감이 반영된 결과로 해석할 수 있을 것이다. 우선 〈봉황음〉이 〈처용가(處容歌)〉의 곡조에 가사만 바꾸어 제작된 작품이라는 점에 유념할 필요가 있다. 고려조부터 연행되어 온 〈처용가〉는 그것대로 조선조에 들어서도 지속적으로 전승되지만, 또 한편으로는 세종대 윤회에 의해 지어진 현토악장(懸吐樂章)으로 기존 노랫말이 대체된 채 향유되기도 한다.[15] 연산군은 본인이 직접 처용무(處容舞)를 출 정도로 〈처용가〉에 대한 애호가 깊었던 만큼,[16] 신제 악장에도 〈처용가〉의 곡조를 그대로 활용하여 흥취를 이어가고자 의도하였을 개연성이 높다. 아울러 무가적 성격을 띠는 〈처용가〉에 비해 〈봉황음〉은 그 제목에서도 드러나듯 태평세를 맞이한 감탄과 임금에 대한 송축을 담고 있기 때문에 이 같은 가사의 뜻을 흥청이 부를 새로운 작품으로 전용하려 했던 것으로도 파악된다. 결국, 〈봉황음〉은 악곡으로나 가사로나 연산군의 기호에 십분 부합하는 작품이었던 것이다.

> 지제교 조계형이 <봉황음(鳳凰吟)>의 체(體)를 본떠 악장을 지어서 바치니, 도로 승정원에 내리며 이르기를,
> "조계형으로 하여금 구결(口訣)을 써서 들이게 하라."

---

15 〈처용가〉의 전승 양상에 대해서는 김수경, 『고려 처용가의 미학적 전승』, 보고사, 2004, 207~268면; 김명준, 『악장가사연구』, 다운샘, 2004, 153~160면 등에서 상세히 다루어진 바 있다.

16 김수경, 앞의 책, 208~213면; 김명준, 앞의 책, 156~157면.

하고, 또 대제학 김감 · 호조참판 박열에게도 지어 바치게 하였다.[17]

연산군의 전지가 내려진 지 약 한 달여가 지난 시점에 근신인 지제교 조계형(曺繼衡, 1470~1518)이 가사를 지어 올린다. 그러나 그의 작품이 연산군의 의도에서 벗어나 있었음은 위 기사로부터 어렵지 않게 간취된다. 우선 연산군은 작품의 내용 자체가 별반 마음에 들지 않았던 것으로 보이는데, 같은 날 또 다른 측근인 김감(金勘, 1466~1509)과 박열(朴說, 1464~1517)에게도 악장을 지어 진상토록 동일한 지시를 내린 점에서 이를 확인할 수 있다.

아울러 연산군의 불만이 단지 내용상의 측면에만 국한되는 것이 아니라 악장의 형식적 측면에까지 미치고 있다는 점은 더욱 눈여겨볼 만하다. 위 기사에 따르면, 조계형은 명에 따라 작품을 짓기는 하였으되, 구결을 달지 않은 채 한문으로만 이루어진 작품을 진상한 것으로 확인된다. 당초 〈봉황음〉은 5언과 7언이 복합된 31구의 한시에 국문으로 토를 붙인 형식으로서 〈처용가〉의 곡조에 가사를 맞추기 위해서는 그 같은 현토(懸吐)가 필연적으로 요구되던 상황이었다. 따라서 연산군이 요구한 신제 악장은 현토까지 적절하게 이루어져 곧바로 연행할 수 있을 정도의 완결된 형태였던 반면, 조계형은 그러한 연산군의 의도를 제대로 간파하지 못한 채 한시를 지어내는 데에만 치중하였던 것이다.

이처럼 연산군은 악장을 개찬하는 데 있어서 직접 그 의미는 물론 형태에 대해서까지 일일이 지침을 내릴 정도로 악장에 대한 조예가 깊었을 뿐만 아니라, 실제 연행을 염두에 두고서 악장의 개찬을 추진하였다는 사실을 알 수 있다. 그 같은 경향은 이후 다른 작품을 개찬하는

---

17 『연산군일기』 권57, 11년 2월 8일(갑자). "知製教曺繼衡效〈鳳凰吟〉體, 製樂章以進, 還下承政院曰: "令繼衡書口訣以入. 又令大提學金勘·戶曹參判朴說製進.""

과정에서도 폭넓게 발견된다.

2) 〈납씨곡(納氏曲)〉

연산군대의 악장 개찬과 관련하여 가장 빈번하게 거론되었던 작품은 태조대 정도전(鄭道傳, 1342~1398)이 지은 〈납씨곡〉이다. 태조(太祖)가 잠저시에 북청(北青)과 홍원(洪原) 등지로 침공한 원나라 행성승상(行省丞相) 나하추(納哈出, Naghachu, ?~1388)를 격퇴했던 무공을 노래한 〈납씨곡〉 역시 앞서 〈봉황음〉과 마찬가지로 재래의 악장을 가사만 바꾸어 활용한 경우에 해당하며, 그 대상은 〈청산별곡(青山別曲)〉이다.[18] 이번에도 연산군은 다음과 같이 '납씨곡'이라는 곡명을 명확히 거론하면서 악장의 개편을 주도한다.

> 전교하기를,
> "오는 21일에 종묘 · 사직에 친제(親祭)하고서 환궁(還宮)할 때에 불[鼓吹] 악장은 간흉(奸兇)을 씻어 내며 인사(禋祀)를 몸소 받든다는 뜻으로, <주납씨(走納氏)>의 가조(歌調)에 따라 특별히 지어서 연주하라."
> 하였다. (…)[19]

---

18 이 작품은 『태조실록』 권4, 2년 7월 26일(기사); 『세종실록』 권147, 「악보」; 『삼봉집』 권2, 「악장」에는 모두 '납씨곡'이라는 제명 아래 5언 16구의 한시만이 수록되어 있다. 〈납씨곡〉은 〈청산별곡〉의 악곡에 올려 부를 목적으로 지었기 때문에 한시 작품에 부분부분 현토를 하여 연행하였으며, 현토까지 완료된 노랫말이 『악학궤범』 권2, 「時用俗部祭樂」에 전해온다: "納氏恃雄强ᄒᆞ야 / 入寇東北方ᄒᆞ더니 / 縱傲夸以力ᄒᆞ니 / 鋒銳라 不可當이로다 / 我后ㅣ 倍勇勇ᄒᆞ샤 / 挺身衡心胸ᄒᆞ샤 / 一射애 斃偏裨ᄒᆞ시고 / 再射애 及魁戎ᄒᆞ시다 / 裹瘡不暇救ㅣ라 / 追奔星火馳ᄒᆞ더니 / 風聲이 固可畏어늘 / 鶴唳도 亦堪疑로다 / 卓矣莫敢當ᄒᆞ니 / 東方이 永無憂ㅣ로다 / 功成이 在此擧ᄒᆞ시니 / 垂之千萬秋ㅣ샷다." 『악학궤범』에는 제명이 '납씨가(納氏歌)'로 바뀌어 있다.

19 『연산군일기』 권57, 11년 1월 18일(갑진). "傳曰: "來二十一日, 宗廟·社稷親祭後還宮時,

사흘 앞으로 다가온 친제시에 연주할 환궁악을 새로 지어 준비하라는 급작스러운 전교가 내려진다. 종묘와 사직을 친제할 때 연주하는 악장은 이미 규정화되어 있는 데다 두 악장의 의미가 워낙 각별한 탓에 전례에 크게 얽매이지 않았던 연산군조차도 이들 악장에 어떠한 변개를 가하기는 꺼려졌던 듯하다. 따라서 이에 대해서는 별다른 언급을 하지 않은 대신 환궁시의 악장을 새로 짓게 함으로써 자신이 종묘사직에 친제하는 이유를 보다 명확히 드러내려 하였던 것으로 파악된다.

이때 연산군이 굳이 〈주납씨〉, 즉 〈납씨곡〉을 적시하여 신제 악장의 바탕으로 삼으라 지시한 이유에 대해서는 선행 연구에서 이미 설득력 있게 추론된 바 있다. 즉, 〈납씨곡〉은 국가의 존망을 좌우할 정도로 큰 위협이었던 나하추를 태조가 뛰어난 결단력과 무공으로 완전히 패퇴시킨 업적을 다루고 있기 때문에, 연산군 자신이 간흉을 축출해 내었다고 자부하는 갑자사화를 그러한 태조의 업적에 견주려 하였다는 것이다.[20] 이를테면, 태조와 연산군 자신을 등치하고 나하추와 간흉을 또 한 번 등치하는 방식으로 종래 〈납씨곡〉의 내용을 신제 악장으로 자연스럽게 옮겨오려 의도했던 것으로 풀이된다.[21]

『연산군일기』의 같은 날 기사에는 당시 연산군의 지시에 따라 지어진 작품의 원문이 이례적으로 수록되어 전하기에 그 구체적인 내역을 살필 수 있다. 다만, 『연산군일기』에는 본래 작품에 달려 있었을 국문 토가 빠진 형태로 작품이 수록되어 있는데, 아래에서는 〈납씨곡〉의 현

鼓吹樂章, 蕩滌奸宄, 躬奉禋祀之意, 依〈走納氏〉歌調, 別製奏之." (…)"

20 조규익, 앞의 논문, 74면.

21 한편, 〈납씨곡〉은 부왕 성종대에 이미 〈임옹곡(臨甕曲)〉과 같은 신찬 등가악장(登歌樂章)을 짓는 데에도 활용된 전례가 있다. 따라서 이 작품을 또 다른 신제 악장의 바탕으로 삼기에 무난하다는 경험적 판단도 어느 정도는 개입되었을 것으로 보인다. 이 점에 대해서는 본서의 제1부 2장 「선초 악장 〈납씨곡〉의 특징과 수용 양상」의 3절 2)항 (1)목을 참조.

토 방식에 따라 국문 토를 재구하여 원문을 인용한다.[22]

天衢白日明ᄒᆞ야	중천에 해가 밝아
魑魅莫遁情ᄒᆞ더니	도깨비가 뜻을 숨기지 못하더니
群兇一蕩除ᄒᆞ니	흉악한 것들이 모두 제거되니
泰運이라 方升亨이로다	태평의 기운이라 바야흐로 트이도다.
春生이 復秋殺ᄒᆞ야	봄에 살아난 것이 다시 가을에는 죽어
舒慘陰與陽ᄒᆞ야	변화하는 것이 음(陰)과 양(陽)의 일이어서
明良이 更濟濟ᄒᆞ시고	밝은 임금과 어진 신하가 다시 엄숙하시고
會朝애 同淸光ᄒᆞ시다	회조(會朝)에 맑은 빛을 함께하시도다.
享祀或稽彝ㅣ라	제사 지내면서 제도를 상고하네.
舊與兼新儀ᄒᆞ시니	옛 법도에 새 의식을 겸하시니
玉帛애 薦蘋藻어늘	옥과 비단에 제물을 차리거늘
精禋도 昭孝思로다	정결한 제사도 효도하는 뜻을 밝힘이로다.
洋洋在左右ᄒᆞ니	선령(先靈)이 가까이 있는 듯하니
肹蠁이 景福膺ㅣ로다	힐향(肹蠁)이 큰 복을 받도다.
萬歲ㅣ 開太平ᄒᆞ시니	만세가 널리 태평하시니
聖壽如岡陵ㅣ샷다	성수(聖壽)가 강릉(岡陵) 같으시도다.

위 작품과 〈납씨곡〉을 비교하면 구문으로나 내용상의 차서로나 매우 유사하다는 사실을 발견할 수 있다. 본래 〈납씨곡〉에 달려 있던 국문

---

22 당시의 작품은 김감과 이조정랑(吏曹正郎) 이우(李堣, 1469~1517)가 지은 것으로 확인된다. [『연산군일기』 권57, 11년 1월 18일(갑진).] 한편, 당초 연산군은 현토까지 완료된 작품을 염두에 두었을 것이다. 앞서 〈봉황음〉에 의거하여 가사를 지으라는 전교를 받은 조계형이 현토되지 않은 작품만을 올렸다가 구결까지 써서 들이라는 지시를 받았던 데에서도 드러나듯 연산군은 현토 역시 악장의 필수 요소로 생각하고 있었기 때문이다. 따라서 김감과 이우가 지어 올린 신제 작품에도 현토가 되어 있었을 가능성이 크며, 이때 〈납씨곡〉의 토가 그대로 활용되었을 것이다. 다만, 현토하는 어휘는 작품의 내용에 따라 다소간 바뀌었을 것으로 보이는데, 〈납씨곡〉의 토를 그대로 적용하기 어려워 필자가 임의로 변개한 부분에는 따로 표시를 하여 구분하였다.

토가 몇 군데 선어말어미를 바꾸는 정도를 제외하면 개작 작품으로 별반 무리 없이 적용되는 점에서도 드러나듯, 신제 악장은 명백히 〈납씨곡〉의 형식을 온전히 보존하는 방식으로 지어졌던 것이다. 특히 8구까지에서 간흉이 제거되는 과정을 다룬 것은 〈납씨곡〉의 앞부분에서 나하추의 군대가 태조에 의해 제압되는 과정을 다룬 것과 대를 이룬다. 9구 이하에서는 종묘사직에 친제하는 연산군의 모습이 조명되는데, 이는 물론 작품 자체가 종묘사직에 친제한 후 환궁시에 연주하기 위한 목적으로 제작되었기 때문이거니와, 〈납씨곡〉에서도 9구 이하에서는 나하추가 물러가고 평화가 깃드는 장면이 부각되고 있기에, 양자는 대업을 이룬 후의 평온한 광경을 제시한다는 점에서 또 한 차례 일치하는 특성을 보이는 것이다.

이렇듯 전래의 음악을 그대로 활용하면서 가사의 대의까지 이어받아 개작하는 방식으로 지어진 위 악장에 대해 연산군은 상당히 만족하였던 것으로 보인다. 그는 며칠 뒤 이 작품을 장악원(掌樂院)에 내리면서 앞으로 흥청이 익혀 가창토록 지시하는 한편,[23] 그 첫 어구를 따 '천구가(天衢歌)' 또는 '천구백일명가(天衢白日明歌)'라 이름 붙이기도 하였던 것이다. 일단 흥청이 담당하여 부르도록 하였다는 기사로부터 이 작품이 당시 빈번하게 연행되었으리라는 사실을 짐작할 수 있는데, 실제로 이후 이루어지는 다른 작품의 개찬에 있어서도 〈천구가〉는 모범적 사례로서 흔히 지목되고는 한다.

작품이 지어진 지 두 달여 지난 시점에 〈천구가〉가 또 다시 거론되었던 것 역시 그러한 중요도를 반영한다. 재위11년(1505) 4월 2일에는 표

23 『연산군일기』 권57, 11년 1월 24일(경술). "傳于掌樂院曰: "今下新樂章, 其教習新揀擇興清樂.""

면적으로나마 진정되어 가는 듯하던 조정의 분위기가 재차 풍파에 휩싸이게 된다. 『연산군일기』의 이날 기사에 따르면 내관(內官) 김처선(金處善, ?~1505)이 술에 취한 상태에서 연산군에게 폐정을 비판하는 언사를 거침없이 쏟아 내었으며, 이에 연산군이 격분하여 김처선을 쳐 죽이고 김처선과 이름이 같은 관원들을 모두 개명케 하는 한편, '처(處)'자를 궁중에서 아예 쓰지 못하도록 하는 극단적 조치까지 내린다.[24] 그래도 울분을 삼키지 못한 연산군은 이튿날 다음과 같은 어제시를 내려 자신의 분노를 표출한다.

殘薄臨民莫類予	백성에게 잔인하기 내 위 없건만
那思姦閹犯鸞輿	내시가 난여(鸞輿)를 범할 줄이야.
羞牽痛極多情緖	부끄럽고 통분해 정서 많아서
欲滌滄浪恨有餘[25]	바닷물에 씻어도 한이 남으리.

조정에 특정 사안이 벌어질 때마다 연산군이 자신의 심회를 시에 담아 표출하고 그에 대한 근신들의 화답시를 요구하였던 것은 갑자사화 이후 빈번하게 발견되는 행적이므로 이 경우에도 과히 별다를 것은 없다. 문제는, 그 같은 방식으로도 연산군의 울분이 쉽게 가라앉지 않았다는 데 있다. 특히 문신들에게 화답시를 요구하는 것은 자신의 심정과 의사에 대한 신료의 동의를 이끌어 내거나 혹은 강요하기 위한 처사라 할 수 있겠는데, 이번 사건의 경우에는 그 정도의 공명(共鳴)으로도 부족하였던 듯하다. 때문에 연산군은 자신의 입장을 보다 공론화할 수 있는 방안을 모색하게 되며, 그러한 고민 끝에 다시 등장하는 대상이

---

24 『연산군일기』 권57, 11년 4월 2일(정사).

25 『연산군일기』 권57, 11년 4월 3일(무오).

악장, 그 가운데에서도 〈천구가〉이었던 것이다.

> 전교하기를,
> "<척한가(滌恨歌)>의 가사를 <천구백일명가> 악장의 예에 따라, 김감 · 박열 · 조계형으로 하여금 상하가 서로 화답하는 뜻으로 지어 바치게 하라."
> 하였다.[26]

연산군은 전일 자신이 지어 내렸던 어제시를 악장으로 확대·개작할 의도를 내비친다. 심지어 악장이 아직 지어지지도 않은 상태에서 그 제목을 '척한가'라고 명명하였는데, 이 명칭은 어제시의 마지막 구['欲滌滄浪恨有餘']에서 따온 것으로서 김처선의 사건에 대한 울분을 악장을 지어 일부나마 해소해 보려는 뜻을 읽어낼 수 있다. 이때 신제 악장의 본보기로 연산군이 〈천구가〉를 지목한 이유는 본래 〈납씨곡〉 단계에서부터 내재되어 있던 작품의 주조, 즉 적세(敵勢)를 일거에 물리치고 평정을 회복하였다는 주조를 김처선의 사건에 대해서도 효과적으로 적용해 보려 한 때문으로 짐작된다.

더욱 주목할 만한 대목은 그가 신제 악장의 내용은 물론 표현 방식, 즉 상하가 화답하는 뜻으로 지어야 한다는 점에 대해서까지 구체적인 지침을 내리고 있다는 사실이다. 연산군은 김처선의 처사에 대해 느끼는 분노가 단지 개인적 수준에 그치지 않고 상하 모두가 인식하는 공분(公憤)의 수준으로 표출되어야 한다는 점을 강조하고자 하였던 것이다. 악장이란 기본적으로 공적 영역에서 연행되는 특성을 지닐 뿐만 아니

---

26 『연산군일기』 권57, 11년 4월 4일(기미). "傳曰: "〈滌恨歌〉詞, 依〈天衢白日明歌〉章例, 令金勘·朴說·曺繼衡, 以上下相和之意製進.""

라 한 번 제작된 악장은 정도의 차이는 있을지언정 대개 후대에까지 지속적으로 전승되기 때문에 작시와는 또 다른 차원에서 연산군은 악장의 개찬과 제작에 깊은 관심을 보였던 것이라 분석할 수 있다. 그 같은 의도를 가장 뚜렷이 확인할 수 있는 사례가 바로 〈천구가〉인 것이다.

한편, 〈천구가〉가 제작되었다고 해서 〈납씨곡〉이 폐기되지는 않았던 것처럼 〈척한가〉의 제작 이후 〈천구가〉의 의미가 퇴색된 것도 아니었다. 특히 〈천구가〉는 연산군이 무척 만족스러워 했던 작품이었기 때문에 폐위 전까지 궁중에서 빈번하게 연행되었으리라 추정된다. 본래 작품의 첫 구를 따서 잠정적으로 '천구가' 또는 '천구백일명가'라 했던 제목을 수개월 후 '경청가(敬清歌)'라 고쳐 부르도록 지시하였던 것 역시 〈천구가〉에 대한 연산군의 애호를 반영한다.[27] 바로 다음 달에는 대사례(大射禮)를 거행한 후 환궁할 때 연주하는 음악을 따로 제작하라 전교하면서 또 다시 〈경청가〉, 즉 〈천구가〉의 형태에 따라 지으라고 지시하는데, 여기에서도 이 작품의 활용도가 잘 드러난다.[28]

결국, 〈청산별곡〉이 태조대에 〈납씨곡〉으로 한 차례 개찬되었다가 연산군대에 〈천구가〉로 다시 개찬되고, 〈천구가〉는 그것대로 활발하게 활용되는 한편, 〈척한가〉와 대사례 후 환궁시의 악장을 지어내는 데에도 모태가 되었던 일련의 과정을 정리할 수 있다.[29]

---

27 『연산군일기』 권58, 11년 7월 2일(을유). "傳曰: "〈天衢歌〉, 改曰〈敬清歌〉, 〈邦家開赫業歌〉, 改〈泰和吟〉, 〈黃河清曲〉, 改曰〈赫磐曲〉.""

28 『연산군일기』 권59, 11년 8월 7일(기미). "傳曰: "大射禮後還宮時, 樂章依〈敬清曲〉調, 別製以奏.""

29 이 밖에도 〈납씨곡〉은 더욱 다양한 방식으로 후대의 악장에 영향을 미치게 된다. 이와 관련된 구체적 사항은 본서의 제1부 2장 「선초 악장 〈납씨곡〉의 특징과 수용 양상」의 3절을 참조.

3) 〈상대별곡(霜臺別曲)〉

태조대 권근(權近, 1352~1409)이 지은 〈상대별곡〉은 『악장가사(樂章歌詞)』에 그 전문이 수록되어 전한다. 〈상대별곡〉은 내용상으로는 악장, 형태상으로는 경기체가(景幾體歌)로 분류되는 작품으로서 세종대 변계량의 〈화산별곡(華山別曲)〉, 예조(禮曹) 소찬의 〈가성덕(歌聖德)〉·〈축성수(祝聖壽)〉, 성종대에 역시 예조에서 지어 올린 〈배천곡(配天曲)〉 등이 모두 경기체가계 악장으로서의 성격을 공유한다. 연산군 또한 이러한 경기체가 계열 작품들의 존재에 대해 인식하고 있었던 듯하다.

> 전교하기를,
> "이번에 간흉이 모조리 제거되어 조야가 무사하매, 이에 5월 5일로 대비전께 진연하고, 여러 왕후의 친족에게 공궤하여, 위로 자전을 받들고 아래로 구족을 돈독히 하려 하니, 이 뜻으로 글 잘하는 문신으로 하여금 <상대별곡>의 체(體)에 따라 곡을 짓게 하여, 운평으로 하여금 익혀서 연주하게 하라."
> 하였다.[30]

위 전교는 김처선을 단죄한 지 얼마 지나지 않아 나온 것으로서, 이때는 또 한 차례 위태했던 조정의 분위기가 다시금 진정되어 가던 무렵에 해당한다. 이에 연산군은 이른바 '간흉'을 척결한 공적을 드러내고 그 기쁨을 조야에서 함께 누리기 위한 악장을 제작하도록 지시하는데, 바로 이 문맥에서 호명되어 나온 대상이 바로 '상대별곡체', 즉 경기체가 시형이었던 것이다. '체(體)'라는 말에서도 드러나듯 연산군이 염두

---

30 『연산군일기』 권57, 11년 4월 23일(무인). "傳曰: "今者奸兇盡去, 朝野無事. 玆以五月初五日進宴于大妃殿, 仍饋諸王后族親, 上奉慈殿, 下敦九族. 其以此意, 令能文文臣, 依〈霜臺別曲〉體製曲, 令運平習奏之.""

에 둔 것은 〈상대별곡〉 자체이기보다는 〈상대별곡〉이 취하고 있는 형식적 특징이었다.

여기서 주목되는 사항은, 형태적 소원(溯源)이나 연행의 빈도 등에 있어서 〈한림별곡(翰林別曲)〉이 응당 경기체가를 대표하는 작품으로 거론될 가능성이 보다 높음에도 불구하고, 경기체가 형식을 적시하기 위해 연산군이 굳이 〈상대별곡〉을 지목하였다는 점이다. 이는, 적어도 연산군대에는 〈상대별곡〉이 〈한림별곡〉만큼 자주, 또는 〈한림별곡〉 이상으로 궁중 안팎에서 빈번하게 연주되었던 사정을 반영하는 것은 아닌가 추정되기도 한다.[31]

당시 새로 가사를 지은 문신이 누구인지, 가사가 어떤 내용인지는 전해지지 않지만, 그 주조가 갑자사화를 통해 제거된 인사들의 흉포함을 부각하고 그러한 무리를 일거의 결단으로 물리친 연산군의 업적을 드러내는 수사로 점철되어 있으리라는 점을 짐작하기는 어렵지 않다. 아울러 앞서 〈천구가〉를 홍청에게 맡겨 가창토록 하였던 데 비해 이때 제작된 악장의 연주는 운평이 전담케 한 것을 보면, 연산군은 각 곡목의 특성에 따른 전문화된 연행 방식을 요구했던 것으로도 풀이된다.

이처럼 연산군이 경기체가의 형식을 도입하여 악장을 새로 짓고 그에 어울리는 연행 방식을 지향하였던 이유는 경기체가에 내재된 특유의 자긍적(自矜的) 언술과 호방한 영탄적 어조가 자신의 성대한 치세를 부각해 내는 데 대단히 효과적으로 기여하리라 여겼기 때문일 것이다.

---

31 조선조 들어 〈한림별곡〉이 예문관(藝文館)의 연향에 주로 사용된 데 비해, 〈상대별곡〉은 상대(霜臺), 즉 사헌부(司憲府) 관헌들의 일상과 자부심을 담고 있는 만큼 사헌부의 연회에서 자주 불리었을 것으로 보이며, 궁중 이외에 사연(私宴)에서 이 작품이 가창된 기록도 발견된다. [김명준, 앞의 책, 180~181면.]

4) 〈능엄찬(楞嚴讚)〉·〈관음찬(觀音讚)〉·〈미타찬(彌陀讚)〉·〈영산회상(靈山會上)〉

위에서 다룬 작품들이 대개 갑자사화와 직간접적인 연관을 지니는 반면, 이와는 조금 다른 측면에서 연산군은 여러 불교계 악장의 개찬을 신료들에게 지시하거나 자신이 직접 개찬을 수행하기도 한다.

> 전교하기를,
> "모든 가곡(歌曲) 중에서 '세계중생(世界衆生)'·'백화분기악(百花紛其蕚)'이라든가 회무(回舞)할 때에 부르는 '서방대교주(西房大教主)' 따위 및 그 나머지 모든 불(佛)에 관계되는 말을 모두 다 쓰지 말고, 전일에 가사를 제술(製述)한 문신으로 하여금 국가의 덕을 기술하여 가사를 고쳐 지어 회무할 때에 부르고 주악(奏樂)하게 하라."
> 하였다.[32]

고려조 이래의 불교계 악장을 궁중에서 계속 사용해도 좋은지 여부에 대해서는 조선왕조 개창 이후 여러 논의가 이루어져 왔으나, 오랜 관행을 갑자기 바꿀 수는 없다는 현실론에 의거하여 일부 작품이 연산군대까지도 지속적으로 연행된다. 연산군은 이러한 불교계 악장에 대해 큰 불만을 가지고 있었으나, 그 같은 불만에도 불구하고 그는 불교계 악장의 소재와 내용에 관해서는 상당히 세세하게 파악하고 있었던 것으로 확인된다. 위 기사에서 연산군은 '세계중생'·'백화분기악'·'서방대교주'와 같은 구체적인 구절을 나열하면서 문제가 되는 작품들을 일일이 거론하고 있기 때문이다. 이들 구절이 포함된 작품은 차례대로 각각 〈능엄

---

32 『연산군일기』 권58, 11년 5월 7일(신묘). "傳曰: "凡歌曲中, 如'世界衆生'·'百花紛其蕚', 回舞時所唱'西房大教主'及其餘一應屬佛之語, 竝皆勿用. 令前日歌詞製述文臣, 述國家之德, 改作歌詞, 回舞時唱奏.""

찬〉·〈관음찬〉·〈미타찬〉이다.

그 가운데 〈관음찬〉과 〈미타찬〉은 〈학연화대처용무합설(鶴蓮花臺處容舞合設)〉을 연행하는 중에 부르도록 『악학궤범』에 규정되어 있을 만큼 연산군대 이전부터 이미 그 지위를 확고하게 인정받던 작품이었다.[33] 따라서 평소 처용무와 〈처용가〉를 애호했던 연산군 또한 〈관음찬〉과 〈미타찬〉을 빈번하게 접했으리라 짐작되며, 처용무의 말미가 관음이나 미타 등 불보살에 대한 칭송과 염원으로 종결된다는 점에 대해 거부감을 느꼈던 것으로 보인다. 그는 악장이란 모름지기 현세의 위업, 즉 연산군 자신의 업적과 덕망을 드러내는 데 시종해야 한다고 생각했기 때문에 처용무의 종결 방식은 불만족스러울 수밖에 없었던 것이다.

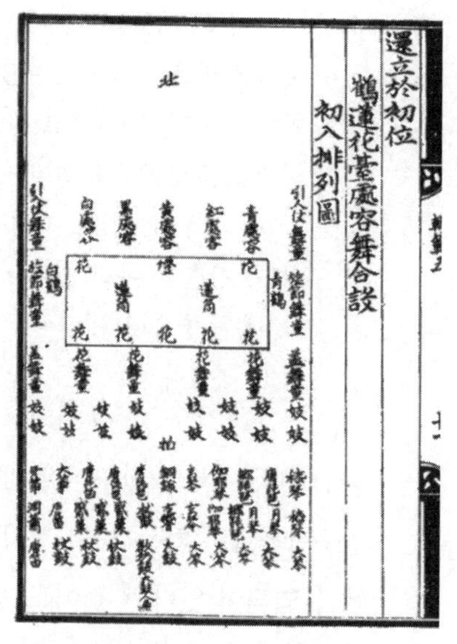

【그림4】〈학연화대처용무합설〉 초입배열도 [『악학궤범』 권5]

개찬의 대상이 된 작품은 〈관음찬〉·〈미타찬〉은 물론 〈능엄찬〉과 그 밖의 불교계 악장 전반에 이르기까지 광범하며, 개찬의 주체로는 전일 악장을 제술해 올렸던 김감·박열·조계형 등이 지목된다. 더 나아가 연산군은 자신이 직접 이 작업을 수행하기도 하는데, 그가 친히 악장을 개찬했던 첫 사례가 다음의 기사에 담겨 있다.

---

33 『악학궤범』 권5, 「時用鄕樂呈才圖儀」, 〈鶴蓮花臺處容舞合設〉. 〈관음찬〉과 〈미타찬〉의 원문도 이 부분에서 발견된다. 한편, 〈능엄찬〉은 『악장가사』에 그 원문이 수록되어 전한다. 〈능엄찬〉의 연행 방식이나 빈도에 대해서는 별다른 자료를 확인하기 어려우나, 연산군이 이 작품을 불교계 악장 가운데 대표작의 하나로 적시한 것을 보면, 그 비중이 연산군대에 이미 상당했으리라 짐작할 수 있다.

> 왕이 회무(回舞)할 때 처음에는 '영산회상불보살(靈山會上佛菩薩)'이라는 말을 불렀는데, 이것이 부처의 말이라 하여, 어제시 한 구를 내리기를, '임금이 편안하고 신하가 복스러우니 나라의 안일에 관계되네.[君綏臣福繫邦謐.]'라 하고, 승지 강혼에게 묻기를,
> "이 시구(詩句)로 고치는 것이 어떨까?"
> 하니, 강혼이 아뢰기를,
> "매우 좋습니다."
> 라고 하였다.[34]

위 대목에서 연산군이 문제 삼은 작품은 '영산회상불보살'이라는 동일구만을 반복하는 〈영산회상〉으로, 이 역시 〈학연화대처용무합설〉 중에 삽입되어 있다.[35] 적어도 초기에는 그가 직접 곡조에 맞추어 회무를 할 정도로 〈영산회상〉을 즐겼던 듯하며, 때문에 앞서 불교계 악장을 전면 개찬하라 지시할 때에도 이 작품은 대상에서 제외한 것으로 보이는데, 11월에 들어서자 연산군은 이마저 '군수신복계방밀(君綏臣福繫邦謐)'이라는, 다분히 자신의 치세를 현창하는 시구로써 대체하기에 이른다. 〈영산회상〉의 경우로 미루어 볼 때 〈능엄찬〉·〈관음찬〉·〈미타찬〉 등의 경우에도 역시 현세의 태평을 칭송하는 쪽으로 개찬이 이루어졌으리라 짐작할 수 있다.

이처럼 연산군이 불교계 악장 전반을 뒤바꾸려 했던 것은 그가 불교의 교리나 세력에 대해 꼭 부정적인 입장을 지니고 있었기 때문으로만 해석하기는 어려울 것이다. 만일 그러한 입장을 뚜렷이 지니고 있었다

---

34 『연산군일기』 권60, 11년 12월 27일(정축). "王以回舞時, 初唱'靈山會上佛菩薩'之語, 乃是佛語. 下御製一句曰: '君綏臣福繫邦謐.' 仍問于承旨姜渾曰: "以此改之何如?" 渾啓: "甚善.""

35 『악학궤범』 권5, 「時用鄕樂呈才圖儀」.

면 재위 초반부터 불교계 악장에 대한 문제제기 내지 조처가 이루어지거나 최소한 이와 관련된 논의라도 촉발되었을 것이기 때문이다. 오히려 연산군은 불보살에 대한 칭송과 찬탄으로 구성된 불교계 악장의 기조 및 분위기를 자신과 자신의 치세에 대한 감격적 언사로 쉽사리 전용할 수 있으리라 기대했던 것으로 추정된다. 아울러 그간 지속적으로 문제시되었던 불교계 악장의 내용을 군왕을 향한 송축의 수사로 변개하여 자연스럽게 이 분야의 악장을 전면 폐기함으로써 배불주(排佛主)로서의 입지를 강화하려는 가외의 효과까지도 노렸던 것으로 보인다.

5) 〈천권곡(天眷曲)〉

‘천권동수지곡(天眷東陲之曲)’이라고도 불리는 〈천권곡〉은 세종 즉위년(1418)에 참찬(參贊) 변계량이 지어 올린 한문악장이지만, 그 형태가 5장으로 이루어진 분장체(分章體)인 데다 매장 마지막에 ‘偉 萬壽無疆’이라는 후렴구가 달려 있어서 고려조의 속악(俗樂)과 매우 친연성을 지니는 작품으로 파악된다.[36] 연산군 재위 마지막 해인 12년(1506) 8월조의 기사에 이 〈천권곡〉에 대한 언급이 나타난다.

> 이희보가 지어 바친 존숭(尊崇) 때에 삼전(三殿)에 쓸 악장을 내리며 이르기를,
> “<천권곡>의 곡조에 따라 각각 한 장(章)씩을 지어서 바치라.” 라고 하였다.[37]

36 “於皇天眷東陲 / 生上聖濟時危 / 偉 萬壽無疆 / 扶太祖代高麗 / 尊嫡長正天彝 / 偉 萬壽無疆 / 受帝命作君師 / 多士輔庶績熙 / 偉 萬壽無疆 / 海寇服甘露滋 / 時之泰古所稀 / 偉 萬壽無疆 / 有聖子付丕基 / 享多壽彌萬期 / 偉 萬壽無疆.” [『세종실록』 권2, 즉위년 11월 3일(기유).]

37 『연산군일기』 권59, 11년 8월 20일(임신). “下李希輔製進, 尊崇時三殿樂章曰: “其依〈天

이날 이전에 이미 홍문관 수찬(修撰) 이희보(李希輔, 1473~1548)가 삼전에 연주할 악장을 지으라는 명을 받은 것으로 보이는데, 그 결과물이 연산군의 마음에 들지 않았던 듯하다. 이에 연산군은 진상된 악장을 도로 각하하면서 〈천권곡〉의 곡조에 따라 다시 지으라 하교한다. 이때 그가 주문한 또 하나의 요건은 공동작의 방식을 따르라는 것이었다. 즉, 5장으로 이루어진 〈천권곡〉의 형식을 유지하되, 전체를 같은 사람이 짓지 말고 한 사람이 한 장씩을 맡아 제작하라는 요구이다. 당시 이 작업에 동원된 다섯 명의 인사가 누구인지는 명확치 않으나, 일전부터 악장 개찬에 가담하였던 김감·박열·조계형·이우가 그 가운데 포함되었을 것이며, 그밖에 연산군의 어제시에 화답하는 시를 많이 제작해 올렸던 좌승지 강혼(姜渾, 1464~1519)도 한 장을 지었으리라 추정된다.

작품 제작의 일관성과 효율성의 측면에서라면 한 명의 문신이 전담하여 다섯 장 전체를 짓는 것이 보다 바람직함에도 불구하고 굳이 다섯 명이 한 장씩을 나누어 지으라 연산군이 지시한 것은 역시 악장의 공식적 성격을 십분 활용해 보고자 하는 의도로 해석된다. 그는 악장의 개찬을 통해 자신의 의지를 공론화하려 도모하였으므로 이 작업에 가급적 많은 문신들을 동원할 필요성이 있었던 것이다.

〈천권곡〉이 신제 악장의 형식적 본보기로서 돌연 호명되어 나온 배경도 그 같은 사정으로부터 풀이해 볼 수 있다. 〈천권곡〉과 같은 연장체 악장은 동일한 구조를 지닌 수개의 장이 개별성을 유지하면서도 전체적으로는 하나의 주제로 수렴되는 형식을 띠기 때문이다. 개개 장의 찬술을 여러 명에게 나누어 맡김으로써 악장을 제작하는 뜻을 문신들에게 널리 환기하는 한편, 그 결과물을 연행하는 과정에서 문신들의

眷曲〉, 曲調各製一章以進." (…)"

뜻이 하나로 합치된다는 인상까지도 전달할 수 있었던 것이다.

6) 〈감군은(感君恩)〉

〈감군은〉은 세종24년(1442) 이전에 지어진 것으로 추정되는 작자 미상의 악장으로 상진(尙震, 1493~1564)을 비롯한 사대부들에게 거문고 악곡으로도 애호되었던 작품이다.[38] 형식은 앞서 다룬 〈천권곡〉과 마찬가지로 연장체이며, 총 네 개 장의 말미에 "享福無疆ᄒᆞ샤 萬歲를 누리쇼셔 / 享福無疆ᄒᆞ샤 萬歲를 누리쇼셔 / 一竿明月이 亦君恩이샷다"라는 동일한 후렴구가 반복된다. 다만, 〈천권곡〉이 한문악장인 반면, 〈감군은〉은 국문악장이라는 점에서 차이를 보인다.

실상 〈감군은〉과 관련된 언급을 『연산군일기』에서 찾을 수는 없으나, 그럼에도 불구하고 연산군대에 〈감군은〉을 모태로 하여 새로운 작품이 지어진 것으로 파악하는 이유는 다음과 같은 기사 속에 수록된 어제(御製) 악장의 형태 때문이다.

> 어제 악장을 승정원에 내기를,
>
> 徽功偉德爲舍音道 于里慈圍舍叱多 아름다운 공 위대한 덕 하심도 우리 어머니샷다
> 隆眷深仁爲舍音道 于里慈圍舍叱多 높은 사랑 깊은 어짐 하심도 우리 어머니샷다
> 履福長綏爲舍 享億春是小西 녹과 복을 길이 편안히 하시어 억만 년 누리소서

38 〈감군은〉을 명종대 상진의 작으로 추정하는 견해가 양주동 이래 여러 논자들에 의해 반복되어 왔다. [양주동, 『麗謠箋注』, 을유문화사, 1947, 20면.] 그러나 이는 그 근거가 미약한 것이라 이미 비판된 바 있다. [김명준, 앞의 책, 111면.]

> 라고 하였으니, '爲舍音道'·'于里'·'舍叱多'·'是小西'는 모두가 조어 방언(助語方言)이다. (…)[39]

악장을 개찬할 때 연산군이 대개 근신들에게 그 소임을 맡겼던 것과는 대조적으로 이 문맥에서는 그가 친제한 악장을 신하들에게 내보이고 있다.[40] 이렇듯 연산군이 악장을 친제한 이유는 위 인용 작품의 내용을 통해서 가늠해 볼 수 있다. 앞서 살핀 개찬 또는 신제 악장들이 대부분 갑자사화의 당위성을 설파하고 그를 통해 달성된 태평세를 구가(謳歌)하는 데 주안을 두었던 것과는 달리, 위 작품은 '우리(于里) 어머니[자위(慈圍)]'라는 어구에서도 드러나듯 연산군이 모후(母后)의 덕망을 칭송하고 명복을 기원하는 내용으로 구성되어 있다. 갑자사화를 전후하여 연산군은 모후를 추모하는 몇 편의 한시를 지어 남기기도 하였는데, 그 가운데에서도 다음과 같은 작품을 위 악장과 엮어서 살펴볼 필요가 있다.

雨中風色政和寬	빗속의 바람결이 온화하고 훈훈하여
爛香桃李春媚山	흐드러진 도리화(桃李花) 향내 봄산 물들였네.
銀臺必有慈親老	은대(銀臺)에는 필시 늙으신 어머니가 계시리니
趁取花時可奉歡[41]	꽃필 때면 받들어 즐거움을 드리리.

모진 겨울을 차가운 땅 속에서 견뎌냈을 어머니를 생각하면서 꽃피

---

39 『연산군일기』 권60, 11년 12월 24일(갑술). "下御製樂章于承政院曰: "徽功偉德爲舍音道 / 于里慈圍舍叱多 / 隆眷深仁爲舍音道 / 于里慈圍舍叱多 / 履福長綏爲舍 / 享億春是小西." '爲舍音道'·'于里'·'舍叱多'·'是小西', 皆語助方言. (…)" 한편, 연산군이 이 악장을 신하들에게 내보인 12월 24일은 부왕 성종의 기일이기도 했다.

40 연산군이 악장 개찬에 직접 나선 사례는 〈영산회상〉 이외에는 이 경우가 유일한 것으로 확인된다.

41 『연산군일기』 권61, 12년 3월 14일(갑오).

는 봄날이 오면 받들어 위로를 드리겠다는 심정을 표출하고 있다. 어머니를 그리는 아들의 애틋한 마음이 위 악장에서보다 훨씬 직접적으로 드러난다. 이는 물론 자족적·개인적 성격이 강한 한시와 공식적·의례적 성격이 강한 악장 사이의 장르적 편차에서 기인하는 결과로 파악할 수 있다. 그러한 차이에도 불구하고 연산군은 어머니에 대해서만큼은 한시와 악장의 양식을 모두 동원하여 지극한 추모의 정을 담아내었던 것이다. 본인이 직접 시작의 지침을 명시하기까지 했던 한시에 비해 악장의 제작에는 연산군이 별반 자신감을 가지고 있지 못하였기 때문에 근신들에게 이 일들을 전담토록 한 경우가 많았으나,[42] 모후에게 헌상하는 악장만은 자신이 직접 지어 내고자 의도했던 것으로 보인다.

앞서 신제 악장 〈천구가〉의 제목이 그 첫 구를 따서 지은 것임을 감안한다면, 연산군의 어제 악장 역시 잠정적으로 '휘공가(徽功歌)' 또는 '휘공위덕가(徽功偉德歌)' 정도로 불리었으리라 생각되는데, 연산군대를 포함하여 선초의 악장은 대체로 전대부터 쓰이던 악곡에 가사만을 새로 지어 다는 방식으로 제작되었기 때문에 〈휘공가〉 또한 그러한 전례에 따라 지어졌을 것이다.[43]

작품의 어구와 구성을 고려할 때 〈휘공가〉와 가장 친연성을 지니는 종래 악장으로는 〈감군은〉이 지목된다. 〈감군은〉의 매장 끝에 반복되는 후렴 부분 세 구와 〈휘공가〉가 형태적으로 매우 유사한 모습을 띠고

---

42 시작 분야에 비해 악장에 대해서는 연산군이 별반 자신감을 가지지 못하였다는 점은 위 악장을 내리면서 그가 피력한 견해에서도 드러난다. 여기에서 연산군은 자신의 어제작이 '거친 말[荒辭]'에 불과하다며 조심스러운 태도를 보인다: "(…) 仍傳曰: "此荒辭也, 然古云: "詩言志, 歌永言, 聲依永, 律和聲, 八音克諧, 無相奪倫, 神人以和." 今此樂章, 使敎于聯芳院, 於進宴唱之." (…)" [『연산군일기』 권60, 11년 12월 24일(갑술).]

43 조규익 역시 작품의 어구 가운데 'ᄒᆞ샤[爲舍]'·'샤다[舍叱多]'·'쇼셔[小西]' 등이 포함된 점을 들어 해당 어구가 역시 포함되어 있는 〈신도가〉나 〈감군은〉 등이 이 작품의 형태적 소원이리라 추정한 바 있다. [조규익, 앞의 논문, 75면.]

있기 때문이다. 〈휘공가〉에 개재된 이두(吏讀) 표기 '爲舍音道'·'于里'·'舍叱多'·'是小西'를 16세기 초의 국어 환경에 맞추어 각각 'ᄒᆞ샴도'·'우리'·'샷다'·'이쇼셔'로 바꾼 후 〈감군은〉의 후렴 부분과 비교해 보면 이 점이 직접적으로 드러난다.

【표1】 〈감군은〉 제1장과 〈휘공가〉의 시형 비교

〈감군은〉 제1장	〈휘공가〉
四海바닷 기픠ᄂᆞᆫ 닫줄로 자히리어니와 님의 德澤 기픠ᄂᆞᆫ 어ᄂᆡ 줄로 자히리잇고	
享福無彊ᄒᆞ샤 萬歲를 누리쇼셔 享福無彊ᄒᆞ샤 萬歲를 누리쇼셔 一竿明月이 亦君恩이샷다	徽功偉德ᄒᆞ샴도 우리慈圍샷다 隆眷深仁ᄒᆞ샴도 우리慈圍샷다 履福長綏ᄒᆞ샤 享億春이쇼셔

〈감군은〉의 경우 매장 1~2행의 노랫말은 일정한 패턴 안에서 변화되는 반면, 후렴인 3~5행은 같은 어구가 그대로 반복된다. 후렴의 내용도 자세히 살피면, 첫 행과 둘째 행에 걸쳐서는 "享福無彊ᄒᆞ샤 萬歲를 누리쇼셔"라는 동일한 어구를 반복하여 두 번에 걸쳐 송축과 기원의 뜻을 표출한 다음, 마지막 행에서 "一竿明月이 亦君恩이샷다"라는 찬탄으로 종결하는 형식인데, 연산군 소작의 〈휘공가〉에서는 이러한 특성을 한 편으로는 유지하면서도 또 다른 편에서는 다소간 변개하는 방식을 취하였다.

즉, 첫 두 행에서 "□□□□ᄒᆞ샴도 우리慈圍샷다"라는 어구를 반복한 것은 〈감군은〉의 첫 두 행에서 "享福無彊ᄒᆞ샤 萬歲를 누리쇼셔"를 반복한 것과 같은 방식이지만, 〈휘공가〉에서는 '□□□□'에 각각 '徽功偉德'과 '隆眷深仁'이라는 서로 다른 어휘를 넣음으로써 좀 더 융통성 있게 시상을 전개한 특징이 드러난다.

이어지는 마지막 행에는 "履福長綏ᄒᆞ샤 享億春이쇼셔"를 배치함으

로써 2행 반복 후 1행을 덧붙여 작품을 종결하는 방식을 그대로 활용하고 있으나, 시상의 순서는 앞뒤로 뒤바꾼 형상이다. 본래 〈감군은〉에는 '-(이)쇼셔'로 맺어지는 송축을 앞세우고 '-(이)샷다'에 담아 표출한 찬탄을 잇대는 순서였던 반면, 〈휘공가〉에서는 '-(이)샷다'라는 감탄적 어사를 앞에 배치한 후 '-(이)쇼셔'로써 송축하고 끝맺는 방식을 택하였던 것이다.

이 과정에서 본래 〈감군은〉의 후렴 부분에 비해 자수가 일부 들고 나는 변개가 이루어졌지만, 〈휘공가〉를 〈감군은〉의 악곡에 올려 불렀을 여지는 충분하다. 『시용향악보(時用鄕樂譜)』에 수록된 정간보(井間譜)에 따르면 〈감군은〉의 후렴은 모두 7개의 행으로 이루어져 있고, 후렴의 1·2·3행이 각각 정간보의 2·3·2개의 행에 배자(排字)되는 형태를 띠는데,[44] 〈휘공가〉 역시 같은 방식으로 배자하여 연행하기에 별반 무리가 없기 때문이다.

선행 악장의 형태와 시상 및 배자 방식을 면밀하게 고려하면서도 이를 단순히 답습하는 수준에 그치지 않고 어구를 창의적으로 재배치한 특징이 잘 드러난다. 연산군이 의도했던 악장 개찬의 방침은 이처럼

---

44 〈감군은〉의 정간보 가운데 후렴 부분을 옮기면 다음과 같다. [김세중, 『정간보로 읽는 옛 노래』, 예솔, 2005, 143~144면.]

			享		福			無	彊		ᄒᆞ		샤		
萬		歲			를			누		리	쇼		셔		
			享		福			無	彊		ᄒᆞ		샤		
			萬		歲			를							
누		리						쇼					셔		
			一		竿			明	月				이		
亦	君				恩		이	샷					다		

【그림5】 〈감군은〉의 정간보 [후렴 부분]

연산군 본인이 직접 지은 작품을 통해서 그 핵심적인 요건들을 살필 수 있는 것이다.

4. 나가며

이상에서 연산군대에 궁중 악장이 활발하게 개찬된 배경을 살피고, 『연산군일기』에서 확인되는 작품들을 위주로 그 개찬의 양상과 특징을 검토하였다.

조선조 들어 악장의 편수와 쓰임에 관해 활발하게 논의가 이루어진 시기는 태조에서 성종대에 이르는 기간이었고, 성종 재위 말에 『악학궤범』이 찬진되면서 그간의 성과들이 비로소 종합되기에 이른다. 악장이 새로 지어지는 빈도도 성종대로 갈수록 점차 잦아들게 되지만, 유독 연산군대에만은 종래의 악장 전반에 대한 대대적인 개편이 시도되었음을 확인할 수 있다.

이는 연산군이 선대 임금들의 치세기에 정립된 전범이나 제도에 구속받지 않으려 했기 때문이기도 하면서, 특히 갑자사화를 전후하여 예술 일반에 대한 취미와 애호가 현저하게 노정된 데에도 그 원인이 있다. 더불어 연산군은 악장의 개찬을 통해 자신의 재위기에 달성된 일련의 성과들을 대내외에 현창하고자 의도하기도 하였다.

위와 같은 요인들이 복합적으로 작용하면서 갑자사화 이후 중종반정까지 약 2, 3년의 기간 동안 다수의 악장 작품이 새로 제작되기에 이른다. 조선왕조 개창 이래 음악은 흔히 고려조의 것을 그대로 사용하되 그 가사만을 개변하는 방식으로 악장을 제작했던 것과 마찬가지로, 연산군대의 악장 역시 대개 종래의 작품 가운데에서 연산군의 기호에 부합하는 곡목들을 취택한 후 거기에 노랫말을 새로 지어 붙이는 방향으로 개찬이 이루어진다. 때문에 개찬의 바탕이 된 본래의 악장을 찾아내고 그것과 개찬의 결과물을 짝지어서 상호의 관계를 밝히는 작업이 필요하며, 이 글에서 바로 그와 같은 고찰을 수행하였다. 해당 내역을 시기순으로 정리하면 아래의 【표2】와 같거니와, 연산군대의 악장을 그 성격에 따라 분류해 보면, 새로 지어낸 것[□]·종래 악장의 노랫말에 의거하여 새로 지어낸 것[■]·종래 악장의 노랫말을 개찬하면서 기존 악장의 노랫말은 폐기한 것[■]·종래 악장의 제목만을 바꾼 것[⬚]으로 대별된다. 아울러 〈납씨곡〉[〈주납씨〉]의 경우와 같이 한 편의 악장이 수차에 걸쳐 반복적으로 개찬되면서 활발하게 활용된 사례도 발견할 수 있다.[45]

【표2】 연산군대의 악장 개찬 일람

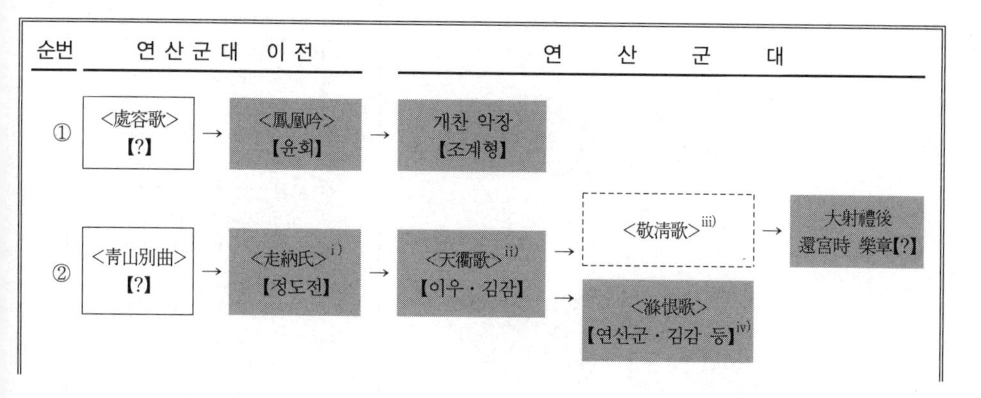

45 작품의 원문은 물론 제목조차 확인할 수 없는 경우에는 '개찬 악장'이라고만 표시한다. 또한 '【 】' 안에 작자를 기입하되, 작자를 알 수 없는 경우에는 '?'로 적는다. 한편, 이 글에서 따로 다루지 않은 ⑦·⑧·⑨·⑪의 경우는 다음과 같은 기사를 통해 그 존재를 확인할 수 있다: 『연산군일기』 권58, 11년 7월 2일(을유). "傳曰: "〈天衢歌〉, 改曰〈敬淸歌〉, 〈邦家開赫業歌〉, 改〈泰和吟〉, 〈黃河淸曲〉, 改曰〈赫磐曲〉.""; 16일(기해). "傳曰: "大射禮樂章, 令新製以奏.""; 권60, 11년 11월 13일(갑오). "(…) 又傳曰: "朝賀時樂章, 令大提學改製, 務爲和暢.""

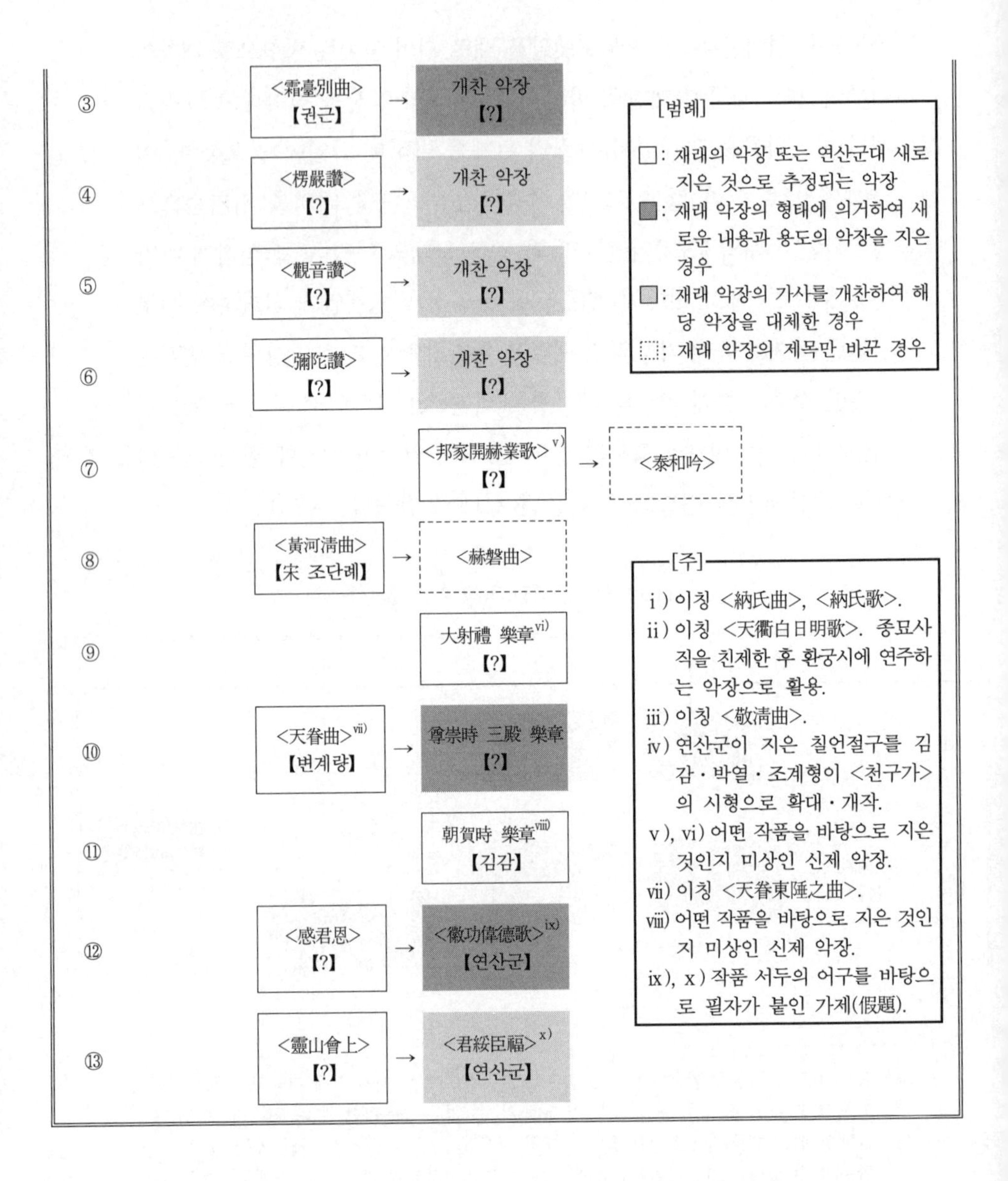

연산군대의 악장 개찬 작업은 선초 악장의 전개 양상과 관련하여 시사하는 바가 크다. 무엇보다도 연산군 재위 말기에 그처럼 다수의 악장

이 개찬되기는 하였으나, 그러한 제반 성과들이 중종반정 직후 모두 폐기되고 악장의 곡목과 연행 방식 역시 이전 시기의 것으로 회귀되었다는 점에 주목할 필요가 있다. 이는 물론 연산군의 폐정과 독단의 잔재들을 반정 세력이 궁중에서 전면 척결하려 했기 때문이라고 간략히 정리할 수도 있겠으나, 선초 악장의 기반이나 존재 방식과 관련하여 보다 정교한 분석이 이루어져야 할 대목도 적지 않다.

우선, 악장은 선대의 전례에 대한 존숭이 대단히 중시되는 갈래이다. 세조(世祖)가 세종 소찬의 〈보태평(保太平)〉·〈정대업(定大業)〉을 산삭(刪削)하여 종묘제례악(宗廟祭禮樂)을 편정(編定)했던 것이나, 고려조의 속악을 폐하라는 간언에 대해 성종이 곡보(曲譜)를 갑자기 고칠 수는 없다며 유보적 태도를 보였던 것, 중종이 전대부터 승습되어 온 여악을 쉽사리 규제하기 어려웠던 것도 모두 선대왕대의 전례를 존숭하는 입장을 취하였기 때문이다. 더불어 대략 세조대를 지나면서부터 악장이 더 이상 활발하게 제작되지 않았던 이유 역시 선대 임금들이 제정해 놓은 악장을 가급적 변개 없이 시기와 절차에 맞게 적절히 활용하는 데 주안을 두었기 때문이기도 하다. 반면, 연산군은 종래의 악장을 개찬하는 데 별다른 거부감을 가지고 있지 않았으며, 가사를 완연히 새로운 내용과 취지로 뒤바꾸는 방식을 선호하였기 때문에 변개의 폭 또한 상당했다. 이처럼 연산군대의 신제 또는 개찬 악장은 악장 일반의 존립 기반을 갖추지 못하였던 것이다.

아울러 연산군대의 악장이 칭송 일색이라는 점 또한 문제시 될 만하다. 악장은 표면적으로 군왕과 왕조에 대한 칭송을 앞세우는 것이 일반적이지만, 그 이면에는 군왕의 근신을 당부하고 군왕의 책무를 상기시키는 이른바 규계(規戒)의 지향이 뚜렷하게 존재한다. 세종대의 최항(崔恒, 1409~1474)은 악장의 이 같은 두 가지 요건을 각각 '칭송(稱頌)'과

'규계'로 개념화하여 제시했을 만큼,[46] 후자의 지향은 악장을 구성하는 핵심축으로서의 기능을 감당하는 것이다. 이러한 사정을 감안할 때, 연산군대의 악장 개찬은 규계의 지향을 소거하고 칭송의 지향만을 부각해 내는 방향으로 진행되었을 뿐만 아니라, 그 칭송의 대상 역시 연산군 자신이나 연산군 당대에 이루어진 업적에 치중되어 있었다.[47] 그 같은 자기만족의 수사만으로는 악장이 존립하기 어려우며, 이 때문에 중종반정 직후 연산군대의 신제 및 개찬 악장은 남김없이 폐기해야 할 우선적인 대상으로 지목되었던 것이다.

이처럼 연산군대의 악장 개찬 양상과 중종대의 수습 과정은 선초 악장의 소통·향유 방식 및 악장의 갈래적 특성과 관련된 여러 시사점을 제공한다.

---

46 최항, 「龍飛御天歌跋」. [『용비어천가』, 1a면.] "詩之有頌, 皆所以稱述先王盛德成功, 以寓念慕之懷, 而爲子孫保守之道也. (…)" 이 두 가지 지향에 대해서는 선행 연구에서도 자세히 논의된 바 있다. [김흥규, 「선초 악장의 천명론적 상상력과 정치의식」, 『한국시가연구』 7집, 한국시가학회, 2000.] 또한 선초 악장의 대표작이라 할 〈용비어천가(龍飛御天歌)〉에서 두 지향의 교직이 특히 잘 드러나기도 한다. [김승우, 『용비어천가의 성립과 수용』, 보고사, 2012, 170~186면.]

47 선대왕을 칭송하는 악장은 또 다른 측면에서 규계의 뜻을 함의하게 된다. 선대왕의 위업이 강조될수록 그 같은 전범을 붙들어 계승해 나가야 할 당대 임금의 책무 또한 더욱 부각될 수밖에 없기 때문이다. 반면, 현 임금에 대한 칭송은 말 그대로 칭송의 수사와 자기만족의 범위에 한정될 수밖에 없으며, 세종이 경계하였던 것도 바로 그 같은 오만함이었을 것이다. 이에 세종은 〈용비어천가〉에서 다루어야 할 대상을 부왕인 태종(太宗)까지로 한정하였을 뿐만 아니라, 자신의 업적을 악장으로 지어 연행하는 것은 격에 맞지 않는 일이라며 선을 긋기도 한다. [『세종실록』 권56, 14년 5월 7일(갑자).] 칭송지의(稱頌之義)와 규계지의(規戒之義)가 복합된 악장의 특성 내지 존립 기반을 세종은 명확히 인식하고 있었던 것이다. 이 점은 칭송지의만을 앞세웠던 연산군의 태도와 뚜렷이 대비된다.

〈용비어천가〉의 형식과 구성

〈용비어천가〉의 단락과 구성에 대한 연구

1. 들어가며

〈용비어천가(龍飛御天歌)〉의 개별 장(章)은 대개 독립적인 성격을 지니고 있으며, 간혹 몇 개의 장들이 엮여 일정한 서사적 내용을 형상화한 경우라도 그것이 전후 부분과 과히 매끄럽게 이어지지는 않는다. 아울러 같은 인물이 반복하여 등장하거나 심지어 동일한 사적이 거듭 나타나는 경우마저 적지 않아서 〈용비어천가〉를 일관하는 구성 원리나 서사적 특성을 집약하여 제시하기란 어려운 것이 사실이다.

다만, 한 장 한 장 사이의 긴밀한 연결 관계보다는 수 개 또는 수십 개의 장이 모여 이루는 단락들의 층위를 검토함으로써 작품 전체의 흐름을 개괄할 수는 있다. 실제로 〈용비어천가〉를 본격적인 문학 텍스트로 다룬 연구자들은 작품의 전체적인 구성에 대해 여러 방식으로 설명을 해 왔다.[1] 대개 서사(序詞)·본사(本詞)·결사(結詞)의 3단 구조를 설정

1 〈용비어천가〉에 대한 근래까지의 주요 연구 동향은 김승우, 『용비어천가의 성립과 수용』, 보고사, 2012, 13~28면에서 분야별로 정리된 바 있다. 작품의 구성에 대한 종래의 논의 역시 이 책에서 정리된 내역을 활용하여 나열한다. 한편, 김승우의 선행 연구에서는 『용비어천가』라는 복합적 전적이 제작된 방식과 그것이 후대에까지 전승 및 향유된 궤적을 정치사적 문제와도 연계 지어 드러내기는 하였지만, 정작 문학 작품으로서의 〈용

하는 방식이 일반적이지만,[2] 같은 3단 구조 안에서도 세부 논의를 어떻게 진행하느냐에 따라 견해가 엇갈리기도 한다. 3단 구조 틀 내의 4단 구조로 보는 김사엽,[3] Peter H. Lee,[4] 3단 구조 틀 내의 5단 구조로 보는 박찬수,[5] 김학성,[6] 3단 구조 틀 내의 5단 구조로 보되 세부 분석을 추가한 성기옥,[7] 김선아,[8] 양태순[9] 등 견해가 다양하다. 이밖에 작품을

비어천가〉가 지닌 특징과 짜임에 대해서는 별반 논의가 이루어지지 않았다. 이 점이 보충되어야 할 필요성을 느낀다.

2 【(1) 一段: 1장(전체의 總敍) / (2) 二段: 2~109장(2장은 二段의 서곡) / (3) 三段: 110~125장(125장은 전체의 總結)】 조윤제, 『조선시가사강』, 동광당서점, 1937, 178면; 김윤경, 「용비어천가에 나타난 옛말의 변천」, 『동방학지』 4집, 연세대 국학연구원, 1959, 206면; 조윤제, 『한국문학사』, 탐구당, 1963, 127면; 장덕순, 『한국문학사』, 5판, 동화문화사, 1987, 163면; 김기동, 『국문학개론』, 태학사, 1981, 164면 등.

3 【(1) 서사: 1~2장 // (2) 본사: 3~124장 (① 文德武功: 3~109장 / ② 陳戒: 110~124장) // (3) 결사: 125장】 김사엽, 『이조시대의 가요 연구』, 재판, 학원사, 1962, 182면.

4 【(1) 서사: 1~2장 // (2) 본사: 3~124장 (① praises: 3~109장 / ② admonitions: 110~124장) // (3) 결사: 125장】 Peter H. Lee, 김성언 역, 『용비어천가의 비평적 해석』, 태학사, 1998, 64면; Peter H. Lee, "Early Chosŏn eulogies," *A History of Korean Literature*, Ed. Peter H. Lee, Cambridge: Cambridge Univ. Press. 2003, pp.152~153.

5 【(1) 서사: 1장 // (2) 본사: 2~124장 (① 서사: 2장 / ② 본사: 3~109장 / ③ 결사: 110~124장) // (3) 결사: 125장】 박찬수, 「용비어천가 연구」, 충남대 석사학위논문, 1994, 94면.

6 【(1) 서사: 1장 // (2) 본사: 2~124장 (① 서사: 2~16장 / ② 본사: 17~109장 / ③ 결사: 110~124장) // (3) 결사: 125장】 김학성, 「〈용비어천가〉의 짜임새와 시적 묘미」, 『국어국문학』 126호, 국어국문학회, 2000, 178면.

7 성기옥, 「용비어천가의 서사적 짜임」, 백영 정병욱선생 환갑기념논총 간행위원회 편, 『백영 정병욱선생 환갑기념논총』, 신구문화사, 1982, 421~424면.

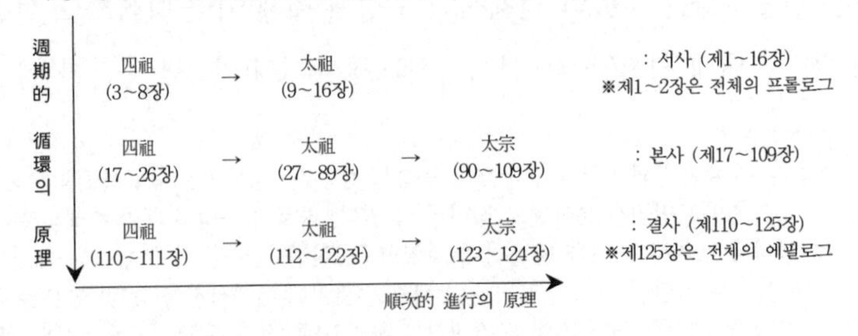

4단 구조로 파악하는 조규익,[10] 김문기도[11] 분석 준거와 방식에서 뚜렷한 차이를 드러낸다.

동일 작품의 구조에 대한 견해가 그처럼 다양하게 나타났던 것은 서로 다른 기준들을 서로 다른 비중으로 적용했기 때문인데, 이는 한편으로 〈용비어천가〉의 특성이 그만큼 복합적이라는 사실을 시사하는 것이지만, 그렇다고 해서 종래의 분석들이 모두 균일한 정도의 타당성을 획득한다고 평가할 수는 없다. 각 견해가 지니는 타당성은 무엇보다도,

---

8 【(1) 序詞: 1~2장 // (2) 敍事部: 3~124장 [① 上部(開王業部): 3~16장 (ⓐ 先祖의 사적: 3~8장 - ⓑ 創業主의 사적: 9~14장 - ⓒ 기타人의 사적: 15~16장) / ② 中部(聖人神力部): 17~109장 (ⓐ 四祖事蹟: 17~26장 - ⓑ 太祖事蹟: 27~89장 - ⓒ 太宗事蹟: 90~109장) / ③ 下部(願毋忘部): 110~124장 (ⓐ 육체적 안일을 경계: 110~114장 - ⓑ 王者之德을 훈계: 115~119장 - ⓒ 王者治國의 道를 제시: 120~124장)] // (3) 結詞 : 125장】 김선아, 「용비어천가 연구: 서사시적 구조 분석과 신화적 성격」, 숙명여대 박사학위논문, 1985, 29면.

9 【(1) 서사: 1장 // (2) 본사: 2~124장 [① 서사: 2장 / 본사: 3~109장 (ⓐ 사조: 3~8장 - ⓑ 태조: 9~16장); (ⓐ 사조: 17~26장 - ⓑ 태조: 27~89장 - ⓒ 태종: 90~109장) / 결사: 110~124장 (ⓐ 사조: 110~111장 - ⓑ 태조: 112~122장 - ⓒ 태종: 123~124장)] // (3) 결사: 125장】 양태순, 「〈용비어천가〉의 짜임과 율격」, 『한국고전시가의 종합적 고찰』, 민속원, 2003, 385~388면.

10 【(1) 교술적 화자: 1~2장(건국의 지극한 원리 제시) / (2) 서사적 화자: 3~109장(조종의 행적을 제시한 서사적 부분) / (3) 교술적 화자: 110~124장(서사부분에서 도출된 교훈을 반복 제시) / (4) 교술적 화자: 125장(전체를 요약·반복하여 결말지음)】 조규익, 「선초악장의 완성형: 〈용비어천가〉」, 『선초악장문학연구』, 숭실대 출판부, 1990, 212면; 조규익, 『조선조 악장의 문예 미학』, 민속원, 2005, 212면.

11 【(1) 起詞: 1장(天命에 依한 開國 頌詠) / (2) 承詞: 2~109장(王業艱難) [① 序: 2장(王業의 深遠) - ② 1차歌詠: 3~16장(天命에 의한 개국, 肇基의 深遠) (ⓐ 목조: 3장 - ⓑ 익조: 4~6장 - ⓒ 도조: 7장 - ⓓ 환조: 8장 - ⓔ 태조: 9~14장 - ⓕ 小結: 15~16장) - ③ 2차歌詠: 17~109장(天佑, 六祖의 聖德, 武德, 武功) (ⓐ 목조: 17~18장 - ⓑ 익조: 19~21장 - ⓒ 도조: 22~23장 - ⓓ 환조: 24~26장 - ⓔ 태조: 27~89장 - ⓕ 태종·태종비: 90~109장)] / (3) 轉詞: 110~124장(後代王 規戒) [① 3차歌詠: 110~124장(六祖의 王業艱難 및 聖德 不忘戒) (ⓐ 四祖肇基艱難不忘戒: 110~111장 - ⓑ 太祖聖德不忘戒: 112~120장 - ⓒ 太宗聖德不忘戒: 121~124장)] / (4) 結詞: 125장(天命開國, 王業艱難, 敬天勤民)】 김문기, 「〈용비어천가〉의 구조」, 『국어교육연구』 9집, 경북대 사범대, 1977, 64면.

작품을 세부 국면에 이르기까지 얼마나 면밀하게 분석하였으며, 어느 정도 유효한 기준들을 작품 전체의 특성과 연관 지어 해석하고 적용하였느냐의 수준에 따라 결정된다.

아울러 〈용비어천가〉에 대한 조선조 당대의 논의가 분석 과정에 올바로 반영되었는지의 여부 역시 중요하다. 세종대의 작품을 오늘날의 시각과 기준으로 판단하는 것도 경우에 따라서는 긴요한 분석이 될 수 있지만, 당대의 관점에서 이 작품이 어떻게 향유되었는지가 고려되지 않는 한, 그 타당성의 정도는 반감될 수밖에 없을 것이다. 주지하듯이 〈용비어천가〉는 세종대에 지어지고 인간(印刊)되었을 뿐 아니라 그 연행의 절차도 모두 이때에 제정되었으므로 당대의 향유·해석 방식은 〈용비어천가〉의 제작 방식과 구조를 이해하는 데 핵심적인 단서를 제공해 준다.

이러한 사정을 고려하면서 이하 2절에서는 〈용비어천가〉의 구성에 관계되는 여러 준거들을 항목별로 하나씩 검토한 후, 3절에서 그 결과를 종합하여 작품의 전체적인 구성과 층위를 드러내게 될 것이다.

2. 구성 분석의 준거와 검증

〈용비어천가〉의 구성을 분석하기 위한 준거들은 여러 가지로 제시될 수 있고, 선행 연구들에서 이미 공통적으로 적용해 온 지표들도 적지 않으나, 비록 상식화된 사항일지라도 근저부터 다시 점검해 감으로써 작품의 구도를 합당하게 도출해 내기 위한 발판을 마련하고자 한다.

1) 시형(詩形)

시형은 가장 일차적으로 검토될 수 있는 준거이다. 국문가사이든 한문가사이든 시형을 분류하는 기준은 다시 두 가지 단계로 설정된다. 우선, 각 장이 몇 개의 행(行)으로 구성되는지, 그리고 각 행이 몇 개의 구(句)로 이루어져 있는지를 생각해 볼 수 있다. 특히 후자와 관련하여서는 원문에 표시된 권점(圈點)이 구의 개수를 세는 지표로 활용된다.[12]

이러한 두 기준에 따라 먼저 국문가사를 가늠하면, 명확히 세 개의 형태가 나타난다. 즉, 제1장은 1행 3구이며, 제2~124장은 각 행 4구로 이루어진 2행, 제125장은 3행으로 파악되는 8구의 형태를 띠게 되는 것이다. 이처럼 〈용비어천가〉의 시행이 1, 2, 3행으로 확장되면서 전개되는 의미에 대해서는 '천(天)·지(地)·인(人)'의 조화를 나타내는 철학적 원리로 설명된 바 있기도 하고,[13] 〈용비어천가〉가 처음 제작될 당시 전체 장의 수가 123개 장으로 이루어져 있었다는 정황에 따라 시행 역시 그에 맞게 1, 2, 3행으로 확대되어 간 것이라는 추측이 제기되기도 하였다.[14] 어떠한 경우이든 1~3행으로 달라지는 행수는 작품을 분단하는 근거로 활용될 수 있다.

다음으로 한문가사에서도 국문가사와 유사한 양상이 발견된다. 국문가사와 한문가사가 기본적으로 같은 내용을 표현하고 있는 만큼, 양자의 시형 분단은 필연적으로 연관될 수밖에 없다. 다만 외형에 있어서 한문가사는 국문가사보다 한 가지 더 많은 네 가지 사례로 파악된다.

---

12 권점의 기능과 의미에 대해서는 김대행, 「용비어천가의 권점에 대하여」, 『국어교육』 49집, 한국국어교육연구회, 1984, 111~128면; 성기옥, 「『용비어천가』의 문학적 성격」, 진단학회 편, 『한국고전 심포지엄』 4집, 일조각, 1994, 153~190면 등에서 구체적으로 논의된 바 있다.

13 조동일, 『한국문학통사』 2, 4판, 지식산업사, 2005, 276면.

14 김사엽, 앞의 책, 126~128면.

즉, 제1장은 '5-5-4'언으로 이루어진 3구 1행, 제2~109장은 각 4언 4구의 2행, 제110~124장은 각 5언 3구의 2행으로 구성되며, 마지막 제125장은 '7-4-4'언, '4-4-4-4'언, '6-4-4'언으로 이루어진 10구 3행을 취한다. 국문가사에서는 제2~109장과 외형상 동일했던 제110~124장 부분이 한문가사에서는 5언 3구의 연첩으로 독립된 것이다.

결국 시형에 따라서 작품을 분단할 때 국문가사의 경우는,

◉ 【1장】-【2~124장】-【125장】

한문가사의 경우는,

◉ 【1장】-【2~109장】-【110~124장】-【125장】

과 같은 형태로 작품의 구도가 나타나게 된다.

2) 대우(對偶)

시형이 완전히 형식적인 구분 지표라면, 하나의 장을 이루는 행과 행 사이의 관계, 특히 통사구조나 대우(對偶) 관계 등과 같은 문법론적 특성은 시형을 이차적으로 분석하기 위한 준거가 된다.

먼저 국문가사의 경우, 각 장이 2행으로 구성된 제2~124장 사이에서 몇 가지 예외를 추출할 수 있다. 즉, 제2~124장은 대체로 선사(先詞)와 차사(次詞)가 통사상 같은 구조를 취하는 것이 일반적이지만, 제86~89장과 제110~124장 사이에서 뚜렷한 예외가 발견된다.

이 가운데 후자는 익히 알려진 부분으로서, 이른바 '무망장(毋忘章)' 또는 '물망장(勿忘章)'이라 불리는 장들인데, 선사에서 평서형['~니']이

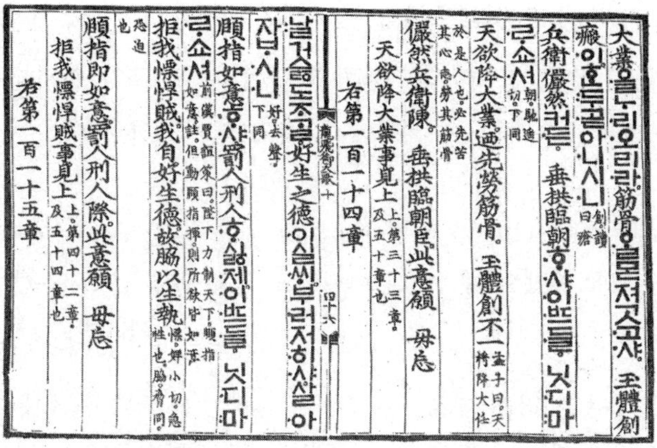

【그림2】〈용비어천가〉 제114~115장 [『용비어천가』 권10]

나 설의형['~리']으로 앞서 나온 조종(祖宗)의 사적을 정리한 후, 차사에서는 이를 받아 일률적으로 '이 ᄠᅳ들 닛디 마ᄅᆞ쇼셔'라는 규계(規戒)를 사왕(嗣王)들에게 진달(進達)한다. 때문에 선사와 차사가 의미와 통사 두 측면에서 모두 불균등한 모습을 띠게 되는 것이다.

> 날 거슬 도ᄌᆞᄀᆞᆯ 好生之德이실ᄊᆡ 부러 저히샤 살아 자ᄇᆞ시니
> 頤指如意ᄒᆞ샤 罰人刑人ᄒᆞ싫제 이 ᄠᅳ들 닛디 마ᄅᆞ쇼셔[15]
>
> –<용비어천가> 제115장

> 多助之至실ᄊᆡ 野人도 一誠이어니 國人 ᄠᅳ들 어느 다 ᄉᆞᆯᄫᆞ리
> 님긊 德 일ᄒᆞ시면 親戚도 叛ᄒᆞᄂᆞ니 이 ᄠᅳ들 닛디 마ᄅᆞ쇼셔[16]
>
> –<용비어천가> 제118장

---

15 "나를 거역하는 도둑을 생명을 사랑하는 덕이 있으므로 일부러 위협하시어 살려 잡으시니, / 턱과 손가락만으로 모든 일이 뜻대로 되시어 사람을 형벌 주실 때 이 뜻을 잊지 마소서."

16 "남의 도움을 많이 받은 것 중에도 으뜸이시므로 야인도 한결같은 성심이니 우리나라 사람의 뜻을 어찌 다 사뢰리? / 임금의 덕을 잃으시면 친척도 배반하나니 이 뜻을 잊지 마소서."

또한 제86~89장의 경우에도 통사구조가 어긋난다. 이 부분은 대우가 뚜렷하지 않을 뿐 아니라, 행과 행 사이의 구분조차 쉽지 않을 정도로 선사의 서술을 차사에 그대로 잇대고 있기까지 하다.

> 여ᄉᆞᆺ 놀이 디며 다ᄉᆞᆺ 가마괴 디고 빗근 남ᄀᆞᆯ ᄂᆞ라 나마시니
> 石壁에 수멧던 녜 뉫 글 아니라도 하ᄂᆞᇙ ᄠᅳ들 뉘 모ᄅᆞᅀᆞᄫᆞ리[17]
>
> -<용비어천가> 제86장

> ᄆᆞᆯ 우흿 대버믈 ᄒᆞᆫ 소ᄂᆞ로 티시며 싸호ᄂᆞᆫ 한 쇼ᄅᆞᆯ 두 소내 자ᄇᆞ시며
> ᄃᆞ리예 ᄠᅥ딜 ᄆᆞᄅᆞᆯ 넌즈시 치혀시니 聖人 神力을 어ᄂᆞ 다 ᄉᆞᆯᄫᆞ리[18]
>
> -<용비어천가> 제87장

따라서 제86~89장과 제110~124장은 비록 2행으로 구성되고 각 행이 권점에 의해 사분된다는 점에서는 제2장~109장과 시형이 같지만, 대개 정대(正對)와 사대(事對)의 대우를 갖추어 전개되는 여타 부분과는 짜임이 확연히 다르므로 따로 구분해서 파악해야 할 필요가 있다.

한문가사 또한 국문가사와 양상이 유사하다. 제2~109장 부분은 국문가사와 마찬가지로 선사와 차사가 대개 대우를 이루는데, 다만 국문가사에서도 문제시되었던 제86~89장에서는 압운만 되었을 뿐 선사와 차사 사이에 대우가 뚜렷하지 않고 연속된 서술이 이루어진다.

한편, 국문가사에서는 제2~109장과 외형상 같으면서도 시행의 통사상으로만 차이를 보였던 무망장[제110~124장] 부분이 한문가사에서는 5언 3구의 연첩 형태로 처음부터 독립되어 있어서 분단이 보다 명확하

---

17 "여섯 노루가 떨어지며 다섯 까마귀가 떨어지고 비스듬한 나무를 날아 넘으시니라. / 석벽에 숨었던 옛 시대의 글이 아니더라도 하늘 뜻을 누가 모르겠습니까?"

18 "말 위의 큰 범을 한 손으로 치시며 싸우는 큰 소를 두 손에 잡으시며, / 다리에 떨어질 말을 넌지시 잡아당기시니 성인의 신통한 힘을 어찌 다 사뢸까?"

게 드러난다.

결국 통사구조나 대우에 따라 작품을 분단할 경우, 먼저 국문가사는,

◉ 【1장】–【[2~85장]–[86~89장]–[90~109장]–[110~124장]】–【125장】

한문가사는,

◉ 【1장】–【[2~85장]–[86~89장]–[90~109장]】–【110~124장】–【125장】

과 같은 형태의 구도를 도출할 수 있다.[19]

3) 악곡상의 실연(實演) 여부

다음으로 중요하게 다루어야 할 사항은 악곡상의 실연 여부이다. 〈용비어천가〉는 처음부터 악곡에 올려 연주할 것을 전제로 제작한 작품이므로 작품이 실제 어떠한 형태로 연주되었는지를 살핀다면, 당대인들이 파악하고 있던 〈용비어천가〉의 구성 방식을 확인할 수 있다.

〈용비어천가〉의 연행 양상을 가늠케 하는 자료는 『세종실록』에서 발견된다. 『세종실록』 권140~145 「악보」에 따르면, 〈용비어천가〉는 〈봉래의(鳳來儀)〉 정재(呈才)로 구성되어 연행되었으며, 정재의 중간에 노래를 부를 때 한문가사는 〈여민락(與民樂)〉 악곡에, 국문가사는 〈치화평(致

19 '【 】' 는 일차적 구분 표지이고, '[ ]'는 '【 】' 안에서 이루어지는 이차적 세부 구분 표지이다. 이하에서도 같다.

和平)〉과 〈취풍형(醉豊亨)〉 악곡에 각각 올려 부르도록 되어 있다.[20]

이 중 〈여민락〉은 제작 당초부터 한문가사 제1~4, 125장만을 올려 부르도록 규정되었으므로 「악보」에도 역시 이들 다섯 개 장만이 수록된 반면, 〈치화평〉과 〈취풍형〉은 125개 장 전체를 부르도록 지어졌고 정간보(井間譜)에도 국문가사가 모두 기재되었다. 하지만 125개 장에 달하는 많은 분량의 가사를 모두 가창하기에는 시간상 무리가 따르기 때문에 일부 가사만을 연행하였는데, 이러한 방침에 따라 실제로는 〈치화평〉[하]는 제1~16과 125장, 〈취풍형〉은 제1~8과 125장만을 불렀던 것이다.[21]

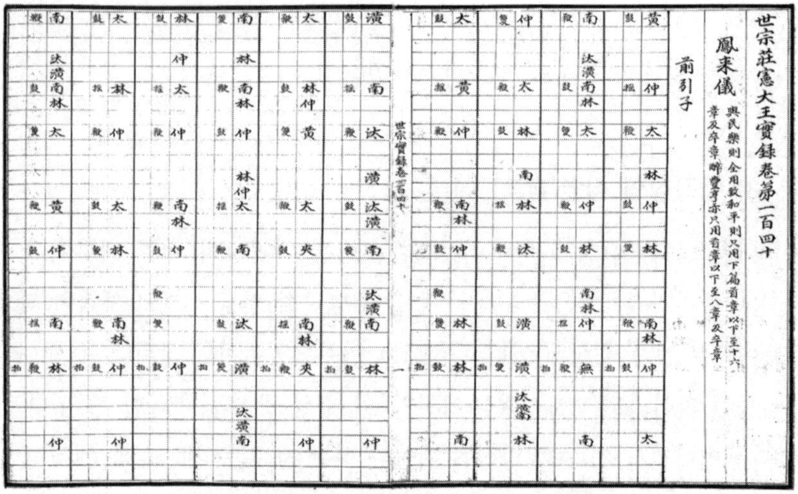

【그림3】 〈봉래의〉의 전인자(前引子) 악보 [『세종실록』 권140]

20 〈용비어천가〉 악곡의 제정 과정에 대해서는 김승우, 앞의 책, 161~170면 참조.

21 〈치화평〉은 다시 상·중·하로 나뉘며, 이 중 실제 연주되는 것은 〈치화평〉[하]이다. [이혜구 역주, 『세종장헌대왕실록 22: 악보 1』, 재판, 세종대왕기념사업회, 1981, 282면.]

이처럼 〈용비어천가〉의 가사, 특히 국문가사의 경우에 연행에 채택된 부분과 그렇지 않은 부분은 구분하여 다루어야 할 필요성이 있으며, 이 점이 또한 작품 전체의 구도를 가늠하는 데에도 중요한 지표가 된다. 제16장과 제8장 뒤에 그 전후를 가르는 모종의 결절이 존재한다고 짐작할 수 있기 때문이다.

이러한 사항을 고려할 때, 〈용비어천가〉는 악곡상의 실연 여부에 따라 다음과 같이 구분된다.

먼저 〈치화평〉[하]의 경우는,

◉ 【1~16장】-【17~124장】-【125장】

〈취풍형〉의 경우는,

◉ 【1~8장】-【9~124장】-【125장】

과 같은 형태의 구도가 도출된다.

4) 악곡상의 분단과 순환

악곡상의 실연 여부와 더불어 악곡과 관련하여 〈용비어천가〉의 구조를 분석하는 데 단서가 되는 또 다른 사항은 악곡에 나타나는 분단 표지와 순환 마디이다.

앞서 언급한 대로 〈치화평〉[하] 악보에는 〈용비어천가〉의 국문가사 125개 장이 모두 표기되어 있으며, 각 장을 부른 뒤에는 모두 일정 시간을 쉬도록 반드시 여음(餘音)이 개재되어 있다. 그 가운데에서도 특정 장 뒤에는 여느 부분의 여음보다 두 배 긴 휴지를 두는 대여음(大餘音)이

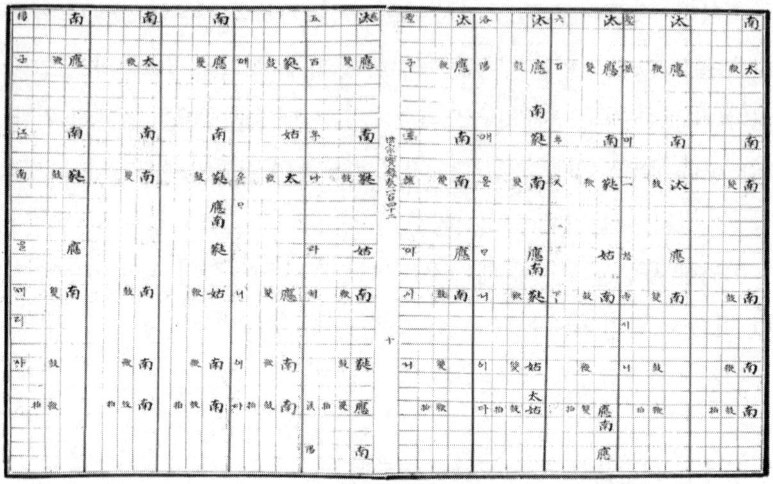

【그림4】〈봉래의〉의 〈치화평〉[하] 악보 제14장 부분 [『세종실록』 권142]

발견되는데, 제2·14·26·89·109·124장 뒤에 놓인 모두 여섯 차례의 대여음이 그것이다. 이와 같은 부분에 대여음이 존재한다는 것은 여음을 기준으로 그 앞뒤 장들 사이의 층위가 서로 다르다는 점을 현시하기 위한 조치로 파악된다. 즉, 여음에 의한 구분은 〈용비어천가〉에 관한 세종대의 해석 방식을 직접적으로 시사하는 단서로 해석될 수 있다.

한편, 〈치화평〉[하]의 분단 표지만큼 긴요하지는 않으나, 〈취풍형〉 악보에 나타나는 특징에도 주목할 필요가 있다. 〈취풍형〉은 같은 음률이 순환되는 형태로 지어졌는데, 제3~124장의 122개 장을 여섯 개 장 단위로 돌려가면서 같은 음률을 반복했던 것이다.

이러한 특성은 일면 기계적인 반복에 불과한 것으로 여겨질 수 있으나, 적어도 제26장까지의 부분에 대해서는 그렇게 단정할 수만도 없다. 6개 장 단위의 순환 구조에 따라 제8·14·20·26장에서 하나의 순환 마디가 마무리되는데, 앞서 다룬 악곡상의 실연 여부나 뒤에 다루어질 인물과 사적 등의 지표와 견주어 보면, 이 부분들에서 흔히 단락이 분절된다는 사실을 확인할 수 있기 때문이다. 따라서 〈취풍형〉에서 굳이 6개 장 단위의 순환을 마련했던 것도 6개 장 단위에 따라 내용이나 층위가 분단되는 양상을 일정 정도 반영한 결과로 파악할 여지가 있다.

이 같은 논의를 바탕으로 〈치화평〉 악곡상의 대여음 표지와 〈취풍형〉 악곡상의 순환 마디에 따라 작품을 분절하면 다음과 같다.

먼저 〈치화평〉의 경우는,

◉ 【1장~2장】-【3~14장】-【15~26장】-【27~89장】
-【90~109장】-【110~124장】-【125장】

〈취풍형〉의 경우는,

◉ 【1~2장】-【3~8장】-【9~14장】-【15~20장】
-【21~26장】-(…) 6장 단위 (…)-【111~116장】
-【117~122장】-【123~124장】-【125장】[22]

과 같은 형태로 정리된다.

5) 인물과 사적

앞서 살핀 요소들은 주로 형식적인 측면에 치중된 것이었으나, 위의 사항들과 맞물리면서 〈용비어천가〉의 구조를 좀 더 밀도 있게 분석해

22 제일 마지막 순환 단위는 미처 마무리되지 못하고 123~124장의 두 개 장만으로 이루어져 있는데, 이는 〈용비어천가〉가 애초 123개 장으로 지어졌으리라는 추정을 뒷받침하는 방증이 될 수 있다. 이 점에 대해서는 김승우, 앞의 책, 186~206면 참조.

갈 수 있도록 하는 단서는 역시 내용상의 특성에서 발견된다. 즉, 작품 속에 실제 어떠한 내용이 담겨 있느냐에 대한 검토가 필요한데, 그 가운데에서도 핵심이 되는 사항은 개별 장들에서 다루어진 인물의 내역이다. 〈용비어천가〉가 당초부터 '육룡(六龍)'의 사적을 중심으로 제작된 작품인 만큼, 각 인물의 사적이 군집되어 나타나는 양상을 분석할 때 중요한 시사점이 발견될 수 있으리라는 것이다.

목조(穆祖, 이안사(李安社), ?~1274)·익조(翼祖, 이행리(李行里), ?~?)·도조(度祖, 이춘(李椿), ?~1342)·환조(桓祖, 이자춘(李子春), 1315~1360)와 태조(太祖)·태종(太宗) 가운데 앞의 추존 사조(四祖)는 개별 인물로서의 의미보다는 왕실의 선조라는 집합적 의미가 강하므로 '사조'로 함께 묶어 판단하는 편이 합리적이다. 이 경우 〈용비어천가〉에 등장하는 조종(祖宗)의 군집은 10여 가지로 정리될 수 있다.

즉, 제1·2장에는 특정 인물이 나타나지 않다가, 제3~8장의 여섯 장에서 사조의 사적이 서술되며, 다음 여섯 장인 9~14장에 태조의 사적이 제시된다. 한편, 조선왕조의 창업이 필연적인 일이었다는 의미를 전달하는 15~16장에서는 뚜렷한 인물이 나타나지 않는다.

제17장부터는 다시 같은 인물의 사적이 반복되면서 상세화되는 특성이 발견된다. 제17~26장에서 사조, 제27~89장에서는 태조의 사적이 다시 등장하며, 앞서는 빠져 있던 태종의 사적이 제90~107장에 이르러 비로소 나타난다. 이로써 육룡의 사적은 모두 한 차례 이상씩 다루어지는 셈이 되는데, 태종의 사적에 잇대어 제108~109장에서는 태종의 비(妃)이자 세종의 모후(母后)인 원경왕후 민씨(元敬王后 閔氏, 1365~1420)의 사적이 간략하나마 부기되어 있어서, 육룡 이외의 사적이 개재되는 현상을 보이기도 한다. 원경왕후의 사적은 넓게 보아 태종의 사적에 포함하여 파악할 수 있지만, 해당 장의 기조가 명백히 원경왕후의 행동을 그리고

있다는 점에서는 태종의 것과 구분하여 다루어야 할 필요가 있다.

그리고 제110장 이하는 이미 앞에서 서술된 조종의 사적을 끌어와 선사에 요약하고, 차사에서는 이를 바탕으로 후대 임금에 대한 규계['계왕훈(戒王訓)']를 전달하는 부분으로서 선사에 제시된 사적을 기준으로 다시 인물의 분단을 가늠할 수 있다. 제110~111장은 사조, 제112~118장은 태조의 사적을 끌어와 계왕훈을 진달한 것이며, 제119~124장에는 태조와 태종의 사적이 복합되어 있다. 즉, 제119장은 태조와 태종의 사적을 함께 제시하였고, 제120장은 태조, 제121장은 태종, 제122장은 다시 태조, 제123~124장은 또 다시 태종의 사적으로 이어진다. 끝으로 제125장에서는 특정 인물의 사적 없이 포괄적인 서술로 작품을 맺는다.

한편, 〈용비어천가〉의 중심은 물론 차사에 나오는 조종들의 사적에 놓이기는 하지만, 이와 대를 이루는 선사의 '고성(古聖)'의 사적도 고려해야 할 필요가 있다. 성기옥이 제안한 것과 같은 명백한 의미의 '순차적 진행 원리'가 간취되지는 않더라도 조종의 사적이 대개 단락별로 인물의 시간적 순서에 따른 배열을 보이는 반면, 고성들의 사적은 매우 혼란하게 나타나는 것이 사실이다.

때문에 선사의 사적에서 특별한 질서를 찾기는 어려운데, 그럼에도 불구하고 매우 응집력 있게 사적을 배열한 부분이 발견되기도 한다. 즉, 제3~14장의 선사에서는 주(周)의 태왕(大王, 고공단보(古公亶父), ?~?)으로부터 계력(季歷, ?~?)·문왕(文王, 희창(姬昌), ?~?)·무왕(武王, 희발(姬發), ?~B.C.1043?)에 이르는 주나라 선조들의 덕망과 업적이 하나의 군집을 이루어 나타난다. 이 부분은 또한 목조에서 태조까지 조선조 선대 임금의 사적이 한 차례 순환을 마무리 짓는 곳이기도 하므로, 주와 조선의 사례가 12개 장에 걸쳐 연속적으로 병치되었던 것이다.

반면, 제15~109장에서는 주로 중국 역대 제왕들의 사적이 시간 순서에 관계없이 서술되고 있어서 앞부분과 뚜렷이 변별된다. 때로 한(漢) 고조(高祖, 유방(劉邦), B.C.247?~B.C.195)나 당(唐) 태종(太宗, 이세민(李世民), 599~649) 등의 사적이 수 개 장에서 한꺼번에 다루어진 경우가 있기는 하지만, 그것들은 제3~14장에서와 같은 응집력을 지니고 있지도 않을 뿐더러, 선후 장들과의 연계 역시 미약하다.

다만 이 가운데에서도 몇몇 특이한 부분을 발견할 수 있는데, 우선 제67~68장은 제왕이 아닌 신하의 사적으로 구성되어 있다. 원(元) 세조(世祖, 쿠빌라이(忽必烈), 1215~1294)의 명을 받은 중서우승상(中書右丞相) 백안(伯顔, ?~1340)이 남송(南宋)을 정벌하는 과정에서 천우(天佑)를 입어 병력을 보전할 수 있었다는 일화로서, 크게 보아 원 세조가 천명을 얻었다는 의미로 포괄될 수 있기는 해도, 사적 자체는 완연히 백안의 것이어서 예외적인 사례로 인정된다. 아울러 제108~109장에서도 역시 제왕이 아닌 주 문왕의 후비(后妃) 태사(太姒, ?~?)와 고려 신혜왕후 유씨(神惠王后 柳氏, ?~?)의 사적이 나타난다. 이 두 장의 차사에서는 모두 원경왕후의 일화를 다루었기에, 역시 역대 왕후들의 사적이 제시되었던 것으로 짐작할 수 있다.

그러나 이들보다 더욱 독특한 경우는 제86~89장 부분에서 발견된다. 선사에 줄곧 제시되어 왔던 고성의 사적이 이 네 개의 장에는 없고, 태조의 사적만이 선사와 차사 모두에 걸쳐 서술되고 있기 때문이다.

이 같은 논의에 의거하여 먼저 조선 조종의 사적을 기준으로 할 때에는,

◉ 【1장~2장】-【3~8장】-【9~14장】-【15~16장】
-【17~26장】-【27~89장】-【[90~107장]-[108~109장]】
-【110~111장】-【112~118장】-【119장】-【120장】
-【121장】-【122장】-【123~124장】-【125장】

역대 고성의 사적을 기준으로 할 때에는,

◉ 【1장~2장】-【3~14장】-【[15~66장]-[67~68장]
-[69~85장]】-【86~89장】-【[90~107장]-[108~109장]】
-【110~124장】-【125장】

과 같이 작품이 분단된다.

3. 〈용비어천가〉의 구성과 층위

위에서 검토한 여러 사항들을 평가하고 종합하는 작업은 매우 복잡하고도 다단한 문제들을 포함한다. 〈용비어천가〉의 단락을 구분하는 데 소용될 수 있는 상기의 여러 요소들 가운데 과연 어떤 것에 더 비중을 두어야 하는지, 어떤 부분을 유의미한 분석 지표로 활용하고 또 다른 부분은 단순한 기계적 분단으로 처리할지 등을 일일이 가늠해야 하기 때문이다.

실상 〈용비어천가〉의 구성을 분석했던 종래 여러 연구들에서 견해가 엇갈렸던 것도 이러한 지표들 가운데 일면만을 활용했거나 복수의 지표를 적용했을지라도 개개의 비중을 평가하는 방식이 달랐기 때문이라 할 수 있다. 따라서 선행 연구들에서 다루어졌던 지표들을 면밀히 다시 검토하고 여기에 새로운 요소들을 추가함으로써 실상에 보다 가까운 구도를 도출해 낼 수 있을 것이다. 특히 각 지표들이 제각각의 모습을 보이기보다는 상당 정도 일치하는 부분이 나타나는 만큼 이 같은 지점을 중심으로 논의를 진행해 가는 것이 생산적이다.

그러한 논의의 결과를 우선 제시하면, 〈용비어천가〉는 ㉠1~2장·㉡3~8장·㉢9~14장·㉣15~16장·㉤17~26장·㉥27~89장·㉦90~109장·㉧110~114장·㉨115~124장·㉩125장의 총 열 개 부분으로 분단되며, 이 가운데 ㉠은 그 안에서 다시 1장과 2장으로, ㉥은 27~85장과 86~89장으로, ㉦은 90~107장과 108~109장으로 더 잘게 나눌 수 있다. 각 단락을 구분하는 이유는 다음과 같다.

우선 ㉠1~2장은 두 개의 장이 일면 변별되면서도 또 한 편으로는 동질성을 지니고 있기도 해서 명확한 판단을 내리기가 어렵기는 하지만, 후자 쪽에 비중을 두어 두 장을 한데 묶어서 작품 전체의 서사로 파악하는 편이 보다 합리적이다.

두 장의 특성과 역할이 구분된다고 보았던 종래 논자들의 근거는 무엇보다도 시형에 있어서 제1장은 1행, 제2장은 2행이라는 점이었고, 이는 물론 유효한 단서임이 분명하다. 아울러 시형이 다른 만큼 각 장을 올려 부르는 악곡의 선율 또한 차이가 날 수밖에 없는 것도 당연하다.

그러나 이러한 표층적 단서들로써 제1장과 2장을 가르기 어려운 이유는 두 장을 묶어 주는 지표들 역시 적지 않게 발견된다는 점 때문이다. 먼저 두 장은 모두 특정 인물의 사적 없이 작품 전체를 아우르는 내용으로 전개되고 있다는 점에서 제1장은 물론 2장까지도 본격적인 이야기를 준비하는 서사의 성격을 띤다.

이는 제1·2장에 부기된 해설에 각각 "이 장은 우리나라의 왕업이 일어난 것이 모두 천명의 도움이라는 것을 총체적으로 서술하면서 먼저 그 노래를 지은 까닭을 말했다.[此章總敍, 我朝王業之興, 皆由天命之佑, 先述其所以作歌之意也.]와 "이 장은 자연물에 비유하여 왕업이 쌓인 것이 깊고도 멀다는 것을 읊었다.[此章托物爲喩, 以詠王業積累之深長也.]"라고 한 점에서도 드러난다.[23] 제1장에서는 '천명(天命)', 2장에서는 누대에

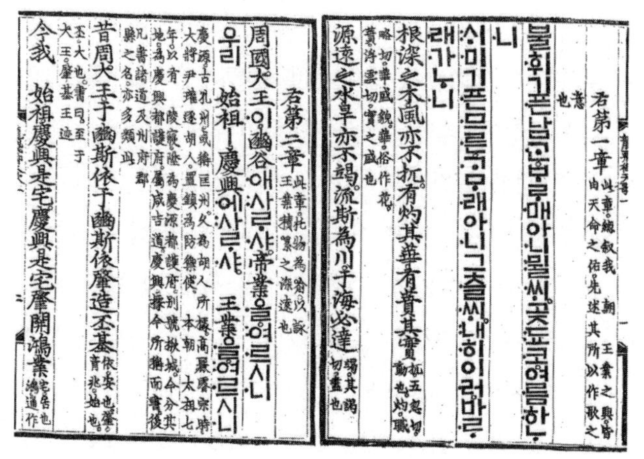
右第一章 此章總敍我朝王業之興皆由天命之佑先述其所以作歌之意也
불휘기픈남ᄀᆞᆫᄇᆞᄅᆞ매아니뮐ᄊᆡ곶됴코여름하ᄂᆞ니
ᄉᆡ미기픈므른ᄀᆞᄆᆞ래아니그츨ᄊᆡ내히이러바ᄅᆞ래가ᄂᆞ니
根深之木風亦不扤有灼其華有蕡其實 扤五忽切動也灼職略切華盛貌華俗作花蕡浮雲切實之盛也
源遠之水旱亦不竭流斯爲川于海必達 竭其謁切盡也
右第二章 此章托物爲喩以詠王業積累之源遠也
周國大王이豳谷애사ᄅᆞ샤帝業을여르시니
우리始祖ㅣ慶興에사ᄅᆞ샤王業을여르시니
慶源古孔州或稱匡州久爲胡人所據高麗睿宗時大將尹瓘逐胡人置鎭爲防禦使本朝太祖七年以有陵寢陞爲慶源都護府別號撒城今分其地爲慶興都護府屬咸吉道慶興據今所稱而書後凡書諸道及州府郡縣之名亦多類此
昔周大王于豳斯依于豳斯依肇造丕基 依安也肇始也音兆
丕大也書曰至于大王肇基王迹
今我始祖慶興是宅慶興是宅肇開鴻業 宅居也鴻通作

【그림5】〈용비어천가〉 제1~2장 [『용비어천가』 권1]

걸친 왕업의 '심장(深長)'함을 주요한 강조점으로 제시하였는데, '천명'과 '누인(累仁)'은 제3장부터 전개될 내용을 포괄하는 양축의 핵심 개념으로서 두 가지 중 어느 하나만 빠져도 작품 전반의 기조를 설명하기가 어렵다. 때문에 두 장을 합쳐서 서사로 파악해야 할 필요성이 강화되는 것이다.

또한 음악적으로도 제2장은 1장과 긴밀하게 연계되기도 한다. 1장과 2장은 시형도 다르고 선율에서도 차이가 나지만 음악적으로 둘이 묶여 하나의 단위를 형성하는 반면, 제2장과 3장은 시형이 동일함에도 불구하고 〈치화평〉과 〈취풍형〉 모두 전혀 다른 선율로 부르도록 되어 있어서 특기할 만하다.[24] 이는 제2장과 3장 사이에 단층이 있다는 사실을

23 『용비어천가』 권1, 1b~2a면.

24 이혜구 역주, 앞의 책, 288~289면. 때문에 이혜구는 〈치화평〉의 경우 제1~2장이 1단, 제3~124장이 2단, 제125장이 3단이 된다고 분석하였다. 한편, 제1·2장 사이에도 여음이 있으나, 이때의 여음은 2·3장 사이의 대여음보다 그 휴지가 작은 중여음(中餘音)일 뿐 아니라 〈봉황음(鳳凰吟)〉의 경우에도 중여음이 있더라도 한데 엮어 한 단위로 파악되

시사하는 유력한 단서가 되는데, 더구나 〈치화평〉[하] 악보에는 제2장 뒤에 대여음을 두어 제3장 이하와 명백히 구분을 지어 놓고 있기도 해서 이 부분의 결절이 더욱 부각되는 것이다.

경우에 따라 제1장을 작품 전체의 총서, 제2장을 본사의 서사로 설정하거나, 제2장을 제3~16장의 서사로 편입하는 방식도 가능하기는 하지만, 두 경우 모두 제1·2장이 음악적으로 묶여 있다는 사실과 제2장 뒤에 개재된 대여음의 존재를 설명하기가 어렵다. 또한 근본적 의미에서 서는 결과 짝을 이룰 때에만 완정하게 그 역할을 수행할 수 있으며, 양자 사이의 비중 역시 일정 정도 균형을 이루어야 작품의 구도가 자연스러워진다. 위와 같은 설정 방식들에서는 제2장의 서와 대가 되는 별도의 결을 찾을 수 없거나, 결이 무망장[제110~124장] 전체로 규정됨으로써 서에 비해 결의 비중이 지나치게 커진다는 난점을 피할 수 없는 것이다.

따라서 주로 시형의 특성에 이끌려 제1·2장 사이를 분단하기보다는 장의 의미와 세종 당대부터 정해진 연행상의 특성, 작품 전반의 균형감 등을 반영하여 제1·2장을 서사로 함께 묶어낸 후 제2·3장 사이를 구분하는 편이 보다 온당한 방식으로 파악될 수 있다.

다음으로 ㉡3~8장을 하나의 단위로 설정하는 데에는 여러 근거가 일치한다. 우선 이 부분은 사조의 사적으로 이루어져 있어서 제9장부터 나오는 태조의 사적과 구분된다. 또한 〈취풍형〉 악곡을 제8장까지만 실연토록 되어 있는 이유가 8장까지에서 하나의 단락이 끝나기 때문임이 명백할 뿐 아니라 6개 장 단위로 반복되는 〈취풍형〉의 선율 역시

는 사례가 있는 만큼 제1·2장은 연속된 선율로 묶여 있음이 명백하게 드러난다고 보았다. [같은 곳.]

제8장 뒤에서 첫 순환이 완료되기도 한다.[25] 이는 단순한 우연의 일치이기보다는 의미 분절에 맞게 당초부터 6장 단위의 순환 마디를 도입했기 때문으로 해석할 수 있다.

반면, ㉢9~14장과 ㉣15~16장 부분은 다소 복잡하다. 먼저 제9~14장만을 하나의 단위로 묶는 방식은 여러 측면에서 설득력을 지닌다. 우선 〈치화평〉의 제14장 뒤에 대여음이 나오는 것으로부터 그 근거가 마련되며, 〈취풍형〉 악곡의 6개 장 단위의 반복이 제14장에서 두 번째 순환을 마무리한다는 점에서도 역시 여기까지 단락을 구분해야 할 필요성이 확충된다. 더불어 인물이나 사적에 있어서도 제9~14장 사이는 태조의 사적만으로 이루어져 있고, 선사 또한 주 왕실의 세계(世系)만을 다루고 있다는 일관성이 드러난다.

이처럼 제9~14장이 하나의 뚜렷한 군집을 형성함에도 불구하고 굳이 제15~16장까지 한데 연관지어 살피는 것은 〈치화평〉 악곡에 1~16장과 125장만을 실연하도록 규정하고 있기 때문이다. 같은 〈치화평〉 악곡에서 제14장 뒤에 대여음을 두어 분단 표지를 해 놓은 것과 제16장까지만 실연하도록 규정한 것 가운데 어느 쪽의 중요도를 보다 높게 보아야 할지에 대한 판단은 쉽지 않으나, 전자 쪽을 좀 더 참작하여 제9~14장과 제15~16장을 별도로 파악해야 할 필요가 있다.

> 揚子江南ᄋᆞᆯ ᄭᅥ리샤 使者ᄅᆞᆯ 보내신ᄃᆞᆯ 七代之王ᄋᆞᆯ 뉘 마ᄀᆞ리잇가
> 公州ㅣ 江南ᄋᆞᆯ 저ᄒᆞ샤 子孫ᄋᆞᆯ ᄀᆞᄅᆞ치신ᄃᆞᆯ 九變之局이 사ᄅᆞᆷ ᄠᅳ디리잇가[26]

---

25 결국 〈취풍형〉을 실연할 경우에는 각 장을 모두 다른 선율로 부르게 되는 셈이다. 제3장에서 8장까지 순환 마디를 한 번만 부르고 그 이하 124장까지는 모두 생략하기 때문이다.

26 "양자강 남쪽을 꺼리시어 사자를 보내신들 칠대의 왕을 누가 막겠습니까? / 공주의 강 남쪽을 두려워하시어 그 자손을 가르치신들 아홉 번 바뀌리란 이 나라 판국이 사람의

揚子江南 忌且遣使 七代之王 誰能禦止
公州江南 畏且訓嗣 九變之局 豈是人意

-<용비어천가> 제15장

逃亡애 命을 미드며 놀애예 일훔 미드니 英主ㅿ알ᄑᆡ 내내 붓그리리
올모려 님금 오시며 姓 ᄀᆞᆯᄒᆡ야 員이 오니 오ᄂᆞᇗ나래 내내 웃ᄫᆞ리[27]
恃命於逃 信名於謳 英主之前 曷勝其羞
欲遷以幸 擇姓以尹 當今之日 曷勝其哂

-<용비어천가> 제16장

제15장의 경우 선사에서는, 진(秦)의 시황(始皇, 영정(嬴政), B.C.259~B.C.210)이 금릉(金陵)에 천자의 기운이 있다는 이야기를 듣고서 사자(使者)를 보내 금릉의 산을 파내어 개천으로 만들고 지명도 '말릉(秣陵)'으로 바꾸기까지 했지만, 후일 금릉에 도읍을 정한 오(吳)·진(晉)·송(宋)·제(齊)·양(梁)·진(陳)·명(明) 칠대조의 창업을 막지는 못했다는 사적이 제시된다. 같은 방식으로 차사에서는, 고려 태조(太祖, 왕건(王建), 877~943)가 '차현(車峴) 이남, 공주강(公州江) 바깥'의 백제(百濟) 지역을 경계하여 사왕들에게 이 지역 인사를 등용하지 말라고 당부했음에도 불구하고, 전주 이씨인 이성계의 조선조 창업을 막을 수 없었다고 서술한다.

뜻이겠습니까?”

27 “도망함에 있어 천명이 있음을 믿으며 노래에 이름을 믿으니 영명한 임금 앞에서 내내 부끄러워하리라. / 옮기려 임금이 오시며 성을 가려서 부윤으로 오니 오늘날에 내내 우스우리라.”

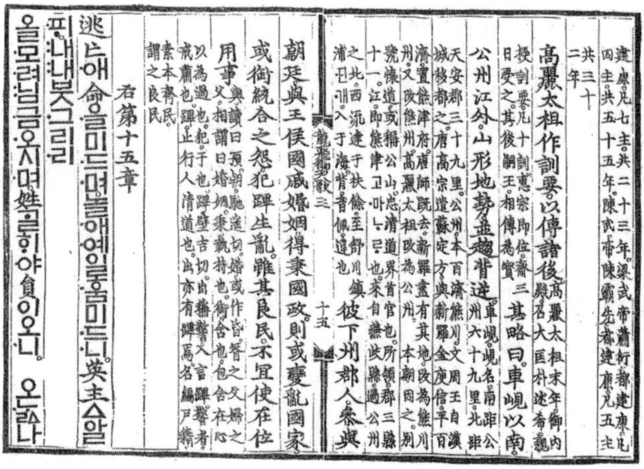

【그림6】〈용비어천가〉 제15~16장 [『용비어천가』 권3]

또한 제16장의 선사에서는 수(隋)의 이밀(李密, 582~618)이 “도리(桃李)의 아들이 왕이 된다.”라는 민요가 떠돌자 자기가 장차 임금이 되리라 여겼다가 후일 당 태종[‘영주(英主)’]을 만나본 이후에 태종이 임금이 될 것이라는 생각에 자신의 옛 기대를 부끄러워했다는 사적이 다루어지며, 차사에서는 고려 숙종(肅宗) 때 김위제(金謂磾, ?~?)가 신지(神誌, ?~?)와 도선(道詵, 827~898)의 도참설(圖讖說)에 의거하여 한양으로 천도할 것을 청했고 역시 도참의 설에 따라 이씨 성을 가진 사람으로 한양부윤(漢陽府尹)을 삼았는데, 이는 장차 이씨 왕조가 새롭게 일어나리라는 사실을 모른 채 이루어진 일로서 오늘날 생각해 보면 우스운 일이 아닐 수 없다는 내용을 시화하였다.

이처럼 제15~16장은 도참의 설을 원용하여 조선왕조 창업의 기운을 찬양한 부분으로서, 줄곧 주 왕실의 세계로 이어져 왔던 제3~14장의 선사와 달리 돌연 진과 수로 시대가 넘나들고 있으며, 차사에서는 특정인의 사적 없이 왕조 창업의 당위성을 서술하고 있다. 아울러 문장의 종결법에 있어서도 제3~14장까지는 모두 '-니' 또는 '-니이다'의 서술형 종결어미가 일관되게 나왔던 데 비해 제15~16장에서는 '-리잇가'와 '-리'로 다양화되고 이러한 다양성은 제17장 이후로도 이어진다. 따라서 제15~16장은 앞의 내용과 변별되는 대목이면서 뒤에 나오게 될 내용을 예비하는 역할도 한다는 측면에서 '전환부'라 이름 붙일 수 있다.

한편, ㉤17~26장은, 제3~8장에서 다루어졌던 사조의 사적이 다시 좀 더 상세화·구체화되는 부분으로서 〈치화평〉의 대여음과 〈취풍형〉의 순환 마디에 의해서도 분단되므로 명확히 하나의 단락으로 설정할 수 있다.

㉥27~89장에서는 태조의 사적이 반복적으로 서술된다. 〈치화평〉의 대여음과 인물의 등장 양상 등에 의해 이 부분이 분단된다. 무려 60여 개 장에 걸친 긴 단락인데, 그만큼 태조의 사적이 작품의 중심에 놓인다는 사실을 새삼 확인할 수 있다. 다만, 27~89장 안에서도 사적이나 시행의 짜임에 있어서 뚜렷이 이례적인 사례가 발견된다.

> 마ᄉᆞᆫ 사ᄉᆞᄆᆡ 등과 도ᄌᆞᄀᆡ 입과 눈과 遮陽ㄱ 세 쥐 녜도 잇더신가
> 굿븐 쒀을 모ᄃᆡ 놀이시니 聖人神武ㅣ 엇더ᄒᆞ시니[28]
> 麋脊四十 與賊口目 遮陽三鼠 其在于昔
> 維伏之雉 必令驚飛 聖人神武 固如何其
>
> -<용비어천가> 제88장

> 솘바올 닐굽과 이본 나모와 투구 세 사리 녜도 ᄯᅩ 잇더신가
> 東門밧긔 독소리 것그니 聖人神功이 ᄯᅩ 엇더ᄒᆞ시니[29]

---

28 "마흔 사슴의 등과 도둑의 입과 눈과 차양의 세 마리 쥐 옛날에도 있으시던가? / 구부린 꿩을 틀림없이 날리시니 성인의 신기한 무예가 어떠하십니까?"

29 "솔방울 일곱과 시든 나무와 투구 세 살이 옛날에도 또 있으시던가? / 동문 밖의 다복솔

松子維七 與彼枯木 兜牟三箭 又在于昔
東門之外 矮松立折 聖人神功 其又何若

–<용비어천가> 제89장

예컨대 제86~89장의 경우 선사에 고성의 사적이 없으며, 선사·차사 모두 태조의 사적으로만 전개된다. 시형에서도 두 행 사이의 대우가 뚜렷하지 않고 잇달아 서술이 이루어지므로 제27~89장을 하나의 단락으로 묶되 그 안에서 다시 제86~89장을 소분류해야 할 필요성이 제기되는 것이다. 여기에서는 무한히 늘어날 수 있는 태조의 사적을 일면 폐쇄하면서도 또한 그 나름대로 확장의 성격을 유지할 수 있도록 경기체가(景幾體歌)에 상당하는 시형을 묘미 있게 활용하였다.[30]

한편, ㉅의 제90~109장 부분에서는 비로소 태종의 사적이 등장한다. 태종의 사적은 앞서 제시된 바가 없으므로 이 부분에서 총괄적인 서술과 세부적인 서술이 한데 묶여 나타나는데, 그 주제도 태종 개인의 명망과 자질로부터 천명의 확인 등에 이르기까지 폭넓게 제시된다. 다만, 마지막 제108~109장은 태종이 아닌 원경왕후의 사적이며, 선사에서도 주 후비와 고려 신혜왕후의 사적이 대(對)로 설정되었으므로 선사와 차사 모두에서 예외적 사례로 지목될 만하다. 원경왕후의 사적은 크게 보아 태종의 사적으로 포괄되기는 하나, 행동의 주체가 뚜렷이 원경왕후로 나타난다는 점에서, 또한 원경왕후의 사적이 태종 사적의 다른 부분에는 섞여 있지 않다가 끝 두 장에 잇달아 나온다는 점에서도 원경왕후를 따로 제시하고자 했던 제작자들의 의도가 간취된다. 따라서 제90~109장을 한데 묶되, 제108~109장을 소분류하는 것이 바람직하다.

이 꺾어지니 성인의 신기한 공이 또 어떠하십니까?"

30 본서의 제1부 1장 「세종대의 경기체가 시형에 대한 연구」의 3절 4)항을 참조.

제110~124장 부분은 여러 측면에서 우선 명확한 분단을 이룬다. 시형 가운데 한문가사의 형태가 전후 부분과 달리 5언 3구의 연첩으로 되어 있고, 국문가사의 선사와 차사 사이에 대우 없이 차사의 종결이 "이 뜬들 닛디 마라쇼셔"로 일관된다는 점 등에서 그러하다. 또한 〈치화평〉의 대여음이 제109장 뒤와 제124장 뒤에 놓임으로써 이 부분을 구분하고 있기도 하다.

따라서 제110~124장을 하나로 묶어 내는 데 별다른 문제는 없으나, 그 안에서 더 잘게 분단하는 방식에 대해서는 논란이 불거질 수 있다. 인물과 사적의 출현 양상으로는 110~111장이 사조, 이어지는 112~118장까지가 태조의 사적을 끌어와서 후왕을 규계하는 내용이지만, 그 뒷부분은 태조와 태종의 사적이 교차되거나 또는 두 인물의 사적이 동시에 상기되기도 하는 등 혼란한 모습을 보이기 때문이다. 따라서 이 부분을 인물과 사적의 지표로써 '사조→태조→태종'의 순서로 하위분류하기에는 무리가 따르며, 실상에도 부합하지 않는다.

굳이 하위분류를 한다면 인물보다는 내용의 층위에 따른 방식이 유효하다. 누구의 사적을 바탕으로 규계를 전달했느냐의 분류법, 즉 선사에 위주를 둔 분류법보다는 후왕에게 경계하려 했던 내용이 무엇이었느냐에 따른 분류, 즉 차사에 중점을 둔 분류가 더욱 설득력을 지니리라는 것이다. 이 부분에서 중점을 두었던 것은 육조(六祖)들의 사적을 정합적·순차적으로 정리하거나 나열하는 것이기보다는 각 장들에 담아 전하려 했던 경계의 내용이라 판단되기 때문이다.

이 같은 입장에 섰던 종래의 논자로는 김선아와 김흥규가 있는데, 먼저 김선아는 제110~114장을 '육체적 안일을 경계', 제115~119장을 '왕자지덕(王者之德)을 훈계', 제120~124장을 '왕자치국(王者治國)의 도를 제시'로 하는 삼단 체계로 파악하였고,[31] 김흥규는 제110~114장은

'부귀와 안락에 매몰되지 않는 도덕적 긴장을 요망'하는 부분으로, 그 이하는 '정치적 위기와 패망에 관한 경고들'로 각각 의미상의 층차를 두어 설명한 바 있다.[32] 두 논자 모두 뒤로 갈수록 의미가 강화되며 114장 뒤에서 일단 한 차례 결락이 있다는 점을 지적한 것이 공통된다.

그러나 제115~119장과 제120~124장을 또 다시 구분하는 것이 타당한지는 의문인데, 실상 두 부분은 모두 장차 닥칠지 모를 위기 상황에 선왕들의 전례에 따라 현명하게 처신하라는 규계를 사왕들에게 전달하는 부분으로서 동질성을 지닌다. 김선아의 경우 전자보다 후자의 경계 지사가 더욱 확대된 형태를 띠고 있다는 판단에 따라 '왕자지덕'과 '왕자치국'으로 구분하였지만, 양자의 변별점이 모호할 뿐더러 다섯 장씩 나누어 무망장을 삼분하려는 무리마저도 발견된다. 따라서 무망장 부분은 김흥규의 견해처럼 ⓞ110~114장과 ⓩ115~124장만으로 양분하는 편이 합리적일 것이다.

끝으로 ⓒ125장은 한 장이 하나의 단락으로 파악된다. 국문·한문가사의 형태가 여타의 것과 우선 다르고, 〈여민락〉·〈치화평〉·〈취풍형〉을 막론하고 125장만을 뒷부분에서는 모두 채택하여 쓰며, 선율에 있어서도 독립되기 때문이다. 또한 〈치화평〉 악곡상 제124장 뒤에 대여음이 오는 것이나, 인물과 사적의 측면에서 125장에는 특정인의 사적이 나오지 않는 점, 문장의 종결법에 있어서 특화되어 있는 점 등도 모두 125장을 하나의 단락으로 분단하는 근거가 된다.

다만, 제125장의 말미에 규계의 내용이 나오고 있다는 점에서만큼은 이 장이 110~124장의 무망장들과 연계될 여지도 있다.[33] 특히 최항(崔

31 김선아, 앞의 논문, 50면.

32 김흥규, 「선초 악장의 천명론적 상상력과 정치의식」, 『한국시가연구』 7집, 한국시가학회, 2000, 142~145면.

恒)은 「용비어천가발(龍飛御天歌跋)」에서 〈용비어천가〉를 "규계지의로 끝맺는다[終之以規戒之義]"라고 언술하였기 때문에 무망장들과 제125장이 한데 엮여 작품을 종결하는 것으로도 읽힐 수 있다는 것이다.[34] 그러나 무망장과 125장은 규계를 전달하는 방식이 다를 뿐 아니라, 125장의 세 행[천세장(千世章)·자자장(子子章)·오호장(嗚呼章)]이 각각 제1~2장·제3~109장·제110~124장의 내용을 압축하고 있다는 분석에 따르더라도[35] 이 장은 작품 전체를 종결하는 독립된 결사로 보아야 할 것이다.

4. 나가며

이상에서 시형·대우·악곡상의 실연 여부·악곡상의 분단과 순환·인물과 사적 등 〈용비어천가〉의 구성에 관계된 여러 준거들을 분석 및 검토한 후, 이를 종합하여 작품 전체의 구성을 앞부분부터 차례로 살핌으로써 〈용비어천가〉 내부의 층위가 어떠한 방식으로 분단되고 또한 각 층위들이 어떻게 연결되면서 하나의 장편을 이루게 되는지 논의하

---

33 "님금하 아ᄅᆞ쇼셔 洛水예 山行 가 이셔 하나빌 미드니잇가 [임금이시여 아소서 낙수에 사냥 가 있으면서 할아버지를 믿으신 것입니까?]" 부분이 그러하다. 여기에서는 후대 임금이 '임금이시여[님금하]'라는 돈호로 직접 호명될 뿐 아니라 국가의 패망을 상기하는 내용까지 현시되고 있다.

34 최항은 「용비어천가발」에서 "을축년에 의정부우찬성 신 권제·우참찬 신 정인지·공조참판 신 안지 등이 歌詩 125장을 지어 바치니, 모두 사실에 의거하여 사(詞)를 지었고, 옛 것에서 주워 모아 지금에 비의하였으며, 되풀이하여 부연·진술하였고, 경계하는 뜻으로 끝을 맺었습니다.[歲乙丑, 議政府右贊成臣權踶, 右參贊臣鄭麟趾, 工曹參判臣安止等, 製爲歌詩一百二十五章以進, 皆據事撰詞, 摭古擬今, 反覆敷陳, 而終之以規戒之義焉.]"라고 작품 전체의 구성을 설명하였다. [최항, 「龍飛御天歌跋」. [『용비어천가』, 1a~1b면.]]

35 조규익, 앞의 책(2005), 211~212면.

였다.

본론의 내용을 요약하여 도시하면 〈용비어천가〉의 구조는 아래와 같이 서사·본사·결사의 삼단 구조를 바탕으로 하면서 본사가 다시 서·본·결로 삼분되는 형태로 정리될 수 있을 것이다.

【표1】 〈용비어천가〉의 단락과 구성

서사 : 제1~2장
본사 : 제3~124장
- △ 서 : 제3~16장
  - · 사조 (제3~8장)
  - · 태조 (제9~14장)
  - · 전환부 (제15~16장)
- △ 본 : 제17~109장
  - · 사조 (제17~26장)
  - · 태조 (제27~89장) [※ 86~89장: 확장 · 폐쇄부]
  - · 태종 (제90~109장) [※ 108~109장: 원경왕후 사적]
- △ 결 : 제110~124장
  - · 도덕적 긴장에 대한 권고 (제110~114장)
  - · 정치적 위기에 대한 경고 (제115~124장)

결사 : 제125장

각 장의 차사에 다루어진 조종의 사적에 따라 본사의 서와 본에서는 그 안에서 또 다시 일정한 순차가 나타나며, 서의 말미인 제15~16장, 본 가운데 각각 태조와 태종 사적의 마지막 부분인 제86~89장 및 제108~109장에서는 이전과는 다른 형식이나 인물이 제시되면서 앞서 나온 내용을 정리하거나 전환하는 형상을 띤다. 한편, 본사의 결에서는 조종의 순차를 일정 정도는 고려하되, 그보다는 사왕들에게 전달하는 교훈적 내용을 우선시하여 두 층위의 규계를 잇달아 제시한다. 이러한 본사를 서사인 제1~2장과 결사인 제125장이 전후로 감싸면서 작품 전체의 내용을 예고하고 끝맺는 구성을 취하였던 것이다.

〈용비어천가〉의 구성이 대단히 번만해서 그 흐름이 쉽게 간취되지 않는다는 평가는 이미 조선 전기부터 오늘날까지 지속적으로 제출되어 왔다. 조종을 칭송하면서 동시에 사왕을 향한 경계를 드러내고, 조선의 건국사를 다루되 중국사와의 연계를 현시하려는가 하면, 가창 텍스트이지만 문학적으로도 완정한 형식을 갖추어 작품을 제진하려던 여러 복합적인 지향이 엇걸리면서 이처럼 다단한 작품이 산출되었던 것이다.

그러나 또 한편으로 〈용비어천가〉에서는 그러한 중층적 의도를 한 작품 안에 모두 담아내어야 하고 또한 담아낼 수 있다는 제작자들의 의지 내지 자신감이 묻어나기도 한다. 다종의 요소들을 어떻게든 균형감 있게 배치해 보려는 모색이 여러 부면에서 감지되기 때문이다. 때로 그러한 시도가 과히 성공적이지 못했다고 회의적으로 평가할 여지도 있겠으나, 그처럼 불완전한 결과물을 통해서라도 이 작품을 짓는 데 간여된 본래적 지향들을 되짚어 보아야 할 필요성은 다분하다. 따라서 이 글에서 이루어진 검토는 일차적으로는 〈용비어천가〉의 구성과 층위를 구명하기 위한 것이지만, 〈용비어천가〉의 제작 목적을 가늠하는 데에도 긴요하게 소용될 수 있으리라 기대한다.

제2장

조선 전기 경기체가 · 악장 작품의 양상

경기체가 〈화산별곡華山別曲〉의 제작 배경과 구성

1. 들어가며

세종7년(1425)에 변계량(卞季良)이 지어 올린 〈화산별곡(華山別曲)〉에 대해서는, 〈한림별곡(翰林別曲)〉에 이은 정격형 경기체가라는 형식적 측면에서의 언급이 주를 이루어 왔을 뿐, 작품의 시상과 구성에 대해서는 과히 많은 논의가 전개되지 못하였다. '화산(華山)'이라는 제명에 이끌려, 초기 연구들에서 이 작품이 왕조 창업을 송영하고 있다거나 신도(新都) 한성(漢城)의 풍광을 감격스럽게 그리고 있다고 규정하였던 것도[1] 〈화산별곡〉의 문면이나 제작 배경에 대한 면밀한 고려가 이루어지지 못했던 결과였다.

김창규의 논문으로부터 〈화산별곡〉에 대한 본격적인 검토가 비로소 시작되었다. 이 논문에서는 〈화산별곡〉의 개별 어구와 표현에 상세한 주석을 달아 의미를 풀이하면서 작품의 주지가 한성이나 왕조보다는 세종(世宗) 개인에 대한 찬양으로 귀착되고 있다는 결론을 이끌어 내었다.[2] 현전 경기체가를 종합적으로 정리하여 논의한 후속 연구에서도 역

1 조윤제, 『조선시가사강』, 동광당서점, 1937, 168면; 김사엽, 『이조시대의 가요 연구』, 재판, 학원사, 1962, 74·119면.

시 〈화산별곡〉의 주제를 '군왕(君王)에 대한 송축(頌祝)'이라는 범주에 넣어 다루기도 하였다.[3]

이 같은 견해에 입각하여 김진세는 여덟 개 장으로 이루어진 〈화산별곡〉의 구조에 대한 논의를 펼쳤다. 그는 경기체가 각 장의 내용이 투식구(套式句) "위 □□景 긔 엇더ᄒᆞ니잇고"의 '□□'에 응축되어 있다고 전제하면서 이들 어휘를 중심으로 분석할 때 〈화산별곡〉의 시상이 시간적으로는 '과거-현재-미래'로, 공간적으로는 '근거리-원거리-근거리'로, 제재상으로는 '대사(大事)-소사(小事)'의 순으로 나타난다고 분석하였다.[4]

한편, 조규익은 『춘정집(春亭集)』과 실록에 수록된 변계량의 악장을 수합하여 그 특징을 분석하였다. 특히 작품의 형태적 특질을 논의하는 과정에서, 변계량이 정격의 경기체가인 〈화산별곡〉 이외에 〈천권동수지곡(天眷東陲之曲)〉·〈응천곡(應天曲)〉과 같은 이른바 유사 경기체가를 짓기도 하였다는 사실을 구체적으로 밝혀내기도 하였다. 이로써 경기체가 갈래의 활용과 변이를 추적할 수 있는 발판을 마련하였다.[5]

이상의 선행 연구들을 통해 변계량의 대표적인 악장 작품이자 초기 경기체가의 특징을 잘 보여주기도 하는 〈화산별곡〉의 면면이 드러나게

2 김창규, 「華山別曲評釋考」, 『국어교육논지』 9집, 대구교육대학, 1982, 37~57면.

3 김창규, 『한국한림시연구』, 역락, 2001, 175~178면.

4 김진세, 「〈화산별곡〉고」, 백영 정병욱선생 10주기추모논문집 간행위원회 편, 『한국고전시가작품론』, 집문당, 1992, 395~400면.

5 조규익, 「문장보국의 이상과 치자계급의 이념적 동질성 추구: 변계량의 악장」, 『조선조 악장의 문예미학』, 민속원, 2005, 454~477면. 그 밖에 현전 경기체가 작품을 종합적으로 해제하고 논의한 임기중 외, 『경기체가연구』, 태학사, 1997, 110~120면; 박경주, 『경기체가연구』, 태학사, 1997, 70, 180~181면 등에서도 〈화산별곡〉이 다루어진 바 있다. 한편, 김명준은 〈화산별곡〉이 제진된 이래 후대에까지 꾸준히 연행되어 온 궤적을 살핌으로써 〈화산별곡〉의 전승사적 맥락을 되짚기도 하였다. [김명준, 『악장가사 연구』, 다운샘, 2004, 173~175면.]

되었다. 다만, 변계량이 이 작품을 짓게 된 시대적 배경에 대한 논의가 다소 미진했다는 점은 문제시된다. 변계량이 굳이 세종7년(1425)이라는 특수한 시점에 〈화산별곡〉과 같은 경기체가 작품을 제진한 계기와 의도에 대해 한층 면밀한 검토가 뒤따라야 할 것이다. 더불어 〈화산별곡〉의 흐름과 짜임에 관해서도 재고의 여지가 있다. 이 문제는 김진세의 선행 논의에서 한 차례 고찰된 바 있으나, 작품을 이루는 각 장의 내용을 전체적으로 고려하면서 장과 장 사이의 관계를 새롭게 가늠해 보아야 할 필요가 있으리라 생각한다. 이러한 두 가지 사항에 대하여 각각 2절과 3절에서 논의를 전개해 나가고자 한다.

2. 〈화산별곡〉의 제작 배경과 지향

1) 경기체가 양식의 준용

변계량은 태조대의 정도전(鄭道傳)과 권근(權近)·태종대의 하륜(河崙, 1347~1416)에 이어 세종대에 궁중 악장의 제작을 담당했던 주요 인사로 평가된다. 그러한 그의 입지는 태종대부터 이미 다져지기 시작했던 것으로서 등극 직후 세종이 이 점을 다음과 같이 직접 언급하고 있기도 하다.

> 임금이 변계량에게 말하기를,
> "경(卿)이 악사(樂詞)를 잘 지었으므로 부왕(父王)께서 칭찬하셨다."
> 라고 하였다. (…) 내구(內廐)의 말 한 필을 내려 주었다.[6]

6 『세종실록』 권2, 즉위년 11월 10일(병진). "上謂卞季良曰: "卿善製樂詞, 父王稱嘉." (…) 賜內廐馬一匹."

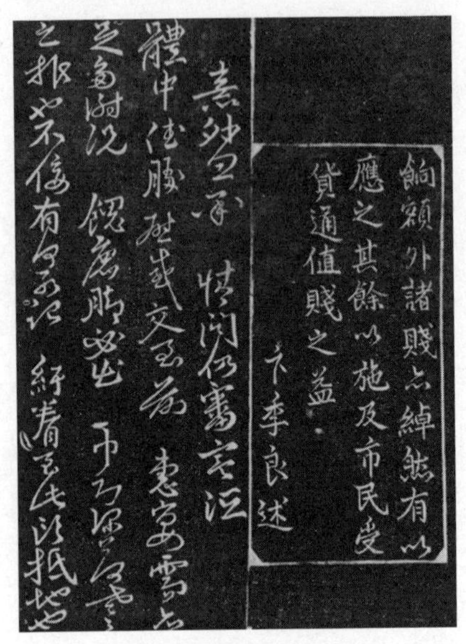

【그림1】 변계량의 필적
[『명가필보(名家筆譜)』 권1]

실제로 변계량은 태종대에 이미 예문관(藝文館) 대제학(大提學)에 올라 국가의 문장을 관장하는 문형(文衡)의 직을 수행하면서, 각종 표전문(表箋文)을 전담하여 짓고 지공거(知貢擧)로서 인재를 선발하는가 하면, 세자의 시강(侍講)에 임하기도 하는 등 다양한 활동을 펼쳤다.[7]

부왕(父王)의 총신이었던 변계량을 세종 역시 중용하였거니와, 특히 변계량의 악장 대다수는 세종의 등극 이후에 제진된 것들이다. 세종 즉위년(1418)에 지은 〈초연헌수지가(初筵獻壽之歌)〉와 〈천권동수지곡〉을 필두로 하여 이듬해와 그 이듬해에 〈하황은(賀皇恩)〉·〈하성명(賀聖明)〉·〈자전지곡(紫殿之曲)〉 등을 지으면서 그는 궁중 악장 제작을 주도하는 모습을 보인다. 『춘정집』 별집에 '악장' 편을 따로 두어 작품을 집성해 놓을 정도로 악장의 제작은 변계량의 문학 세계에서 내세울 만한 분야 가운데 하나였던 것이다.[8]

여기에서 주목해야 할 사항은 그가 어떠한 이유로 경기체가 양식을 악장 제작에 준용하여 〈화산별곡〉과 같은 작품을 지어내었느냐 하는 점이다. 국문 어휘나 문장을 섞어 악장을 지은 사례 자체가 드물었던 당시에 변계량은 정격의 경기체가 양식을 갖춘 〈화산별곡〉은 물론 경

7 『춘정속집』 권2, 「연보」. [『한국문집총간』 8, 민족문화추진회, 1988, 181~183면.]
8 그러나 태종대에 변계량이 어떤 작품을 지었는지는 명확하지 않다. 연대가 밝혀진 작품은 모두 세종 즉위 이후의 것이다. [조규익, 앞의 책, 459~460면 참조.]

기체가의 작법을 활용하여 이른바 유사 경기체가인 〈천권동수지곡〉·〈응천곡〉을 짓기도 하는 등 경기체가 양식을 악장의 쓰임에 접목하는 방법을 폭넓게 모색하였던 것이다. 현전 경기체가 작품의 분포를 가늠하면 세종대에만 1/3 이상의 작품이 지어진 것으로 확인되거니와,[9] 그러한 현상을 만드는 데에도 변계량이 한 축을 담당했던 것이라 평가할 수 있을 정도이다. 변계량이 이렇듯 경기체가 양식에 주목했던 계기가 무엇인지 고려해야 할 필요가 있다. 경기체가에 천착할 만한 개인적·시대적 맥락을 되짚어 보아야 하리라는 것이다.

우선적으로 거론할 수 있는 사항은 그가 예문관 직제학을 거쳐 대제학에까지 올랐다는 사실이다. 당초부터 변계량은 정치적 결단이나 지략보다는 문장으로 인정받아 왔고 그 또한 예문관의 주요 관직을 역임하면서 문장보국의 이상을 실현하는 데 주력하여 왔다. 여기에서 경기체가의 양식적 원류인 〈한림별곡〉이 예문관의 전신격인 고려 한림원(翰林院) 소속 유자(儒者)들의 소작이라는 점에 유념할 필요가 있다. 예문관의 관원으로서 변계량이 지녔을 자부심은 한림제유(翰林諸儒)들이 〈한림별곡〉에서 표출했던 것과 연계지어 살필 수 있기 때문이다. 실제로 〈한림별곡〉이 예문관 관원들 사이에서 애호되어 왔던 사실은 다음과 같은 기록을 통해 확인할 수 있다.

> 예문관(藝文館) 봉교(奉教) 안진생 등이 아뢰기를,
> "유생들이 처음 과거(科擧)에 오르면 사관(四館)에 나누어 속하게 하고 허참(許參)·면신(免新)의 예절이 있으며 <한림별곡>을 본관(本館)의 모임에 노래하는 것은 예로부터 내려오는 풍속입니다. 그런 까닭으로 새로 된 검열(檢閱) 조위(曺偉)가 연회를 베풀어 신 등을 맞이

9 본서의 제1부 1장 「세종대의 경기체가 시형에 대한 연구」의 2절을 참조.

하였습니다. (…)”

라고 하니, 전교하기를,

“옛날부터 내려오는 풍속을 누가 이를 그치게 하겠는가? 다만 한재(旱災)로 인하여 술을 금하게 하였는데도 그대들이 편안한 마음으로 모여서 술을 마시고 금하는 고기까지 먹었으니 옳지 못한 일이다. (…)”

라고 하였다.[10]

위 기록에서 안진생(安晉生, 1418~?) 등은 급제자들이 허참면신례를 거치는 것은 사관, 즉 예문관·성균관(成均館)·승문원(承文院)·교서관(校書館)의 공통된 절차이며, 특히 예문관에서는 이때 〈한림별곡〉을 부르는 것을 오랜 풍속으로 삼아왔다고 이야기한다. 예문관에서 〈한림별곡〉을 전유(專有)한 것은 역시 예문관이 한림원의 후신이라는 인식 때문이며, 그 자부심을 계승한다는 대내외적 표지로 〈한림별곡〉을 내세웠던 것이라 파악된다. 이 같은 관례는 유래가 깊어서 성종(成宗)조차도 연회의 수위나 방식을 문제 삼았을 뿐 예문관의 오랜 풍속에 대해서는 용인하였을 정도이다.

따라서 예문관의 정통 관료인 변계량 역시 〈한림별곡〉을 부르며 벌이는 이 같은 연회에 직접 참여한 경험이 있었을 여지가 충분하고, 〈한림별곡〉의 내용과 흥취에 대해서도 익숙하게 알고 있었을 가능성이 높다. 그가 〈한림별곡〉의 양식을 준용하여 〈화산별곡〉을 지었던 것 또한 〈한림별곡〉에 당초부터 내재되어 있는 흥취와 자부심을 이미 적실하게 이해하고 있었기 때문일 것이다. 그러한 특질을 바탕으로 삼아 세종의

10 『성종실록』 권58, 6년 8월 4일(경진). “藝文館奉教安晋生等啓曰: “儒生初登科第, 分屬四館, 有許參免新之禮, 〈翰林別曲〉歌於本館之會, 古風也. 故新檢閱曺偉設宴邀臣等. (…)” 傳曰: “古風, 誰令止之? 但因旱禁酒, 而爾輩恬然會飮, 至食禁肉, 不可. (…)”” 그 밖에 〈한림별곡〉이 예문관의 연회에서 자주 불리었다는 기록은 『용재총화(慵齋叢話)』에서도 발견된다. [김명준, 앞의 책, 150면.]

치세를 맞이한 기쁨과 감격을 표출해 보고자 시도한 것이다.

한편, 변계량의 자질을 인정하고 그를 중용했던 태종(太宗)의 성향 역시 중요하다. 공식적인 연행을 전제로 하는 궁중 악장을 경기체가 양식으로 짓는 것은 이례적인 일인 만큼, 이를 변계량 개인의 독자적 판단이나 기호에 따른 처사로만 치부하기는 아무래도 어렵기 때문이다. 이와 관련하여 태종이 〈한림별곡〉을 직접 언급했던 다음의 기사는 시사하는 바가 크다.

> 주육(酒肉)을 예문관(藝文館)에 내려 주었으니, 관관(館官)이 잣을 바쳤기 때문이다. 임금이 주육을 내려 주고 이어서 명하기를,
> "너희들은 <한림별곡>을 창하면서 즐기라."
> 라고 하였다.[11]

태종은 고려말의 문과 급제자로 태조(太祖) 역시 이 점을 자랑스럽게 여겼다고 전한다.[12] 환로를 직접 체험했던 그가 관원들을 위한 잔치에 〈한림별곡〉을 내려 주며 즐기도록 독려한 것은 이 작품이 좌중의 흥을 돋우기에 적합한 곡목이라고 판단하였을 뿐만 아니라 〈한림별곡〉을 창하며 즐기는 예문관의 관례에 대해서도 익히 알고 있었기 때문으로 파악된다. 더욱 중시해야 할 사항은 태종이 〈한림별곡〉의 연행을 공식화하였다는 점이다. 선행 논의에서도 언급되었듯이, 위 기사로부터 〈한림별곡〉이 당시 예문관에서 흔히 불리었으되 이를 드러내 놓고 즐기기는 어려웠던 분위기가 존재했음을 짐작할 수 있다. 그러나 태종이 〈한림별곡〉을 적시하여 즐기도록 허함으로써 이 작품이 비로소 공식적인

---

11 『태종실록』 권26, 13년 7월 18일(을미). "賜酒肉于藝文館. 館官獻松子, 上賜酒肉, 仍命曰: "汝等唱〈翰林別曲〉以歡.""

12 『태종실록』 권1, 「총서」; 『용비어천가』 권9, 32b~33a면.

회례악곡으로 인식되기 시작하였던 것이다.[13]

이로써 변계량이 경기체가 양식을 악장 제작에 도입할 수 있는 중요한 기반이 확보된 셈이다. 그가 〈한림별곡〉을 익숙히 들어 왔고 그 흥취와 효용에 대해 긍정적으로 평가하고 있었다 해도 그것은 어디까지나 개인적이고 비공식적인 차원에 국한될 따름이다. 국가의 예악에 관계되는 악장을 〈한림별곡〉의 형태로 짓기 위해서는 어떤 식으로든 이를 정당화할 수 있는 공식적인 명분 내지 구실이 필요하기 때문이다. 위와 같은 태종의 언급은 그러한 명분으로 삼기에 손색이 없을 정도로 명확하고도 직접적이다. 태종이 직접 관원들에게 〈한림별곡〉을 부르도록 공공연히 독려한 만큼 이 작품이 과연 궁중악으로 불리어도 좋을지 여부를 더 이상은 고민할 필요가 없어진 것이다.

나아가 변계량은 〈한림별곡〉의 시상이 관료들, 특히 예문관원들의 흥취에 지나치게 밀착되어 있다는 문제점을 새롭게 인식하였을 가능성도 크다. 태종에 의해 〈한림별곡〉이 회례악곡으로 인정되기는 하였으나, 그 내용은 어디까지나 관원들 사이의 연회에서나 불릴 만한 것이어서 시연(侍宴)의 곡목으로는 부적합하기 때문이다. 따라서 기왕 공인된 〈한림별곡〉의 악곡은 그대로 옮겨 오되 가사를 바꾸어 군신이 함께 들을 수 있는 곡목으로 개작하는 방식을 택하였으리라 짐작된다.[14] 실제로 한동안 〈화산별곡〉이 시연의 파연곡(罷宴曲)으로 쓰였던 것을 보면 이러한 의도가 관철되었음을 알 수 있다.[15]

끝으로 변계량이 흠모해 왔던 권근이 경기체가 양식으로 〈상대별곡

---

13 김명준, 앞의 책, 150면.

14 〈화산별곡〉은 〈한림별곡〉의 악곡에 그대로 올려 부를 수 있는 작품이다. [손태룡, 「변계량의 樂歌 창제 고찰」, 『한국음악사학보』 40집, 한국음악사학회, 2008, 356~360면.]

15 『세종실록』 권28, 7년 4월 2일(신축); 권32, 8년 5월 6일(기해).

(霜臺別曲)〉을 지어 신왕조의 기상과 자신의 포부를 표명하였던 전례를 남겼던 사실 역시 주목된다. 변계량은 권근의 문하를 자처할 만큼 그의 인품과 학문을 존숭하였으며,[16] 왕조의 기틀을 다지는 과정에서 그가 이룩한 업적에 대해서도 높이 평가하였다. 이러한 인식은 변계량이 찬한 권근의 제문에 잘 드러난다.

> 아, 저희들은 소시에 제자의 예를 드려 외람되게 스승의 훌륭한 가르침을 받았습니다. 아는 것이 있지도 않은데 오히려 공경(公卿)의 반열에 들고 사림에 몸담게 되었음은 선생이 내리신 은혜입니다. 선생의 도는 산 높고 물 깊은 듯. 그러므로 깊이 연구해 들어가 죽을 날까지 하려 했더니 이제는 그만입니다. 아, 어디로 돌아갈지. 하늘이 아득하고 땅이 빽빽하여, 사방을 돌아보니 아득하고, 목 놓아 한 번 울부짖으니 눈물이 샘솟듯 합니다.[17]

더구나 권근은 정도전과 더불어 태조대에 악장을 찬진하는 데에도 핵심적인 역할을 수행했던 인물이었기에, 변계량이 더욱 더 사표로 삼을 만한 선례이기도 했다. 조선조 악장의 전통은 정도전과 권근에 의해 수립되었으나 다작으로 그 전통을 실현했던 인물은 변계량이라고 할 만큼, 변계량이 권근으로부터 받은 영향은 지대하다. 변계량은 권근에 이어 문형의 지위에 올랐으며 그로부터 악장 제작의 규범까지 답습하게 되었던 것이다.[18] 따라서 권근의 여러 제술 속에 경기체가의 양식을

16 『춘정집』, 「부록」, 행장. [『한국문집총간』 8, 민족문화추진회, 1988, 163면.] "公自幼聰明絶人, 好學不倦, 以硏窮性理爲務. 日遊圃隱, 牧隱, 陶隱, 陽村諸賢之門, 得師友淵源之正, 所聞益廣, 所造益深."

17 변계량, 「祭陽村先生文忠公文」, 『춘정집』 권11. [『한국문집총간』 8, 민족문화추진회, 1988, 143면.] "嗟嗟生等, 小少摳衣, 叨承善誘, 顧未有知, 尙襲青紫, 獲厠詞林, 先生之賜, 山高水深, 庶幾鑽仰, 沒齒爲期, 今也已矣, 嗚呼曷歸, 天迷地密, 四顧茫然, 失聲一號, 有淚如泉."

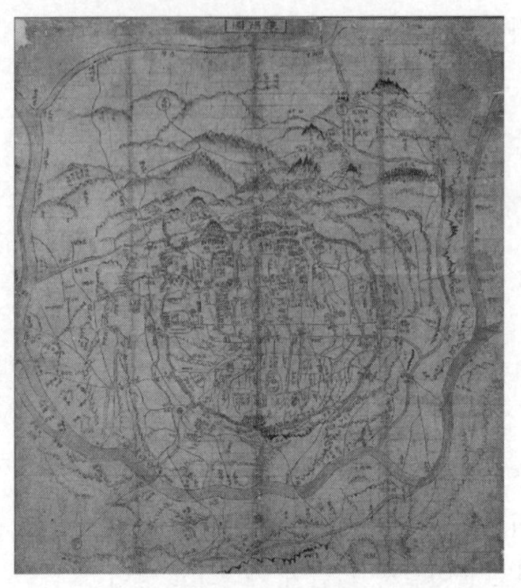

【그림2】 한양도(漢陽圖) [1760년대]

준용한 〈상대별곡〉이 포함되어 있다는 점은 변계량에게도 충분히 시사를 줄 수 있는 사항이다.

조선조에 들어 창작된 경기체가 가운데 시기상 가장 앞서는 〈상대별곡〉은 사헌부(司憲府) 관원들의 기개와 자부심을 호기로운 어조에 담아 표출한 후 '명량상우(明良相遇)'의 시대를 맞이한 감격을 드러내고 있는데, 권근이 대사헌(大司憲)의 직임을 수행했던 정종2년(1400) 3월부터 태종2년(1402) 9월 사이에 지은 것으로 추정해 볼 수 있다.[19] 물론 권근이 〈상대별곡〉을 제진했다는 당대의 기록이 발견되지 않는 데다 『양촌집(陽村集)』에도 이 작품이 누락된 것으로 미루어,[20] 처음부터 공식적인 연향에 사용할 목적으로 〈상대별곡〉을 짓지는 않았으나 사헌부 관원들 사이에 작품이 애호되기 시작하면서 널리 인기를 얻었던 것으로 보인다. 〈한림별곡〉과 마찬가지로 〈상대별곡〉도 관원들 사이의 연회에서 불리기에 보다 적합한 작품이기 때문에 시연에서 사용되었다는 기록은 없다. 악장으로서의 성격이 상대적으로 미약한 것이다. 그럼에도 불구하고, 비록 비공식적 차원에서나마 권근과 같은 일대의 문인이 경기체가를 지어낸 전례를 만듦으로써 그를 계승한 변계량 역시 경기체가 양

18 조규익, 앞의 책, 455~456면.

19 김명준, 앞의 책, 179면.

20 〈상대별곡〉을 권근의 작으로 판단할 수 있는 근거는 『증보문헌비고(增補文獻備考)』에서 발견할 수 있다. [같은 곳.]

식을 악장의 제작에 활용해 볼 수 있는 또 하나의 동인을 얻게 되었으리라 추정된다.

결국 변계량이 경기체가의 양식에 천착했던 것은, 그가 고려 한림원의 후신인 예문관의 관원으로서 〈한림별곡〉을 익숙히 들으며 그 흥취에 공감할 수 있는 위치에 있었다는 점, 변계량을 중용했던 태종이 예문관원들로 하여금 〈한림별곡〉을 연회에서 부르며 즐기도록 독려함으로써 그 연행을 공식화하였다는 점, 그리고 변계량이 사사했던 권근이 〈상대별곡〉을 지어 신왕조의 기상과 자신의 포부를 경기체가로 읊었던 전례를 남겼다는 점이 복합적으로 영향을 끼친 결과라 파악할 수 있다.

2) 〈화산별곡〉의 제진 의도와 시기

〈화산별곡〉이 경기체가 양식으로 지어졌다는 사실과 더불어 또 한 가지 고려해야 할 사항은 변계량이 이 작품을 제진한 의도와 시기이다. 〈화산별곡〉은 세종7년(1425) 4월에 당시 예문관 대제학이었던 변계량이 지어 올린 것으로 세종은 이를 악부(樂府)에 올려 연향악으로 쓰도록 지시한다.[21] 세종이 이 작품의 의도와 가치를 인정했다는 사실을 보여주는 단서이다.

> 예조에 전지하기를,
> "금후로는 연향파연곡(宴享罷宴曲)에 <정동방(靖東方)> · <천권곡(天眷曲)> · <성덕가(盛德歌)>를 사용하고, <응천곡(應天曲)>과 <화산별곡>은 사용하지 말라."
> 라고 하였다. 【<성덕가> 이상은 조종(祖宗)의 공덕(功德)을 송미(頌美)한 것이요, <응천곡> 이하는 주상(主上)의 덕을 가영(歌詠)한 것이다.】[22]

---

21 『세종실록』 권28, 7년 4월 2일(신축).

좀 더 눈여겨보아야 할 사항은 〈화산별곡〉이 제진된 지 약 1년이 지난 시점에 이르러 세종 자신이 위와 같이 이 작품을 더 이상 사용하지 말도록 직접 지시하고 있다는 점이다. 그 이유에 대해 사관(史官)은 〈응천곡〉과 〈화산별곡〉이 당대 임금인 세종의 업적과 행실을 칭송하고 있기 때문이라고 부기하였다. 세종은 물론 사관들 역시도 이들 작품의 주제가 임금에 대한 송축이라는 점을 뚜렷이 인식하고 있었던 것이다. 세종은 그러한 취지를 작품이 제진될 당시에는 받아들였다가 이내 도리에 맞지 않는다는 생각으로 해당 곡목의 사용을 금하였던 것으로 보인다.[23]

사용이 금지된 〈응천곡〉과 〈화산별곡〉은 공교롭게도 모두 변계량이 지은 것인데, 두 작품 사이에도 다소의 차이가 존재한다. 둘 모두 세종의 덕을 칭송하는 데 주력하고는 있으나, 세종6년(1424) 12월에 제진한 〈응천곡〉의 경우에는 분량이 상대적으로 소략한 탓에 비교적 포괄적인 견지에서 세종의 명망을 드러내는 정도인 반면, 세종7년(1425) 4월에 지은 〈화산별곡〉에서는 세종의 실제 업적을 매우 구체적으로 열거하면서 찬탄하는 특징을 보인다.[24] 대의는 같되, 표현에 있어서는 후자가

---

22 『세종실록』 권32, 8년 5월 6일(기해). "傳旨禮曹: "今後宴享罷宴曲, 用〈靖東方〉·〈天眷曲〉·〈盛德歌〉, 勿用〈應天曲〉·〈華山別曲〉." 【〈盛德歌〉以上, 頌美祖宗功德, 〈應天曲〉以下, 歌詠主上之德.】"

23 세종14년(1432)에 이르러서는 현왕을 악장에서 가영하지 말라는 전지가 보다 구체화된다: "上謂左右曰: "今會禮文武二舞樂章, 朴堧以爲: "宜歌詠當今之事." 予思之, 大抵歌辭, 象成功而頌盛德. 予觀周武王以武定天下, 至成王時, 周公作大武, 歷代皆然, 未可以當世之事, 而詠歌之也. 況予但繼世而已, 安有功德可以歌頌乎? 太祖當前朝衰季, 百戰百勝, 功德洽人, 拔亂反正, 創業垂統, 太宗制禮作樂, 化行俗美, 中外乂安, 宜爲太祖作武舞, 爲太宗作文舞, 以爲萬世通行之制也. 然或以武先於文爲未便, 歷代亦有武先於文者乎? 若必以當時之事作歌, 則繼世之君, 皆有樂章矣. 豈其功德, 皆可歌詠乎? 其與朴堧, 鄭穰等同議以聞."" [『세종실록』 권56, 14년 5월 7일(갑자).]

24 〈응천곡〉의 형식적 특징에 대해서는 본서의 제1부 1장 「세종대의 경기체가 시형에 대한 연구」의 3절 2)항을 참조.

더욱 강화된 양상을 띠는 것이다.

그렇다면 세종의 덕망을 칭송하는 내용을 담은 이들 작품을 변계량이 어떠한 이유에서 세종7년(1425) 무렵이라는 특정한 시점에 잇달아 제진했는지 그 배경을 살펴볼 필요가 있다. 실제로 세종의 등극 이래 이들 작품이 나오기 전까지 변계량이 지어 올린 악장의 면면을 보면, 임금의 장수를 기원하거나, 왕조에 깃든 천우(天祐)를 기꺼워하거나, 명 황제의 덕망과 은혜를 찬양하거나, 군왕의 책무를 일깨우거나, 군신간의 이념적 동질성을 설파하는 등의 내용이었던 것으로 파악된다.[25] 어떤 작품도 세종 개인에 대한 칭송을 담고 있지는 않은 것이다. 물론, 군왕에 대한 칭송이란 악장 본연의 아유적(阿諛的) 성격으로부터 연원하는 것이라고 간단히 규정할 수도 있겠으나, 그 이면에 녹아 있는 변계량의 의도나 시대 인식에 대해서도 되짚어 보아야 할 것이다.

그 단서는 변계량이 세종과 세종의 치세를 실제로 어떻게 느끼고 있었는지 면밀히 검토하는 과정에서 발견될 수 있다. 그의 환력 가운데 빼 놓을 수 없는 것은 세자시강원(世子侍講院)의 보덕(輔德)·부빈객(副賓客) 등의 관직을 꾸준히 겸하면서 세자 양녕대군(讓寧大君, 이제(李褆), 1394~1462)의 교육을 담당하였던 전력이다. 변계량은 문형이면서 동시에 세자의 사부이기도 했던 것이다. 그러나 서연(書筵)을 등한시하고 비행을 일삼았던 양녕을 대하느라 변계량은 많은 어려움을 겪었으며, 해당 사례들이 그의 「연보」에도 자세히 기록되어 전한다. 동궁에 나아가 눈물을 흘리며 비행을 멈추도록 양녕을 설득하는가 하면 병을 핑계로 서연을 물리려는 양녕을 다섯 차례에 걸쳐 만류하여 그날 시강을 진행하기도 하였다.[26] 이렇듯 왕자(王者)의 자질에 부합하지 않는 양녕

25 조규익, 앞의 책, 459면.

의 행태를 직접 체험했던 변계량은 급기야 양녕대군을 폐하고 충녕대군(忠寧大君)을 세자로 삼을 것을 태종에게 계청하기에 이른다.[27] 자신이 이제껏 양녕을 제대로 계도하지 못하였음을 자인한 셈이지만, 그러한 비난을 감수하고서라도 변계량은 왕조 창업의 위업을 굳건히 지켜나갈 성군이 필요하다고 믿었던 것이다.

때문에 세종에 대한 변계량의 기대는 더욱 더 강렬하게 표출될 수밖에 없는 상황이었다. 폐세자와 급박한 선위(禪位)라는 이례적 방식을 통해 왕위가 이어진 만큼 이제 갓 약관을 지난 젊은 군주가 당면한 현실은 결코 녹록치 않았으나, 변계량은 세종이 이 난관을 현명하게 극복해나가리라 기대하였을 것이다. 그에 부응하듯 세종은 이내 특유의 자질과 호학열을 뚜렷이 드러내기 시작하였다.

가령 세종은 경연(經筵)에 적극적으로 참여하면서 경연의 주제를 스스로 정할 정도로 열의를 보인다. 부왕과 마찬가지로 변계량을 중용하고 집현전(集賢殿)을 신설하여 그에게 그 책임을 맡기는 등 문교를 진작하기 위한 시책 또한 강화하였다. 집현전의 초대 대제학에 임명된 것은 변계량의 「행장(行狀)」과 「연보」에 특기될 만큼 영광스러운 행적이기도 했다.[28] 그밖에 태상왕 태종의 계책을 받들어 쓰시마섬[대마도(對馬島)]을 정벌함으로써 왜구의 침탈을 근절했던 점·군사를 조련하고 병서를 간행하여 변방의 방비에 힘쓴 점·위민책을 시행하면서 백성들의 생활을 돌보았던 점·인재를 등용하고 공평무사하게 형을 집행한 점 등도 모두 변계량이 지척에서 목격했던 세종 즉위 초년의 두드러진 업적이다.

---

26 『춘정속집』 권2, 「연보」. [『한국문집총간』 8, 민족문화추진회, 1988, 182~184면.]

27 『태종실록』 권35, 18년 6월 2일(신사); 『춘정속집』 권2, 「연보」. [『한국문집총간』 8, 민족문화추진회, 1988, 185면.]

28 『춘정집』, 「부록」, 행장. [『한국문집총간』 8, 민족문화추진회, 1988, 162면.]; 『춘정속집』 권2, 「연보」. [『한국문집총간』 8, 민족문화추진회, 1988, 188면.]

실제로 이와 같은 내역이 〈화산별곡〉에 빠짐없이 언급되었던 것이다.

〈화산별곡〉에 표명된 세종에 대한 칭송을 결코 아유적 의도의 발로로만 치부할 수는 없는 이유가 여기에 있다. 태종대부터 국가의 문장을 관할하고 학문을 관장하는 데 앞장섰던 변계량에게, 세종의 등극 후에 시행된 여러 정책들은 그의 이상과 기대에 완연히 부합하는 것으로 인식되기에 충분했다. 부왕대와는 달리 비교적 평화로운 방법으로 왕위가 계승되기까지 했기 때문에 왕조 창업 이래 태종대까지 축적되었던 여러 기반들이 세종의 치세기로 온전히 승습될 수 있었던 것이다. 더구나 개인적 차원에서 보아도, 변계량은 종래의 위상을 세종대에도 그대로 인정받음은 물론, 차후 직책이 더해지면서 더욱 큰 역량을 발휘할 수 있는 위치에 서게 되었다. 개인적으로나 국가적으로나 세종의 등극은 지극히 영광스러운 사건이 아닐 수 없었다. 〈응천곡〉과 〈화산별곡〉에 표출된 세종에 대한 흠모가 의례적이거나 과장되었다고 보기는 어려운 것이다.

하지만 그러한 흠모의 정을 악장으로 제작하기까지는 얼마간의 시간이 필요한 상황이었다. 무엇보다도 태종은 세종에게 선위한 후 병권(兵權)을 관할하면서 여전히 영향력을 끼치고 있었기 때문에 세종이나 세종의 치세를 드러내 놓고 칭송할 수는 없었던 것이다. 세종 즉위년(1418)에 변계량이 세종이 아닌 태종의 덕을 부각한 〈천권동수지곡〉을 지어 올렸던 것도 이러한 사정과 무관하지 않다.[29] 그 같은 분위기는 태종의 사후에도 한동안 지속된다. 태종은 세종4년(1422) 5월에 승하하는데, 당시 세종은 수라를 들지 않을 만큼 부왕의 서거를 애석하게 여겼으며 역월제(易月制)를 시행하는 것에 대해서도 뚜렷하게 반대 의사를

---

29 『세종실록』 권2, 즉위년 11월 3일(기유).

표하였다.[30] 신료들의 만류에도 불구하고 세종의 의지는 관철되었으며, 변계량 역시 자신이 찬한 「태종대왕신도비명(太宗大王神道碑銘)」에 세종의 효심을 다음과 같이 기록하기도 하였다.

> 임인년(세종4년, 1422) 4월에 비로소 몸이 편찮아서 5월 병인(丙寅)에 이궁(離宮)에서 홍(薨)하였다. 우리 전하께서 애통함을 이기지 못하여 3일 동안 철선(輟膳)하니, 여러 신하들이 체읍(涕泣)하면서 진선(進膳)하기를 청하였으나, 마침내 허락하지 않았다. 삼년상(三年喪)으로 정하고 역월(易月)의 제도를 쓰지 않았다. 태종은 춘추가 56세이고, 왕위(王位)에 있은 지 19년이었다.[31]

이를 고려하면서 변계량이 〈응천곡〉과 〈화산별곡〉을 제진한 시점을 되짚어 보면, 각각 세종6년(1424) 12월과 세종7년(1425) 4월로 태종의 삼년상이 마무리되어 가던 때임을 확인할 수 있다. 태종에 대한 애도가 잦아들고 세종이 고수했던 삼년상을 끝마치게 될 무렵에 이르러 변계량은 명백히 세종을 중심에 두고서 세종에 대한 칭송과 찬양을 담은 작품을 지어 내었던 것이다. 새로운 시대를 새로운 작품으로 각인하고자 했던 의도가 간취된다.

그 수위도 점차 높아져서, 세종의 덕망을 간소하게 다룬 〈응천곡〉을 경기체가의 전대절(前大節)만을 활용하여 먼저 제진한 후, 태종이 승하한 지 삼년 째에 임박하자 〈한림별곡〉의 흥취를 그대로 옮겨 온 정격의 〈화산별곡〉을 지어 올리는 순서로 나아간다. 이 무렵에는 세종 역시도

---

30 태조가 승하했을 때 태종 역시도 삼년 동안 참최(斬衰)를 입은 바 있다: 『용비어천가』 권9, 44b~45b면.

31 『태종실록』 권36, 18년 11월 8일(갑인). "壬寅四月始不豫, 五月丙寅, 薨于離宮. 我殿下不勝哀痛, 三日輟膳, 群臣涕泣請進膳, 竟不許. 定爲三年之喪, 不用易月之制. 太宗春秋五十六歲, 在王位十有九年."

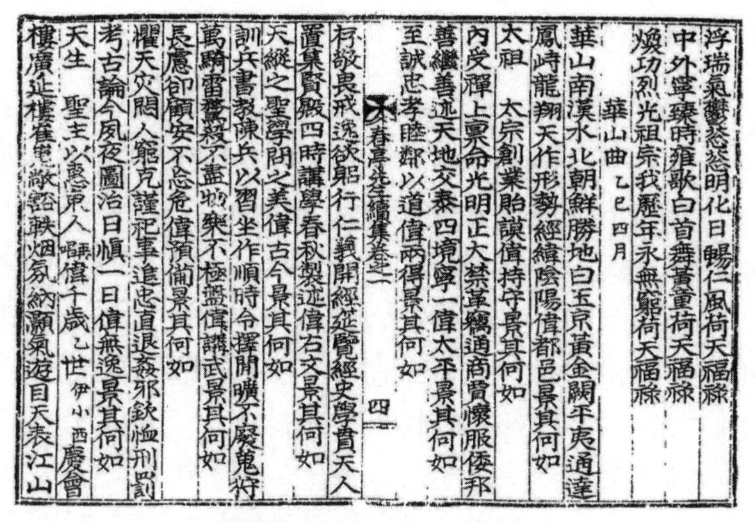
浮瑞氣鬱葱葱明化日暘仁風荷天福祿
中外寧臻時雍歌白首舞黃童荷天福祿
煥功烈光祖宗我歷年永無窮荷天福祿
華山曲 乙巳四月
華山南漢水北朝鮮勝地白玉京黃金闕平夷通達
鳳峙龍翔天作形勢經緯陰陽偉都邑景其何如
太祖 太宗創業貽謨偉持守景其何如
內受禪上稟命光明正大禁革[illegible]通商賈懷服倭邦
善繼善述天地交泰四境寧一偉太平景其何如
至誠忠孝睦鄰以道偉兩得景其何如
春亭先生續集卷之一 四
存敬畏戒逸欲躬行仁義開經筵覽經史學貫天人
置集賢殿四時講學春秋製述偉右文景其何如
天縱之聖學問之美偉古今景其何如
訓兵書教陣兵以習坐作順時令擇閒曠不廢蒐狩
萬騎雷驚殺不盡物樂不極盤偉講武景其何如
長慮卻顧安不忘危偉預備景其何如
懼天災悶人窮克謹祀事進忠直退姦邪欽恤刑罰
考古論今夙夜圖治日慎一日偉無逸景其何如
天生 聖主以惠東人 唱偉千歲 乙世 伊小西 慶會
樓廣延樓臺敞豁軼烟氛納灝氣遊目天表江山

【그림3】〈화산곡〉[『춘정속집』 권1]

제진된 작품의 내용이 상례(喪禮)에 크게 저촉되지는 않는 데다 현왕(現王)의 덕을 가영하는 전례가 태조대와 태종대에도 있었던 점을 감안하여 〈응천곡〉과 〈화산별곡〉 모두를 가납하였던 것으로 보인다. 물론 이로부터 약 1년 후에 당대의 임금을 악장으로 가영하는 데 대해 세종이 거부감을 드러내면서 세종의 덕망을 다룬 악장을 추가로 지을 수는 없게 된다.

이처럼 변계량의 생애와 활동을 돌이켜 보면, 그가 세종을 칭송하기 위한 악장을 흔연히 지어내었던 전말이 드러난다. 아울러 그 시기가 유독 세종7년(1425) 무렵으로 국한되어야만 했던 맥락 역시 도출해 낼 수 있다.

3. 〈화산별곡〉의 시상과 구성

앞 장에서 살핀 바와 같이, 〈화산별곡〉에는 대개의 악장 작품에 통상적으로 나타나는 공식적 수사나 내용만이 아니라 작자 변계량이 실제 정치 현실에서 보고 느낀 감격들이 폭넓게 포함되어 있다고 평가된다. 아울러 그러한 주지가 경기체가 양식으로 표출된 점도 흥미롭다. 객관적 사물이나 현상을 나열하다가 영탄적 투식구로 이를 모아들이는 경기체가의 어법을 통해 변계량은 세종에 대한 추앙과 칭송을 보다 인상 깊게 드러낼 수 있으리라 기대했던 것이다.

그런데 연장체(聯章體)를 기본으로 하는 경기체가의 경우, 핵심이 되는 소재나 광경이 연쇄적으로 배치되면서 작품이 구성되기 때문에 무엇보다도 작품 전체의 짜임새에 주목하지 않을 수 없다. 특히 변계량과 같은 당대의 문사가 그저 인상 깊은 내용들을 두서없이 나열하는 방식으로 작품을 짓지는 않았으리라는 점을 감안하면 〈화산별곡〉의 여덟 개 장에 적용된 모종의 구성 방식을 되짚어 보아야 할 필요가 있다.

논의의 중점은, 세종의 위상이나 자질이 어떠한 순서로 배열되었느냐에 있는데, 이를 확인하기 위해서 우선 제1·2장의 내용부터 살피고자 한다.

華山南 漢水北 朝鮮勝地	화산 남쪽 한강의 북쪽은 조선의 아름다운 땅
白玉京 黃金闕 平夷通達	백옥 같은 서울, 황금처럼 빛나는 대궐 평평하게 통달해 있고
鳳峙龍翔 天作形勢 經經陰陽	봉은 솟고 용이 나는 것 같으니 하늘이 만든 형세요 음양의 조화로세.
偉 都邑景 其何如	아, 도읍의 광경, 그것이 어떠합니까!

太祖太宗 創業貽謀【再唱】	태조 태종께서 창업하시고 물려주신 계책【두 번 창한다.】
偉 持守景 其何如	아, 유지하고 지키는 광경 그것이 어떠합니까!
	—1장
內受禪 上稟命 光明正大	안으로 물려받고 위로 명을 받으니 광명정대하도다.
禁草竊 通商賈 懷服倭邦	도적을 금하고 장사를 통하며 왜국을 회유 굴복시키네.
善繼善述 天地交泰 四境寧一	선왕의 뜻 잘도 이으시어 천하의 만물이 편안하고 사방의 국경도 조용하니
偉 太平景 其何如	아, 태평한 광경, 그것이 어떠합니까!
至誠忠孝 睦隣以道【再唱】	지성스레 충성하고 효도하며 도로써 이웃나라와 화목하니【두 번 창한다.】
偉 兩得景 其何如	아, 두 가지 다 얻은 광경 그것이 어떠합니까![32]
	—2장

우선 유념해야 할 점은 개별 장의 주제를 장 전체의 내용과 연계 지어 검토해야 한다는 것이다. 경기체가 각 장의 핵심이 전대절과 후소절(後小節)의 마지막에 오는 투식구 "위 □□景 긔 엇더ᄒᆞ니잇고"의 '□□'에 대개 응축되어 있는 것이 사실이기는 하나, '□□'으로 모든 내용이 포괄되지는 않는데다가 전대절과 후소절 사이의 의미상 층차도 고려해야 하기 때문이다.

---

32 작품의 현대어역은 임기중 외, 앞의 책, 111~113면의 것을 활용하되 부분적으로 어휘나 표현을 바꾸었다.

가령, 제1장의 전대절은 표면적으로는 도읍의 형상을 묘사하고 있는 듯 보인다. 실제로 이 작품의 제명이 제1장 제일 앞에 오는 '화산'이라는 어휘로부터 유래된 것이기는 하지만, 1장 전체의 주지는 후소절의 내용, 즉 국가를 창업한 태조와 태종이 그 지모를 세종에게 물려주어 대업을 잘 유지해 나갈 수 있게 되었다는 것으로 수렴된다. 요컨대 1장에서는 아직 세종의 업적이 본격적으로 등장하지 않으며, 그보다는 조종이 달성해 놓은 왕조 개창의 업적을 제시하는 데 주력하고 있다. 한성의 승경 역시 창업의 위업과 영광을 강조하기 위한 소재로서의 의미를 지니는 것이다.

제2장에서 비로소 완연히 세종에게로 그 시선을 옮겨 온다. '내수선(內受禪) 상품명(上稟命)'이라는 말에도 드러나듯이 제1장의 말미를 그대로 제2장으로 잇대고 있다. 대내적으로는 태종의 선위를 받아 세종이 등극하였고 대외적으로도 명 황제로부터 고명(誥命)과 인장(印章)을 받아 옴으로써 '광명정대(光明正大)'한 즉위가 이루어졌다는 내용이다. 즉위 후에 세종이 펼쳤던 주요 시책들이 곧바로 열거되기 시작하는데, 이 부분부터 세종이 뚜렷하게 부각된다. 도적을 금하고 물산을 유통하여 후생을 진작한 업적이 언급되다가 이내 왜를 회유하여 굴복시킨 치적이 조명된다. 쓰시마섬 정벌은 상왕 태종의 뜻에 따라 이루어진 것이지만,[33] 이후 왜와의 관계를 조율하고 남쪽 변방을 안정시키는 역할은 세종이 담당하였다는 점에서 이 또한 선왕의 뜻을 '선계선술(善繼善述)' 한 세종의 공로로 적시되었던 것이다. 이상의 내역을 후소절에서 다시

33 때문에 〈정대업(定大業)〉 악장에서는 쓰시마섬 정벌을 태종의 업적으로 규정하고 있다: "〈震耀〉, 第六變, 凡二篇. 對馬島倭負恩擾邊, 太宗命將征之. "蠢爾島夷, 恃險負嵎, 辜我仁恩, 虐我邊垂, 爰赫斯怒, 命將征之, 滄海漫漫, 颿檣戢戢, 匪逝匪遊, 凶頑是讐, 旌旗蔽日, 榑桑震疊." 〈肅制〉, "飭我師, 師堂堂, 鼓萬艘, 武雜揚, 擣其穴, 覆其巢, 火烈烈, 燎鴻毛, 鯨鯢戮, 波不驚, 奠我民, 邦以寧."" [『세종실록』 권116, 세종29년 6월 4일(을축).]

금 강조하였는데, 상국에 도리를 다하고 선왕의 기대에 부응하였다는 점에서 충효의 성심을, 왜와의 관계를 법도에 따라 유지하였다는 점에서 목린(睦隣)의 미덕을 세종이 모두 갖추었다고 칭송하였다.

이처럼 〈화산별곡〉 제1·2장에서는 태조와 태종의 업적이 세종에게로 이어져 유지되고 있는 흐름을 드러내는 데 주력하고 있다. 때문에 제1·2장은 '고(古)'와 '금(今)', 또는 '선왕(先王)'과 '사왕(嗣王)'의 관계를 띠면서 대응되는 것으로 분석된다.

存敬畏 戒逸欲 躬行仁義	경외심을 간직하고 안일함과 욕심을 경계하시며 몸소 인의를 행하시네.
開經筵 覽經史 學貫天人	경연 열고 경사(經史)를 열람하여 배움으로 하늘과 사람을 꿰뚫으시고
置集賢殿 四時講學 春秋製述	집현전 설치하여 사시로 강학하시며 봄가을로 제술하시니
偉 右文景 其何如	아, 문(文)을 높이는 광경, 그것이 어떠합니까!
天縱之聖 學問之美【再唱】	하늘이 낸 성군, 학문하시는 아름다움【두 번 창한다.】
偉 古今景 其何如	아, 옛날부터 지금까지의 광경 그것이 어떠합니까!

—3장

訓兵書 敎陳兵 以習坐作	병서를 가르치고 군사를 진열하여 앉고 일어남을 익히게 하시며
順時令 擇閑曠 不廢蒐狩	철에 따라 빈 터를 가려 사냥하게 하시니
萬騎雷騖 殺不盡物 樂不極盤	만기(萬騎)가 우뢰같이 치달리지만 다 잡지 않고 즐김도 절제하네.

偉 講武景 其何如	아, 강무(講武)하는 광경, 그것이 어떠합니까!
長慮却顧 安不忘危【再唱】	길게 생각하고도 다시 돌아보시고 안전해도 위태함 잊지 않으시니【두 번 창한다.】
偉 預備景 其何如	아, 예비하는 광경 그것이 어떠합니까!

—4장

두 장씩 대를 이루면서 작품이 구성되어 가는 방식은 이하의 장들에서도 발견된다. 1·2장이 시간상의 지표로 각각 옛 일과 오늘날의 일을 다루었다면, 3·4장은 세종의 공적을 주제상의 지표로 대별해 놓았다.

제3장의 중심 내용은 문치의 시행이다. 경연을 상설하여 경사를 강독하는 데 게으름이 없는 세종의 모습을 제시하고, 집현전을 신설하여 학술 연구를 관장하면서 학사들이 제술에 힘쓰도록 독려하는 학자 군주로서의 위상을 칭송하고 있다. 경연의 상례화와 집현전의 설치 및 운용은 세종이 추진한 문치의 핵심이라 할 만한 사항인 만큼 변계량 역시 이들 내역을 전면에 내세웠던 것이다. 후소절에서는 그 같은 우문정책이 유지된 배경을 거론하였는데, 그것은 다름 아닌 세종의 타고난 학구열이다. 세종의 개인적인 자질이 정치적·문화적 시책으로 발현됨으로써 학문과 문장이 융성하게 된 내력을 서술해 놓았다.

우문(右文)의 공덕과 대를 이루는 내용이라면 응당 강무(講武)의 방책을 들 수 있다. 제4장에서는 병서를 탐문하고 진법을 익혀 군사를 운용하는 역량을 강화하는가 하면 사냥을 주관하면서 군사들의 능력을 시험하기도 하는 세종의 모습을 조명하였다. 사냥은 군사를 조련하고 점검하기 위한 중요한 방법이었거니와 세종이 이를 금치 않고 시시로 권장하였던 것도 강무의 효용을 인식하고 있었기 때문으로 보았다. 더욱

【그림4】〈화산별곡〉 [『악장가사』]

중시해야 할 사항은 세종의 절제이다. 사냥을 주관하되 극단을 피하여 짐승을 모두 잡지는 않는 후덕함이 강조된 것이다. 이 같은 처신은 군사를 교련함으로써 백성들에게 군왕의 위엄을 드러내려 한다거나 사냥을 단지 유흥 거리로 생각하는 것이 아니라는 점을 보여주는 증표가 되기도 한다. 세종의 시책은 당장의 평화에 안주하지 않고 미래에 있을 위기에 대비하기 위한 뜻을 지닌다는 취지를 제4장의 마지막에 개재한 이유도 여기에 있다.

이렇듯 〈화산별곡〉에서 세종의 미덕과 자질이 본격적으로 표출되기 시작하는 제3·4장에서는 세종의 '문치(文治)'와 '무비(武備)'가 균형 있게 다루어지고 있다. 제3·4장의 대응은 다른 장들에 비해 특히 뚜렷해서 〈화산별곡〉의 구성 방식을 가늠하는 데에도 시사하는 바가 크다.

懼天災 悶人窮 克謹祀事	천재(天災)를 두려워하고 백성의 곤궁함을 근심하시어 제삿일에 매우 삼가시고
進忠直 退姦邪 欽恤刑罰	충직한 자 나아가게 하고 간사한 자 물리치며 형벌을 신중히 하시며
考古論今 夙夜圖治 日愼一日	옛일을 살펴서 지금 일을 논하고 밤낮으로 다스림을 꾀하며 나날이 조심하시니
偉 無逸景 其何如	아, 방일(放逸)함이 없으신 광경, 그것이 어떠합니까!
天生聖主 以惠東人【再唱】	하늘이 성군을 내시어 동방의 백성들에게 은혜를 주시니【두 번 창 한다.】
偉 千歲乙世伊小西	아, 천세를 누리소서!

—5장

慶會樓 廣延樓 崔巍敞豁	경회루 광연루 높기도 높아 앞이 광활하여
軼烟氛 納灝氣 遊目天表	안개를 헤치고 대기를 들이마시며 하늘가로 눈을 놀리어
江山風月 景槪萬千 宣暢鬱堙	산천 풍월 천만 경개에 막힌 가슴 풀어내네.
偉 登覽景 其何如	아, 높은 곳에 올라 바라보는 광경, 그것이 어떠합니까!
蓬萊方丈 瀛洲三山【再唱】	봉래(蓬萊) 방장(方丈) 영주(瀛州) 삼산을【두 번 창 한다.】
偉 何代可覓	아, 어느 시대에 찾을 수 있으리!

—6장

이어지는 제5장 역시 세종의 품성과 업적을 계속해서 서술하고 있는 듯 보이지만, 그 구체적인 내역이나 방향은 3·4장과는 다소 다르다. 5장의 전대절에서는, 하늘의 변괴에 몸을 삼가고 백성들의 생활을 걱정하며 국가의 제례에 힘쓰는 세종의 모습을 드러내는 한편, 신료의 등용과 형벌의 집행을 엄격히 하여 국가의 기강을 바로잡은 덕망도 열거하고 있다. 그러나 5장에서는 이러한 업적 자체를 표출하는 데 목적을 두기보다는 그와 같은 일을 하기 위해 세종이 투여하는 노력을 논하는 데 주력한다. 정사에 소용될 만한 전고(典故)를 상고하느라 여가도 없이 밤낮으로 신중하게 정무에 몰두하는 세종의 근면함이 핵심을 이루는 것이다. 전대절 마지막에서 그러한 세종의 모습을 '무일(無逸)', 즉 안일함이 없다고 집약한 것도 이 때문이다. 후소절에서는 세종과 같은 성군을 맞이한 감탄과 기쁨이 분출되어 동방의 은혜로운 일이라는 칭송이 표출되고 이내 임금의 수복을 비는 기원이 덧붙는다. 그 같은 감격이 극에 달하면서 이 부분에 들어 투식구가 "천세(千歲)를 누리소서.[千歲乙世伊小西.]"라는 말로 바뀌어 나오게 된 것이다.

이처럼 집무에 임하는 세종의 진지함과 헌신적 태도가 5장에 제시되고 있는 반면, 제6장에서는 정무에서 잠시 벗어나 궁중에서 여유를 누리는 넉넉한 광경이 묘사된다. 경복궁(景福宮)의 빼어난 경관에 대한 자긍심이 그 근저에 깔려 있다. 경회루나 광연루와 같은 궁중의 누각에 올라 탁 트인 경치를 조망하다가, 때마침 안개가 걷히고 하늘이 맑아져 화기가 돌자 먼 하늘을 바라보는 한정(閑情)을 표출한다. 궁중에서 만끽하는 풍류가 인상 깊게 묘사되고 있다. 그러한 풍류는 성대를 맞이하였다는 인식과 표리를 이루는 것으로서 현재의 상황에 대한 만족감을 기반으로 한다. 눈앞에 펼쳐진 세계가 신선계에 비유되는 후소절의 감흥은 이로부터 연원하는 것이기도 하다. 후소절에서는 궁중의 누각에서 바라보는 정경을 신선들이 노니는 삼산(三山)의 형상에 빗대고 있는데, 이 부분은 〈화산별곡〉 전체를 통틀어 감흥이 가장 고양된 부분이라 할 수 있다.

앞서와 마찬가지로 제5·6장에서도 역시 두 개의 장이 묶여 대를 이루고 있는 구성이 발견된다. 제5·6장의 경우에는 각각 집무에 몰두하는 모습과 궁중에서 느낄 수 있는 한가로운 풍류가 대응되고 있다. 이는 선정을 펼치기 위해 겨를이 없는 가운데에도 궁중을 완상하는 여유로움이 조화된 모습이라 할 만하다.

止於慈 止於孝 天性同歡	자애롭고 효도하며 천성으로 함께 즐기고
止於仁 止於敬 明良相得	어질고 공경하며 밝은 임금 어진 신하 서로 뜻이 합치되니
先天下憂 後天下樂 樂而不淫	천하보다 먼저 근심하고 천하보다 뒤에 즐기며 즐기되 지나치지 않으시니
偉 侍宴景 其何如	아, 모시고 잔치하는 광경, 그것이 어떠합니까!
天生聖主 父母東人【再唱】	하늘이 성군을 내시어 동방의 백성들 부모 되게 하시니【두 번 창한다.】
偉 萬歲乙世伊小西	아, 만세를 누리소서!

—7장

勸農桑 厚民生 培養邦本	농사일과 잠업을 권하여 민생을 두터이 하고 나라의 근본을 기르시며
崇禮讓 尙忠信 固結民心	예양(禮讓)을 높이고 충신(忠信)을 숭상하여 민심을 굳게 결집하시네.
德澤之光 風化之洽 頌聲洋溢	덕택(德澤)이 빛나고 교화가 흡족하

	니 칭송소리 넘쳐난다.
偉 長治景 其何如	아, 길이 다스리는 광경, 그것이 어떠합니까!
華山漢水 朝鮮王業【再唱】	화산 한수 조선왕업【두 번 창한다.】
偉 竝久景 其何如	아, 더불어 오래 전해질 광경, 그것이 어떠합니까!

―8장

〈화산별곡〉의 종결부인 제7·8장에서는 국가를 구성하는 세 축인 군신민(君臣民)이 조화를 이루어 나가는 모습을 제시하고 있다. 중추는 역시 세종인 만큼, 세종과 신료, 그리고 세종과 백성이 화합된 광경을 각각 서술하였다.

먼저, 제7장에서는 군신 관계를 다룬다. 군신간의 돈독함이 드러나는 계기는 임금과 신료가 한데 어울려 벌이는 연회인데, 세종의 후덕한 천질이 여기에서도 예외 없이 언급된다. 즉, 세종이 지닌 '천성동환(天性同歡)'·'선천하우(先天下憂)'·'후천하락(後天下樂)'·'낙이불음(樂而不淫)'의 미덕이 강조되는 것이다. 이렇듯 훌륭한 임금이 재위하는 시절에 어진 신하들이 모여들어 정사를 보좌하는 이상적인 구도가 실현되었기에 감회가 더욱 깊을 수밖에 없다. 군신이 어울려 함께 즐길 수 있다는 것 자체가 태평세가 도래하였다는 인식을 전제로 하고 있기도 하다. 이때 '명량상득(明良相得)'이나 '시연(侍宴)'이라는 어휘에서도 드러나듯, 세종에 대한 칭송은 완연히 신료들의 입장에서 표출되고 있으며 그러한 측면에서 작자 변계량의 목소리가 한층 직접적으로 간취되는 장이 바로 제7장이라 할 수 있다. 세종을 향해 "만세(萬歲)를 누리소서.[萬歲乙世伊小西.]"라고 송수하는 부분에서 그러한 특징이 잘 드러나거니와, 이는 제5장의 "천세를 누리소서."보다 더욱 감격에 찬 표현이다.

【그림5】 북궐도(北闕圖)

제7장의 주된 내용이 임금과 신하의 관계였다면 마지막 제8장에서는 임금과 백성의 관계가 제시된다. 7장에 '명량'·'시연'과 같이 신료들을 연상케 하는 어휘가 쓰였던 것처럼 8장에서도 역시 '민생(民生)'·'민심(民心)' 등 백성과 관계된 어휘가 사용되었다. 농상(農桑)을 권장하여 백성들의 삶을 윤택하게 함으로써 민생을 돌보고, 예양(禮讓)과 충신(忠信)으로써 모범을 보여 민심을 공고히 하는 세종의 덕망이 우선 칭송된다. 세종을 향한 백성들의 찬양이 나라 안에 넘쳐흐른다는 표현은 그러한 임금의 후덕함에 대한 화답이라 할 만하다. 국가의 근본인 백성을 우선시하는 세종의 그 같은 치세가 앞으로도 길이 지속되리라는 판단에서 변계량은 이를 '장치(長治)'의 광경이라 집약하였다. 이 어휘에는 세종과 같은 성군의 시대가 영구히 이어지기를 바라는 변계량의 기대가 함께 포함되어 있기도 하다. 때문에 세종에 대한 칭송은 8장의 후소절에 들어 왕조의 지속을 밝게 전망하는 부면으로 확대되기에 이른다. 세종의 장구한 정치가 왕조의 무궁한 역년(歷年)으로 연계되면서 작품

이 종결되는 것이다.

이렇듯 작품의 마지막 부분인 제7·8장에서는 군신민이 조화된 모습을 그리고 있는데, 7장에서는 현명한 임금과 어진 신하들이 만나 기쁨에 젖어 있는 광경을, 8장에서는 세종의 위민책으로 백성들이 덕화를 입는 광경을 각각 제시하여 '신료(臣僚)'와 '백성(百姓)'으로 짜인 대응을 이루었다.

위에서 살핀 바와 같이 〈화산별곡〉에서는 세종의 덕망과 자질이 칭송되고 있다. 이러한 성격은 여덟 개 장 모두에 공통적으로 드러나기는 하지만, 그 내용을 배치하는 방식에 있어서는 내밀한 질서를 추구한 흔적이 엿보인다. 특히 두드러지는 방식은 두 장씩 엮어 의미상 대응이 드러나도록 배치하였다는 점이다. 그 핵심을 '선왕(先王)'과 '사왕(嗣王)', '문치(文治)'와 '무비(武備)', '집무(執務)'와 '풍류(風流)', '신료(臣僚)'와 '백성(百姓)'의 구도로 정리할 수 있을 것이다.

4. 나가며

이상에서 변계량이 세종7년(1425)에 경기체가계 악장 〈화산별곡〉을 지어 세종의 공덕을 칭송했던 배경을 검토하고, 이 작품이 지닌 구성상의 특징을 분석하였다. 논의된 사항을 항목별로 간추리면 아래와 같다.

○ 변계량이 〈화산별곡〉을 짓는 데 경기체가 양식을 준용하였던 것은, 그가 예문관의 관원으로서 〈한림별곡〉을 익숙히 들으며 그 흥취에 공감할 수 있었던 점, 앞서 태종이 예문관원들로 하여금 〈한림별곡〉을 연회에서 부르며 즐기도록 독려함으로써 그 연행을 공식화하였다는

점, 권근이 〈상대별곡〉을 지어 신왕조의 기상과 자신의 포부를 경기체가로 읊었던 전례를 남겼다는 점 등이 복합적으로 영향을 끼친 결과이다.

○ 세종은 즉위 직후부터 변계량의 이상과 기대에 완연히 부합하는 정책을 펼쳤으며, 태종대 이상으로 변계량을 중요하기도 하였다. 국가적으로나 개인적으로나 세종의 등극은 영광스러운 사건이 아닐 수 없었던 것이다. 〈화산별곡〉에 표출된 세종에 대한 흠모가 의례적이거나 과장되었다고 보기 어려운 이유가 여기에 있다. 한편, 〈화산별곡〉이 지어진 세종7년(1425) 4월은 태종의 삼년상이 마무리되어 가던 시기이다. 이 무렵에 들어서야 세종에 대한 칭송과 찬양이 뚜렷이 담긴 〈화산별곡〉을 제진할 수 있었던 것이다. 새로운 시대를 새로운 악장으로 각인하고자 했던 의도가 간취된다.

○ 변계량과 같은 당대의 문사가 그저 인상 깊은 내용들을 두서없이 나열하는 식으로 작품을 짓지는 않았으리라는 점을 감안하면 〈화산별곡〉의 여덟 개 장에 적용된 모종의 구성 방식을 되짚어 보아야 할 필요가 있다. 그 핵심은, 두 장씩 엮어 의미상 대응이 드러나도록 내용을 배치하는 방식으로 집약된다.

○ 제1·2장에서는 태조와 태종에 의해 이룩된 개국의 위업과 이를 세종이 물려받아 훌륭히 계승하고 있는 덕망을 드러내는 데 주력하였다. '고'와 '금'·'창업'과 '수성'·'선왕(先王)'과 '사왕(嗣王)'의 대응이 나타난다. 한편, 세종의 자질이 본격적으로 형상화되기 시작하는 제3·4장에서는 우문정책을 추진하면서도 강무에도 소홀함이 없는 세종의 공덕을 칭송하였다. '문치(文治)'와 '무비(武備)'가 균형 있게 다루어진 형상이다.

○ 제5·6장에는 정무에 몰두하는 세종의 성실한 태도와 궁중에서 느낄 수 있는 한가로운 정취가 잇달아 제시된다. 선정을 펼치기 위해 겨를

이 없는 가운데에도 궁중을 완상하는 여유로움이 깃든 모습이라 할 만하다. '집무(執務)'와 '풍류(風流)'의 대응을 도출할 수 있다. 제7·8장은 군신민이 조화된 광경을 그리고 있는데, 7장에서는 현명한 임금과 어진 신하가 만나 기쁨에 젖어 있는 광경을, 8장에서는 세종의 위민책으로 백성들이 덕화를 입는 광경을 각각 제시하여 '신료(臣僚)'와 '백성(百姓)'으로 짜인 대응을 이루었다.

〈화산별곡〉은 조선 초기 악장 갈래와 관련된 여러 현상들을 응축하고 있다는 점에서 중요하다. 이 작품은 궁중 악장에 경기체가 양식이 준용된 계기가 무엇인지를 가늠케 하는 사례일 뿐만 아니라 조선 초기의 정치적 맥락과 변계량 자신의 시대 인식이 적실하게 반영되어 있는 작품이기도 하기 때문이다. 요컨대 〈화산별곡〉은 형식적 측면으로나 내용상의 특징으로나 조선 초기 악장의 전개 양상을 해명하는 데 매우 유용한 단서를 제공한다.

변계량은 조선 초기의 문형이면서 악장 제작자로서도 두각을 나타냈으나 그가 수행했던 역할에 비해 관련 연구는 충분히 이루어지지 못한 것이 사실이다. 교술적·공식적 성격을 띨 수밖에 없는 악장의 특성상, 작품 속에서 작자만의 독특한 미감이나 인식을 도출해 내기는 어렵다는 회의적 전제가 어느 정도는 개입된 결과로 보인다. 대개 정도전·권근 등이 마련해 놓은 악장의 기반을 세종대까지 이어갔다는 의의 정도가 그의 작품을 평가하는 표준적인 시각으로 받아들여질 정도이다.

그러나 건국 과정에서 주도적 역할을 수행했던 정도전이나 권근과는 달리 변계량은 세종대라는 또 다른 시기의 역사적 맥락을 지니고 있는 인물이며, 그에 따라 〈화산별곡〉에도 창업 당시의 위업보다는 세종의 치세에 대한 감격이 전경화 되어 나타난다. 특히 그러한 감격이 단지 형식화된 수사로 표출되는 데 그치는 것이 아니라 경기체가 양식 속에 짜임새 있게 전개되고 있다는 점은 간과할 수 없는 특징이다. 이는 악장의 교술성과 형식성, 그리고 아유적 성격을 갈래 전체에 평면적으로 적용할 수는 없다는 점을 시사하는 단서가 되기도 한다. 〈화산별곡〉, 나아가 변계량의 악장을 다시금 눈여겨보아야 하는 핵심적인 이유가 여기에 있다.

경기체가 작품과 정치적 사안

경기체가 〈연형제곡宴兄弟曲〉의 제작 배경과 지향

1. 들어가며

고려 후기에 그 전형이 정립된 경기체가(景幾體歌) 양식은 조선 초기에 들어 본격적으로 활용되었으며, 30편에 정도의 현전 경기체가 가운데 10편에 달하는 작품이 세종대의 소작으로 파악된다.[1] 〈연형제곡(宴兄弟曲)〉 역시 그처럼 경기체가가 활발하게 지어지던 세종(世宗) 연간에 궁중 연회악의 가사로 쓰기 위해 제작된 작품이다. 때문에 〈연형제곡〉은 경기체가 양식의 활용 양상이나 사적 전개를 논의하는 과정에서 조선 초기의 여러 작품 가운데 하나로 그 존재가 언급되거나, 악장적 성격을 지닌 경기체가의 일례로 간략히 거론될 뿐, 작품의 제작 배경과 지향에 대해서는 깊이 있는 고찰이 이루어지지 못한 것으로 보인다. 다만 일부 논의에서 〈연형제곡〉의 특징을 직접적으로 거론한 경우가 있어 주목할 만하다.

1 특히 세종대는 작자층으로나 작품의 내용면으로나 경기체가 갈래의 세력이 가장 왕성했던 시기여서, 경기체가 고유의 어법과 시상 전개 방식이 여타 갈래의 작품들에까지 폭넓게 영향을 미치기도 하였다. 이 점에 대해서는 본서의 제1부 1장 「세종대의 경기체가 시형에 대한 연구」를 참조.

먼저, 김창규는 〈연형제곡〉이 유가적 가치관과 이념을 강조하기 위한 교훈적 성격을 지닌다고 보았다. 역시 세종대의 작으로 추정되는 경기체가 〈오륜가(五倫歌)〉와 더불어 〈연형제곡〉을 '유교도덕악장(儒敎道德樂章)'으로 분류하면서 경기체가 양식이 유가적 가치를 현창하기 위해 활용된 사례로 규정한 것이다. 〈연형제곡〉의 경우에는 특히 세종이 양녕대군(讓寧大君)·효령대군(孝寧大君, 이보(李補), 1396~1486)과 우애롭게 지내는 미덕을 칭송하고 있다고 평가하여 이 작품이 지닌 악장으로서의 성격을 부각하기도 하였다.[2]

조동일의 경우에도 〈오륜가〉와 〈연형제곡〉의 주제적 친연성을 언급하는 한편, 〈연형제곡〉은 "태종은 왕위에 오르기 위해서 형제들 사이의 혹독한 싸움을 겪었으며, 세종대에도 양상은 다르나 비슷한 문제가 있었기에" 지어지게 되었다고 그 제작 배경을 추정하였으며,[3] 김승우 또한 〈연형제곡〉에서 강조된 형제간의 우애로운 광경은 세종대는 물론 태종대의 사건까지 염두에 둔 수사이리라는 견해를 제시하였다.[4]

김명준은 『악장가사』에 수록된 작품들의 수용 양상을 추적하면서 〈연형제곡〉을 다루었다. 유교적 윤리 의식이 담긴 작품으로 〈연형제곡〉을 파악하고 태종과 세종대의 왕위 계승 갈등을 작품의 제작 배경으로 지목하였다. 또한 〈연형제곡〉이 『악학편고(樂學便考)』와 『교합가집(校合歌集)』에도 수록된 점을 들어 이 작품이 궁중의 연향곡으로 후대에까지 지속적으로 활용되었으리라 논의하였다.[5]

---

2 김창규, 「유고도덕악장고: 〈연형제곡〉과 〈오륜가〉의 평석」, 수우재 최정석박사 회갑기념논총간행위원회 편, 『한국문학연구』, 동 위원회, 1984, 141~178면; 김창규, 『한국한림시연구』, 역락, 2001, 178~181면.

3 조동일, 『한국문학통사』 2, 4판, 지식산업사, 2005, 305면.

4 김승우, 『용비어천가의 성립과 수용』, 보고사, 2012, 128~131면.

5 김명준, 『악장가사 연구』, 다운샘, 2004, 176~178면.

비록 많은 수의 연구는 아니지만, 종래 논의들에서는 〈연형제곡〉이 가족적 유대를 강조하고 있으며, 조선 초기에 왕위 계승을 둘러싸고 불거졌거나 불거질 가능성이 있는 형제들 사이의 불화가 작품 제작의 주요 동인이 되었다는 공통된 견해를 보이고 있다. 이러한 분석은 〈연형제곡〉의 특질에 접근해 가기 위한 기본적인 시각을 제공해 준다는 점에서 큰 의미를 지닌다.

하지만 여전히 해명되지 않는 문제 또한 적지 않다. 우선 〈연형제곡〉이 제작된 시기와 관련된 사항이다. 회례에 쓸 〈연형제곡〉을 악부(樂府)에 올리겠다고 예조(禮曹)에서 계청하자 세종이 이를 수용했다는 『세종실록』 14년(1432) 8월의 기사가 〈연형제곡〉에 관한 유일한 기록이다.[6] 때문에 〈연형제곡〉은 이 기사가 나오기 이전의 어느 시점에 지어졌다고만 추정될 뿐 뚜렷한 제작 시기에 대해서는 더 이상의 추적이 이루어지지 않았다.

이와 직접 연관되는 사항이 〈연형제곡〉의 제작 목적이다. 악장은 흔히 특정한 의도가 개입되는 목적문학적 갈래라 규정하고 있으나, 정작 〈연형제곡〉과 관련하여서는 대개 유가적 이념을 현창하고 왕실 형제간의 화합을 기리기 위한 목적 정도를 언급하는 데 그칠 따름이었다. 따라서 이 작품의 제작 목적을 세종14년(1432) 무렵의 각종 사안과 연계 지어 분석하는 작업이 필요하다. 이를 바탕으로 〈연형제곡〉이 제작된 시점의 범위를 좀 더 좁혀 볼 수 있기도 하다.

이상과 같은 내역을 이하 제2절에서 검토함으로써 〈연형제곡〉에 관한 기본적인 이해를 도모하는 것이 이 글의 우선적인 목표이다. 이를

---

6 『세종실록』 권57, 14년 8월 20일(병오). "禮曹啓: "會禮《隆安》·〈休安之曲〉及〈宴兄弟之曲〉, 請載諸樂部." 從之."

바탕으로 〈연형제곡〉이 악장으로서 지니는 특질과 효용을 작품의 문맥을 되짚어 가며 살펴보는 작업을 제3절에서 수행하고자 한다.

2. 〈연형제곡〉의 제작 배경과 시기

1) 양녕대군을 위한 설연(設宴)

형제간의 우애를 형상화한 〈연형제곡〉과 같은 작품이 굳이 세종14년(1432)에 이르러 궁중에서 연행되기 시작하였다는 점에 착안한다면, 이 무렵에 벌어진 사안들에 대한 고찰이 긴요하며, 무엇보다도 세종과 그의 형제, 특히 양녕대군과의 관계에 주목할 필요가 있다.

익히 알려진 바와 같이, 세종은 양녕대군이 폐세자 된 직후 세자의 위에 오르고 그로부터 불과 한 달여 만에 태종(太宗)으로부터 선위(禪位) 받아 등극하는 이례적인 즉위 과정을 거친다. 당시 태종은 원경왕후(元敬王后)가 아들을 그리워하는 마음을 고려하여 양녕대군을 도성에서 과히 멀지 않은 양주(楊州)로 정배(定配)하는 비교적 관대한 처분을 내린다. 이후 태종이 상왕(上王)으로 있었던 세종4년(1422)까지는 양녕의 도성 출입을 제한할 뿐 추가로 징죄하지는 않았거니와, 이는 태종이 양녕의 비위를 능히 감독하고 통제할 수 있는 위치에 있었기 때문으로 보인다.

문제는 세종4년에 상왕 태종이 승하하면서 세종이 홀로 정사를 감당해야 할 시기에 이르자 양녕에 대한 신료들의 견제가 표면화된다는 데에 있다. 태종 승하 직후의 공백기를 틈타 아직 공고하지 않은 세종의 보위를 양녕대군이 위협할 수 있으며, 그럴 경우 자칫 전대의 왕자의 난과 같은 사건이 재연될지도 모른다는 위기의식의 발로로 파악할 수 있다. 물론, 양녕의 비행이 그러한 견제의 단초가 되기도 하였다. 양녕

【그림1】 양녕대군 이제의 묘
[서울시 사당동 소재]

은 부왕대부터 내려 진 처분을 어기고 도성을 출입하거나 남의 재물을 취하는 등 물의를 일으켰으며, 심지어 양녕이 장차 군사를 몰아 병권을 장악하려 한다는 소문이 떠돌기도 하였다. 이에 대해 신료들은 양녕을 강력하게 징치하도록 소청하였던 것이다.[7]

그러나 이와 같은 공론에도 불구하고 세종은 양녕의 비행이 악의에서 나온 것이 아님을 강변하면서 그를 두둔하거나 신료들의 요구에 아예 비답(批答)을 하지 않는 태도로 일관하였으며, 오히려 양녕에게 찬물(饌物)을 하사하는가 하면 그의 전장(田莊)을 환원하려고까지 시도하면서 신료들과 더욱 마찰을 빚기에 이른다.[8] 때문에 신료들은 세종에게 반복적으로 상소를 하고 그때마다 세종은 이를 묵살하는 일이 반복되고는 하였다.

이렇듯 양녕대군과 관련된 사안을 두고서 군신간의 갈등이 지속되는 동안 세종이 양녕을 직접 대궐로 불러 연회를 베풀며 위로함으로써 그 같은 긴장은 극단에 달한다.

---

7 『세종실록』 권16, 4년 7월 6일(신유); 권19, 5년 1월 21일(계묘); 권26, 6년 10월 27일(무진) 등.

8 『세종실록』 권26, 6년 10월 5일(병오); 권27, 7년 1월 28일(기해); 3월 17일(정해); 권29, 7월 13일(경진); 권32, 8년 5월 19일(임자); 권46, 11년 12월 27일(기해); 권49, 12년 7월 17일(을묘); 8월 13일(신사); 권50, 10월 10일(정축); 12월 3일(기사); 권51, 13년 2월 12일(정미); 권58, 14년 10월 20일(을사) 등.

> 양녕대군 이제(李禔)를 불러 들여 궁중에서 연회를 베풀었다. 왕세자와 여러 군(君)이 시연(侍宴)하였다.[9]

위 기사는 〈연형제곡〉을 악부에 올리자는 주청이 있기 약 1년 전에 나온 것으로, 당시 연회에 세자를 참석시키고 여러 군을 동원하여 시연토록 한 것을 보면, 세종은 양녕대군을 조심스럽게 만나려 하기보다는, 왕실의 어른을 모시고 예를 다하는 공개석상을 마련하고자 하였음을 짐작할 수 있다. 세종의 이러한 조치는 신료들의 거부감에 정면으로 대응하면서 친형인 양녕대군의 지위와 권위를 복원하려는 포석으로 파악된다. 이전까지 신료들의 상소에 비답하지 않거나 형식적인 답변으로 상황을 회피하려던 방식에서 벗어나 양녕을 직접 대궐로 불러 시연(施宴)함으로써 신료들의 반대에 굴하지 않으려는 자신의 의지를 표명하였던 것이다.

세종의 이러한 확고한 뜻은 얼마 지나지 않아 또 다른 방식으로도 노정된다.

> 이제를 양녕대군, 이보를 효령대군, 이유를 진평대군, 이용을 안평대군, 이구를 임영대군, 이비를 경녕군, 이인을 공녕군, 이농을 근녕군, 이정을 온녕군, 이우를 후령군, 이치를 익녕군으로 삼았다. 임금의 친아들과 친형제에게 정1품을 임명하고 산관(散官)에 쓰지 아니하는 것이 이때부터 시작되었다.[10]

양녕대군을 궁에 불러 시연한 지 두 달이 지나지 않아 세종은 자신의

---

9 『세종실록』 권50, 12년 10월 10일(정축). "召讓寧大君禔, 設宴于內, 王世子及諸君侍宴."

10 『세종실록』 권50, 12년 12월 3일(기사). "以禔爲讓寧大君, 補孝寧大君, 瑈晋平大君, 瑢安平大君, 璆臨瀛大君, 裶敬寧君, 裀恭寧君, 襛謹寧君, 程溫寧君, 杍厚寧君, 袳益寧君. 親子親兄弟拜正一品, 不用散官, 自此始."

두 형을 각각 양녕대군과 효령대군으로 삼으면서 정1품을 제수하였다. 이를 통해 양녕이 비로소 '대군'으로 불리게 된 것은 주목할 만한 사건이라 할 수 있다. 그간 양녕대군은 '폐세자'나 '죄인', 또는 '이제(李禔)'라고만 지칭되어 왔으나 이때에 이르러 비로소 대군의 지위를 부여 받게 되었던 것이다. 물론 세종은 자신의 형들과 아들들을 봉군(封君)만 할 뿐 그들에게 실질적인 소임을 맡기지는 않는 방안을 택함으로써 예상되는 반발에 어느 정도 대처하였던 것으로 보인다.

이러한 일련의 정지 작업을 거쳐 세종은 양녕대군에 대한 자신의 처우를 공고히 하기 위한 수순을 밟아 나가는데, 그 즈음에 나온 다음의 기사는 세종의 의지가 가장 명확하게 표출된 사례로서 주목된다.

> 임금이 좌대언 김종서(金宗瑞)에게 이르기를,
> "경이 일찍이 언관(言官)이 되어 역시 양녕의 일을 말하고 덮어 두지 않았으나, 나의 본의를 헤아리지 아니하고 감히 말한 것이다. 양녕의 과실은 여색(女色)에 방탕하고 여러 소인의 무리들과 친압하여 광패한 행동을 한 것에 불과하나, 가르침을 따르지 아니하여 마침내 뉘우치고 고치지 않아서 신(神)과 사람의 임금이 될 수 없기 때문에, 태종께서 대의를 위하여 폐한 것이고, 이 밖에는 아무런 다른 허물과 악행이 없다. 천륜의 중함을 말한다면 양녕이 마땅히 대위(大位)에 올라야 하고, 내가 오를 차례가 아닌데 대신 그 자리에 있어 일국의 낙을 누리고 있는 것이다. 생각이 여기에 미치니, 어찌 마음 속 깊이 부끄럽지 않겠는가? 더군다나 나를 해할 마음이 없는데 어찌 불충한 사람이 외방에 폐출(廢黜)된 것처럼 서로 만나 보지 않을 수 있겠는가? 필부(匹夫)라 하더라도 자기 형을 위하여는 허물을 숨기고 착함을 드러내어 허물이 없는 것처럼 하고, 불행히 죄에 걸리면 뇌물을 바친다든가 애걸까지 해 가면서 죄를 면하게 하려는 것은 사람의 지극한 정인데, 내가 일국의 임금이 된 입장에서 오히려 필부만도 못하게 형의 과실을 벗겨 주지 않아서야 될 말인가? 경은 이 뜻을 알아서 여러 사람들을

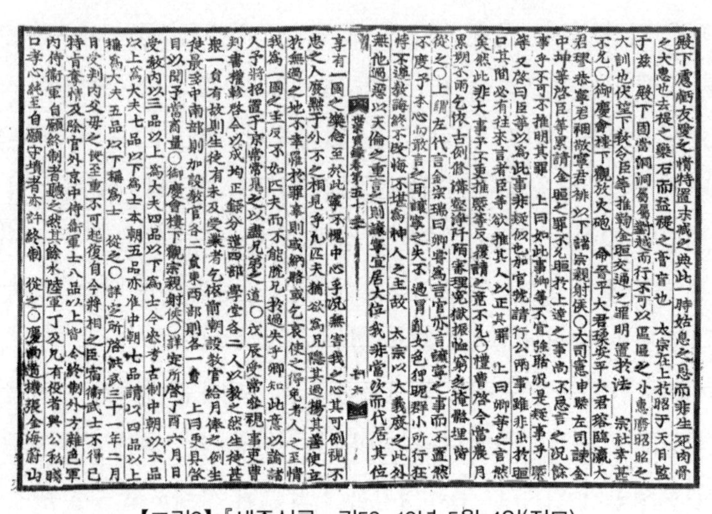

【그림2】『세종실록』 권52, 13년 5월 4일(정묘)

타이르도록 하라. 나는 앞으로 [양녕을] 서울에 불러 두고 언제나 만나 보면서 형제의 도리를 다하겠다."

라고 하였다.[11]

여기에서 세종은 자신이 양녕을 감싸는 이유를 나열하였는데, 우선 양녕의 죄상이라는 것이 개인적인 비행에 불과할 뿐이라는 점을 적시하였다. 아울러 장자인 양녕이 마땅히 대위에 올라야 함에도 불구하고 자신이 그 자리를 차지한 데 따른 편치 않은 심경도 드러내었다. 이를

---

11 『세종실록』 권52, 13년 5월 4일(정묘). "上謂左代言金宗瑞曰: "卿嘗爲言官, 亦言讓寧之事而不置, 然不度予本心, 而敢言之耳. 讓寧之失, 不過冒亂女色, 狎昵群小, 所行狂悖, 不遵教誨, 終不改悔, 不堪爲神人之主, 故太宗以大義廢之, 此外無他過惡. 以天倫之重言之, 則讓寧宜居大位, 我非當次, 而代居其位, 享有一國之樂. 念至於此, 寧不愧中心乎? 況無害我之心, 其可例視不忠之人, 廢黜于外, 不之相見乎? 凡匹夫猶欲爲兄隱其過, 揚其善, 使立於無過之地, 不幸罹於罪辜, 則或納賂, 或乞哀, 使之得免者, 人之至情. 我爲一國之主, 反不如匹夫, 而不能脫兄於過失乎? 卿知此意, 以諭諸人. 予將招置于京, 常常見之, 以盡兄弟之道.""

바탕으로 세종이 강조한 것은 '형제의 도리[형제지도(兄弟之道)]'이다. 양녕이 비위를 저질렀다는 점은 세종 역시 인정하고 있으나, '사람의 지극한 정[인지지정(人之至情)]'으로는 형의 그 같은 허물조차 감싸고 덮어주는 것이 마땅하다는 논리를 폈던 것이다. 결국 세종은 양녕의 저간의 행실을 문제 삼지 않을 뿐만 아니라 그를 서울로 소환하여 항시 만나겠다는 의도를 드러내었다. 지금까지는 형제의 도리가 제대로 실현되지 않아 인륜에 어긋나는 상황이 지속되었으므로 차제에 상황을 개선하겠다고 공언한 것이다.

실제로 세종은 5개월여 후에 양녕대군을 궁으로 불러 또 한 차례 연회를 베풀기도 하였다.

> 장전(帳殿)에 나아가 양녕대군 이제를 불러 보고 이내 연회를 베풀었다. 왕세자와 효령대군 이보 이하의 여러 종친이 입시하였고, 이제에게 말과 매를 내려 주었다. 이날 아침에 승정원에 전지하기를,
> "진헌(進獻)의 큰 일에 관계되는 외에는 일체 공사를 계달하지 말도록 하라."
> 하였다. 대간이 비록 왔으나 또한 아뢰지 말도록 한 까닭으로 대간의 상소도 모두 아뢰지 못했다.[12]

연회 당일 아침에 세종은 공사를 계달하지 말도록 승정원에 지시함으로써 하루를 온전히 양녕대군과 연회를 하면서 보내겠다는 의도를 드러내었는데, 이는 예상되는 신료들의 반대에 개의치 않겠다는 명시적 포석이기도 하다. 실제로 연회를 하는 동안 대간이 찾아와 상소를

12 『세종실록』 권54, 13년 10월 18일(기유). "御帳殿, 引見讓寧大君禔, 仍設宴. 王世子及孝寧大君補以下諸宗親入侍, 賜禔馬及鷹子. 是日朝, 傳旨承政院曰: "關係進獻大事外, 一應公事, 毋得啓達, 臺諫雖來, 亦勿啓." 故臺諫上疏, 俱未啓."

하려 하였으나 진달하지 못하였고, 다음날에야 좌사간 김중곤(金中坤, 1369~1441)이 연회에 관하여 매우 강한 어조로 비판을 할 수 있었다. 같은 날 대사헌 오승(吳陞, 1364~1444)도 태종의 유훈을 상기시키며 다시는 양녕대군을 불러 보지 않겠다는 확답을 요청하지만 세종은 반응하지 않고 다시 간하지 말라는 답을 내릴 뿐이었다.[13]

세종은 조정의 각종 현안을 다루는 과정에서 스스로 의심이 생기면 공론에 부치지만, 의심이 없으면 독단으로 결정하는 것이 마땅하다는 대원칙을 들면서 신료들의 반대를 물리치기도 하였거니와,[14] 양녕과 관련된 사안의 경우에도 그 같은 방식을 택했던 것이다.

이후에도 세종은 자신이 공언했던 대로 양녕을 궁중으로 불러 만나고 그때마다 연회를 베풀어 위로하는 일을 지속한다.

> 양녕대군 이제가 이천(利川)으로부터 와서 뵈니, 경회루(慶會樓) 아래에 연회를 베풀어 위로하고, 종친들로 하여금 활을 쏘게 하다가 밤이 되어서 폐회하였다.[15]

> 임금이 경회루 아래에 나아가서 양녕대군 이하의 여러 종친들이 투호(投壺)하는 것을 구경하고, 이내 연회를 베풀어 밤중이 되어서야 파하였다.[16]

---

13 『세종실록』 권54, 13년 10월 19일(경술).

14 그러한 세종의 의사 결정 방식은 특히 불사(佛事) 설행과 관련된 사안에서 직접적으로 표명된 바 있다. [박현모, 「'성주(聖主)'와 '독부(獨夫)' 사이: 척불(斥佛) 논쟁과 정치가 세종의 고뇌」, 『정치사상연구』 11집 2호, 한국정치사상학회, 2005, 39~61면.]

15 『세종실록』 권56, 14년 4월 7일(임자). "讓寧大君禔自利川來見, 宴慰于慶會樓下, 令宗親射侯, 夜分乃罷."

16 『세종실록』 권57, 14년 8월 15일(신축). "御慶會樓下, 觀讓寧大君以下諸宗親投壺, 仍設宴, 夜分乃罷."

세종14년(1432)의 위 두 기사는 연회가 이전보다 더욱 격상되었음을 짐작케 한다. 이를 단적으로 보여주는 단서가 연회의 장소인데 이전의 연회는 단지 '궐내(闕內)'나 임시로 장막을 친 '장전(帳殿)'에서 이루어졌던 반면에, 이때에는 국가적 연회를 위한 장소인 경회루가 등장한다. 물론 경회루 아래에서 연회를 벌이기는 하였으나, 공식석상인 경회루 일대가 활용되었다는 것만으로도 양녕대군의 궁내 출입이나 활동이 이전만큼 제약을 받지는 않았다는 점을 보여준다. 아울러 두 연회에 모두 종친들이 참여하였다는 점·활쏘기나 투호와 같은 유흥까지 곁들여졌다는 점·연회가 밤까지 지속되었다는 점도 공통적이다.

이처럼 연회의 규모나 내용이 크게 확대된 것은, 세종이 그간 신료들과 누차 갈등을 빚었음에도 불구하고 결국 자신의 뜻을 관철시켰다는 사실을 반영한다. 시일이 지날수록 신료들은 더 이상 세종의 의지를 막기 어렵게 된 형상이다.

흥미로운 사실은 위 인용의 두 번째 기사가 나온 지 불과 5일 후에 예조에서 회례에 쓸 〈연형제곡〉을 악부에 올리도록 세종에게 아뢰었다는 점이다.

> 예조에서 아뢰기를,
> "회례(會禮)의 <융안지곡(隆安之曲)>·<휴안지곡(休安之曲)>과 <연형제지곡(宴兄弟之曲)>을 악부(樂部)에 올리게 하소서."
> 하니, 그대로 따랐다.[17]

〈연형제지곡〉은 그 제명이 보여주듯이 형제간의 연회에서 사용하도

17 『세종실록』 권57, 14년 8월 20일(병오). "禮曹啓: "會禮〈隆安〉·〈休安之曲〉及〈宴兄弟之曲〉, 請載諸樂部." 從之."

록 특화된 작품이거니와, 이때 형제간의 연회란 응당 세종이 양녕을 위해 마련했던 연회를 지칭한다. 제작의 주체가 명시되어 있지는 않지만 예조에서 위와 같은 주청을 하였다는 점으로 미루어 작품의 제작 역시 예조에서 이루어진 것으로 추정된다.

양녕을 위한 설연은 물론 그의 도성 출입에 대해서조차도 극렬하게 반대했던 것이 조정의 공론이었음을 감안하면, 양녕과의 연회에 쓸 악장을 악부에 올리도록 해 달라는 예조의 조치는 대단히 급격한 방향 전환임이 분명하다. 이 과정에서 세종이 직접 작품 제작을 명했는지, 명했다면 어느 정도 관여를 하였는지 등은 확인되지 않는다. 그러나 세종의 관여 정도를 차치하고서라도, 결과적으로 예조에서 위와 같은 소청을 했다는 것은 양녕대군을 위한 설연을 더 이상 제지하기는 어려우리라는 현실적 판단이 전제되어 있다.

다만, 그렇다고 해서 신료들이 이 문제에 대해 적극적인 찬성의 뜻을 표하였던 것은 물론 아니다. 불가항력으로 연회를 받아들이되, 연회에서 부를 악장을 별도로 만들어 그 속에 형제이자 군신간에 지켜야 할 도리를 표명함으로써 세종과 양녕대군 모두 삼가는 마음을 지니도록 유도하였던 것으로 보인다. 이 점에 대해서는 제3절에서 작품을 검토하면서 좀 더 자세히 다루거니와, 공교롭게도 〈연형제곡〉의 사용이 승인된 세종14년(1432) 8월 이래로는 양녕에 대한 조정의 반대 여론이 더 이상 표면화되지 않으며, 세종과 양녕대군의 만남과 연회에 대해서도 특별한 비판이 제기되지는 않는 것으로 파악된다.

이러한 현상으로부터도 〈연형제곡〉이 양녕대군을 둘러싼 세종14년(1432) 무렵의 사건들과 매우 밀접하게 연관되어 있다는 사실을 도출할 수 있다.

2) 연향악의 정비와 악장 제작

〈연형제곡〉의 제작 배경과 관련하여 위에서 살핀 사항은 양녕에 대한 처분을 둘러싼 조정 내부의 갈등 양상이었다. 그런데 여기에서 제기되는 또 하나의 문제는 그러한 갈등이 왜 하필 악장 제작으로 귀결되었는가 하는 점이다.

일차적으로는, 세종의 강경한 의지에 맞설 수 있는 수단이 신료들에게 마땅히 없는 데다, 세종과 양녕이 만나는 계기가 대개 연회를 통해 마련되기 때문에 연회에 소용되는 악장을 올려 자신들의 규계(規戒)를 그 속에 간접적으로나마 담아내는 방안을 강구하였으리라는 추정이 가능하다.

그러나 그 점을 고려한다 해도 악장의 제진은 다소 급작스러운 바가 없지 않다. 따라서 〈연형제곡〉이 지어지던 전후 시점의 악장 관련 논의를 되짚어 보아야 할 필요가 있다. 예컨대 세종의 다음과 같은 언급에 주목할 만하다.

> 경연에 나아갔다. 상정소(詳定所)의 제조(提調)를 불러 말하기를, "처음에 아악(雅樂)을 만들 때에 나는 다만 조정의 의식에만 설치하고자 하였을 뿐, 뜻이 회례에까지는 미치지 않았더니, 거듭 청함에 따라 회례악기(會禮樂器)와 공인의 관복(冠服)과 문무 두 가지 춤에 쓸 기구(器具)도 또한 제조하게 하였으므로, 사세가 장차 그만둘 수 없게 되었다. (…)"

라고 하였다.[18]

---

18 『세종실록』 권55, 14년 3월 28일(정해). "御經筵. 召謂詳定所提調曰: "初作雅樂之時, 予欲只設於朝儀, 意未及於會禮, 乃因申請, 會禮樂器及工人冠服, 文武二舞之器, 亦令制造, 勢將不廢." (…)"

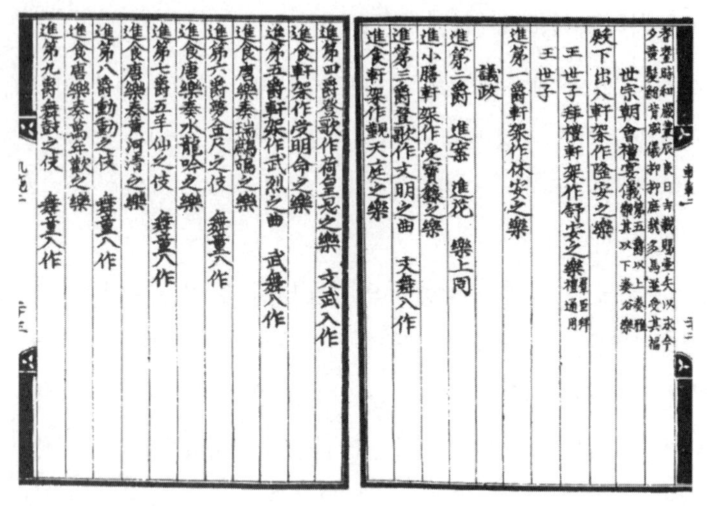
世宗朝會禮宴儀 第五爵以上奏雅樂 其以下奏俗樂
殿下出入軒架作隆安之樂
王世子拜禮軒架作舒安之樂 群臣拜禮通用
王世子
進第一爵軒架作休安之樂
議政
進第二爵 進案 進花 樂上同
進小膳軒架作受寶籙之樂
進第三爵登歌作文明之曲 文舞入作
進食軒架作覲天庭之樂
進第四爵登歌作荷皇恩之樂 文武入作
進食軒架作受明命之樂
進第五爵軒架作武烈之曲 武舞入作
進食唐樂奏瑞鶴鳴之樂
進第六爵夢金尺之伎 舞童入作
進食唐樂奏水龍吟之樂
進第七爵五羊仙之伎 舞童入作
進食唐樂奏黃河淸之樂
進第八爵動動之伎 舞童入作
進食唐樂奏萬年歡之樂
進第九爵舞鼓之伎 舞童入作

【그림3】 세종조 회례연의 연주 절차 [『악학궤범』 권2]

여기에서 세종은 당시 조정에서 진행되고 있던 아악(雅樂) 정비 사업에 관해 언급하고 있다. 세종대의 여러 문화적 시책 가운데 아악의 정비는 빠짐없이 거론되는 중요한 업적이며, 이 작업은 대호군(大護軍) 박연(朴堧, 1378~1458)이 주도하여 수행하였다. 위 기사를 보면, 당초 세종은 '조정의 의식[朝儀]'에 소용되는 아악, 즉 조회아악(朝會雅樂)의 정비를 우선시하였고, 조회악에만 아악을 쓰려 하였던 사실을 확인할 수 있다.

그러나 박연을 비롯한 신료들의 공의가 회례악에까지 아악을 사용해야 한다는 데에 이르자 세종 역시 이를 수용하여 문무(文武) 두 가지의 회례아악(會禮雅樂)을 제정토록 명하였던 것이다.[19] 세종13년 8월에 처음 제기된 이러한 논의에 따라 회례아악의 제작을 위한 준비가 곧바로 시작되었으며, 관복의 제도·악공의 배치·음률의 기준 등이 당시 주요

19 그러나 세종은 회례악에 향악(鄕樂) 대신 아악을 쓰는 방안에 대해 회의적인 견해를 제출하였다: 『세종실록』 권53, 13년 8월 2일(갑오).

논점으로 부각되었다.[20] 위 기사가 나온 세종14년(1432) 3월 28일에는 그간의 준비 사항들을 한 차례 점검하는 자리가 마련되었으며, 여기에서 세종은 전례를 면밀히 상고하도록 지시함으로써 상당히 조심스러운 태도를 취하기도 하였다.[21]

이 같은 일련의 과정을 거쳐 완성된 음악은 이듬해인 세종15년(1433) 정초에 근정전(勤政殿)에서 회례연을 베풀면서 처음으로 사용되었는데, 회례연에서 아악을 전용(全用)하는 데 회의적이었던 세종의 뜻에 따라 결국 당시의 회례악은 국왕의 입장부터 제5작(爵)까지만 아악을 연주하고 이하에서는 당악(唐樂)과 향악을 섞어서 연주하는 방식으로 결정되었다.[22]

주목해야 할 사실은 회례악에 쓸 악장을 신제하는 문맥에 〈연형제곡〉이 포함되어 있다는 점이다. 앞서도 살핀 바 있는, 〈연형제곡〉에 대한 유일한 기록인 다음의 기사로부터 이를 확인할 수 있다.

> 예조에서 아뢰기를,
> "회례의 <융안지곡>·<휴안지곡>과 <연형제지곡>을 악부에 올리게 하소서."
> 하니, 그대로 따랐다.[23]

이때 악부에 올리도록 예조에서 계청한 작품은 〈연형제곡〉 외에도

---

20 『세종실록』 권53, 13년 8월 9일(신축); 17일(기유); 9월 29일(경인); 10월 1일(임진); 11월 5일(병인) 등.

21 『세종실록』 권55, 14년 3월 28일(정해). "上曰: "文武二舞, 大臣皆請用之, 則其樂章製述及舞隊樂工冠服改造等事, 更議以聞.""

22 송방송, 『한국음악통사』, 일조각, 1984, 267~269면.

23 『세종실록』 권57, 14년 8월 20일(병오). "禮曹啓: "會禮〈隆安〉·〈休安之曲〉及〈宴兄弟之曲〉, 請載諸樂部." 從之."

〈융안지곡〉과 〈휴안지곡〉이 있다. 두 작품은 모두 회례악을 구성하기 위해 새롭게 제정한 아악곡으로서,[24] 위 기사는 회례악의 주요 절차를 큰 틀에서 우선 정한 후 각 의례마다 연주할 개별 악곡에 대해 임금에게 중간 재결을 받는 장면으로 파악된다. 그리고 다음의 기사를 보면 이때까지 〈융안지곡〉과 〈휴안지곡〉은 아직 완성되지 않았다는 사실이 드러난다.

> 예조에서 아뢰기를,
> "회례악(會禮樂) 내에 <융안(隆安)>·<휴안(休安)> 등의 악장은 <남산유대(南山有臺)>의 음절(音節)을 취하여 여섯 구를 사용하여 1장(章)을 만들고, 문무·무무의 이무(二舞) 악장은 <황황자화(皇皇者華)>의 음절을 취하여 네 구로 1장을 만들고, 이무에 각기 2장을 제작하게 하소서."
> 하니, 그대로 따랐다.[25]

여기에서는 악곡에 올릴 가사(歌詞)에 대한 논의가 이루어지고 있는데, 예조에서 『시경(詩經)』의 구절을 취하여 노랫말을 삼도록 진언하였고 세종 또한 이를 수용하였다. 즉, 〈융안지곡〉과 〈휴안지곡〉은 악곡을 먼저 지은 후 여기에 올릴 가사를 정하는 순차로 제작되었던 것이다. 아악을 회례에 쓰려는 계획이 진행되고 있었던 만큼, 무엇보다도 아악곡을 완정하게 갖추는 작업을 우선 수행한 뒤에 회례의 절차에 부합하는 적절한 가사를 붙이는 수순을 취하였으리라 보인다.

---

24 『악학궤범』에 따르면 〈융안지곡〉은 임금이 입장할 때 부르고, 〈휴안지곡〉은 세자가 임금에게 첫 술잔을 올릴 때 부르도록 규정되어 있다. [『악학궤범』 권2, 「雅樂陳設圖說」.]

25 『세종실록』 권57, 14년 9월 8일(계해). "禮曹啓: "會禮樂內, 〈隆安〉·〈休安〉等樂章, 取〈南山有臺〉音節, 用六句成一章, 文武二舞樂章, 取〈皇皇者華〉音節, 四句成一章, 二舞各製二章." 從之."

다만, 앞서 〈융안지곡〉 및 〈휴안지곡〉과 함께 언급되었던 〈연형제곡〉은 위 기사에서는 더 이상 거론되지 않는다. 이는 〈연형제곡〉이 여타 아악곡들과는 다른 절차로 제작되었기 때문이다. 〈연형제곡〉은 〈한림별곡(翰林別曲)〉의 전례를 활용하여 지은 작품으로, 현전하는 경기체가 가운데 변계량의 〈화산별곡(華山別曲)〉 및 예조 소찬의 〈오륜가〉와 더불어 가장 완정한 정격을 갖추고 있다. 비록 본래 8장인 〈한림별곡〉의 규모가 〈연형제곡〉에서는 5장으로 축소되기는 했으나, 매 장을 동일한 악곡으로 반복하여 부르는 〈한림별곡〉의 특성을 고려하면 〈연형제곡〉 역시 〈한림별곡〉의 악곡을 준용하여 불렀을 것임에는 의문의 여지가 없다. 따라서 악곡을 새로 만든 후 가사를 붙였던 〈융안지곡〉 및 〈휴안지곡〉과 달리, 〈연형제곡〉은 기존의 악곡을 그대로 쓰면서 개사(改詞)만을 하는 방식으로 지어졌으며, 예조에서 이 곡을 악부에 올리도록 주청한 시점에 이미 제작이 완료된 것으로 파악된다.

그처럼 제작 방식 상에 차이가 있기는 하지만, 〈연형제곡〉은 세종14년(1432) 무렵에 조정에서 한창 진행되고 있었던 회례아악곡의 제정과 밀접한 관련을 지닌다는 사실을 확인할 수 있다. 당시 회례악의 제정에는 상당한 인력과 공력이 소요되었으며, 악곡과 악장을 짓고 의물을 정하기 위한 각종 논의가 1년 반가량 꾸준히 이어졌던 것이다. 바로 그 시기에 세종은 양녕대군을 궁중에 소환하여 수차 연회를 베풀었고 연회의 규모 또한 점차 확대되었다. 일차적으로 신료들은 상소를 통해 설연의 부당함을 논핵하였지만, 세종의 뜻을 돌릴 수 없자 차선의 대응 방식으로 착안한 것이 바로 악장의 제작이었던 것이다. 당시 궁중에서는 군신간의 연회에 소용될 회례아악의 제정이 주요 관심사였던 데다, 세종이 양녕대군을 소환하여 만날 때에도 역시 연회가 동반되었으므로 기왕 회례아악을 제작하는 계제에 가외로 양녕과의 연회로만 쓰임이 특화된 〈연형제곡〉을 제진하였던 상황이 구성된다. 앞서 〈융안지곡〉 및 〈휴안지곡〉과 〈연형제곡〉의 사용을 세종에게 동시에 승인 받았던 것 역시 회례아악과 〈연형제곡〉이 같은 시기에 제작되었다는 사실을 짐작케 한다.

한편, 회례악에는 아악만을 써야 한다는 당초 신료들의 견해에 맞서 세종은 속악도 같이 사용해야 한다는 입장을 고수하였으며 이에 따라 회례악은 결국 아악·당악·속악이 혼재된 형식으로 제작되었거니와, 속악만을 쓰는 〈연형제곡〉과 같은 회례악장이 독자적으로 제진된 것도 그와 같은 세종의 방침이 고려된 조치로 보인다.

3. 〈연형제곡〉의 지향과 활용

1) 작품의 지향

〈연형제곡〉의 제작 배경을 다룬 위와 같은 논의의 설득력은 작품에 대한 분석을 통해 강화될 수 있다. 경기체가의 기본적인 지향은 무엇보다도 "위 □□景 긔 엇더ᄒᆞ니잇고"에서 극명하게 표출되는 긍지와 자부심이며, 〈연형제곡〉에서 여기에 해당하는 사항은 형제간의 돈독한 우애이다. 형제간의 우애로운 관계는 유년기부터 시작되어 취학기를 거쳐 성년기에 이르기까지 지속되는데, 〈연형제곡〉의 제1~3장에서 그러한 내역이 순차적으로 표현되고 있다.

즉, 제1장에서는, 같은 기운을 타고 난 가지[枝]와도 같은 관계로 형제지간을 비유하면서 늘 함께 먹고 함께 놀며 서로 아껴주는 광경을 '솔성(率性)', 즉 본성에 따른 행동이라 칭송하고 있다.[26] 이어지는 제2장에서는 취학기에 들어 스승에게 의례와 사리를 배우며 밤낮으로 학문에 매진하는 '상면(相勉)'과 '진덕(進德)'의 미덕을 칭송하였다.[27] 이렇듯 우애 깊은 광경으로 일관되는 작품의 주지는 이하 장에서도 이어지지만, 제3장에 들어서는 다소 다른 내용이 개재되기도 한다.

歌常棣 詠行葦 敦其友愛
誦角弓 觀葛藟 戒其衰薄
豈無他人 不如同父 天生羽翼
위 厚倫ㅅ景 긔 엇더ᄒᆞ니잇고
百年憂樂 手足相須 百年憂樂 手足相須
위 永好ㅅ景 긔 엇더ᄒᆞ니잇고[28]

26 "父生我 母育我 同氣連枝 / 免襁褓 著斑爛 竹馬嬉戲 / 食必同案 遊必共方 無日不偕 / 위 相愛ㅅ景 긔 엇더ᄒᆞ니잇고 / 良智良能 天賦使然 良智良能 天賦使然 / 위 率性ㅅ景 긔 엇더ᄒᆞ니잇고. [아버님 날 낳으시고 어머님 날 기르시니 형제자매가 가지를 이었네. / 어린 시절을 지나고 울긋불긋한 옷을 입고 대말을 타고 노는 즐거움 / 같이 먹고 같이 놀며 함께하지 않는 날이 없네. / 아! 서로 사랑하는 광경, 그것이 어떠합니까? / 좋은 지혜 좋은 재능, 하늘이 베푸심이라. 좋은 지혜 좋은 재능, 하늘이 베푸심이라. / 아! 천성을 좇는 광경, 그것이 어떠합니까?]" 작품의 현대어역은 임기중 외, 앞의 책, 142~143면의 것을 활용하되 부분적으로 어휘나 표현을 바꾸었다. 이하 같음.

27 "就外傅 學幼儀 曉解事理 / 或書字 或對句 互相則效 / 我日斯邁 而月斯征 朝益暮習 / 위 相勉ㅅ景 긔 엇더ᄒᆞ니잇고 / 中養不中 才養不才 中養不中 才養不才 / 위 進德ㅅ景 긔 엇더ᄒᆞ니잇고. [바깥 스승을 좇아 어릴 때의 법도를 배우니 일의 이치를 깨달아 알고 / 혹은 글씨를 쓰고 혹은 시를 지음에 서로가 본받으며 / 꾸준히 날로 나아가고 달로 나아가서 아침에 더하고 저녁에 익히니 / 아! 서로 힘쓰는 광경, 그것이 어떠합니까? / 중용으로 중용이 아닌 것을 기르고, 재주로 재주가 없는 것을 기르네. 중용으로 중용이 아닌 것을 기르고, 재주로 재주가 없는 것을 기르네. / 아, 덕을 닦아 나아가는 광경, 그것이 어떠합니까?]"

28 "〈상체(常棣)〉를 노래하고 〈행위(行葦)〉를 읊으며 우애를 두텁게 하고 / 〈각궁(角弓)〉을 암송하고 〈갈류(葛藟)〉를 바라보아 그 쇠하고 엷음을 조심하네. / 어찌 남인들 없겠는가, 아비를 같이한 형제만은 못한 것, 하늘이 내리신 날개여. / 아! 인륜을 돈독히 하는 광경, 그것이 어떠합니까? / 백년의 근심과 기쁨을 마치 손과 발처럼 함께 나누네. 백년의 근심과 기쁨을 마치 손과 발처럼 함께 나누네. / 아! 오래도록 좋은 광경, 그것이 어떠합니까?"

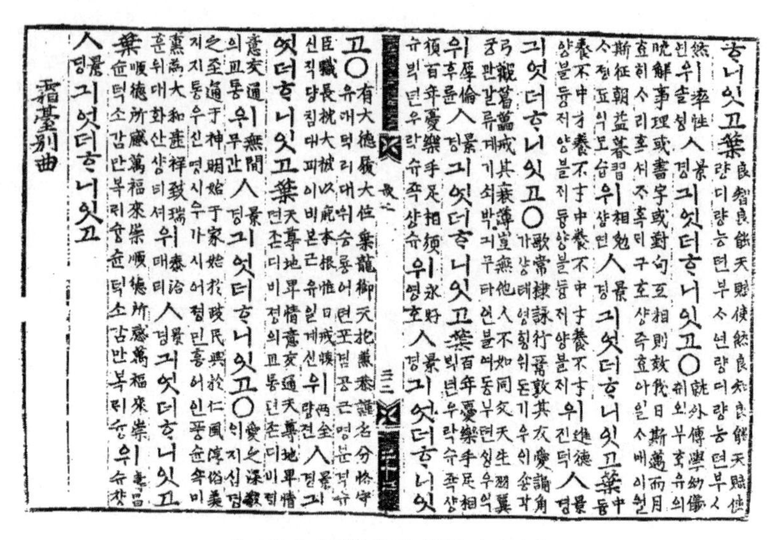

【그림4】 〈연형제곡〉 [『악장가사』]

『시경』의 시편을 외고 읊고 노래하면서 형제의 우애를 돈독히 하는 광경이 나타난다. 그러나 ‘계기쇠박(戒其衰薄)’과 같은 구에서는 이질적인 의미가 표출된다. 앞서 형제간의 정리를 성(性)의 자연스러운 발로라고 감격스럽게 규정했던 것과 다르게 여기에서는 쇠락하고 엷어져 가는 마음을 경계한다고 표현하여 형제의 도리를 힘써 지켜 나가야 한다는 당위를 제시하고 있다. 형제를 손발이 서로 의지하는 것과 같은 모습으로 비유함으로써, 형제만큼 마음을 터놓고 의지할 수 있는 대상이 달리 없다는 주지를 내세웠던 것이다.[29] 이처럼 〈연형제곡〉의 제3장에서는 자칫 반목하고 소원해 질 수 있는 형제간의 관계를 다잡고 천륜을

29 이 같은 뜻은 〈용비어천가(龍飛御天歌)〉 제119장에서도 강조된 바 있다: “兄弟變이 이시나 因心則友 ㅣ 실씌 허므를 모ᄅᆞ더시니 / 易隙之情을 브터 姦人이 離間커든 이 ᄠᅳ들 닛디 마ᄅᆞ쇼셔. [형제의 변이 있으나 마음의 자연스러움에 따르면 곧 우애가 좋아지는 것이므로 허물을 모르시더니 / 틈이 생기기 쉬운 정으로부터 간사한 사람들이 이간하거든 이 뜻을 잊지 마소서.]”

되새겨야 한다는 규계를 표출하고 있다.

그 같은 내용은 다음 장에 곧바로 연결되는데, 제4장이야말로 〈연형제곡〉 가운데 가장 핵심이 되는 부분이자 작품의 제작 배경을 직접적으로 보여주는 단서라 할 만하다.

> 有大德 履大位 乘龍御天
> 抱兼恭 謹名分 恪守臣職
> 長枕大被 以庇本根 惟日戒愼
> 위 兩全ㅅ景 긔 엇더ᄒᆞ니잇고
> 天尊地卑 情意交通 天尊地卑 情意交通
> 위 無間ㅅ景 긔 엇더ᄒᆞ니잇고[30]

앞서 제3장까지의 내용이 형제 사이의 일반적인 도리를 읊은 것이었다면, 제4장에서는 한결 특화된 관계와 사례로 폭을 좁히고 있다. 즉, 우애를 다지며 함께 자라고 공부한 형제 가운데 한 명이 덕을 지녀 비로소 왕위에 오르는 상황을 제시하였는데, 작품의 제작 경위와 연행 환경으로 보아 그 대상이 곧 세종을 지칭한다는 사실은 자명하다.

이 대목에 이르러 형제간의 우의와 신의는 군신 관계에서 지켜야 할 덕목으로 확대 또는 변주되기 시작한다. 실제로, 형제 가운데 한 명이 대위에 오른다는 1행의 내용에 이어, 2행에서는 다른 한 명이 공손하게 명분을 지켜 신하로서의 직분을 다한다는 내용이 대구로 서술되고 있다. 3행에서는 침상을 같이 할 정도로 서로의 '본근(本根)'을 친근하게

30 "큰 덕 있어 높은 자리 오르니 용을 타고 하늘로 오르네. / 공손하고 삼가 명분 지키며, 정성 다해 신하된 직분 지키네. / 긴 베개 큰 이불의 친밀함이 근원을 감싸며, 오직 날로 경계하여 삼가니, / 아! 이 두 가지 다 온전한 광경, 그것이 어떠합니까? / 하늘은 높고 땅은 낮아 정과 뜻이 서로 오가네. 하늘은 높고 땅은 낮아 정과 뜻이 서로 오가네. / 아! 친하여 사이좋은 광경, 그것이 어떠합니까?"

감싸 주면서도 늘 경계하고 삼가는 태도를 잃지 않는 광경을 잇대었는데, 이는 동기이면서 동시에 군신 관계이기도 한 형제지간의 올바른 행실을 집약한 표현이라 할 수 있다. 그러한 미덕은 전대절(前大節)의 마지막 행에서 '두 가지가 온전함', 즉 '양전(兩全)'을 이룬 감격으로 표명되기도 하였다. 후소절(後小節)에서는 군신 관계를 다시금 하늘과 땅의 관계로 비유하여 양자의 존비를 재차 강조하는 한편, 천지 사이에 정의(情意)가 통한다는 점을 들어 군신이 서로 화합해야 한다는 뜻을 제시하였다. 후소절 마지막의 '무간(無間)'이란 그처럼 조화로운 광경을 응축한 어휘이다.

앞서 제3장에서 형제간에 견지해야 할 '계기쇠박'의 당위를 제시했던 이유가 제4장에 들어 명확해진 형상이다. 비록 형제간일지라도 임금과 신하의 직분은 반드시 지켜야 한다는 핵심적 언질이 제4장에 직접적으로 표출된 것이다.

愛之深 敬之至 通于神明
始于家 始於政 民興於仁
風淳俗美 薰爲大和 產祥致瑞
위 泰治ㅅ景 긔 엇더ᄒᆞ니잇고
順德所感 萬福來崇 順德所感 萬福來崇
위 壽昌ㅅ景 긔 엇더ᄒᆞ니잇고[31]

제5장은 바로 위와 같은 이상이 달성된 광경을 그리고 있다. 형제의

31 "사랑이 깊고 공경이 지극하여 천지신명에 통하였네. / 집에서 비롯하고 정치에서 비롯하여 백성은 어진 정치에 흥성하며 / 다스림이 순하여 본받음이 아름답고, 훈훈함이 크게 화하니 상서로움을 낳아 일으켰네. / 아! 태평하게 잘 다스리시는 광경, 그것이 어떠합니까? / 유순한 덕이 감동시킨 바, 만복이 거듭 일어나네. 유순한 덕이 감동시킨 바, 만복이 거듭 일어나네. / 아! 오래 살고 번창하는 광경, 그것이 어떠합니까?"

정이 군신의 도리로 이어짐으로써 국가가 화평함을 유지하게 된다는 뜻을 작품의 종결부에 배치하여 대단원을 삼았다. 1행에서는 '애(愛)'와 '경(敬)', 즉 임금과 신하가 갖추어야 할 덕목을 각각 언급하였고, 2행에서는 정치의 근본이 집안에서 비롯되어 국가로까지 확대되는 수순을 제시하였다. 신명(神明)에 감통하고 백성들이 어진 마음을 지니며, 풍속이 순미(淳美)하고 화평함이 편만하여 상서가 잇따르는 '태치(泰治)' 역시 바로 그러한 기반 위에서 이룩된다고 서술하였다. 이어서 후소절에서는 덕과 복이 국가에 깃드는 영광을 반복하여 제시한 후 임금의 장수와 국가의 창성을 기원하면서 제5장은 물론 작품 전체를 마무리하였다.

2) 특징과 활용 양상

이처럼 〈연형제곡〉에서는 형제가 우애롭게 성장해 가는 과정을 제1~3장에서 다루고, 그들이 각각 임금과 신하로서의 직분을 다하여 서로 화합하는 덕행을 제4~5장에서 칭송하고 있다. 때문에 〈연형제곡〉은 악장 특유의 송축적 수사로 일관되는 듯 보이지만, 앞서 검토한 작품의 제작 배경과 연관 지어 살피면 그 실상은 다르게 파악될 수 있다. 무엇보다도 이 작품이 세종과 양녕대군 사이의 연회에 쓸 목적으로 지어졌다는 점에 주목해야 할 것이다. 〈연형제곡〉이 제진되기 직전까지도 양녕대군의 비행에 대한 신료들의 비판이 지속적으로 제기되었다는 점에 비추어 보면, 작품에서 제시한 형제 및 군신간의 이상적 관계가 실제로 달성되었기 때문에 해당 내역을 칭송하였다고 보기는 어려운 측면이 있다.

따라서 〈연형제곡〉에서는 이미 완결된 사건이나 업적에 대한 일방적 칭송보다는 장차 유지되어야 할 덕목과 당위를 내세우는 데 중점을 두고 있다는 해석이 가능하다. 즉, 임금과 그 형제들 사이의 바람직한 관계와 행실을 작품에 표방함으로써 장차 그러한 도리를 힘써 지켜 나가야 한다는 권계 내지 규준을 전달하기 위한 의도로 파악해야 할 것이다. 이와 유사한 사례는 태조2년(1393)에 정도전(鄭道傳)이 제진한 〈문덕곡(文德曲)〉에서도 발견된다. 태조(太祖)가 등극한 이듬해에 제진된 이 작품에서는 태조의 문덕을 '개언로(開言路)'·'보공신(保功臣)'·'정경계(正經界)'·'정예악(定禮樂)'의 네 가지에 걸쳐 칭송하고 매 작품의 말미에 그러한 덕망을 "신(臣)이 직접 본 바입니다.[신소견(臣所見.)]"라고 하여 태조의 문덕을 기정사실화하고 있으나, 당시 태조의 재위 기간을 고려하면 상기의 업적이 이미 완료되었다고 보기는 어려운 만큼, 이 작품에서는 오히려 그 같은 기조가 장래에도 변함없이 지속되어야 하리라는 당위적 과제를 제시하였다고 분석하는 것이 타당하다.[32]

〈연형제곡〉 역시 표면상으로는 세종과 양녕대군 사이에 우애와 직분이 잘 지켜지고 있다는 감격을 드러내면서 세종을 칭송하는 듯하지만, 실제로는 형제지간일지라도 임금과 신하 사이에 지켜야 할 도리가 있으며 이를 어겨서는 안 된다는 이면적 규계를 세종과 양녕대군 모두에게 전달하는 효과를 노리고 있다고 파악된다.

그와 같은 추정을 뒷받침하는 또 다른 단서는 이 작품이 현왕(現王)인 세종의 덕을 칭송하고 있다는 점에서 찾을 수 있다. 앞서 세종은 악장에서 현금(現今)의 일을 가영(歌詠)해서는 안 된다는 지침을 다음과 같이 명확하게 표명한 바 있다.

---

32 김흥규, 「선초 악장의 천명론적 상상력과 정치의식」, 『한국시가연구』 7집, 한국시가학회, 2000, 137면.

> 상참을 받고 정사를 보았다. 임금이 좌우의 신하들에게 말하기를, "이제 회례 때의 문무·무무의 두 가지 춤에 연주할 악장을 박연이 말하기를, "마땅히 현금(現今)의 일을 가영(歌詠)하여야 합니다."라고 하였으나, 내가 생각하여 보니, 대체로 가사(歌辭)라는 것은 성공(成功)을 상징하여 성대한 덕을 송찬(頌讚)하는 것이다. 내가 살펴보니 주나라의 무왕은 무로써 천하를 평정하였는데, 성왕 때에 이르러 주공이 <대무(大武)>를 지었다. 역대에서 다 그렇게 하였으니 지금 세상의 일을 가지고 가영(歌詠)하게 할 수는 없는 것이다. 더구나 나는 다만 왕위를 이었을 뿐인데 무슨 가송할 만한 공덕이 있겠는가? (…) 만약 반드시 현금(現今)의 세상 일로 노래를 지어야 한다면 세대(世代)를 계승하는 임금은 다 [그를 위한] 악장이 있어야 할 것이니, 어찌 그들의 공덕이 다 찬가(讚歌)를 부를 만한 것이겠는가? 그것을 박연·정양(鄭穰) 등과 같이 의논하여 아뢰라."

라고 하였다.[33]

〈연형제곡〉이 제진되기 석 달여 전에 나온 위 기사에서 세종은 자신의 업적과 덕망을 회례악장에서 다루어야 한다는 박연의 진언이 온당치 않다고 지적하였다. 역대의 사례를 보아도 악장에서는 선대의 일을 칭송하고 가영하였을 따름이므로, 군왕의 덕목이나 업적에 대한 평가는 후대에 이루어져야 하며 당대의 일을 칭송하는 것은 불합리하다는 논리이다. 특히 자신은 특별한 업적을 남긴 바가 없어 악장으로 가영할 만한 내역조차 변변치 않다는 겸손한 자세를 보이고 있기도 하다.

회례악의 칭송 범위에 대한 세종의 이 같은 소견은 좀 더 이른 시기의

---

33 『세종실록』 권56, 14년 5월 7일(갑자). "受常參, 視事. 上謂左右曰: "今會禮文武二舞樂章, 朴堧以爲: "宜歌詠當今之事." 予思之, 大抵歌辭, 象成功而頌盛德. 予觀周武王以武定天下, 至成王時, 周公作大武, 歷代皆然, 未可以當世之事, 而詠歌之也. 況予但繼世而已, 安有功德可以歌頌乎? (…) 若必以當時之事作歌, 則繼世之君, 皆有樂章矣. 豈其功德, 皆可歌詠乎? 其與朴堧, 鄭穰等同議以聞.""

기사에서도 찾아볼 수 있다.

> 예조에 전지하기를,
> "금후로는 연향파연곡(宴享罷宴曲)에 <정동방(靖東方)> · <천권곡(天眷曲)> · <성덕가(盛德歌)>를 사용하고, <응천곡(應天曲)>과 <화산별곡>은 사용하지 말라."
> 라고 하였다. 【<성덕가> 이상은 조종(祖宗)의 공덕을 송미(頌美)한 것이요, <응천곡> 이하는 주상(主上)의 덕을 가영(歌詠)한 것이다.】[34]

이미 재위8년(1426)에 세종은 〈응천곡〉과 〈화산별곡〉 등 자신을 칭송하기 위해 지어진 회례악장의 사용을 금하는 대신 태조의 무공을 송축한 〈정동방곡(靖東方曲)〉과 태종의 덕망을 기린 〈천권동수지곡(天眷東陲之曲)〉을 부르도록 하여 회례악장의 사용 범위를 명확하게 한정하였던 것이다.

이러한 기조가 〈연형제곡〉이 제진되기 석 달여 전에 다시 한 차례 언명된 것인데, 문제는 정작 〈연형제곡〉에서는 세종이 연회에서 가영하지 말라고 했던 '현금(現今)의 일'을 칭송하고 있다는 점이다. 〈연형제곡〉의 제4장에서는 임금과 신하로 나뉜 형제, 즉 세종과 양녕대군이 직분을 지켜 조화된 모습을 그렸고, 이어지는 제5장에서는 집안에서 지켜진 도리가 국가적 차원으로 확대되어 이상적인 정치가 시행되고 있다는 감격과 함께 세종의 축수를 비는 내용까지 서술하였던 것이다. 〈응천곡〉이나 〈화산별곡〉처럼 무리 없이 사용되고 있던 기왕의 작품조차 일거에 폐했던 세종이 신제 〈연형제곡〉이 현금의 일을 칭송하고 있

---

34 『세종실록』 권32, 8년 5월 6일(기해). "傳旨禮曹: "今後宴享罷宴曲, 用〈靖東方〉·〈天眷曲〉·〈盛德歌〉, 勿用〈應天曲〉·〈華山別曲〉."【〈盛德歌〉以上, 頌美祖宗功德, 〈應天曲〉以下, 歌詠主上之德.】"

다는 사실을 인식하지 못했을 리는 만무하며, 알면서도 그 사용을 허용하는 예외를 둔 것으로 파악된다.

이는 〈연형제곡〉이 통상적인 칭송만으로 구성되어 있지는 않다는 사실을 반증한다. 세종 역시도 작품에서 읊고 있는 내역을 실제로 이룩된 사항이기보다는 장차 그러한 덕목과 관계를 지켜나가야 한다는 당위적 수사로 받아들였으리라는 것이다. 작품을 제진한 신료의 입장에서도, 이를 받아 본 세종의 입장에서도 그와 같은 의도와 인식을 공유하고 있었기에 〈연형제곡〉은 무난히 악부에 오를 수 있게 된다.

【그림5】 세종 어진

한편, 〈연형제곡〉이 세종대 이후에도 지속적으로 활용되었다는 사실은 이 작품이 후일 『악장가사』에 수록되었다는 점을 통해 확인된다. 『악학궤범』과 같은 공식적인 악서에 작품이 실리지 못한 것은 아무래도 〈연형제곡〉이 불리게 되는 계기, 즉 임금과 그 형제들 사이의 연회라는 특수한 모임이 국가적 의례로는 공인될 수 없었기 때문으로 보이는데, 그럼에도 불구하고 작품의 실제 연행 상황을 반영하는 『악장가사』에 〈연형제곡〉이 수록된 것을 보면 이 작품의 연행이 반드시 세종대에만 국한되지는 않았다는 사실을 알 수 있다.

그처럼 〈연형제곡〉이 후대에까지 전승될 수 있었던 이유도 역시 작품이 지니는 규계적 의미로부터 찾을 수 있다. 태종대에 특히 문제시되었던 왕실 형제간의 권력 다툼은 후일 언제든지 다시 불거질 위험성을 내포하고 있으며, 급작스러운 세자 교체와 선위를 통해 등극한 세종의 시대에도 역시 양녕대군을 향한 우려의 시선이 지속되었다. 그러한 상황에서 산출된 〈연형제곡〉은 임금과 그 형제들 사이에 지켜야 할 규범을 제시하면서 이에 따르도록 촉구하는 성격을 띠거니와, 바로 그와 같은 작품의 의도가 후대에도 유효한 것으로 받아들여져 〈연형제곡〉이 지속적으로 연행될 수 있는 기반이 마련되었다고 분석된다. 세종대 이래로 대군들의 정치 간여가 제약되기는 하였으나, 임금과 대군들 사이에는 언제나 잠재적인 긴장이 존재하기 마련이어서, 비록 형제지간에도 군신간의 도리가 유지되어야 한다는 뜻을 담은 〈연형제곡〉과 같은 악장이 그 가치를 인정받았으리라는 것이다.

〈연형제곡〉은 당초부터 회례악장으로 제작되었고, 작품의 제목에서부터 '연회'와 '형제'라는 두 규정이 표방되고 있는 만큼 응당 임금과 대군들의 연회석상에서 주로 연행되었을 것이다. 세종과 양녕대군의 연회에 부르기 위해 제작된 작품이 후대 임금과 그 형제들 사이의 연회에까지 사용되어 후일 『악장가사』에 수록된 것으로 추정된다.

요컨대, 〈연형제곡〉은 양녕대군에 대한 처우를 둘러싸고 세종과 신료들 사이에 불거진 논란과 갈등의 산물이지만, 왕실 내부에서 지켜야 할 덕목을 담고 있다는 점을 인정받아 후대에도 지속적으로 활용된 작품이라 정리할 수 있다.

4. 나가며

이상에서 경기체가계 악장 〈연형제곡〉의 제작 배경을 세종대의 정치적 상황 및 악장 정비 시책과 연관 지어 검토하고 작품의 지향과 특징을 분석한 후, 이 작품이 세종대 이후에도 지속적으로 연행될 수 있었던 계기를 논의하였다.

세종은 양녕대군의 폐세자 조치 직후 태종의 급작스러운 선위를 통해 즉위하였다. 양녕은 지방으로 방축된 이후에도 물의를 일으켜 문제가 되었으나 세종은 '사람의 지극한 정[人之至情]'과 '형제의 도리[兄弟之道]'를 내세워 양녕을 비호하였으며, 그를 궁중으로 불러 연회를 베풀기도 하였다. 특히 〈연형제곡〉이 악부에 등재된 재위14년(1432)에 이르러서는 연회의 규모가 대폭 확대된 상황이 발견된다. 연회를 지속하려는 세종의 뜻을 사실상 막기 어렵게 되자, 신료들은 불가항력으로 연회를 받아들이되 연회에서 부를 악장을 별도로 마련하여 그 속에 형제이자 군신간에 지켜야 할 도리를 표명함으로써 세종과 양녕대군 모두 삼가는 마음을 지니도록 유도하였던 것으로 파악된다.

한편, 〈연형제곡〉은 세종14년(1432) 무렵에 조정에서 한창 진행되고 있었던 회례아악곡의 제정과 밀접한 연관을 지닌다. 당시 이 작업에는 상당한 인력과 공력이 소요되었으며, 관련 논의가 1년 반가량 꾸준히 이어졌다. 바로 그 시기에 세종은 양녕대군을 궁중에 소환하여 수차 설연하였던 것이다. 세종이 양녕을 만날 때에도 역시 연회가 동반되었으므로 기왕 회례악을 제작하는 계제에 가외로 양녕과의 연회로만 쓰임이 특화된 〈연형제곡〉을 제진하였던 상황이 구성된다. 한편, 회례악에 아악만을 전용해서는 안 된다는 세종의 평소 지침에 따라 회례악은 결국 아악·당악·속악이 혼재된 형식으로 제작되었거니와, 속악만을 쓰는 〈연형제곡〉과 같은 회례악장이 독자적으로 제진된 것도 그와 같은 세종의 방침이 고려된 조치로 보인다.

〈연형제곡〉의 제작 배경을 다룬 위와 같은 논의의 설득력은 작품에 대한 분석을 통해 강화될 수 있다. 〈연형제곡〉의 제1~3장에서는 형제간의 우애로운 관계가 유년기부터 시작되어 취학기를 거쳐 성년기에 이르기까지 지속되는 광경을 순차적으로 그렸으나, 3장에서는 자칫 반목하고 소원해 질 수 있는 형제간의 관계를 다잡고 천륜을 되새겨야 한다는 규계를 일부 표출하였다. 이어지는 제4장이야말로 〈연형제곡〉 가운데 가장 핵심이 되는 부분이자 작품의 제작 배경을 직접적으로 보여주는 단서라 할 만하다. 비록 형제지간일지라도 임금과 신하의 직분은 반드시 지켜져야 한다는 핵심적 언질을 제4장에서 명확히 표출한 것이다. 제5장은 바로 위와 같은 이상이 달성된 광경을 집약하고 있다. 형제의 정이 군신의 도리로 이어짐으로써 국가가 화평함을 유지하게 된다는 뜻을 보이고, 임금의 장수와 국가의 창성을 기원하면서 작품을 종결하였다.

이처럼 〈연형제곡〉은 표면상으로는 세종과 양녕대군의 우애를 감격적으로 과시하면서 세종을 칭송하는 듯하지만, 실제로는 임금과 그 형제들 사이의 바람직한 관계와 행실을 작품에 표방함으로써 장차 그러한 도리를 힘써 지켜 나가야 한다는 권계 내지 규준을 전달하고 있다. '현금(現今)의 일'을 악장으로 가영해서는 안 된다고 했던 세종이 자신에 대한 칭송이 포함된 〈연형제곡〉을 승인한 것을 보면, 세종 역시도 작품의 내용을 당위적 수사로 받아들였음을 알 수 있다. 한편, 〈연형제곡〉이 세종대 이후에도 지속적으로 불리었다는 사실은 이 작품이 『악장가사』에 수록되었다는 점을 통해 확인된다. 임금과 대군들 사이에는 언제나 잠재적인 긴장이 존재하는 만큼, 〈연형제곡〉에 담긴 규계의 뜻이 후대에도 유효하게 활용될 수 있었던 것으로 이해된다.

〈연형제곡〉에 대해서는 악장적 성격을 띠는 경기체가 작품 가운데 하나라는 정도로 규정하는 것이 일반적이었다. 조선 초기 왕실 내부에서 벌어진 형제들간의 갈등이 그 제작 배경으로 더러 언급되기는 하였으나, 작품이 지어진 맥락과 계기는 더 이상 구체적으로 논의되지 못하였다. 이 글에서는 〈연형제곡〉의 사용이 승인되던 세종14년(1432) 무렵의 여러 사안들을 면밀히 검토함으로써, 이 작품이 양녕대군을 위한 설연을 둘러싸고 세종과 신료들 사이에 불거졌던 갈등의 산물이며 임금에 대한 규계적 수사를 그 이면에 깔고 있다는 사실을 도출해 내었다.

이 같은 사정은 조선 초기 악장을 분석 및 평가하는 데 중요한 시사점을 내포하고 있다. 악장은 특정한 시공간 속에서 실연될 것을 전제로 지어지기 때문에 작품 제작 및 연행상의 맥락적 구도가 다른 어떤 갈래에 비해서도 중요하다. 작품이 실제 가창되는 현장에서 그것이 청자에게 어떤 내용을 상기시키고 어떤 효과를 산출하게 되는지를 검토하여 작품 본연의 의도에 접근해 가야 한다는 것이다. 설령 일방적인 칭송과 송축을 담은 듯 보이는 작품일지라도 그 의미를 평면적으로 해석해서는 안 되는 이유가 여기에 있다. 이러한 시사점을 포함하고 있는 작품으로서 〈연형제곡〉은 주목해야 할 사례이다.

악장 작품의 수사(修辭)와 기능

선초 악장 〈유림가儒林歌〉 연구

1. 들어가며

『악장가사(樂章歌詞)』에 노랫말 전문이 전해 오는 〈유림가(儒林歌)〉는 이른 시기부터 연구자들의 시각에 포착되었고, 김사엽과 같은 초기 연구자에 의해 선초(鮮初) 악장(樂章) 가운데 거론될 만한 성취를 이룬 일례로 평가되었으면서도,[1] 과히 깊이 있게 논의되지는 못한 작품이다. 여러 문학사 서술에서 작품의 존재나 대의가 간략히 소개되는 정도이거나,[2] 『악장가사』의 편제를 다룬 지면에서 그 연행 관련 정황이 일부 언급되는 수준을 넘어서지 못했던 것이 사실이다.[3] 그나마 〈유림가〉가

1 "한림별곡체가(翰林別曲體歌)의 후렴(後斂)의 호흡(呼吸)을 머물면서 그것을 변형(變形)한 새로운 후렴(後斂)을 첨미(添尾)하였고, 또 사사조(四四調) 가사체(歌辭體)의 조지(調子)가 비교적(比較的) 선명(鮮明)하게 나타나 있는 특색(特色) 있는 가곡(歌曲)이다. 유림(儒林)의 노래이면서 한문(漢文) 숙어(熟語)의 나열(羅列)이 비교적(比較的) 적고, 전체(全體)가 풍기는 유교천하(儒敎天下)를 소리 높여 발 굴르면서 호창(呼唱)하는 흔희(欣喜)의 격(格)이 잘도 표백(表白)되어 있다." [김사엽, 『이조시대의 가요 연구』, 재판, 학원사, 1962, 122면.]

2 조윤제, 『조선시가사강』, 동광당서점, 1937, 170면; 조윤제, 『한국문학사』, 동국문화사, 1963, 140면; 장덕순, 『한국문학사』, 동화문화사, 1975, 166면; 조동일, 『한국문학통사』 2, 4판, 지식산업사, 2005, 301면 등.

3 김명준, 『악장가사 연구』, 다운샘, 2004, 141~143면.

비교적 자세히 다루어진 경우는 작품의 형식에 관한 논의들에서 찾아 볼 수 있다. 예컨대, 엽(葉)의 존재와 여섯 개 장으로 이루어진 연장체 형식 등이 고려속요(高麗俗謠)의 특질에 잇닿아 있는 것으로 부각되었고,[4] 매장 선사(先詞)·차사(次詞)의 대구로 이루어진 〈용비어천가(龍飛御天歌)〉 및 〈월인천강지곡(月印千江之曲)〉의 독특한 형태가 〈유림가〉의 대구 형식을 거쳐 완성되었으리라 논의되었으며,[5] 더 나아가 시조(時調) 형식의 발생에 〈유림가〉의 시형이 일정 부분 관계되어 있으리라는 분석이 이루어지기도 하였다.[6] 요컨대 〈유림가〉는 선초 국문시가의 전개를 다루는 문맥에서 그 과도기적 형식이 중요하게 조명되어 왔을 뿐, 작품 자체의 흐름이나 의미에 대해서는 별반 논의가 진행되지 못했던 것이다.

이렇듯 〈유림가〉가 그다지 주목받지 못했던 이유는 크게 두 가지 때문으로 생각된다. 우선 작품의 기조가 군왕에 대한 '아유(阿諛)'의 수사로 일관되어 있어 문학적인 가치가 그다지 높지 않다는 평가를 받아왔기 때문이다. 더불어 작품의 창작 경위나 시기 및 작자에 관한 뚜렷한 기록이 발견되지 않아 작품을 깊이 있게 논의하기에는 한계가 따른다는 점도 또 다른 이유로 지적될 수 있다. 이러한 종래의 판단이 전연 그릇된 것은 아니겠으나, 그렇다고 『악장가사』를 비롯하여 『시용향악보(時用鄕樂譜)』와 『악학편고(樂學便考)』 등 중요 문헌들에 반복적으로

---

4 성기옥, 「악장」, 김학동·박노준·성기옥 외, 『한국문학개론』, 새문사, 1992, 110면. 한편, 정병욱은 〈유림가〉의 엽에 포함된 '아궁챠락(我窮且樂)아 궁챠궁챠락(窮且窮且樂)아'가 장고 장단의 구음(口音) '쿵 떠럭'을 흉내낸 것이라 논의하였다. [정병욱, 「악기의 구음으로 본 별곡의 여음구」, 『(증보판) 한국고전시가론』, 개정판, 신구문화사, 2003, 154면.]

5 이종출, 「조선 초기 악장체가의 연구」, 『성곡논총』 10집, 성곡학술문화재단, 1979, 170면; 구사회, 「한국악장문학연구」, 동국대 박사학위논문, 1991, 91~92면.

6 조규익, 『선초악장문학연구』, 숭실대 출판부, 1990, 245~246면.

수록될 정도로 조선 중후기까지 중시된 이 작품의 의의가 그처럼 간단하게 처리되는 것은 바람직해 보이지 않는다.

먼저 첫 번째 문제와 관련하여, 선초 악장이 표면적으로는 칭송의 수사를 위주로 구성된다 할지라도 그 안에 당대의 제도문물에 대한 작자의 치밀한 평가와 바람직한 미래상에 관한 전망이 내재되어 있다는 사실은 이미 여러 연구들을 통해 밝혀진 바이다.[7] 따라서 겉으로 드러난 아유적 성격을 평면적으로 받아들이기보다는 그러한 칭송의 어법으로써 작자가 궁극적으로 지향하는 바가 무엇인지에 초점을 맞추어 텍스트에 접근할 때 작품의 의미와 가치가 보다 온당하게 드러날 수 있을 것이다.

다음으로 〈유림가〉에 대한 새로운 기록이 나타나지 않는 한, 두번째 난점은 완전히는 해소되기 어려운 것이 사실이다. 하지만 여타의 악장 작품과 마찬가지로 〈유림가〉 역시 이른바 정치적 텍스트이기 때문에 역사적 현장·사건과 연관된 표현이 작품 속에 여럿 포함되어 있다. 또한 악장의 제작은 선초에 집중되어 나타나므로 당시 악장 제작의 관행을 정교하게 분석하고 다른 작품의 사례들과도 폭넓게 견주어 보면, 작품의 제작 기반에 대한 검증을 상당 정도 설득력 있게 진행해 나갈 수 있을 것이다.

이러한 견지에서 본고에서는 우선 현재까지 확인 가능한 자료들을 통해 〈유림가〉의 제작 시기와 작자를 추정해 보고 작품의 제작 의도를 가늠한 후, 그러한 의도가 작품의 문면에 어떠한 방식으로 형상화되었

---

7 조규익, 앞의 책; 김흥규, 「선초 악장의 천명론적 상상력과 정치의식」, 『한국시가연구』 7집, 한국시가학회, 2000; 김영수, 「정도전의 악장문학 연구」, 『조선시가연구』, 새문사, 2004; 조규익, 『조선조 악장의 문예 미학』, 민속원, 2005; 김승우, 『용비어천가의 성립과 수용』, 보고사, 2012 등.

는지를 순차적으로 검토해 나가게 될 것이다. 이로써 〈유림가〉가 선초의 시가사에서 차지하는 위상을 드러내고자 한다.

2. 작품의 제작 시기와 작자 추정

1) 제작 시기

구체적인 논의에 앞서 우선 〈유림가〉의 전문을 제시한다. 『악장가사』·『시용향악보』[제1장]·『악학편고』에 수록된 가사 사이에는 큰 차이가 없으므로 여기에서는 『악장가사』에 수록된 형태를 기준으로 제시하되 매 장 반복하도록 되어 있는 후렴, 즉 엽은 마지막에 한 번만 적는다.

五百年이 도라 黃河ㅅ므리 ᄆᆞᆯ가
聖主ㅣ 重興ᄒᆞ시니 萬民의 咸樂이로다
五百年이 도라 沂水ㅅ므리 ᄆᆞᆯ가
聖主ㅣ 重興ᄒᆞ시니 百穀이 豊登ᄒᆞ샷다 —1장

五百年이 도라 泗水ㅅ므리 ᄆᆞᆯ가
聖主ㅣ 重興ᄒᆞ시니 天下ㅣ 大平ᄒᆞ샷다
五百年이 도라 漢水ㅅ므리 ᄆᆞᆯ가
聖主ㅣ 重興ᄒᆞ시니 干戈ㅣ 息靜ᄒᆞ샷다 —2장

五百年이 도라 泗海ㅅ므리 ᄆᆞᆯ가
聖主ㅣ 重興ᄒᆞ시니 民之父母ㅣ샷다
桂林마딋 鶴이 郄詵枝예 안재라
天上降來ᄒᆞ시니 人間蓬萊샷다 —3장

丹穴九包ㅅ鳳이 九重宮闕에 안재라
覽德來儀ᄒᆞ시니 重興聖主샷다
朝陽碧梧ㅅ鳳이 當今에 우루믈 우러
聲聞于天ᄒᆞ시니 文治大平ᄒᆞ샷다 —4장

珠履三千客과 青衿七十徒와
杳矣千載後에 豈無其人이리오
黃閣三十年과 淸風一萬古와
我與房與杜로 終始如一호리라 —5장

十年螢雪榻애 白衣一書生이여
暫登龍榜後에 脚底青雲이로다
鳳城千古地예 學校를 排ᄒᆞ야이다
年年三月暮애 나리라 壯元郎이여 —6장

我窮且樂아 窮且窮且樂아
浴乎沂 風乎舞雩 詠而歸호리라
我窮且樂아 窮且窮且樂아 — 엽(葉)

먼저 작품이 제작된 시기를 가능한 한도 내에서나마 추적해 보는 작업이 필요할 것이다. 그에 관한 명확한 기록은 발견되지 않으나, 적어도 이 작품이 제작된 시점의 하한선은 가늠할 수 있다. 즉, '유림가'라는 명칭이 명백하게 등장하는 문헌은 성종16년(1485)에 편찬된 『경국대전(經國大典)』으로서, 악공(樂工) 취재(取才)를 위한 연주 시험 곡목 목록 가운데 〈유림가〉가 포함되어 있는 것이 확인된다.[8] 악공의 취재 곡목으

8 『經國大典』 권3, 「禮典」, 取才. "樂工, 試 (…) 鄕樂 〈三眞勺〉譜·〈與民樂〉令·〈與民樂〉慢·〈眞勺〉四機·〈履霜曲〉·〈洛陽春〉·〈五冠山〉·〈紫霞洞〉·〈動動〉·〈保太平〉十一聲·〈定大業〉十一聲, 進饌樂 〈豊安曲〉前引子·後引子·〈靖東方〉·〈鳳凰吟〉三機·〈翰林別

로 성문법에 적시될 정도라면, 이 작품이 성종16년(1485) 이전부터 상당 기간 동안 궁중에서 빈번하게 연주되었으리라는 사실을 짐작할 수 있다.

아울러 작품 제작의 하한을 이보다 올려 잡을 수도 있는데, 그 근거는 〈감군은(感君恩)〉으로부터 마련된다. 〈유림가〉와 〈감군은〉은 가사의 형식이 다소 다르기는 하지만 곡에 얹을 때에는 거의 같은 선율로 연주하므로, 본래 둘 중 어느 한 작품의 가사에 맞게 구성된 악곡을 이후 다른 작품의 가사도 올려 부를 수 있도록 약간 변형하여 활용하였을 가능성이 높고, 그 선후에 있어서는 〈유림가〉가 앞서는 것으로 분석되고 있다.[9] 〈감군은〉은 세종24년(1442) 2월 이전에 지어진 것이 명백하기 때문에,[10] 〈유림가〉 역시 이 이전에 지어져 연행되었으리라는 추정이 가능한 것이다.

그렇다면 이번에는 반대로 작품이 지어진 시점의 상한선을 확인할 필요가 있겠는데, 여기에서 특히 문제시되는 문헌이 『악학편고』이다. 익히 알려진 바와 같이, 이 책의 권3과 권4에 수록된 「속악장(俗樂章)」

曲〉, 還宮樂 〈致和平〉三機·〈維皇曲〉·〈北殿〉·〈滿殿春〉·〈醉豊亨〉·〈井邑〉二機·〈鄭瓜亭〉三機·〈獻仙桃〉·〈金殿樂〉·〈納氏歌〉·〈儒林歌〉·〈橫殺門〉·〈聖壽無疆〉·〈步虛子〉."

9 『시용향악보』 소재의 〈유림가〉와 『금합자보(琴合字譜)』 소재의 〈감군은〉 악곡을 비교해 보면, 특히 후렴 부분의 선율에 있어서 〈유림가〉의 경우는 가사와 정간보의 배행이 어울리는 반면, 〈감군은〉의 경우는 〈유림가〉의 악곡에 가사를 배열하기 위해 2보행에 배치될 가사를 3보행에 어색하게 늘려 배분한 흔적이 뚜렷하기 때문이다. [김세중, 『정간보로 읽는 옛 노래』, 예솔, 2005, 144~145면.]

10 '감군은'이라는 명칭이 문헌에 처음 발견되는 시기가 이때이다: "傳旨慣習都監: "自今朝廷使臣慰宴時, 無呈才. 行酒時則以〈洛陽春〉·〈還宮樂〉·〈感君恩〉·〈滿殿春〉·〈納氏歌〉等曲, 相間迭奏.""[『세종실록』 권95, 24년 2월 22일(계축).] 성기옥이 〈유림가〉 제작의 하한을 본고에서와 같이 세종24년(1442)이라 파악한 것도 바로 이러한 사정을 고려한 때문으로 보인다. [성기옥, 앞의 논문, 109면.] 한편, 〈감군은〉을 명종대 상진(尙震)의 작으로 추정하는 견해가 양주동 이래 여러 논자들에 의해 반복되어 왔다. [양주동, 『麗謠箋注』, 을유문화사, 1947, 20면.] 그러나 이는 그 근거가 약한 것이라 이미 비판된 바 있다. [김명준, 앞의 책, 111면 참조.]

두어리마ᄂᆞᄂᆞᆫ 선ᄒᆞ면 아니올셰라 위증즐가 大平
盛代 ○ 셜온님 보내ᄋᆞᆸ노니 나ᄂᆞᆫ 가시ᄂᆞᆫ ᄃᆞᆺ 도셔오
쇼셔 나ᄂᆞᆫ 위증즐가 大平盛代

儒林歌

[illegible] 이 도라 黃河ᄉᆞ므리 몰가 聖主ㅣ 重興ᄒᆞ시
니 萬民의 咸樂이로다 五百年이 도라 沂水ᄉᆞ므리
몰가 聖主ㅣ 重興ᄒᆞ시니 百穀이 豐登ᄒᆞ샷다 葉 我
窮且樂아 窮且窮且樂아 浴乎沂 風乎舞雩 詠而歸
호리라 我窮且樂아 窮且窮且樂아 ○ 五百年이 도

歌上

라 泗水ᄉᆞ므리 몰가 聖主ㅣ 重興ᄒᆞ시니 天下ㅣ 大
平ᄒᆞ샷다 五百年이 도라 漢水ᄉᆞ므리 몰가 聖主ㅣ
重興ᄒᆞ시니 干戈ㅣ 息靜ᄒᆞ샷다 葉 我窮且樂아 窮
且窮且樂아 浴乎沂 風乎舞雩 詠而歸호리라 我窮
且樂아 窮且窮且樂아 ○ 五百年이 도라 四海ᄉᆞ므
리 몰가 聖主ㅣ 重興ᄒᆞ시니 民之父母ㅣ샷다 桂林
마뒷 鶴이 都護枝예 안재라 天上降來ᄒᆞ시니 人間
蓬萊샷다 葉 我窮且樂아 窮且窮且樂아 浴乎沂 風
乎舞雩 詠而歸호리라 我窮且樂아 窮且窮且樂아

【그림1】 〈유림가〉 [『악장가사』]

상·하에는 국문 표기로 된 시가 작품들이 삼국·고려 · 조선의 순으로 정연하게 배열되어 있고, 여기에서 〈유림가〉는 고려의 작품으로 수록되었다. 작품의 내용으로 미루어 조선조의 악장임이 분명해 보이는 〈유림가〉를 이형상(李衡祥, 1653~1733)이 이렇듯 고려의 속악으로 비정했던 구체적인 이유는 알 수 없으나, 혹 제1~3장의 "성주(聖主) ㅣ 중흥(重興) ᄒᆞ시니"와 제4장의 '중흥성주(重興聖主)'라는 말 때문이 아닐까 추정된 바 있다. 즉, 개국한 지 얼마 되지 않은 조선에서 '중흥'이라는 말을 쓰지는 않았으리라는 것인데, 이에 대해 최진원은 '중흥'이 '중흥(中興)'이 아닌 '중흥(重興)'으로 표기되었다는 점에서 이 어휘가 꼭 한 왕조의 지속을 전제하지는 않는다고 보았다.[11] 실제로 '중흥'이 '중흥(中興)'으로 표기될 때에는 "왕실이 중간에 잘못되어 다시 일으킨다."라는 용례로 사용되지만,[12] '중흥(重興)'은 그보다는 좀 더 포괄적인 견지에서 쇠

11 최진원, '유림가', 『한국민족문화대백과사전』 17, 성남: 한국정신문화연구원, 1990, 23면.

약해진 것을 다잡는다는 정도의 의미로 쓰이게 되므로 '중흥(重興)'이라는 어휘로써 〈유림가〉를 고려속악으로 단정하는 것에는 무리가 따른다. 특히 조선왕조는 비록 고려를 무너뜨리고 건국되었으나 전조(前朝)와의 단절을 굳이 현시하기보다는 재래의 유산과 역사를 포괄하고자 하는 지향이 강하였기에, 조선의 건국을 '삼한(三韓)의 중흥(重興)'으로 표방하였을 여지도 충분한 것이다.[13]

이처럼 관련 기록과 정황만을 놓고 따질 때, 〈유림가〉의 제작은 조선 건국 이후 세종24년(1442) 이전에 이루어졌다는 점을 확인할 수 있으나, 그 이상을 문헌에서 검증해 내기는 어려운 만큼, 보다 구체적인 제작 시기는 역시 작품 속의 어구들을 바탕으로 좀 더 좁혀 가야 한다. 이때 주목되는 표현이 제1~3장에 반복적으로 나타나는 '오백년(五百年)이 도라'와 제2장의 '한수(漢水)' 그리고 제6장의 '봉성천고지(鳳城千古地)'이다. 먼저 '오백년'은 이 작품에서 칭송되는 대상이 누구인지를 알려주는 단서 역할을 한다. '오백년'은 『맹자(孟子)』의 "오백 년에 반드시 왕자(王者)가 나온다.[五百年, 必有王者興.]"를 연상시키는 한편,[14] 이 문맥에서는 고려의 역년을 지칭하는데, 실제 이러한 용례는 선초 문인들의 글에서도 여럿 발견된다.[15] 때문에 고려 '오백년' 끝에 중흥을 이룩하

---

12 〈용비어천가〉 제12장 차사(次詞) "威化振旅ᄒᆞ시나로 興望이 다 몯ᄌᆞᄫᆞ나 至忠이실ᄊᆡ 中興主를 셰시니"의 주석 가운데 이러한 설명이 발견된다: "凡王室中否而復興, 謂之中興." [『용비어천가』 권2, 1b면.]

13 이러한 시각에 관해서는 김흥규, 「신라통일 담론은 식민사학의 발명인가: 식민주의의 특권화로부터 역사를 구출하기」, 『창작과 비평』 145호, 창작과 비평사, 2009, 388면을 참조.

14 『맹자』, 「公孫丑下」. "五百年, 必有王者興, 其間必有名世者. 由周而來, 七百有餘歲矣, 以其數則過矣, 以其時考之則可矣."

15 권근, 〈王京作古〉, 『陽村集』 권1. [『한국문집총간』 7, 민족문화추진회, 1988, 14면.] "王氏作東藩 / 維持五百年 / 衰微終失道 / 興廢實關天 / 慘澹城猶是 / 繁華國已遷 / 我來增歎息 / 喬木帶寒烟."; 서거정, 〈滿月臺〉, 『四佳詩集補遺』 권2. [『한국문집총간』 11, 민족

였다는 '성주' 또한 응당 태조(太祖)임을 간취할 수 있다. 한편, '한수'와 '봉성천고지'는 모두 새로운 도읍['봉성(鳳城)']인 한성(漢城)과 연관된 어휘로 천도가 이루어진 태조3년(1394) 이후에나 나올 수 있는 말이다.

〈유림가〉가 이렇듯 태조를 칭송하는 악장이라 할 때, 작품의 제작 역시 태조 연간에 이루어졌을 개연성이 크다. 태조에 대한 악장이 반드시 태조대에만 지어져야 한다는 원칙은 없으나, 현전 악장 작품들의 존재 양태를 볼 때 적어도 세종(世宗) 집권 전반기까지의 작품들은 대부분 당대 임금에 대한 칭송만을 위주로 구성되거나 선대 임금의 덕망을 일부 다루더라도 이를 현 임금에 대한 칭송으로 연결 지으면서 마무리 짓는 구도를 띠기 때문이다. 태조대에는 정도전(鄭道傳)과 권근(權近)에 의해 태조에 관한 여러 편의 악장이 지어지다가, 태종대에 들어서면 하륜(河崙)에 의해 〈근천정(覲天庭)〉·〈수명명(受明命)〉 등 태종(太宗)을 송축하는 작품이 잇달아 제작되며, 세종대에는 다시 〈응천곡(應天曲)〉·〈화산별곡(華山別曲)〉 등 세종의 공덕을 다룬 악장이 변계량(卞季良)에 의해 제작되었던 사례가 그러하다. 아울러 〈한강시(漢江詩)〉·〈천권동수지곡(天眷東陲之曲)〉·〈하황은(賀皇恩)〉 등 태종·세종대의 여러 작품들 역시 태조의 업적에 대한 칭송에서 시작되더라도 종국에는 태종이나 세종에 대한 송축으로 귀결되는 형식을 띠고 있기도 하다. 현금(現今)의 일을 가영(歌頌)하는 것은 옳지 않으며 대신 선왕들의 공덕만을 악장으로 다루어야 한다고 생각했던 세종의 방침이[16] 후일 〈용비어천

문화추진회, 1988, 174면.] "禾黍離離滿故宮 / 松山落落又秋風 / 渾將五百年前事 / 付與英雄一笑中."; 김종직, 〈過車峴〉, 『佔畢齋集』 권4. [『한국문집총간』 12, 민족문화추진회, 1988, 238면.] "車峴南人勿借津 / 斯言如戲復如神 / 那知五百年將盡 / 一朶完山紫氣新." 등.

16 『세종실록』 권56, 14년 5월 7일(갑자). "受常參, 視事. 上謂左右曰: "今會禮文武二舞樂章, 朴堧以爲: "宜歌詠當今之事." 予思之, 大抵歌辭, 象成功而頌盛德. 予觀周武王以武

가〉에 이르러 뚜렷이 관철되기 전까지는 태조에 대해서만 별도의 악장이 지어졌던 사례를 태종·세종대에는 사실상 찾아보기 어려운 것이다.[17] 이상의 논의를 종합하면, 결국 〈유림가〉는 한성으로 천도한 시점부터 태조가 선위하기까지, 즉 태조3년(1394)부터 태조7년(1398) 사이에 지어진 작품으로 판단할 수 있다.

2) 작자

작품의 제작 시기 추정과 표리를 이루는 문제가 작자 추정이다. 논자들 사이에서는 작품의 제목이 '유림가'인 점과 작품 속 화자가 유생(儒生)으로 설정되었다는 분석에 의거하여 이 작품의 작자가 선초의 유생이리라는 추정이 제기되고는 하였다.[18] 작자에 대한 어떠한 기록도 발견되지 않는 상황에서 작품의 제목과 어조를 작자 추정의 근거로 삼는 것은 통상적인 판단으로는 가능한 일이지만, 선초 악장의 제작 관행에 비추어 보면 설득력이 약하다. 특정한 계기, 예컨대 임금이 지방을 순행하는 경우에 해당 지역의 유생이나 기로(耆老)들이 임금에 대한 송축

定天下, 至成王時, 周公作大武, 歷代皆然, 未可以當世之事, 而詠歌之也. 況予但繼世而已, 安有功德可以歌頌乎? (…) 若必以當時之事作歌, 則繼世之君, 皆有樂章矣. 豈其功德, 皆可歌詠乎?""

17 종묘(宗廟)의 악장이나 태조에게 존호(尊號)를 올리면서 제정한 악장 등과 같이 공식적이고도 명확한 계기가 마련된 경우에는 간혹 태조만을 다룬 악장이 지어졌으나, 그 이외의 사례에서는 태조만을 칭송한 악장을 찾아보기 어렵다.

18 최진원, 앞의 글; 최철·손종흠, 『고전시가강독』, 한국방송대 출판부, 1998, 167면; 김명준, 앞의 책, 141면 등. 한편, 김사엽은, 악사(樂詞)를 잘 지었다는 이유로 세종이 변계량에게 말 한 필을 하사하였다는 실록의 기사[『세종실록』 권2, 즉위년 11월 10일(병진)]에 의거하여 〈유림가〉의 작자를 변계량으로 추정한 바 있다: 김사엽, 앞의 책, 18~19면. 그러나 이때의 '악사'란 며칠 전 그가 지어 올린 〈초연헌수지가(初筵獻壽之歌)〉와 〈천권동수지곡〉을 뜻하는 것으로서 〈유림가〉와는 무관하다. [『세종실록』 권2, 즉위년 11월 3일(기유).]

을 노래에 담아 올렸던 기록이 발견되기는 하나, 〈유림가〉와 같이 국문으로 지은 작품을 헌상한 사례는 전혀 없고, 한시로 지은 경우에도 그 가사를 관현에 올려 궁중악으로 연주했다는 기록은 발견되지 않는다.[19] 선초 악장은 줄곧 정도전·권근·하륜·변계량·최항(崔恒)·유사눌(柳思訥, 1375~1440)·양성지(梁誠之, 1415~1482)와 같은 관각문인이나 담임 관헌인 예조(禮曹)가 도맡아 지었을 뿐 민간의 악가를 취재해서 쓰지는 않았던 것이다.

이렇듯 선초 악장의 제작 관행과 연계 지어 보면, 〈유림가〉 역시 관각문인에 의해 지어졌을 가능성이 매우 높다. 또한 이 작품이 태조대에 제작되었으리라는 앞서의 분석에 따를 때, 그 유력한 작자로는 정도전이 지목된다. 정도전을 작자로 비정하는 이유는 우선 그가 권근과 함께 태조대의 악장 제작을 주도하면서 〈몽금척(夢金尺)〉·〈수보록(受寶籙)〉·〈납씨곡(納氏歌)〉·〈정동방곡(靖東方曲)〉 등 여러 편의 작품을 남겼을 뿐만 아니라, 〈신도가(新都歌)〉와 같은 국문악장까지도 제작하였던 전력이 있기 때문이다. 이 가운데에서도 〈신도가〉의 존재는 더욱 중요하게 거론될 만한데, 실상 선초에 여러 편의 악장이 제작되기는 하였으되, 그 압도적 다수는 한문악장이었고 권근의 〈상대별곡(霜臺別曲)〉, 변계량의 〈화산별곡〉 등 몇 편의 경기체가를 제외하면 오롯한 국문악장은 〈유림가〉·〈신도가〉·〈감군은〉·〈불우헌곡(不憂軒曲)〉만을 찾아볼 수 있을 정도로 희귀하다. 그만큼 국문으로 악장을 짓는다는 것은 당시로서는 흔한 일도, 과히 내세울 만한 일도 아니었으며, 한문

19 조규익은, 국가의 공식적인 연향에서 악장으로 쓰이지는 않았으나 창작 동기나 창작 의식을 전제로 한다면 기존의 정통 악장과 별 차이가 없으며 이런 점에서 악장으로서의 가능성은 작품 내에 항상 잠재되어 있는 노래들, 그 대표적인 사례로서 임금의 행차시에 헌상된 여러 가요들을 '의사악장(擬似樂章)'이라는 용어로 따로 개념화한 바 있다. [조규익, 앞의 책(1990), 30, 36면.]

악장을 지어낸 인사들의 폭에 비해 그 작자군 역시 극히 한정되어 있다.[20] 때문에 〈신도가〉를 지은 정도전이 기왕의 작품에 덧보태 또 다른 국문악장을 지어내었을 개연성은 충분하다. 특히 〈신도가〉는 '아으 다롱디리' 같은 조흥구가 사용된 점에서 고려속요의 형식을 차용한 흔적이 역력하고, 〈정동방곡〉에서도 "위(爲) 동왕성덕다리리(東王德盛多里利)"를 매장 끝에 붙인 점까지 감안하면, 역시 속요 형식에 따라 "아궁차락(我窮且樂)아 궁차궁차락(窮且窮且樂)아" 같은 조흥구가 삽입된 〈유림가〉를 그가 익숙하게 지어낼 수 있었으리라는 점은 충분히 간취될 수 있는 바이다. 그 밖에 〈신도가〉 제5행의 "만민(萬民)의 함락(咸樂)이샷다"가 〈유림가〉 제1장의 "만민(萬民)의 함락(咸樂)이로다"에서도 동일하게 발견되는 점이나, 『악장가사』에 〈신도가〉와 〈유림가〉가 연달아 수록된 점도 비록 단편적이기는 하나 양자 사이의 연관성을 가늠케 하는 단서로서 받아들일 수 있다.[21]

이처럼 〈유림가〉의 작자를 정도전으로 추정하는 일차적 이유를 열거하였거니와, 보다 정교한 논증은 앞서 제작 시기를 살폈던 부분에서와 마찬가지로 작품 속의 어구들을 검토함으로써 시도될 수 있을 것이다.

---

20 〈유림가〉의 작자가 문헌에 표기되지 않은 것도 이러한 이유 때문이라 할 수 있다. 한편, 〈신도가〉의 경우에도 작자 표기는 어느 문헌에서도 이루어지지 않았다. 〈신도가〉가 정도전 작이라는 기록은 중종대에 남곤(南袞, 1471~1527)이 이 작품을 정도전이 지었다고 간략히 언급한 것 단 하나밖에는 발견되지 않는다: "大提學南袞啓曰: "前者命臣, 改製樂章中語涉淫詞釋教者, 臣與掌樂院提調及解音律樂師, 反覆商確, 如牙拍呈才〈動動〉詞, 語涉男女間淫詞, 代以〈新都歌〉, 蓋以音節同也. 〈新都歌〉, 乃我朝移都漢陽時, 鄭道傳所製也. 此曲非用文詞, 多用方言, 今未易曉, 土風亦當存之."" [『중종실록』 권32, 13년 4월 1일(기사).] 『악장가사』와 『시용향악보』에는 물론, 정도전의 소작을 최대한 수합하여 간행하고 수차 보간(補刊)이 이루어기까지 했던 『삼봉집(三峰集)』에조차 〈신도가〉가 실리지 않은 것이다. 권근의 〈상대별곡〉이 『양촌집(陽村集)』에 수록되지 않은 것도 같은 이유로 볼 수 있다.

21 한편, 『시용향악보』에서도 〈유림가〉는 정도전 소작의 〈납씨가(納氏歌)〉에 잇달아 수록되었다.

이를테면 이 작품에 등장하는 소재나 칭송되는 내용이 과연 정도전의 의식과 어느 정도 일치되는지 가늠해 보는 방식이 필요하다. 이와 관련하여 우선 주목되는 어휘가 마지막 제6장의 "봉성천고지(鳳城千古地)예 학교(學校)를 배(排)ᄒᆞ야이다"이다. '봉성'은 한 나라의 도읍을 가리키는 미칭이고, '천고지'는 특히 한성을 신도로 정하면서 자주 덧붙인 수사이므로 별다를 것이 없으나, 그곳에 학교를 배설하였다는 부분은 중요하게 논의될 만하다. 역사적 맥락을 잠시 살피면, 한성 천도 이후 곧 성균관(成均館)과 오부학당(五部學堂)의 건립이 추진되는데, 성균관은 태조4년(1395) 대성전(大聖殿) 건축을 시작으로 태조7년(1398) 7월에 주요 건물이 완공되며, 오부학당은 여러 현안 때문에 설립이 지지부진하다가 세종20년(1438)에 들어 사부학당(四部學堂)만으로 구색을 갖추게 된다.[22] 이처럼 학교의 설치와 운영은 국가적 차원에서 시급하게 추진되었으면서도 태조대를 지나서야 비로소 본격화된다. 하지만 보다 중요한 것은 그 같은 실제적 사실보다는 〈유림가〉의 작자가 이 문제를 어떻게 파악했느냐에 놓인다. 다음의 기록이 여기에 참고가 될 만하다.

> 학교는 교화의 근본이다. 이것으로 인륜을 밝히고, 이것으로 인재를 양성한다. 삼대(三代) 이전은 그 법이 완전히 갖추어졌고, 진한(秦漢) 이후에도 비록 순전하지는 못하였으나 모두 학교를 중히 여겼는데, 일대의 정치의 득실이 학교의 흥폐에 좌우되었으니, 지나간 자취를 더듬어 오늘날에도 살필 수 있다. 국가는 안에 성균관을 두어 공경대부(公卿大夫)의 자제와 백성 중에 준수한 자를 가르치고, 부학교수(部學教授)를 두어 어린이들을 가르치며, 또 그 법을 미루어 주・부・군・현에까지 다 향학(鄉學)을 두고 교수와 생도를 배치하였다.[23]

---

22 신석호, 「이조초기 성균관의 정비와 그 실태」, 『대동문화연구』 6·7합집, 성균관대 대동문화연구원, 1969, 35~36면; 이성무, 『한국 과거제도사』, 민음사, 1997, 290, 318면.

> 우리 주상전하는 즉위 초에 기강을 확립하고 옛날의 법도를 시행했으며, 사람을 쓰는 도에 특히 유의하여 인재를 양성하지 않을 수 없다고 생각하였다. 이에 안에는 성균관과 부학(部學), 밖에는 주군에 향교를 설치하고 각각 교수와 생원을 두어 그 보수를 두둑이 주었다.[24]

태조3년(1394)에 정도전이 지어 올린 『조선경국전(朝鮮經國典)』의 구절들인데, 익히 알려져 있다시피 이 저작은 조선의 문물·제도를 규정하고 치국의 기본 방침을 밝힌 책으로 후일 『경국대전』의 밑바탕이 되기도 한다. 그런데 여기에서 정도전은 태조3년(1394)의 시점에 이미 성균관과 부학은 물론 지방 향교의 정비까지도 완료되었다는 자부를 드러내면서 이를 고려의 빈약한 문교 정책과 대비되는 신왕조의 치적으로 적시하였다. 아직 개경에 있던 성균관과 부학을 두고서도 그처럼 과도하게 부각할 정도로 학교의 건립과 운영은 당시 국정을 총괄하고 있던 정도전에게 매우 중요한 의미를 지니고 있었을 뿐 아니라 자신이 기획한 신왕조 운영의 핵심 현안이기도 했다. 따라서 한성에 성균관과 부학을 새로 건립한다는 것은 그 착공 자체만으로도 이미 드러내 놓을 만한 업적이 되기에 충분하다. 특히 그러한 성리학 입국 기조를 가장 적극적으로 환영할 집단이 유생들이므로, 신왕조의 우월성을 현시하는 데 있어서 〈유림가〉에서와 같이 행간에 유림의 이상과 목소리를 담아

---

23 정도전, 「禮典」, 『朝鮮經國典』 上, 『삼봉집』 권7. [『한국문집총간』 5, 민족문화추진회, 1988, 428면.] "學校, 敎化之本也. 于以明人倫, 于以成人才. 三代以上, 其法大備, 秦漢以下, 雖不能純, 然莫不以學校爲重, 而一時政治之得失, 係於學校之興廢, 已然之迹, 今皆可見矣. 國家內置成均, 以敎公卿大夫之子弟及民之俊秀, 置部學敎授, 以敎童幼, 又推其法, 及於州府郡縣, 皆有鄕學, 置敎授生徒."

24 정도전, 「治典」, 『朝鮮經國典』 上, 『삼봉집』 권7. [『한국문집총간』 5, 민족문화추진회, 1988, 417면.] "惟我主上殿下卽位之初, 立經陳紀, 動法古昔, 而於用人之道, 尤致意焉, 謂人才不可以不養, 於是內而成均部學, 外而州郡鄕校, 各置敎授生員, 贍其廩食."

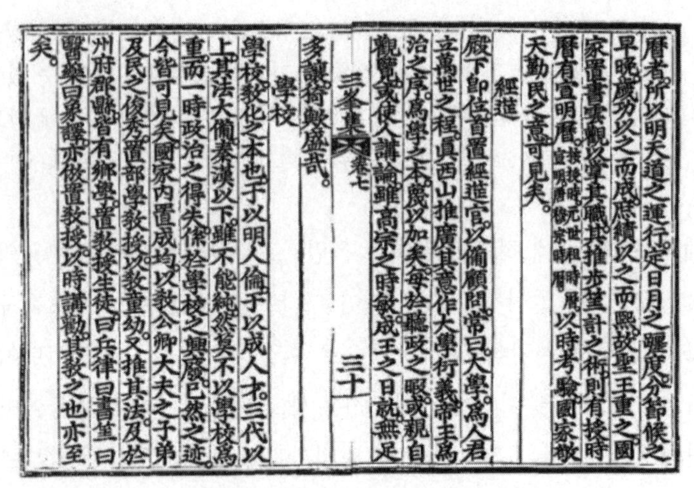
曆者所以明天道之運行。定日月之躔度。分節候之
早晩。歲功以之而成。庶績以之而熙。故聖王重之。國
家置書雲觀。以掌其職。其推步筭計之術。則有授時
曆。有宣明曆。授時元世祖時曆 宣明唐穆宗時曆 以時考驗。國家敬
天勤民之意。可見矣。

經筵

殿下卽位。首置經筵官。以備顧問。常曰。大學。爲人君
立萬世之程。眞西山推廣其意。作大學衍義。帝王爲
治之序。爲學之本。蔑以加矣。每於聽政之暇。或親自
觀覽。或使人講論。雖高宗之時敏。成王之日就。無足

三峯集 卷七 三十

多讓。猗歟盛哉。

學校

學校。敎化之本也。于以明人倫。于以成人才。三代以
上。其法大備。秦漢以下。雖不能純然。莫不以學校爲
重。而一時政治之得失。係於學校之興廢。已然之迹。
今皆可見矣。國家內置成均。以敎公卿大夫之子弟。
及民之俊秀。置部學敎授。以敎童幼。又推其法。及於
州府郡縣。皆有鄕學。置敎授生徒。曰兵律。曰書筭。曰
醫藥。曰象譯。亦倣置敎授。以時講勸。其敎之也。亦至
矣。

【그림2】『조선경국전』 상, 「예전」

내는 방식은 평탄한 어조로 치적을 나열하는 방식보다 훨씬 인상적인 효과를 발휘할 수 있는 것이다.

이와 유사한 사정이 제6장 전체에서도 간취된다. 10년 동안이나 어렵사리 공부를 이어가면서도 등과하지 못한 서생에게, 조만간 과거에 급제하면 청운의 꿈을 펼칠 수 있으리라는 희망에 찬 전망을 제시하고 있는 첫 두 구절과 해마다 3월말이면 장원랑이 배출되리라는 마지막 구절은 의미심장하다. 여기서 '연년(年年)'이라는 표현은 반드시 매년을 뜻하는 사전적 의미이기보다는 과거가 있는 해마다, 혹은 정기적으로 정도의 의미로 보이는데, 이는 곧 과거가 정례화되었다는 사실을 전제로 하는 것이다. 이렇듯 정규적으로 열리는 과거에 등제하면 가난한 유생일지라도 단번에 영화를 누리면서 경세(經世)를 하리라는 밝은 전망은 선초라는 시간대에서는 결코 예사롭게 보아 넘길 것이 아니다.

전조(前朝)에서는 광종(光宗) 때부터 비로소 쌍기(雙冀)의 말을 받아들여 과거법을 시행하였는데, 과거를 맡는 자를 지공거(知貢擧)나 동지공거(同知貢擧)라 일컬었고, 사(詞)와 부(賦)로써 시험을 보였다. 공민왕 때에 이르러서는 한결같이 원나라 제도를 따라서 사부와 같은 누추한 시험을 고쳐 없앴으나, 이른바 좌주(座主)·문생(門生)의 습속은 행한 지 하도 오래여서 갑자기 제거하지 못하였으므로 식자들은 탄식하였다. 전하는 즉위한 후 과거의 법을 가감하고 성균관에 명하여 사서오경으로써 시험을 보이게 하니, (…) 일거에 수대(數代)의 제도가 다 갖추어지게 되어, 장차 사문(私門)이 막히고 공도(公道)가 열리며 부화(浮華)가 물러서고 진유(眞儒)가 진출하여 정치의 융성함이 한당(漢唐)을 능가하고 성주(成周)를 따르게 됨을 보겠으니, 아, 거룩하도다![25]

[전조에서는] 시험으로 관리를 선발하는 제도가 없어서, 그 스스로 천거한 것을 받아들여 쓰게 되었으나, 전란 이후에는 입관하는 문호가 넓어져서 자천(自薦)하는 사람도 또한 적어졌으니, 관부에서 구해도 얻지 못하였고, 그 사이에 잡스럽고 미련하여 도필(刀筆)을 다루지 못하는 자가 혹 끼게 되었다. 국가는 비로소 이조에 분부하여 시험으로 보직하는 법을 의논케 하고, 그 가세 및 율·문·서·산에 통달한 자를 상고하여 임용하니, 법은 좋으나 사람을 잘 얻고 못 얻는 것은 유사들에게 달려 있을 따름이다.[26]

---

25 정도전, 「禮典」, 『朝鮮經國典』 上, 『삼봉집』 권7. [『한국문집총간』 5, 민족문화추진회, 1988, 429면.] "前朝自光王始用雙冀之言行科擧法, 掌選者稱知貢擧, 同知貢擧, 試以詞賦. 至恭愍王一遵原制, 革去詞賦之陋, 然所謂座主門生之習, 行之甚久, 不能遽除, 識者歎之. 殿下卽位, 損益科擧之法, 命成均館試以四書五經, (…) 一擧而數代之制皆備, 將見私門塞而公道開, 浮華斥而眞儒出, 致治之隆, 軼漢唐而追成周矣. 嗚呼盛哉!"

26 정도전, 「治典」, 『朝鮮經國典』 上, 『삼봉집』 권7. [『한국문집총간』 5, 민족문화추진회, 1988, 418면.] "(…) 然無試補之法, 聽其自擧, 兵興以來, 入官多門, 自擧者亦少, 官府求之如不得, 其間猥屑庸陋不能操刀筆者或有焉. 國家始命吏曹議試補之法, 考其家世及通律文書筐者得補爲吏, 法則善矣, 其得人與否, 在有司焉耳."

> [전하는] 3년마다 한 차례씩 대비과(大比科)를 설치하고 경학으로 시험을 보여 경학의 밝기와 덕행의 수양 정도를 평가하고, 부(賦)·논(論)·대책(對策)으로 시험을 보여 문장과 경세제민(經世濟民)의 재주를 평가하니, 이것이 문과(文科)이다.[27]

고려조의 과거제에 폐단이 많아 인재를 제대로 뽑아 올리지 못했고, 시험 과목이 너무도 편벽되어 제도를 정비하기조차 어려웠으며, 특히 좌주와 문생 사이의 사적 친분이 당락을 결정짓는 고질적 관행 때문에 등제되는 인사들의 면면이 특정 문도에 국한되었다는 문제의식을 뚜렷이 확인할 수 있다. 그에 대비하여 조선조에 이르러서는 시험 과목이 체계화·합리화되었을 뿐 아니라 과거를 기관이 관장하게 하여 지공거(知貢擧)의 전횡이나 좌주·문생의 구폐를 없앰으로써 사문이 막히고 공도가 비로소 열리게 되었다는 자부가 나타난다. 한문(寒門) 출신의 고학하는 서생일지라도 공부에 매진하면 이제는 능력에 따라 등과될 수 있다는 〈유림가〉의 전망이 위 서술 속에 이미 마련되고 있는 것이다. 아울러 과거를 천거나 음서(蔭敍)의 보조적 제도가 아닌 인재 등용의 정규 경로로 규정하고, 이를 위해 식년시(式年試)로 시험을 정례화하였다는 치적도 드러내고 있는데, 과거가 실시되는 3월말이면 연년이 장원랑이 배출되리라는 〈유림가〉의 표현 또한 이 같은 자긍심에서 연원할 수 있는 선언이기도 하다. 결국 다루는 내용 자체는 『조선경국전』의 것과 일치하면서도 〈유림가〉의 표현은 위 구절에 서술된 내용들을 영탄적 어조로 시화(詩化)해 놓은 성격을 띠는 것이다.

한편, 〈유림가〉의 작자를 정도전으로 추정케 하는 또 다른 단서는

---

27 같은 곳. "三年一大比, 試以經學, 觀其經明行修之實, 試以賦論對策, 觀其文章經濟之才, 此文科也."

【그림3】 방현령(房玄齡)

제5장에서도 발견된다. 제3행 "황각삼십년(黃閣三十年)과 청풍일만고(淸風一萬古)와"와 제4행 "아여방여두(我與房與杜)로 종시여일(終始如一)호리라" 부분이 그러한데, 4행의 '방여두(房與杜)'는 당(唐) 창업기에 국가의 기반을 닦아 태종대에 '정관(貞觀)의 치(治)'를 구현했던 명재상 방현령(房玄齡, 578~648)과 두여회(杜如晦, 585~630)를 지칭하며, 3행은 만당(晩唐) 시인 피일휴(皮日休, 833?~883?)가 이 두 사람을 추앙하여 지은 시로부터 차용해 온 말이다.[28] 또한 '황각삼십년(黃閣三十年)'에서 '황각'은 재상의 집무실을 비유하는 어휘로서 이들이 관직에 올라 정사를 관할했던 기간이고, '청풍일만고(淸風一萬古)'는 그들의 청렴한 기풍이 만고에 뛰어나다는 칭술이다. 유자들에게 칭송받아 온 재래의 수많은 인사들 가운데 하필 이렇듯 재상을, 그것도 본래 수(隋)나라의 관원이었다가 당의 창업을 이끌어 성대를 이룩했던 방현령과 두여회를 지목한 것부터가 심상치 않은데, 거기에 갑자기 '나[아(我)]'가 등장하여 그들을 본받아 자신도 애초의 결의를 잃지 않겠다는 자기 다짐을 개재해 놓은 것은 더욱 시사하는 바가 크다. 실상 당시 조선에서 방현령·두여회와 여러 모로 비교될 수 있는 인물이 바로 정도전이기 때문이다. 그 역시 본래 고려의 관원이었다가 신왕조의 창업을 주도했고 당시 조정의 수장을 맡으면서 조선의 제도

28 皮日休, 〈七愛詩: 房杜二相國〉. "吾愛房與杜 / 貧賤共聯步 / 脫身抛亂世 / 策杖歸眞主 / 縱橫握中算 / 左右天下務 / 骯髒無敵才 / 磊落不世遇 / 美矣名公卿 / 魁然眞宰輔 / 黃閣三十年 / 淸風一萬古 / 巨業照國史 / 大勳鎭王府 / 遂使後世民 / 至今受陶鑄 / 粵吾少有志 / 敢躡前賢路 / 苟得同其時 / 願爲執鞭豎." [황정희, 「皮日休 문학의 연구」, 고려대 박사학위논문, 1995, 222면에서 재인용.]

·문물을 정비하고 있었으므로, 이 두 재상을 따르겠다고 한 위 구절은 정도전의 은연한 자기 표백으로 해석될 여지가 다분한 것이다. 특히 재상직에 오래 머물면서도 청빈한 삶을 살아 후대에 높은 평가를 받는 이들의 행적은 〈유림가〉의 엽에도 제시된 증점(曾點, B.C.546~?)의 지향, 즉 자신이 등용되면 기수에서 목욕하고 무우에서 바람을 쐬다가 노래를 부르며 돌아오고 싶다고 했던 고전적 전범과도 부합하기에,[29] 정도전에게는 더욱 사표로 삼을 만한 대상이기도 했다.

이처럼 〈유림가〉는 선초 악장의 제작과 향유 관습, 그리고 작품 속 어구들을 종합적으로 검토할 때, 태조3년(1394)에서 태조7년(1398) 사이 정도전에 의해 제작된 것으로 분석된다. 이는, 역시 천도 직후 지어졌으리라 추정되는 〈신도가〉의 연대와 거의 같거나 약간 뒤지는 것으로서, 정도전이 두 편의 국문악장을 동시에 혹은 잇달아 헌상한 것으로 추정해 볼 수 있다.

3. 작품의 흐름과 특징

이제 위의 논의를 바탕으로 〈유림가〉가 지니는 작품 자체의 흐름과

---

29 『논어』, 「先進」. "子路·曾晳·冉有·公西華侍坐, 子曰: "以吾一日長乎爾, 毋吾以也. 居則曰: "不吾知也." 如或知爾, 則何以哉?" (…) "點! 爾何如?" 鼓瑟希, 鏗爾舍瑟而作, 對曰: "異乎三子者之撰." 子曰: "何傷乎? 亦各言其志也." 曰: "莫春者, 春服既成, 冠者五六人童子六七人, 浴乎沂, 風乎舞雩, 詠而歸." 夫子喟然嘆曰: "吾與點也."" 한편, 실제로 정도전은 『경제문감(經濟文鑑)』에서 '방모두단(房謀杜斷)'이라는 재래의 평가를 인용하여 방현령과 두여회의 업적을 드러내었으며, 특히 방현령에 대해서는 인재들을 적재적소에 등용하는 능력을 지녔던 뛰어난 재상으로 서술하였다. [정도전, 「總論」; 「相業」, 『經濟文鑑』 上, 『삼봉집』 권9. [『한국문집총간』 5, 민족문화추진회, 1988, 377·385~386면.]]

악장으로서의 특징을 보다 정교하게 가늠해 보고자 한다. 〈유림가〉는 군왕에 대한 칭송지사(稱頌之詞)를 다수 포함하고 있을 뿐 아니라 분류상 국문악장으로 묶이기는 해도 문면에 한문 어투와 전고가 여럿 개재되어 있는 탓에 '아유의 문학'인 악장 일반의 투식적 성격에서 벗어나지 않는 것으로 여겨져 왔고, 이 때문에 작품의 흐름이나 문맥에 대해서도 분석적인 논의가 이루어지지 못하였다. 그러나 〈유림가〉의 구조나 어조는 그처럼 단일하지 않으며, 시상의 굴곡과 변화가 작품 속에서 뚜렷이 간취되기도 한다.

먼저 작품의 앞부분은 임금에 대한 송축을 직접적으로 표출한다. 제3장 전절(前節)까지가 여기에 해당하는데, 이를 도시하면 다음과 같다.

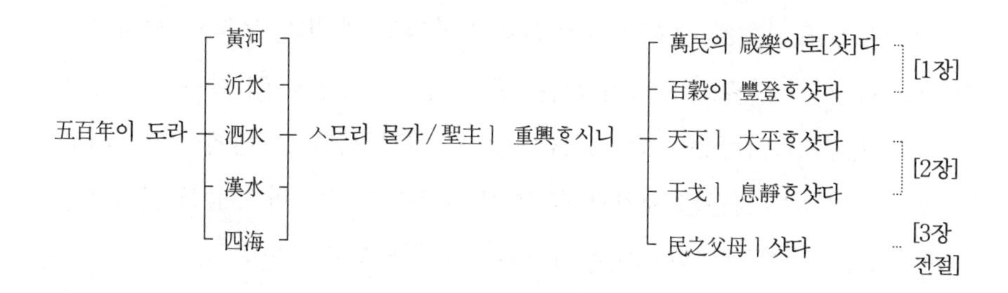

동일한 통사와 표현을 배치하면서 중간에 어휘들만 바꾸어 놓은 형태이다. 이에 따라 제1장과 2장은 전·후절 사이에 완정한 대구가 이루어져 한 장 안에서 의미·구조상으로 완결되는 반면, 제3장의 경우에는 전절은 제1·2장과 동일한 형태인 데 비해, 후절은 앞부분과 전연 다른 내용으로 되어 있어서 작품 전체적으로는 제3장의 전절과 후절 사이에서 의미상 첫 번째 단락이 분단될 수 있다. 제3장 전절까지는 선초 악장에서 통상 발견되는 칭송의 수사가 반복적으로 제시된다. 가령 각 절의 마지막 부분에 놓인 '만민함락'·'백곡풍등'·'천하대평'·'간과식정'·'민

지부모'는 다른 악장 작품들에서도 군왕의 덕망을 기리는 데 흔히 사용되었던 어구로서 그다지 색다를 바가 없다.

그보다 흥미로운 것은 역시 각 절의 초두에서 시상을 이끄는 부분이다. '오백년이 도라'는 앞서 언급한 대로 전조의 역년이 다하고 신왕조가 창업되었다는 사실을 나타내는데, 이렇듯 왕조가 이룩되던 즈음의 전조(前兆) 내지 상서(祥瑞)를 다섯 가지로 제시하였다. '황하'가 등장하는 제1장 전절이 그 첫째로서, 이는 황하가 맑아지면 성인이 나리라는 전고를 원용한 것으로,[30] 고려 오백년이 흐른 시점에 황하가 맑아져 태조와 같은 성주가 나타나게 되었다는 칭송을 표출한다. 이로부터 촉발되어 '황하청(黃河淸)'은 '기수청(沂水淸)'·사수청('泗水淸)'으로 연결되는데, 황하 다음에 기수를 넣은 것은 매 장 반복되는 엽에 "욕호기(浴乎沂) 풍호무우(風乎舞雩) 영이귀(詠而歸)호리라"라고 배치한 부분과 의미상 조응을 시킬 필요를 느꼈기 때문으로 보인다. 증점의 이 같은 언술에 공자(孔子, 공구(孔丘), B.C.551~B.C.479)가 찬탄하였다는 데에서도 드러나듯, '기수'는 공자의 세거지 인근이면서 유자의 청아한 기풍을 환기하는 데에도 효과적으로 기여할 수 있는 것이다. 한편, 이어지는 '사수'는 공자가 생전에 가르침을 펼친 공간으로서 '기수'보다 더욱 직접적으로 공자의 유풍을 표출한다. '사수'는 응당 '수사정학(洙泗正學)'을 염두에 둔 표현이기에 유학을 직접적으로 거론한 것과 다름이 없다.[31] 이처럼 '기수'와 '사수'는 신왕조에 유학의 기풍이 창성하게 되었다는 자긍을

---

30 李蕭遠, 「運命論」, 『文選』 권53. "其所以得然者, 豈徒人事哉! 授之者天也. 告之者神也. 成之者運也. 夫黃河淸而聖人生, 里社鳴而聖人出, 羣龍見而聖人用, 故伊尹有莘氏之媵臣也."

31 〈용비어천가〉 제124장 선사(先詞) "洙泗正學이 聖性에 븥ᄀᆞ실ᄊᆡ 異端ᄋᆞᆯ 排斥ᄒᆞ시니"의 주석: "洙, 慵朱泗切. 泗息利切. 皆水名也. 洙水, 出泰山入泗, 孔子設敎處也." [『용비어천가』 권10, 51b면.]

담아낸 어휘이며, 그 같은 의도에서 '황하청'에 잇달아 제시된 것으로 해석될 수 있다.

그러한 흐름은 새 도읍의 구체적 지명인 '한수'로 귀결되면서 칭송의 대상이 보다 명확해진다. 작품에서 궁극적으로 칭송하려는 바는 역시 왕조 창업의 위업이므로 여기에 '한수'가 제시되는 것은 자연스러운 수순일 뿐 아니라, 이 어휘로써 근간의 한성 천도에 대한 송축의 의미까지 더해지기도 한다. 이렇듯 '황하청'이라는 상서로부터 공자와 유학을 연상케 하는 '기수청'·'사수청'을 거쳐 신도의 '한수청'에 이르기까지 각 시어들이 나름의 의미와 순서에 따라 배열되기는 하였으나, 종국에는 이 모두를 포괄하는 국면이 필요할 것인데, 그러한 단계가 곧 온 세상이 맑아진다는 의미의 '사해청'으로 마련되었다. 앞부분의 '믈'들을 모두 수렴하여 '사해'로 엮으면서 왕조 창업과 유교 입국의 의의를 확장·강조하는 한편, 한 차례 시상의 완결을 도모하였던 것이다.

桂林마뒤 鶴이 郄詵枝예 안재라 / 天上降來 ᄒᆞ시니 人間蓬萊샻다 …… [3장 후절]
丹穴九包ㅅ 鳳이 九重宮闕에 〃 / 覽德來儀 〃 重興聖主샻다 ┐
朝陽碧梧ㅅ 〃 當今에 우루믈 우러 / 聲聞于天 〃 文治大平ᄒᆞ샻다 ┘ [4장]

이어지는 제3장 후절부터 제4장 후절까지가 또 하나의 단락을 이룬다. 먼저 형식상으로 제3장이 문제시되는데, 앞서 살핀 대로 3장 전절이 앞부분 제1·2장과 같은 형식으로 되어 있는 반면, 3장 후절은 4장의 형식과 대개 같다. 이를테면, 제3장은 반씩 나뉘어 앞의 1·2장과 뒤의 4장을 접합하는 듯한 모습을 띠는 것이다. 장 단위로 의미가 완결되지 않고 이처럼 독특하게 시행이 분단된 이유는 단언하기 어려우나, 이것이 의도된 기법인 것만은 분명해 보인다. 궁중 악장으로 쓰이게 될 가사를 별다른 검토 없이 허술하게 지어 헌상했을 리는 만무하기 때문이다. 위와 같은 시행분단은, 완고한 형식적 구분 단위를 약화시켜 시상의 흐름을 연속성 있게 다음 장으로 이월시키고자 하는 의도에 따른 조처로 추정된다. 대개는 하나의 장을 마무리 지은 후 장이 끝나는 자리에 필연적으로 개재되는 휴지를 발판으로 그 다음 장에서 의미나 형식상의 전환을 이끌게 되지만, 장과 장 사이의 그 같은 휴지가 작품 전체의 구도로 보아 반드시 긍정적인 역할만을 하는 것은 아니다. 그렇지 않아도 생기는 기계적인 단절에 또 다시 의미·형식상의 단절이 더해지면 해당 부분에서 시상이 단락되는 것은 물론, 경우에 따라서는 별개의 두 작품을 어슷하게 연결해 놓은 듯한 인상마저 전달하게 될 우려가 있기 때문이다. 제3장 전·후절의 대구를 어긋나게 붙인 것도 역시 그 같은 지나친 단절을 차단하면서 제4장까지의 작품 전반부를 유기적으로 엮어 나가고자 했던 작자의 의도가 개입된 결과라 분석될 수 있을 것이다.

앞서 물이 맑아졌다고 했던 상서 대신 여기에서는 학(鶴)과 봉(鳳)이라는 두 가지 신령한 대상을 등장시킨다. 그 순서에 있어서는 학이 앞서는데, 이때의 '학'은 신하를 상징하는 것으로 파악된다. 운학(雲鶴)이 명과 조선에서 문관의 흉배(胸背)로 사용된 점도 그러하지만, 더욱 직접적으로는 이 구절에 포함된 '극선지(郄詵枝)'라는 표현 때문이다. 현량대책에서 수위를 차지한 진(晉)의 극선(郄詵, ?~?)이 자신이 급제한 것은 '계수나무 숲의 한 가지[桂林之一枝]'에 불과하다며 겸양한 데에서 '극선지'만으로도 과거 급제를 의미하는 말로 통용되나,[32] 〈유림가〉에서는

32 『晉書』 권52, 「郤詵列傳」. "(…) 武帝於東堂會送. 問詵曰: "卿自以爲何如?" 詵對曰: "臣擧賢良對策, 爲天下第一, 猶桂林之一枝, 昆山之片玉." 帝笑."

이 구절을 보다 인상적으로 각색하여 계수나무 숲 꼭대기에 있던 학이 극선지에 올라앉는 것으로 표현하였고, 이를 다시 학이 하늘에서 강림[천상강래(天上降來)]하는 것으로 연결함으로써 마치 신선의 세상이 도래한 듯한 영탄을 표출하였던 것이다. 최고의 인재가 조정에 등용되는 모습을 이 같이 표현한 것으로 풀이된다.

제3장 후절과 통사상·의미상 짝을 이루는 제4장 전절에서는 군왕의 등극을 다루었다. 아홉 가지 빛깔[구포(九苞)]을 지니며 단혈(丹穴)에 산다는 봉황은[33] 흔히 군주를 상징하거니와, 그렇듯 신령스러운 봉황이 덕스러운 자태로 구중궁궐에 내려앉는 모습은 앞서 학이 극선지에 내려앉는 모습과 어울려 현신(賢臣)과 성군(聖君)이 조응하는 이상적 국가 운영 체제를 나타낸다고 할 수 있다. 봉황은 제4장 후절에서 다시 한 번 칭송되는데, 아침 햇살 벽오동에 앉은[조양벽오(朝陽碧梧)] 봉이 때마침 울음을 울어 상서로움이 극치를 이루게 되며,[34] 여기에 그 울음소리가 하늘로부터 들려온다는 송축까지 더해진다. 문치(文治)로써 마침내 태평성세가 이룩되었다는 긍정적 현실관이 표출되는 대목이다.

제3장 전절까지에서는 군주에 대한 칭송으로 일관하다가, 이를 이어받아 4장까지의 두 번째 단락에서는 군신간의 조화와 협의를 통해 달성되는 문치에 강조점을 두었으며, 그 과정에서 문사들의 존재와 역할이 부각되었다. 궁중악장으로서는 이례적으로 임금['봉(鳳)']보다 신하['학(鶴)']의 모습을 앞세운 것 역시 그러한 문치의 전제로서 신하들의 위치가 안정화되어야 함을 행간에 내포하려는 의도 때문으로 짐작된다.[35]

---

33 李嶠, 〈鳳〉. [『全唐詩』 권60.] "有鳥居丹穴 / 其名曰鳳皇 / 九苞應靈瑞 / 五色成文章 / 屢向秦樓側 / 頻過洛水陽 / 鳴岐今日見 / 阿閣佇來翔."

34 『시경』, 「大雅」, 〈卷阿〉. "鳳皇鳴矣 / 于彼高岡 / 梧桐生矣 / 于彼朝陽 / 菶菶萋萋 / 雝雝喈喈."

35 〈유림가〉의 작자를 정도전으로 추정했던 앞서의 분석으로 미루어볼 때, 이 같은 역순의

珠履三千客과 青衿七十徒와 / 杳矣千載後에 豈無其人이리오
黃閣三十年과 清風一萬古와 / 我與房與杜로 終始如一호리라 [5장]

제5장은 장 하나로 그 의미가 완결되면서 동시에 통사와 어조는 물론, 작품 속의 청자마저도 전변된다는 점에서 앞선 부분들과는 뚜렷한 층차를 보인다. 먼저 서로 다른 전고를 지닌 '주리삼천객(珠履三千客)'과 '청금칠십도(青衿七十徒)'를 한데 묶어 놓은 것은 두목(杜牧, 803~852)의 시구에서 영향을 받은 듯한데,[36] 둘 모두 화자가 지향하거나 이상적으로 생각하는 유생의 모습이다. '주리삼천객'은 춘신군(春申君, ?~B.C.238)의 식객 삼천 명 가운데 상객은 모두 구슬로 꾸민 신을 신었다는 고사에서 차용하여 문사들이 각별히 대접받는 사례를 제시한 것이고,[37] 공자의 뛰어난 제자 70여 인을 뜻하는 '청금칠십도'는 공문(孔門)으로 자처하는 유자들의 전범적 표상을 집약해 놓은 표현이다.[38] 비록 아득한 시절의 이야기이기는 하나, 그 같은 이상적 사례들이 당대에도

제시는 그다지 이례적인 것은 사실 아니라 할 수 있다. 익히 알려져 있듯이, 정도전은 왕권에 의한 통치보다는 재상권 중심의 국가운영 방침을 시종일관 지지해 왔고, 그러한 지향을 특히 『경제문감』에서 뚜렷이 드러내었기 때문이다. 이처럼 〈유림가〉에서 신하를 임금에 앞서 제시하였다는 점은 이 작품의 작자를 정도전으로 보게 하는 또 다른 방증이 된다.

36 杜牧, 〈送王侍御赴夏口座主幕〉. "君爲珠履三千客 / 我是青衿七十徒 / 禮數全優知隗始 / 討論常見念回愚 / 黃鶴樓前春水闊 / 一杯還憶故人無." 이 시의 창작 배경에 대한 검토와 통석은 市野澤寅雄, 『杜牧』, 漢詩大系 14, 東京: 集英社, 1965, 212~213면에서 이루어졌다.

37 『사기』 권78, 「열전」 제18, 春申君傳. "趙平原君使人於春申君, 春申君舍之於上舍, 趙使欲夸楚, 爲瑇瑁簪, 刀劍室以珠玉飾之, 請命春申君客, 春申君客三千餘人, 其上客皆躡珠履, 以見趙使, 趙使大慙."

38 『呂氏春秋』 권47, 「孝行覽」, 遇合. "孔子周流海內, 再干世主, 如齊至衛, 所見八十餘君, 委質爲弟子者三千人, 達徒七十人, 七十人者, 萬乘之主得一人用可爲師, 不爲無人, 以此游僅至於魯司寇, 此天子之所以時絶也, 諸侯之所以大亂也." 한편, '청금(青衿)'은 '학생'을 뜻하는 말로서 『시경』, 「정풍(鄭風)」, 〈자금(子衿)〉의 '청청자금(青青子衿)'에 유래를 둔다.

없으리라는 법은 없다는 설의로써 자신 또한 '주리삼천객'과 '청금칠십도'의 일원이 될 수 있다는 자긍을 표출하고 있다. 후절의 '황각삼십년(黃閣三十年)'과 '청풍일만고(淸風一萬古)'는 앞서 살핀 대로 당 태종대의 현상(賢相) 방현령과 두여회를 칭송한 시구로부터 차용된 것이다. 방·두가 그러했던 것처럼 관각에 나아가 자신이 배운 바를 실천하면서 경륜을 펼치고 그러한 가운데에서도 유자의 청아한 기풍을 간직하고자 하는 다짐이 드러난다.

이제까지는 화자의 신분을 뚜렷이 드러내지 않은 채 서술이 전개되었던 데 비해, 제5장에 이르러 화자가 '아(我)'라고 직접적으로 제시되는 것이 우선 특징적이다.[39] 그러나 그보다 더욱 주목되는 사항은 작품 속 청자의 변화이다. 제1~4장에서는 칭송이 군왕의 덕망과 왕조 창업의 위업에 집중되었기 때문에 그러한 칭송을 듣게 되는 청자 역시 자연스럽게 임금으로 설정되지만, 제5장에서는 어조를 화자 자신을 향한 독백으로 바꾸면서 유자로서의 의기와 긍지를 표출하였던 것이다.

十年螢雪榻애 白衣一書生이여 / 暫登龍榜後에 脚底靑雲이로다
鳳城千古地예 學校를 排ᄒᆞ야이다 / 年年三月暮애 나리라 壯元郞이여
[6장]

한편, 마지막 제6장은 대개 5장과 유사해 보이기는 하나, 두 장 사이에서는 또 한 차례 결절이 나타난다. 특히 작품 속 청자가 구체적으로 드러나는 점은 눈여겨볼 만하다. 6장에 들어 돌연 화자는 아직 등과하지 못한 '서생'을 불러내면서 그의 앞에 놓인 희망찬 미래를 예고하고

---

39 〈유림가〉의 화자는 매장 반복되는 엽의 '아궁차락(我窮且樂)'에서도 '아(我)'로 제시되고 있기는 하나, 그것이 엽 이외의 부분에서 직접 드러나는 것은 제5장이 유일하다.

【그림4】〈평생도팔곡병(平生圖八曲屏)〉 장원급제 부분

장래에 대한 포부를 가지라는 메시지를 전달한다. 5장에서 언급된 화자의 이상이 6장에서는 '서생'으로 지칭되는 유생 일반의 것으로까지 확대됨은 물론, 그 같은 이상이 이제는 실현 가능하게 되었다는 전망 내지 선언이 이루어지고 있는 것이다. 유림이 학문을 연마하고 환로에 진출할 수 있는 발판으로서 신도에 배설된 학교가 조명되며, 정례화된 과거 시험에서 연년이 배출될 미래의 '장원랑'들이 호기롭게 호명된다. 특히 '장원랑'은 뭇 유생들의 현실적인 목표이자 염원이기에, '장원랑'을 '나리라'와 도치하여 마지막에 호명하는 것으로써 작품을 고양된 어조로 맺고 있다.

이처럼 〈유림가〉는 통사, 의미, 어조 및 작품 속 청자 등을 고려할 때 크게 네 개의 단락으로 구분될 수 있다. 제3장 전절까지에서는 '황하청' 등 물이 맑아지는 상서를 통해 신왕조와 임금에 대한 송축을 전개하다가, 제3장 후절부터 제4장까지에서는 표현을 바꾸어 각각 학과 봉으로 상징되는 신하와 임금 사이의 조화로운 협력 및 국가 운영의 기반을 칭송하였다. 제5장에서는 화자가 직접 등장하여 유자로서의 이상과 긍지를 펼쳐 보였으며, 마지막 제6장에 들어 또 다른 서생에게로 그러한 유림의 이상을 확대하면서 유생들의 밝은 앞날을 기약하였던 것이다.

기승전결의 단계를 보이고 있다고 해도 좋을 만한 이러한 구도를, 앞서 이 작품의 작자로 추정하였던 정도전의 입장을 투사하여 풀이함으로써 〈유림가〉 전체의 의미를 좀 더 특정해 볼 수도 있다. 이 경우, 먼저 창업의 위업과 태조의 덕망을 궁중악장 일반의 특성에 걸맞게 칭송하다가[기(起)], 본인의 소신이었던 군신합의제가 비소로 현실화되었다는 감동을 표출하고[승(承)], 유자의 이상이 실현된 이때 자신 역시 재상으로서의 소임을 완수하리라는 의기를 표방하는 한편[전(轉)], 가난한 유생조차도 학덕만 있다면 곧 경륜을 펼칠 기회를 맞게 되리라는 전망을 왕조 창업의 주도자이자 당대의 상신(相臣)으로서 보증하는 구도[결(結)]를 띠게 되는 것이다.

4. 나가며

이상에서 선초 악장 〈유림가〉의 제작 시기와 작자를 추정하고, 이를 바탕으로 작품의 흐름과 특징을 검토하였다. 주요 논의 내용을 항목별로 요약하면 다음과 같다.

○ 악곡이 혹사한 〈감군은〉과의 관계를 고려하면 〈유림가〉 제작의 하한 연대는 세종24년(1442)으로 확인된다. 한편, 〈유림가〉는 태조를 칭송한 작품으로서, 태조에 대한 악장이 세종 재위 후반기의 것들을 제외하고는 대부분 태조 재위기에 지어졌다는 사실에 착안할 때, 〈유림가〉 역시 태조 연간에 제작되었으며, 문면에 '한수'가 나타나는 것으로 보아 그 구체적인 시기는 한성 천도 이후인 태조3년(1394)부터 태조7년(1398) 사이로 분석될 수 있다.

○ 〈유림가〉를 선초의 유생들이 지어 올린 것이라는 추정이 있어 왔으나, 선초 악장의 제작 관행으로 미루어 이는 설득력이 약하다. 이 시

기의 여타 악장 작품들과 마찬가지로 〈유림가〉 역시 관각문인에 의해 지어졌을 개연성이 높고, 그 유력한 작자로는 정도전이 지목된다. 정도전은 태조대의 악장 제작을 주도한 인사로서 당시로서는 이례적으로 국문악장을 남긴 전력이 있을 뿐 아니라, 〈신도가〉·〈정동방곡〉 등에 활용된 고려속요 양식이 〈유림가〉에도 동일하게 발견되기 때문이다. 또한 작품의 내용으로 보아도 『조선경국전』·『경제문감』 등에서 그가 강조했던 신왕조의 핵심 치적들이 〈유림가〉의 구절로 시화된 흔적이 역력하다. 특히 역대의 수많은 사표들 가운데 굳이 당초의 재상 방현령·두여회를 흠모하며 따르겠다고 직접 표출한 제5장은 정도전 자신의 자기 다짐과도 같은 성격을 띤다.

○ 〈유림가〉는 크게 네 단락으로 구분될 수 있다. 제3장 전절까지에서는 '황하청' 등 물이 맑아지는 상서를 통해 신왕조와 임금에 대한 송축을 전개하다가, 제3장 후절부터 제4장까지에서는 표현을 바꾸어 각각 학과 봉으로 상징되는 신하와 임금 사이의 조화로운 협력 및 국가운영의 기반을 칭송하였다. 이어지는 제5장에서는 화자가 직접 문면에 등장하여 유자로서의 이상과 긍지를 펼쳐 보였으며, 마지막 제6장에 들어 또 다른 서생에게로 그러한 유림의 이상을 확대하면서 유생들의 밝은 앞날을 기약하였다. 이러한 단락 구성은 기승전결의 단계에 부합하는데, 각 단계에 정도전의 입장을 투사하여 해석해 보아도 작품 전체의 의미가 무리 없이 연결된다.

제작 연대나 작자 추정 문제를 차치하고서라도 〈유림가〉는 실상 그 자체만으로도 여러 측면에서 중요한 시사를 주는 작품이다. 엽에 악기 구음을 삽입하면서도 거기에 의미를 입혀 놓은 방식은 이미 여러 차례 거론된 바이거니와, 대구를 장 안에서 구성하지 않고 앞뒷장에 반씩 나누어 붙인 제3장의 형식 또한 시상의 전후 흐름을 유기적으로 연결하려는 조처로서 다른 작품들에서는 찾아보기 어려운 〈유림가〉만의 독특한 기법이다. 아울러 국문과 한문 작품을 막론하고 선초의 악장이 대개 신하가 군왕에게 칭송이나 경계를 올리는 형식의 단일한 구도와 일률적 어조를 띠는 데 비해, 〈유림가〉에서는 작품 후반에 들어 화자의 독백과 다른 유생들을 향한 당부가 개재되는 등 색다른 측면이 발견되기도 한다.

크게 보아 〈유림가〉에서 다루는 내용 역시 왕조 창업의 위업에 대한 칭송과 유학의 기풍이 편만해져 가는 데 대한 찬양이므로 이 시기 다른 악장 작품들과 근본적으로는 다를 바가 없지만, 그러한 내용을 평탄하게 전개해 가지 않고 화자의 존재를 직접 노출하거나 작품 속 청자를 바꾸어 가는 등의 방식으로 짧은 작품 안에서도 굴곡을 둠으로써 궁극적으로 임금과 대신은 물론 일반 유생들까지도 가사에 공명하며 작품을 향유할 수 있는 여건을 마련하였던 것이다.

특히 악장 일반의 교술적 성격을 답습한 전반부에 비해 화자의 목소리가 직접 간취되는 제5·6장에 이르러서는 서정적 감흥이 전면에 표출된다는 점도 주목할 만하다. 단지 선초에 보기 드문 국문악장이라는 표기상의 요건 때문만이 아니라 〈유림가〉가 작품 자체의 성취만으로도 평가될 수 있는 이유가 여기에 있다. 더불어 그러한 〈유림가〉의 특성은 위에서 추정한 제작 시기 및 작자와 연관 지어 이해할 때 그 의미가 더욱 분명히 드러나게 된다.

악장 작품의 다면적 활용

선초 악장 〈납씨곡納氏曲〉의 특징과 수용 양상

1. 들어가며

본래 궁중악, 또는 궁중악의 노랫말을 뜻하던 '악장(樂章)'이라는 용어는, 국문학 분야에서는 조선왕조의 창업을 송축하고 그 영광이 지속되기를 염원하는 내용을 지닌 조선 초기 일군의 궁중 악가(樂歌)를 지칭하는 용례로 통용되어 왔다.[1] 그만큼 국가적 위업과 이상을 궁중에서 가송하려는 경향은 조선왕조에 들어 더욱 본격화되었으며 작품의 수량 또한 조선 초기에 현격히 증가하는 현상을 보이기도 한다. 바로 이 같은 기조를 만들어 낸 인물 가운데 정도전(鄭道傳)의 위상은 단연 두드러진다. 정도전은 조선왕조의 정치적 기반을 확립하는 데에는 물론 예악을 정비하는 데에서도 선도적인 역할을 수행하였기 때문이다.

악장의 제작은 정도전이 태조(太祖) 초년부터 추진해 왔던 주요 시책이었는데, 이 작업은 태조2년(1393) 7월에 〈궁수분곡(窮獸奔曲)〉·〈정동방곡(靖東方曲)〉 등과 함께 〈납씨곡(納氏曲)〉을 태조에게 제진함으로써 시작된다.[2] 태조의 문덕을 칭송하기 위해 지은 〈문덕곡(文德曲)〉과 대비

1 김흥규, 『한국문학의 이해』, 민음사, 1986, 110면; 조규익, 「악장」, 조규익 외, 『국문학개론』, 새문사, 2015, 109면 등.

하여 흔히 '무덕곡(武德曲)' 또는 '무공곡(武功曲)'이라 불리기도 하는 이들 세 작품은 정도전의 대표적 악장으로서 후일 『삼봉집(三峰集)』의 「악장」 편 제일 앞머리에 차례로 수록되기도 하였다.[3]

【그림1】 정도전

그중에서도 〈납씨곡〉은 특히 두 가지 측면에서 주목할 만하다. 우선 〈납씨곡〉은 조선조 악장의 제작을 선도했던 정도전의 작품들 가운데에서도 초기에 이룩된 사례라는 점이다. 이 작품을 통해 신왕조의 악장이 지녀야 할 요건을 제시하면서 악장의 내용이나 표현 방식과 관련된 선례를 보여준 것이다. 아울러 〈납씨곡〉은 후대에까지 뚜렷한 영향을 끼쳤다는 점에서도 주목된다. 정도전의 악장이 지닌 위상을 그의 작품이 후대에 어느 정도 지속적으로 수용되었는가라는 척도로 가늠해 볼 수 있다면 그러한 사례에 가장 부합하는 작품으로 〈납씨곡〉을 지목할 수 있는 것이다.

정도전의 악장에 관한 선행 논문들이 수 편 나와 있음에도 불구하고, 이 글에서 다시금 〈납씨곡〉을 특화하여 논의하려는 이유가 바로 여기에 있다. 왕조 창업 직후에 요구되었던 악장의 면모란 무엇이며 이를 정도전이 어떻게 달성하였는지, 또한 그러한 면모가 후대의 악장 작품에 연계되는 양상은 어떠한지 등과 관련된 핵심적인 사항들을 〈납씨곡〉을 통해 확인해 볼 수 있기 때문이다.

---

2 『태조실록』 권4, 2년 7월 26일(기사).

3 정도전, 「樂章」, 『삼봉집』 권2. [『한국문집총간』 5, 민족문화추진회, 1988, 320~321면.]

이하 2절에서는 〈납씨곡〉의 특징을 우선 검토한 후, 이어지는 3절에서 〈납씨곡〉이 이후의 작품들에 끼친 영향에 대해 내용과 형식의 양 측면으로 나누어 살피고자 한다.

2. 〈납씨곡〉의 제작 배경과 특징

〈납씨곡〉은 공민왕11년(1362)에 동북면(東北面)의 북청(北青)·홍원(洪原) 등지로 침범해 온 북원(北元)의 심양행성승상(審陽行省丞相) 나하추(納哈出, Naghachu)를 태조 이성계(李成桂)가 접전 끝에 격퇴하여 고려의 북방을 안정시킨 무공을 칭송하기 위해 지은 작품으로, '무덕곡'이라 지칭되는 세 작품 가운데 가장 앞선 시기의 사적을 다루고 있다. 〈궁수분곡〉은 우왕6년(1380)에 삼남(三南)으로 내침한 왜구와 황산(荒山)에서 싸워 대승을 거둔 위업을 칭송하였고, 〈정동방곡〉은 우왕14년(1388)에 단행한 위화도회군(威化島回軍)의 업적을 조명하였다. 황산대첩(荒山大捷)과 위화도회군은 이성계가 각각 46세, 54세 되던 해의 일인 반면, 〈납씨곡〉은 불과 28세 때의 무공을 형상화하고 있어서 나머지 두 사적과의 시간상 간극이 크다.

또 한편으로 〈납씨곡〉은 작품의 제명부터 여느 악장과는 다른 모습을 띠고 있기도 하다. 악장의 제명은 조종(祖宗)의 공덕이나 작품의 제재를 내세워 짓는 것이 일반적이다. 그에 비해 〈납씨곡〉은 이성계가 맞서 싸웠던 적장의 이름을 제명으로 삼았다는 점에서 매우 이례적이다. 나하추가 비록 이성계에게 패퇴한 인물이기는 해도 그의 위상이 반드시 부정적으로만 인식되지는 않았음을 짐작할 수 있는데, 이는 〈궁수분곡〉에서 왜구(倭寇)가 '수(獸)', 즉 '짐승'으로 지칭된 것과 확연히 대비된다.

실제로 나하추는 원(元) 제국을 건설하고 이끄는 데 핵심적 역할을 수행했던 무칼리(木華黎, Muquli, 1170~1223)의 후예로서, 원이 명(明) 태조의 압박을 받아 북방으로 밀려난 이후 중원을 회복하기 위해 분투했던 북원(北元) 최후의 호걸이었다. 원의 잔여 세력 20만 호를 규합하여 만주(滿洲) 최대의 군벌로 성장한 나하추는 1372년에 요동 지역 명군의 전초 기지인 우가장(牛家庄)을 습격하여 군량 10만여 석과 명군 5천 명을 일시에 적몰시키는 전과를 올림으로써 명의 요동 진출을 결정적으로 좌절시키기도 하였다.[4]

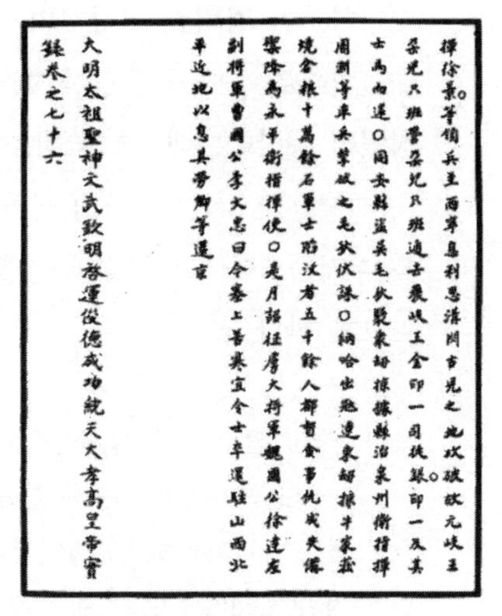
揮徐景○等領兵至西革息利思溝門古兒之地攻破故元岐王
朶兒只班營朶兒只班遁去獲其金印一司徒銀○印一及其
士馬而還○開安縣盜吳毛狀聚衆劫掠縣治泉州衛指揮
周剛等率兵擊破之毛狀伏誅○納哈出寇遼東劫掠牛家莊
燒倉糧十萬餘石軍士陷沒者五千餘人都督僉事仇成失備
禦降為永平衛指揮使○是月詔征虜大將軍魏國公徐達左
副將軍曹國公李文忠曰今塞上苦寒宜令士卒還駐山西北
平近地以息其勞卿等還京

大明太祖聖神文武欽明啓運俊德成功統天大孝高皇帝實
錄卷之七十六

【그림2】 나하추에 대한 기록
[『태조고황제실록』 권76]

이처럼 명에 끝까지 저항했던 나하추는 단지 도적의 수괴 정도로만 치부할 수는 없는 당대의 명장(名將)이었으며, 이성계는 그처럼 강력한 세력을 지닌 인물과 맞서서 승리를 거두었던 만큼, 그 위업을 칭송하기 위해서는 '나하추'라는 이름을 작품의 제명에서부터 드러낼 필요가 있었던 것이다. 이를테면 정도전은 태조 이성계가 외적의 침입을 막아 국가를 보위하였다는 업적을 드러내려는 정도에 그친 것이 아니라 그 상대가 명군도 쉽사리 제압할 수 없었던 나하추였다는 점을 강조하고자 하였던 것이다.

---

4 나하추의 생애와 활동에 대해서는 윤은숙, 「나가추의 활동과 14세기말 동아시아 정세」, 『명청사연구』 28집, 명청사학회, 2007, 1~27면에서 종합적으로 검토되었으며, 이 글에서도 나하추에 관한 사항은 이 논문의 서술을 참고하여 정리하였다.

나하추를 격퇴한 이성계의 위업은 『고려사(高麗史)』와 『고려사절요(高麗史節要)』, 『동국통감(東國通鑑)』 등 조선 초기의 각종 사서에도 빠짐없이 등장하는데, 특히 왕조 창업의 전사(前史)를 다룬 『태조실록』 「총서(總序)」에서는 전투의 전말까지 상세하게 기술하여 태조의 활약상을 부각하였다. 그 주요 부분을 살피면서 〈납씨곡〉의 내용과 견주어 보고자 한다.

㉮ 7월, 나하추(納哈出)가 군사 수만 명을 거느리고 조소생(趙小生)·탁도경(卓都卿) 등과 함께 홍원(洪原)의 달단동(韃靼洞)에 둔치고, 합라만호(哈剌萬戶) 나연첩목아(那延帖木兒)를 보내어 여러 백안보하지휘(伯顔甫下指揮)와 함께 1천여 명의 군사를 거느리게 하여 선봉(先鋒)으로 삼았는데, 태조는 덕산동원(德山洞院)의 들에서 만나 쳐서 이들을 달아나게 하고, 함관령(咸關嶺)·차유령(車踰嶺) 두 재[嶺]를 넘어 거의 다 죽였다. (…) 태조는 10여 명의 기병을 거느리고 적과 맞붙어 그 비장(裨將) 한 사람을 쏘아 죽였다. 처음에 태조가 이곳에 이르러 여러 장수들에게 여러 번 싸워서 패배한 형상을 물으니, 여러 장수들은 말하기를,

"매양 싸움이 한창일 때에 적의 장수 한 사람이 쇠갑옷[鐵甲]에 붉은 기꼬리[朱旄尾]로써 장식하고 창을 휘두르면서 갑자기 뛰어나오니, 여러 사람이 무서워 쓰러져서 감히 당적하는 사람이 없었습니다."

하였다. 태조는 그 사람을 물색하여 혼자 이를 당적하기로 하고, 거짓으로 패하여 달아나니, 그 사람이 과연 앞으로 뛰어와서 창을 겨누어 대기를 심히 급하게 하는지라, 태조는 몸을 뒤쳐 말다래에 붙으니, 적의 장수가 헛찌르[失中]고 창을 따라 거꾸러지는지라, 태조는 즉시 안장에 걸터앉아 쏘아서 또 이를 죽이니, 이에 적이 낭패하여 도망쳤다. 태조는 이를 추격하여 적의 둔친 곳에 이르렀으나, 해가 저물어서 그만 돌아왔다.

㉯ 나하추의 아내가 나하추에게 이르기를,

"공(公)이 세상에 두루 다닌 지가 오래 되었지만, 다시 이와 같은 장군이 있습니까? 마땅히 피하여 속히 돌아오시오."

하였으나, 나하추는 따르지 않았다. 그 후 며칠 만에 태조가 함관령(咸關嶺)을 넘어서 바로 달단동(韃靼洞)에 이르니, 나하추도 또 진을 치고 서로 대하여 10여 명의 기병을 거느리고 진 앞에 나오므로, 태조 또한 10여 명의 기병을 거느리고 진 앞에 나가서 서로 대하였다. (…) 한 장수가 나하추의 곁에 서 있으므로, 태조가 이를 쏘니, 시위소리가 나자마자 넘어졌다. 또 나하추의 말을 쏘아서 죽이니 말을 바꾸어 타므로, 또 쏘아서 죽였다. 이에 한참 동안 크게 싸우니, 서로 승부가 있었다. 태조가 나하추를 몰아 쫓으니, 나하추가 급히 말하기를,

"이 만호(李萬戶)여, 두 장수끼리 어찌 서로 핍박할 필요가 있습니까?"

하면서 이에 말을 돌리니, 태조가 또 그 말을 쏘아 죽였다. 나하추의 휘하 군사가 말에서 내려, 그 말을 나하추에게 주어 드디어 죽음을 면하게 되었다. 해가 또한 저물었으므로, 태조는 군사를 지휘하여 물러가는데, 자신이 맨 뒤에 서서 적의 추격을 막았다. 영(嶺)의 길이 몇 층으로 꼬불꼬불한데, 환자(宦者) 이파라실(李波羅實)이 맨 아랫층에 있다가 급히 부르기를,

"영공(令公), 사람을 구원해 주시오. 영공, 사람을 구원해 주시오."

하매, 태조가 윗층에서 이를 보니, 은갑옷[銀甲]을 입은 두 적장(賊將)이 파라실을 쫓아 창을 겨누어 거의 미치게 되었는지라 태조는 말을 돌려 두 장수를 쏘아 모두 죽이고, 즉시 20여 인을 연달아 죽이고는, 이에 다시 군사를 돌려 쳐서 이들을 달아나게 하였다. (…) 이미 세 사람을 죽이니 이에 적이 크게 패하여 달아나므로, 태조는 용감한 기병[鐵騎]으로써 이를 짓밟으니, 적병이 저희들끼리 서로 밟았으며, 죽이고 사로잡은 것이 매우 많았다.

㉰ 돌아와서 정주(定州)에 둔치고 수일 동안 머물면서 사졸을 휴식시켰다. 먼저 요충지(要衝地)에 복병(伏兵)을 설치하고서 이에 삼군(三

軍)으로 나누어, 좌군(左軍)은 성곶(城串)으로 나아가게 하고, 우군(右軍)은 도련포(都連浦)로 나아가게 하고, 자신은 중군(中軍)을 거느리고 송두(松豆) 등에 나아가서 나하추와 함흥(咸興) 들판에서 만났다. 태조가 단기(單騎)로 용기를 내어 돌진하면서 적을 시험해 보니, 적의 날랜 장수 세 사람이 한꺼번에 달려 곧바로 전진하는지라, 태조는 거짓으로 패하여 달아나면서 고삐를 당겨 말을 채찍질하여 말을 재촉하는 형상을 하니, 세 장수가 다투어 뒤좇아 가까이 왔다. 태조가 갑자기 또 나가니, 세 장수의 말이 노하여, 미처 고삐를 당기기 전에 바로 앞으로 나오는지라, 태조는 뒤에서 그들을 쏘니, 모두 시위소리가 나자마자 넘어졌다. 여러 곳으로 옮겨 다니며 싸우면서 유인하여 요충지에 이르러, 좌우의 복병이 함께 일어나서 합력해 쳐서 이를 크게 부수니, 나하추는 당적할 수 없음을 알고 흩어진 군사를 거두어 도망해 갔다.

㉣ 은패(銀牌)와 동인(銅印) 등의 물건을 얻어서 왕에게 바치고, 그 나머지 얻은 물건들은 이루 다 셀 수도 없었다. 이에 동북 변방이 모두 평정되었다. (…) 명(明)나라 홍무(洪武) 9년(1376) 병진 겨울에 이르러 신우(辛禑)가 개성윤(開城尹) 황숙경(黃淑卿)을 보내어 가서 교빙(交聘)하니, 나하추가 말하기를,

> "내가 본디 고려와 싸우려고 한 것이 아닌데, 백안첩목아왕(伯顔帖木兒王)이 나이 젊은 이 장군(李將軍)을 보내어 나를 쳐서 거의 죽음을 면하지 못할 뻔하였소. 이 장군께서 평안하신가? 나이 젊으면서도 용병(用兵)함이 신(神)과 같으니 참으로 천재(天才)이오! 장차 그대 나라에서 큰일을 맡을 것이오."

라고 하였다.[5]

---

5 『태조실록』 권1, 「총서」. "㉮ 七月, 納哈出領兵數萬, 與趙小生, 卓都卿等屯于洪原之韃靼洞, 遣哈剌萬戶那延帖木兒, 同僉伯顔甫下指揮, 率一千餘兵爲先鋒. 太祖遇於德山洞院平, 擊走之, 踰咸關, 車踰二嶺幾殲. (…) 太祖率十餘騎衝賊, 射殪其裨將一人. 初太祖至, 問諸將累敗狀, 諸將曰: "每戰酣, 賊將一人, 鐵甲飾以朱旄尾, 揮槊突進, 衆披靡無敢敵者." 太祖物色其人, 獨當之, 佯北走, 其人果奮前注槊甚急. 太祖飜身着馬韂, 賊將失

위 기사는 크게 네 부분으로 나누어 볼 수 있겠는데, 먼저 ㉮에서는 나하추가 군사를 이끌고 온 광경과 그 세력을 묘사한 후, 태조가 직접 적진에 돌진하여 전황을 역전시킨 내용을 다루었다. 특히 철갑을 입은 적장을 제압하는 장면이 중심을 이룬다. 누구도 감히 맞서지 못했던 적장을 이성계가 홀로 나서 활로 쏘아 죽임으로써 군사들의 사기를 크게 북돋웠던 업적이 자세히 서술되고 있다.

나하추와 치른 일전은 ㉯에서부터 본격적으로 등장한다. 적이 거짓으로 패주하는 기색을 눈치 채고서 신속하게 추격하여 대치하는 장면이 앞부분에 제시되는데, 여기에서 이성계는 나하추를 곧장 공격하기에 앞서 그의 비장을 먼저 활로 쏘아 제거한 후 일부러 나하추의 말을 수차례 거꾸러뜨려 위기에 빠뜨리는 방법을 취한다. 칠종칠금(七縱七擒)을 연상케 하는 서술을 개재함으로써 적을 능수능란하게 다루었던 이성계의 수완을 부각하였다. 한편, 뒷부분에서는 환자(宦者) 한 명의

中, 隨槊而倒. 太祖卽據鞍射, 又殪之. 於是賊狼狽奔北, 太祖追擊至賊屯, 日暮乃還. ㉯ 納哈出之妻謂納哈出曰: "公周行天下久, 復有如此將軍乎? 宜避而速歸." 納哈出不從. 後數日, 太祖踰咸關嶺, 直至韃靼洞. 納哈出亦置陣相當, 率十餘騎出陣前, 太祖亦率十餘騎, 出陣前相對. (…) 有一將立納哈出之傍, 太祖射之, 應弦而倒. 又射納哈出之馬而斃, 改乘, 又斃之. 於是大戰良久, 互有勝負. 太祖迫逐納哈出, 納哈出急曰: "李萬戶也, 兩將何必相迫!" 乃回騎, 太祖又射其馬斃之. 有麾下士下馬, 以授納哈出, 遂得免. 日且暮, 太祖麾軍以退, 自爲殿. 嶺路盤紆數層, 宦者李波羅實在最下層急呼曰: "令公救人! 令公救人!" 太祖在上層視之, 有二銀甲賊將逐波羅實, 注槊垂及. 太祖回馬射二將, 皆斃之, 卽連斃二十餘人. 於是更回兵擊走之. (…) 旣斃三人, 於是賊大奔, 太祖以鐵騎蹂之, 賊自相蹈藉, 殺獲甚多. ㉰ 還屯定州, 留數日休士卒. 先設伏要衝, 乃分三軍, 左軍由城串, 右軍由都連浦, 自將中軍, 當松豆等. 與納哈出, 遇於咸興平, 太祖單騎鼓勇, 突進試賊. 賊驍將三人, 竝馳直前, 太祖佯北走, 引其轡策其馬, 爲促馬狀, 三將爭追逼之. 太祖忽又出, 三將馬怒未及控, 直出於前, 太祖從後射之, 皆應弦而倒. 轉戰引至要衝, 左右伏俱發, 合擊大破之. 納哈出知不可敵, 收散卒遁去. ㉱ 獲銀牌銅印等物以獻, 其餘所獲之物, 不可勝數. 於是東北鄙悉平. (…) 至大明洪武九年丙辰冬, 辛禑遣開城尹黃淑卿往聘, 納哈出曰: "我本非與高麗戰, 伯顔帖木兒王, 遣年少李將軍擊我, 幾不免. 李將軍無恙乎? 年少而用兵如神, 眞天才也. 將任大事於爾國矣.""

목숨을 구하기 위해 몸소 군사를 돌려 다시금 전투를 수행했던 이성계의 후덕함이 강조되기도 하였다. 은갑을 입은 적의 장수 두 명을 신이한 궁술로 제압한 후 잔여 병력까지 일소했던 공적이 구체적으로 서술되고 있다.

전투의 후반부에 해당하는 ㉰는 기세가 꺾인 나하추에게 결정적 일격을 가하여 완전한 승리를 거두는 사적으로 이루어져 있다. 이 부분에서도 역시 이성계는 단기로 적진에 뛰어들어 신이한 궁술로 적장들을 일거에 쓰러뜨리는 용맹함을 보인다. 이성계의 과단성과 무예가 승리의 결정적 요인으로 제시된 것이다. 마지막으로 ㉱는 일종의 후기로서 전투와 관련된 여러 일화를 소개하고 있다. 가령, 이성계의 지략과 능력을 나하추가 인정하고 패배를 수긍하면서 장차 이성계가 고려에서 대업을 이루게 될 것이라 예언했다는 후일담이 그 한 사례이다.

실상 이성계와 나하추의 전투는 불과 수일 동안 벌어진 것이어서 전황이 간단함에도 불구하고 『태조실록』 「총서」에서는 상당한 분량에 걸쳐 그 전말이 장황하게 서술되어 있다. 이는 인물들 사이의 대화를 여러 차례 직접 인용의 형식으로 옮겨 온 데다 이성계가 적을 제압하는 장면을 매우 세세하게 묘사하였기 때문이다. 가령 ㉯에 포함된 다음과 같은 부분이 그러하다.

> 한 적병이 태조를 쫓아 창을 들어 찌르려고 하므로, 태조는 갑자기 몸을 한쪽으로 돌려 떨어지는 것처럼 하면서 그 겨드랑을 쳐다보고 쏘고는 즉시 다시 말을 탔다. 또 한 적병이 앞으로 나와서 태조를 보고 쏘므로, 태조는 즉시 말 위에서 일어나 서니, 화살이 사타구니 밑으로 빠져 나가는지라, 태조는 이에 말을 채찍질해 뛰게 하여 적병을 쏘아 그 무릎을 맞혔다. 또 내[川] 가운데서 한 적장을 만났는데, 그 사람의 갑옷과 투구는 목과 얼굴을 둘러싸고 있으며, 또 별도로 턱의 갑[頤甲]을 만들

> 어 입을 열기에 편리하게 하였으므로, 두루 감싼 것이 매우 튼튼하여 쏠 만한 틈이 없었다. 태조는 짐짓 그 말을 쏘니, 말이 기운을 내어 뛰게 되므로, 적장이 힘을 내어 고삐를 당기매, 입이 이에 열리는지라 태조가 그 입을 쏘아 맞췄다.[6]

이성계가 자신에게 달려드는 적병을 물리친 광경이 낱낱이 묘사되고 있다. 적의 창을 피하면서 능숙하게 활을 쏘는 자세와 쏜살을 가랑이 사이로 피하는 재주를 그리는가 하면, 무릎이나 입과 같이 적군의 어느 신체 부위를 활로 쏘아 맞추었는지에 대해서까지 언급하였다. 그처럼 이 기사는 이성계가 전투를 승리로 이끌었다는 점을 기록하기 위한 목적과 더불어 그가 지닌 신이한 무예를 나열하기 위한 목적도 띠고 있다. 이성계가 배후에서 군사를 통솔하는 지휘관의 역할만 수행했던 것이 아니라 몸소 적진에 뛰어들었던 용장이었다는 점을 강조하려 하였던 것이다.

이와 더불어 위 기사에서 중시된 또 다른 요소는 이성계의 젊음이다. 앞서 언급한 바와 같이 나하추와의 전투는 이성계가 28세 되던 해에 있었던 일이다. 이 전투에서 그가 신기에 가까운 기마술과 궁술을 선보일 수 있었던 것 역시 기본적으로는 젊은 혈기가 뒷받침되었기 때문이거니와, 위 기사에서도 이 점은 빠짐없이 언급되고 있다. 예컨대 ㉣에서 나하추는 자신이 당한 패배를 떠올리면서 연소하면서도 용병에 능했던 이성계의 재능을 언급하였으며, ㉣ 부분에 포함된 다음의 일화에서도 젊음이 강조되고 있다.

---

6 같은 곳. "有一賊逐太祖, 擧槊欲刺, 太祖忽側身若墜, 仰射其腋, 卽還騎. 又一賊進當太祖而射之, 太祖卽於馬上起立, 矢出胯下. 太祖乃躍馬射之, 中其膝. 又於川中, 遇一賊將, 其人甲胄, 護項面甲, 又別作頤甲, 以便開口, 周護甚固, 無隙可射. 太祖故射其馬, 馬作氣奮躍, 賊出力引轡, 口乃開, 太祖射中其口."

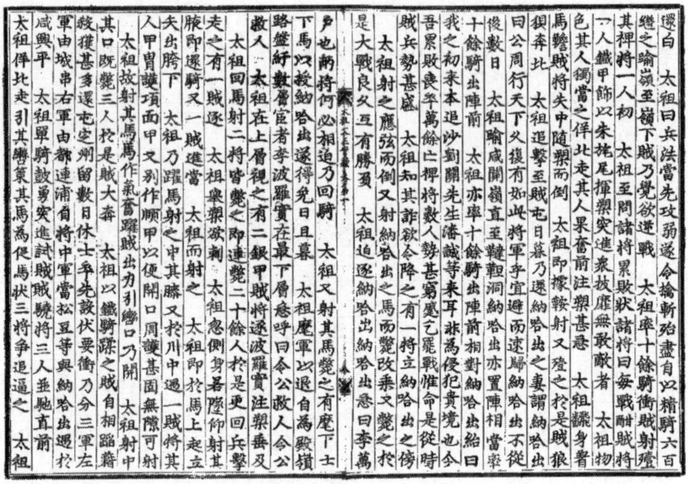
還白 太祖曰兵法當先攻弱遂令揄斬殆盡自以精騎六百
繼之踰嶺至嶺下賊乃覺欲逆戰 太祖率十餘騎衝賊射殪
其裨將一人初 太祖至問諸將累敗狀諸將曰每戰酣賊將
一人鐵甲飾以朱旄尾揮槊突進衆披靡無敢敵者 太祖物
色其人獨當之佯北走其人果奮前注槊甚急 太祖鞣身著
馬韂賊將失中隨槊而倒 太祖卽據鞍射又殪之於是賊狼
狽奔北 太祖追擊至賊屯日暮乃還納哈出之妻謂納哈出
曰公周行天下久復有如此將軍乎宜避而速歸納哈出不從
後數日 太祖踰咸關嶺直至韃靼洞納哈出亦置陣相當率
十餘騎出陣前 太祖亦率十餘騎出陣前相對納哈出紿曰
我之初來本追沙劉關先生潘誠等來耳非爲侵犯貴境也今
吾累敗喪卒萬餘亡裨將數人勢甚窮蹙乞罷戰惟命是從時
賊兵勢甚盛 太祖知其詐欲令降之有一將立納哈出之傍
太祖射之應弦而倒又射納哈出之馬而斃改乘又斃之於
是大戰良久互有勝負 太祖追逐納哈出納哈出急曰李萬
戶也兩將何必相迫乃回騎 太祖又射其馬斃之有麾下士
下馬以授納哈出遂得免日且暮 太祖麾軍以退自爲殿嶺
路盤紆數層宦者李波羅實在最下層急呼曰令公救人令公
救人 太祖在上層視之有二銀甲賊將逐波羅實注槊垂及
太祖回馬射二將皆斃之卽連斃二十餘人於是更回兵擊
走之有一賊逐 太祖舉槊欲刺 太祖忽側身著隆仰射其
腋卽還騎又一賊進當 太祖而射之 太祖卽於馬上起立
矢出胯下 太祖乃躍馬射之中其膝又於川中遇一賊將其
人甲冑護項面甲又別作頤甲以便開口周護甚固無隙可射
太祖故射其馬馬作氣奮躍賊出力引轡口乃開 太祖射中
其口旣斃三人於是賊大奔 太祖以鐵騎蹂之賊自相蹈藉
殺獲甚多還屯定州留數日休士卒先設伏要衝乃分三軍左
軍由城串右軍由都連浦自將中軍當松豆等與納哈出遇於
咸興平 太祖單騎設勇突進試賊賊驍將三人並馳直前
太祖佯北走引其轡策其馬爲促馬狀三將爭追逼之 太祖

【그림3】『태조실록』「총서」

나하추의 누이동생이 군중(軍中)에 있다가 태조의 뛰어난 무용[神武]을 보고는 마음속으로 기뻐하면서 또한 말하기를,

"이 사람은 세상에 둘도 없겠다."

라고 하였다.[7]

오빠를 따라 군영에 와 있었던 나하추의 누이동생이 태조가 싸우는 장면을 직접 보고서는 매료되어 혼잣말을 내뱉는 광경이다. 어떠한 기록에 근거를 둔 것인지는 확인되지 않으나, 홍원 전투에서 나하추가 이성계에게 대패하여 큰 피해를 보고 물러날 수밖에 없었던 상황이었음을 고려한다면 적장을 사모하는 누이의 행태는 과히 신빙하기 어렵다. 그럼에도 불구하고 위와 같은 내용이 포함된 것은 역시 젊고 혈기왕성했던 이성계의 개인적 매력을 드러내기 위한 목적으로 파악된다.

---

7 같은 곳. "納哈出之妹, 在軍中見太祖神武, 心悅之, 亦曰: "斯人也, 天下無雙.""

이처럼 나하추와의 전투를 다룬 「총서」의 기사에서 핵심을 차지하는 요소는 이성계의 뛰어난 무예 실력, 그리고 그의 젊음에서 우러나오는 기개라는 두 가지 사항임을 알 수 있다.

그렇다면 위와 같은 사적을 정도전이 〈납씨곡〉에서 과연 어떠한 방식으로 형상화하였는지 살필 차례이다. 5언 16구에 불과한 〈납씨곡〉에는 당초부터 많은 내용을 담을 수는 없는 만큼 핵심이 되는 사적만을 추려서 배치해야 한다. 어떤 내용이 선별되었는지를 분석함으로써 정도전이 이 작품을 통해 강조하려 하였던 내용을 짐작할 수 있다.

納氏恃雄强	나씨(納氏)가 세력이 강함을 믿고
入寇東北方	동북방(東北方)에 쳐들어왔습니다.
縱傲誇以力	방종하고 오만하여 힘으로써 자랑하니,
鋒銳不敢當	그 기세의 강함을 당해낼 수가 없었습니다.
我鼓倍勇氣	우리가 북을 치매 용기가 배나 나는데,
挺身衝心胸	앞장서서 적의 심장부에 부딪쳤습니다.
一射斃偏裨	한 번 쏘아서 편비(編裨)를 죽였으며,
再射及魁戎	두 번 쏘아서 괴수에게 미쳤습니다.
裹槍不暇救	상처를 싸매고 미처 구원하지 못하는데
追奔星火馳	적군을 추격하여 성화(星火)처럼 달려갔습니다.
風聲固可畏	바람소리는 진실로 두렵지만,
鶴唳亦堪疑	학(鶴)의 울음도 또한 의심할 만했습니다.
喙矣莫敢動	피로하여 감히 움직이지 못하니
東北永無虞	동북방이 영구히 걱정이 없었습니다.
功成在此擧	공을 이룸이 이번 거사(擧事)에 있었으니
垂之千萬秋[8]	이를 천만년(千萬年)에 전하겠습니다.

8 『태조실록』 권4, 2년 7월 26일(기사).

전체적으로 보아 시간의 순차에 따라 작품이 구성되는데, 우선 첫 네 구에서는 나하추의 세력을 언급하였다. 「총서」의 기사 가운데 ㉮의 전반부에 해당하는 내용으로, 고려군이 나하추를 감당하기 어려운 처지였음을 서술하였다. 앞서 살핀 바와 같이 나하추는 오랜 동안 명과 대등하게 맞섰던 인물이었으며, 작품에서는 바로 그러한 강성함을 언급함으로써 잇달아 나올 이성계의 업적을 더욱 부각하였던 것이다.

불리했던 전세를 극복한 원동력은 역시 이성계의 독전(督戰)과 용맹함이다. 이성계가 손수 기병을 이끌고 적진의 중심부로 돌격함으로써 군사들의 사기를 진작하였던 사적을 5~8구에 서술하였다. ㉮의 후반부에 따르면 이성계는 나하추와 맞닥뜨리기 전에 이미 철갑을 입은 적장을 제거하였으나, 〈납씨곡〉에서는 이 내용을 생략하고 나하추와의 격전을 다룬 ㉯ 부분으로 곧장 넘어갔다. 특히 나하추의 곁에 있던 비장을 이성계가 첫 화살로 쏘아 죽인 후 두 번째 화살로 나하추를 직접 공략하였던 사적이 대구로 표현되고 있다.

9~12구는 「총서」의 ㉰ 부분에 해당한다. 불의의 일격을 당하여 우왕좌왕하는 적병들을 일거에 섬멸하는 광경을 묘사하면서, '성화(星火)'·'풍성(風聲)'·'학곡(鶴唳)'과 같은 강렬한 심상을 연속적으로 개재하여 이성계의 기개가 드러나도록 표현하였다. 마지막 13~16구에서는 ㉱의 내용이 나타난다. 불가항력임을 깨달은 나후추가 결국 항복함으로써 동북면이 안정을 되찾았음을 밝혔다. 더불어 그 공적이 왕조의 창업으로까지 귀결되었기에 이를 영원히 기리겠다는 칭송을 표출하기도 하였다.

이처럼 〈납씨곡〉에서는 나하추와 벌인 전투의 상황이 압축적으로 속도감 있게 서술되고 있으며, 그 과정에서 이성계의 기상과 용맹함이 특히 강조되었다. 이러한 특징은 같은 무덕곡인 〈궁수분곡〉·〈정동방곡〉과 견줄 때 더욱 두드러진다. 〈궁수분곡〉과 〈정동방곡〉은 우선 그 분량이 각각 4언 12구, 6언 10구로 〈납씨곡〉보다도 짧아서 내용이 더욱 제약될 뿐만 아니라 작품에서 형상화된 내용의 역동성이나 이성계가 지닌 위상의 측면에서도 〈납씨곡〉에 미치지 못한다.

가령, 〈궁수분곡〉에서 중점을 둔 내용은 그 제명에 드러나듯이 왜구가 황급하게 패주하는 사적이어서 해당 광경이 작품의 절반 가까이에 걸쳐 열거되며 왜구를 궁지로 몰아넣은 주체 역시도 '우리의 군사[我師]'로 나타날 뿐 이성계의 전술이나 무용이 묘사되지는 않는다.[9] 당초부터 특별한 전투 사적이 없는 위화도회군은 더욱 더 추상적으로 서술될 수밖에 없다. 〈정동방곡〉에서는 이성계가 회군을 해야만 했던 당위성을 드러내는 한편, 회군 이후에 결단력을 발휘하여 조정에서 우왕(禑王, 왕우(王禑), 1365~1389)과 최영(崔瑩, 1316~1388)을 척결했던 공적을 거론한 후 그 의미를 칭송하는 정도에 그칠 따름이다.[10]

결국 〈납씨곡〉은 무장으로서의 이성계의 자질을 직접적이고도 강렬하게 부각해 내었다는 점에서 그 특징이 뚜렷한 작품이라 할 수 있다. 앞서 살핀 「총서」의 기사에서 발견되는 두 가지 중점적 사항으로 이성계의 신이한 무예와 청년기 이성계가 지니고 있었던 재기발랄함을 들었거니와, 이러한 내역이 〈납씨곡〉에도 온전히 반영되었음을 확인할 수 있다. 〈납씨곡〉이 태조 당대에는 물론 후대에까지 여러 방식으로 계승되면서 폭넓게 활용될 수 있었던 것 역시 바로 이와 같은 특징에 견인된 결과로 파악되는데, 다음 절에서 해당 사항들을 자세히 검토해 보고자 한다.

---

9 『태조실록』 권4, 2년 7월 26일(기사). "有窮者獸 / 奔于險巇 / 我師覆之 / 左右離披 / 或殲或獲 / 或走或匿 / 死者粉糜 / 生者褫魄 / 不崇一朝 / 廓爾清明 / 奏凱以旋 / 東民以寧."

10 같은 곳. "緊東方阻海陲 / 彼狡童竊天機 / 肆狂謀興戎師 / 禍之極靖者誰 / 天相德回義旗 / 罪其黜逆其夷 / 皇乃懌覃天施 / 軍以國俾我知 / 於民社有攸歸 / 千萬世傳無期."

3. 〈납씨곡〉의 수용 및 활용 양상

1) 내용상의 측면

(1) 연회악으로의 활용

〈납씨곡〉이 후대에 수용될 수 있었던 것은 우선적으로는 그 내용상의 자질에 힘입은 바 크다. 나하추라는 강적을 격퇴함으로써 이성계는 큰 명망을 얻게 되었고, 이로써 고려 정계에서도 확고한 위치를 차지하여 장차 국가를 창업할 단초를 마련하였던 것이다. 이 같은 공적은 그 실체가 확실할 뿐만 아니라 후대에도 길이 칭송할 만한 가치가 있기 때문에 〈납씨곡〉은 태종대에 이르러 무난히 궁중 연회악의 곡목으로 채택된다. 다만, 군왕의 덕망을 읊은 여타 악장에 비해 〈납씨곡〉을 비롯한 무덕곡들은 그 차서에 있어서 후순위에 놓이게 되는데, 다음의 기사로부터 이 점을 확인할 수 있다.

> 예조에서 임금과 신하가 함께 잔치하는 예도(禮度)와 악장의 차례를 올렸는데, <몽금척(夢金尺)>과 <수보록(受寶籙)>으로 첫째를 삼고, <근천정(覲天庭)>과 <수명명(受明命)>으로 다음을 삼고, 또 <정동방(正東方)>·<납씨곡>·<문덕곡(文德曲)>·<무덕곡(武德曲)> 등의 곡(曲)으로 그 다음을 삼았다. 임금이 보고 승정원에 이르기를,
> "만일 먼저 <몽금척>과 <수보록>을 노래하면, 이것은 꿈 가운데 일이거나, 혹은 도참(圖讖)의 설이다. 어찌 태조의 실덕(實德)을 기록할 곡조가 없느냐? 너희들이 의논하여 아뢰라."
> 하니, 대언(代言) 유사눌·한상덕(韓相德)·탁신(卓愼)이 대답하기를,
> "전하의 말씀이 참으로 옳습니다. 신등은 생각하기를, 여러 신하가 헌수(獻壽)하는 날에 마땅히 먼저 <근천정>과 <수명명> 등의 곡조를 노래한 뒤에 태조의 <정동방>·<납씨곡>·<수보록>·<몽금척> 등의 곡조를 노래하는 것이 가합니다. 신등이 주상의 뜻에 맞추려고

> 하는 것이 아니라, 대개 예악이라는 것은 인정에 맞추어 하는 것인데, 만일 먼저 태조의 실덕의 곡조를 노래한다면 <납씨곡>과 <정동방> 등의 곡조는 잔치를 파할 때의 음절이지 초연(初筵)에 연주할 것이 아닙니다."

라고 하였다.[11]

군신이 함께하는 연회에서 연주할 악장의 순서를 정하는 과정을 보여준다. 가장 문제시되었던 작품은 〈몽금척〉과 〈수보록〉으로 둘 모두 이성계가 장차 임금이 될 조짐을 얻었다는 내용을 지니고 있으나, 태종(太宗)은 그 내용이 허황되다고 여겨 두 작품의 사용 여부를 재고하도록 지시한다. 연회에서는 태조의 실덕을 가영해야 한다는 기조를 밝힌 것인데, 이 과정에서 〈정동방곡〉이나 〈납씨곡〉과 같은 작품들은 그러한 요건에 부합하는 사례로 인정된다. 그러나 유사눌(柳思訥)을 비롯한 대언들은 〈납씨곡〉과 〈정동방곡〉이 태조의 실덕을 다룬 작품이라는 점을 인정하면서도 그 중요도는 낮게 평가하였다. 〈몽금척〉과 〈수보록〉을 초연(初筵)에 쓸 수 없다면 〈납씨곡〉이나 〈정동방곡〉이 그 자리를 차지해야 하지만, 이 두 작품은 파연곡(罷宴曲)으로나 쓸 만한 곡이지 잔치의 앞머리에 연주할 수는 없다는 것이다. 이 때문에 대언들은 태종의 업적을 다룬 〈근천정〉과 〈수명명〉을 초연에 대신 연주하고 〈납씨곡〉과 〈정동방곡〉 등은 그 뒤에 놓아야 한다고 주장하였다.

---

11 『태종실록』 권22, 11년 윤12월 25일(신사). "禮曹上君臣同宴禮度及樂章次第: 以〈夢金尺〉·〈受寶籙〉爲首, 次之以〈覲天庭〉·〈受明命〉, 又次之以〈正東方〉·〈納氏〉·〈文德〉·〈武德〉等曲. 上覽之, 謂承政院曰: "若先歌太祖之事, 則〈夢金尺〉·〈受寶籙〉, 是夢中之事, 或圖讖之說耳. 豈無記太祖實德之曲乎? 爾等議聞." 代言柳思訥, 韓尙德, 卓愼對曰: "殿下之言, 誠是也. 臣等以爲群臣獻壽之日, 宜先歌殿下〈覲天庭〉·〈受明命〉等曲, 然後歌太祖〈正東方〉·〈納氏〉·〈受寶籙〉·〈夢金尺〉等曲可也. 臣等非以逢迎上意, 夫禮樂, 稱人情而爲之也. 若先歌太祖實德之曲, 則〈納氏〉·〈正東方〉等曲, 乃罷宴音節, 非初筵所奏也.""

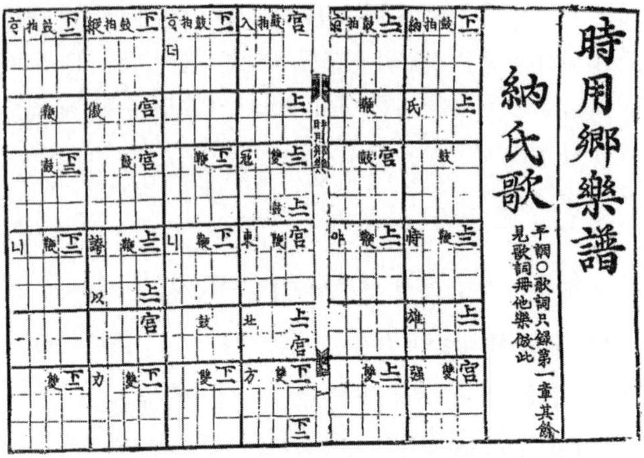

【그림4】〈납씨가〉의 정간보 [『시용향악보』]

당시 대언들이 〈납씨곡〉과 〈정동방곡〉을 낮게 평가한 이유는 언급되지 않았으나, 그 대략을 짐작할 수는 있다. 실상 정도전이 지은 여타의 악장에 비해 무덕곡 계열의 작품은 당초부터 그 쓰임이 제약되어 왔다. 이를 보여주는 직접적인 사례로, 태종2년(1402)에 의례상정소(儀禮詳定所)에서 상정하여 올린 연종친형제악(宴宗親兄弟樂), 견본국사신악(遣本國使臣樂), 노본국사신악(勞本國使臣樂) 등에서는 각 악(樂)마다 일곱 곡을 부르도록 규정하였는데, 이 가운데 정도전의 작품으로는 〈수보록〉·〈몽금척〉·〈문덕곡〉을 편입하였으나, 반대로 무덕곡은 모두 배제하였던 것이다.[12]

이처럼 〈수보록〉·〈몽금척〉·〈문덕곡〉은 일찍부터 그 쓰임이 규정화되었고, 특히 〈문덕곡〉은 태조 당대부터 연향악으로 사용된 기록이 발견될 정도이다.[13] 반면, 무덕곡은 〈납씨곡〉과 〈정동방곡〉만이 태종의

---

12 『태종실록』 권3, 2년 6월 5일(정사).

13 『태조실록』 권8, 4년 10월 30일(경신). 한편, 태종이 그 가치에 대해 회의적 견해를 보였

재위 후반기인 태종11년(1411) 말에 들어서야 비로소 군신 연향악장의 연주 곡목으로 거론되었을 따름이다.

이러한 사정은 작품이 다루고 있는 내용상의 특징과 연관 지어 살필 필요가 있다. 즉, 〈몽금척〉과 〈수보록〉은 이성계가 잠저시에 장차 임금이 될 조짐을 얻었다는 일화를 서술한다는 점에서, 또한 〈문덕곡〉은 등극 이후에 태조가 달성했던 문덕을 칭송한다는 점에서,[14] 모두 왕자(王者)로서의 이성계의 위상을 드러내는 데 직간접적으로 소용될 수 있다. 그러나 무덕곡에서는 이성계가 여전히 무장으로 등장하기 때문에 여타 작품들에 비해 그 가치를 높이 평가 받지 못했던 것으로 보인다.

뛰어난 무예와 결단력으로 무공을 세운 이성계의 위상은 분명 왕자의 자질과 관련이 되기는 하지만, 이미 왕조 창업이 이루어진 후에는 출중한 무예를 지닌 장군의 모습보다는 천명을 부여 받은 '문화적 영웅(Cultural Hero)'이나 '도덕적 전범(Moral Paragon)' 내지 '도덕적 거인(Moral Giant)'으로 이성계를 각인하는 작업이 보다 긴요해질 수밖에 없다.[15] 이 때문에 〈납씨곡〉을 비롯한 무덕곡은 군신연이나 종친연과 같은 공식적인 연회의 석상에서는 좀처럼 자주 연행될 수 없었던 것이다.[16]

던 〈수보록〉과 〈몽금척〉은 회례악으로 쓰기에 문제가 없는 것으로 세종(世宗)에 의해 재평가를 받는다. [『세종실록』 권55, 14년 3월 16일(을해).]

14 물론 〈문덕곡〉에서는 이미 달성된 덕목만을 다루고 있지는 않으며, 태조의 미덕이 미래에도 지속되어야 한다는 당위가 동시에 표출되고 있다. 이와 관련하여 김흥규는 〈문덕곡〉의 "내용 전반은 이미 이루어진 치적이라기보다 장차 군주로서 추구해야 할 당위적 과제를 제시한 것이다. 태조가 즉위한 이듬해라는 상황을 감안할 때 이러한 일들이 벌써 완성되거나 상당히 많이 진전되었다고 보기는 불가능하기 때문이다."라고 하여 〈문덕곡〉에 투영된 의도를 적절히 분석해 낸 바 있다. [김흥규, 「선초 악장의 천명론적 상상력과 정치의식」, 『한국시가연구』 7집, 한국시가학회, 2000, 137면.]

15 Peter H. Lee, *Celebrations of Continuity: Themes in Classic East Asian Poetry*, Cambridge: Harvard University Press, 1979, p.10; Peter H. Lee, 김성언 역, 『용비어천가의 비평적 해석』, 태학사, 1998, 33면; 김흥규, 앞의 논문, 147면.

(2) 후속 작품으로의 확장
: 〈팔준도부(八駿圖賦)〉·〈용비어천가(龍飛御天歌)〉 등

그렇다면 〈납씨곡〉의 중요성이 부각되기 위해서는 태조를 무인의 형상으로 표출해야 할 계기가 필요하다. 태조의 무공을 특화하여 칭송하는 맥락이 갖추어질 때 〈납씨곡〉의 내용 역시 새롭게 환기될 수 있기 때문이다. 바로 그러한 사례로 들 수 있는 것이 세종대의 〈팔준도부〉와 〈용비어천가〉이다.

먼저 '팔준(八駿)'은 태조가 무인으로 활동하던 시절에 탔던 여덟 마리의 말이다. 태조의 무용을 기리려는 세종의 뜻을 받들어 호군(護軍) 안견(安堅, ?~?)이 팔준을 그림으로 그리고 집현전(集賢殿)에서는 「진팔준도전(進八駿圖箋)」을 찬하여 올린다. 얼마 후 세종은 문신들을 근정전(勤政殿) 뜰에 모아 팔준을 시제로 한 중시(重試)를 치르도록 명하였는데,[17] 이때 이석형(李石亨, 1415~1477)·박팽년(朴彭年, 1417~1456)·성삼문(成三問, 1418~1456)·신숙주(申叔舟, 1417~1475) 등이 지은 여러 작품들이 남아 있어서 그 내용을 확인할 수 있다. 사실 나하추와의 전투에서 태조가 탔던 말은 팔준 가운데에는 포함되어 있지 않으나, 태조의 각종 무공을 열거하는 과정에서 나하추와의 전투 역시 함께 다루어지기도 하

---

16 탁월한 무공 역시 왕자의 자질과 연관되는 것은 물론이다. 그러나 선초에 악장을 제작 및 활용하는 과정에서 조종의 무인적 위상이 제약되는 현상은 여러 측면에서 발견된다. 예컨대 세종14년(1432)에 회례아악을 제정할 때 세종은 태조를 위하여 무무(武舞)를, 태종을 위하여 문무(文舞)를 각각 제작하고자 하였으나, 무를 문보다 앞세우는 것이 온당치 않으리라는 의구심을 드러낸 바 있다. [『세종실록』 권56, 14년 5월 7일(갑자).] 아울러 세조대에 종묘제례악(宗廟祭禮樂)을 제정할 때에는 문무인 〈보태평(保太平)〉은 그 규모가 유지되었으나, 무무인 〈정대업(定大業)〉은 15성에서 11성으로 대폭 축소되기도 하였다. 태조의 무공을 다룬 〈납씨곡〉·〈정동방곡〉 등이 공식적인 연회에서 널리 쓰이지 못했던 것 역시 이와 같은 기조와 연관 지어 파악할 수 있을 것이다.

17 『세종실록』 권117, 29년 8월 18일(정축).

였다. 그 가운데 신숙주가 지은 「팔준도부」의 사례를 아래에 제시한다.

納氏老猾	납씨가 교활하여
逞其猩獰	사나움을 막 부리고
聯我邊奸	변방의 간민들과 결탁하여
虐我邊氓	백성들을 못 살게 굴며
虔劉芟刈	막 죽이고 싹 베면서
至于洪原	홍원까지 이르러서
厥勢孔熾	그 세가 치열하여
志在噬呑	깨물어 삼킬 뜻이었다.
維我聖祖	그때에 우리 성조(聖祖)는
運智應機	지혜를 내고 기회를 타
單騎梃進	단기로 내쳐 나아가서
斬將搴旗	장수를 베고 기를 빼으며
射口射腋	입을 쏘고 겨드랑이를 쏘아
拉槁摘髭	마른 가지 꺾듯 수염 뽑듯
累敗窮縮	적이 여러 번 패전에 움츠러져
犇竄假息	도망가 숨만 붙어
老猾褫魄	교활한 놈 넋을 잃고
終身心服[18]	종신토록 심복했다.

물론 위와 같은 부분이 온전히 〈납씨곡〉을 바탕으로 지어진 것이라고 단정할 수는 없으나, 내용·구성·표현상의 측면에서 〈납씨곡〉의 영향을 받았을 만한 사항들이 다수 발견된다. 즉, 나하추의 세력이 매우 강성하여 감히 대적하기 어려웠다는 점을 앞부분에 서술한 후, 태조가 직접 단기로 적진에 달려들어 기세를 떨침으로써 불리한 전황을 역전

18 신숙주, 〈八駿圖賦〉, 『保閑齋集』 권1. [『한국문집총간』 10, 민족문화추진회, 1988, 11면.]

시킬 수 있었던 공적을 잇달아 배치한 점은 〈납씨곡〉과 혹사하다. 아울러 수하 장수를 먼저 제거한 사적이 제시된 점, 태조의 신이한 궁술이 강조된 점, 결국 나하추가 크게 패퇴하여 안정을 되찾을 수 있었다는 내용이 이어지는 점 또한 같다. 본래 5언 16구로 지어진 〈납씨곡〉의 주지가 4언 18구로 재편된 듯한 모습을 보여주는 것이다.

한편, 세종27년(1445)에 이르러 〈용비어천가〉가 제작되면서 〈납씨곡〉의 내용은 또 한 차례 조명될 기회를 맞게 된다. 육조(六祖)에 관련된 각종 사적이 망라된 이 작품에서 나하추와의 전투 역시 응당 태조의 주요 사적 가운데 하나로 다루어지고 있다.

> 셔ᄫᅳᆳ 긔벼를 알ᄊᆡ ᄒᆞᄫᅡᅀᅡ 나ᅀᅡ가샤 모딘 도ᄌᆞᄀᆞᆯ 믈리시니이다
> ᄉᆞᄀᆞᄫᆞᆳ 軍馬ᄅᆞᆯ 이길ᄊᆡ ᄒᆞᄫᅡᅀᅡ 믈리 조치샤 모딘 도ᄌᆞᄀᆞᆯ 자ᄇᆞ시니이다
> 詗此京耗 輕騎獨詣 維彼勅敵 遂能退之
> 克彼鄕兵 挺身陽北 維此兇賊 遂能獲之[19] — 제35장

> 兄이 디여 뵈니 衆賊이 좇거늘 재 ᄂᆞ려 티샤 두 갈히 것그니
> ᄆᆞᄅᆞᆯ 채텨 뵈시니 三賊이 좇ᄌᆞᆸ거늘 길 버서 쏘샤 세 사래 다 디니
> 兄墜而示 衆賊薄之 下阪而擊 兩刀皆缺
> 策馬以示 三賊逐之 避道而射 三箭皆踣[20] — 제36장

여기에서 제35·36장이라는 장차(章次)에 유념할 필요가 있다. 〈용비어천가〉의 경우, 작품의 전반부인 제3~16장에서는 국조들의 업적이 왕조 창업으로 귀결되는 맥락을 큰 틀에서 한 차례 칭송한 후, 제17~

---

19 "서울의 기별을 알고 혼자 나아가시어서 모진 도둑을 물리치신 것입니다. / 시골 군마를 이기므로 혼자 물러나 쫓기시어 모진 도둑을 잡으신 것입니다."

20 "형이 떨어져 보이니 여러 도둑이 쫓거늘 재를 내려가 치시어서 두 칼이 다 꺾어지니라. / 말에 채찍을 쳐 보이시니 세 도둑이 쫓거늘 길을 비켜나서 쏘시어 세 살에 다 넘어지니라."

109장에서 그 내용을 반복부진(反覆敷陳)하는 방식이 적용되었다.[21] 이때 태조의 여러 무공 가운데 3~16장에서 다루어진 것은 〈정동방곡〉이 주제로 삼은 위화도회군뿐이다. 위화도회군이 무공에 해당되기는 하되 이를 계기로 왕조 창업의 기틀이 마련되었다는 점에서 해당 사적을 작품의 전반부에 내세워 그 의미를 강조할 필요가 있었던 것이다.

반면, 나하추와의 전투는 육조의 공덕을 부연하는 17~109장 부분에 배치되었다. 제35~36장에서 중심이 되는 내용은 역시 태조가 적을 제압하는 과정에서 보인 용맹함과 뛰어난 무예이다. 35장에서는 나하추의 군대에 의해 변방의 고려군[‘스ᄀᆞᇫ 軍馬’]이 속절없이 무너져 나라 전체가 위기에 처하자 이성계가 홀로[‘ᄒᆞᄫᆞᅀᅡ’] 적진에 돌진하여 흉적을 몰아낸 사적을 당 태종(太宗)의 일화와 견주어 조명하였다. 한편, 이어지는 36장에서는 세 명의 적병이 추격해 오자 말에서 재빨리 내려 단 세 개의 화살을 쏘아 모두 명중시킨 태조의 신이한 궁술을 역시 당 태종의 검술과 견주어 묘사하였다. 이처럼 두 장에서는 모두 과단한 무장으로서의 태조의 면모를 세세하게 표출하는 데 주력하였으며, 이는 위화도회군을 다룬 제9~11장에서 태조의 구체적인 행동보다는 회군을 단행한 이유와 그 의의를 부각했던 것과 뚜렷이 대비된다.

실상 나하추와의 전투는 왕조를 창업하기 30년 전에 벌어졌기 때문에 당시 사건을 창업과 직접 연계 짓기는 어려운 것이 사실이다. 그러나 그렇기 때문에 오히려 〈용비어천가〉에서는 이 사적을 통해 태조의 무인적 위상을 더욱 자유롭고도 세부적으로 그려낼 수 있었던 것이다. 젊고 패기 있는 태조의 모습을 강조한 〈납씨곡〉의 주지가 〈용비어천

---

21 이에 관해서는 성기옥, 「용비어천가의 서사적 짜임」, 백영 정병욱선생 환갑기념논총 간행위원회 편, 『백영 정병욱선생 환갑기념논총』, 1982, 신구문화사, 421~424면; 김승우, 『용비어천가의 성립과 수용』, 보고사, 2012, 174~179면 등을 참조.

가〉에서도 큰 변개 없이 유지될 수 있었던 이유가 여기에 있다.

(3) 둑제(纛祭)에의 활용

이처럼 〈납씨곡〉은 태조를 온전히 무장으로 형상화할 수 있는 여건이 마련될 때 그 활용도가 제고된다는 점을 확인할 수 있다. 바로 그러한 여건 가운데 가장 두드러지는 사례가 바로 둑제이다.

> 예조(禮曹)에서 「둑제의주(纛祭儀注)」를 지어 바쳤다.【문관은 제사에 참예하지 않는다.】
>
> "시일(時日)이 되어 장차 제사 지내려면, 서운관(書雲觀)에서 봄에는 경칩(驚蟄) 날로【가을에는 상강(霜降) 날.】 예조에 보고한다. (…) 인도하여 신위(神位) 앞에 나아가 북향하여 선다. 풍악을 시작한다.【간척무(干戚舞)를 춘다.】 (…) 조금 있다가 집례(執禮)가 "초헌례(初獻禮)를 행하라.'라고 말하면, 알자가 헌관을 인도하여 올라와서 준소(尊所)에 나아가 서향하게 선다. 풍악을 시작한다. (…) 조금 있다가 집례가 "아헌례(亞獻禮)를 행하라.'라고 말하면, 알자(謁者)가 헌관(獻官)을 인도하여 올라가 준소(尊所)에 나아가 서향하여 선다. 풍악을 시작한다.【궁시무(弓矢舞)를 춘다.】 집준자(執尊者)가 멱(冪)을 들고 술을 따르면, 집사자(執事者)가 작(爵)으로 술을 받는다. (…) 조금 있다가 집례가 "종헌례(終獻禮)를 행하라.'라고 말하면, 알자가 헌관을 인도하여 올라가 준소(尊所)에 나가 서향하여 선다. 풍악을 시작한다.【창검무(槍劍舞)를 춘다.】 행례하기를 아헌의 의식과 같이 한다. (…) 집례가 "변(籩)·두(豆)를 거두라.' 말하면, 대축(大祝)이 들어와 변두를 거둔다. 풍악을 시작한다.【<정동방곡>이다.】 거두기를 끝마치면 풍악을 그친다. 집례가 "사배(四拜)하라.'라고 말하면, 헌관과 배제관(陪祭官)이 모두 사배한다. (…)"
>
> 라 하였다.[22]

위 『세종실록』 22년(1440)의 기사에서는 둑제에 관련된 의례가 상세히 소개되고 있다. 둑제는 고려조부터 전래되어 왔으나, 국가의 공식 의례로 격상되어 소사(小祀)로 정해진 시기는 세종대였으며, 이에 따라 의례의 절차도 정비되었던 것이다. 한편, 『세종실록』 「악보」의 '둑제악장' 조에 〈정동방곡〉과 〈납씨곡〉이 나란히 실려 있는 것을 보면 이때 가창되는 노래가 바로 이 두 작품이라는 점이 확인된다.[23]

둑제에서 '둑(纛)'은 대장군의 깃발을 의미하며, 둑제는 그 대장군의 깃발을 세우고 치르는 의례, 즉 군례(軍禮)이다.[24] 위 기사에 사관(史官)이 부기해 놓은 것처럼 둑제에는 문관이 참여하지 않고 온전히 무관들만이 집례를 하기 때문에 무관들이 공감할 수 있는 의식이

纛祭樂章　靖東方曲
繄東方阻海陲彼狡童竊天機偉東王德盛肆狂謀興戎師禍之極靖者誰偉東王
德盛天相德回義旗罪其黜逆其夷偉東王德盛　皇乃懌覃天施軍以國俾我知
偉東王德盛　於民社有攸歸千萬世傳無期偉東王德盛　納氏曲
納氏恃雄強　入寇東北方　縱傲誇以力　鋒銳不可當　我后倍勇氣
挺身衝心胷　一射斃偏裨　再射及魁戎　裹瘡不可救　追奔星火馳
猱聲固可畏　鶴淚亦堪疑　卓矣莫敢當　東北永無虞　功成在此舉

【그림5】 둑제악장
[『세종실록』 권147]

22 『세종실록』 권89, 22년 6월 13일(계미). "禮曹撰進纛祭儀注.【文官不預祭.】"時日將祭, 書雲觀以春驚蟄日【秋霜降日】報禮曹. (…) 引詣神位前北向立, 樂作.【干戚舞】(…) 少頃, 執禮曰: "行初獻禮." 謁者引獻官升詣尊所西向立, 樂作. (…) 少頃, 執禮曰: "行亞獻禮." 謁者引獻官升詣尊所西向立, 樂作.【弓矢舞】執尊者擧冪酌酒, 執事者以爵受酒. (…) 少頃, 執禮曰: "行終獻禮." 謁者引獻官升詣尊所西向立, 樂作.【槍劍舞】行禮如亞獻儀. (…) 執禮曰: "徹籩豆." 大祝入, 徹籩豆. 樂作.【靖東方曲】徹訖, 樂止. 執禮曰: "四拜." 獻官及陪祭官皆四拜. (…)"

23 『세종실록』 권147, 「악보」, 〈둑제악장〉. 한편, 『악학궤범』과 『증보문헌비고(增補文獻備考)』 등에도 역시 둑제의 초헌·아헌·종헌에서 모두 〈납씨곡〉을 부른다고 기록되어 있다. 둑제의 절차와 악장에 대해서는 김명준, 『악장가사연구』, 다운샘, 2004, 65~69면; 김성혜, 「둑제의 음악사적 고찰」, 『음악과 민족』 38호, 민족음악학회, 2009, 32~43면에서 자세히 검토된 바 있다.

24 이익, 「萬物門」, 『星湖僿說』 권4. [민족문화추진회 역, 『(국역) 성호사설』 2, 한국학술정보, 2007, 250면.] "纛者未知何指, 字書云: "軍中大皁旗, 軍發則祭以皁, 繒爲之."

주를 이루게 된다. 따라서 무도(舞蹈) 역시 간척무·궁시무·창검무와 같은 무무가 쓰이는데, 바로 이러한 분위기에 부합하는 음악으로 〈납씨곡〉과 〈정동방곡〉이 채택되었던 것이다. 그간 활용의 빈도가 과히 높지 않았던 무덕곡이 이처럼 둑제에 채택되면서 봄가을의 경칩일과 상강일에 정례적으로 연주될 수 있는 계기가 마련된다.

그렇다면 과연 어떠한 이유로 이 두 작품이 둑제악에 선정되었는지 가늠할 필요가 있다. 둑제와 같은 군례에서는 무엇보다도 무관들의 기개와 긍지를 떨쳐 보일 수 있는 역사적 선례가 제시되어야 한다. 중국에서는 북송대(北宋代) 이래로 각지에 관우(關羽, ?~219)의 묘를 건립하고 제사를 거행함으로써 관우를 호국신(護國神)으로 추앙하여 왔거니와,[25] 조선의 경우에는 창업주인 태조가 곧 뛰어난 무장이기도 하였기 때문에 태조의 사적을 그대로 가져 와 활용할 수 있는 상황이었다. 창업 이후에는 태조를 유가적 군주의 형상으로 각인하는 작업이 주로 추진되었지만, 이 맥락에서는 오히려 태조의 무인적 면모를 강조할 필요가 있었던 것이다.

더구나 태조의 무공을 칭송해 놓은 기왕의 무덕곡을 활용함으로써 악곡과 가사를 새로 지어 내어야 하는 부담을 덜 수 있기도 하였다. 물론 무덕곡 안에서도 그 쓰임에는 차등을 두었다. 『악학궤범』에 따르면, 우선 〈궁수분곡〉은 아예 배제하였고 〈정동방곡〉은 둑제를 종결하는 의식, 즉 철변두(撤籩豆)에서 한 차례만 부르도록 규정하여 한정적으로 사용하였다. 반면, 〈납씨곡〉은 초헌과 아헌 및 종헌에 반복하여 가창하도록 규정함으로써 둑제의 중심에 놓았다.[26]

---

25 전인초, 「관우의 인물 造型과 關帝 신앙의 조선 전래」, 『동방학지』 134집, 연세대 국학연구원, 2006, 322~323면.

26 『악학궤범』 권2, 「俗樂陳設圖說」, 纛祭. "初獻, 舞干戚唱〈納氏歌〉. 亞獻, 舞弓矢唱〈納

이처럼 〈납씨곡〉을 중시한 것은 역시 둑제의 성격과 〈납씨곡〉의 내용이 상호 잘 부합되기 때문으로 파악된다. 대장군이 지닌 영도력과 용맹함, 그리고 뛰어난 전투 수행 능력을 상기시키는 데 있어서 〈납씨곡〉만한 작품을 달리 찾기 어려웠던 것이다. 앞서 살핀 바와 같이 〈납씨곡〉에는 이성계의 신이한 무예와 청년기 이성계가 지니고 있었던 재기발랄한 역동성이 잘 드러나 있다. 또한 명군도 두려워했던 강적 나하추를 태조 이성계가 능히 격파했다는 〈납씨곡〉의 대의는 둑제의 분위기를 더욱 고조시킬 수 있는 요소이기도 하다.

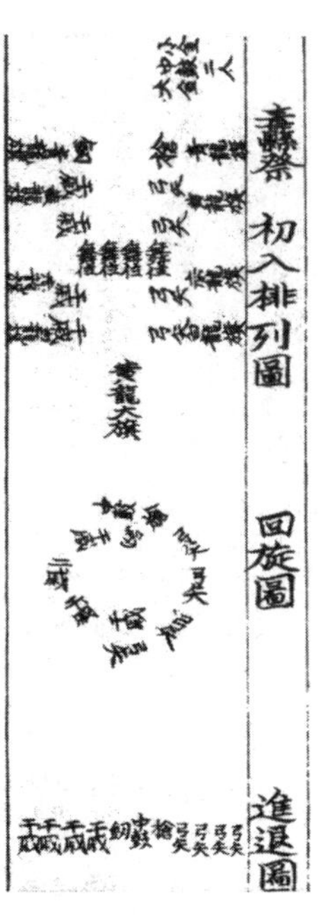

【그림6】 둑제 배열도
[『악학궤범』 권2]

한편, 둑제의 주요한 의례에서 〈납씨곡〉을 세 차례에 걸쳐 가창하고, 마지막 절차인 철변두에서 〈정동방곡〉을 가창하며 둑제 전체를 마무리하는 배치 역시 내밀한 고려를 거친 결과라 분석된다. 〈정동방곡〉에 형상화된 위화도회군은 이성계가 무장으로서 달성했던 사실상 가장 마지막 업적이면서 이를 통해 조선왕조 창업의 초석을 마련하였다. 비록 이렇다 할 전투 장면이나 구체적 행동이 나타나지는 않지만, 이성계의 위상이 무장에서 군왕으로 바뀌는 계기를 보여준다는 점에서는 둑제의 대미를 경건하게 마무리 짓기 위한 곡목으로 적합하게 여겨졌으리라 보인다.[27] 간척무·궁시무·창검무와 같은 역동적인

氏歌〉, 竝北向而舞. 舞時小金三擊, 次同擊中鼓大金, 爲一節.【鼓先金後.】終獻, 舞槍劒唱〈納氏歌〉, 相對而舞只擊中鼓. 撤籩豆, 唱〈靖東方曲〉, 廻旋三匝, 進退亦只擊中鼓. 畢後, 擊大金十通.";『악학궤범』 권2, 「時用俗部祭樂」, 纛祭. "初獻, 舞干戚唱〈納氏歌〉. 亞獻, 舞弓矢唱〈納氏歌〉. 終獻, 舞槍劒唱〈納氏歌〉. 撤籩豆, 廻旋進退, 唱〈靖東方曲〉."

27 정도전의 무덕곡을 분석한 선행 연구에서도 역시 "〈납씨곡〉이나 〈궁수분〉이 이성계의

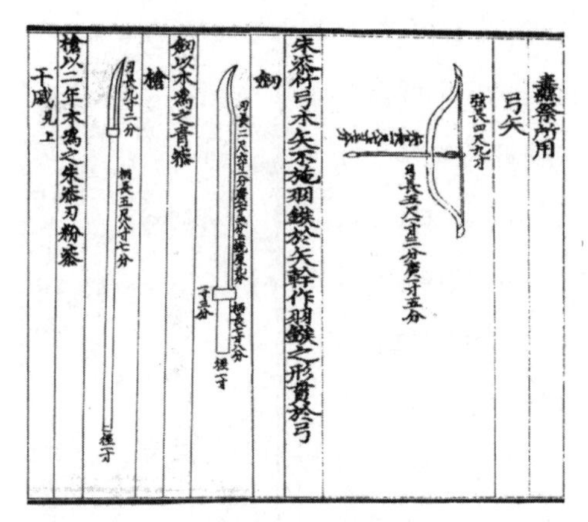

【그림7】 둑제 소용 기물 [『악학궤범』 권8]

무무가 연행되는 동안에는 〈납씨곡〉을 불러 태조의 무용을 드러내고 무관들의 기개를 북돋다가, 마지막 의례인 철변두에서는 무장이었던 태조가 국가를 창건하게 된 계기를 〈정동방곡〉으로써 상기하며 그 위업을 되새겼던 것이다.

2) 형식상의 측면

(1) 성종대의 신찬 등가악장(登歌樂章): 〈임옹곡(臨甕曲)〉

〈납씨곡〉은 태조의 무예나 무공과 관련된 내용적 측면 이외에 형식적 측면에서 후대 작품에 영향을 끼치기도 하였다. 『태조실록』과 『삼봉집』에는 〈납씨곡〉이 5언 16구의 형태로 기록되었으나, 작품을 실제 연행하는 상황에서는 국문으로 현토(懸吐)된 형식을 활용하였으며, 『악학궤범』과 『악장가사(樂章歌詞)』·『시용향악보(時用鄕樂譜)』 등의 문헌에도 이처럼 현토된 형식이 수록되어 있다. 현토는 기존에 사용되던 악곡에 신찬 가사를 올려 부르기 위한 조치이거니와, 실제로 조선 초기에 새로 지어진 여러 악장 작품들이 고려조 연회악의 악곡으로 가창되었

용맹함을 직접적으로 드러내어 하늘이 백성을 맡길 새로운 주인으로 이성계를 선택한 이유를 설명했다면, 〈정동방곡〉은 이미 천명을 받은 그의 왕자적 풍모를 '덕'이라는 한 마디 말로 집약하고 있다."라고 하여 〈납씨곡〉과 〈정동방곡〉 사이의 층위를 구분하고 있다. [박현숙, 「천명의 역설, 정도전의 무덕곡 연구」, 『한국사상과 문화』 57집, 한국사상문화학회, 2011, 22면.]

다는 사실은 익히 알려진 바이다.[28]

〈납씨곡〉에는 〈청산별곡(靑山別曲)〉의 악곡을 활용하였다. 이를 위해 가절이 짧은 부분에 적절히 현토를 하여 가사의 길이를 맞추었던 것이다. 또한 8장의 연장체(聯章體)인 〈청산별곡〉의 형식에 따라 〈납씨곡〉 역시 분장이 이루어진다. 매 작품의 1장만을 수록한 『시용향악보』에 〈납씨곡〉의 첫 4구만 수록해 놓은 것을 보면,[29] 각 4구씩을 하나의 장으로 설정하여 총 4장의 형태로 〈납씨곡〉을 재편하였던 것을 알 수 있다. 현토 및 분장된 〈납씨곡〉의 가사를 제시하면 아래와 같다.

納氏恃雄强ᄒᆞ야
入寇東北方ᄒᆞ더니
縱傲誇以力ᄒᆞ니
鋒銳라 不可當이로다
—1장

我后ㅣ 倍勇氣ᄒᆞ샤
挺身衡心胸ᄒᆞ샤
一射애 斃偏裨ᄒᆞ시고
再射애 及魁戎ᄒᆞ시다
—2장

裹瘡不可救ㅣ라
追奔星火馳ᄒᆞ더니
風聲이 固可畏어늘
鶴唳도 亦堪疑로다
—3장

卓矣莫敢當ᄒᆞ니
東方이 永無虞ㅣ로다
功成이 在此擧ᄒᆞ시니
垂之千萬秋ㅣ샷다.[30]
—4장

이러한 방식은 큰 무리 없이 적용되었던 듯하며, 특히 〈납씨곡〉이 둑제와 같은 공식적 의례에 채택되어 연행이 정례화되면서 작품의 형

28 장사훈, 「청산별곡」, 『국악논고』, 서울대 출판부, 1966, 49~54면; 송방송, 『한국음악통사』, 일조각, 1984, 285~303면 등 참조.

29 『시용향악보』, 〈納氏歌〉.

30 『악학궤범』 권2, 「時用俗部祭樂」, 纛祭. 『악학궤범』에 수록된 작품에는 분장이 되어 있지 않으나, 『시용향악보』에 의거하여 4구 단위로 분장하였다.

식적 위상도 보다 안정화될 수 있었던 것으로 보인다. 이로써 〈납씨곡〉은 형식적 측면에서도 신찬 악장의 전례로 인식되기에 이른다. 즉, 5언의 한시에 현토를 하여 〈청산별곡〉의 악곡에 올려 부르는 〈납씨곡〉의 방식을 다른 작품에도 적용해 볼 수 있는 계기가 마련된 것이다.

그 첫 사례는 성종대에 발견된다. 익히 알려진 대로, 건국 직후부터 추진되어 왔던 예악 정비의 제반 성과들은 성종24년(1493)에 『악학궤범』으로 집대성되며, 〈납씨곡〉이 둑제에 활용되는 방식 또한 『악학궤범』에 상세히 수록되어 전한다. 그러한 『악학궤범』의 편찬이 한창 진행되던 시기에 지어진 등가악장(登歌樂章)은 〈납씨곡〉의 활용 방식이 형식적 측면으로도 확장되는 양상을 보여준다.

성종23년(1492)에 임금이 석전(釋奠)에 참석할 때 쓰기 위해 새로 제작한 이 악장은 제1작(爵) 〈문교곡(文敎曲)〉부터 제9작 〈명후곡(明后曲)〉에 이르기까지 총 아홉 곡목으로 구성되어 있으며, 엄숙히 제를 올리면서 공자(孔子)의 뜻을 기리는 광경을 그리고 있다.[31] 아홉 곡목은 모두 기존 악장의 노랫말에 의거하여 개사하는 방식으로 제작되었는데, 그 가운데 제8작 〈임옹곡〉의 경우에는 '〈납씨가(納氏歌)〉의 조(調)'에 따라 지었다고 기록하였다.[32]

〈임옹곡〉은 가창할 것을 목적으로 지은 만큼 이때의 '납씨가'도 응당 악곡에 올린 형태, 즉 현토가 이루어진 형태를 지칭한다. 따라서 〈임옹곡〉에도 역시 현토가 되어 있었으리라 짐작할 수 있으나, 실록에 작품을 실을 때에는 현토를 누락하였다. 한편, 〈임옹곡〉은 16구인 〈납씨곡〉

---

31 조규익의 선행 연구에서는 이 악장을 '석전음복연악장(釋奠飮福宴樂章)'이라 명명하고 그 핵심적 특징을 '독자적 미학의 발현'이라는 측면에서 분석한 바 있다: 조규익, 「왕조의 문화적 자부심과 독자적 미학의 발현: 〈석전음복연악장〉」, 『조선조 악장 연구』, 새문사, 2014, 216~242면.

32 『성종실록』 권268, 23년 8월 21일(기미).

보다 4구가 짧은 12구로 지어졌는데, 앞서 언급한 대로 〈납씨곡〉의 가사를 〈청산별곡〉의 악곡에 올리는 과정에서 4구를 한 장으로 하는 연장체로 재편하였기 때문에, 〈임옹곡〉에서는 한 장을 줄여 3장으로만 작품을 구성한 것으로 파악할 수 있다.

생략되었을 법한 현토를 각 구의 내용에 맞추어 재구하고 4구 단위로 장 구분을 하여 〈임옹곡〉을 옮기면 대략 다음과 같은 형식이 될 것이다.

展也吾夫子ㅣ시라 참으로 우리의 부자(夫子)이시네,
巍乎百世師ㅣ샷다 우뚝하게 백세(百世)의 스승이시도다.
尊崇嚴廟貌어늘 높이 떠받드는 엄숙한 사당의 풍모이거늘,
肅肅라 大牢祠ㅣ로다 공손하도다, 대뢰(大牢)의 제사이로다.

臨雍新禮樂ㅣ라 옹(雍)에 임하니 예악(禮樂)이 새롭고,
在泮舊威儀ㅣ로다 반궁(泮宮)에 있으니 위의(威儀)가 옛스럽도다.
聖德이 超三代ᄒᆞ시고 성덕(聖德)이 삼대(三代)를 초월했고,
儒風이 振一時ᄒᆞ시다 유풍(儒風)이 일시(一時)에 떨쳤도다.

衣冠이 周百辟이고 의관(衣冠)이 주(周)나라의 백벽(百辟)이고,
衿佩ㅣ 魯諸生이로다 금패(衿佩)가 노(魯)나라의 제생(諸生)이로다.
共被需雲澤ᄒᆞ니 다함께 수운(需雲)의 은택을 입으니,
欣欣歌鹿鳴이로다[33] 기뻐하며 <녹명(鹿鳴)>을 노래하도다.

작품이 제진된 목적과 경위에서 짐작되듯이, 〈임옹곡〉에서는 공자에게 의례를 올리는 장중한 분위기를 부각하는 데 주력하였다. 1장에 해당하는 1~4구에서는 공자를 영원한 스승으로 추앙하면서 석전을 지내

33 같은 곳. 현토와 분장은 필자에 의한 것이다.

살			어		리			살			어		리		
納			氏					恃			雄		强		
라								짜							
ᄒᆞ								야							
青			山		의			살			어		리		
入					寇			東			北		方		
라								짜							
ᄒᆞ	더							니							
멀			위		랑			ᄃᆞ			래		랑		
縱			傲					夸		以			力		
빠					먹			고							
ᄒᆞ								니							
青			山		의			살	어	리	랏		다		
鋒			銳		라			不		可	當		이		
			얄		리			얄					리		
얄	라														
얄			라		셩			얄					라		
로								다							

【그림8】〈청산별곡〉과 〈납씨곡〉의 가사 배열 비교 [1장][34]

는 뜻을 드러내었다. 이어지는 2장과 3장에서는 제사의 풍경을 묘사하였는데, 이 부분에서는 특히 공자의 가르침을 온전히 되살려 이어가고 있는 성균관(成均館)의 모습에 중점을 두었다. 예악을 새롭게 하고 의례를 정성껏 준비하여 치르니 그 광경이 마치 주나라와 노나라를 방불케 한다는 자긍심을 표출하고 있다.

내용적 측면에서는 태조의 무용을 드러내는 〈납씨곡〉과 별반 관련이 없으나, 〈납씨곡〉의 전례를 활용하여 새로운 악장을 만드는 방식을 보

---

34 김세중, 『정간보로 읽는 옛 노래』, 예솔, 2005, 139~141면. 〈청산별곡〉의 곡조는 모두 10행강(行綱)으로 이루어져 있는데, 〈납씨곡〉은 이 가운데 제8·9행강을 제외한 여덟 행강만을 사용한다.

여준다는 점에서 주목할 만한 사례로 평가된다. 이는, 우리말로 된 고려의 속악가사를 한시 형태로 바꾸면서 그 곡조를 그대로 적용한 〈납씨곡〉의 방식이 대단히 성공적이라 인식되었던 사실을 반영하는 것이기 때문이다. 5언시를 4구 단위로 끊고 각 구에 2, 3음절 정도의 국문 토를 달아 〈납씨곡〉과는 또 다른 취지의 작품으로 얼마든지 확대해 나갈 수 있다는 점을 〈임옹곡〉의 사례를 통해 보여준 것이다. 이처럼, 그간 주로 내용상의 측면으로만 조명되어 왔던 〈납씨곡〉은 형식상으로도 후대의 작품에 뚜렷한 영향을 끼쳤음을 확인할 수 있다.

(2) 연산군대의 신찬 악장: 〈천구가(天衢歌)〉 등

〈임옹곡〉과 유사한 사례는 바로 다음 대인 연산군(燕山君) 연간에도 발견된다. 연산군은 시작(詩作)과 음악을 즐겼을 뿐만 아니라, 조정 안팎에 특정한 사건이 있을 때 관련 내용을 악장으로 지어 올리도록 명하거나 자신이 직접 악장을 짓기도 하였다.[35] 악장을 짓도록 명하는 경우에는 제진할 작품의 형식을 재래의 악장에 준하도록 지정해 주고는 하였는데 그 가운데 〈납씨곡〉을 거론한 사례도 발견된다.

> 전교하기를,
> "오는 21일에 종묘사직에 친제(親祭)하고서 환궁(還宮)할 때에 불[鼓吹] 악장(樂章)은 간흉(奸兇)을 씻어 내며 인사(禋祀)를 몸소 받든다는 뜻으로, <주납씨가(走納氏歌)>의 조(調)에 따라 특별히 지어서 연주하라."
> 라고 하였다. (…)[36]

---

35 이와 관련된 구체적인 사항은 본서의 제1부 1장 「연산군대의 악장 개찬에 대한 연구」를 참조.

36 『연산군일기』 권57, 11년 1월 18일(갑진). "傳曰: "來二十一日, 宗廟社稷親祭後還宮時, 鼓吹樂章, 蕩滌奸兇, 躬奉禋祀之意, 依〈走納氏〉歌調, 別製奏之." (…)"

갑자사화(甲子士禍) 직후에 연산군은 종묘와 사직에 친제할 계획을 세운다. 위 기사에 따르면, 그는 환궁할 때 연주할 새로운 악장을 준비하라고 전교하면서 〈주납씨가〉, 즉 〈납씨곡〉의 곡조에 올려 부를 가사를 요구하고 있다. 굳이 〈납씨곡〉을 적시한 이유는 따로 밝히지 않았으나, 부왕대에 〈납씨곡〉이 이미 신찬 등가악장을 짓는 데 활용된 전례가 있으므로 이 작품을 또 다른 신제 악장의 바탕으로 삼기에 무난하다는 경험적 판단이 어느 정도는 개입되었을 것으로 보인다.

다만, 성종대의 〈임옹곡〉은 내용상의 요건과는 무관하게 단지 〈납씨곡〉의 형식만을 차용하여 지은 것이었으나, 연산군은 좀 더 복잡한 고려를 하였을 여지도 생각할 수 있다. 연산군 역시 5언의 한시에 현토를 하여 〈청산별곡〉의 곡조에 올려 부르는 방식을 상정하였음은 물론이지만, 이와 더불어 〈납씨곡〉의 연행 환경이나 작품의 어조에 대해서도 고려하였으리라는 것이다.

기본적으로 〈납씨곡〉은 태조의 무용을 매우 직접적으로 드러내는 작품인 데다, 특히 둑제에서는 간척무·궁시무·창검무와 같은 여러 무무를 추면서 가창하기 때문에 그 강건함이 더욱 부각되어 나타난다. 갑자사화를 통해 이른바 '간흉'을 일시에 척결하였다고 자부했던 연산군으로서는 자신의 결단력과 치적을 보다 효과적으로 표출하기 위해 〈납씨곡〉 본연의 호방한 기조를 활용해 보고자 의도하였을 가능성이 충분하다.

당시 이조정랑(吏曹正郎) 이우(李堣)가 짓고 대제학(大提學) 김감(金勘)이 교열한 해당 작품의 원문이 『연산군일기』에 수록되어 있으나, 앞서 『성종실록』에서와 마찬가지로 여기에서도 현토는 누락되었다. 현도를 재구하고 장을 구분하여 작품을 인용한다.[37]

---

37 현토의 재구에 대해서는 본서의 제1부 1장 「연산군대의 악장 개찬에 대한 연구」의 3절

天衢白日明ᄒᆞ야　　중천에 해가 밝아
魑魅莫遁情ᄒᆞ더니　　도깨비가 뜻을 숨기지 못하더니
群兇一蕩除ᄒᆞ니　　흉악한 것들이 모두 제거되니
泰運이라 方升亨이로다　　태평의 기운이라 바야흐로 트이도다.

春生이 復秋殺ᄒᆞ야　　봄에 살아난 것이 다시 가을에는 죽어
舒慘陰與陽ᄒᆞ야　　변화하는 것이 음(陰)과 양(陽)의 일이어서
明良이 更濟濟ᄒᆞ시고　　밝은 임금과 어진 신하가 다시 엄숙하시고
會朝애 同淸光ᄒᆞ시다　　회조(會朝)에 맑은 빛을 함께하시도다.

享祀或稽彝ㅣ라　　제사 지내면서 제도를 상고하네.
舊與兼新儀ᄒᆞ시니　　옛 법도에 새 의식을 겸하시니
玉帛애 薦蘋藻어늘　　옥과 비단에 제물을 차리거늘
精禋도 昭孝思로다　　정결한 제사도 효도하는 뜻을 밝힘이로다.

洋洋在左右ᄒᆞ니　　선령(先靈)이 가까이 있는 듯하니
肹蠁이 景福膺ㅣ로다　　힐향(肹蠁)이 큰 복을 받도다.
萬歲ㅣ 開太平ᄒᆞ시니　　만세가 널리 태평하시니
聖壽如岡陵ㅣ샷다　　성수(聖壽)가 강릉(岡陵) 같으시도다.

〈임옹곡〉이 12구로 지어진 데 비해서, 연산군대에는 〈납씨곡〉의 분량을 그대로 살려서 16구로 짓고 각 4구씩 4장의 형태를 취하였다. 연산군이 지시한 대로 "간흉(奸兇)을 씻어 내며 인사(禋祀)를 몸소 받든다."라는 내용이 작품의 주조를 이루고 있다. 대개 1장에서는 간흉이 준동하다가 한순간에 제거되었다는 뜻을 밝히고, 2장에서는 안정을 되

---

2)항을 참조.

찾은 조정의 모습을 묘사하였다. 3장과 4장은 종묘사직에 친제하는 내용으로 이루어져 있다. 먼저 3장에서는 옛 제도와 새로운 의례를 겸하여 제를 올린다고 고한 후, 4장에서는 그와 같은 뜻에 영령이 호응하여 태평이 지속되리라는 전망을 내놓았다.

〈납씨곡〉과 직접 연관되지는 않지만, 태조가 나하추를 격파하여 평화를 회복하였다는 〈납씨곡〉의 주지가 신제 악장에서는 국가를 위태롭게 만든 간사한 무리를 연산군이 색출하여 종묘사직을 보존하였다는 의미로 변주되고 있어서 내용상으로 일정 부분 친연성이 발견된다. 아울러, 임금이 종묘사직에 친제하는 의미를 드러내고 제례의 성대함을 서술한 위 작품은, 석전제의 엄숙하고도 장중한 광경을 묘사한 부왕대의 〈임옹곡〉과도 일부 상통하는 바가 있다.

연산군은 '천구가(天衢歌)' 또는 '천구백일명가(天衢白日明歌)'라고 명명한 이 작품을 장악원(掌樂院)에 내려 흥청(興淸)으로 하여금 연습하여 부르도록 명하였고,[38] 얼마 후 내관(內官) 김처선(金處善)이 자신의 패정을 비판하자 그를 즉각 처단하고는 김감 등에게 이 일을 〈천구가〉의 형식에 따라 악장으로 지어 바치도록 전지하기도 하였다.[39] 그로부터 다시 넉 달 후에는 대사례(大射禮)를 끝마치고 환궁할 때 연주할 악장을 새로 지으라고 명하면서 역시 〈천구가〉의 전례를 따르라고 전교하였는데,[40] 이들 기록을 통해 〈납씨곡〉의 형식에 대한 연산군의 기호가 상당

38 『연산군일기』 권57, 11년 1월 24일(경술). "傳于掌樂院曰: "今下新樂章, 其敎習新揀擇興淸樂."" 한편, 후일 연산군은 이 작품의 제목을 '경청가(敬淸歌)'로 다시 바꾸기도 한다: "傳曰: "〈天衢歌〉, 改曰〈敬淸歌〉, 〈邦家開赫業歌〉, 改〈泰和吟〉, 〈黃河淸曲〉, 改曰〈赫磐曲〉."" [『연산군일기』 권58, 11년 7월 2일(을유).]

39 『연산군일기』 권57, 11년 4월 4일(기미). "傳曰: "〈滌恨歌〉詞, 依〈天衢白日明歌〉章例, 令金勘, 朴說, 曺繼衡, 以上下相和之意製進."" 원문이 남아 있지는 않으나, 이 작품에도 역시 5언시를 지은 후 네 구 단위로 끊어 현토하는 방식이 적용되었을 것임을 짐작하기는 어렵지 않다.

했음을 확인할 수 있다. 5언시에 현토하여 〈청산별곡〉의 곡조에 올려 부르는 〈납씨곡〉의 전례를 적절히 활용하여 여러 편의 신제 악장을 필요에 따라 신속하게 지어냄으로써 연주 곡목을 단기간에 대폭 확충할 수 있었던 것이다.

아울러 위의 세 작품이 불리어진 시기를 보면, 각각 갑자사화 직후, 김처선을 처단한 직후, 대사례를 끝마친 후인데, 앞의 두 가지는 임금이 전제권을 발동한 사건이고, 대사례는 궁술을 과시할 수 있는 기회이다. 어느 것이든 연산군이 자신의 강력한 힘을 드러내었던 상황에 해당한다. 실상 한시에 현토하여 고려속악의 곡조로 가창하는 방식은 〈납씨곡〉 이외에 〈봉황음(鳳凰吟)〉이나 〈혁정(赫整)〉 등에서도 발견되지만,[41] 연산군이 굳이 〈납씨곡〉의 전례를 세 차례에 걸쳐 반복적으로 활용한 것은 역시 〈납씨곡〉에 내재된 무용을 염두에 둔 조치로 파악된다. 가사를 전혀 다른 내용으로 바꾸어 개창한다 할지라도, 본래 작품의 의미와 연행 환경이 상기될 수밖에 없기 때문이다. 그러한 측면에서, 연산군은 〈납씨곡〉을 가장 적극적으로 활용한 애호가이면서, 〈납씨곡〉의 형식적 요소뿐만 아니라 내용적 요소까지도 되살리려 한 임금이라 할 수 있다.

4. 나가며

이상에서 선초 악장 〈납씨곡〉의 특징을 살피고 〈납씨곡〉이 이후의 작품에 끼친 영향을 추적함으로써 그 수용사적 맥락을 검토하였다.

---

40 『연산군일기』 권59, 11년 8월 7일(기미). "傳曰: "大射禮後還宮時, 樂章依〈敬淸曲〉調, 別製以奏.""

41 〈봉황음〉과 〈혁정〉은 각각 〈처용가(處容歌)〉와 〈만전춘(滿殿春)〉의 악곡으로 연주한다.

공민왕대에 동북면으로 침범해 온 북원의 나하추를 격퇴한 태조 이성계의 위업은 조선 초기의 각종 사서들에 빠짐없이 등장한다. 특히 『태조실록』「총서」에서는 이성계가 몸소 적진에 뛰어 들었던 용장이었다는 점을 강조하였으며, 당시 28세에 불과했던 젊은 이성계의 재기발랄함도 함께 조명하였다. 〈납씨곡〉에서도 이러한 요소들이 잘 반영되어 나타난다. 감히 대적할 수 없었던 나하추의 강성한 세력을 언급한 후, 태조가 손수 기병을 이끌고 적진의 심장부로 돌격하여 군사들의 사기를 진작하였던 사적을 서술하였다. 불의의 일격을 당해 우왕좌왕하는 적병들을 일거에 섬멸하는 광경을 강렬하게 묘사하면서, 동북면이 비로소 안정을 되찾게 되었다고 마무리 지었다. 이처럼 〈납씨곡〉에서는 전투의 전말이 속도감 있게 서술되고 있으며, 젊고 역동적인 이성계의 기상과 용맹이 부각되었다. 태조의 무공을 추상적으로 언급하는데 그친 〈궁수분곡〉·〈정동방곡〉과 견줄 때 그 같은 특징은 더욱 선명하게 드러난다.

〈납씨곡〉이 후대에 활발하게 수용될 수 있었던 것은 바로 이러한 내용상의 자질에 힘입은 바 크다. 실제로 〈납씨곡〉은 태종대에 이르러 무난히 궁중 연회악의 곡목으로 채택된다. 다만 작품의 가치는 한정적으로만 인정을 받게 되는데, 이는 이미 왕조 창업이 이루어진 후에는 강건한 무장보다는 천명을 부여 받은 군왕의 모습으로 태조를 각인하는 작업이 보다 긴요해졌기 때문으로 보인다. 반면, 태조를 무인의 형상으로 표출해야 할 계기가 마련되면 〈납씨곡〉의 활용도 역시 제고되는 현상이 발견된다. 가령, 세종대의 〈팔준도부〉와 〈용비어천가〉에서는 태조를 무인으로 그리는 데 별다른 제약을 받지 않은 탓에 과감하고 패기 있는 태조의 모습을 강조한 〈납씨곡〉의 주지가 큰 변개 없이 유지되고 있다. 〈납씨곡〉이 둑제의 핵심적인 연행 곡목으로 채택된 이유도 같은 맥락으로 파악된다. 군례인 둑제에서는 무관들의 기개와 긍지를 떨쳐 보일 수 있는 역사적 실례가 제시되어야 하거니와, 조선의 경우에는 창업주인 태조가 곧 뛰어난 무장이기도 하므로 기왕의 〈납씨곡〉을 십분 활용할 수 있었다. 대장군의 영도력과 무용을 상기시키는 데 있어서 〈납씨곡〉만한 작품을 달리 찾기 어려웠던 것이다.

한편, 〈납씨곡〉은 형식적 측면에서 후대 작품에 직접적인 영향을 끼치기도 하였다. 16구를 각 4구씩 4장으로 분장하고 국문으로 현토하여 〈청산별곡〉의 악곡에 올려 부르는 〈납씨곡〉의 연행 형식이 새로운 악장을 짓는 데 하나의 선례로 인식되었던 것이다. 성종대의 〈임옹곡〉은 공자에게 의례를 올리는 장중한 분위기를 부각하였기에 내용적 측면에서는 〈납씨곡〉과 별반 관련이 없으나, 〈납씨곡〉의 형식을 활용하여 또 다른 악장을 만드는 방식을 보여준다는 점에서 주목되는 사례이다. 연산군 연간에도 이러한 활용 방식이 발견된다. 연산군은 갑자사화 직후 종묘사직에 친제하고 환궁할 때 연주할 악장, 내관 김처선을 처단한 뜻을 밝히는 악장, 대사례를 마치고 환궁할 때 연주할 악장을 모두 〈납씨곡〉의 형식에 따라 새로 지어 바치도록 명하였다. 위의 세 작품이 한결같이 연산군이 자신의 강력한 힘을 드러내었던 시기에 지어졌다는 점을 고려하면, 연산군은 〈납씨곡〉의 형식적 요소뿐만 아니라 내용적 요소까지도 되살리려 하였다는 사실을 짐작할 수 있다.

악장의 제작은 왕조 창업의 영광을 현창해야 하는 고위 문관들의 주요 과업이었다. 정도전은 바로 그 같은 과업을 가장 먼저 수행했던 인물로서, 조선조 악장의 전범을 만들어 내어야 하는 책무를 띠고 있었다. 정도전의 여러 소작들이 후대에까지 지속적으로 활용되었다는 점에서 그의 시도는 성공적이었다고 할 수 있지만, 모든 면에서 그러했던 것은 아니다. 실제로 정도전이 지은 작품들을 가창할지 여부를 두고 조정에서 여러 차례 논란이 일었으며, 일부 작품은 그 가치에 대해 회의적인 견해가 제출되기도 하였다.

〈납씨곡〉 역시 해당 사례 가운데 하나이지만, 그럼에도 불구하고 〈납씨곡〉은 둑제와 같은 국가적 제례에 채택됨으로써 안정적인 연행의 기반을 보장받았고, 제진된 지 한 세기가 지난 시점에서도 여전히 새로운 방식으로 수용되면서 그 생명력을 유지하였다. 〈납씨곡〉은 선초 악장에서 중시되었던 내용이 무엇이었는지, 그러한 내용이 후대에 어떻게 재평가되었는지, 고려 연향악을 선초에 활용한 방식은 어떠한지, 기왕의 악장 작품을 또 다른 곡목으로 확대해 갔던 배경은 무엇인지 등과 관계된 문제들을 포괄하고 있다는 점에서 큰 의의를 지닌다. 요컨대 〈납씨곡〉은 선초 악장의 제반 양상을 보여 주는 축도와 같은 작품인 것이다.

『용비어천가』의 전거典據와 체재體裁에 대한 연구

1. 들어가며

〈용비어천가〉는 기본적으로 역사가 문학화된 텍스트이다. 따라서 〈용비어천가〉의 제반 특징을 도출해 내기 위해서는 사적들이 작품 속으로 시화(詩化)된 궤적을 추적하는 연구가 필요하며, 〈용비어천가〉에 활용된 전거를 정밀하게 찾아 정리하는 작업이 우선적으로 수행되어야 한다.

실제로 해당 문제에 대해서는 기존 연구들에서도 중요하게 다루어진 바 있다. 가령, 각 장(章)의 차사(次詞)에 주로 게재된 조선조 조종(祖宗)의 사적들 대부분이 『태조실록(太祖實錄)』·『정종실록(定宗實錄)』·『태종실록(太宗實錄)』 및 『고려사(高麗史)』 등에서 발췌·활용되었다는 점은 정두희, 박찬수, 김승우 등의 연구에서 이미 논의되었으며, 그 정치적 배경에 대한 분석이 이루어지기도 하였다.[1]

1 정두희, 「조선건국사 자료로서의 『용비어천가』」, 진단학회 편, 『한국고전 심포지엄』 4, 일조각, 1994, 104~125면; 박찬수, 「용비어천가 연구」, 충남대 석사학위논문, 1994, 57~73면; 김승우, 『용비어천가의 성립과 수용』, 보고사, 2012, 57~91면 등. 박찬수는 〈용비어천가〉의 차사에 게재된 내용을 실록에서 찾아낸 후 그 습용(襲用) 형태를 세 가지 항목으로 나누어 목록화하였고, 김승우는 자료 탐색의 범위를 『고려사』 등 실록 이외의 전적으로까지 확장하여 보다 종합적으로 전거 조사를 하였다. 아울러 정두희와

이처럼 차사의 사적에 대해서는 논의가 여러 측면에서 진척된 반면, 선사(先詞)에서 다루어진 '고성(古聖)', 즉 역대 제왕(帝王)들의 사적이 어느 전적에서 연원된 것인지에 대해서는 종래 거의 조명되지 못했던 것이 사실이다. 『자치통감(資治通鑑)』·『서경(書經)』·『한서(漢書)』·『당서(唐書)』 등이 활용되었으리라는 점이 간간이 언급되기는 하였으나, 각 장의 전거를 일일이 탐색하는 연구는 아직 시도되지 못했던 것이다. 아울러 조선조 임금들의 사적 또한 『태조실록』 「총서(總序)」나 『고려사』만이 그 주요 원천으로 논의되었을 뿐, 또 다른 전적이 활용되었을 가능성에 대해서는 구체적인 검토가 이루어지지 못했던 문제점도 발견된다.

따라서 조종과 고성의 사적을 아우르는 보다 종합적인 전거 조사가 필요한 상황이며, 이 글에서 일차적으로 관심을 두는 사항도 바로 그러한 부분이다. 물론, 전거 조사 자체가 이 글의 최종적인 목표는 아니다. 전거 조사가 단지 노랫말의 원천 사적을 밝혀내는 단계에서 마무리된다면 그다지 큰 의미를 지닐 수 없기 때문이다. 전거 조사를 바탕으로 보다 깊이 있게 검토되어야 할 사항은 『용비어천가』의 구성 방식이나 체재와 연계된 제반 사항들이다. 즉, 각종 전거들이 언제 어떠한 경위로 수합되었고, 어떠한 과정을 거쳐 『용비어천가』에 활용·반영되었으며, 고성과 조종의 사적을 정사대(正事對)의 대우(對偶)로 엮어내는 〈용비어천가〉의 독특한 체재는 어떻게 고안된 것인가 하는 문제 등이 이

김승우는 각각 『고려사』의 수찬(修撰) 및 실록 개수(改修) 사안과 연관 지어 〈용비어천가〉 찬술의 정치적 배경을 검토하였다. 한편, 정구복은 『용비어천가』에 포함된 역사의식을 구체적으로 분석하여 다음의 다섯 가지로 정리하였다: 직계 의식의 혈족주의적 관점이 강하게 반영됨, 역사적 지식을 실용적으로 활용함, 조선의 건국이 사대부의 도움보다는 왕실 선대로부터의 공덕과 태조의 뛰어난 무술의 힘으로 달성되었다는 점이 강조됨, 원(元)나라의 고려 지배에 대한 비판 의식이 결여됨, 국가를 독자적으로 유지할 수 있다는 자신감이 표출됨. [정구복, 「『용비어천가』에 나타난 역사의식」, 『한국사학사학보』 1집, 한국사학사학회, 2000, 15~42면.]

글에서 주안을 두는 사항이다. 이를테면, 전거 조사를 통해 『용비어천가』의 면면을 세종대의 학술적 역량과 관련 지어 한층 정교하게 재검토해 볼 수 있으리라는 것이다.

이 같은 목적을 달성하기 위해 이하 2절에서는 우선 『용비어천가』의 전거를 종합적으로 탐색하여 정리하고자 한다. 이어지는 3절에서 전거 차용상의 주요 특징들을 고찰한 후, 4절에서는 『용비어천가』를 제작하는 데 중요한 영향을 끼친 것으로 파악되는 『치평요람(治平要覽)』에 대해 논의하게 될 것이다.

2. 『용비어천가』의 전거 탐색

『용비어천가』의 전거를 조사하기 위해서는 다음 두 가지 사항을 고려해야 할 필요가 있다.

먼저, 『용비어천가』는 시가 작품만으로 우선 제작되어 세종(世宗)에게 진상되었고, 이 단계에서는 어떤 사적이 작품을 짓는 데 활용되었는지에 관해 별다른 설명이 이루어지지 않았다는 점이다. 그 같은 사정은 최항(崔恒)의 「용비어천가발(龍飛御天歌跋)」에서 자세히 확인할 수 있다.[2] 세종은 권제(權踶, 1387~1445)·정인지(鄭麟趾, 1396~1478)·안지(安止, 1384~1464) 등이 지어 올린 〈용비어천가〉를 받아 본 후 여러 사람들

2 최항, 「龍飛御天歌跋」. [『용비어천가』, 1a~2a면.] “(…) 歲乙丑, 議政府右贊成臣權踶, 右參贊臣鄭麟趾, 工曹參判臣安止等, 製爲歌詩一百二十五章以進, 皆據事撰詞, 摭古擬今, 反覆敷陳, 而終之以規戒之義焉. 我殿下覽而嘉之, 賜名曰‘龍飛御天歌’. 惟慮所述事蹟, 雖載在史編, 而人難遍閱. 遂命臣, 及守集賢殿校理朴彭年·守敦寧府判官臣姜希顔·集賢殿副校理臣申叔舟·守副校理臣李賢老·修撰臣成三問·臣李塏·吏曹佐郎臣辛永孫等, 就加註解. 於是粗敍其用事之本末, 復爲音訓, 以便觀覽, 共一十卷. (…)”

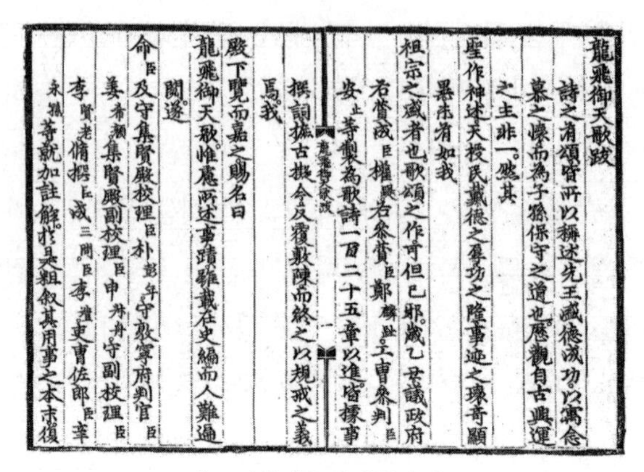
龍飛御天歌跋
詩之有頌皆所以稱述先王盛德成功以寓念
慕之懷而爲子孫保守之道也歷觀自古興運
之主非一然其
聖作神述天授民戴德之盛功之隆事迹之瓌奇顯
異未有如我
祖宗之盛者也歌頌之作曷可但已耶歲乙丑議政府
右贊成臣權踶右參贊臣鄭麟趾工曹參判臣
安止等製爲歌詩一百二十五章以進皆據事
撰詞摭古擬今反覆敷陳而終之以規戒之義
焉我
殿下覽而嘉之賜名曰
龍飛御天歌惟慮所述事蹟雖載在史編而人難遍
閱遂
命臣及守集賢殿校理臣朴彭年守敦寧府判官臣
姜希顔集賢殿副校理臣申叔舟守副校理臣
李賢老脩撰臣成三問臣李塏吏曹佐郎臣辛
永孫等就加註解於是粗叙其用事之本末復

【그림1】「용비어천가발」

이 그 내용을 알아보지 못할까 염려하여 작품에 해설을 달도록 명한다. 비록 〈용비어천가〉에 활용된 사적이 사서에 기재되어 있기는 하지만, 이를 일일이 찾아보기가 어렵다는 염려를 읽어 낼 수 있다. 이에 주해를 맡은 최항 이하 집현전 소장 학사들은 〈용비어천가〉의 원 제작자들이 어떠한 전적을 바탕으로 노랫말을 지어 내었는지 파악하여 각 장 아래에 해당 사적을 수록하는 작업을 실시하게 되며, 가외로 난해 어구나 한자음에 대한 설명까지도 세세하게 협주(夾註)로 부기하였던 것이다.

당초 『용비어천가』의 전거를 조사하는 작업은 무엇보다도 〈용비어천가〉, 즉 노랫말을 지어 내는 데 실제 소용된 사적들을 탐색해야 하는 것이 원칙적으로 타당하다. 그러나 실제 어떠한 사적이 노랫말에 반영되었는지를 〈용비어천가〉만을 가지고는 알아내기 어려울 뿐만 아니라, 최항 등이 작성한 주해가 대개 필요 이상으로 장황하기는 해도 노랫말의 바탕이 된 사적들을 빠짐없이 수록해 놓은 것임에는 분명하므로 해설 부분을 통해서 전거를 탐색해 가는 방식이 현실적으로 유효하다.

다음으로 고려해야 할 사항은 〈용비어천가〉가 제작되던 인접 시기에 편찬된 세종대의 다른 전적들, 특히 편람서(便覽書)들과의 관계를 조명해야 할 필요성이 있다는 점이다. 세종은 경체사용(經體史用)의 학술관을 지니고 있던 군주로서 재위 기간 내내 경연(經筵)에서 각종 사서를 강독하였고, 그 결과물을 수 종의 훈의서(訓義書)로 정리하여 간행토록 한 바도 있다. 세종 재위 후반기에 이르러 강독의 결과물을 활용하는 방식은 여기에서 한 단계 더 나아가게 되는데, 이 대목에서 특히 주목되는 전적이 〈용비어천가〉가 제진되기 불과 한 달 전에 완성된 『치평요람』이다.

『치평요람』은 정치의 득실을 밝히기 위한 목적으로 역대의 사적들을 매우 광범하게 수집하여 시대별로 정리한 대단위 편람서로서 『용비어천가』를 제작하는 데 『치평요람』의 내용이 일부 활용되었으리라는 추정은 선행 연구에서 이미 제기된 바 있으나,[3] 고성의 사적과 관계된 몇몇 사례만이 검토되었을 뿐 구체적인 단계로까지 논의가 진척되지는 못하였다. 『용비어천가』의 찬자와 주해자들이 재래의 각종 사서에 수록된 기사들을 면밀하게 고려하면서 노랫말을 짓거나 해설 작업을 진행했을 것임은 물론이지만, 그러한 1차 전적과 더불어 『치평요람』과 같은 2차 전적 역시도 이 과정에 중요한 자료로 활용되었을 개연성은 다분하다.

특히 『치평요람』은 수록 내용과 관련하여서만 『용비어천가』에 영향을 미친 것이 아니라 『용비어천가』의 독특한 체계를 구성하는 데에도 그 전범으로서 포착되었던 흔적까지 발견되므로, 이 같은 사항들을 구체적으로 검증하기 위해 『용비어천가』의 전거를 1차 전거, 즉 원천 사적과, 2차 전거, 즉 『치평요람』에 재인용된 사적으로 나누어 파악하는 작업이 필요하다.[4]

3 김승우, 앞의 책, 146~154면.

이러한 사항들을 고려하여 『용비어천가』의 전거를 다음과 같은 지침에 따라 조사한 후 그 내역을 아래에 표로 정리한다.

[일러두기]

① 전거 분석의 대상은 『용비어천가』의 해설 본문에 수록된 내역 전체이다. 해설 가운데 협주에 수록된 내용은 글자의 음 또는 훈을 설명하는 문구이거나 해당 사적과 직접적인 연관을 지니지 않는 부수적인 부분인 경우가 많으므로 전거 분석의 대상에서 제외하였다.
② 『용비어천가』의 각 장을 선사[1행]와 차사[2행]로 나눈 후, 각 행에서 다루고 있는 인물을 먼저 앞부분 '인물'란에 표시하였다. 단, 제1장은 1행, 제125장은 3행으로 이루어져 있으므로, 1장은 선·차사 구분을 하지 않았고, 125장은 선·중·차사로 행을 구분하였다. 특정 행에 구체적인 인물이 등장하지 않는 경우에는 '인물'란에 '–'로 표시하였다.
③ 『용비어천가』의 원천 사적, 즉 1차 전거를 각 장별로 조사하여 '1차 전거'란에 기입하되, 여러 전거가 순차적으로 활용된 경우에는 해설에 수록된 순서대로 그 내역을 모두 나열하고 각 전거 사이는 점선으로 구분하였다. 단, 특정 사적이 복수의 선행 전적에 수록되어 있어 그 가운데 어떤 것을 주로 활용하였는지 가늠하기 어려울 경우, 고성의 사적은 『자치통감』, 조종의 사적은 『고려사』를 가장 주요한 전적으로 지목하여 우선 수록한 후 그 밖의 전적을 필요에 따라 같은 난에 부기하였다.
④ 1차 전거는 서명과 편명까지 기입하였다. 다만, 1차 전거가 실록 기사일 경우에는 해당 조의 실록을 밝히고 기사의 날짜를 적었다. 아울러 『태조실록』 「총서」는 그 내역이 장황하므로 「총서」에 수록된 기사의 순서를 '#' 뒤에 따로 표시하였다.
⑤ 『용비어천가』의 해설 부분이 『치평요람』에서도 발견되는 경우, 해당

4 이는 『용비어천가』에 인용된 사적들 가운데 많은 부분이 『치평요람』에도 이미 수록되어 있다는 판단에 따른 것이다. 『용비어천가』의 제작에 『치평요람』이 구체적으로 어떠한 부면에서 활용되었는지에 대해서는 이 글의 4절에서 세부 항목별로 검토하게 될 것이다.

내역을 '2차 전거'란에 표기하였다. 2차 전거가 여러 개 순차적으로 활용된 경우에는 1차 전거와 마찬가지로 그 내역을 모두 나열하고 각 전거 사이는 점선으로 구분하였다.

⑥ 『용비어천가』의 해설 부분이 1차 또는 2차 전거에서도 발견되되 그 내용이 축약된 경우에는 따로 '[축약]'이라 표시하였다.

⑦ 『치평요람』에는 왕조 이외에는 별도의 편명이 존재하지 않으므로 2차 전거를 표시할 때에는 『치평요람』의 권차와 해당 기사가 시작되는 첫 면을 모두 밝혀 적었다. 아울러 이미 출간된 『치평요람』 영인본의 권차(a)와 페이지(b)도 '[a-b]' 형태로 부기하여 찾아보기 쉽게 하였다.

⑧ 앞서 나온 사적을 반복적으로 활용하여 작시(作詩)한 후 해설에 "見上. 上, 第ㅁ章也."로 적은 경우에는 별도로 2차 전거를 기입하지 않고 '1차 전거'란에만 '↑ㅁ장'과 같은 형태로 표시하였다. 한편, 제98장 차사의 경우 제108장에 나오는 내용을 먼저 가져다 활용하였는데, 이 경우에는 '↓108장'이라 적었다.

⑨ 조선조 조종의 사적이 어느 전적에서 활용 및 발췌된 것인지에 대해서는 박찬수, 앞의 논문, 65~73면; 김승우, 앞의 책, 61~63면에서 표로 조사·정리된 바 있으므로 전거 조사 과정에서 이들 내역을 활용하되, 미비한 부분을 다수 보충하였다.

⑩ 전거 조사에 주로 활용한 자료는 사고전서(四庫全書)·『고려사』·각조 실록(實錄)·『치평요람』 등이며, 구체적인 서지는 다음과 같다.

○ 『고려사』.

- "고려시대 사료: 고려사", 국사편찬위원회 한국사데이터베이스, 2017. 1. 13.
〈http://db.history.go.kr/KOREA/item/level.do?itemId=kr&types=r〉.

○ 『사고전서』.

- 『(文淵閣) 四庫全書: 電子版』, 上海: 中文大學出版社; 迪志文化出版社, 2002.

○ 『역대병요』.

– 성백효 교열, 『역대병요』 상·중·하, 國防軍史研究所, 1996.

○ 『용비어천가』.

– 京城帝國大學 法文學部 編, 『龍飛御天歌』 上·下, 京城帝國大學 法文學部, 1938.

○ 조선왕조실록.

– "조선시대 사료: 조선왕조실록", 국사편찬위원회 한국사데이터베이스, 2017. 1. 13.
〈http://sillok.history.go.kr/popup/viewer.do?id=kja_000〉.

○ 『치평요람』.

– 이우성 편, 『치평요람』 1~34, 아세아문화사, 1994.

– 이우성 편, 『치평요람』 35~39(補遺1~補遺5), 아세아문화사, 1996.

– 세종대왕기념사업회 고전국역 편집위원회, 『(국역) 치평요람』 1~38, 세종대왕기념사업회, 2001~2011.

⑪ 『치평요람』에 수록된 사적들의 원천 전거에 대해서는 오항녕, 『조선 초기 『치평요람』의 편찬과 전거』, 아세아문화사, 2007에서 모두 분석된 바 있으므로, 『용비어천가』의 해설에 수록된 내용이 『치평요람』에도 수록되어 있는 경우, 그 원천 전거, 즉 1차 전거를 별도로 탐색하지 않고 오항녕의 선행 연구에서 조사된 바를 상당 부분 그대로 수용하였다.

⑫ 전거를 확인할 수 없는 경우에는 '전거 불명'이라 표시하고 해당 부분의 어구 첫머리를 '【 】' 안에 적었다.

⑬ 『치평요람』 전체 150권 가운데 현전하는 것은 권38·39를 제외한 148권이다. 실전된 두 권은 한나라 말기를 다루고 있는데, 〈용비어천가〉 제80장의 선사에 반영된 촉(蜀) 선주(先主) 유비(劉備)의 사적이 권38 또는 권39에 수록되어 있었을 가능성이 높다. 따라서 제80장 선사의 '2차 전거'란에는 '『治平要覽』 권38 또는 권39 [缺]'이라 표기하였다.

【표1】『용비어천가』의 전거 일람

장차		인물	1차 전거	2차 전거
1		-	-	
2	先	-	-	
	次	-	-	
3	先	주 태왕	『史記』 권4, 「周本紀」 4	
	次	목조	『太祖實錄』 권1, 「總序」 #1	
			『太祖實錄』 권1, 「總序」 #2	
4	先	주 태왕	↑3장	
	次	익조	↑3장	
			『太祖實錄』 권1, 「總序」 #9	
5	先	주 태왕	『詩經』, 「大雅」, 文王之什, 緜	
	次	익조	↑4장	
6	先	주 태왕	↑3장	
	次	익조	↑4장	
7	先	주 문왕	『尙書帝命驗』 권1	
	次	도조	『太祖實錄』 권1, 「總序」 #19	
8	先	주 계력	『論語集註』, 「泰伯」 8	
	次	환조	『太祖實錄』 권1, 「總序」 #21	
9	先	주 무왕	『史記』 권3, 「殷本紀」 3	『治平要覽』 권1, 28a면 [35(補遺1)-57] [축약]
			『書經』, 「周書」, 武成	
	次	태조	『高麗史』 권137, 「列傳」 50, 辛禑 5, 14년 『太祖實錄』 권1, 「總序」 #82	『治平要覽』 권149, 28a면 [34-297]
			『高麗史』 권137, 「列傳」 50, 辛禑 5, 14년 『太祖實錄』 권1, 「總序」 #83	
			『高麗史』 권137, 「列傳」 50, 辛禑 5, 14년 『太祖實錄』 권1, 「總序」 #84	『治平要覽』 권149, 30a면 [34-301]
			『高麗史』 권137, 「列傳」 50, 辛禑 5, 14년 『太祖實錄』 권1, 「總序」 #85	『治平要覽』 권149, 30b면 [34-302]
			『高麗史』 권137, 「列傳」 50, 辛禑 5, 14년 『太祖實錄』 권1, 「總序」 #86	『治平要覽』 권149, 33b면 [34-308]
			『高麗史』 권137, 「列傳」 50, 辛禑 5, 14년 『太祖實錄』 권1, 「總序」 #87	

장차		인물	1차 전거	2차 전거
			『太祖實錄』 권1, 「總序」 #89	
			『高麗史』 권137, 「列傳」 50, 辛禑 5, 14년	
			전거 불명【後宣宗皇帝時】	
10	先	주 무왕	↑9장	
	次	태조	↑9장	
11	先	주 무왕	↑9장	
			『論語集註』, 「泰伯」 8	
	次	태조	↑9장	
			『高麗史』 권133, 「列傳」 46, 辛禑 1	
			『高麗史』 권133, 「列傳」 50, 辛禑 5, 14년 『高麗史』 권126, 「列傳」 39, 姦臣 2, 曺敏修	『治平要覽』 권149, 35a면 [34-311]
			『高麗史』 권45, 「世家」 45, 恭讓王 1 『太祖實錄』 권1, 「總序」 #100	『治平要覽』 권150, 8b면 [34-374]
			『高麗史』 권45, 「世家」 45, 恭讓王 1, 2년	『治平要覽』 권150, 10b면 [34-378]
12	先	주 무왕	↑9장	
	次	태조	전거 불명【自高麗恭愍王薨】	『治平要覽』 권150, 13b면 [34-384]
			『太祖實錄』 권14, 7년 8월 26일(기사)	
			『太祖實錄』 권1, 1년 7월 17일(병신)	
			『高麗史』 권116, 「列傳」 29, 沈德符	
			『高麗史』 권119, 「列傳」 32, 鄭道傳 『太祖實錄』 권1, 「總序」 #128	『治平要覽』 권150, 58b면 [34-474]
			『高麗史』 권117, 「列傳」 30, 鄭夢周 『太祖實錄』 권1, 「總序」 #129	
			『高麗史』 권117, 「列傳」 30, 鄭夢周 『太祖實錄』 권1, 「總序」 #131	
			『高麗史』 권46, 「世家」 46, 恭讓王 2, 4년 『太祖實錄』 권1, 「總序」 #134	
			『高麗史』 권46, 「世家」 46, 恭讓王 2, 4년	『治平要覽』 권150, 63a면 [34-483]
			『太祖實錄』 권1, 1년 7월 28일(정미)	
			『太祖實錄』 권1, 1년 8월 23일(임신)	
			『太祖實錄』 권8, 4년 11월 24일(갑신)	
			『太祖實錄』 권8, 4년 11월 27일(정해)	

장차		인물	1차 전거	2차 전거
			『太祖實錄』 권8, 4년 12월 8일(정유)	
			전거 불명【又賜材瓦令造居第】	
			『太祖實錄』 권8, 4년 12월 22일(신해)	
			『太祖實錄』 권14, 7년 5월 26일(임신)	
			『太祖實錄』 권1, 「總序」 #133	
			『太祖實錄』 권1, 1년 7월 17일(병신)	『治平要覽』 권150, 63b면 [34-484]
			『太祖實錄』 권2, 1년 12월 16일(임술)	
13	先	주 무왕	↑9장	
	次	태조	↑9장	
			『高麗史』 권46, 「世家」 46, 恭讓王 2, 3년 『太祖實錄』 권1, 「總序」 #117	『治平要覽』 권150, 42b면 [34-442]
			『高麗史』 권46, 「世家」 46, 恭讓王 2, 3년 『太祖實錄』 권1, 「總序」 #118	
			『太祖實錄』 권1, 1년 7월 17일(병신)	『治平要覽』 권150, 68b면 [34-494]
14	先	주 무왕	『史記』 권4, 「周本紀」 4	
	次	태조	↑13장	
15	先	진 시황제	『金陵百詠』, 秦淮	
	次	태조	『高麗史』 권2, 「世家」 2, 太祖 2, 26년	『治平要覽』 권100, 7b면 [21-364]
16	先	당 태종	『資治通鑑』 권183, 「隋紀」 7	『治平要覽』 권69, 35b면 [14-72]
			『資治通鑑』 권186, 「唐紀」 2	『治平要覽』 권70, 44a면 [14-201]
	次	태조	『高麗史』 권122, 「列傳」 35, 方技, 金謂磾	
			『高麗史』 권11, 「世家」 11, 肅宗 1, 6년	
			『高麗史』 권12, 「世家」 12, 肅宗 2, 9년	
17	先	수 양제	『通鑑總類』 권1下	『治平要覽』 권69, 48b면 [14-98]
			『資治通鑑』 권180, 「隋紀」 4	『治平要覽』 권68, 27b면 [13-396]
				『治平要覽』 권68, 38a면 [13-417]
				『治平要覽』 권68, 38b면 [13-418]
				『治平要覽』 권68, 40a면 [13-421]
				『治平要覽』 권68, 43a면 [13-427]
				『治平要覽』 권68, 49b면 [13-440]
			『資治通鑑』 권181, 「隋紀」 5	『治平要覽』 권68, 52a면 [13-445]

장차		인물	1차 전거	2차 전거
				『治平要覽』 권68, 56b면 [13-454]
			『通鑑紀事本末』 권26上	『治平要覽』 권69, 3a면 [14-7]
			『資治通鑑』 권181, 「隋紀」 5	『治平要覽』 권69, 3b면 [14-8]
				『治平要覽』 권69, 6b면 [14-14]
				『治平要覽』 권69, 8a면 [14-17]
			전거 불명【左候衛大將軍段文振】	『治平要覽』 권69, 8b면 [14-18]
			『資治通鑑』 권181, 「隋紀」 5	『治平要覽』 권69, 9a면 [14-19]
				『治平要覽』 권69, 10a면 [14-21]
			『資治通鑑』 권182, 「隋紀」 6	『治平要覽』 권69, 13a면 [14-27]
				『治平要覽』 권69, 18b면 [14-38]
			『通鑑紀事本末』 권26上	『治平要覽』 권69, 27a면 [14-55]
			『資治通鑑』 권183, 「隋紀」 7	『治平要覽』 권69, 34b면 [14-70]
			『資治通鑑』 권185, 「唐紀」 1	『治平要覽』 권70, 20b면 [14-154]
	次	도조	↑3장	
18	先	한 고조	『資治通鑑』 권7, 「秦紀」 2	『治平要覽』 권15, 34b면 [37(補遺3)-184]
			『史記』 권8, 「高祖本紀」 8	
	次	도조	↑3장	
19	先	한 광무제	『資治通鑑』 권39, 「漢紀」 31	
			전거 불명【會故廣陽王子接】	
			『資治通鑑』 권39, 「漢紀」 31	『治平要覽』 권26, 14a면 [4-141]
	次	익조	↑4장	
20	先	한 광무제	↑19장	
	次	익조	↑4장	
21	先	송 인종	『佛祖歷代通載』 권27	
	次	익조	『太祖實錄』 권1, 「總序」 #11	
22	先	한 고조	↑18장	
	次	도조	『太祖實錄』 권1, 「總序」 #18	
23	先	후당 태조	『舊五代史』 권25, 「唐書」 1	
	次	도조	↑7장	
24	先	송 태조	『資治通鑑』 권291, 「後周紀」 2	『治平要覽』 권102, 3b면 [22-126]
			『春秋集義』 권42, 昭公	

장차		인물	1차 전거	2차 전거
	次		『資治通鑑』 권292, 「後周紀」 3	『治平要覽』 권102, 18b면 [22-156]
			『通鑑總類』 권11下	『治平要覽』 권102, 22b면 [22-164]
			『資治通鑑』 권293, 「後周紀」 4	『治平要覽』 권102, 25b면 [22-170]
				『治平要覽』 권102, 26b면 [22-172]
	次	환조	『高麗史』 권29, 「世家」 29, 忠烈王 2, 7년 『太祖實錄』 권1, 「總序」 #8	『治平要覽』 권146, 33a면 [33-403]
			『太祖實錄』 권1, 「總序」 #17	
			『高麗史』 권38, 「世家」 38, 恭愍王 1, 4년 『太祖實錄』 권1, 「總序」 #23	
			『高麗史』 권38, 「世家」 38, 恭愍王 1, 4년 『太祖實錄』 권1, 「總序」 #24	
			『高麗史』 권111, 「列傳」 24, 趙暾 『太祖實錄』 권1, 「總序」 #25	
25	先	송 태조	『宋史全文』, 「宋太祖」 1	『治平要覽』 권102, 50b면 [22-220]
	次	환조	↑24장	
26	先	당 태종	『資治通鑑』 권190, 「唐紀」 6	『治平要覽』 권71, 43a면 [14-315]
			『資治通鑑』 권191, 「唐紀」 7	『治平要覽』 권71, 55a면 [14-339]
				『治平要覽』 권72, 1a면 [14-343]
				『治平要覽』 권72, 5a면 [14-351]
				『治平要覽』 권72, 13a면 [14-367]
			『資治通鑑』 권194, 「唐紀」 10	『治平要覽』 권73, 15a면 [15-31]
	次	환조	『高麗史』 권39, 「世家」 39, 恭愍王 2, 10년 『太祖實錄』 권1, 總序 #27	『治平要覽』 권146, 33a면 [33-403]
27	先	당 태종	『太平御覽』 권349, 「兵部」 80	
	次	태조	『太祖實錄』 권1, 「總序」 #33	『治平要覽』 권148, 35a면 [34-185]
			『太祖實錄』 권1, 「總序」 #34	
28	先	한 고조	『資治通鑑』 권7, 「秦紀」 2	『治平要覽』 권15, 34b면 [37(補遺3)-184]
			『史記』 권8, 「高祖本紀」 8	
	次	태조	『高麗史』 권111, 「列傳」 25, 李達衷 『太祖實錄』 권1, 「總序」 #32	『治平要覽』 권146, 33a면 [33-403]
			『太祖實錄』 권1, 「總序」 #32	
			『太祖實錄』 권9, 5년 4월 27일(갑인)	

장차		인물	1차 전거	2차 전거
	次		『太祖實錄』 권1, 「總序」 #130	
29	先	촉 선주	『資治通鑑』 권60, 「漢紀」 52	『治平要覽』 권33, 29a면 [5-395]
			『資治通鑑』 권65, 「漢紀」 57	『治平要覽』 권35, 15b면 [6-142]
	次	태조	『太祖實錄』 권1, 「總序」 #67	
			『太祖實錄』 권1, 「總序」 #28	
			전거 불명【身長而直耳大絶異】	
			『太宗實錄』 권4, 2년 9월 28일(무신)	
			전거 불명【時太祖行天寶山】	
			『太祖實錄』 권1, 1년 7월 17일(병신)	『治平要覽』 권150, 68b면 [34-494]
30	先	후당 태조	『資治通鑑』 권255, 「唐紀」 71	『治平要覽』 권93, 32a면 [20-65]
	次	태조	『太祖實錄』 권1, 「總序」 #34	『治平要覽』 권148, 35a면 [34-185]
31	先	당 태종	↑26장	
	次	태조	『太祖實錄』 권1, 「總序」 #31	『治平要覽』 권148, 35a면 [34-185]
			『太祖實錄』 권1, 「總序」 #72	『治平要覽』 권148, 35a면 [34-185]
32	先	송 고종	『宋史全文』 권15, 靖康元年	『治平要覽』 권121, 50a면 [27-333]
			『歷代通鑑輯覽』 권82	『治平要覽』 권122, 1a면 [27-349]
				『治平要覽』 권122, 1b면 [27-350]
			『九朝編年備要』 권30	『治平要覽』 권122, 30b면 [27-408]
			『宋名臣言行錄』 「續集」 권4	『治平要覽』 권122, 40a면 [27-427]
			『歷代通鑑輯覽』 권82	
			『通鑑續編』 권13	『治平要覽』 권122, 41a면 [27-429]
			『資治通鑑後編』 권104	『治平要覽』 권122, 42a면 [27-431]
			『續夷堅志』	
			『歷代通鑑輯覽』 권83	『治平要覽』 권123, 5a면 [28-11]
			『宋史』 권379	『治平要覽』 권123, 30b면 [28-62]
	次	태조	『太祖實錄』 권1, 「總序」 #30	『治平要覽』 권148, 35a면 [34-185]
33	先	당 태종	『資治通鑑』 권182, 「隋紀」 6	『治平要覽』 권69, 31a면 [14-63]
	次	태조	『高麗史』 권39, 「世家」 39, 恭愍王 2, 10년 『高麗史』 권113, 「列傳」 26, 安祐 『高麗史』 권126, 「列傳」 39, 姦臣 2, 林堅味 『太祖實錄』 권1, 「總序」 #37	『治平要覽』 권146, 51a면 [33-439]

장차		인물	1차 전거	2차 전거
			『高麗史』 권113, 「列傳」 26 安祐 『太祖實錄』 권1, 「總序」 #39	『治平要覽』 권146, 53a면 [33-443]
			『高麗史』 권40, 「世家」 40 恭愍王 3, 12년	
34	先	금 태조	『遼史』 권28 本紀 28	『治平要覽』 권120, 33b면 [27-184]
	次	태조	↑33장	
35	先	당 태종	『歷代名臣奏議』 권341	『治平要覽』 권72, 15b면 [14-372]
	次	태조	『太祖實錄』 권1, 「總序」 #40	『治平要覽』 권147, 2a면 [34-4]
			『高麗史』 권40, 「世家」 40 恭愍王 3, 11년 『太祖實錄』 권1, 「總序」 #41	
			『高麗史』 권133, 「列傳」 46 辛禑 1, 2년 『太祖實錄』 권1, 「總序」 #41	
			『高麗史』 권40, 「世家」 40 恭愍王 3, 11년 『太祖實錄』 권1, 「總序」 #41	
36	先	당 태종	『資治通鑑』 권70, 「隋紀」 8	『治平要覽』 권70, 1a면 [14-115] 『治平要覽』 권70, 5b면 [14-124]
			『李衛公問對』 권上	
	次	태조	↑35장	
37	先	촉 선주	『資治通鑑』 권62, 「漢紀」 54	『治平要覽』 권34, 11a면 [6-23]
			『太平御覽』 권186, 「居處部」 14	
	次	태조	『高麗史』 권113 「列傳」 26, 安遇慶 『高麗史』 권131 「列傳」 44, 叛逆 5, 崔濡 『太祖實錄』 권1, 「總序」 #42	『治平要覽』 권147, 6b면 [34-14] 『治平要覽』 권147, 17a면 [34-35]
			『高麗史』 권133 「列傳」 46, 辛禑 1, 3년 『太祖實錄』 권1, 「總序」 #62	『治平要覽』 권148, 35a면 [34-185]
38	先	은 탕왕	『孟子』, 「滕文公章句」 下	
	次	태조	↑35장	
			『太祖實錄』 권1, 「總序」 #43	『治平要覽』 권147, 18a면 [34-37]
			『太祖實錄』 권1, 「總序」 #44	
39	先	한 고조	↑18장	
	次	태조	『太祖實錄』 권1, 「總序」 #47	『治平要覽』 권147, 45a면 [34-91]
40	先	당 고조	『新唐書』 권1, 「本紀」 1 『太平御覽』 권310, 「兵部」 41	
	次	태조	↑39장	

장차		인물	1차 전거	2차 전거
41	先	당 태종	『資治通鑑』 권196, 「唐紀」 12	『治平要覽』 권74, 27a면 [15-167]
			『資治通鑑』 권197, 「唐紀」 13	『治平要覽』 권74, 43a면 [15-199]
				『治平要覽』 권74, 51b면 [15-216]
				『治平要覽』 권74, 53b면 [15-220]
				『治平要覽』 권74, 55b면 [15-224]
			『資治通鑑』 권197, 「唐紀」 13	『治平要覽』 권75, 1a면 [15-227]
				『治平要覽』 권75, 2a면 [15-229]
				『治平要覽』 권75, 2b면 [15-230]
				『治平要覽』 권75, 3a면 [15-231]
				『治平要覽』 권75, 4a면 [15-233]
			『三國史記』 권5, 「新羅本紀」 5	
			『資治通鑑』 권197, 「唐紀」 13	『治平要覽』 권75, 4a면 [15-233]
			『唐鑑』 권6	『治平要覽』 권75, 7b면 [15-240]
			『資治通鑑』 권198, 「唐紀」 14	『治平要覽』 권75, 5b면 [15-236]
			『唐鑑』 권6	『治平要覽』 권75, 7b면 [15-240]
			『資治通鑑』 권198, 「唐紀」 14	『治平要覽』 권75, 5b면 [15-236]
				『治平要覽』 권75, 7b면 [15-240]
				『治平要覽』 권75, 8b면 [15-242]
			전거 불명【胡寅曰兵豈易用哉】	
			『資治通鑑』 권198, 「唐紀」 14	『治平要覽』 권75, 8b면 [15-242]
			『三國史記』 권22, 「高句麗本紀」 10	
			『三國史記』 권21, 「高句麗本紀」 9	
			『資治通鑑』 권198, 「唐紀」 14	『治平要覽』 권75, 8b면 [15-242]
			『唐鑑』 권6	『治平要覽』 권75, 10b면 [15-246]
			『資治通鑑』 권198, 「唐紀」 14	『治平要覽』 권75, 11a면 [15-247]
				『治平要覽』 권75, 13a면 [15-251]
			『資治通鑑綱目』 권40	『治平要覽』 권75, 13a면 [15-251]
				『治平要覽』 권75, 12b면 [15-250]
	次	태조	↑39장	
42	先	원 태조	『通鑑續編』 권20	『治平要覽』 권136, 6b면 [31-128]
				『治平要覽』 권135, 55a면 [31-111]

장차		인물	1차 전거	2차 전거
	次	태조	『太祖實錄』 권1, 「總序」 #46	『治平要覽』 권147, 53b면 [34-108]
			『太祖實錄』 권1, 「總序」 #49	
			『太祖實錄』 권1, 「總序」 #66	
43	先	당 현종	『陝西通志』 권63	
	次	태조	『太祖實錄』 권1, 「總序」 #53	『治平要覽』 권148, 35a면 [34-185]
44	先	당 선종	『樂書』 권185	
	次	태조	『太祖實錄』 권1, 「總序」 #35	『治平要覽』 권148, 35a면 [34-185]
45	先	한 고조	『資治通鑑』 권8, 「秦紀」 3	『治平要覽』 권15, 44a면 [37(補遺3)-203]
			『資治通鑑』 권9, 「漢紀」 1	『治平要覽』 권15, 51a면 [37(補遺3)-217]
				『治平要覽』 권15, 52a면 [37(補遺3)-219]
	次	태조	『太祖實錄』 권1, 「總序」 #56	『治平要覽』 권148, 35a면 [34-185]
46	先	당 고조	『舊唐書』 권51, 「列傳」 1, 后妃 上	
	次	태조	『太祖實錄』 권1, 「總序」 #56	『治平要覽』 권148, 35a면 [34-185]
			『太祖實錄』 권1, 「總序」 #71	『治平要覽』 권148, 35a면 [34-185]
47	先	당 태종	↑27장	
	次	태조	『太祖實錄』 권1, 「總序」 #61	『治平要覽』 권148, 33b면 [34-182]
48	先	금 태조	『金史』 권2, 「本紀」 2	
	次	태조	↑47장	
49	先	후당 태조	『資治通鑑』 권253, 「唐紀」 69	『治平要覽』 권93, 1b면 [20-4]
				『治平要覽』 권93, 4a면 [20-9]
			『資治通鑑』 권253, 「唐紀」 70	『治平要覽』 권93, 4b면 [20-10]
				『治平要覽』 권93, 8b면 [20-18]
				『治平要覽』 권93, 10a면 [20-21]
				『治平要覽』 권93, 8b면 [20-18]
				『治平要覽』 권93, 11b면 [20-24]
				『治平要覽』 권93, 12b면 [20-26]
				『治平要覽』 권93, 18a면 [20-37]
			『資治通鑑』 권253, 「唐紀」 69	『治平要覽』 권93, 3a면 [20-7]
			『資治通鑑』 권253, 「唐紀」 70	『治平要覽』 권93, 12a면 [20-25]
				『治平要覽』 권93, 14a면 [20-29]

장차		인물	1차 전거	2차 전거
			『資治通鑑』 권253, 「唐紀」 71	『治平要覽』 권93, 23b면 [20-48]
				『治平要覽』 권93, 27a면 [20-55]
				『治平要覽』 권93, 29a면 [20-59]
	次	태조	『太祖實錄』 권1, 「總序」 #64 『高麗史』 권133, 「列傳」 46, 辛禑 원년 『高麗史』 권133, 「列傳」 46, 辛禑 2년	『治平要覽』 권148, 32a면 [34-179]
				『治平要覽』 권148, 34b면 [34-184]
				『治平要覽』 권148, 40a면 [34-195]
50	先	당 현종	『資治通鑑』 권209, 「唐紀」 25	『治平要覽』 권79, 17a면 [16-265]
				『治平要覽』 권79, 18b면 [16-268]
	次	태조	『太祖實錄』 권1, 「總序」 #66	
			『太祖實錄』 권1, 「總序」 #92	
51	先	원 태조	『通鑑續編』 권19	『治平要覽』 권134, 28b면 [30-384] [축약]
	次	태조	↑50장	
52	先	후당 태조	↑49장	
	次	태조	↑49장	
53	先	당 태종	『資治通鑑』 권193, 「唐紀」 9	『治平要覽』 권73, 4b면 [15-10]
			『資治通鑑』 권193, 「唐紀」 9	『治平要覽』 권72, 51a면 [14-443]
	次	태조	『太祖實錄』 권8, 4년 12월 14일(계묘)	
			『太祖實錄』 권1, 1년 8월 18일(정묘) 『太祖實錄』 권2, 1년 9월 11일(기축) 『太祖實錄』 권2, 1년 윤12월 28일(갑진) 『太祖實錄』 권2, 3년 9월 9일(병오) 『太祖實錄』 권12, 6년 8월 6일(을유)	
			『太祖實錄』 권3, 2년 6월 16일(경인)	
54	先	한 고조	『資治通鑑』 권11, 「漢紀」 3	『治平要覽』 권16, 24a면 [37(補遺3)-277]
			『史記』 권113, 「列傳」 53, 南越尉佗	『治平要覽』 권16, 52a면 [37(補遺3)-333]
	次	태조	『太祖實錄』 권1, 「總序」 #45	
55	先	한 고조	『資治通鑑綱目』 권2下	
	次	태조	↑53장	
56	先	당 태종	『資治通鑑』 권198, 「唐紀」 14	『治平要覽』 권75, 28a면 [15-281]
			『資治通鑑』 권199, 「唐紀」 15	『治平要覽』 권75, 45b면 [15-316]
				『治平要覽』 권75, 47b면 [15-320]

장차		인물	1차 전거	2차 전거
				『治平要覽』 권75, 49b면 [15-324]
			『資治通鑑』 권200, 「唐紀」 16	『治平要覽』 권75, 51a면 [15-327]
				『治平要覽』 권75, 52a면 [15-329]
			『資治通鑑』 권201, 「唐紀」 17	『治平要覽』 권76, 24b면 [15-390]
			『資治通鑑』 권203, 「唐紀」 19 [축약]	『治平要覽』 권77, 13a면 [16-27]
			『資治通鑑』 권204, 「唐紀」 20	『治平要覽』 권77, 37a면 [16-75]
			『資治通鑑』 권206, 「唐紀」 22	『治平要覽』 권78, 10b면 [16-136]
	次	태조	↑53장	
57	先	금 태조	『金史』 권2, 「本紀」 2	『治平要覽』 권117, 46b면 [26-322]
	次	태조	『太祖實錄』 권1, 「總序」 #68	『治平要覽』 권149, 5a면 [34-251]
			『太祖實錄』 권1, 「總序」 #69	
			『太祖實錄』 권1, 「總序」 #70	
58	先	당 태종	『資治通鑑』 권188, 「唐紀」 4	『治平要覽』 권71, 18b면 [14-266]
				『治平要覽』 권71, 19b면 [14-268]
			『通鑑紀事本末』 권27下	『治平要覽』 권71, 21a면 [14-271]
			『資治通鑑』 권188, 「唐紀」 4	『治平要覽』 권71, 21b면 [14-272]
				『治平要覽』 권71, 23b면 [14-276]
			『資治通鑑』 권189, 「唐紀」 5	『治平要覽』 권71, 24a면 [14-277]
				『治平要覽』 권71, 27a면 [14-283]
	次	태조	『太祖實錄』 권1, 「總序」 #76	『治平要覽』 권149, 17a면 [34-275]
59	先	당 태종	↑58장	
	次	태조	↑58장	
60	先	당 태종	↑58장	
	次	태조	↑58장	
61	先	당 현종	↑50장	
	次	태조	↑58장	
62	先	당 태종	『資治通鑑』 권191, 「唐紀」 7	『治平要覽』 권72, 1a면 [14-343]
				『治平要覽』 권72, 2b면 [14-346]
	次	태조	『太祖實錄』 권1, 「總序」 #62	『治平要覽』 권149, 17a면 [34-275]
63	先	후당 태조	↑49장	

장차		인물	1차 전거	2차 전거
	次	태조	↑49장	
			『太祖實錄』 권1, 「總序」 #54	『治平要覽』 권148, 35a면 [34-185]
64	先	금 태조	『金史』 권2, 「本紀」 2	
	次	태조	『太祖實錄』 권1, 「總序」 #56	『治平要覽』 권148, 35a면 [34-185]
65	先	당 태종	『通鑑紀事本末』 권29上	『治平要覽』 권73, 44b면 [15-90]
	次	태조	『太祖實錄』 권1, 「總序」 #73	『治平要覽』 권148, 35a면 [34-185]
			『太祖實錄』 권1, 「總序」 #52	『治平要覽』 권148, 35a면 [34-185]
66	先	한 고조	『資治通鑑』 권9, 「漢紀」 1	『治平要覽』 권16, 7b면 [37(補遺3)-244]
			『資治通鑑綱目』 권2下	『治平要覽』 권16, 8a면 [37(補遺3)-245]
			『史記』 권91, 「列傳」 31, 黥布	『治平要覽』 권16, 13a면 [37(補遺3)-255]
			『資治通鑑』 권10, 「漢紀」 2	『治平要覽』 권16, 18b면 [37(補遺3)-266]
			『資治通鑑綱目』 권3上	『治平要覽』 권16, 48a면 [37(補遺3)-325]
			『史記』 권55, 「世家」 25, 留侯	『治平要覽』 권17, 1a면 [3-3]
			『資治通鑑』 권9, 「漢紀」 1	『治平要覽』 권16, 10a면 [37(補遺3)-249]
			『史記』 권104, 「列傳」 44, 田叔	『治平要覽』 권16, 42a면 [37(補遺3)-313]
	次	태조	『太祖實錄』 권1, 「總序」 #67	『治平要覽』 권148, 55b면 [34-226]
67	先	원 세조	『歷代通鑑輯覽』 권94	『治平要覽』 권142, 8a면 [32-357]
	次	태조	↑9장	
68	先	원 세조	↑67장	
	次	태조	↑9장	
69	先	한 광무제	『資治通鑑』 권39, 「漢紀」 31	『治平要覽』 권26, 17b면 [4-148]
				『治平要覽』 권26, 18a면 [4-149]
				『治平要覽』 권26, 20b면 [4-154]
			『資治通鑑』 권40, 「漢紀」 32	『治平要覽』 권26, 22b면 [4-158]
				『治平要覽』 권26, 24a면 [4-161]
	次	태조	↑9장	
			전거 불명【讖書有十八子正三韓之說】	
70	先	당 태종	『長安志』 권16, 「縣」 6	
			전거 불명【太宗葬文德皇后於昭陵】	
	次	태조	「八駿圖誌」	

장차		인물	1차 전거	2차 전거
71	先	당 현종	『資治通鑑』 권210, 「唐紀」 26	『治平要覽』 권79, 30b면 [16-292]
				『治平要覽』 권79, 37a면 [16-305]
			『讀史管見』 권19, 「唐紀」, 睿宗	『治平要覽』 권79, 38a면 [16-307]
	次	태조	『高麗史』 권115, 「列傳」 28, 李穡 『太祖實錄』 권1, 「總序」 #95	『治平要覽』 권149, 54a면 [34-349]
			『高麗史』 권137, 「列傳」 50, 辛禑 5, 辛昌	『治平要覽』 권149, 57b면 [34-356]
			『高麗史』 권45, 「世家」 45, 恭讓王 1	『治平要覽』 권150, 8b면 [34-374]
			『太祖實錄』 권2, 1년 10월 22일(경오)	『治平要覽』 권150, 68b면 [34-494]
			『太祖實錄』 권3, 2년 2월 15일(경인)	
			『太祖實錄』 권11, 6년 4월 17일(기해)	
72	先	당 태종	↑17, 41장	
	次	태조	↑9, 71장	
73	先	후주 세종	『資治通鑑』 권294, 「後周紀」 5	『治平要覽』 권102, 41a면 [22-201]
			전거 불명【後粱太祖姓朱氏】	
	次	태조	『高麗史』 권118, 「列傳」 31, 趙浚 『太祖實錄』 권1, 「總序」 #96	『治平要覽』 권149, 38a면 [34-317]
			↑11장	
74	先	원 세조	『通鑑續編』 권23	『治平要覽』 권139, 7b면 [32-16]
				『治平要覽』 권139, 11a면 [32-23]
	次	태조	『太祖實錄』 권1, 「總序」 #111 『高麗史』 권45, 「世家」 45, 恭讓王 1, 2년	『治平要覽』 권150, 39b면 [34-436]
			『高麗史』 권45, 「世家」 45, 恭讓王 1, 2년	
			『太祖實錄』 권11, 6년 3월 8일(신유)	
75	先	당 태종	↑62장	
	次	태조	『高麗史』 권46, 「世家」 46, 恭讓王 2, 4년 『太祖實錄』 권1, 「總序」 #126	『治平要覽』 권150, 47a면 [34-451]
76	先	한 고조	『資治通鑑』 권11, 「漢紀」 3	『治平要覽』 권16, 34b면 [37(補遺3)-298]
			『前漢書』 권35, 「列傳」 5, 荊燕吳	
			『讀史管見』 권20, 「唐紀」, 玄宗上	『治平要覽』 권81, 5b면 [17-12]
	次	태조	『太祖實錄』 권1, 「總序」 #51	『治平要覽』 권150, 55a면 [34-467]
			『太祖實錄』 권1, 「總序」 #59	『治平要覽』 권150, 55a면 [34-467]

장차		인물	1차 전거	2차 전거
77	先	당 태종	↑26, 53장	
	次	태조	↑12장	
78	先	한 고조	↑66장	
			『資治通鑑』 권11, 「漢紀」 3	『治平要覽』 권16, 32b면 [37(補遺3)-294]
			『前漢書』 권34, 「列傳」 4, 韓彭英盧吳	
			『資治通鑑』 권11, 「漢紀」 3	
				『治平要覽』 권16, 39b면 [37(補遺3)-308]
				『治平要覽』 권16, 40b면 [37(補遺3)-310]
			『通鑑紀事本末』 권2上	『治平要覽』 권16, 48b면 [37(補遺3)-326]
			『左氏博議』 권7	『治平要覽』 권16, 49a면 [37(補遺3)-327]
			『通鑑紀事本末』 권2上	『治平要覽』 권16, 48b면 [37(補遺3)-326]
			『史記』 권8, 「本紀」 8, 漢高祖	『治平要覽』 권16, 49a면 [37(補遺3)-327]
			『資治通鑑』 권12, 「漢紀」 4	『治平要覽』 권16, 49b면 [37(補遺3)-328]
			『十先生奧論註』, 「前集」 권3, 雜論	『治平要覽』 권16, 50a면 [37(補遺3)-329]
			『史記』 권53, 「世家」 23, 蕭相國	
			『資治通鑑』 권12, 「漢紀」 4	『治平要覽』 권16, 51b면 [37(補遺3)-332]
				『治平要覽』 권16, 55a면 [37(補遺3)-339]
			『史記』 권53, 「世家」 23, 蕭相國	『治平要覽』 권17, 2b면 [3-6]
			『李衛公問對』 권下	
	次	태조	『太祖實錄』 권2, 1년 9월 16일(갑오)	
			『太祖實錄』 권2, 1년 9월 26일(갑진)	
			『太祖實錄』 권2, 1년 윤12월 13일(기축)	
			『太祖實錄』 권6, 3년 6월 24일(임진)	
			『太祖實錄』 권6, 3년 11월 4일(경자)	
			『太祖實錄』 권7, 4년 3월 20일(계축)	
			『太祖實錄』 권8, 4년 10월 30일(경신)	
			『太祖實錄』 권10, 5년 8월 28일(계축)	
			『太祖實錄』 권10, 5년 9월 5일(경신)	
			『太祖實錄』 권13, 7년 2월 5일(임오)	
			『太祖實錄』 권13, 7년 3월 1일(무신)	
			『太祖實錄』 권14, 7년 7월 11일(갑신)	

장차		인물	1차 전거	2차 전거
79	先	한 고조	↑78장	
	次	태조	↑78장	
80	先	촉 선주	『資治通鑑』 권75, 「魏紀」 7	『治平要覽』 권38 또는 권39 [缺]
	次	태조	『太祖實錄』 권1, 「總序」 #80	
			『高麗史』 권112, 「列傳」 25, 韓復 『太祖實錄』 권1, 「總序」 #47	『治平要覽』 권147, 45a면 [34-91]
			『高麗史』 권137, 「列傳」 50, 辛禑 5, 辛昌	
81	先	송 태조	『宋史全文』 권1, 「宋太祖」 1	『治平要覽』 권103, 19a면 [22-277]
	次	태조	『太祖實錄』 권1, 「總序」 #70	『治平要覽』 권150, 54a면 [34-465]
82	先	원 세조	『高麗史』 권105, 「列傳」 18, 鄭可臣	『治平要覽』 권143, 13a면 [33-27]
	次	태조	『太祖實錄』 권1, 「總序」 #124	『治平要覽』 권150, 54a면 [34-465]
83	先	고려 태조	『高麗史』 권1, 「世家」 1, 太祖 1	『治平要覽』 권97, 1a면 [21-3]
	次	태조	↑13장	
84	先	한 선제	『資治通鑑』 권23, 「漢紀」 15	『治平要覽』 권21, 18b면 [38(補遺4)-142]
			『前漢書』 권8, 「宣帝紀」 8	『治平要覽』 권21, 32a면 [38(補遺4)-169] [축약]
			『資治通鑑』 권23, 「漢紀」 15	『治平要覽』 권21, 16a면 [38(補遺4)-137]
	次	태조	『太祖實錄』 권1, 1년 7월 17일(병신)	『治平要覽』 권150, 68b면 [34-494]
85	先	송 태조	『宋史』 권1, 「本紀」 1	
			『宋史』 권1, 「本紀」 3	
	次	태조	『太祖實錄』 권1, 1년 7월 17일(병신)	
			『太祖實錄』 권3, 2년 2월 15일(경인)	
86	先	태조	↑28장	
			『太祖實錄』 권1, 「總序」 #29	『治平要覽』 권148, 35a면 [34-185]
			『太祖實錄』 권1, 「總序」 #55	『治平要覽』 권148, 35a면 [34-185]
			『太祖實錄』 권1, 「總序」 #101	『治平要覽』 권148, 35a면 [34-185]
	次	태조	『太祖實錄』 권1, 1년 7월 17일(병신)	『治平要覽』 권150, 68b면 [34-494]
87	先	태조	『太祖實錄』 권1, 「總序」 #31	『治平要覽』 권148, 35a면 [34-185]
			『太祖實錄』 권1, 「總序」 #102	『治平要覽』 권148, 35a면 [34-185]
	次	태조	『太祖實錄』 권1, 「總序」 #103	『治平要覽』 권148, 35a면 [34-185]
88	先	태조	『太祖實錄』 권1, 「總序」 #71	『治平要覽』 권148, 35a면 [34-185]
			↑35, 37장	

장차		인물	1차 전거	2차 전거
			『太祖實錄』 권1, 「總序」 #63	『治平要覽』 권148, 35a면 [34-185]
	次	태조	『太祖實錄』 권1, 「總序」 #74	『治平要覽』 권148, 35a면 [34-185]
			『太祖實錄』 권1, 「總序」 #75	『治平要覽』 권148, 35a면 [34-185]
89	先	태조	↑58, 37장	
	次	태조	↑9장	
90	先	당 태종	↑26장	
			『新唐書』 권2, 「本紀」 2	
	次	태종	↑71장	
			『太宗實錄』 권1, 「總序」	
91	先	당 태종	↑26장	
	次	태종	『太宗實錄』 권1, 「總序」	『治平要覽』 권150, 58a면 [34-473]
92	先	당 태종	『資治通鑑』 권198, 「唐紀」 14	『治平要覽』 권75, 18a면 [15-261]
	次	태종	전거 불명【自三國以來君薨】	
93	先	후주 세종	↑24장	
	次	태종	↑12장	
94	先	송 고종	↑32장	
	次	태종	『太祖實錄』 권3, 2년 5월 23일(정묘)	
			『太祖實錄』 권3, 2년 6월 1일(을해)	
			『太祖實錄』 권4, 2년 8월 15일(무자)	
			『太祖實錄』 권6, 3년 6월 1일(기사)	
			『太祖實錄』 권6, 3년 11월 19일(을묘)	
95	先	당 태종	↑16장	
	次	태종	『太祖實錄』 권9, 5년 6월 26일(임자)	
			『太宗實錄』 권1, 「總序」	
			『太宗實錄』 권34, 17년 8월 6일(기축)	
96	先	한 문제	『資治通鑑』 권15, 「漢紀」 7	『治平要覽』 권17, 54a면 [3-109]
				『治平要覽』 권17, 54b면 [3-110]
	次	태종	『太祖實錄』 권11, 6년 5월 18일(기사)	
97	先	한 고조	『資治通鑑』 권8, 「秦紀」 3	『治平要覽』 권15, 45b면 [37(補遺3)-206]
	次	태종	『太祖實錄』 권1, 「總序」 #28	
			『太宗實錄』 권1, 「總序」	

장차		인물	1차 전거	2차 전거
98	先	전진 부견	『資治通鑑』 권104, 「晉紀」 26	『治平要覽』 권48, 12a면 [8-369]
			『資治通鑑』 권105, 「晉紀」 27	
	次	태종	『太祖實錄』 권14, 7년 8월 26일(기사)	
			『太宗實錄』 권1, 1년 1월 10일(경오)	
			↓108장	
99	先	당 현종	↑71장	
	次	태종	『太祖實錄』 권14, 7년 8월 26일(기사)	
			『定宗實錄』 권3, 2년 1월 28일(갑오)	
			『太祖實錄』 권15, 7년 9월 12일(갑신)	
			『定宗實錄』 권3, 2년 1월 28일(갑오)	
			『定宗實錄』 권3, 2년 2월 1일(병신)	
			『太宗實錄』 권16, 8년 10월 6일(경진) 등	
			『世宗實錄』 권2, 즉위년 11월 2일(무신) 등	
100	先	송 태조	『文獻通考』 권313, 「龍蛇之異」	
			『宋史全文』 권1, 「宋太祖」 1	『治平要覽』 권102, 50b면 [22-220]
	次	태종	『太宗實錄』 권1, 「總序」	
101	先	당 태종	↑36장	
	次	태종	↑12, 98, 99장	
102	先	한 고조	↑66장	
	次	태종	↑99장	
103	先	요 태조	『資治通鑑』 권268, 「後梁紀」 3	『治平要覽』 권96, 25a면 [20-397]
	次	태종	↑99장	
104	先	당 태종	『資治通鑑』 권187, 「唐紀」 3	『治平要覽』 권71, 5a면 [14-239]
			『讀史管見』 권16, 「唐紀」, 高祖	『治平要覽』 권71, 5b면 [14-240]
	次	태종	『定宗實錄』 권4, 2년 5월 8일(임신)	
			『定宗實錄』 권5, 2년 8월 1일(계사)	
105	先	한 고조	『資治通鑑』 권11, 「漢紀」 3	『治平要覽』 권16, 29a면 [37(補遺3)-287]
				『治平要覽』 권16, 29b면 [37(補遺3)-288]
	次	태종	『定宗實錄』 권5, 2년 7월 2일(을축)	
			『世宗實錄』 권2, 즉위년 11월 24일(경오)	
			『世宗實錄』 권2, 즉위년 12월 29일(갑진)	

장차		인물	1차 전거	2차 전거
			『世宗實錄』 권2, 즉위년 12월 30일(을사)	
			『世宗實錄』 권34권, 8년 12월 3일(임술)	
			『陽村集』 권20, 「序類」, 題吉再先生詩卷後序	
106	先	송 태조	『歷代通鑑輯覽』 권71	『治平要覽』 권102, 53b면 [22-226]
	次	태종	『太祖實錄』 권14, 7년 8월 26일(기사)	
			『太宗實錄』 권2, 1년 11월 7일(신묘)	『治平要覽』 권150, 58b면 [34-474]
			『定宗實錄』 권3, 2년 2월 1일(병신)	
			『太宗實錄』 권23, 12년 5월 17일(경자)	
107	先	당 고조	『資治通鑑』 권191, 「唐紀」 7	『治平要覽』 권72, 5a면 [14-351]
	次	태종	『太宗實錄』 권3, 2년 4월 22일(갑술)	
108	先	고려 신혜왕후	『高麗史』 권88, 「列傳」 1, 后妃 1 『高麗史』 권92, 「列傳」 5, 洪儒	『治平要覽』 권97, 1a면 [21-3]
	次	원경왕후	↑98장	
109	先	주 후비	『詩經集典』, 「國風」, 周南, 卷耳	
	次	원경왕후	『太祖實錄』 권14, 7년 8월 26일(기사)	
			『定宗實錄』 권3, 2년 1월 28일(갑오)	
110	先	사조	↑3, 4장	
	次	-	-	
111	先	사조	↑4장	
	次	-	-	
112	先	태조	↑포괄	
	次	세종	전거 불명【宣宗皇帝賜我殿下纏身莽龍衣】	
113	先	태조	↑포괄	
	次	-	-	
114	先	태조	↑33, 50장	
	次	-	-	
115	先	태조	↑42, 54장	
	次	-	-	
116	先	태조	↑55장	
	次	-	-	
117	先	태조	↑50장	
	次	-	-	

장차		인물	1차 전거	2차 전거
118	先	태조	↑53장	
	次	-	-	
119	先	태조·태종	↑76, 99장	
	次	-	-	
120	先	태조	↑73장	
	次	-	-	
121	先	태종	↑106장	
	次	-	-	
122	先	태조	↑80장	
	次	-	-	
123	先	태종	↑104장	
	次	-	-	
124	先	태종	↑107장	
	次	-	-	
125	先	-	-	
	中	-	-	
	次	하 태강왕	『書經』, 「夏書」, 五子之歌	

3. 전거의 차용 방식과 그 특징

위와 같은 분석의 결과를 바탕으로 전거의 차용 방식 및 그 특징과 관련하여 중요하게 거론될 수 있는 사항들을 정리하면 다음과 같다.

우선, 〈용비어천가〉의 찬자들이 고성의 사적을 작품화하기 위해 가장 빈번하게 활용했던 전적은 사마광(司馬光, 1019~1086)의 『자치통감』임을 알 수 있다. 『자치통감』은 후주(後周) 세종(世宗, 시영(柴榮), 921~959)까지의 역대 중국사를 통괄하는 대단위 사서이기 때문에 역시 주대(周代) 이래 여러 중국 제왕들의 사적을 작품 속에 옮겨 왔던 〈용비어천가〉를 제작하는 데에도 그만큼 적극적으로 활용될 수 있었던 것으로 보인다. 특히, 한대(漢代) 이래 제왕들의 등극 과정이나 영웅적 활약상 등과 관련된 사적들 가운데 압도적 다수가 『자치통감』의 기사로부터 연원한다는 점은 눈여겨 볼 만하다. 아울러 『자치통감』이 후주까지의 역사를 다루고 있는 데 비해 『용비어천가』는 송(宋)과 원대(元代)의 사적까지도 작품 속에 포함하고 있는 만큼, 송의 건국부터 원대까지의 사적을 다룰 때에는 『자치통감』의 속편인 『통감속편(通鑑續編)』을 폭넓게 활용하고 있다는 점도 주목된다.

이처럼 통감류의 전적이 〈용비어천가〉를 제작하는 데 빈번하게 활용되었던 사실은 작품 제작자들이 통감류 전적에 대한 이해와 조예를 지니고 있다는 사실을 시사하는 것으로서, 실제로 세종대 경연에서는 세종 자신의 제안에 따라 세종과 신료들이 『자치통감』은 물론 진경(陳桱, ?~?)의 『통감속편』까지 완독한 바 있기도 하다.[5] 〈용비어천가〉의 찬자들이 조선조 조종의 사적을 굳이 고성의 사적과 교직(交織)하는 방식으로 작품을 제작하려 의도했던 것 역시 경연에서 이루어진 강독을 통해 집현전 관원들이 통감류 전적을 익숙하게 다룰 수 있었기 때문으로 파악해 볼 수 있는 것이다.

한편, 〈용비어천가〉의 찬자들이 중국 역대의 사적을 충분히 인지하고 있었을 뿐만 아니라 각 사적에 대한 재래의 사론(史論)까지도 고려하고 있었다는 점 또한 중요하게 논의될 만하다. 이 부분은 『자치통감강목』의 강독과 연계 지어 검토할 필요가 있다. 통감류 전적에 대한 강독이 끝난 후 세종과 경연관들은 『자치통감강목』을 강하면서 역대사에 대한 제가의 사론을 섭렵하였으며, 그 결과물을 종합하여 『사정전훈의

---

5 세종대의 경연 교재에 대해서는 김중권, 「조선 태조·세종연간 경연에서의 독서 토론 고찰」, 『서지학연구』 27집, 서지학회, 2004, 300~303면에서 일자별로 정리된 바 있다.

자치통감강목(思政殿訓義資治通鑑綱目)』으로 엮어 내기도 하였다. 이 같은 과정을 거쳐 동일한 사적에 대한 서로 다른 사론들을 비교·분석하는 기회도 가질 수 있게 되었던 것이다.[6]

『용비어천가』에 제가의 사론이 활용된 궤적은 다시 두 가지로 나누어 살필 수 있는데, 우선 노랫말과 필연적인 관련이 없음에도 해당 사적에 대한 사론을 해설에 삽입해 놓은 사례가 발견된다. 익히 알려져 있듯이 『용비어천가』의 해설에는 노랫말에 직접 관련되는 사항뿐만 아니라 그 전후의 맥락까지도 매우 자세하게 수록되어 있으며, 어의·인명·지명·관직 등에 관해 추가 설명이 필요한 경우에는 별도로 협주가 활용되기도 하였다. 때문에 해당 사적과 관련된 제가의 사론이 전해 온다면 그 가운데 주요한 것들을 선별하여 빠짐없이 해설에 반영하였고, 그러한 사례로서 제18·24·41·66·78·84장 등에서는 응소(應劭, 140~206)·반고(班固, 32~92)·호안국(胡安國, 1074~1138)·범조우(范祖禹, 1041~1098)·호인(胡寅, 1098~1156)·사마광·소식(蘇軾, 1036~1101)·여조겸(呂祖謙, 1137~1181)·이덕유(李德裕, 787~850) 등 여러 사가들의 사론이 『한서(漢書)』·『춘추집의(春秋集義)』·『당감(唐鑑)』·『자치통감』·『자치통감강목』·『독사관견(讀史管見)』·『소식문집(蘇軾文集)』 등 각종 전적에서 발췌되어 옮겨졌던 것이다.

다음으로 노랫말 속에 당초부터 사론이 반영된 사례들 역시 적지 않은데, 이는 사론이 보다 적극적으로 활용된 경우에 해당한다. 그 가운데에서도 제76장은 사론이 노랫말에 가장 직접적으로 노출된 사례라 할 수 있다.

---

6 세종대 경연에서의 『자치통감강목』 강의와 관련된 사항은 오항녕, 「『자치통감강목』 강의의 추이」, 『조선 초기 성리학과 역사학』, 고려대학교 민족문화연구원, 2007, 261~266면에서 자세히 논의되었다.

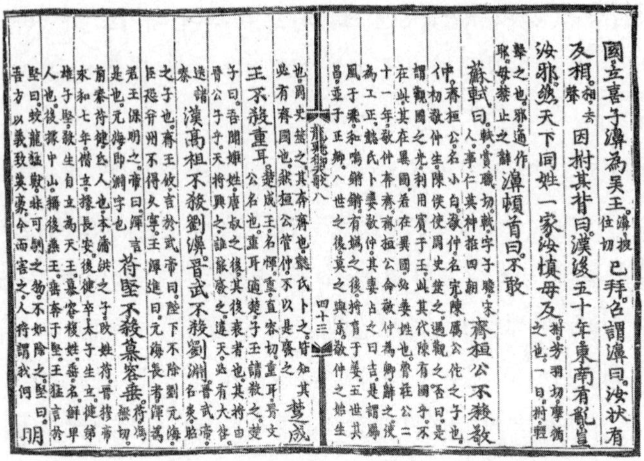

【그림2】〈용비어천가〉 제76장 [『용비어천가』 권8]

宗室에 鴻恩이시며 모딘 相ᄋᆞᆯ 니ᄌᆞ실ᄊᆡ 千載아래 盛德을 ᄉᆞᆯᄫᆞ니
兄弟예 至情이시며 모딘 꾀ᄅᆞᆯ 니ᄌᆞ실ᄊᆡ 오ᄂᆞᆳ나래 仁俗ᄋᆞᆯ 일우시니[7]

제76장의 선사와 차사에서는 각각 한 고조(高祖)가 종친들을 천하에 봉하여 안정을 꾀했던 일과, 태조(太祖)가 조카들을 지정(至情)으로 길러 내었던 행적이 서술된다. 특히 오왕(吳王)으로 봉했던 종친 유비(劉濞, B.C.215~B.C.154)의 얼굴이 반역자의 상임에도 불구하고 한 고조가 개의치 않고 그를 변함없이 신뢰하였다는 내용이 담긴 선사에서는 고조의 후덕한 인품이 부각되고 있다. 이때 선사의 말미에 “천 년 전의 성덕을 일컫다[千載 아래 盛德을 ᄉᆞᆯᄫᆞ니]”라는 부분에서 천 년 뒤에 한 고조의 성덕을 칭송했던 인사는 바로 소식임을 다음의 해설 부분을 통해 간취할 수 있다.

7 “종실에 큰 은혜를 베푸시며 모진 상을 잊으시므로 천년 뒤에 높은 덕을 말씀하니라. / 형제에 대한 지극한 정이 있으시며 모진 꾀를 잊으시므로 오늘날 어진 풍속을 이루니라.”

> 소식이 말하기를,
> "제(齊) 환공(桓公)은 경중(敬仲)을 죽이지 않았고, 초(楚) 성왕(成王)은 중이(重耳)를 죽이지 않았고, 한 고조는 유비를 죽이지 않았고, 진(晉) 무제(武帝)는 유연(劉淵)을 죽이지 않았고, 부견(苻堅)은 모용수(慕容垂)를 죽이지 않았고, 명황(明皇)은 안록산(安祿山)을 죽이지 않았으니, 모두 성덕(盛德)이 깃든 일이다."
> 라고 하였다.[8]

여기에서 소식은 적신(賊臣)들에게까지 관용을 베풀었던 역대 제왕들을 나열하면서 그들의 비범한 인덕을 칭송한다. 그 가운데 한 고조가 유비를 용인했던 내역이 포함되어 있으며, 〈용비어천가〉의 제작자들은 바로 이 부분을 들어 "[소식이] 천 년 뒤에 [한 고조가 유비를 용인하였던] 성덕을 일컬었다."라는 표현을 노랫말에 삽입하였던 것이다.

이처럼 역대의 사적 자체만이 아니라 그에 대한 제가의 사론들까지 반영하여 노랫말을 지은 사례는 제71·104·105장 등 다른 여러 곳에서도 발견되며,[9] 이는 〈용비어천가〉의 제작자들이 해당 사적들의 맥락을 충분히 이해하고 있었음은 물론 그에 대한 해석적 안목까지도 각종 전적에서 습득하여 노랫말을 짓는 데 활용하였다는 사실을 시사한다.

위와는 또 다른 측면에서, 설화집류의 전적이 활용된 궤적도 발견된다. 『자치통감』 및 제가의 사론들이 〈용비어천가〉의 선사를 지어내는 과정에 주요한 자산으로 활용되었던 것과 대비적으로 제왕들에 얽힌 일화나 기담(奇譚) 등과 관련해서는 설화집 성격이 가미된 재래의 전적들이 여럿 활용되었던 것이다. 그 전거를 탐색하면 여기에 해당될 만한

---

8 『용비어천가』 권8, 43a~44a면. "蘇軾曰: "齊桓公不殺敬仲, 楚成王不殺重耳, 漢高祖不殺劉濞, 晉武不殺劉淵, 苻堅不殺慕容垂, 明皇不殺安祿山, 皆盛德事也.""

9 제71장과 제104장에서는 호인, 제105장에서는 사마광의 사론이 각각 활용되었다.

것으로 『상서제명험(尙書帝命驗)』·『태평어람(太平御覽)』·『태평광기(太平廣記)』·『악서(樂書)』 등이 발견되는데, 이들 전적에서는 역사적 사건을 정확하게 서술하기보다는 일화나 기담을 흥미롭게 전달하는 데 중점을 두었기 때문에 해당 설화집으로부터 〈용비어천가〉로 반영된 내용들 역시 역사적 사건과는 필연적인 관련이 없는, 대개 단편적이고 일회적인 것들이 주종을 이룬다.

때로 허황되게 느껴지거나 그 신빙성이 의문시될 수도 있는 이러한 설화집류의 내용들이 〈용비어천가〉와 같은 관찬 악장(樂章)에 그처럼 빈번하게 삽입된 것은 예사로운 일이 아니지만, 그 배경을 추론해 내기는 그다지 어렵지 않다. 즉, 역대 제왕들의 일화나 기담이 〈용비어천가〉의 선사에 다수 게재된 것은 역시 차사와의 대응을 고려한 결과로 파악될 수 있다.

실상 차사의 조선조 사적에서 다룰 수 있는 내용은 대개 그 재료가 한정되어 있다. 태조의 경우조차도 그가 개경(開京)의 정계에 알려지기 이전의 소싯적 행적은 과히 풍부하게 남아 전하지 않는 데다, 특히 추존 사조(四祖)의 경우에는 사적이 더욱 빈한하여 북관(北關)의 민간에 전하는 이야기들까지도 빠짐없이 탐문해 올리도록 해야 할 처지였다.[10] 〈용비어천가〉와 같은 장편 악장에 내용을 채워 넣기 위해서는 그처럼 부족한 조종의 사적들을 따로 선별해 볼 여지가 크지 않으며 기존에 알려져

---

10 『세종실록』 권77, 19년 4월 2일(신유). “傳旨咸吉道監司: “本道乃祖宗肇興之地, 穆祖以下, 歷世遷居州里名號, 某祖王某邑某里來居, 某祖王某邑某里誕生, 某某祖王子孫等, 族屬幾人, 某邑居住, 備細廣問. 且邑里古今名號, 竝皆分辨啓達.””; 권78, 19년 7월 29일(정사). “咸吉道監司書, 進穆翼度桓列聖遷居之處, 及其誕生之地, 與其子孫族譜, 所居州里名號.”; 8월 1일(무오). “傳旨咸吉道監司: “近得所啓, 翼祖誕生宜川南村湧珠社, 從穆祖遷入孔城, 避狄人入留于赤島, 還于宜川. 右赤島連陸乎? 在海中乎? 今爲何州之地乎? 若在海中, 則考其水路相距遠近, 島中險阻平夷, 周廻長廣里數及卽今人民住居與否, 土田膏瘠, 墾闢之數, 水路險惡則除差人審視, 止訪問以啓.”” 등.

있거나 조사된 내역들을 별다른 예외 없이 모두 노랫말에 반영해야 할 필요성이 있었던 것이다. 이 과정에서 육룡(六龍)과 관계된 단편적인 일화나 기담들까지도 〈용비어천가〉를 짓는 데 폭넓게 활용되었던 것으로 분석할 수 있다.

문제는 그 같은 일화나 기담과 대를 이룰 만한 고성의 사례가 『자치통감』을 비롯한 정사류 사서에서는 쉽게 발견되지 않는다는 데 있다. 태조의 전공이나 등극 과정 같은 역사적 사실들은 그에 비견될 수 있는 사례들이 옛 제왕들에게서 풍부하게 발견될 뿐 아니라 해당 내역들이 각종 사서에 상세히 정리되어 있기까지 하므로 이를 작품 속으로 옮겨오기가 비교적 용이한 반면,[11] 단편적 일화나 기담 등과 관련된 내용들은 정사류의 사서에서는 찾기가 어렵기 때문에 이 경우 『태평어람』·『태평광기』 등과 같은 설화집 성격의 전적들을 활용할 수밖에 없었던 것이다. 제44장은 이러한 사정을 잘 보여준다.

> 노ᄅᆞ셋 바오리실ᄊᆡ ᄆᆞᆯ 우희 니ᅀᅥ 티시나 二軍鞠手ᄲᅳᆫ 깃그니다
> 君命엣 바오리어늘 ᄆᆞᆯ 겨틔 엇마ᄀᆞ시니 九逵都人이 다 놀라ᅀᆞᄫᆞ니[12]

제44장의 차사에서는 태조의 격구(擊毬) 실력을 다루고 있는데, 태조가 격구에 능했다는 기록은 『태조실록』 「총서」는 물론 후대 임금의 언급 속에서도 거듭 발견되는 바이다.[13] 격구가 유희 거리이기는 하되,

---

11 실제 이러한 사례를 잘 보여주는 것은 당 태종(太宗)의 사적들에서 찾아볼 수 있다. 〈용비어천가〉 전체에서 중국의 제왕 가운데 가장 빈번하게 거론된 인물이 당 태종일 뿐 아니라, 그의 사적들이 대부분 『자치통감』에서 인용 또는 발췌되었기 때문이다.

12 "놀음놀이에 쓰는 방울이므로 말 위에서 이어 치시나 양편의 공치기 선수만이 기뻐한 것입니다. / 임금 명에의 방울이므로 말 곁에서 엇막으시니 사방팔방으로 통한 거리에 모인 도읍 사람이 다 놀라니라."

13 『태조실록』 권1, 「총서」 #35; 『중종실록』 권92, 34년 10월 18일(임오) 등.

승마술이 수반되어야 하는 격구 역시 무예의 일종이므로 무장으로서의 태조의 면모를 부각하는 데 충분히 소용될 만한 것이었다. 때문에 예의 〈용비어천가〉에도 이러한 사적이 작품화되었을 뿐 아니라 그 해설에서는 고려시대 격구의 규칙이나 기술 등에 이르기까지 매우 장황하게 서술이 이루어지기도 하였다. 다만 역대 제왕들 가운데 태조와 같이 격구를 즐겼던 사례를 정사류의 사서에서 찾아내기는 어려운 만큼 자료 탐색의 범위를 보다 확대하여 『악서』와 같은 예악서에서 단편적이나마 당 선종(宣宗, 이침(李忱), 810~859)의 사적을 확보할 수 있었던 것이다.[14]

이밖에 도조(度祖)가 쏘아 떨어뜨린 두 마리 까치를 큰 뱀이 물어 나뭇가지에 얹어 놓았다는 상서(祥瑞)가 주 문왕(文王)에게 붉은 새가 제왕의 도리가 담긴 글을 물어 전해 주었다는 사적과 견주어지고 있는 제7장이나, 익조(翼祖)의 탄생을 누비옷을 입은 중이 예언하였다는 기담이 송 인종(仁宗, 조정(趙禎), 1010~1063)의 전생담과 연계된 제21장, 태조가 두 마리 노루를 하나의 화살로 적중하였다는 일화가 역시 하나의 화살로 두 마리 멧돼지를 잡았다는 당 현종(玄宗)의 사적과 비교된 제43장 등에서도 설화류 전적이 활용되었던 사례를 확인할 수 있다.

---

14 『악서』는 북송대 진양(陳暘, 1064~1128)에 의해 찬술된 200권 규모의 예악서로서 사고전서에서는 경부(經部)로 분류하였다. 그러나 진양이 『악서』를 찬술하는 과정에서 참조한 전적은 육경(六經)은 물론 각종 사서에 이르기까지 여러 부면에 걸쳐 있으며, 수록된 내용 역시 다양하다. 일례로 권185에서는 격구가 다루어졌는데, 〈용비어천가〉의 찬자들이 참고한 부분도 바로 이 부분이었을 것으로 추정된다. 한편, 진양의 『악서』는 세종대 아악을 정비하는 과정에서 매우 중요한 전거로 활용되었기 때문에 당대의 인사들이 그 내용을 익숙하게 파악하고 있었을 가능성이 높다. 아악 정비에 끼친 『악서』의 영향에 대해서는 김종수, 「세종대 雅樂 정비와 陳暘의 『樂書』」, 『온지논총』 15집, 온지학회, 2006, 97~120면에서 자세히 검토되었다.

4. 『용비어천가』와 『치평요람』의 관계

위의 3절에서 다룬 사항이 모두 원천 전거와 관계된 것이었다면, 4절에서는 앞서 2차 전거로 추정하였던 『치평요람』과 『용비어천가』 사이의 상관성을 논의하고자 한다. 『용비어천가』의 전거를 분석하는 문맥에서 가장 눈여겨보아야 할 사항은 세종27년(1445) 3월에 제진된 『치평요람』이 『용비어천가』의 제작 과정에 폭넓게 활용되었으리라는 사실이다. 『용비어천가』의 내용 가운데 많은 부분이 1차 전적들로부터 곧바로 옮겨지기보다는 『치평요람』에 해당 내용이 한 차례 정리된 후 이것이 『용비어천가』로 재인용된 흔적이 역력하다는 것이다.

치도(治道)의 본분을 밝히기 위한 목적으로 제작된 『치평요람』은 『자치통감』·『통감속편』·『자치통감강목』 등과 『송사(宋史)』·『요사(遼史)』·『금사(金史)』·『원사(元史)』·『삼국사기(三國史記)』·『고려사(高麗史)』 등 정사는 물론 역대 유자(儒者)들의 문집에 포함된 여러 증언과 사론들, 『태평어람』과 같은 설화집들까지 망라하여 주나라 이래의 중국사 및 기자조선(箕子朝鮮) 이래 우리의 역사를 각 조(朝)별로, 또한 사건별로 정리해 놓은 총 150권 150책 분량의 편람서로서 '조선에서 간행된 역사서 중에서 전무후무한 대작'으로 평가된다.[15]

실상 『치평요람』은 〈용비어천가〉가 세종에게 진상되기 불과 한 달 전에 완성된 거질이고, 『치평요람』과 〈용비어천가〉가 모두 정인지 등 집현전 소속 관원들에 의해 제작되었기 때문에 『치평요람』을 편찬하는 과정에서 취합해 놓은 각종 사적들을 〈용비어천가〉를 제작하는 데에도 다양하게 활용하였을 가능성은 충분히 짐작될 수 있는 바이다. 그럼에

---

15 오항녕, 『조선 초기 『치평요람』의 편찬과 전거』, 아세아문화사, 2007, 22면.

도 불구하고 종래 연구들에서는 이 문제와 관련된 검토가 뚜렷하게 이루어지지 못하였는데, 2절에 제시한 표에서와 같이 『용비어천가』의 전거를 종합적으로 찾아 나열해 보면, 양자 사이의 관련성을 한층 직접적으로 확인할 수 있다.

무엇보다도 〈용비어천가〉를 짓는 데 활용된 사적들 가운데 상당수가 『치평요람』에 이미 수록되어 있었다는 점은 주목해서 살펴야 할 부분이다. 고성과 조종의 사적을 막론하고 『용비어천가』의 해설에 수록된 내용들 대부분이 『치평요람』에서도 발견되는 것이다. 나아가 동일 사적에 대한 각종 기사들을 취합하여 정리해 놓은 『치평요람』의 체재가 『용비어천가』에서도 확인된다는 사실은 더욱 시사하는 바가 크다. 즉, 『치평요람』은 송의 조선료(趙善璙, ?~?)가 지은 『자경편(自警編)』의 선례에 따라 시간적 순차보다는 개별 사건별로 관련 서술들을 여러 전적에서 발췌하여 응집력 있게 수록하고 거기에 제가의 사론을 붙이는 형식으로 제작하였는데,[16] 이는 『용비어천가』에서 발견되는 특징과 본질적으로 동일한 것이다.

예컨대, 제32·41·66·78장 등의 사례를 보면, 이들 장은 최소 둘 이상의 전적들에서 초출된 내용을 바탕으로 구성되었음이 확인된다. 특히, 당 고조(高祖, 이연(李淵), 566~635)가 신하들을 시종 우대하였다는 미덕을 칭송한 제78장의 선사 "嚴威로 처섬 보샤 迺終애 殊恩이시니 뉘 아니 좇 고져 ᄒᆞ리[엄한 위엄으로 처음 보시어 나중에는 특별한 은혜를 베푸시니 누가 아니 따르고자 할까]"는 『자치통감』·『사기(史記)』·『좌씨박의(左氏博議)』·『십선생오론주(十先生奧論註)』 등 여러 전적에 소재한 기

16 물론, 『치평요람』이 『자경편』의 체재를 참고로 하여 편찬되었다고는 하지만, 『자경편』에서 발견되는 주제별 분류가 『치평요람』에 적용된 것은 아니었다. 그 자세한 사정에 대해서는 같은 책, 19~22면에서 추정된 바 있다.

사와 사론이 종합된 결과물인데, 시대와 체재를 넘나들며 여러 전적에 복잡하게 산재해 있던 그 같은 내용들이 『치평요람』의 편찬 단계에서 이미 사건별로 일목요연하게 정리되었던 것이다. 아울러, 최항 등이 〈용비어천가〉에 해설을 붙일 때에도 재래 전적을 일일이 뒤져 가면서 관련 기사와 사론을 초출하기보다는 『치평요람』에 기왕 수합된 내용을 찾아내어 일부 구절과 기사만을 산삭한 후 추가 설명이 필요한 부분에 협주를 부기하는 방식으로 주해 작업을 효율적으로 진행했으리라 추정할 수 있다.

이처럼 『용비어천가』의 제작에 『치평요람』이 폭넓게 활용되었을 가능성은 전거 조사 내역을 전체적으로 조망하는 과정에서 그 단초가 일단 확인된다. 더 나아가, 『용비어천가』의 내용이나 형식과 관련하여 그간 의문시되어 왔던 몇몇 사항들도 『치평요람』과의 관계를 고려함으로써 논리적으로 해명될 수 있는데, 이를 세 가지 세부 항목으로 나누어 아래에서 자세히 살피기로 한다.

1) 이적(夷狄) 제왕들의 사적

〈용비어천가〉의 선사에 수록된 사적들 가운데 여타 장들과는 그 성격이 얼마간 다른 사례가 있다. 선사에는 주 무왕(武王)이나 한 고조·한 광무제(光武帝, 유수(劉秀), B.C.4~57)·당 고조·당 태종(太宗)·송 태조(太祖, 조광윤(趙匡胤), 927~976) 등 이른바 중화(中華) 왕조 군주들의 업적과 일화가 주로 다루어졌지만, 때로 요 태조(太祖, 야율아보기(耶律阿保機), ?~926)·금 태조(太祖, 아구다(阿骨打), 1069~1123)·후주 세종·원 태조(太祖, 테무친(鐵木眞), 1155?~1227)·원 세조(世祖) 등 소위 윤통(閏統)이나 이적 출신 군주들의 사적들 역시 조선조 육룡의 사적과 부합하는 선례로서 취택되기도 하였다. 가령, 제34장에서는 태조가 신이로운 승마술로 위기를 모면하였던 사적이 금 태조 아구다가 말을 탄 채 혼돈강(混同江)을 건너 요를 정벌하였던 사적과 견주어지고 있다. 중화와 이적의 구분이 뚜렷했던 당대에 조선조 창업주들의 위업과 대가 되는 사례로서 이적 제왕들의 사적을 선택하였다는 것은 이례적이라 할 만하고,[17] 선행 논의에서도 『용비어천가』의 사대적 성격을 부인할 수 있는 단서로서 이러한 특징이 중요하게 거론된 바 있다.[18]

그러나 그렇듯 이적의 사적에 대해 별다른 차별을 두지 않았던 방침은 『용비어천가』에서만 발견되는 독특한 사항이라 할 수 없으며, 그 이전 『치평요람』의 편찬 단계에서부터 적용되고 있었다는 점에 주목해야 할 필요가 있다. 물론, 『치평요람』의 편차 자체는 정통 왕조의 세년(世年)에 의거하여 구성되었으나, 같은 시기에 존재했던 이적 왕조들의 사적들 역시도 별다른 차별 없이 그 중간에 삽입되어 대등하게 다루어졌기 때문이다. 이러한 편찬 체재는 정인지가 쓴 「치평요람서(治平要覽序)」에서도 다음과 같이 직접 표명되고 있다.

> (…) 국운(國運)의 장단(長短)과 국세(國勢)의 이합(離合)과 본받을 만하고 경계할 만한 것 가운데 한번 다스려지고 한번 어지럽혀진 것을 남김없이 포괄하고, 명교(名教)에 관계되는 일과 치체(治體)에 관계되는 말은 이적의 일일지라도 감히 빠뜨리지 않고 필부(匹夫)의 일일지라도 생략하지 않았습니다. (…)[19]

---

17 정통과 윤통의 구분은 〈용비어천가〉 자체에서 직접 표출되기도 한다. 즉, 제98장에서는 이적 왕조인 전진(前秦)의 세조(世祖, 부견(苻堅), 338~385)가 동진(東晉)을 정벌하려다 실패한 사적을 두고 "正統애 有心홀씨[정통에 마음을 두니]"라고 비판적으로 표현하였다.

18 김기협, 「'용비어천가'가 사대문자?」, 김성칠·김기협 역, 『(역사로 읽는) 용비어천가』, 들녘, 1997, 439~440면 등.

19 정인지, 「치평요람서」. [『치평요람』, 1b면.] "(…) 運祚之長短, 國勢之離合, 一治一亂,

治平要覽序
書曰與治同道罔不興與亂同事罔不亡旨哉言
乎爲天下國家者誠能以前代之興亡爲勸戒焉
則於治乎何有正統辛酉夏
上命 臣麟趾 若曰凡欲爲治必觀前代治亂之迹欲觀
其迹惟史籍是稽自周以降代各有史然編簡浩
穰末易遍考予近觀宋儒所撰自警編嘉言善行
分節類編而務於簡要乃知古之作書者欲人之
樂觀也信乎多方矣誠以人之於學博覽無遺實
爲難也况於人君機政之暇其能博觀斯亦難矣
今宜考閱史籍其善惡之可爲勸懲者撰次成書
使便觀覽以爲後世子孫之永鑑且吾東方建國
惟古興廢存亡又不可不知並令編入毋失繁簡
仍
賜名曰治平要覽
命首陽大君 臣 諱 監其事於是選文學之士聚集賢
殿分科責成搜討羣書中朝則起成周迄于國朝
東國則始箕子終於高麗馳騁上下泝流尋源運
祚之長短國勢之離合一治一亂可法可戒者包
括無餘至若事之關名教言之係治體者雖在夷
狄而莫敢遺雖在匹夫而不之略雜見於傳記者
則會稡而極其明備錯出於彼此者則類聚而敘
其本末附以諸家之訓以釋其旨補以先儒之論
以暢其義凡所去取悉稟

【그림3】「치평요람서」

서문에서 정인지는 비록 이적의 사적일지라도 정치에 감계가 될 만한 것이라면 가리지 않고 수록하였다고 밝힌다. 『치평요람』의 편찬 목적이 역사로부터 치도(治道)에 관계된 교훈을 얻어 내려는 데 있었기 때문에 여기에 굳이 중화와 이적, 정통과 윤통의 구분을 둘 필요가 없었음을 알 수 있다. 따라서 이적의 군주일지라도 뛰어난 업적을 세웠거나 반대로 반면교사로 삼을 만한 일을 하였다면 그 내역을 자세히 수록하였던 것이다. 이와 같은 편찬 방침은 「치평요람범례(治平要覽凡例)」에서 한 차례 더 구체화된다.

可法可戒者, 包括無餘, 至若事之關名教, 言之係治體者, 雖在夷狄而莫敢遺, 雖在匹夫而不之略. (…)" 한편, 이와 유사한 언술은 「진치평요람전(進治平要覽箋)」에서도 발견된다: "(…) 國家興衰與君臣之邪正, 政教臧否及風俗之汚隆, 下而匹夫之微, 外而四夷之遠, 若關彝倫, 則雖小而悉記; 有補治體者, 必錄而不遺. (…)" [정인지, 「진치평요람전」. [『치평요람』, 2a면.]]

> 일. 『자치통감』의 예에 따라서 주 · 진 · 양한 · 진 · 송 · 제 · 양 · 진 · 수 · 당 · 오대 · 송 · 원을 주로 하여 권마다 맨 먼저 국호를 쓰고 절마다 맨 먼저 '모제(某帝)'라 쓰되, 시호(諡號)가 없으면 '제모(帝某)'라 쓰고 정통 이외에 제(帝)를 칭한 자는 모두 '모주모(某主某)'라 칭하였다.[20]

> 일. 사이(四夷)의 일이 권장하거나 경계가 될 만하다면 역시 아울러 수록하였다.[21]

정통의 임금들에 대해서는 그 시호를 밝히거나 '모제'로 표기하는 반면, 그 외의 임금들에 대해서는 '모주'라는 지칭을 사용하였다는 데에서 우선 정통과 윤통의 구분이 뚜렷하게 드러난다. 『치평요람』에서 요 태조가 '거란주(契丹主)', 금 태조가 '여진주(女眞主)', 북한 세조(世祖, 유숭(劉崇), 895~954)가 '북한주(北漢主)' 등으로 표기된 이유가 여기에 있다. 그러나 그처럼 중화와 이적을 구분하면서도 후세에 감계가 되는 것이라면 어느 쪽의 사적이든 가리지 않았다고 하였고, 이 점이 바로 『용비어천가』에서도 공통적으로 발견되는 편찬 방침인 것이다.

실상, 「용비어천가서(龍飛御天歌序)」·「진용비어천가전(進龍飛御天歌箋)」·「용비어천가발」 등에서 언급된 '고성' 또는 '고석제왕(古昔帝王)' 등은 중화와 이적의 구분을 뛰어넘는 범주이며, '고성'을 중화의 정통 군주로만 한정한 흔적은 셋 중 어느 글에서도 발견되지 않는다. 요 태조 야율아보기가 동생들의 반란을 인애로써 용서하였다는 사적[103장]이나 금 태조 아골타가 어릴 때부터 활을 잘 쏘아 요나라의 사신을 감복시켰다

20 「치평요람범례」, 『치평요람』, 1a면. "一. 依『通鑑』例, 以周·秦·兩漢·晉·宋·齊·梁·陳·隋·唐·五代·宋·元, 爲主, 每卷首書國號, 每節首書某帝, 無諡則書帝某, 正統外稱帝者, 皆稱某主某."

21 같은 곳. "一. 四夷之事, 可爲勸戒者, 亦並蒐錄."

는 사적[57장], 후주 세종 시영이 농사에 관심을 두고 평소 농서(農書)를 탐독하였다는 사적[73장], 원 태조 테무친[鐵木眞]이 과감한 용병술로 내만부(內蠻部)를 제압했던 사적[51장], 원 세조 쿠빌라이[忽必烈]가 천명을 받아 송을 무너뜨릴 수 있었다는 사적[67~68장], 원 세조가 선비를 예우하였다는 사적[82장] 등이 〈용비어천가〉에 포함될 수 있었던 것도 중화와 이적의 구분을 넘어서는 확대된 견지에서 '고성'을 상정하였기 때문인 것이다.

특히 이들 내용은 〈용비어천가〉로 작품화되기 이전에 모두 『치평요람』에 이미 자세히 수록되어 있었던 것이기에 『치평요람』이 『용비어천가』를 편찬하는 데 2차 전거로 활용되었으리라는 추정이 더욱 설득력을 얻는다.

2) 고려 태조의 사적

『치평요람』과 『용비어천가』의 편찬을 연계 지을 수 있는 또 다른 특징은 고려 태조 왕건(王建)과 그의 비 신혜왕후 유씨(神惠王后 柳氏)의 사적이 〈용비어천가〉의 선사에 개재된 점에서도 발견된다.[22] 〈용비어천가〉 제83장에서는 고려 태조가 잠저시(潛邸時)에 황금으로 된 탑에 올라가는 꿈을 꾸었다는 사적이 태조가 역시 잠저시에 하늘로부터 금척(金尺)을 내려 받았다는 사적과 등치되고 있으며, 제108장에서는 고려 태조가 천명을 의심하여 차마 궁예(弓裔, ?~918)를 처단하지 못하고 있던 차에 신혜왕후가 남편에게 손수 갑옷을 입혀 주며 격려하였다는

---

22 〈용비어천가〉의 선사에 고려 태조의 사적이 등장한다는 점은 김선아, 「용비어천가에 나타난 主體性 發顯에 대한 고찰」, 『院友論叢』 4집, 숙명여대 대학원 원우회, 1986, 15면; 신명숙, 「여말선초 서사시 연구」, 단국대 박사학위논문, 2005, 95면 등에서도 독특한 사례로 논의되었다.

사적이 태종의 비 원경왕후 민씨(元敬王后 閔氏)가 두 차례의 왕자의 난에서 태종을 도와 생사를 함께하였다는 사적과 대를 이루고 있다.

이처럼 고려 태조와 그 비의 사적까지도 '고성'의 범주에 포함되었던 점 또한 매우 특이한 사례로 파악되거니와, 그러한 특성 역시 기본적으로 『치평요람』의 편찬 방식과 동궤에서 검토될 수 있다. 『치평요람』의 경우 중국의 사서에 기재된 사적들을 위주로 편찬하였지만, 그 사적의 범위가 반드시 중국의 것으로만 한정되지는 않았기 때문이다. 「진치평요람전(進治平要覽箋)」과 「치평요람범례」에서 이 같은 사정을 직접 확인할 수 있다.

> (…) 옛 일을 상고하여 주나라부터 국조까지, 동방에서는 기자부터 고려대까지, 옛 역사의 기록들을 두루 모으고, 소설의 글들[小說之文]도 곁들여 채집하였습니다. (…)[23]

> 일. 중국은 주초(周初)부터 국조까지, 동국은 기자부터 고려까지, 무릇 강상(綱常)과 정치의 득실과 공전(攻戰)의 승패와 관련하여 권장되거나 징계될 만한 것들을 사서오경(四書五經) 이외의 여러 전적을 수집하여, 『자경편』의 예에 따라서 단락에 따라 편집하였으며 연대순으로는 엮지 않았다.[24]

실제로 『치평요람』을 편찬하는 데 활용된 전적에는 『삼국사기』·『고

23 정인지, 「진치평요람전」. [『치평요람』, 1b~2a면.] "(…) 稽諸往古, 起周家而迄國朝, 至于東方, 始箕子而終麗代. 徧掇舊史之錄, 旁採小說之文. (…)" 「치평요람서」에도 거의 같은 구절이 수록되어 있다: "(…) 中朝則起成周迄于國朝, 東國則始箕子終於高麗, 馳騁上下, 泝流尋源. (…)" [정인지, 「치평요람서」. [『치평요람』, 1b면.]]

24 「치평요람범례」, 『치평요람』, 1a면. "一. 中朝, 起自周初, 至于國朝, 東國, 始自箕子, 至于高麗, 凡關綱常·政治得失·攻戰勝敗, 可爲勸戒者, 除四書五經外, 蒐輯諸書, 依『自警編』例, 逐段纂次, 無編年."

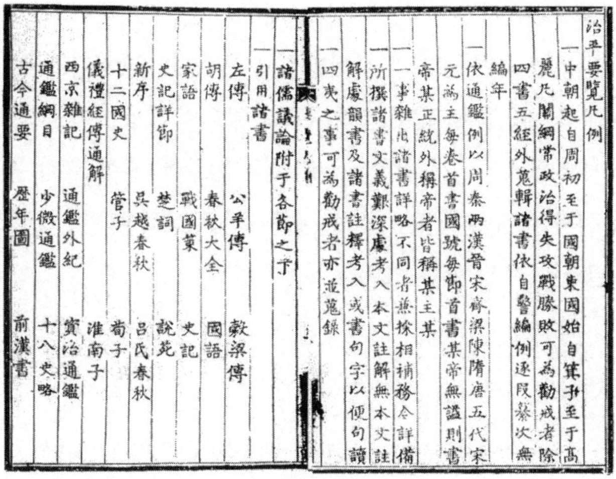

治平要覽凡例
一 中朝起自周初至于國朝東國始自箕子至于高
麗凡關綱常政治得失攻戰勝敗可爲勸戒者除
四書五經外蒐輯諸書依自警編例逐段纂次無
編年
一 依通鑑例以周秦兩漢晉宋齊梁陳隋唐五代宋
元爲主每卷首書國號每節首書其帝無諡則書
帝其正統外稱帝者皆稱其主某
一 一事雜出諸書詳略不同者兼採相補務令詳備
一 所撰諸書文義艱深處考入本文註解無本文註
解處韻書及諸書註釋考入或書句字以便句讀
一 四夷之事可爲勸戒者亦並蒐錄
一 諸儒議論附于各節之下
一 引用諸書
左傳 公羊傳 穀梁傳
胡傳 春秋大全 國語
家語 戰國策 史記
史記詳節 楚詞 說苑
新序 吳越春秋 呂氏春秋
十二國史 管子 荀子
儀禮經傳通解 淮南子
西京雜記 通鑑外紀 資治通鑑
通鑑綱目 少微通鑑 十八史略
古今通要 歷年圖 前漢書

【그림4】「치평요람범례」

려사』·『동국사략(東國史略)』·『익재난고(益齋亂藁)』 등 우리의 사서나 문집들도 포함되어 있으며,[25] 중국 역대 왕조와 같은 시기에 존재했던 동국 왕조의 사적이 해당 왕조편에 함께 엮여 다루어지기도 하였다. 가령, 송·제·양·진·수·당·오대편에 삼국과 통일신라의 사적을 주로 『삼국사기』에서 초출하여 수록하고, 송·원편에 고려의 사적을 대개 『고려사』에서 정리하여 삽입하는 한편,[26] 김부식(金富軾, 1075~1151)·권근(權近) 등의 사론도 역시 각 사적의 말미에 삽입하였던 것이다. 앞서 이적 제왕들의 인품이나 공적 등을 수록하는 데 별다른 제약을 두지 않았던 것과 마찬가지로 동국의 사적들도 중화의 것과 함께 다루고자 하였던 『치평

25 「치평요람범례」, 『치평요람』, 3a면.

26 물론 이 때의 『고려사』는 오늘날 전하는 형태가 아닌 개찬 단계의 것이었다. 약 60년간 계속된 『고려사』의 개수 논의에 대해서는 한영우, 『조선 전기 사학사 연구』, 서울대 출판부, 1981, 16~20·33~35·39~48면; 오항녕, 「『고려사』 개수 논의의 전개와 성격」, 『조선 초기 성리학과 역사학』, 고려대학교 민족문화연구원, 2007, 181~212면 등 여러 논저에서 거듭 검토된 바 있다.

요람』 편찬자들의 의도가 드러나는 대목이다.

그 한 사례로 고려 태조와 신혜왕후의 사적 또한 『치평요람』 권97에 후량(後粱) 황제들의 사적과 함께 수록되었으며, 〈용비어천가〉 찬자들이 고려 태조와 그 비의 사적을 '고성'의 범주에 넣어 각각 제83장과 108장의 선사를 지어 내었던 것도 바로 『치평요람』의 편찬 체재로부터 견인된 결과로 추정할 수 있다.

3) 체재상의 상관성

이상은 주로 〈용비어천가〉 선사의 내용과 관련 지어 분석한 사항으로서, 이제 차사의 내용까지 고려한다면 『용비어천가』와 『치평요람』의 관계가 보다 명확히 드러나게 될 것이다.

이를 위해 『치평요람』의 편제를 좀 더 자세히 살펴야 할 필요가 있다. 총150권으로 이루어진 『치평요람』은 그 성격에 따라 크게 두 부분으로 나눌 수 있는데, 권1부터 권147 전반부까지의 앞부분과 권147 후반부부터 권150까지의 뒷부분이 그것이다. 먼저 권147 전반부까지에서는 중국의 역대 왕조를 주나라부터 원나라까지 편명으로 설정한 후 해당 시기의 사적들을 중화·이적·동국의 것에 차별을 두지 않고 함께 나열하였는데, 그 마지막은 원 순제(順帝, 토곤테무르(妥懽帖睦爾), 1320~1370)와 명 태조(太祖, 주원장(朱元璋), 1328~1398), 그리고 고려 공민왕(恭愍王, 왕전(王顓), 1330~1374)에까지 미친다. 한편, 『치평요람』의 편자들은 여기에서 그치지 않고, 권147 후반부부터 권150까지를 따로 '국조(國朝)'라 설정하여 앞부분과 구분하였다. '국조'란 응당 조선을 의미하며, 여기에는 환조와 태조가 고려 정계에 진출한 이래 조선이 건국되기까지 약 40년 동안의 각종 사적이 수록되었던 것이다.

【표2】『치평요람』의 편차

권 차	편명	권 차	편명
권1~권14 전반	주(周)	권70 후반~권95 전반	당(唐)
권14 후반~권15 전반	진(秦)	권95 후반~권97 전반	후량(後粱)
권15 후반~권40 전반	한(漢)	권97 후반~권99 전반	후당(後唐)
권40 후반~권52 전반	진(晉)	권99 후반~권100 전반	후진(後晋)
권52 후반~권56 전반	송(宋)	권100 후반~권101 전반	후한(後漢)
권56 후반~권59 전반	제(齊)	권101 후반~권102 전반	후주(後周)
권59 후반~권64 전반	양(梁)	권102 후반~권142 전반	송(宋)
권64 후반~권67 전반	진(陳)	권142 후반~권147 전반	원(元)
권67 후반~권70 전반	수(隋)	권147 후반~권150	국조(國朝)

즉, 『치평요람』은 기본적으로 조선조 건국 이전까지의 시기를 한데 모아 앞부분에 배치하고, 조선조 창업의 역사를 따로 떼어 그 뒷부분에 배당해 놓은 형상을 띠고 있다. 비록 분량에 있어서 97.7% 대 2.3% 정도로 전자가 압도적인 비중을 차지하지만, '국조'를 굳이 특화해 놓은 것을 보면 권147 후반~권150 역시 편찬자들이 매우 중요하게 다루었다는 사실을 짐작할 수 있다.

이처럼 수천년래의 역사적 사건을 편답(遍踏)한 후 조선조 건국의 역사로써 대단원을 삼는 『치평요람』의 체재는 이전의 장편 영사시(詠史詩) 또는 세년가(世年歌)들과도 뚜렷이 변별된다는 점에 주목할 필요가 있다. 가령, 중국과 동국의 사적을 각각 전·후편에 배당하여 지어 냈던 이승휴(李承休, 1224~1300)의 〈제왕운기(帝王韻紀)〉나 윤회(尹淮)·권제의 〈역대세년가(歷代世年歌)〉 등에서는 중국과 동국을 이원적으로 상정하는 지리적 개념이 일차적으로 적용된 반면, 『치평요람』에서는 중화와 이적·동국을 막론하고 조선조 건국 이전의 옛 일들을 앞부분에 한데 모은 후 '요즘'에 해당하는 조선조의 건국사를 뒤에 덧붙이는 시간적

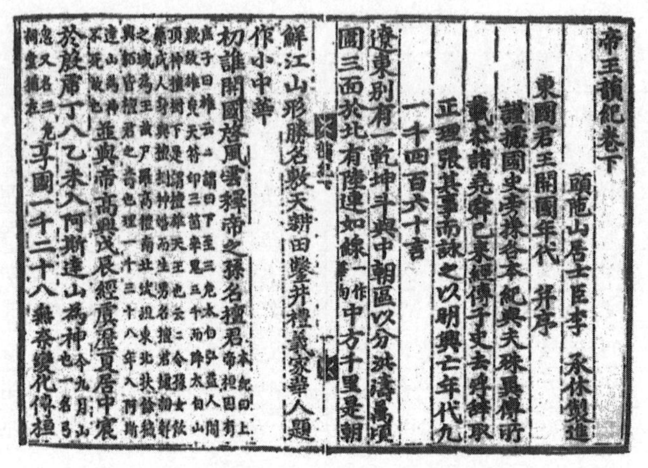
帝王韻紀卷下
頭陁山居士臣李 承休製進
東國君王開國年代 并序
謹據國史旁採各本紀與夫殊異傳所
載參諸堯舜已來經傳子史去浮辭取
正理張其事而詠之以明興亡年代凡
一千四百六十言
遼東別有一乾坤斗與中朝區以分洪濤萬頃
圍三面於北有陸連如線中方千里是朝
鮮江山形勝名敷天耕田鑿井禮義家華人題
作小中華
初誰開國啓風雲釋帝之孫名檀君
並與帝高興戊辰經虞歷夏居中宸
於殷虎丁八乙未入阿斯達山爲神
享國一千二十八無奈變化傳桓

【그림5】『제왕운기』 권하

개념의 편찬 방침이 우선적으로 준용된 것이다.

중국과 동국이 아닌 '고(古)'와 '금(今)'으로 사적을 가르는 이와 같은 체재는, "먼저 옛날 제왕의 자취를 쓰고 다음에 우리 왕실 조상의 일을 서술하였습니다,"[27] 또는 "옛일을 주워 모아 요즘의 일에 견주었습니다."라고 했던[28] 〈용비어천가〉의 찬술 방식을 직접 연상케 하는 사항이다. 〈용비어천가〉의 찬자들이 언명했던 '고성'의 범주에 중화는 물론 이적, 더 나아가 동국의 군왕들까지도 포괄될 수 있었던 것은 애초부터 '중화와 이적' 또는 '중국과 동국'이 아닌 '고와 금'으로 사적을 양분하여 다루고자 했던 편찬 방침으로부터 연원된 결과이며, 이는 『치평요람』의 단계에서 이미 그 선례가 마련되고 있었던 것이다.

---

27 정인지, 「용비어천가서」. [『용비어천가』, 4a~4b면.] "(…) 不可以詞語鄙拙爲解, 謹採民俗稱頌之言, 撰歌詩一百二十五章. 先叙古昔帝王之迹, 次述我朝祖宗之事. (…)"

28 최항, 「용비어천가발」. [『용비어천가』, 1a~1b면.] "(…) 歲乙丑, 議政府右贊成臣權踶, 右參贊臣鄭麟趾, 工曹參判臣安止等, 製爲歌詩一百二十五章以進, 皆據事撰詞, 摭古擬今, 反覆敷陳, 而終之以規戒之義焉. (…)"

【표3】『치평요람』과 〈용비어천가〉의 체재

항 목 \ 전 적	『치평요람』	〈용비어천가〉
사적 구분 방식	古: 권1 ~ 권147 전반 今: 권147 후반 ~ 권150	古: 각 장의 선사 今: 각 장의 차사
사적 수록 범위	古: 주 ~ 원 [※ 이적 및 동국 사적 포함] 今: 조선 건국사	古: 은 ~ 원 [※ 이적 및 동국 사적 포함] 今: 조선 건국사
사적 수록 원칙	古: 대개 시간순 + 사건별 사적 배치 今: 대개 시간순 + 사건별 사적 배치	古: 대개 무작위 今: 시간순 + 주기적 순환[29]

【표4】〈제왕운기〉와 〈역대세년가〉의 체재

항 목 \ 전 적	〈제왕운기〉	〈역대세년가〉[30]
사적 구분 방식	中: 상권 東: 하권	中: 상편 [<역대세년가(歷代世年歌)>] 東: 하편 [<동국세년가(東國世年歌)>]
사적 수록 범위	中: 반고(盤古) ~ 남송 東: 단군 ~ 고려 충렬왕대(忠烈王代)	中: 반고 ~ 원 東: 단군 ~ 고려
사적 수록 원칙	中: 시간순 東: 시간순	中: 시간순 東: 시간순

29 〈용비어천가〉에서 고성의 사적 가운데 앞부분, 즉 제3~14장까지는 주나라의 세계로 일관되지만, 그 이후에는 특별한 순차 없이 여러 왕조대의 제왕들이 등장한다. 한편, 차사의 조선조 사적에서는 '사조[목조→익조→도조→환조]→태조→태종'의 순서로 '순차적 진행'이 이루어지는 동시에, 이 순차가 세 번에 걸쳐 반복되는 '주기적 순환'의 원리가 함께 적용되기도 하였다. 〈용비어천가〉의 구성 원리에 대해서는 성기옥, 「용비어천가의 서사적 짜임」, 백영 정병욱선생 환갑기념논총 간행위원회 편, 『백영 정병욱선생 환갑기념논총』, 신구문화사, 1982, 421~424면; 김선아, 「용비어천가 연구: 서사시적 구조분석과 신화적 성격」, 숙명여자대학교 박사학위논문, 1985, 29면; 양태순, 「〈용비어천가〉의 짜임과 율격」, 『한국고전시가의 종합적 고찰』, 민속원, 2003, 374~395면에서 논의되었으며, 김승우, 앞의 책, 16~18면에서 여러 논자들의 견해가 종합·정리되었다.

30 〈역대세년가〉의 찬술 배경과 제반 특성에 대해서는, 정재호, 「歷代歌類攷」, 『어문논집』 9호, 안암어문학회, 1966, 76~78면; 한영우, 앞의 책, 35~39면; 진재교, 「〈역대세년가〉 연구: 〈동국세년가〉를 통해 본 선초 관각문학의 한 국면」, 『동방한문학』 14집, 동방한문학회, 1998, 131~159면 등에서 검토된 바 있다.

실제로 〈용비어천가〉의 차사에 시화된 내용, 예컨대 태조의 덕망이나 무공(武功), 왕조 창업의 경과, 정몽주(鄭夢周, 1337~1392)를 제거한 태종의 결단력 등에 관계된 사적들이 대부분 『치평요람』 권147 이하 「국조」편에 사건별로 동일하게 수록되어 있는 것을 보면, 〈용비어천가〉를 제작하는 과정에서 『치평요람』의 해당 부분이 적극적으로 활용되었을 개연성은 더욱 높아진다.

결국, 〈용비어천가〉 선사의 재료가 된 내용은 거개가 『치평요람』 권1에서 권147 전반부까지에 수록된 중화와 이적, 그리고 동국의 사적들이며, 차사에서 다루어진 조선조 건국사는 그 이후부터 권150까지에 수록되었던 내역들이 그 핵심에 놓인다고 정리할 수 있다. 이를테면 『치평요람』의 가장 마지막에 수록된 조선조 조종의 사적을 중심으로 끌어오면서 그에 대가 될 만한 고성의 사적을 그 앞부분에서 초출해 온 양상이 발견된다는 것이다.

이처럼 『용비어천가』의 체재나 내용과 관련하여 그간 주목되어 왔던 사항들, 즉 선사에 이적 제왕의 사적이 빈출하거나 고려 태조까지도 고성의 범주에 포함된 점, '옛 것을 주워 모아 오늘에 비의[摭古擬今]'하는 대우가 적용된 점 등은 그 연원을 따져 보면 모두 『치평요람』의 편찬 방식과 잇닿아 있다는 사실을 도출해 낼 수 있다.[31]

---

31 물론, 『용비어천가』에 수록된 내용들이 모두 『치평요람』을 바탕으로 구성되었다고 논단하기는 어렵다. 〈용비어천가〉나 그 해설에 활용 및 인용된 사적들 가운데 『치평요람』에서는 발견되지 않는 것들도 있기 때문이다. 그러나 이러한 경우들에서조차도 『용비어천가』와 『치평요람』 사이의 관련성은 부정되기 어렵다. 「치평요람범례」의 '인용서목'에 따르면 『치평요람』을 편찬하기 위해 편수관들이 열람했던 재래의 전적은 경부·사부(史部)·자부(子部)·집부(集部)를 통괄하는 대단히 광범한 영역에 걸쳐 있으며, 전적의 수량 역시 118종을 헤아린다. [「치평요람범례」, 『치평요람』, 1b~3a면.] 이들 전적은 『치평요람』 150권 가운데 단 한 차례라도 인용된 내역이므로 실제 인용되지는 않았더라도 편수관들이 『치평요람』을 엮어내는 데 참고하였을 전적이 이보다 더욱 많으리라는 점은 충분히 짐작되는 바이다. 이처럼 『치평요람』을 편찬하기 위해 각종 서적의 집성과 열람

5. 나가며

이상에서 『용비어천가』에 활용된 각종 전거들을 조사하고, 전거 차용상의 주요 특징을 고찰하는 한편, 『치평요람』과 『용비어천가』의 상관성을 논의하였다. 앞서 다룬 내용을 간추리면 다음과 같다.

○ 〈용비어천가〉의 선사에 수록된 고성의 사적, 즉 역대 제왕들의 사적 가운데 많은 부분이 『자치통감』과 같은 정사류 사서에서 발췌·활용된 것으로 확인된다. 이는 세종대 경연에서 이루어진 『자치통감』 및 『통감속편』의 강독을 통해 작품 제작자들이 이들 전적의 내용을 충실히 파악하고 있었기 때문으로 분석할 수 있다.

○ 개별 사적에 대한 제가의 사론들까지 반영하여 노랫말을 지은 사례 또한 여럿 발견된다. 작품 제작자들은 세종과 더불어 『자치통감강목』을 강하는 과정에서 재래의 사론들을 폭넓게 비교·분석하는 기회를 가질 수 있었고, 그러한 소양을 〈용비어천가〉를 짓는 데에도 활용하였던 것으로 파악된다.

○ 옛 제왕들에 얽힌 일화나 기담 등과 관련해서는 『태평어람』·『태평광기』 등 설화집 성격을 지닌 전적들이 다수 활용된 것을 알 수 있다. 육룡의 사적 가운데 많은 부분이 일화나 기담의 영역에 포함되기 때문에 이와 대가 될 만한 사례를 찾는 과정에서 정사류 사서 이외에 설화집 또한 빈번하게 탐문하였던 것으로 보인다.

○ 〈용비어천가〉의 제작과 가장 직접적인 연관을 지니는 전적은 『치

이 활발하게 이루어졌던 만큼, 『용비어천가』에 활용·수록된 내역 가운데 『치평요람』에서 발견되지 않는 내용들 역시도 본래 『치평요람』의 편찬을 위해 갈무리해 두었던 것들로 추정해 볼 수 있다.

평요람』임을 다음과 같은 여러 부면에서 확인할 수 있다. ▸『치평요람』은 〈용비어천가〉가 제진되기 불과 한 달 전에 완성되었으며, 둘 모두 정인지 이하 집현전 소속 관원들에 의해 제작되었기 때문에 『치평요람』을 편찬하는 과정에서 정리해 놓은 각종 사적들을 『용비어천가』를 찬술하는 데에도 다양하게 활용하였을 가능성이 충분하다. ▸〈용비어천가〉에 포함된 사적들 가운데 상당수가 『치평요람』에도 수록되어 있다. 또한 개별 사적에 대한 각종 기사들을 여러 전적에서 취합해 놓은 이 책의 체재는 『용비어천가』의 체재와 본질적으로 동일하다. ▸〈용비어천가〉의 선사에는 윤통이나 이적 출신 군주들의 사적들 역시 육룡의 사적과 부합하는 선례로서 취택되었는데, 이는 후세에 감계가 되는 것이라면 중화든 이적이든 가리지 않고 수록하였던 『치평요람』의 편찬 방침과 일치한다. ▸고려 태조와 그의 비 신혜왕후의 사적이 고성의 사례로서 선사에 게재된 이유 역시 『치평요람』의 체재와 연계 지어 파악할 수 있다. 『치평요람』에서는 이적뿐만 아니라 동국의 사적도 중국 정통 왕조의 것과 동궤에서 다루었기 때문이다. ▸'주'부터 '원'까지 편명으로 설정된 『치평요람』 권1~권147의 전반부에는 해당 왕조대의 사적이 중화·이적·동국의 것에 구분을 두지 않고 수록되었으며, '국조'라 제한 권147의 후반부~권150에는 조선의 건국과 관련된 조종의 사적이 수록되었다. 이처럼 '중국과 동국'이 아닌 '고와 금'으로 사적을 가르는 체재는 최항이 '척고의금(摭古擬今)'이라 설명한 〈용비어천가〉의 찬술 방식과 잇닿아 있다. 이를테면, 〈용비어천가〉의 찬자들은 『치평요람』의 마지막 편인 '국조'편에 수록된 조종의 사적을 차사에 끌어온 후 그에 대가 될 만한 고성의 사적을 『치평요람』의 앞부분에서 초출하여 선사에 배치하는 방식으로 작품을 지어낸 양상이 발견된다.

비록 〈용비어천가〉를 제작하는 데 세종과 집현전 관원들이 대단한 열의를 보였던 것은 사실이지만, 단지 〈용비어천가〉만을 지어내기 위해서 재래의 수많은 전적을 뒤져 가면서까지 그처럼 방대한 사전 작업을 수행해야 할 필요성이 있었는지에 대해서는 한번쯤 의문을 가져 볼 만하다. 더불어, 조선조 조종의 사적만으로 평탄하게 서술해 갈 수도 있을 법한 형태를 거부하고 굳이 고성과 조종의 사적을 교직하여 대우로 엮어냄으로써 오히려 작품의 체계를 번만하게 만드는 부정적 결과를 초래하지 않았는지도 따져 볼 필요가 있다.

실제로 〈용비어천가〉는 따로 해설을 참고하지 않고서는 누구의 사적을 다룬 것인지조차 알기 어려울 정도로 난해하고 압축적이며, 이 때문에 세조대의 양성지(梁誠之)는 『용비어천가』의 내용을 도해(圖解)하여 그 요체만을 정리하는 시도까지 하게 된다.[32] 그처럼 제작 과정에서부터 필요 이상의 공을 들여야 할 뿐만 아니라, 그 결과물 역시 별도의 지식을 갖추지 않고서는 이해하기 어려울 정도인 『용비어천가』를 굳이 현전 형태와 같은 방식으로 제작했어야 했는지 의문이 생기는 것이다.

이 글에서 이루어진 전거 조사와 그 특징에 관한 분석을 통해 그러한 의문들이 어느 정도 해소될 수 있을 것이다. 『용비어천가』의 제작은 단지 노랫말을 지어 내거나 서책을 간행하는 등의 단일 사안만으로 국한되지 않는 보다 복잡한 과정을 포함하고 있기 때문이다. 즉, 『용비어천가』가 제작되기까지에는 선대 임금들과 관련된 수차의 사적 조사, 경연에서 이루어진 각종 사서 강독, 특히 중국과 동국의 사적들을 종합

---

32 양성지가 제작한 「용비어천도(龍飛御天圖)」는 현전하지 않으나, 『눌재집(訥齋集)』에 전해오는 서문을 통해서 그 대략적인 체재를 되살려볼 수 있다. 이에 대해서는 심경호, 「〈용비어천가〉의 구조」, 『국문학연구와 문헌학』, 태학사, 2002, 18~22면; 김승우, 앞의 책, 309~330면 등을 참조.

하여 『치평요람』과 같은 대단위 편람서로 엮어 내기까지의 단계적이고도 연쇄적인 기반이 필요했으며, 그러한 조건들이 모두 완숙된 시기였던 세종 재위 후반기에 이르러서야 『용비어천가』라는 정교하고도 온축(蘊蓄)된 성과물이 비로소 제작될 수 있었던 것이다.[33]

이 글에서는 『용비어천가』의 전거를 모두 탐색한 후 전거 차용상의 특징 및 유관 전적과의 관계를 도출해 내는 데 우선 중점을 두었다. 그러한 기반을 바탕으로 추후 좀 더 세부적인 사례 검증과 분석이 진행되어야 할 것이다.

---

33 한편, 『용비어천가』와 연관되리라 추정되는 또 다른 전적으로 『역대병요(歷代兵要)』가 있다. 전란 및 병술과 관련된 역대의 사적을 모아놓은 『역대병요』는 『치평요람』과 같은 시기에 편찬이 진행되었을 뿐 아니라 집현전 학사들이 대거 편찬 실무에 동원되기도 하였다. [『역대병요』의 편찬 시기, 편찬 과정 및 편수관 등에 대해서는 이재범, 「『역대병요』의 문헌적 고찰」, 『韓國軍事史硏究』 1집, 國防軍史硏究所, 1998, 207~241면 참조.] 『역대병요』는 〈용비어천가〉는 물론 『용비어천가』에 비해서도 뒤늦게 완성되었기 때문에 그 영향 관계가 『치평요람』만큼 직접적이지는 않으나, 편찬 단계에서 일단 수합해 놓은 기사들이 〈용비어천가〉에 간접적으로나마 활용되었을 가능성은 충분하고, 이 점은 김승우, 앞의 책, 154~160면에서 일부 거론된 바 있다.

제3장

조선 전기 시가의 이면

시가의 쇄신을 위한 모색

세조世祖의 농가農歌 향유 양상과 배경

1. 들어가며

세조(世祖)는 조선조의 다른 어떤 임금보다도 농가(農歌)를 즐겨 들었던 군왕이다. 자료가 과히 풍부하게 남아 전하는 것은 아니나, 재위 14년 동안의 행적을 담고 있는 『세조실록(世祖實錄)』의 곳곳에서 그가 농가에 깊은 관심을 가지고 있었다거나 농민을 불러들여 어전에서 농가를 부르게 하였다는 기사를 찾아볼 수 있다. 여기에서 '농가'란 일차적으로 '농민의 노래' 혹은 '농가(農家)에서 불리는 노래'라 풀이되지만, 기사의 문맥상 '백성들 사이에서 불리고 전하는 노래', 즉 민요(民謠) 일반이라는 포괄적 의미로 해석될 수 있는 여지도 다분하다.[1]

이 때문에 종래의 시가사(詩歌史)·민요사(民謠史) 저술에서도 세조의 농가 향유는 흔히 중요하게 언급되어 왔으며,[2] 세조가 그처럼 농가를 가까이 하였던 이유가 무엇이었는지 논의되기도 하였다. 가령 조윤제

---

1 조규익, 『조선 초기 아송문학연구』, 태학사, 1986, 82면.

2 임동권, 『한국민요사』, 문창사, 1964, 196~197면; 조규익, 앞의 책, 82면; 최철, 『한국민요학』, 연세대 출판부, 1990, 31면; 강등학, 「민요의 이해」, 강등학 외, 『한국 구비문학의 이해』, 월인, 2000, 195면; 정재호·강등학, 「민요」, 고려대 민족문화연구원 편, 『한국민속의 세계』 8, 고려대 민족문화연구원, 2001, 42면 등.

(趙潤濟)는 『조선시가사강(朝鮮詩歌史綱)』의 제4장 '구악청산시대(舊樂淸算時代)'에서 조선 초기 집권층의 민요 수집 정책을 개관하며 세조의 농가 취미를 그 한 사례로 들어 다음과 같이 정리한 바 있다.

> (…) 세조대왕(世祖大王)은 농가(農歌)를 드르시는 것에 많은 취미(趣味)를 가지시여, 지방(地方)을 순수(巡狩)할 때 뿐 아니라 가끔 지방(地方)으로부터 농가인(農歌人)을 불러서까지도 농가(農歌)를 드르신 듯하나, 그와 같이 국왕(國王)이 열심(熱心)으로 농가(農歌)를 드르실랴 한 것은 무엇 때문인가. 생각컨댄 아마 이것은 농가(農歌) 자체(自體)의 음악적(音樂的) 가치(價値)라 하기보다 그 농가(農歌)로 인(因)하야 민사(民事)의 간난(艱難)을 알고, 겸(兼)하야 왕정(王政)의 득실(得失)을 살피기 때문인 듯하다. 그러면 세조대왕(世祖大王)이 농가(農歌)를 드르신 것도 결국(結局)은 민가(民歌) 수집(蒐集)과 그 취지(趣志)에 있어 다름이 없는 것 같다.[3]

이 같은 언급은 세조가 농가에 관심을 두게 된 중요한 배경을 적시한 것으로 평가된다. 한문문화권에서 이른바 채시(采詩)의 전통은 민심의 동향을 읽어 내기 위한 목적과 표리를 이루어 왔으므로, 세조가 농가를 애호했던 행적 역시 당시 '민사의 간난'을 이해하고 '왕정의 득실'을 파악하려는 의도와 어떤 식으로든 연관될 수밖에 없기 때문이다. 실제로 이러한 견해는 이후의 민요사 서술이나 관련 연구 저작에서도 폭넓게 발견된다.[4]

그러나 세조가 농가를 향유했던 양상과 배경은 보다 정교하게 검토되어야 할 필요가 있다. 백성의 생활상과 민심의 향배란 위정자에게는

---

3 조윤제, 『조선시가사강』, 동광당서점, 1937, 204면.

4 임동권, 앞의 책, 97면; 조규익, 앞의 책, 82면; 강등학 외, 앞의 책, 196면; 정재호·강등학, 앞의 논문, 42면 등.

언제나 주요한 관심사이다. 이 같은 내역을 가늠하기 위한 효과적 수단으로써만 농가가 소용되었다고 한다면, 농가를 중시하는 경향은 세조 이외의 군왕에게서도 통상적 빈도로 꾸준히 나타나야 할 것이지만, 세조만큼 적극적으로 농가를 애호했던 사례를 다른 임금들에게서는 좀처럼 찾아보기 어려운 것이 사실이다.

따라서 세조가 농가에 예사 이상의 관심을 보였던 이유는 세조 개인의 문학적·음악적 기호, 당대의 시풍(詩風) 및 궁중악의 사정, 세조대의 정치사적 현안이나 대민 정책의 기조 등과 같이 한층 다각적 측면에서 살펴야 하리라 생각한다. 그러한 관점에 입각하여 이 문제에 접근할 때 전근대 시기 민요의 존재 양태와 향유 방식, 그리고 지배층의 민요관 등에 연계된 여러 새로운 논점이 도출될 수 있을 것이다.

이에 아래 2절에서는 우선 세조가 농가를 향유했던 특징적 양상을 『세조실록』의 기사를 중심으로 개관한 후, 이어지는 3절에서 세조가 농가를 가까이 했던 배경과 취지에 대하여 몇 가지 항목으로 나누어 살피고자 한다.

2. 세조의 농가 향유 양상

『세조실록』에서 발견되는 농가 관련 기사들은 대개 단편적인 데다 기사들 사이에 적지 않은 시차가 있기도 해서 세조가 재위 기간 동안 농가를 향유했던 궤적을 온전하게 파악하기란 사실상 어렵다. 그럼에도 불구하고 『세조실록』 이외에는 마땅한 자료가 따로 전해 오지 않기 때문에 해당 기사의 전후 맥락까지 고려하여 세조가 농가를 어떠한 방식으로 접하고 인식하였는지 그 면면을 우선 큰 틀에서나마 시기순으로 재구해 보아야 할 필요가 있다. '농가'라는 어휘나 '농가구(農歌嫗)' · '농가인(農歌人)' 등의 합성어가 포함되어 있는 기사들을 추출하여 대의를 추려 보면 아래와 같다.[5]

① 2년 12월 9일(갑진)

충청도 제천 사람 박효선이 농가 한 편을 지어 올리니 관습도감(慣習都鑑)에 내림.

② 4년 5월 21일(정미)

왕비와 서교(西郊)에 나가 작황을 살피던 중 농인(農人) 이서우 등이 농가를 부르며 논밭을 가꾸는 모습을 보고서 그들에게 술과 고기를 먹이게 함.

③ 12년 윤3월 14일(을유)

강원도 순행(巡幸) 중 어가(御駕)가 강릉에 이르자, 농가를 잘 부르는 농인들을 모아 장막(帳幕) 안에서 노래하게 하니, 양양의 관노(官奴) 동구리란 자가 가장 잘하므로 후하게 포상함.

④ 12년 11월 7일(을해)

가기(歌妓) 여덟 명을 선발하고 여기에 농가를 부르며 생계를 유지하던 가난한 여인까지 아울러서 '구기(九妓)'라 칭함. 내연(內宴)에서는 반드시 이 여인에게 명하여 농가를 부르게 함.

⑤ 12년 12월 22일(기미)

정인지 등 고관들에게 베푼 주연(酒宴)에서 농가를 부른 여인에게 갖옷을 하사함.

---

5 원문은 제3절에서 해당 기사들을 다시금 자세히 분석할 때 제시한다.

⑥ 14년 3월 14일(갑술)

농가를 부른 유광우 등에게 베를 주도록 호조에 명하고, 병조로 하여금 그들에게 역마(驛馬)를 주어 집에 돌아가도록 함.

농민의 노래나 기타 구비전승에 대한 세조의 취향이 엿보이는 기사가 더러 더 발견되기는 하지만, 우선 농가를 대했던 세조의 태도가 비교적 뚜렷이 드러나는 사례는 대략 위의 여섯 가지 정도로 정리된다. 세조가 농가를 접한 경위와 연행 방식상의 특성을 자세히 고려한다면, 위 기사들 속의 농가는 "① / ② / ③~⑥"의 세 가지 부류로 다시 나누어 살필 수 있다.

먼저 ①번 기사에 언급된 농가는 이하의 것들과는 확연히 성격이 다른 부류이다. "농가 한 편을 지어 올렸다.[作農歌一篇以獻.]"라는 어구에도 드러나듯, 이때의 농가는 본래적 의미의 민요적 성격보다는 식자층이 농가를 모방하여 지은 악부시적(樂府詩的) 성격을 띤 작품으로 파악된다. 충청도 제천인이라는 것밖에는 박효선(朴孝善, ?~?)이 누구인지를 알아낼 수 있는 단서가 없으나, 임금에게 작품을 지어 헌상할 정도라면 응당 박효선은 시문을 지을 능력을 갖춘 향촌의 사족으로 보아야 할 것이다.

박효선의 농가가 과연 어떠한 형식과 내용으로 이루어져 있었을지 짐작해 볼 수 있는 자료로서 강희맹(姜希孟, 1424~1483)의 〈농구십사장(農謳十四章)〉을 참고할 만하다. 계유정란(癸酉靖亂)의 공신으로 조선 초기의 대표적 관각문인(館閣文人) 가운데 한 명이었던 강희맹 또한 이 무렵 농가를 모방하여 연작시를 지어 남긴 바 있기 때문이다.[6] 문집『금양

6 〈농구십사장〉의 창작 배경과 작품 구조 및 내용 등에 대해서는 정용수,『사숙재 강희맹 문학 연구』, 국학자료원, 1993, 121~138면; 유재일,「사숙재의 〈農謳十四章〉에 대한

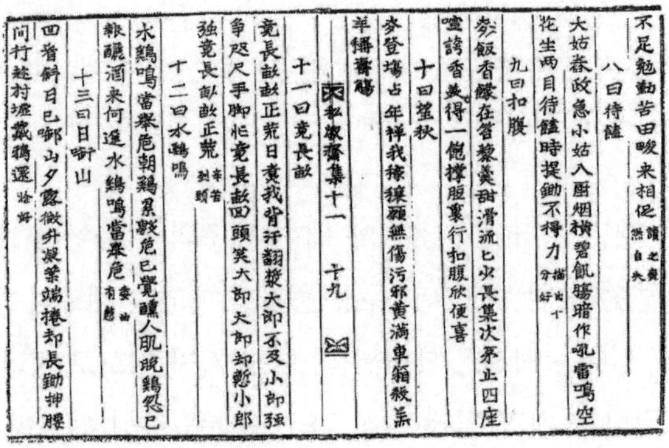
不足勉勤苦田畯来相伲 譏之農然自失
八曰待饁
大姑舂政急小姑入厨烟横碧飢腸暗作吼雷鳴空
花生两目待饁時提鋤不得力 描出十分好
九曰扣腹
参飯香饛在筥藜羹甜滑流匕尖長集次界止四座
嚧詩香美得一飽撑腹裏行扣腹欣便喜
十曰望秋
麥登場占年祥我稼穰穰無傷污邪黃滿車箱稅羔
羊犧嘗禴
私淑齋集十一 二十九
十一曰竟長畝
竟長畝畝正荒日責我背汗翻漿大郎不及小郎强
爭咫尺手脚忙竟長畝回頭笑大郎大郎却愁小郎
强竟長畝畝正荒 辛苦封頭
十二曰水鷄鳴
水鷄鳴當擧危朝鷄累戰危已覺醺人肌晛鷄怨已
報釀酒来何遅水鷄鳴當擧危 委曲有態
十三曰日晰山
四㫖斜日已啣山夕露微升凝葉端捲却長鋤押腰
问行趁村墟藏鴉還 恰好

【그림1】 〈농구십사장〉 [『사숙재집(私淑齋集)』 권11]

잡록(衿陽雜錄)』에 수록된 이래 『속동문선(續東文選)』과 허균(許筠, 1569~1618)의 『국조시산(國朝詩刪)』에 전재되기도 했던 〈농구십사장〉의 사례로 미루어 보면, 박효선 역시 향촌의 일상을 관찰한 후 그곳의 풍경이나 농민의 정감 등을 내용으로 하여 연작을 지어 올렸을 것으로 추정된다. 농민들이 부르는 노래를 평소 가까이에서 듣고 참고하되 농가를 축자적으로 한역하여 제시하기보다는 노랫말을 재편하거나 자신의 감상과 논평을 빈번하게 개재하는 방식으로 창작하였을 가능성이 높아 보인다.[7] 어떻든 『세조실록』에 처음 등장하는 '농가'가 농민의 노래를 모방하여 한문으로 지은 향촌 사족의 악부시이었으리라는 점은 큰 무리 없이 간취해 낼 수 있다.

작품 연구」, 『한국 한시의 탐구』, 이회, 2003, 249~278면; 안장리, 「강희맹의 생애와 문학」, 『열상고전연구』 18집, 열상고전연구회, 2003, 117~121면 등에서 폭넓게 검토된 바 있다.

7 물론, 작품의 어조나 형식은 농가다운 느낌이 살아나도록 구성하였을 것이다. 가령, 1인칭 화자를 설정하거나, 길고 짧은 시행을 한 작품 안에 함께 배치하거나, 중간에 후렴구를 넣는 등의 방식을 떠올릴 수 있다. 이러한 사항은 강희맹의 〈농구십사장〉이 지닌 형식적 특질이기도 하다. [유재일, 앞의 논문, 264~271면.]

이와는 반대로 ②번 기사에서의 농가는 뚜렷이 농사 현장에서 불리었던 농민의 노래이다. 농번기인 음력 5월에 세조는 왕비 정희왕후 윤씨(貞熹王后 尹氏, 1418~1483)와 함께 도성 밖 서교에 나가 직접 작황을 살핀다. 서교는 농사 짓는 모습을 보기 위해 선대 임금들도 자주 들르던 곳이었다.[8] 군왕의 예정된 행차인 만큼 관헌에서 사전에 시찰 경로를 정하여 그곳 농민들의 언행을 일부 단속하였으리라 보이지만, 농가를 부르며 일을 하는 행위까지 의도적으로 연출을 하였다고 판단하기는 어려울 것이다. 이를테면 치전(治田)을 하는 동안 이서우(李徐右, ?~?)를 비롯한 농민들은 평소대로 자연스럽게 농가를 불렀고, 세조가 그 모습을 기특히 여겨 주육을 하사했던 것으로 파악된다.

군주가 본연의 역할에 충실한 농민을 치하한 것이야 특기할 만한 일은 아니지만, 서교의 여러 농민들 가운데 농가를 부르며 일을 한 이서우 등을 지목하여 상급을 내린 것을 보면, 세조는 이서우 등의 근면함뿐만 아니라 그들이 부른 농가로부터도 깊은 감화를 받았던 것으로 짐작된다. 당시 세조가 접한 농가란 응당 작업의 효율을 높이고 노동의 고통을 경감하기 위한 노동요(勞動謠)의 일종이겠는데, 세조는 이처럼 노동요를 들으며 농민들의 수고로움을 되새기고 그들에 대한 애정을 표시하였던 것이다. 농가 본연의 특징과 의미를 농사 현장에서 온전하게 향유했던 사례라 할 수 있다.

---

8 『태종실록』 권24, 12년 7월 28일(신해); 권26, 13년 8월 5일(신해); 권36, 18년 7월 26일(갑술); 『세종실록』 권33, 8년 8월 18일(기묘); 권40, 10년 윤4월 2일(계미); 16일(정유); 5월 5일(병진); 권61, 15년 8월 6일(병술); 권69, 17년 7월 25일(갑오); 8월 2일(신축); 8월 10일(기유); 권72, 18년 4월 7일(계묘); 권74, 18년 7월 11일(갑진); 권78, 19년 7월 4일(임진); 8월 3일(경신); 권82, 20년 7월 28일(경술); 권90, 22년 7월 28일(무진); 권120, 30년 5월 26일(경술); 권125, 31년 8월 18일(을축); 『단종실록』 권12, 2년 8월 20일(기해); 권14, 3년 6월 19일(계사) 등.

한편, 재위12년(1466)과 14년(1468)에 잇달아 나오는 기사 ③~⑥에서의 농가는 앞의 두 부류와는 또 다른 층위를 이룬다. ①번 기사에서의 농가가 민요를 모방한 사족의 악부시이고, ②번 기사의 것은 실제 농민이 부른 노래이자 노래가 불리는 현장과도 밀착된 본래적 의미의 농가인 반면, ③~⑥의 부류는 농민의 노래이기는 하되, 노래의 소통 및 전승 공간으로부터는 이미 이탈된 형태이기 때문이다.

이 부류에 해당하는 첫 번째 기사인 ③은 세조가 세자 및 대신들과 더불어 강원도를 순행하던 기간의 사건을 다루고 있다. 김화(金化)·통천(通川)·고성(高城) 등을 거쳐 한성을 떠난 지 약 한 달 만에 강릉(江陵) 연곡리(連谷里)에 다다른 세조는 일대의 농민 가운데 농가를 잘 부르는 자들을 소환하여 일종의 경창(競唱) 대회를 개최하는데, 농민을 불러 모았다고는 하였으나, 실제 모인 자들 가운데에는 상민(常民)만이 아닌 천민들도 더러 포함되어 있었던 듯하며, 그중 양양의 관노 동구리(同仇里, ?~?)가 가장 뛰어난 것으로 평가되어 포상을 받게 된다.

당시 어전에서 불린 농가는 전승 민요임이 분명하지만, "장막 안에서 노래하였다.[圍帳內歌.]"라는 구절에도 나타나는 바와 같이, 가창의 방식은 특정 청중과 무대를 전제로 한 연행(演行)의 형태로 바뀌었다. 앞서 서교에서는 임금이 직접 농사 현장에 나아가 농민의 생활 공간에서 자연스럽게 불리는 농가를 들었던 반면, 이번에는 반대로 농민을 임금의 처소로 불러들이는 방향을 취했던 것이다.

재위12년(1466) 11월과 12월에 잇달아 나오는 두 건의 기사 ④와 ⑤ 역시 유사한데, 여기에는 '농가구', 즉 농가를 부르는 여인에 관한 이야기가 담겨 있다. 먼저 ④에서는 가난했던 한 여인이 남편과 더불어 날마다 장터에 나가 농가를 부르며 구걸을 하니, 세조가 이 말을 듣고서 여인에게 매달 양식을 주고 내연이 있을 때마다 입궐하여 노래를 부르도록 명했다고 하였다.

농가구와 그의 남편은 농토로부터 유리되었다. 본래 논밭에서 일을 하며 자족적으로 불렀을 농가를 이제는 시정(市井)에서 연창(演唱)하면서 사람들의 이목을 끌고 이를 통해 호구하였으므로, 농가 본연의 취지는 이미 상당 부분 희석된 상태라 할 수 있다. 세조는 완연히 연행화된 형태로 불리었던 농가구의 노래를 연회에서도 감상하려 하였던 것이다. 실제로 ⑤번 기사에 따르면 달포 후에 벌인 주연에서 세조는 정인지(鄭麟趾) 등 고관대작들과 함께 농가구의 농가를 듣고서 흡족해 하였다고 전한다.

이 같은 세조의 취향은 이후에도 지속된다. 재위14년(1468)의 기사인 ⑥에서는 전후 맥락 없이 유광우(兪光右, ?~?) 등 이른바 '농가인'에 대한 사급 내역만이 다루어지고 있다. '농가를 부르는 사람'이라는 어의에 의거하여 보면, 우선 이들은 농가를 무척 잘 불렀던 인사들로 파악된다. 농민이면서 농가에 능했던 자들인지, 아니면 전문적으로 농가를 부르며 생계를 유지했던 자들인지는 분명치 않지만, 앞서 농가를 연창하면서 구걸하던 여인을 사관이 '농가구'라는 조어로 지칭했던 것으로 미루어, 농가인 역시 직업적 또는 반직업적인 창자이었을 가능성이 있다. 역마를 이용하여 귀가를 시킬 정도였으니 당초 이들 농가인은 한성에서 상당히 먼 거리에 거처했음을 알 수 있는데, 일전에 농가구의 노래를 만족스럽게 들었던 세조가 이번에는 남성 창자들이 부르는 농가를 내연에서 즐기기 위해 전국 각지에서 농가로 이름 난 자들을 가려내어 궁중에 불러 들였으리라 추정된다.

기사가 많지도 상세하지도 않지만, 위에서 다룬 사항들을 바탕으로 세조의 농가 향유 양상과 연관된 개괄적인 흐름은 가늠할 수 있다. 우선 재위 후반으로 갈수록 농가 관련 기사가 앞 시기에 비해 좀 더 자주

【그림2】 광릉(光陵) [남양주시 진전읍 소재]

나타나는 현상이 발견된다. 강원도를 순행했던 해인 재위12년(1466)이 특히 그러하고, 재위 마지막 해인 14년(1468)에도 기사는 한 건에 불과하지만, 지방의 농가인을 선별하여 궁궐로 소환하기까지의 과정을 감안하면 비록 실록에 자세히 수록되지는 않았더라도 농가에 대한 세조의 관심이 이 무렵에 상당히 강하게 표출되었던 것으로 짐작할 수 있다. 즉, 농가에 대한 애호는 재위 초반부터, 또는 등극 이전인 대군 시절부터 지니고 있었으되, 그것이 표출되는 사례는 재위 후반으로 갈수록 보다 빈번해 진다는 것이다.

이러한 경향은 세조가 농가를 향유했던 방식 내지 특성과도 연관된다. 앞서 살핀 대로 세조는 세 가지 층위의 농가를 접하고 감상하였다. '농가'라는 동일한 어휘로 기록되었다고 해도 그 함의가 일정치는 않다는 점에 유념해야만 하는 것이다. 세조는 향촌의 사족이 농가를 모방하여 한문으로 지어 올린 작품을 가납하고, 농민이 치전하며 부르던 노동요를 행행(行幸) 중에 경청하는가 하면, 종국에는 농가 경창 대회를 열거나 농가구·농가인을 불러들여 노래를 부르게 하면서 즐기기도 하였다. 첫 번째 사례가 간접적이고도 수동적인 향유 형태라면, 논밭에서 농가를 듣고 농민의 노고를 치하한 두 번째 사례는 이보다 훨씬 직접적인 방식이다. 그러나 세조는 여기에 그치지 않고 농가를 궐내에서도 듣기를 소망하였다. 임금이 궁을 자주 비울 수는 없기 때문에 세조는 아예 농가를 잘 부르는 자들을 수소문하여 면전에서 장기를 펼쳐 보이도록 하였던 것이다. 농가 본연의 소통 공간은 소거될 수밖에 없는 형태이지만, 자신이 원하는 시기에 언제든 손쉽게 농가를 접할 수 있다는 점에서 이는 세조의 의지가 가장 적극적으로 반영된 향유 방식이라 할 만하다.

요컨대 세조는 재위 후반으로 갈수록 보다 빈번하게, 그리고 보다 능동적인 방식으로 농가를 향유하였던 것으로 이해된다.

3. 농가 향유의 배경과 취지

앞서 『세조실록』의 기사를 바탕으로 세조가 농가를 향유했던 궤적과 방식을 대개 시간적 순차대로 검토하였거니와, 3절에서는 그가 농가에 그처럼 관심을 보였던 배경 내지 취지를 몇 가지 측면으로 나누어 분석하게 될 것이다. 『세조실록』 소재의 여타 기사들, 선대 군왕 또는 왕족의 농가 향유 기록, 그리고 그밖에 소용될 만한 방증 등을 들어 농가에 대한 세조의 관점을 살피고, 그가 농가를 가까이함으로써 대내외에 어떠한 효과를 산출하고자 기대하였는지 그 의도를 되짚어 보고자 한다.

1) 농가의 현장성과 생동감에 대한 기호

우선 농가 자체의 특징과 면면을 상기할 필요가 있다. 기본적으로 농가란 농민의 정감과 농가의 일상을 담은 노래이다. 특히 노동요의 경우에는 작업이 실제로 이루어지는 공간에서 불리는 만큼 그 현장성이 더욱 두드러지게 마련이다. 이를테면 농가는 단지 노래 자체로서만이 아니라, 노래가 불리는 현장과 한데 어우러져 듣고 보는 갈래로서의 복합적 의의를 띤다고 할 수 있다.

이렇듯 농가의 현장성 내지 생동감이 언급된 사례는 세조 이전의 기록에서도 적지 않게 찾아볼 수 있는데, 가령 『세종실록』의 다음 기사가 그러하다.

> 임금이 풍양(豐壤) 이궁(離宮)으로 문안 갔다. 두 임금이 주연을 베풀어 조연(趙涓) · 이징(李澄) · 이담(李湛) · 연사종(延嗣宗) · 홍부(洪敷) · 원숙 등이 입시하였다. (…)
> [상왕이] 또 원숙에게 말하기를,
> "내가 근래에는 항상 밭 갈고 씨 뿌리는 것을 보면서 날마다 낙을 삼았으니, 이제 농부를 불러서 농가를 부르게 해 보고자 한다."
> 하였다.[9]

세종(世宗)에게 양위하고 상왕(上王)으로 물러앉은 태종(太宗)은 농가를 듣고자 하는 의중을 지신사(知申事) 원숙(元肅, ?~1425)에게 내비치는데, 이는 단지 노래 자체에 대한 기호 때문만은 아니다. 농사짓는 모습을 보며 소일한다고 태종 스스로 자신의 근황을 전한 데에서도 드러나듯, 그는 농민들이 노동 현장에서 부르는 농가의 가치를 중시했던 것이다. 단지 농가의 선율과 노랫말을 즐기려 하였다면 관습도감의 가기(歌妓)나 악공(樂工)으로 하여금 농가를 배워 익히도록 하고 때때로 그들을 이궁으로 불러들여 노래를 들으면 충분할 것이지만, 태종은 명백히 농민이 부르는 농가를 듣고자 하였다. 농가에 반영된 농민들의 삶과 애환을 농민의 목소리로 들으면서 그러한 향유 체험을 세종 및 조정의 대신들과도 공유할 생각이었던 것이다. 며칠 지나지 않아 실제로 태종은

---

9 『세종실록』 권8, 2년 5월 20일(정해). "上朝豐壤離宮. 兩上置酒, 趙涓·李澄·李湛·延嗣宗·洪敷·元肅等入侍. (…) 又語肅曰: "予近常見耕稼之事, 日以爲樂. 今欲召農夫, 使歌農歌.""

세종과 영의정 유정현(柳廷顯, 1355~1426) 등이 모인 자리에 농부 열 사람을 불러 누대 앞에서 농가를 창하게 함으로써 일전의 의도를 관철하기도 하였다.[10]

폐세자(廢世子) 양녕대군(讓寧大君) 이제(李禔) 역시 부왕 태종과 유사한 취향을 지니고 있었으나, 그는 농가의 현장성을 의도적으로 조작하는 등 더욱 적극적인 태도를 취하였다.

> 공신(功臣) 성산부원군(星山府院君) 이직 등이 상소하기를,
> "무릇 사람으로서 부끄러워하는 마음이 없으면 마침내 하지 못할 일이 없을 것이며, 허물을 뉘우치는 마음이 없으면 마침내 착하게 되지 않을 것이오니, 사람으로서 이에 이르게 된다면 인간의 도리로 논할 수 없습니다. 지금 양녕대군 이제는 세자로 있을 때에 불의(不義)한 짓을 마음대로 행하였으며, 폐위되어 밖에 있으면서도 허물을 고칠 마음이 없었습니다. 태종께서 빈전(殯殿)에 계실 때에 사람을 청하여 밭을 매게 하면서 농가를 부르게 하였고, 장사 치른 지 얼마 되지 아니하였는데 남의 개를 빼앗아 짐승을 사냥하며 유희(遊戲)하였으니, 그 밖의 불의한 행실은 이루 다 기록할 수 없습니다. (…)"
> 라고 하였다.[11]

세자 시절부터 여러 물의를 일으켰던 양녕대군은 폐세자된 이후에도 근신하지 않고 폐단을 일삼았으며, 이 때문에 양녕을 정죄(定罪)해야 한다는 상소가 세종 재위 중에도 지속적으로 올라오고는 하였다. 이직(李稷, 1362~1431)은 양녕의 적폐와 죄상을 매우 구체적으로 열거하였는

---

10 『세종실록』 권8, 2년 5월 26일(계사). "上王召農夫十人于樓前, 唱農歌, 仍賜酒."

11 『세종실록』 권39, 10년 1월 18일(신축). "功臣星山府院君李稷等上疏曰: "凡爲人而無羞惡之心, 則終無所不爲; 無悔過之心, 則終不遷善. 人而至於此, 則不可以人理論也. 今讓寧大君禔, 爰在儲副, 恣行不義, 廢位居外, 罔有悛心. 太宗在殯之時, 請人芸田, 俾唱農歌; 山陵未幾, 奪人狗兒, 從獸遊戲, 其餘不義之行, 不可勝記. (…)""

데, 그 가운데 농가와 관련된 사항이 포함되어 있다. 양녕이 농가를 들었다는 것이 문제이기보다는 태종의 국상 중에 노래를 가까이하는 등 유희를 즐겼다는 것이 논죄의 핵심이다.

그런데 당시 양녕대군이 농가를 들었던 방식에 주목할 필요가 있다. 그는 "사람을 청하여 밭을 매게 하면서 농가를 부르게 하였다.[請人芸田, 俾唱農歌.]"라고 하였는데, 이는 농가를 듣기 위해 의도적으로 밭을 매는 상황을 조성한, 주객이 전도된 상황라고도 할 수 있다. 그는 농가를 듣는 것으로만 만족하지 않고, 농가가 불리는 상황까지 연출하여 그 전체적인 맥락을 즐기려 하였던 것이다. 농민의 일상에서 자연스럽게 가창되는 농가의 미감을 최대한 되살리려는 지향이 녹아 있지만, 다른 관점에서 보면 농가를 핍진하게 듣기 위해 농민으로 하여금 밭매는 시늉까지 하게 한 해괴한 작태라고 판단할 수도 있다. 이직의 비판에서도 역시 그 같은 작위적 측면을 부각하려는 의도가 묻어난다.

이처럼 농가를 통해 농민의 생활상을 이해하거나 그 진솔한 정서를 접하고자 했던 취지는 세조 이전의 왕실 인사들 사이에서도 발견되는 바이다. 태종과 양녕대군 공히 생활 현장에 밀착된 농가의 특성을 중시하였던 것이다. 세조가 농가에 관심을 가지고 이를 향유하려 하였던 일차적인 이유 역시 농가 특유의 현장성과 생동감에 주목하였기 때문으로 파악된다. 앞서 개관한 『세조실록』 소재의 기사들이 모두 농가의 이 같은 특성에 대한 세조의 기호와 연관되어 있으나, 재위4년(1458) 서교 행행시의 기사는 그러한 기호가 더욱 직접적으로 드러난 사례이다.

> ② 임금이 중궁과 더불어 임영대군(臨瀛大君) 이구(李璆)의 집에 거둥하고, 이어서 서교(西郊)에 행행하여 작황을 돌아보았는데, 농인(農人) 이서우 등이 농가를 부르며 치전(治田)하니, 명하여 주육을 먹이게 하였다.[12]

논밭에서 소리 높여 농가를 부르는 행위란 곧 농사에 근면한 농군의 모습과 표리를 이루며, 세조가 이서우 등에게 포상하였던 것 역시 기본적으로는 이 같은 인식에 따른 조치로 해석된다. 세조는 농민의 일상이 농가와 일체화되어 있다는 점을 적실하게 파악하였던 셈이다.

삶의 현장이나 체험과 밀착되어 있는 농가의 속성 때문에 농가에 대한 군왕의 관심은 흔히 민심의 동향을 파악하기 위한 정치적 목적의 발로로 풀이되고는 하지만, 그러한 해석을 지나치게 앞세울 경우 실상을 오히려 단순화 하게 될 위험이 생겨난다. 이미 상왕으로 물러나 있던 태종이나 폐세자된 지 오래였던 양녕대군은 모두 민심의 향배에 대한 관심보다는 사적인 취향을 앞세워 농가를 가까이했거니와, 세조 역시 반드시 정치적 효용성만을 고려하여 농가를 애호하였다고 보기는 어렵다. 전문 예능인인 가기와 악공들이 규정화된 절차에 따라 연행하는 가악만을 주로 접하게 되는 군왕의 입장에서는 자연스러운 생활 현장에서 진솔한 감정과 체험을 담아 부르는 농가로부터 색다른 미감 내지 가치를 발견하게 되었을 여지도 다분하기 때문이다. 물론 농가에 대한 이러한 개인적 선호는 이내 시학적·음악적 차원으로 공론화될 가능성을 내재한 것이기도 하다. 다음 항에서 이 점을 구체적으로 살피기로 한다.

2) 시풍(詩風)과 악장(樂章)을 쇄신하기 위한 기반

세조를 비롯한 조선 초기 왕실 인사들이 농가의 생동감과 진솔성을 고평하고 있었다면, 응당 관심을 가지고 살펴야 할 내역은 당대 관각문

---

12 『세조실록』 권12, 4년 5월 21일(정미). “上與中宮幸臨瀛大君璆第, 仍幸西郊觀稼, 農人李徐右等唱農歌治田, 命饋酒肉. (…)”

인(館閣文人)들의 시작(詩作) 경향과 궁중 악장의 양상이다. 농가에 대한 관심과 평가가 혹 당대의 시풍 및 악장에 대한 비판적 인식으로부터 상대적으로 더욱 강화되었을 개연성이 있기 때문이다.

특히 세조는 일찍이 대군 시절부터 세종의 명을 받아 각종 편찬 사업을 주관하였고, 악장이나 정재(呈才)를 제정 및 정비하는 데에도 깊숙이 관여하였으며,[13] 등극 이후에는 신하들에게 여러 차례 어제시(御製詩)를 내려 화답하게 하는 등 시작에 상당한 조예를 드러내기도 하였다.[14] 경연(經筵)을 폐하는 대신에 신하들에게 경사(經史)를 친강(親講)할 만큼 학적 역량을 과시했던 임금이 바로 세조이기도 하다.

이처럼 문학과 음악에 정통했던 세조가 치세기의 시와 악장에 대해 불만족스러운 견해를 지니고 있었던 흔적은 여러 부면에서 간취되는데, 그 같은 입장이 종종 농가와 연계되어 나타나기도 한다는 점은 특히 중요하게 검토해 보아야 할 사항이다. 재위 초반기의 다음 기사에 먼저 주목할 필요가 있다.

> 전라도관찰사 이석형이 전주부윤(全州府尹) 변효문이 제술한 <완산별곡(完山別曲)>을 바치니, 어서(御書)에 말하기를,
> "소용이 없다."
> 하고, 명하여 관습도감에 두게 하였는데, 이 곡은 사(辭)가 허황되고 뜻이 비루하여 사람들이 모두 웃었다.[15]

---

13 김승우, 『용비어천가의 성립과 수용』, 보고사, 2012, 183~186면 참조.

14 조규익, 앞의 책, 80~89면.

15 『세조실록』 권3, 2년 1월 20일(경인). "全羅道觀察使李石亨, 進全州府尹卞孝文所製〈完山別曲〉, 御書曰: "無所用也." 命藏于慣習都監, 是曲辭荒意鄙, 人皆笑之."

원종공신(原從功臣)으로 녹훈되기도 했던 이석형(李石亨)과 변효문(卞孝文)은 세조의 즉위를 전후하여 모두 종이품(從二品) 외관(外官)으로 전라도관찰사와 전주부윤에 각각 제수된다. 얼마 지나지 않아 변효문은 전주부윤이라는 자신의 직임에 걸맞게 관할지인 완산(完山), 즉 전주를 제목으로 하여 별곡(別曲)을 지었고, 이를 관찰사 이석형이 전달 받아 세조에게 진헌하였는데, 작품을 살펴본 세조는 단박에 "쓸모없다.[無所用也.]"라고 질타하면서 그 노랫말을 관습도감으로 내려 보낸다. 관습도감은 세조 재위 초반까지 악학(樂學)과 더불어 궁중악을 관장했던 주요 기관으로서 악공과 가기가 실제 연회에서 가악을 연행할 수 있도록 수련시키는 임무를 담당하였으므로,[16] 세조가 〈완산별곡〉을 관습도감에 내린 것은 일단 그 노랫말은 보존하겠다는 결정으로 읽힌다. 그러나 세조의 폄하적 태도로 미루어 이 작품이 실제 궁중에서 연행되었을 가능성은 매우 적고, 노랫말은 물론 연행을 짐작케 하는 기록 역시도 모두 전하지 않는다.

〈완산별곡〉이 그처럼 폄시되었던 주된 이유는 허황된 노랫말과 얄팍한 뜻 때문이었다. 이 작품은 아마도 경기체가(景幾體歌) 양식으로 지어졌으리라 추정되어 왔는데,[17] 만일 그렇다면 경기체가의 완고한 구조와 영탄적·자긍적 언술 등에 세조와 세인들이 특히 혹평을 가하였을 가능성도 있다. 어떤 경우이든 변효문은 자연스럽고 평탄하게 시상을 전개하기보다는 작위와 과장을 다수 섞어 가며 〈완산별곡〉을 지어 내었던 것으로 보인다. 당시 대표적 관각문인 가운데 한 명이었던 변호문을

---

16 송방송, 『한국음악통사』, 일조각, 1984, 230~234면.

17 조규익, 앞의 책, 84면; 김창규, 『한국 한림시 평석』, 국학자료원, 1996, 662~664면; 본서의 제1부 1장 「세종대의 경기체가 시형에 대한 연구」의 2절; 제2부 1장 「조선 후기 시조에 반영된 전주의 문화적 도상」의 2절 등을 참조.

세조가 공공연하게 폄하하였다는 점은 시사하는 바가 적지 않다.

> ① 충청도 제천 사람 박효선이 농가 한 편을 지어 올리니, 명하여 관습도감에 내리었다.[18]

반면, 지방의 이름 없는 사족이 지어 올린 농가 형식의 작품에 대해서는 세조가 상당한 배려를 하였던 것으로 파악된다. 〈완산별곡〉이 제진되던 같은 해 12월에 제천의 박효선이라는 자가 농가를 지어 바치는데, 앞서 언급한 대로 이때의 농가란 농가의 형식과 취의에 기대어 지은 악부시이었을 것으로 추정된다. 세조는 〈완산별곡〉과 마찬가지로 박효선의 농가도 관습도감에 내렸으나, 이 작품 역시 궁중에서 실제 활용하였다는 기록은 발견되지 않는다. 〈완산별곡〉이든 박효선의 농가이든 표면적으로는 동일한 방식으로 취급되었던 셈이다.

그러나 두 작품을 대하는 세조의 태도에는 분명한 차이가 존재한다. 세조가 〈완산별곡〉을 그처럼 혹평하였으면서도 관습도감에 노랫말을 보존토록 명한 것은 이석형과 변효문 등 중신(重臣)들의 위신을 어느 정도는 고려한 결정으로 해석될 수 있다. 반면, 이름 없는 향촌 선비의 작품을 예조 산하의 공식 관서인 관습도감에 내려 보냈다는 것은 대단히 파격적인 조처임이 분명하다. 이를테면 세조는, 자구를 짜 맞추고 비루한 가사를 넣어 자긍하는 뜻을 표출한 부자연스러운 작품보다는 농민의 일상과 정감이 생동감 있게 드러나도록 지은 농가 취향의 작품에 한층 중요한 가치를 두어 이를 관각문인의 작품과 동일하거나 오히려 더욱 우월하게 평가하였던 것이다.[19]

---

18 『세조실록』 권5, 2년 12월 9일(갑진). "忠清道堤川人朴孝善, 作農歌一篇以獻, 命下慣習都監."

이렇듯 꾸밈없고 천연한 작품을 선호했던 세조의 성향은 재위 중반에 들어 매우 직접적으로 언명되기에 이른다. 영의정 강맹경(姜孟卿, 1410~1461)과 좌의정 신숙주(申叔舟)에게 손수 써서 내린 다음의 어제시는 특히 주목된다.

> 어제(御製) 수찰(手札)을 강맹경과 신숙주에게 내려 주었다. 그 시에 이르기를,
> "두 정승을 독대하여 임금과 신하 모였으니,
> 취기 올라 붓을 들었지만 무료하고 희작만이 있을 뿐이구나.
> 시가 음률도 아니지만, 음률이 바로 시도 아니니,
> 성정을 노래해야만 이것이 바로 시이자 음악이로다."
> 라 하였다.
> "이런 이유로 사방이 풍속은 같지 않더라도 인간의 본성은 모두 같은 것이다. 그렇다면 시는 마음을 노래하는 데 있지 성률을 노래하는 데 있는 것은 아니다. 경들은 한갓 중국의 성률을 본받고 나라의 풍속은 돌아보지 않는구나. 이는 마치 월(越)나라 사람이 호(胡)의 말을 하는 것과 같으니 장차 이러한 시를 어디에다 쓰겠는가? 만일 쓰고자 한다면 확강(確强)한 것만 같지 못하니, 확강의 도(道)라는 것은 굳고 펼칠 수 없는 것으로 충효만이 이에 해당된다."
> 라고 하였다.[20]

---

19 이후 박효선은 구황(救荒)·재용(財用)·공물(供物) 등 당대의 향촌 정책에 대한 자신의 견해를 담아 세조에게 직접 진언을 하기도 하였는데, 이때에도 세조는 통상적으로 상소를 가납하는 데 그치지 않고, 상소의 요체를 뽑아 정리하여 자신에게 다시 보고하도록 승정원에 전지하는 등 그에게 대단히 우호적인 태도를 취한 바 있다. [『세조실록』 권14, 4년 12월 11일(을축).]

20 『세조실록』 권18, 5년 12월 28일(병자). "御製手札, 賜姜孟卿·申叔舟. 其詩曰: "兩相獨對, 君臣際會, 乘醉遊筆, 聊與戲耳. 詩非音律, 音律非詩, 歌詠性情, 卽是詩樂." "是故四方不同風, 而人性則一, 然則詩在言志, 不在於律. 卿等徒効中國之律, 不攷之於國風, 是猶越人而胡語也, 將焉用之? 如欲用之, 莫如確强, 確强之道, 固而不弛, 忠孝而已矣." (…)"

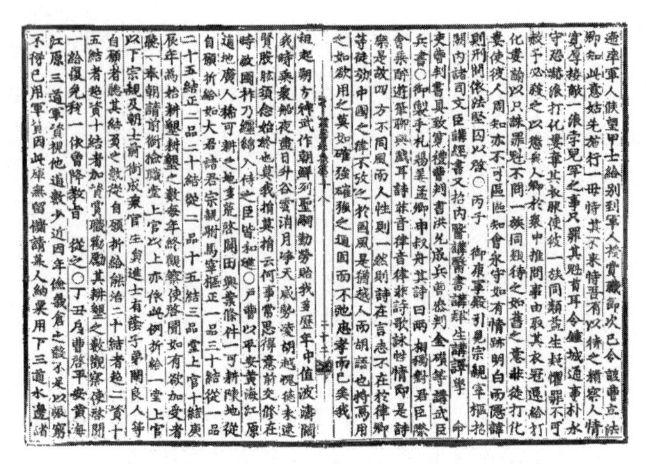

【그림3】『세조실록』 권18, 5년 12월 28일(병자)

여기에서 세조는 시와 음률이 기본적으로는 변별된다는 점을 인정하면서도 인간의 성정을 자연스럽게 노래하거나 읊어내기만 하면 곧 시와 음악이 이루어질 수 있다는 인식을 피력하였다. "시는 뜻을 말하는 데 있다.[詩在言志.]"라는 구절은 『서경(書經)』「순전(舜典)」 이래의 관점을 원용한 것이므로 세조 자신의 독창적 견해라 할 수는 없겠으나, 이는 "인성은 즉 한가지이다.[人性則一.]"라는 구절과 더불어 다음에 나오는 언술을 이끌어 내기 위한 핵심적인 전제가 된다는 점에서 매우 중요하다.

세조에 따르면, 인간의 성정은 본질적으로 동일하므로 이를 풀어낸 결과물인 시와 악 또한 어느 지역의 것이든 동등한 수준의 가치를 지닐 수 있다. 그럼에도 불구하고 '경등(卿等)'으로 지칭된 당대 관각의 주요 문신들이 시의 본질인 뜻을 밝히는 데 시종하기보다는 시의 형식적 요소인 음(律)을 드러내는 데 헛되이 천착하고 있다고 세조는 신랄하게 비판한다. 한시의 성률(聲律)을 정확히 맞추기 위해 고심하다가 정작 성정에서 우러나는 뜻을 시에 포함시키지 못함으로써 아무 쓸모도 없는 작품만을 지어 내고 있다는 힐난인 것이다. 이때 세조가 시작의 올바른 전범으로 적시했던 대상은 바로 국풍(國風)이다. 그간 관각문인들이 국풍을 고려하지 않아 시작의 기조가 전반적으로 침체되고 말았으므로, 이제라도 국풍을 되살려 시의 본질을 회복하고 시단(詩壇) 또한 일신해야 한다는 주장이 위의 문맥에 담겨 있다.

세조가 농가를 그토록 중시했던 배경과 취지 역시 이러한 사정과 연계 지어 파악할 수 있다. 국풍이란 방국(邦國) 특유의 정감과 경험, 그리고 풍속을 바탕으로 성립될 수 있으며, 꾸밈없는 언어와 표현이 그 주된 자질을 이룬다. 바로 이와 같은 요건들을 폭넓게 갖추고 있는 대상으로서 농가는 매우 중요한 본보기가 되기에 충분했던 것이다.[21]

한편, 궁중악을 쇄신하려는 세조의 의도에도 농가가 관련되는 사정을 살필 수 있다. 세조는 세종 소작의 〈보태평(保太平)〉과 〈정대업(定大業)〉을 편삭(編削)하여 종묘제례악장(宗廟祭禮樂章)을 제정하고, 진찬(進饌)·철변두(徹籩豆)·송신(送神)에 쓸 악곡을 손수 짓는가 하면, 악서(樂書)를 각도(各道)에 분담하여 간행토록 명하고, 악학도감(樂學都監)의 관리 상태를 직접 점검하는 등 악과 악장에 대해 깊은 관심과 식견을 드러내었다.[22] 따라서 당시 악장에 대한 세조의 시책은 비록 작은 것일지라도 하나하나가 큰 의미를 지닌다고 하겠는데, 앞서 살핀 『세조실록』

21 이를테면 그 노랫말이 허황되며 뜻마저 비루하다고 했던 〈완산별곡〉은 '시재언지(詩在言志)'를 제대로 체현하지 못한 대표적 사례이며, 세조가 이 작품을 그처럼 폄하하였던 이유도 바로 그 같은 측면에서 가늠해 볼 수 있을 것이다. 반면, 지방의 이름 없는 선비가 지어 올린 농가는 비록 형식적 요건이 미비하고 언어가 세련되지는 않았을지라도 소박하고 진솔한 뜻이 갖추어져 있다는 점에서 세조의 평가를 받았던 것으로 파악된다. 박효선이 제진한 농가로부터 세조는 '국풍'의 한 사례를 발견하였으리라는 것이다.

22 이에 대해서는 조규익, 앞의 책, 87~88면; 조규익, 「왕조의 정통성과 영속의 당위성: 〈종묘제례악장〉」, 『조선조 악장의 문예미학』, 민속원, 2005, 288~298면; 김승우, 앞의 책, 295~309면 등을 참조.

소재의 기사 가운데 '구기(九妓)'와 관련된 내용은 그중에서도 특히 눈여겨보아야 할 대상이다.

> ④ 가기(歌妓) 여덟 명과 농가구(農歌嫗)를 선발하여 '구기'라 칭하였다. 농가구란 농가를 창(唱)하는 여자로서, 집이 가난하여 그 남편과 더불어 날마다 장거리의 가게에 나가 농가를 부르면서 남에게 빌어 생활을 하였는데, 임금이 이 말을 듣고서 달마다 필요한 양식을 공급해 주고 매양 내연(內宴)에서는 반드시 여자에게 명하여 농가를 부르게 하여서 즐거움을 삼고 또한 민사(民事)의 고생되는 것을 알았다.[23]

> ⑤ 임금이 화위당(華韡堂)에 나아갔다. (…) 술자리를 베풀고, 춘번자(春幡子) 삽모(揷帽)를 두루 하사(下賜)하고는 명하여 차례대로 술잔을 올리게 하였다. 영기(伶妓)가 풍악을 연주하니, 농가구에게 갖옷 한 벌을 하사하였다.[24]

④는 하나의 연속된 기사이지만, 그 의미는 둘로 나누어 살필 필요가 있다. 먼저 시정에서 남편과 함께 농가를 창하며 연명하는 여인의 이야기를 듣고서 정기적으로 양식을 공급해 주고 내연이 있을 때마다 농가를 부르도록 하였다는 것이 첫째이다. 농가에 대한 세조의 취향과 백성을 향한 애정이 잘 드러나는 대목이다.

그러나 이보다 주목해서 살펴야 할 부분은 농가구를 단지 궁중 연회에 동원한 것만이 아니라 그를 가기들과 한데 엮어 이른바 구기를 구성

---

23 『세조실록』 권40, 12년 11월 7일(을해). "選歌妓八人, 幷農歌嫗, 號爲九妓. 農歌嫗者, 唱農歌女也. 家貧, 與其夫日往市肆, 唱農歌乞丐爲生. 上聞之, 月給資糧, 每於內宴, 必命嫗唱農歌以爲歡, 亦知民事之艱難."

24 『세조실록』 권40, 12년 12월 22일(기미). "御華韡堂. (…) 設酌, 遍賜春幡子揷帽, 命以次進酒. 令妓奏樂, 賜農歌嫗裘衣一領."

하였다는 점이다. 『세조실록』 14년(1468) 5월조의 기사에도 세조가 궁중의 주요 인사들과 연회를 즐기던 중에 돌연 여덟 명의 가기, 즉 팔기(八妓)에게 언문으로 된 가사(歌詞) 〈월인천강지곡(月印千江之曲)〉을 주어 부르게 하고는 부왕 세종을 생각하면서 눈물을 흘렸다는 기록이 발견된다.[25] 〈월인천강지곡〉과 〈용비어천가(龍飛御天歌)〉의 형태적 친연성을 감안할 때, 〈월인천강지곡〉은 〈용비어천가〉의 국문가사를 활용하는 악곡인 '치화평(致和平)'이나 '취풍형(醉豊亨)'으로 불리었으리라 보이는데, 실제로 〈용비어천가〉를 정재화한 〈봉래의(鳳來儀)〉는 여덟 명의 가기에 의해서 연행되었던 것으로 확인된다.[26] 그밖에 〈수연장(壽延長)〉·〈포구락(抛毬樂)〉·〈수명명(受明命)〉·〈성택(聖澤)〉·〈향발(響鈸)〉·〈무고(舞鼓)〉 등 『악학궤범(樂學軌範)』에 기록된 여러 정재에서도 팔기가 등장하는 것을 보면,[27] 팔기는 대개 조선 초기의 궁중 정재에서 이미 정식화된 단위였다는 사실을 알 수 있다.

따라서 세조가 종래의 팔기에 농가구까지 넣어 구기를 구성하였다는 것은 이미 농가에 대한 개인적 차원의 선호를 넘어선 조치라 할 만하다. 여기에는 궁중악의 구성과 그 연행 방식에 새로운 취의를 더하고자 했던 세조의 의지가 담겨 있다. 즉, 팔기가 궁중악의 관습화된 구성단위이고 이들을 통해 악장과 정재가 실연되어 왔다면, 세조는 그와는 전연 이질적 특성을 지닌 농가를 가미하여 규례에만 얽매이지 않는 보다 생

---

25 『세조실록』 권46, 14년 5월 12일(신미). "(…) 上御思政殿, 與宗宰諸將談論, 令各進酒. 又命永順君溥, 授八妓諺文歌詞, 令唱之, 卽世宗所製〈月印千江之曲〉. 上慕世宗默然, 呼戶曹判書盧思愼與語, 良久墮淚, 思愼亦伏俯泣下, 左右皆變色. 命厚饋衛士及妓工人."

26 『樂學軌範』 권5, 「時用鄕樂呈才圖儀」, 〈鳳來儀〉. 이에 대한 자세한 검토는 김승우, 앞의 책, 287~289면 참조.

27 『樂學軌範』 권4, 「時用唐樂呈才圖儀」, 〈壽延長〉·〈抛毬樂〉·〈受明命〉·〈聖澤〉; 권5, 「時用鄕樂呈才圖儀」, 〈響鈸〉·〈舞鼓〉.

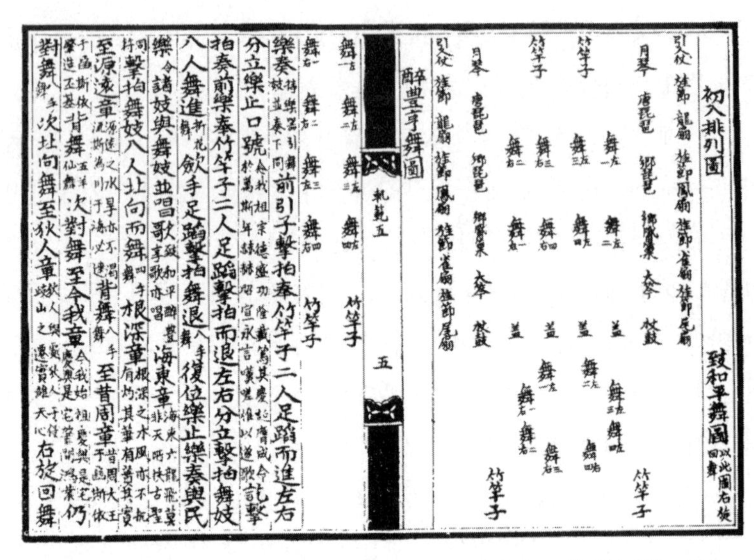

【그림4】〈봉래의〉 치화평무도·취풍형무도 초입배열도 [『악학궤범』 권5]

동감 있는 궁중악의 면면을 시험해 보고자 하였던 것으로 해석된다. 농가를 포섭해 들임으로써 궁중악의 외연을 한층 확장하는 동시에, 종래 궁중악의 의례성에 대한 반성적 성찰의 계기까지도 마련할 계획이었으리라는 것이다.

세조가 내연에서 농가를 들으며 백성들의 간난(艱難)을 되새겼던 것 역시 위의 사정과 무관하지 않다. 그 같은 방식을 통하여 세조는 궁중악, 특히 회례악(會禮樂)이 지배층의 향락이나 취흥을 북돋는 자기만족의 수사에 함몰되지 않도록 경계하는 한편, 군왕이 백성들과 호흡하는 이른바 '여민락(與民樂)'의 기조마저도 드러내 보일 수 있었던 것이다. 이처럼 농가는 세조와 백성을 연계하는 주요 방편이 되기도 하였던 셈이다. 마지막 3)항에서 해당 내역을 보다 집중적으로 검토한다.

3) 백성과의 유대를 현시하기 위한 방편

농가를 애호했던 세조의 의도 내지 취지 가운데 앞서 검토한 두 가지 사항이 대개 농가 자체의 음악적·내용적 특성과 연관되는 것인 반면, 이번 항에서 다루게 될 내역은 세조대의 정치 현실과 좀 더 잇닿아 있다.

익히 알려져 있다시피, 계유정란을 통해 집권한 세조는 즉위 직후부터 왕권을 강화하기 위해 여러 방안을 강구하였다. 의정부서사제(議政府署事制) 대신 육조직계제(六曹直啓制)를 확립하고, 자신의 등극을 도운 신하들을 좌익공신(佐翼功臣)으로 책봉하여 요직에 배치하는 한편, 언관(言官)과 언론(言論)을 철저히 억압하기도 하였다.[28] 또한 세조는 신미(信眉, ?~?)나 김수온(金守溫, 1410~1481)과 같은 불교계 인사들을 측근에 두고서 간경도감(刊經都監)을 통해 각종 불서(佛書)를 간행하였거니와, 이는 불교를 전면에 내세워 유가적 명분론을 제약함으로써 자신의 정통성에 대한 세간의 시비를 차단하려던 의도로 해석되기도 한다.[29]

이처럼 세조대의 왕권 강화책은 주로 제도적·사상적 차원에서 논의되어 왔지만, 세조의 농가 취향과 연계 지어 볼 수 있는 기반으로서 그의 대민 시책 또한 주시할 필요가 있다. 실제로 세조는 집권 기간 내내 각종의 방식을 통해 위민(爲民) 정치를 솔선하여 시행했던 군주로 평가된다.[30] 등극 과정이야 어찌되었든 백성의 폭넓은 지지를 이끌어 낼 수만 있다면 자연스레 군왕의 명망과 위신이 제고되고 왕권 또한 강화될 수 있다고 판단하였던 것이다. 이 때문인지 세조는 조선조의 어떤 임금보다도 자주, 그리고 멀리 지방을 순행하기도 하였다.[31]

---

28 최승희, 「세조대 왕권과 국정운영」, 『조선 초기 정치문화의 이해』, 지식산업사, 2005, 288~302면.

29 권연웅, 「세조대의 불교정책」, 『진단학보』 75호, 진단학회, 1993, 217면.

30 신동준, 『조선의 왕과 신하, 부국강병을 논하다』, 살림, 2007, 163~168면.

③ 명하여 농민으로 농가를 잘하는 자를 모아서 장막 안에서 노래하게 하였는데, 양양의 관노(官奴) 동구리란 자가 가장 노래를 잘하였다. 명하여 아침저녁으로 먹이고 악공의 예(例)로 수가(隨駕)하게 하고, 또 유의(襦衣) 한 벌을 내려 주었다.[32]

백성들과 교류하고자 했던 세조의 의지는 총 네 차례의 지방 순행 중 재위 막바지에 이루어진 강원도 순행에서 특히 두드러지게 표출되었다. 순행 도중 세조는 그간 백성들이 의창(義倉)에 갚지 못한 곡식을 일부 또는 전부 탕감하고, 각종 세를 대폭 감하는가 하면, 도내의 선비들이 환로(宦路)에 나아가기 어려운 실정을 감안하여 즉흥적으로 알성시(謁聖試)를 열어 적지 않은 수의 인재를 등용하기도 하였다.[33] 이 같은 처결은 관례에서 뚜렷이 벗어난 것이지만, 그러한 파격성에 비례하여 백성들은 세조로부터 더욱 큰 감화를 받게 되기 마련이었다.

농가 역시 당시 세조와 백성을 연계하는 중요한 바탕이 되었다. 앞장에서 개관한 바와 같이 어가가 강릉에 이르렀을 때 세조는 농가에 능한 자들을 거처로 불러 들여 경창 대회를 개최한다. 임금을 지척에서

---

31 세조는 재위6년(1460)·10년(1464)·12년(1466)·14년(1468)까지 총 네 차례에 걸쳐 평안도·황해도·충청도·강원도 등 한성을 멀리 벗어난 지역까지 순행하였다. 이러한 순행의 목적은 세조가 처음 지방 순행을 계획했던 재위3년(1457) 7월에 직접적으로 표명된다. 세조는 외관들이 올리는 장계(狀啓)만을 가지고는 지방의 사정을 제대로 가늠하기가 어려울 뿐만 아니라 궁궐에 편히 앉아 백성들과 유리되어 있는 것은 군왕으로서의 도리에 어긋난다고 보았다. 사간원(司諫院)에서는 지방에 기근이 들어 임금의 순행이 백성들을 고단케 할 것이라고 반대 의견을 냈으나, 세조는 오히려 백성들의 질고를 자신이 직접 살핌으로써 이익을 가져오고 폐단을 없앨 것이라며 간언을 일축하였다. [『세조실록』 권8, 3년 7월 8일(기사)]. 이때의 순행은 결국 성사되지 못했지만, 세조가 신료들의 반대를 무릅쓰고서라도 재위 기간 내내 순행을 강행하려 하였던 이유를 이로써 짐작할 수 있다.

32 『세조실록』 권38, 12년 윤3월 14일(을유). "命聚農人善農歌者, 圍帳內歌之, 襄陽官奴同仇里者, 最善歌. 命饋朝夕, 以樂工例隨駕, 又賜襦衣一領."

33 『세조실록』 권38, 12년 3월 30일(신미); 윤3월 17일(무자); 18일(기축); 노연수, 「조선의 개창과 강원도」, 강원도사 편찬위원회 편, 『강원도사』 5, 춘천: 강원도, 2012, 57~60면.

【그림5】 김홍도필(金弘道筆) 풍속도화첩(風俗圖畵帖)

알현할 수 있는 자격이 단지 농가를 잘 부른다는 이유만으로 농민들에게 부여되었던 것인데, 이로써 농가의 의미와 가치에 대한 인식이 크게 전변되는 계기가 생겨난다. 농민들의 삶이 응축되어 있는 농가에 군왕이 깊은 관심과 애호를 지니고 있을 뿐만 아니라 그 가치까지도 제대로 이해하고 있다는 점이 대내외에 널리 현시되었기 때문이다. 본래 농가란 농민들이 일상에서 자족적으로 부르는 노래이므로 농가에 능하다고 하여 큰 영예가 뒤따르는 것은 아니었지만, 농가를 즐겨 듣는 군왕의 은덕을 입어 이제 농민들은 농가를 통해 임금과 친근하게 대면할 수 있는 기회를 얻게 된 셈이었다. 변변한 이름조차 가지지 못한 일개 관노 동구리가 당당히 어전에 나아갔던 것 역시 농가를 매개로 이루어진 일대 사건이라 아니할 수 없다.

이처럼 백성과의 유대를 공고히 다지는 데 농가가 효과적으로 기여할 수 있다는 점을 세조는 뚜렷이 인식하고 있었던 것으로 보인다. 그가 동구리에게 포상한 내역을 보면 그러한 사정이 잘 드러난다. 세조는 동구리에게 조석으로 음식을 주고 동옷을 하사하였을 뿐만 아니라, 악공들이 어가를 호종(扈從)하는 예에 의거하여 자신을 따르도록 지시하였다. 동구리가 실제 악공으로 발탁되어 임금을 좇아 한성에까지 들어왔는지는 확인되지 않으나, 적어도 연도에 늘어선 백성들에게 동구리의 모습이 대단히 인상 깊게 느껴졌을 것임은 분명하다. 비록 잡직(雜職)일망정 천민이 관직을 가진 자와 한데 섞여 임금을 뒤따르는 형상은 매우 이례적으로 비추어질 수밖에 없기 때문이다. 결국 세조는 상민은 물론 천민조차도 현 군주의 아량으로 일거에 은택을 입을 수 있다는 희망적 선례를 농가 경창 대회라는 독특하고도 유효한 계제를 마련하여 널리 드러내 보였던 것이다.

> ⑥ 호조(戶曹)에 명하여 농가인(農歌人) 유광우·장을진(張乙珍)·막금을(莫今乙)·봉거천(奉巨千)에게 각각 베 두 필씩을 내려 주고, 또 병조(兵曹)로 하여금 역마를 주어 집에 돌아가게 하였다.[34]

재위 막바지의 위 기사에서도 백성들과의 유대를 강화하려는 세조의 의지가 간취된다. 지방에서 농가로 이름이 난 자들을 수소문하여 궁중에 들여서 노래를 부르게 한 후 그만 돌려보내는 내용으로 파악되는데, 생업에 종사하던 서인(庶人)을 사역한 만큼 응당 그에 따른 급여를 지급하고 있다. 이때 농가인들에 대한 보상이 호조와 병조를 통해 이루어졌다는 점은 눈여겨보아야 할 대목이다. 임금이 백성에게 상급을 내리는 만큼 이를 시행하는 주체가 꼭 중요한 것은 아니고, 시행 관서를 적시할 필요도 없기는 하지만, 세조는 굳이 호조와 병조를 특정하여 농가인들을 대우하도록 명하였던 것이다. 내수사(內需司) 대신에, 국가의 재정을 관할하는 호조로 하여금 농가인들에게 베를 지급토록 하거나, 공무를 위해 관리되던 역마까지도 병조에서 내어 주도록 지시한 것은 이들을 명백히 관원의 예로 우대하겠다는 세조의 의지가 반영된 조치이다. 앞서 관노 동구리에게 악공의 의례에 따라 자신을 호종하도록 명했던 것과 본질적으로 동일한 취지의 특전이라 할 만하다.

---

34 『세조실록』 권45, 14년(1468) 3월 14일(갑술). "命戶曹, 賜農歌人兪光右·張乙珍·莫金乙·奉巨千, 布各二匹, 又令兵曹, 給驛還家."

이처럼 세조는 중간 관료의 개입을 배제한 채 일반 백성들과 직접 대면하는 방식을 선호하였거니와, 이는 왕위 찬탈의 혐의를 무마하고 왕권의 정당성과 권위를 강화하기 위한 시책의 일환으로 해석된다. 격의 없이 서인들과 접촉하는 한편 그들에게 빈번히 파격적인 은전을 베풂으로써 인자하고 후덕한 군주상을 스스로 만들어 가고자 하였던 것이다. 무엇보다도 세조는 자신이 백성들에게 깊은 관심과 애정을 가지고 있으며 그들의 문화를 존중함은 물론 함께 즐길 준비까지도 되어 있다는 인상을 전달하고자 하였다. 바로 그러한 필요성 속에서 농가는 임금이 백성에게 다가가기 위한 이상적 방도이자 민심을 매우 효과적으로 위무할 수 있는 수단이 되기도 하였던 것이다.

4. 나가며

이상에서 세조가 재위 기간 동안 농가를 애호했던 궤적과 방식을 살피고, 그러한 농가 취향이 표출된 배경을 당대적 맥락 속에서 검토해 보았다.

『세조실록』의 기사를 일별하면, 세조는 세 가지 층위의 농가를 향유했던 것으로 드러난다. 즉, 세조는 지방의 선비가 농가 형식으로 지어 헌상한 악부시를 받아 보는가 하면, 농민이 논밭을 일구며 부르던 노동요를 직접 현장에서 듣기도 하고, 농가를 잘 부르는 자들을 자신의 처소로 소환하여 노래를 창하도록 명하기도 하였다. 첫 번째 층위가 간접적·이차적 향유 형태라면, 농가를 본래적 소통 공간에서 경청한 두 번째 층위는 이보다 훨씬 직접적인 형태라 한 만하다. 그러나 세조는 몸소 궁을 나가지 않고서도 농가를 언제나 가까이에서 접할 수 있는 세 번째 방식까지 강구하였던 바, 이는 농가를 향유하고자 했던 세조의 의지가 가장 적극적으로 투영된 사례라 할 수 있다. 아울러 세조가 농가를 향유하는 빈도와 농가를 향유할 때 세 번째 방식에 의존하는 비율 모두 재위 후반으로 갈수록 좀 더 높아지는 현상을 확인할 수 있기도 하다. 요컨대 세조는 재위 후반에 들어 보다 자주, 그리고 보다 능동적인 방식으로 농가를 향유하였던 것이다.

세조가 농가를 즐겼던 배경 역시 몇 가지 층위를 이루는 것으로 파악된다. 무엇보다도 농가 자체에 내재된 현장성 내지 생동감에 대한 기호를 들 수 있다. 이러한 기호는 세조 이전의 왕실 인사들 사이에서도 나타나거니와, 자연스러운 생활 현장에서 진솔한 감정과 체험을 담아 부르는 농가로부터 세조는 색다른 미감과 가치를 발견하였던 것으로 보인다.

농가에 대한 개인적 선호는 이내 시학적·음악적 차원으로 공론화될 가능성을 내재한 것이기도 하다. 실제로 세조는 농가를 당대의 시풍과 악장을 쇄신하기 위한 기반으로 활용하였다. 그는 시작의 전범으로 국풍을 적시하면서 이를 통해 시의 본질을 회복해야 한다는 견해를 표명하였는데, 여기에서 농가는 그 중요한 본보기로 포착되었던 것이다. 세조가 종래의 궁중악에 농가를 포섭해 들임으로써 악장의 의례성에 대한 반성적 성찰의 계기를 마련해 보고자 하였던 것 역시 농가의 가치에 대한 이해를 바탕으로 이루어진 조치였다.

한편, 세조는 왕위 찬탈의 혐의를 무마하고 왕권의 정당성과 권위를 강화하기 위해 백성들과 끊임없이 접촉하면서 민심을 얻고자 하였다. 그러한 목적 속에서 농가는 임금과 백성들 사이를 이어 주는 매개이자 친근하고 후덕한 군주상을 폭넓게 각인하기 위한 유효한 수단으로 활용되기도 하였다.

이처럼 세조가 농가를 향유했던 방식과 배경은 농가를 통해 '민사의 간난'을 이해하거나 '왕정의 득실'을 파악하려는 등의 통상적 측면만으로는 설명할 수 없는 여러 다단한 사정과 연계되어 있다. 세조 개인의 문학적·음악적 기호, 당대의 시풍 및 궁중악의 사정, 세조대의 정치사적 현안이나 대민 정책의 기조 등이 이 문제를 다룰 때 모두 깊이 있게 고려되어야만 하는 것이다.

비단 세조뿐만이 아니라 군왕이 민요를 향유했던 사례는 면밀하게 검토해 보아야 할 필요가 있다. 사대부들만 하더라도 자신의 세거지(世居地)나 임지(任地)에서 백성들과 비교적 자주 대면하고 그들의 노래 또한 어렵지 않게 접할 수 있었던 반면, 군왕은 예사 이상의 관심을 두지 않고서는 민요에 접근하기조차 어려운 위치에 있었기 때문이다. 그럼에도 불구하고 군왕이 민요를 애호했던 사례가 존재한다면 그 계기와 배경이 무엇이었는지 분석함으로써 당시 지배층의 민요관은 물론, 전근대 시기 민요의 존재 양태 및 향유 방식 등과 연관된 제반 특질들을 도출해 내어야 할 것이다. 이 글에서 다룬 세조의 경우가 그러한 검토 작업을 위한 초석이 될 수 있으리라 기대한다.

교화적 목적의 시가 제작

『명황계감明皇誡鑑』의 편찬 및 개찬 과정에 관한 연구

1. 들어가며

『동문선(東文選)』에 수록된 박팽년(朴彭年)의 「명황계감서(明皇誡鑑序)」와 『세종실록(世宗實錄)』의 기사 등에 따르면, 『명황계감(明皇誡鑑)』은 명황(明皇), 즉 당(唐) 현종(玄宗, 이융기(李隆基), 685~762)이 양귀비(楊貴妃, 719~756)의 미색에 탐닉하다가 정사를 등한시하고 국가를 패망의 지경에 이르게 했던 행태를 경계하기 위해 세종(世宗)이 박팽년 등에게 명하여 찬술한 전적이다. 이후 세조대에 들어 수년에 걸쳐 증보 및 개찬이 이루어진 것으로 파악되지만, 책의 실물은 전해지지 않다가 1970년대에야 일부 내용이 언해(諺解)된 필사본 두 건이 발견되면서 『명황계감』의 대략적인 실체를 추정해 볼 수 있게 되었다.

종래 논의들 또한 대개 이들 필사본을 기반으로 수행되었다. 『명황계감』 필사본에 관한 서지적 검토 및 해제,[1] 필사본에 수록된 사적들의 전거(典據)를 추적한 연구,[2] 『명황계감』이 지니는 서사문학적 의의에 대

---

1 김일근, 「『명황계감』과 그 언해본의 정체」, 도남 조윤제 박사 고희 기념 간행위원회 편, 『도남 조윤제 박사 고희 기념논문집』, 형설출판사, 1976, 381~392면.

2 김일근, 「『명황계감』과 그 언해본에 대한 新攷: 이규보의 영사시에 관련해서」, 『학술지』

【그림1】 당 현종

한 검토,[3] 『명황계감』에 투영된 조선 초기 여성관에 관한 논의[4] 등이 대표적이다.

이 같은 선행 연구들을 통해 『명황계감』에 관한 여러 사항들이 밝혀지게 되었으나, 미처 충분히 다루어지지 않은 내역들 역시 적지 않다. 무엇보다도 『명황계감』에 대한 종래 논의들이 필사본의 체계를 바탕으로 진행된 탓에, 본래 『명황계감』의 형성 과정에 관해서는 상대적으로 관심이 미진하였다는 문제점을 제기할 수 있다. 초기 연구에서 세종·세조대에 이루어진 『명황계감』의 편찬 및 개찬 과정이 일차적으로 검토된 이래,[5] 후속 연구들에서는 더 이상 이 문제가 자세히 거론되지 못하였던 것이다. 관련 기록에 포함된 중요 정보가 일부 간과되었는가 하면, 기록들 사이에 상위가 존재하는 부분도 충분히 검증되지 않은 채 남겨지기도 하였다. 이에, 해당 부분을 분변하여 보다 명확하게 편찬 과정 및 절차를 재구해 보아야 할 필요가 있다. 『명황계감』의 원 체재와 내용이 우선적으로 검토되지 않고서는 현전 필사본의 위상 또한 제대로 논의되기 어렵기 때문이다.

24집, 건국대, 1980, 47~57면; 강경호, 「『명황계감』과 그 原據文獻添補: 開元天寶詠史詩43首와의 관계를 중심으로」, 『국제어문』 2집, 국제어문학회, 1981, 1~16면; 강경호, 「『명황계감』의 연구: 그 언해본을 통한 복원 작업을 중심으로」, 『논문집』 15집, 건국대 대학원 논문집, 1982, 11~49면.

3 정하영, 「『명황계감언해』의 서사문학적 성격」, 『한국고전연구』 6집, 한국고전연구학회, 2000, 243~276면.

4 최선혜, 「조선 초기 『명황계감』과 『내훈』: 여성에 대한 서책 간행과 왕권의 안정」, 『남도문화연구』 21집, 순천대 남도문화연구소, 2011, 397~420면.

5 각주 1)·2)에 열거한 논문들에서 그러한 작업이 주로 수행되었다.

아울러 조선 초기의 관찬 서책들과 연계 지어 『명황계감』의 의의를 파악하는 작업도 긴요하다. 『명황계감』은 세종대에 활발하게 이루어진 각종 편찬 사업의 일환으로 제작된 문건이다. 따라서 『명황계감』이 인접 시기의 전적들과 어떤 관련을 지니는지 가늠함으로써 『명황계감』의 특성은 물론, 조선 초기 문헌들 사이의 상관성에 대해서도 유효한 시사점을 도출해 낼 수 있을 것이다.

한편, 『명황계감』이 일차로 완성된 후 세종이 그 내용에 의거하여 친제했다고 하는 가사(歌詞)의 형식과 내용을 추적하는 것 역시 중요한 과제 가운데 하나이다. 어제 가사가 〈용비어천가(龍飛御天歌)〉와 대개 유사했으리라는 추정은 선행 논의에서도 더러 제기된 바이나,[6] 구체적인 내역과 근거를 찾아내어 작품의 실상을 점검해 보아야 할 것이다.

이하에서는 『명황계감』이 처음 편찬된 세종대의 기록과 『명황계감』이 대폭 개찬된 세조대의 기록을 단계별로 검토하면서 이들 문제를 종합적으로 해명해 나가고자 한다.

2. 세종대의 『명황계감』 편찬 체재

『명황계감』과 관련된 기록으로는 『세종실록』과 『세조실록』에 수록된 수 건의 기사, 세종대에 일차로 편찬을 마친 후 박팽년이 지은 서문, 세조대에 어명을 받아 이 책을 증보 및 언해한 후 최항(崔恒)이 붙인 서문, 그리고 현전 필사본에 실린 김한신(金漢藎, 1720~1758)의 「언해등출소지(諺解謄出小識)」, 같은 필사본에 딸린 저자 미상의 후서(後序) 등

6 조규익, 『조선 초기 아송문학연구』, 태학사, 1986, 89면. 반면, 김일근은 세종의 어제 가사가 7언의 한시로 지어졌으리라 추정하기도 하였다. [김일근, 앞의 논문(1980), 52면.]

여러 건이 존재한다.

위 기록들에서 '명황계감'이라는 용어는 크게 세 가지 의미로 사용되고 있다는 점에 무엇보다도 유념해야 할 필요가 있다. 즉, 세종대에 편찬이 시작되어 동왕 재위기에 완료된 『명황계감』을 지칭하는 사례, 여기에 세종의 친제 가사까지 아울러서 '명황계감'이라 부르는 사례, 그리고 세조대에 증수된 『명황계감』을 칭하는 사례가 한데 섞여 있는 것이다. 이러한 차이를 고려하면서, 먼저 세종대의 『명황계감』과 관련된 기록들을 바탕으로 그 편찬 목적 및 체재를 '그림과 사적의 편제'와 '세종의 어제 가사'라는 두 가지 내역으로 대별하여 살핀다.

1) 그림과 사적의 편제

처음 제작될 당시 『명황계감』을 특징 짓는 요소는 단연 그림과 그 그림에 대한 해설격인 사적이었다. 해당 기록들의 요지를 시대순으로 옮기면 아래와 같다.

> 임금이 호조참판 이선(李宣)·집현전 부수찬 박팽년·저작랑(著作郎) 이개 등에게 명하여 말하기를,
> "옛사람이 당 명황과 양귀비의 일을 그린 자가 퍽 많았다. 그러나 희롱하고 구경하는 자료에 불과하였다. (…) 명황은 '영주(英主)'라고 이름 하였었는데, 만년에 여색에 빠져 패망하기에 이르렀으니, 처음과 끝의 다름이 이 같은 자가 있지 않았다. 월궁(月宮)에 놀았다든가, 용녀(龍女)를 보았다든가, 양통유(楊通幽) 등의 일은 지극히 허황하고 망령되어 기록할 만한 것이 못된다. 그러나 주자(朱子)가 『강목(綱目)』에다 역시 "황제가 공중에서 귀신이 말하는 것을 들었다."라고 써서, 명황이 기괴한 것을 좋아하는 사실을 보인 것이니, 무릇 이런 말은 역시 국가를 맡은 자가 마땅히 깊이 경계하여야 할 것이다. 너희들은 이를 편찬하여라."

> 하였다. 이선 등이 명령을 받들어 찬집(撰集)하되, 먼저 그 형상을 그리고 뒤에 그 사실을 기록하였는데, 혹은 선유(先儒)의 논을 기록하기도 하고, 혹은 고금의 시를 써 넣기도 하였다. 책이 다 이룩되매, 이름을 '명황계감'이라고 내렸다.[7]
>
> 정통6년(1441) 신유년 가을에 임금께서 호조참판 신 이선 · 집현전 부수찬 신 박팽년 · 저작랑 신 이개 등에게 명하시기를, (…) 이에 먼저 형상을 그리고 뒤에 사실을 바로 적어, 어떤 대목은 선유(先儒)들의 논을, 어떤 대목은 고금(古今)의 시를 붙였다. 책이 다 이루어지자 '명황계감'이라 이름을 붙여 주시고, 신 박팽년에게 명하여 책머리에 서문을 쓰라 하셨다.[8]

첫 번째 인용은 『명황계감』과 관련된 최초의 기록이자 『세종실록』에 수록된 유일한 기록이기도 하다. 이를 통해 세종23년(1441) 9월 하순에 세종이 직접 『명황계감』의 편찬을 명하고, 그 편찬관을 지목하였으며, 책이 이루어진 후에는 사명(賜名)까지 하였다는 사실을 알 수 있다. 다만, 그림의 제작과 사적의 초출 및 배열·교열 등에 이르기까지 『명황계감』을 편찬하는 데 상당한 시일과 공력이 소요되었을 것임에도 불구하고, 그 구체적인 내역이나 절차는 위 인용에 드러나 있지 않다. 『세종실

7 『세종실록』 권93, 23년 9월 29일(임술). "上命戶曹參判李宣·集賢殿副修撰朴彭年·著作郎李塏等曰: "古人圖唐明皇, 楊妃之事者頗多, 然不過以爲戲玩之資耳. (…) 明皇號稱'英主', 而晩年沈於女色, 以至於敗, 終始之異, 未有如此者也. 至若遊月宮見龍女, 楊通幽等事, 極爲誕妄, 似不足書也. 然朱子於『綱目』, 亦書: "帝聞空中神語.", 以見明皇好怪之實. 凡此等語, 亦有國家者之所宜深戒也, 爾等其纂之." 宣等承命撰集, 先圖其形, 後紀其實, 或附以先儒之論, 或係以古今之詩. 書旣成, 賜名曰: '明皇誡鑑'."

8 박팽년, 「명황계감서」. [『동문선』 권94.] [민족문화추진회 편, 『(국역) 동문선』 7, 민족문화추진회, 1969, 403·753~754면.] "正統六年辛酉秋, 上命戶曹參判臣李宣, 集賢殿副修撰臣朴彭年, 著作郎臣李塏等若曰: (…) 於是先圖其形, 後紀其實, 或附以先儒之論, 或係以古今之詩. 書旣成, 賜名曰: '明皇誡鑑'. 命臣彭年序其卷端." 생략한 부분에는 위 『세종실록』 기사에서 세종이 전지한 내용이 동일하게 수록되어 있다.

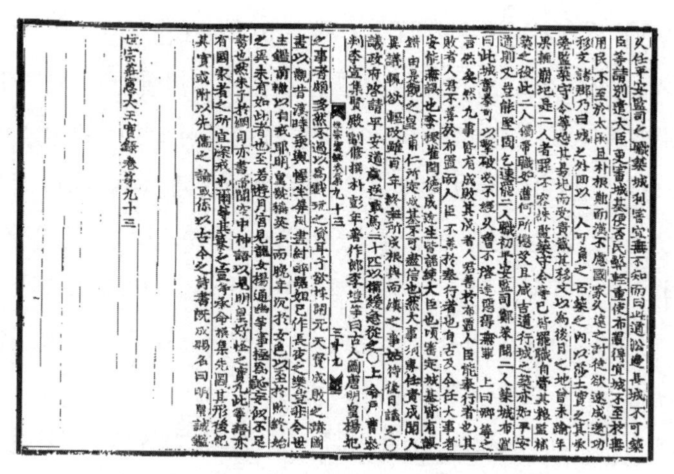

【그림2】『세종실록』 권93, 23년 9월 29일(임술)

록』을 찬집할 때 『명황계감』과 관련된 사초(史草)를 이날 하루의 기사에 모두 교합하고 마무리 지은 탓에, 책의 편찬이 언제 완료되었는지, 세종대에 이 책이 어떻게 활용되었는지, 어느 시점에 책을 간행하였는지 등등에 대해서는 실록에 더 이상 설명이 되지 않은 것이다.

시기상 위 기사 다음에 놓이는 것이 박팽년의 「명황계감서」이다. 응당 『명황계감』에 붙어 있었을 글이지만, 『명황계감』은 일실되고 서문만이 『동문선』 권94에 전해 온다. 여기에도 세종23년(1441)에 세종이 전지한 내용이 실록 기사 그대로 전재되어 있으며, 『명황계감』의 편찬 체재에 대한 정보 역시 대동소이하게 나타난다. 당초 서문의 말미에는 당연히 서문이 작성된 일자가 적혀 있었을 것이고, 이를 통해 『명황계감』이 편찬된 시점을 가늠해 볼 수 있겠으나, 『동문선』 소재의 다른 글들과 마찬가지로 「명황계감서」 역시 작성 일자가 누락된 채 수록되어 있어서 더 이상의 추정은 어려운 상태이다.

이상의 두 인용이 『명황계감』과 관련하여 세종대에 작성된 기록의 전부인데, 정리하면 『명황계감』은 세종23년(1441) 9월 하순에 처음 찬집되기 시작하였고, 당 현종의 미혹된 사례를 드러내어 후세를 경계하기 위한 목적으로 지어졌으며, 이 작업에는 당시 호조참판 이선(李宣, ?~1459)과 집현전 부수찬 박팽년·저작랑 이개(李塏, 1417~1456) 등이 동원되었음을 알 수 있다. 박팽년이 서문을 지은 것으로 보아, 가장 중요한 역할을 수행했던 인물 역시 박팽년이었으리라 짐작되거니와, 실상 당시 세종이 지목한 인사들 가운데 전임관으로 이 작업에 몰두할 수 있었던 인물은 박팽년밖에 없기도 했다.

한편, 서문이 지어진 시점을 기준으로 할 때 당시의 『명황계감』은 그림과 사적만으로 구성되어 있었다는 사실이 재구된다. 그중에서도 핵심은 그림이다. 『명황계감』을 편찬하려던 뜻을 처음 내비친 세종이 현종의 사적을 그림으로 그려 놓고 경계하였던 역대의 전례를 이선 등에게 상기시켰던 점에서도 그림의 중요성은 뚜렷이 드러난다. 박팽년 역시 그림을 먼저 그리고 잇따라서 그에 해당하는 사적을 적는 순서로 편찬을 진행하였다고 하였으므로 초기의 『명황계감』은 역시 그림이 주가 되고 사적이 종을 이루는 형상을 띠고 있었던 것이다.

이는 세종16년(1434)에 간행된 『삼강행실도(三綱行實圖)』를 연상케 하는 편찬 방식이다. 『삼강행실도』가 백성을 교화하기 위해 제작되었다면, 『명황계감』은 사왕(嗣王)들을 경계하기 위한 목적을 띠므로 그 효용과 독자층이 서로 다르게 설정되었을 뿐, 편찬 체재는 근본적으로

【그림3】 양귀비

동일한 것이다. 물론, 『삼강행실도』와 『명황계감』에 사적을 수록하는 방식에는 분명한 차이가 존재한다. 『삼강행실도』를 제작할 때에는 글을 읽지 못하는 백성들에게까지 그림으로 충(忠)·효(孝)·열(烈)의 사례를 보여주는 데 중점을 두었으므로 관련 사적을 자세히 수록해야 할 필요성이 없었고, 실제로도 각 그림당 사적은 사건의 개요를 드러내는 정도에 한정된다. 반면, 『명황계감』은 처음부터 사왕들이 읽을 것을 전제로 한 문건이었으므로 전후의 사적을 보다 상세하게 표출하여 감계를 이끌어 내어야만 했다. 때문에 『명황계감』에서는 그림과 관련된 기록을 단순히 부기하는 데 그치지 않고, 현종의 행적을 논평한 유자(儒者)들의 글을 가려 뽑아 싣는가 하면, 현종의 일화를 바탕으로 지은 종래의 시까지도 수록하여 사적을 대단히 풍부하게 드러내고자 하였던 것이다. 역사 관계 기록은 그것대로 간추려 정리하면서도 선유들의 논평이나 시를 거기에 덧붙여 현종의 언행에 대한 재래의 평가를 공론화함으로써 경계의 효과를 한층 강화하려는 취지로 해석된다.

현전하는 필사본에 의거할 때, 사적은 주로 『자치통감(資治通鑑)』의 기사를 바탕으로 삼으면서 『당감(唐鑑)』·『개원천보유사(開元天寶遺史)』·『태평광기(太平廣記)』 등 여타 전적을 일부 발췌·활용하는 방식으로 작성되었으리라 분석된 바 있다.[9] 현전 필사본은 세조대에 증수된 『명황계감』을 저본으로 한 것이므로 필사본에 수록된 사적도 어느 부분이 세종대의 것이고, 어떤 대목이 세조대에 확충된 것인지 가늠할 수는 없다. 다만, 중국의 역대사를 이해하는 데에는 역시 『자치통감』이 매우 유용하게 활용될 수 있었던 데다 세종대에는 임금이 직접 나서서 경연관들과 『자치통감』 및 『자치통감강목(資治通鑑綱目)』을 수차 강독하기

9 강경호, 앞의 논문(1982), 26면.

도 하였던 만큼,[10] 당초 세종대에 『명황계감』을 편찬할 때부터도 『자치통감』이 가장 핵심적인 전거로 소용되었을 개연성은 충분하다.[11]

한편, 필사본에는 『세종실록』이나 박팽년의 「명황계감서」에 언급된 '선유의 논'은 모두 생략된 채 사적만 수록되어 전한다. 이로써도 유자들의 논은 필요에 따라 해당 사적에 덧붙여 놓은 것일 뿐, 관련 사건을 파악하는 데 필수적이지는 않다는 점을 짐작할 수 있다. 사적은 그림의 내용을 해설하는 역할을 감당하므로 모든 그림에 각각 수록하여야 하지만, 논은 현종의 행적에 대한 평가에 해당하므로 가급적 부기하여 경계를 드러내되, 관련 부분을 바탕으로 지은 논이 존재하지 않거나 논의 내용이 『명황계감』의 편찬 방침과 부합하지 않을 경우에는 굳이 수록하지 않았던 것이다.

'선유의 논'에서 '선유'가 누구인지도 대략적으로나마 가늠해 볼 수 있다. 세종은 『명황계감』을 편찬하기 이전부터 이미 역대사를 총괄하여 정치적 감계를 드러내고자 『치평요람(治平要覽)』을 제작하고 있었던 바, 세종27년(1445) 3월에 총 150권 분량의 거질로 이룩된 이 책에는 호인(胡寅)·범조우(范祖禹)·진덕수(眞德秀, 1178~1235)·사마광(司馬光) 등 제가(諸家)의 사론(史論)이 주요 사적의 말미에 다수 수록되어 전한다.[12] 당

10 오항녕, 「『자치통감강목』 강의의 추이」, 『조선 초기 성리학과 역사학: 기억의 복원, 좌표의 성찰』, 고려대 민족문화연구원, 2007, 255~291면.

11 물론, 고려 고종대의 작인 〈한림별곡(翰林別曲)〉에도 '구당서(舊唐書)'와 '신당서(新唐書)'라는 서명이 등장하고, 『태종실록』과 『세종실록』에도 동일 서명이 여러 차례 발견된다는 점을 감안하면, 『자치통감』보다 이들 원천 사적들이 『명황계감』을 제작하는 데 활용되었을 가능성도 배제할 수는 없을 것이다.

12 『치평요람』의 편찬 과정과 전거에 대해서는 오항녕, 「『치평요람』 편찬의 학술사적 의의」, 『조선 초기 성리학과 역사학』, 고려대 민족문화연구원, 2007, 219~247면에서 자세히 검토된 바 있다. 한편, 최근 연구에서는 최항 등이 〈용비어천가〉에 해설을 붙여 『용비어천가』를 완성할 때에도 『치평요람』의 내용을 폭넓게 활용하였으리라 논의된 바 있다: 본서의 제1부 2장 「『용비어천가』의 전거와 체재에 대한 연구」의 2절을 참조.

현종대의 사건이 주로 편재된 권79~83에도 호인 79건·범조우 54건·진덕수 21건·사마광 8건·윤기신(尹起莘, ?~?) 7건 등 여러 건의 사론이 발췌되어 있는 것을 보면, 『명황계감』에 수록되었을 '선유의 논' 역시 대개 이들의 글이었으리라 추정된다. 가령, 귀비를 교살해야 한다는 근신들의 간언을 현종이 끝내 무마하지 못했던 이유에 대해 논평한 호인의 다음과 같은 글은 실전된 『명황계감』에 응당 실려 있었을 만한 '선유의 논'이다.

> 천자의 존위(尊威)가 사해를 제어하면서도 일개 부인을 비호하지 못하였으니, 이것은 어찌하여서인가? 원망이 모여 화가 일어났기 때문이다. (…) 다섯 양씨가 부현(府縣)에 내린 청탁이 제서(制書)나 조칙(詔勅)보다도 더 준엄하여서 그 해독이 기전(畿甸)에 널리 퍼졌고, 양귀비가 안녹산(安祿山)과 사사로이 간통하여 반란을 일으키게까지 하였으므로 그 해독이 또 양하(兩河)에 극심하였다. 그러고서도 사람이 어떻게 분노하지 않을 수 있겠는가? 한 사람이 세 가지 실수를 하였다면 원망이 어찌 눈에 보이는 것뿐이겠는가? 오히려 보이지 않는 것도 조치를 취해 하는 것인데, 하물며 원망이 온 우주(宇宙)를 채웠으니, 이것이 어찌 단지 양귀비 한 집 때문이겠는가? 대체 무슨 이유로 다시 죽음을 피할 수 있다는 말인가?[13]

---

13 『치평요람』 권82, 25a~25b면. "天子之尊威制四海, 而不能庇一婦人, 何也? 怨之所集, 禍所起也. (…) 五楊請托府縣峻於制勅, 則毒又徧於畿甸矣. 貴妃私於祿山以至叛反, 則毒又甚於兩河矣. 如是人安得不怒? 一人三失怨豈在明? 猶當圖其所不見者, 況怨塞宇宙, 獨以貴妃一家之故? 夫何由更避其死也?" 한편, 이 사론은 본래 『독사관견(讀史管見)』 권21에서 발췌된 것으로 파악된다. [오항녕, 『조선 초기 『치평요람』의 편찬과 전거』, 아세아문화사, 2007, 252면.] 이 사론에서는 귀비의 패악(悖惡)이 직접 열거될 뿐만 아니라 황제조차도 그러한 귀비를 살려 낼 수 없을 만큼 민심이 이반(離叛)되었다는 경계를 드러내고 있다. 따라서 당 현종이 귀비의 미색에 탐닉하다가 정사를 등한시하고 국가를 패망의 지경에 이르게 했던 행태를 반면교사(反面教師)로 삼기 위해 지은 『명황계감』의 취지에 적절히 부합한다. 호인의 이 사론이 실전 『명황계감』에 수록되어 있었으리라 추정하는 이유가 여기에 있다.

끝으로 '고금의 시'란, 당 현종의 사적을 바탕으로 지은 시를 말하며, 중국의 것으로는 백거이(白居易, 772~846)의 〈장한가(長恨歌)〉, 동국의 것으로는 이규보(李奎報, 1168~1241)의 〈개원천보영사시(開元天寶詠史詩)〉 43수 등을 지목할 수 있다. 중국 문인이 지은 시는 현전 필사본에서는 모두 생략되어 자세한 사정을 알 수 없으나, 이규보의 〈개원천보영사시〉는 더러 필사본에서도 발견된다. 이때 현종과 양귀비의 사적을 긍정적이거나 객관적으로 읊은 작품보다는 실행(失行)을 경계하거나 비판적으로 회고한 작품들이 주로 인용되어 『명황계감』에 수록된 것을 확인할 수 있다.

步輦迎來玉帝家	보련(步輦)으로 궁전에 맞아 오니,
從教秋雨瀉如河	아무리 가을비 마구 쏟아져,
六街泥濘知多少	온 길거리 진흙투성이지만,
未汚花甎學士靴[14]	대궐 안 섬돌을 걷는 학사(學士)의 신발은 아무렇지도 않아.

美人鸚鵡略相同	미인과 앵무새 서로 비슷해,
偏受宮妃眷愛豐	귀비 사랑 융숭도 하여라.
鷙鳥掠殘先有讖	사나운 새에게 죽은 것이 그 조짐일세.
玉顔隨斃虜塵中[15]	옥안(玉顔)이 오랑캐 티끌 속에 사라져 가려고.

14 이규보, 〈開元天寶詠史詩 四十三首幷序〉의 제5수 '步輦召學士', 『東國李相國集』 권4. [『한국문집총간』 1, 민족문화추진회, 1988, 327~328면.] "『遺事』云: "明皇在便殿, 甚思姚元崇論時務. 七月十五日, 苦雨不止, 泥濘盈迹, 上令侍御者擡步輦召學士. 時元崇爲翰林學士, 中外榮之, 自古急賢, 未之有也." 步輦迎來玉帝家, 從教秋雨瀉如河, 六街泥濘知多少, 未汚花甎學士靴."

15 이규보, 〈開元天寶詠史詩 四十三首幷序〉의 제35수 '雪衣娘', 『東國李相國集』 권4. [『한국문집총간』 1, 민족문화추진회, 1988, 333면.] "『明皇雜錄』曰: "嶺南進白鸚鵡, 養之宮中, 頗馴熟, 洞曉人言, 號: '雪衣娘'. 一日, 飛上妃子粧臺曰: "夢爲鷹鶻所搏." 妃子授以『心經』, 持誦甚精. 後携之苑中, 果爲鷙鳥所斃, 立塚." 美人鸚鵡略相同, 偏受宮妃眷愛豐,

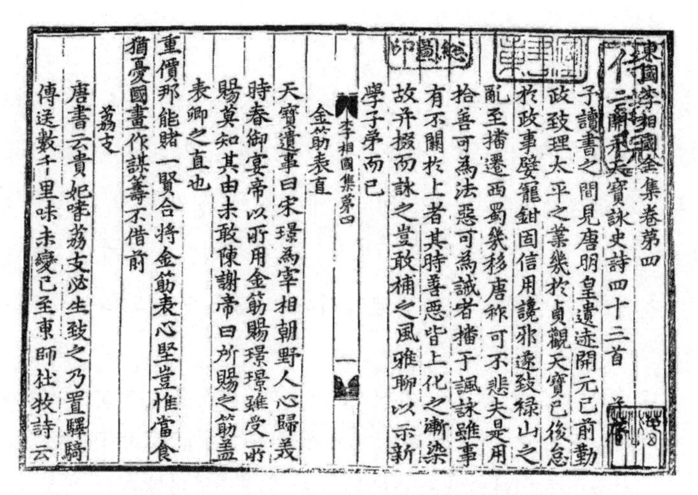
東國李相國全集卷第四
開元天寶詠史詩四十三首
予讀書之間見唐明皇遺迹開元已前勤
政致理太平之業幾於貞觀天寶已後怠
於政事嬖寵鉗固信用讒邪遂致祿山之
亂至播遷西蜀幾移唐祚可不悲夫是用
拾善可爲法惡可爲誡者播于諷詠雖事
有不關於上者其時善惡皆上化之漸染
故幷掇而詠之豈敢補之風雅聊以示新
學子弟而已
李相國集第四 一
金筯表直
天寶遺事曰宋璟爲宰相朝野人心歸美
時春御宴帝以所用金筯賜璟璟雖受所
賜莫知其由未敢陳謝帝曰所賜之筯盖
表卿之直也
重價那能賭一賢合將金筯表心堅豈惟當食
猶憂國畫作謀籌不借前
荔支
唐書云貴妃嗜荔支必生致之乃置驛騎
傳送數千里味未變已至東師杜牧詩云

【그림4】〈개원천보영사시〉 [『동국이상국집』 권4]

예컨대 〈개원천보영사시〉에 각각 다섯 번째·서른다섯 번째로 실린 위의 두 작품 가운데, 현종이 현신(賢臣) 요원숭(姚元崇, 650~721)의 시무책을 가납하는가 하면 그에게 가마를 보내 빗길에 신발이 젖지 않도록 배려하였다는 내용의 전자와 같은 작품은 당초부터 『명황계감』에 선별되기는 어려운 내용이고 필사본에서도 발견되지 않는 반면, 아끼던 앵무새가 사나운 새에게 잡혀 죽자 귀비가 새의 무덤까지 만들어 주었다는 고사를 비판적으로 시화한 후자의 작품은 필사본에서도 그 자취가 뚜렷이 나타난다.

鷙鳥掠殘先有讖, 玉顔隨斃虜塵中." 한편, 『명황계감』의 필사본에는 이 작품이 "니규뵈(李奎報ㅣ) 글을 지어 ᄀᆞᆯ오ᄃᆡ, "궁듕(宮中)의 득춍(得寵)ᄒᆞ미 귀비(貴妃)와 잉모(鸚鵡)ᄲᅮᆫ이러니 잉뫼(鸚鵡ㅣ) 임의 ᄆᆡ게 ᄎᆡ여 죽으니 귀비(貴妃)도 놈의 ᄶᅡᄒᆡ 뽀치여 죽을 ᄣᅢ 갓갑도다." ᄒᆞ더라."라고 축약·언해되어 전한다. [『명황계감』(필사본) 권1, 13a~13b면.] 원문에는 한자가 표기되어 있지 않으나, 의미 파악을 위해 인용문에는 한자를 추정하여 병기한다. 이하 『명황계감』 필사본의 구절을 인용할 때에도 마찬가지 방식에 따른다.

2) 세종의 어제 가사

『명황계감』은 박팽년의 서문이 작성된 시점을 기준으로 하여 일차로 편찬이 완료되었으나, 곧이어 또 다른 국면으로 그 내용이 확장되기에 이른다. 즉, 『명황계감』이 편찬된 후 세종은 『명황계감』의 내용을 바탕으로 노랫말을 지어 내었던 것인데, 이 같은 사정은 세종대의 기록에는 나타나지 않다가, 세조대의 자료에서야 비로소 확인된다.

> 충순당(忠順堂)에 나아가서 필선(弼善) 홍응을 인견하고 말하기를, "『명황계감』은 내가 세종의 명을 받아 처음으로 찬집하였고, 뒤에 또 가사를 정하였다. 계양군(桂陽君) 등에게 명하여서 여러 책을 고증하여 주를 달게 하였더니, 잘못된 것이 많다. 네가 그 출처와 주를 더 달 수 있는 곳을 고증하여서 아뢰어라."

라고 하였다.[16]

> 주상전하께서 즉위하신 지 8년(1462) 여름 5월에 신 아무개를 불러 이르시기를,
> "우리 세종께서 예전 서적을 널리 보시고 후일의 규모를 갖추고자 하여 일찍이 당 명황의 고사를 캐내서 손수 가사 168장을 지어 대문마다 그 사실을 서술하셨는데, 성패가 우대(偶對)에 보이고 감계(鑑戒)를 영탄으로 나타내어 말씨가 완순하면서도 드러나고 통창하면서 그윽하니 진실로 만세의 귀감이다. 나는 항상 선세의 아름다운 정책을 생각하고 지난날의 끼친 자취를 회복하려 하는데 다만 서술한 사실이 너무도 간략하여 소소한 견문으로는 알기 어려우니, 너는 다시 수정을 가하고 아울러 주해를 지으라."

라고 하시었다.[17]

---

16 『세조실록』 권20, 6년 4월 3일(기유). "御忠順堂, 引見弼善洪應曰: "『明皇誡鑑』, 予受世宗命始纂集, 後又定歌詞. 命桂陽君等考諸書入註, 多有誤處. 爾其更考出處及可添註處以啓.""

『세조실록』에서 옮긴 첫 번째 인용에는 세조(世祖)가 세자 필선 홍응(洪應, 1428~1492)에게 직접 내린 전교가 담겨 있다. 두 번째 인용은 후일 『명황계감』을 개찬한 후 최항이 붙인 서문으로 세조의 전교가 역시 글 중간에 전재되어 있다. 어느 것에든 『명황계감』을 칭할 때 노랫말이 함께 언급되고 있다는 공통점이 드러난다.

세종이 지은 가사는 현전 필사본에는 모두 누락되었고, 김한신 역시 「등출소지」에서 이 점을 대단히 애석하게 여기고 있다.[18] 가능한 한도 내에서 그 실상을 가늠해 본다면, 가사는 일단 한문으로 지어졌으리라 추정된다. 『명황계감』이 세종23년(1441) 9월에 편찬되기 시작하였으므로, 그로부터 약 2년 후에 창제된 훈민정음(訓民正音)을 운용하여 가사를 지어 내었을 가능성도 배제할 수는 없다. 그러나 『명황계감』이 본래 한문으로 제작되었다는 점에 착안한다면, 노랫말 또한 『명황계감』의 본문에 수록된 구절에서 집구(集句)하거나 주요 내용을 편삭하여 집약

---

17 최항, 「명황계감서」. [『동문선』 권95.] [민족문화추진회 편, 『(국역) 동문선』 7, 민족문화추진회, 1969, 420~421·762면.] "上卽位之八年夏五月, 召臣某若曰: "我世宗, 博觀前籍, 圖恢後規, 嘗摭唐明皇故事, 手製歌詞一百六十有八章, 逐節略敍其事, 成敗暸於偶對, 鑒戒昭於詠嘆, 婉而顯暢而㝛, 誠萬世之龜鑑也. 予常昭膺先猷, 兢恢往躅, 第慮敍事旣簡, 謏聞難該, 爾其更加刪潤, 幷著注解."

18 『명황계감』[필사본] 권1, 6b~7a면. "신(臣)이 일즉 녈셩어뎨(列聖御製) 듕(中) 어뎨시문(御製詩文)을 세 번(番) 외와 『티평요람(治平要覽)』과 『명황계감(明皇戒鑑)』을 ᄒᆞᆫ번 귀경ᄒᆞ기ᄅᆞᆯ 원(願)ᄒᆞᄃᆡ 『티평요람(治平要覽)』은 홍문관(弘文館)의 ᄀᆞᆷ촌 배 질(秩)이 ᄎᆞ디 못ᄒᆞ고 『명황계감(明皇戒鑑)』은 ᄌᆞ셩편(自省編)의 일히 다ᄒᆞ야 겨시매 가연(可憐)이 ᄉᆞ모(思慕)ᄒᆞ야 친(親)히 못 보믈 ᄒᆞᆫ(恨)ᄒᆞᆯ 분 아니라 셩인(聖人)의 슈튁(手澤) 미ᄎᆞ신 배 뎐(傳)티 못ᄒᆞ믈 ᄒᆞᆫ(恨)ᄒᆞ야 ᄆᆞᄋᆞᆷ의 경경(耿耿)ᄒᆞᄃᆡ 튁당유집(澤堂遺集)의 세종됴(世宗朝)의 찬슐(撰述)ᄒᆞ신 ᄎᆡᆨ(冊)은 ᄉᆞ고(史庫)의 ᄀᆞᆷ초왓다 ᄒᆞ야시매 혹 ᄉᆞ고(史庫)의 보장(寶藏)ᄒᆞ얏ᄂᆞᆫ가 너기ᄃᆡ 어더볼 길히 업서 ᄒᆞ더니 혹(或) 닐오ᄃᆡ 금양위(錦陽尉) 박문졍공(朴文貞公) 공가(公家)의 언역(諺譯)ᄒᆞᆫ 본(本)이 잇다 ᄒᆞ거ᄂᆞᆯ 신(臣)이 그 후손(後孫) 금셩위(錦城尉)로 인연(因緣)ᄒᆞ야 비러 보오니 셩조(聖祖)의 어뎨가쟝(御製歌章)과 고금의논(古今議論)이 ᄒᆞ나토 든 배 업고 다만 명황(明皇)의 ᄉᆞ실(史實)만 긔록(記錄)ᄒᆞ야시니 크게 ᄇᆞ라던 바의 어긘 일이라, (…)"

하는 방식으로 지었을 개연성이 보다 높다고 판단된다.

실제로 세종은 〈정대업(定大業)〉·〈보태평(保太平)〉·〈발상(發祥)〉 등의 한문 악장(樂章)을 친제한 바 있고,[19] 재위 막바지에는 불찬(佛讚) 가사를 역시 한문으로 지어 내기도 하였다.[20] 〈월인천강지곡(月印千江之曲)〉만은 〈용비어천가〉 국문시가의 시형에 준하여 국문으로 지었으나, 이는 〈월인천강지곡〉의 바탕이 된 『석보상절(釋譜詳節)』이 당초 국문으로 제작되었기에 국문 구절을 다수 활용 및 축약하는 방식을 도입하였기 때문에 가능한 일이었다. 따라서 한문으로 된 『명황계감』을 보고서 168장의 가사를 지었다면 그 표기는 역시 한문이었을 것으로 추정하는 편이 온당할 것이다.[21]

그 밖에 가사의 형식을 짐작케 하는 단서가 조금 더 발견된다. 최항의 서문에 따르면 세조는 부왕의 친제 가사에 대해 "[현종의] 성패가 우대에 보이고, 감계를 영탄으로 나타내었다.[成敗瞭於偶對, 鑒戒昭於詠嘆.]"라고 언급하였다. 여기에서 핵심이 되는 어휘는 '우대', 즉 대우(對偶)와 '영탄'인데, 그중에서도 대우의 경우는 특히 시사하는 바가 크다. 이로부터 어제 가사의 각 장이 대우로 짜여 있었으리라 판단할 수 있기 때문이다. 마치 〈용비어천가〉와도 같이 어제 가사 역시 각 장이 선사(先詞)와 차사(次詞) 2행으로 구성되고 선사와 차사 사이에는 대우가 이루어졌으리라는 것이다. 실제로 〈용비어천가〉가 제진된 것은 세종27년

19 조규익, 「왕조의 정통성과 영속의 당위성: 〈종묘제례악장〉」, 『조선조 악장의 문예 미학』, 민속원, 2005, 285~336면; 김승우, 『용비어천가의 성립과 수용』, 보고사, 2012, 237~266면.

20 김기종, 「『사리영응기』 소재 세종의 '친제신성(親制新聲)' 연구」, 『반교어문연구』 37집, 반교어문학회, 2014, 173~199면.

21 더구나 세조대에 『명황계감』을 개찬할 때 그 가사도 번역하라는 세조의 명이 있었던 것을 감안하면 본래 한문으로 된 가사를 국문으로 번역하라는 취지를 읽어낼 수 있다. 이 점에 대해서는 다음 절에서 구체적으로 다룬다.

(1445) 4월로 『명황계감』의 편찬 연대와 인접해 있는 만큼 세종이 〈용비어천가〉 한문가사의 주된 시형인 4언 4구의 연첩 및 대우의 방식을 원용하였을 가능성은 충분하다.

물론, 『명황계감』의 구성 방식은 〈용비어천가〉와는 뚜렷한 차이를 보이는 것이 사실이다. 대개 〈용비어천가〉는 각 장의 선사에 고성(古聖)의 사적을, 차사에 조종(祖宗)의 사적을 넣어 교직(交織)하는 방식인 반면, 『명황계감』에서는 현종 한 사람의 일이 시간적 순차에 의거하여 서술되고 있으므로 노랫말에 대우를 개재할 때에도 〈용비어천가〉와는 다른 방식을 취할 수밖에 없다. 즉, 〈용비어천가〉가 인사(人事)에 관계된 두 가지 사례를 들어 무언가를 증명하려는 사대(事對)의 방식에 해당한다면, 『명황계감』의 노랫말은 사적의 병치와는 무관하게 어휘나 문장의 통사구조를 동일하게 조절하는 언대(言對)의 수준에서 대우를 구성하는 정도였으리라는 것이다.[22] 이러한 사정은 세종의 또 다른 어제작인 〈월인천강지곡〉의 특징과도 연관된다. 〈월인천강지곡〉 역시 단일한 서사적 사건을 선·차사에 언대만 갖추어 지어내었다는 점에서 『명황계감』의 가사와 뚜렷한 친연성을 지닌다고 보기 때문이다.[23]

한편, 세조가 대우와 더불어 언급한 또 하나의 특성, 즉 "감계가 영탄

---

22 대우의 분류 가운데 사대와 언대의 특징 및 구분 방식은 『문심조룡(文心雕龍)』의 설명에 의거한다: 劉勰, 「麗辭」 제35, 『文心雕龍』. [최동호 역편, 『문심조룡』, 민음사, 1994, 417~426면.] "造化賦形, 支體必雙, 神理爲用, 事不孤立, 夫心生文辭, 運裁百慮, 高下相須, 自然成對. (…) 言對爲易, 事對爲難, 反對爲優, 正對爲劣. 言對者, 雙比空辭者也. 事對者, 並擧人驗者也. 反對者, 理殊趣合者也. 正對者, 事異義同者也. 長卿〈上林賦〉云: "修容乎禮園, 翱翔乎書圃." 此言對之類也. 宋玉〈神女賦〉云: "毛嬙鄣袂, 不足程式, 西施掩面, 比之無色." 此事對之類也. 仲宣〈登樓〉云: "鐘儀幽而楚奏, 莊舃顯而越吟." 此反對之類也. 孟陽〈七哀〉云: "漢祖想枌榆, 光武思白水." 此正對之類也. 凡偶辭胸臆, 言對所以爲易也. 徵人資學, 事對所以爲難也. 幽顯同志, 反對所以爲優也. 並貴共心, 正對所以爲劣也. 又以事對, 各有反正, 指類而求, 萬條自昭然矣. (…)"

23 〈월인천강지곡〉에 적용된 대우의 특징에 대해서는 김승우, 앞의 책, 267~277면 참조.

에 밝게 드러난다.[鑒戒昭於詠嘆.]"라고 했던 부분 역시 예사롭지 않다. 이 언술로부터 『명황계감』의 가사가 단지 현종 치세기의 사건과 성패를 드러내는 데 그치지 않고 일부 장에 이르러서는 경계의 뜻을 표출하는 부면으로 시형 또는 표현 방식이 변화되었으리라는 점을 짐작할 수 있다.

세조의 설명에 따르면, 그 표현 방식의 핵심은 '영탄'이다. 영탄적 어조로써 시적 청자의 각성을 촉구하는 방식인 것이다. 설명이 워낙 간략해서 더 이상의 구체적인 실상을 알기는 어려우나, 세조가 현종의 성패가 대우에 뚜렷이 나타난다고 먼저 정리하고, 그 다음에 감계가 영탄에 드러난다고 잇댄 것으로 미루어, 어제 가사의 앞부분에서는 현종의 사적을 대우로 엮어 설명한 후, 후반부에서 사왕(嗣王)을 향한 경계를 영탄의 방식으로 제시했던 것이 아닌가 추정된다.

이러한 체재 역시 〈용비어천가〉와 매우 흡사하다. 주지하듯이, 〈용비어천가〉의 경우에도 제3장부터 109장까지에서는 고성과 조종의 사적을 대우로 병치하면서 전개해 가다가 제110장 이하 124장까지 이른바 '무망장(毋忘章)'으로 불리는 부분에서는 앞서 다룬 조종의 위업을 선사에 다시금 정리하는 한편, 차사의 말미에 '차의원무망(此意願毋忘)'이라는 어구를 넣어 경계의 뜻을 직접 표명하거니와, 『명황계감』의 가사도 역시 앞부분은 대우, 뒷부분은 감계와 영탄을 특징으로 하는 내용으로 양분되어 있었으리라는 정황이 발견되는 것이다. 더 나아가, 4언 4구의 연첩으로 줄곧 전개되던 〈용비어천가〉의 한문가사가 무망장에서는 5언 3구의 연첩으로 바뀐다는 점을 감안하면, 『명황계감』의 가사 역시 대우를 넣은 앞부분은 4언 4구의 연첩으로, 감계를 전달하는 뒷부분은 5언 3구의 연첩으로 각각 짓되, 〈용비어천가〉의 '차의원무망'에 상당하는 구절을 차사의 마지막 구에 연속적으로 개재하였을 가능성도 상정할 수 있다.[24]

요컨대, 『명황계감』의 가사는 〈용비어천가〉의 한문가사와 여러 모로 상관성을 지니고 있으며, 세종이 근간 제진된 〈용비어천가〉의 형식과 짜임을 폭넓게 고려하여 『명황계감』의 가사를 지었으리라 추정해 볼 수 있다.

3. 세조대의 『명황계감』 개찬 내역

위와 같이 세종대에 박팽년 등에 의해 1차로 편찬이 완료된 『명황계감』은 이후 세종이 가사를 덧붙임으로써 그 내용이 확장된다. 『세종실록』에서는 자세하지 않던 『명황계감』 관련 기사가 다시금 나타나기 시작하는 것은 『세조실록』에 이르러서인데, 실제로 세조는 등극 직후부터 『명황계감』을 개찬하기 위한 작업에 착수했던 것으로 보인다. 주변 정황과 현전 필사본의 내용 등을 종합적으로 고려하여 개찬의 경위 및 내역을 '체재의 변개'·'사적의 확충과 주석의 삽입'·'언해'라는 세 가지 부문으로 나누어 차례로 검토해 가고자 한다.

1) 체재의 변개

우선 확인해야 할 사항은 박팽년 등에 의해 1차로 편찬된 『명황계감』

24 물론, 세종이 친제한 가사의 형식을 4언 4구의 연첩과 5언 3구의 연첩으로 단정할 수는 없다. 〈문덕곡(文德曲)〉·〈정동방곡(靖東方曲)〉·〈근천정(覲天庭)〉 등 당시 연행되었던 여러 궁중 악장의 형식을 세종이 일부 차용하였을 개연성도 충분하기 때문이다. 다만, 세종이 168장 분량의 연장체로 가사를 지었고, 최항이 그 가사의 내용을 "[현종의] 성패가 우대에 보이고, 감계를 영탄으로 나타내었다.[成敗瞭於偶對, 鑒戒昭於詠嘆.]"라고 직접 밝힌 점으로 미루어 보면, 세종의 친제 가사가 〈용비어천가〉와 가장 밀접한 연관성을 지닌다는 사실을 도출해 낼 수 있다.

과 그 내용을 바탕으로 지은 세종의 어제 가사가 후일 합편되었는지 여부이다.

> 주상 전하께서 즉위하신 지 8년(1462) 여름 5월에 신 아무개를 불러 이르시기를,
>
> "우리 세종께서 예전 서적을 널리 보시고 후일의 규모를 갖추고자 하여 일찍이 당 명황의 고사를 캐내서 손수 가사 168장을 지어 대문마다 그 사실을 서술하셨는데, 성패가 우대에 보이고 감계를 영탄으로 나타내어 말씨가 완순하면서도 드러나고 통창하면서 그윽하니 진실로 만세의 귀감이다. 나는 항상 선세의 아름다운 정책을 생각하고 지난날의 끼친 자취를 회복하려 하는데 다만 서술한 사실이 너무도 간략하여 소소한 견문으로는 알기 어려우니, 너는 다시 수정을 가하고 아울러 주해를 지으라."
>
> 라고 하시었다. (…) 이 노래야말로 임금 된 이의 마음을 맑게 하고 다스림을 나타내는 요결이요, 성업(成業)을 지키고 가득 찬 것을 유지하는 큰 교훈이다. (…) 더구나 성상께서 자손에게 남겨 주려는 거룩하신 마음과 선세의 유물을 계승하신 지극한 정은 신의 필설(筆舌)로 다 형용할 수 없으니, 조선 억만 년에 다함없는 아름다움이 반드시 이 노래로부터 더욱 길어지게 될 것이다.[25]

세조대의 개찬 과정에 관한 정보를 담고 있는 기록으로서 가장 중요한 것은 역시 최항의 서문이다. 앞서 박팽년이 쓴 서문에서는 『명황계

25 최항, 「명황계감서」. [『동문선』 권95.] [민족문화추진회 편, 『(국역) 동문선』 7, 민족문화추진회, 1969, 420~424·762~763면.] "上卽位之八年夏五月, 召臣某若曰: "我世宗, 博觀前籍, 圖恢後規, 嘗摭唐明皇故事, 手製歌詞一百六十有八章, 逐節略敍其事, 成敗瞭於偶對, 鑒戒昭於詠嘆, 婉而顯暢而宥, 誠萬世之龜鑑也. 予常昭膺先猷, 競恢往躅, 第慮敍事旣簡, 謏聞難該, 爾其更加刪潤, 幷著注解." (…) 然則是歌也, 豈非人主澄心出治之要訣, 守成持盈之大訓. (…) 若乃聖上, 敷遺貽燕之盛心, 繼述覲歟之至情, 非臣筆舌, 可得形容, 而朝鮮億萬載無彊之休, 未必不自此歌而益永也."

감』의 주요 내용으로 현종의 행적을 그린 그림과 각 그림에 딸린 사적이 지목된 바 있다. 그런데 노랫말이 지어진 이후의 기록인 최항의 서문에서는 『명황계감』의 편제 내지 내용에 대해 다소 다른 설명이 이루어진 것을 확인할 수 있다. 즉, 최항의 서문에 인용된 세조의 언술에서는 『명황계감』의 핵심으로 세종의 친제 가사 168장이 언급되고 있다. 세조는 특히 가사의 제작 시기나 방식마저도 아예 다르게 설명한다. 일찍이 세종이 당 현종의 고사를 널리 탐독하여 손수 가사를 지었고, 그 가사의 내용에 해당하는 사적을 노랫말의 각 마디에 요약하여 수록하였다는 것이다.[26] 세조의 이 같은 언급으로부터 『명황계감』의 체재가 다소간 변개되었다는 사실을 도출해 낼 수 있다. 세종의 친제 가사가 가장 중요한 위치로 올라서고, 『명황계감』의 사적은 오히려 가사에 종속되는 형상으로 비중이 재조정된 것이다. 그러한 사정은 최항의 어휘 선택에서도 드러난다. 최항은 『명황계감』을 지칭할 때 '책[서(書)]' 대신 시종 '노래[가(歌)]'라 부르고 있는데, 이는 『명황계감』의 요체를 노래, 즉 세종의 친제 가사로 파악하려는 의도로 해석된다.

반면, 최항의 서문 어디에서도 그림에 대한 언급은 발견되지 않는다. 당초 『명황계감』이 제작될 때에는 현종의 행적을 그린 그림이 가장 중심이 되었던 데 비해, 이제는 그림의 위치에 세종의 친제 가사가 놓이게 된 것이다. 가사가 지어지면서 그림의 의미가 퇴색되었고, 때문에 그림이 『명황계감』에서 아예 누락되거나 본문에서 밀려나 책의 앞 또는 뒷부분에 한데 수록되었던 것이 아닌가 추정된다.

이처럼 가사가 주가 되고 그에 잇달아 산문 해설이 덧붙는 체재는

26 이는 물론, 부왕의 어제를 부각하기 위해 문건이 제작된 실상을 세조가 일부 왜곡하였던 결과로 해석할 수 있다.

【그림5】『월인석보』 제2

『용비어천가』나 『월인석보(月印釋譜)』를 방불케 하는데, 특히 『월인석보』는 제작 과정상으로도 『명황계감』과 여러 측면에서 흡사하다. 『월인석보』의 경우, 우선 수양대군(首陽大君)이 주관하여 『석보상절』을 지어낸 다음 그 내용을 토대로 하여 세종이 곧 〈월인천강지곡〉을 친제하였고, 세조가 등극한 뒤에 이 둘을 합편하면서 부왕의 〈월인천강지곡〉을 삽화별로 분단하여 앞에 실은 후 그 내용에 해당하는 『석보상절』의 구절을 해설격으로 뒤에 잇달아 수록하였기 때문이다. 박팽년 등이 찬한 『명황계감』은 『석보상절』과, 세종의 어제 가사는 〈월인천강지곡〉과 각각 유사한 성격을 지니거니와, 박팽년 등의 『명황계감』과 세종의 어제 가사가 합편된 방식 역시 대개 『월인석보』에 상당하였을 것으로 보인다.

이처럼 세종이 가사를 지은 이후 노랫말이 기존의 『명황계감』에 합편된 형태로, 그것도 가사가 주가 되고 사적이 그에 잇따르는 형태로 재편되었던 것은 분명하며, 사적의 확충과 주석의 삽입·언해 등과 같이 세조대에 이루어진 일련의 개찬 작업 역시 일단 이렇게 합편된 형태를 대상으로 진행되었다고 판단할 수 있다.

2) 사적의 확충과 주석의 삽입

『명황계감』이 개찬된 내역은 최항의 서문에 가장 적실하게 나타나지만, 『세조실록』에도 『명황계감』의 개찬 과정을 알려 주는 몇몇 기사들이 발견된다. 먼저, 개찬이 세조의 등극 이후 얼마 지나지 않은 시점에 착수되었다는 점과 개찬이 주석을 다는 작업으로부터 시작되었다는 사실을 다음의 기사를 통해 알 수 있다.

> 집현전에 전교하기를,
> "이제 명나라 사신이 오면 국가에 일이 많으니, 『명황계감』은 본전(本殿)에 나아가 주(註)를 내되 별도로 개국(開局)하지는 말며, 우선 『육전(六典)』의 수찬(修撰)은 정침(停寢)하게 하라."
> 라고 하였다.[27]

세조가 즉위한 지 얼마 지나지 않아 명의 사신이 당도하기로 예정되어 있었던 바,[28] 세조는 이를 준비하기 위해 긴요치 않은 여러 업무를 중지시키는데, 위의 전지에서는 집현전의 업무를 조정하고 있다. 우선 『육전』의 수찬은 시급하지 않다고 판단하여 잠정적으로 중단시켰으며, 『명황계감』에 주석을 다는 작업은 지속하되 따로 국을 설치하는 등 번거롭게 하지는 말 것을 주문하였다. 이로부터 이날 이전 어느 시점엔가 세조가 『명황계감』에 주석을 달도록 명하였고 그 담임 기관으로 집현전을 지목하였다는 사실이 도출된다. 주석을 수록하는 작업이 어느 정

---

27 『세조실록』 권3, 2년 2월 5일(갑진). "傳于集賢殿曰: "今明使出來, 國家多事, 『明皇誡鑑』就本殿出註, 勿別開局, 姑停修撰『六典』.""

28 명의 사신은 세조2년(1456) 4월에 당도한다. 한편, 세조의 경우에는 즉위년이 따로 없고 즉위한 해를 1년으로 하여 『세조실록』이 편찬되었으므로, 명의 사신은 세조가 즉위한 이듬해에 도착한 것이다.

도 수준에서 이루어졌는지, 이 작업이 언제 종결되었는지, 일거에 작업을 진행했는지, 여러 차례에 걸쳐 단계적으로 출주(出註)를 하였는지 등은 위 기사만으로는 알 수 없으나, 해당 결과물이 만족스럽지 못했다는 점만은 약 4년 후에 나온 다음의 기사로부터 확인할 수 있다.

> 충순당에 나아가서 필선 홍응을 인견하고 말하기를,
> "『명황계감』은 내가 세종의 명을 받아 처음으로 찬집하였고, 뒤에 또 가사를 정하였다. 계양군 등에게 명하여서 여러 책을 고증하여 주를 달게 하였더니, 잘못된 것이 많다. 네가 그 출처와 주를 더 달 수 있는 곳을 고증하여 아뢰어라."
> 라고 하였다.[29]

당초 주석 작업은 계양군 이증(李璔, 1427~1464)이 관할하였는데, 이증은 세종이 신빈 김씨(愼嬪 金氏, 1404~1464)와의 사이에서 낳은 아들이다. 세조가 『명황계감』의 주석 작업을 종친에게 맡긴 것은 본래 세종이 후손들을 경계하기 위한 목적으로 『명황계감』을 명찬하였던 만큼 그러한 부왕의 뜻을 존숭하기 위한 의도로 풀이된다.

그러나 이 작업은 매끄럽게 이루어지지 않았고, 주석에 오류도 많았다. 이에 세조는 필선 홍응에게 재차 주석 작업을 실시할 것을 명한다. 홍응은 문종대에 문과 장원을 했던 문재였으므로, 기존의 주석에 포함된 오류를 가려내는 일을 맡을 만하다고 평가되었던 듯하다.[30] 이때 세

---

29 『세조실록』 권20, 6년 4월 3일(기유). "御忠順堂, 引見弼善洪應曰: "『明皇誡鑑』, 予受世宗命始纂集, 後又定歌詞. 命桂陽君等考諸書入註, 多有誤處. 爾其更考出處及可添註處以啓.""

30 세조는 『정관정요(貞觀政要)』에 주를 붙이거나, 『손자주해(孫子註解)』를 교정하는 일에도 홍응을 동원한 바 있다. [『세조실록』 권1, 1년 윤6월 19일(계해); 권19, 6년 2월 12일(기미) 등.]

조가 홍응에게 적시한 책무는 크게 두 가지로, 주석의 출처를 고증하고, 주석을 더 첨부할 수 있는 곳을 검토하여 아뢰라는 것이다. 이로 미루어 보면, 세조가 홍응에게 지시한 것은 당장 주석을 확충하는 작업이 아니라 장차 주석을 수정하고 추가하기 위한 사전 작업의 성격을 띠는 것으로 파악된다. 즉, 종래의 주석이 어느 전적에서 초출된 것인지, 그리고 어느 곳에 추가로 주석을 다는 것이 필요한지 등을 먼저 가늠하는 과업을 홍응으로 하여금 수행토록 하였던 것이다. 이 같은 정지 작업이 끝난 후 세조는 본격적으로 주석을 증수하는 작업을 추진하는데, 그 책임은 최항에게 맡겨진다.

> 주상 전하께서 즉위하신 지 8년(1462) 여름 5월에 신 아무개를 불러 이르시기를, (…) 신은 학식이 모자라면서도 감히 사양을 못하고, 공경히 지시를 받들어 신 아무개 아무개와 더불어 여러 서적을 참고하여, 겨우 보충하고 고치는 일을 끝내고, 또한 음의(音義)를 붙이며, 아울러 가사에 들어 있지 않은 사적까지도 부록하여 많이 들을 수 있도록 만들었습니다.[31]

최항은 세조의 총신이면서 세종대부터 주로 집현전에 소속되어 각종 편찬 사업에 참여하였던 인물이기도 하다. 따라서 개찬을 실질적으로 주도할 수 있는 인물로 지목되었을 것이다. 최항과 그의 조력자들은 현종의 사적을 우선 여러 전적에 의거하여 수정 및 보충하는 작업을 수행하였던 것으로 드러난다. 일차적으로는 세종의 어제 가사와 연관된 사적, 즉 노랫말을 해설하는 성격을 지닌 사적들을 보수하되, 노랫

31 최항, 「명황계감서」. [『동문선』 권95.] [민족문화추진회 편, 『(국역) 동문선』 7, 민족문화추진회, 1969, 420~421·762면.] "上卽位之八年夏五月, 召臣某若曰: "(…)" 臣不敢以讓拙辭, 祗承指授, 與臣某某, 旁攷諸書, 僅就添改, 仍係音義, 并附事蹟之不入歌詞者, 用資多聞."

말과 직접적인 관련이 없는 내용들 역시도 수록하여 현종의 언행을 보다 풍부하게 전달하고자 하였던 것이다.

아울러 수록한 사적의 주요 어구나 글자에 음훈을 달아 알아보기 쉽게 하였다는 사실도 확인할 수 있다. 이때 음과 훈은 해당 부분에 협주(夾註)로 달았으리라 보이며, 그밖에 본문의 내용을 다시금 상세히 설명해야 할 필요가 있을 경우에도 역시 협주를 활용하였으리라 추정된다. 이러한 방식은 『용비어천가』나 『석보상절』 및 『월인석보』에서도 발견되는 것으로서, 특히 『용비어천가』의 주해를 최항이 주관하여 수록하였다는 사실을 고려하면, 『명황계감』에도 그 같은 방식이 준용되었을 개연성이 더욱 높아진다. 실제로 「용비어천가발」에서 최항이 주해를 수록한 방식을 밝힌 내역을 보면, 『명황계감』의 사례와 매우 유사하다는 점을 발견할 수 있기도 하다.

> (…) 우리 전하께서 보시고 아름답게 여겨 '용비어천가'라는 이름을 내리셨습니다. 다만 서술된 사적이 비록 사편(史編)에 실려 있으나, 사람들이 두루 보기가 어려우므로, 신과 수집현전교리 신 박팽년 · 수돈녕부판관 신 강희안 · 집현전 부교리 신 신숙주 · 수부교리 신 이현로 · 수찬 신 성삼문 · 신 이개 · 이조좌랑 신 신영손 등에게 명하여 주해를 덧붙이도록 했습니다. 이에 그 인용한 옛일의 본말을 간략히 밝히고, 다시 글자의 음과 뜻을 달아 보기 쉽게 하니 모두 10권입니다.[32]

따라서 현재는 온전히 전하지 않는 개찬본 『명황계감』의 형태를 가늠하는 데 있어서 주해 부분은 특히 『용비어천가』의 사례를 참고할 필

32 최항, 「용비어천가발」. [『용비어천가』, 1a~2b면.] "(…) 我殿下覽而嘉之, 賜名曰: '龍飛御天歌'. 惟慮所述事蹟, 雖載在史編, 而人難遍閱. 遂命臣, 及守集賢殿校理朴彭年·守敦寧府判官臣姜希顔·集賢殿副校理臣申叔舟·守副校理臣李賢老·修撰臣成三問·臣李塏·吏曹佐郎臣辛永孫等, 就加註解. 於是粗敍其用事之本末, 復爲音訓, 以便觀覽, 共一十卷."

요가 있다.

3) 언해

세조대에 이루어진 『명황계감』의 개찬 작업 가운데 또 한 가지 빼놓을 수 없는 부분이 바로 언해 또는 언역(諺譯)이다. 『명황계감』의 언해는 사적을 확충하고 주석을 삽입하는 작업과 동시에 진행된다.

> 예문관제학(藝文館提學) 이승소・행 상호군(行上護軍) 양성지・송처관・김예몽(金禮蒙)・예조참의(禮曹參議) 서거정(徐居正)・첨지중추원사(僉知中樞院事) 임원준(任元濬) 등을 불러 언문(諺文)으로 『명황계감』을 번역하게 하였다.[33]

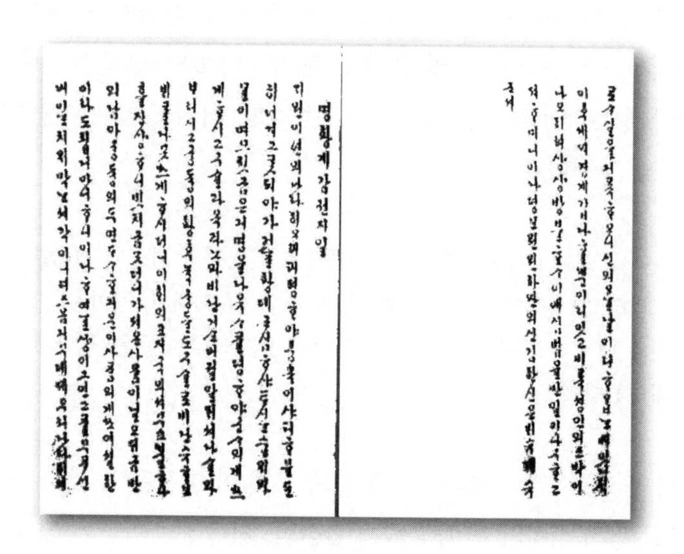

【그림6】『명황계감』[언해본]

33 『세조실록』 권25, 7년 8월 27일(갑오). "召藝文提學李承召·行上護軍梁誠之・宋處寬・金禮蒙·禮曹參議徐居正·僉知中樞院事任元濬等, 以諺文譯『明皇誡鑑』."

세조7년(1461) 8월말에 발견되는 위 기사에서 세조는 일군의 문신들에게 『명황계감』을 언문으로 번역하도록 지시하고 있는데, 이는 계양군이 수록한 주석을 홍응으로 하여금 재검토하도록 지시한 세조6년(1460) 4월보다는 뒤지고, 세조가 최항 등에게 사적의 추가와 주석의 보수를 본격적으로 수행하도록 명하였던 세조8년(1462) 5월보다는 앞서는 시점이다. 따라서 주석 작업이 이미 어느 정도는 진행되고 있었던 무렵에 언해 작업도 착수되었던 셈이다.

저간의 사정을 조금 더 자세히 재구해 본다면, 당초부터 세조가 『명황계감』을 개찬하려고 의도하였던 범위는 사적의 증보나 출주뿐만 아니라 수록 내용을 언해하는 데에까지 미쳤던 것으로 파악된다. 주석 작업과 언해를 동시에 추진하는 것이 보다 효율적이리라 판단한 세조는 재위7년(1461) 8월말에 우선 이승소(李承召, 1422~1484) 등에게 언해를 시작하도록 전지하고, 몇 달 후인 재위8년(1462) 5월에 들어서는 최항 등에게 본격적으로 주석을 보수하는 한편, 사적도 일부 확충하도록 지시하였던 것이다.

> (…) 또 유사(儒士)를 모아 언문으로 번역하고 하성위(河城尉) 등이 교정하고, 영응대군(永膺大君) 등이 재교(再校)하고, 신이 아무개 아무개와 더불어 다시 교정을 하여 완성해서 올리니 이름을 '명황계감'이라 내리셨다.[34]

최항의 서문에도 언해와 관련된 일부 서술이 발견된다. 앞서 인용한 『세조실록』의 기사와 위 내용을 종합하면, 처음에는 이승소·양성지(梁

---

34 최항, 「명황계감서」. [『동문선』 권95.] [민족문화추진회 편, 『(국역) 동문선』 7, 민족문화추진회, 1969, 421·762면.] "(…) 又會儒士, 譯以諺語, 河城尉等讎校, 永膺大君等再校, 臣與某某重校, 書成以進, 賜名曰: '明皇誡鑑'."

誠之)·송처관(宋處寬, 1410~1477) 등에게 언해를 맡겨 진행하다가 이듬해에 최항 등에게 사적 및 주석의 증수를 다시 명하면서 언해까지도 최항이 총괄하도록 업무를 재조정한 것으로 파악된다. 즉, 최항은 한편으로는 증보 작업을 추진하면서도 또 한편으로는 종래 이루어지고 있던 언해 작업까지 관할하면서 『명황계감』 전반의 개찬을 담임하게 되었던 것이다.

그런데 이때의 언해는 우선 『명황계감』의 사적 및 주석 부분에만 한정되었던 듯하다. 세조는 다시 이듬해인 재위9년(1463) 5월에 『명황계감』의 가사, 즉 세종의 어제 가사를 번역하도록 별도로 지시하였기 때문이다.

> 영응대군 이염 · 도승지(都承旨) 홍응 · 전 상주목사(尙州牧使) 김수온 등에게 명하여 『명황계감』의 가사를 번역하게 하였다.[35]

> 또 중추원사(中樞院使) 최항 · 예문제학(藝文提學) 이승소 · 직예문관(直藝文館) 이영은(李永垠) · 성균박사(成均博士) 박시형(朴始亨) 등에게 명하여 『명황계감』의 가사를 번역하게 하였다.[36]

> 좌승지(左承旨) 이문형(李文炯)을 불러 『명황계감』의 가사를 교정하였다.[37]

세조는 부왕의 친제 가사를 언해하는 데 상당한 공을 들였는데, 이는

---

35 『세조실록』 권30, 9년 5월 15일(계묘). "命永膺大君琰·都承旨洪應·前尙州牧使金守溫等, 譯『明皇誡鑑』歌詞."

36 『세조실록』 권30, 9년 5월 16일(갑진). "又命中樞院使崔恒·藝文提學李承召·直藝文館李永垠·成均博士朴始亨等, 譯『明皇誡鑑』歌詞."

37 『세조실록』 권30, 9년 5월 19일(정미). "召左承旨李文炯, 校『明皇誡鑑』歌詞."

이 일에 동원된 인사들의 면면을 보아도 알 수 있다. 앞서 종친인 계양군 이증을 주석 작업에 동원하였던 것과 마찬가지로 가사를 언해할 때에도 세조는 이복동생인 영응대군 이염(李琰, 1434~1467)을 가담시킴으로써 세종이 후손들을 경계하기 위해 명찬한 『명황계감』의 의미를 되새겼다. 그밖에도 가사의 언해에는 도승지 홍응과 중추원사 최항, 세종·세조대에 걸쳐 불교 관련 문건을 제작하는 데 핵심적인 역할을 담당하였던 김수온(金守溫) 등 세조의 주요 총신들이 동원되었다. 영응대군 등을 가사의 번역관으로 지목한 데 이어 다음날 곧바로 최항 등의 문신들을 추가로 작업에 참여시키는가 하면, 이로부터 사흘 후에는 좌승지를 불러 놓고 가사를 교정할 만큼 세조는 이 작업에 매우 적극적이었던 것이다.[38]

앞 장에서, 세종의 친제 가사 168장은 한문으로 지어졌고, 사적을 대우로 엮어 낸 부분['成敗瞭於偶對']과 감계를 영탄으로 전달하는 부분['鑒戒昭於詠嘆']으로 나뉘어 있었으며, 이는 〈용비어천가〉의 한문가사에 상당하는 형식이라 논의한 바 있다. 따라서 가사를 언문으로 번역하였다면 번역 시가의 형식 역시 응당 〈용비어천가〉의 국문가사와 같았으리라 생각된다. 즉, 사적을 대우로 드러내는 부분에서는 차례로 중권점(重圈點)·하권점(下圈點)·중권점으로 분단되는 네 개의 단위를 설정하여 어구를 배치한 후 이를 연첩하는 방식으로 번역하고, 감계를 영탄의 방식으로 표출하는 부분에서는 〈용비어천가〉의 '무망장'에 대응되는 방식, 즉 중권점 두 개를 분단 단위로 하여 한 행을 세 개의 부분으로

---

38 그처럼 다수의 인사들을 언해에 동원하기는 하였으되, 가장 중요한 역할을 수행한 인물은 역시 최항이었을 것이다. 이미 최항은 일련의 증수 작업을 진행하면서 『명황계감』에 대해 누구보다도 조예를 지니게 되었을 것인 바, 가사를 언해하는 데에도 그의 역할은 특히 두드러졌을 것으로 짐작된다.

나누어 언문으로 옮긴 후 이를 연첩하는 방식으로 번역이 이루어졌으리라 추정할 수 있다.[39]

이렇게 세종이 친제한 가사를 언해하는 것으로써 세조가 당초 기획했던 『명황계감』의 개찬 작업은 마무리 단계에 이르게 된다. 물론, 본래부터 적지 않은 분량이었던 『명황계감』에 가사가 덧붙고, 후에 사적과 주석을 다시 증수하는 등의 작업이 이루어지면서 그 내용이 더욱 확정되었기 때문에 책에 포함된 오류를 재차 삼차 교정하는 작업은 또 하나의 과제로 남겨질 수밖에 없었다.

> 은천군(銀川君) 이찬에게 명하여 최항 등이 편찬한 『명황계감』을 수교(讎校)하게 하였다.[40]

최항의 서문에 따르면, 『명황계감』을 언해한 후 세 차례에 걸쳐 교정을 하였으며, 이 작업에 부마(駙馬)인 하성위(河城尉) 정현조(鄭顯祖, 1440~1504)·영응대군 이염, 그리고 최항 자신이 관여하였다고 하였다. 위 기사에서도 세조는 평소 신임하던 은천군 이찬(李穳, 1421~1481)을 지목하여 『명황계감』을 또 다시 교정토록 지시하고 있는데, 이러한 사실로 미루어 그가 『명황계감』의 개찬을 끝까지 매우 면밀하게 마무리 지으려 의도하였다는 사실을 알 수 있다.

아울러 사관은 『명황계감』을 지칭할 때 "최항 등이 편찬하였다.[恒等所撰.]"라고 설명하였거니와, 최항이 사적의 확충·주석의 증수·언해 등 『명황계감』의 개찬 작업 전반에 걸쳐 가장 핵심적인 역할을 담당하

---

39 또한 이렇게 번역된 작품을 〈용비어천가〉 국문가사의 악곡인 〈치화평(致和平)〉이나 〈취풍형(醉豊亨)〉에 올려 가창해 보았을 여지도 상정할 수 있다.

40 『세조실록』 권31, 9년 9월 5일(신유). "命銀川君穳, 讎校恒等所撰『明皇誡鑑』."

였다는 점이 여기에서도 확인된다.

4. 나가며

이상에서 현전 기록들에 의거하여 『명황계감』의 편찬 과정과 편찬 단계별 특징을 추정·검토하였다. 돌이켜 보면, 『명황계감』이 새삼 중요하게 다루어지게 된 것은 실전되었다고 알려진 이 책이 축약된 필사 언해본의 형태로 발견되면서부터이다. 때문에 『명황계감』에 대한 종래 논의들 역시 주로 필사본의 체계를 바탕으로 진행되어 왔으며, 『명황계감』의 본래 모습에 대해서는 상대적으로 관심이 미진하였던 것이 사실이다.

『명황계감』의 원 체재와 내용이 어떠하였는지가 우선적으로 명확히 검토되지 않고서는 현전 필사본의 위상 또한 제대로 논의되기 어려울 것이다. 이에 이 글에서는 각종 기록들을 종합적으로 고려하여 세종대에 1차로 편찬 완료된 『명황계감』과 그 내용에 따라 세종이 친제한 노랫말의 체재를 추정하였다. 또한 세조대에 들어 종래의 『명황계감』이 어떠한 의도와 방식으로 개찬되었는지에 대해서도 항목별로 논의하였다. 앞서 다룬 내역을 정리하면 아래와 같다.

○ 세종대 박팽년 등에 의해 처음 제작될 당시 『명황계감』을 특징짓는 요소는 단연 그림과 그림에 대한 해설격인 사적이었다. 그림이 주가 되고 사적이 종을 이루는 형상을 띠고 있었던 것이다. 이는 세종16년(1434)에 간행된 『삼강행실도』를 연상케 하는 편찬 방식이다.

○ 이때의 사적은 『자치통감』의 기사를 중심으로 하면서 여타 전적

을 일부 발췌·활용하는 방식으로 선별되었으리라 추정된다. 한편, 각 사적의 말미에는 현종의 행적을 다룬 '선유의 논'을 가려 뽑아 싣는가 하면, 현종의 일화를 바탕으로 지은 '고금의 시'까지도 수록하여 내용을 보다 풍부하게 드러내고자 하였다. 역사 관계 기록은 그것대로 간추려 정리하면서도 현종의 언행에 대한 재래의 부정적 평가를 공론화함으로써 경계의 효과를 한층 강화하려는 취지로 해석된다. 이때 '선유의 논'은 대개 호인·범조우·진덕수·사마광 등 중국 제가의 사론이었을 가능성이 높다. 또한 '고금의 시' 가운데 그 흔적을 찾을 수 있는 것은 이규보의 〈개원천보영사시〉 41수인데, 41수 중 현종의 실행을 경계하거나 비판적으로 회고한 작품들이 주로 초출되었던 정황이 나타난다.

○ 세종이 『명황계감』의 내용에 의거하여 친제했다는 168장 분량의 가사는 한문으로 지어졌으며, 그 내용은 현종의 사적을 대우로 엮어 서술한 부분과 감계를 영탄의 방식으로 표출한 부분으로 대별할 수 있다. 〈용비어천가〉 제3~109장까지의 내용에 상당하는 전자는 현종의 사적을 순차적으로 서술하면서 통사구조로만 대우를 구성하는 방식, 즉 언대를 위주로 하였으리라 보이는데, 이러한 작법은 〈월인천강지곡〉과도 상통한다. 한편, 〈용비어천가〉의 무망장[제110~124장]을 연상케 하는 후자는 앞서 나온 현종의 사적을 한 차례 정리하면서 그 핵심을 들어 후왕을 경계하는 내용이었을 것이다. 〈용비어천가〉와의 이 같은 친연성을 고려한다면, 어제 가사의 시형도 역시 앞부분은 4언 4구의 연첩, 뒷부분은 5언 3구의 연첩이었으리라 추정할 수 있다.

○ 세조대의 개찬 과정에서 『명황계감』의 체재가 다소간 변개된다. 그림에 대한 언급은 더 이상 발견되지 않는 대신, 세종의 친제 가사가 가장 중요한 위치로 올라서고, 사적은 오히려 가사에 종속되는 형상으로 비중이 재조정된 것이다. 이러한 체재는 『용비어천가』나 『월인석보』

와 유사한데, 특히 '사적[『석보상절』] → 가사[『월인천강지곡』] → 가사와 사적의 합편[『월인석보』]'의 순서로 제작된 『월인석보』와는 제작 순서상으로도 그 친연성이 뚜렷하다. 세조대에 이루어진 일련의 개찬 작업은 이렇게 가사와 사적이 합편된 형태를 바탕으로 진행된다.

○ 세조대의 개찬은 사적에 주석을 다는 일로부터 시작되었다. 사전 조사와 검토를 끝마친 후 세조는 본격적으로 증수 작업을 추진하였으며, 그 책임을 최항에게 맡긴다. 최항 등은 일차적으로는 세종의 어제 가사와 연관된 사적, 즉 노랫말을 해설하는 성격을 지닌 사적들을 보수하되, 노랫말과 직접적인 관련이 없는 내용들 역시도 개재하여 현종의 언행을 보다 상세하게 전달하고자 하였다. 아울러 수록한 사적의 주요 어구나 글자에 음훈을 달아 알아보기 쉽게 하였다는 사실도 확인된다. 이러한 방식은 『용비어천가』·『석보상절』·『월인석보』에서도 폭넓게 발견되는 것으로서, 특히 『용비어천가』의 주해를 최항이 주관하여 수록하였다는 사실을 고려하면, 『명황계감』에도 그 같은 방식이 준용되었을 개연성이 높다.

○ 언해는 사적을 확충하고 주석을 삽입하는 작업과 함께 이루어졌다. 최항은 한편으로는 증수 작업을 지속하면서도 또 한편으로는 언해까지 관할하면서 『명황계감』 전반의 개찬을 담임하게 된다. 언해는 처음에는 『명황계감』의 사적 및 주석 부분에만 한정되었다가, 이내 세종의 어제 가사를 번역하는 단계로까지 진전된다. 세조는 특히 가사를 언해하는 데 주요 총신들을 다수 동원할 만큼 상당한 공을 들였다. 세종이 찬한 가사가 〈용비어천가〉의 한문가사에 상당하는 형식이었다면, 번역 시가의 형식은 응당 〈용비어천가〉의 국문가사와 같았으리라 추정할 수 있다.

남은 과제는 위와 같은 내역을 바탕으로 현전 필사 언해본의 실상을 재점검해 보는 작업이다. 필사본은 원본의 내용이 대폭 축약된 형태이므로, 어떤 내용을 유지하고 어떤 내용은 제외하였는지, 또한 그 이유가 무엇이었는지를 분석하는 절차가 우선적으로 필요하다. 이로써 『명황계감』이 세조대 이후까지 지속적으로 전승된 경위와 목적을 가늠해 볼 수 있기 때문이다. 또한 『명황계감』이 『삼강행실도』·『용비어천가』·『석보상절』·『치평요람』 등 인접 시기의 전적들과 맺는 연관성에 대해서도 유념해야 한다. 각 문건의 체재나 내용이 여타 전적들을 구성하는 데 끼친 영향 관계를 구체적으로 도출해 내어야 할 것이다.

시가의 중층적 의미와 해석

참요讖謠의 원의原義에 대한 고찰

1. 들어가며

일반적으로 '참요(讖謠)', 혹은 '요참(謠讖)'은 "시대적 상황이나 정치적 징후 따위를 암시하는 민요",[1] "시대의 변화나 정치적 징후를 예언하거나 암시하는 민요"로[2] 풀이되며, 관점에 따라서는 단순히 "예언적 성격을 지닌 노래"로 정의되기도 하고,[3] 때로 "역사적 변혁을 수반하는 난세지음(亂世之音)으로서의 예언적 동요(童謠)"라고[4] 보다 세세하게 그 의미가 규정되기도 한다. 아울러 참요가 흔히 정치적인 사안과 연관된다는 점에 착안하여, 참요를 민요(民謠)의 하위 범주인 '정치요(政治謠)'의 일종으로 설정한 후 정치요 가운데에서 미래에 대한 예언이 일부라도 포함되어 있는 노래들을 다시 참요라 지칭하거나,[5] 아예 참요를 정

---

1 국립국어연구원 편, 『표준국어대사전』 하, 국립국어연구원, 1999, 5952면.

2 고려대 민족문화연구원 국어사전편찬실 편, 『고려대 한국어대사전』, 고려대 민족문화연구원, 2009, 6040면.

3 임동권, 『한국민요사』, 문창사, 1964, 51~52면; 전원범, 「한국고대 참요 연구」, 『세종어문연구』 3·4집, 세종어문학회, 1987, 127~128면; 이영태, 「조선시대 참요 연구」, 『어문연구』 102호, 한국어문교육연구회, 1999, 139면 등.

4 성무경, 「한국 참요의 연구: 구술상황을 중심으로」, 성균관대 석사학위논문, 1991, 22면.

5 박연희, 「정치민요의 현실반영과 그 해석」, 최철 편, 『한국민요론』, 집문당, 1986, 154

치요와 동일시하는 경우도 있는데,[6] 이는 참요의 예언적 성격보다는 정치 비판적 특성에 보다 주목한 결과라 할 수 있다.

일제시대 이은상(李殷相, 1903~1982)으로부터 시작된 참요 연구는,[7] 참요라 지칭될 수 있을 만한 노래들을 옛 문헌들에서 가려내어 해당 노래에 대한 당대인들의 해석을 검토하는 작업이 우선 주종을 이루었고, 연구가 축적되어 갈수록 새로 발견되는 참요의 수도 역시 점차 늘어나는 양상을 보여 왔다. 아울러 참요의 내용적 특성을 몇 가지 부류로 구분하거나, 참요의 구술 상황을 보다 정교하게 해석하거나, 참요에서 발견되는 문예적 특성을 해명해 보려는 시도가 잇따르기도 했다. 특히 심경호의 저술은 고대부터 구한말에 이르기까지 각종 문헌에 등장하는 참요를 종합적으로 발굴·정리·논의한 성과로서 이를 통해 참요의 분포와 제반 특성이 한층 명확히 드러나게 되었다.[8]

위와 같은 선행 연구들을 바탕으로 삼으면서도 이 글에서는 개별 참요 작품이 지닌 본래적 의미에 좀 더 천착해 보려 한다. 참요라 일컬어지는 노래들은 처음에는 대부분 시정(市井)에 회자되던 단순한 노래에 불과했다가 특정 사건이 벌어진 이후에야 '미래를 예언한 노래'로 지목된 것들이다. 따라서 참요의 의미는, 역사적 계기와는 관계없이 민중들 사이에서 떠돌던 때의 일차적·본래적 의미와 사관(史官) 또는 식자층에

면; 김무헌, 『한국민요문학론』, 집문당, 1987, 130면; 최철, 「한국정치민요연구」, 『인문과학』 60집, 연세대 인문과학연구소, 1988, 5~7면; 최철, 『한국민요학』, 연세대 출판부, 1992, 5~6면; 류해춘, 「고려시대 정치민요의 기능과 그 미학」, 『어문학』 65집, 한국어문학회, 1998, 65면; 「조선시대 정치민요의 유형과 그 미학」, 『어문학』 71집, 한국어문학회, 2000, 146면 등.

6 김상훈, 『가요집』 1, 평양: 문예출판사, 1983, 9·100~101면; 윤용식·손종흠, 『구비문학개론』, 한국방송대 출판부, 1998, 133~134면 등.

7 이은상, 「조선의 참요」, 『동아일보』, 1932. 7. 23~8. 7.

8 심경호, 『참요: 시대의 징후를 노래하다』, 한얼미디어, 2012.

의해 부여된 이차적·사후적 의미로 분리하여 균형 있게 파악해야 할 필요가 있다. 참요를 해석하는 관점은 응당 후자의 의미에 중점을 둘 수밖에 없기는 하나, 전자의 의미가 조명되지 않고서는 참요의 위상이나 소통 방식과 직접적으로 연관되는 후자의 의미 역시도 온전히 해명되기 어렵기 때문이다.

이에, 이하 2절에서는 우선 참요를 해석하기 위한 전제 내지 시각에 대해 재검토함으로써 논의의 기반을 확보한 후, 이어지는 3절에서 주요 참요 작품들의 사례에 그 같은 관점을 적용하여 각 작품의 본래적 의미를 추정 및 풀이하는 방식으로 서술을 전개해 가게 될 것이다.

2. 참요를 논의하기 위한 전제와 시각

참요의 의의를 규정하는 중세·근세 이래의 논의들에서는 적어도 다음의 두 가지 사항에 대해 큰 틀에서 동의를 하고 있는 듯 보인다.

첫째로, 참요가 몇몇 특정한 사례를 제외하고는 오롯이 백성들의 입에서 자연스럽게 흘러나온 정치 비판적 성격의 노래라는 점이다. 예컨대, 참요에는 "인민의 지향과 의지, 인민의 념원이 들어있으며 당시의 통치자나 지배계급에 대한 강한 비판과 증오가 들어있으므로 정치가요의 성격을 띠고 있다."라고 적극적으로 평가한 사례가 대표적인데,[9] 여타의 연구에서도 정도의 차이는 있을지언정 이와 동궤의 관점을 취하고 있는 것으로 파악된다. 대개의 참요에는 시류(時流)를 판정하는 백성들의 투철한 안목과 피지배계층 스스로 키워온 정치적 비판력이 내재

9 김상훈, 앞의 책, 100~101면.

되어 있다는 논의가 주를 이루어 왔던 것이다.

둘째로, 참요가 미래에 대한 선견력(先見力)을 지닌 노래라는 점이다. 참요의 사전적 정의 자체가 '장래의 사건을 예견하는 노래'이기도 하려니와, 바로 그러한 특성 때문에 참요는 예로부터 신이한 성격을 지닌 것으로 받아들여졌고, 이를 바라보는 시선 역시 경이로움으로 경사되는 경우가 많았다. 참요가 유가적 해석을 거치면서 흔히 천명(天命)과 민심(民心)의 지표로 지목되었던 것도 바로 이 같은 사정과 연관된다. 물론 노래로써 미래를 예언한다는 논리는 '비과학적'인 발상임에 분명하고,[10] 현대적 관점에서 그대로 받아들이기 어려운 것이기도 하지만, 참요의 선견력이란 집단적인 판단과 전망을 기반으로 하기 때문에 어느 개인에 의해 이루어지는 예언에 비할 때 실제 적중될 확률이 훨씬 높다는 방식의 설명이 적용됨으로써,[11] 참요는 그 독특한 신이성을 크게 의심받지는 않았던 것이다.

이러한 두 가지 전제는 참요의 위상을 구명하는 데 필수적으로 소용될 뿐만 아니라, 개별 작품의 의의를 정교하게 도출하기 위해서도 위와 같은 전제가 긴요하다. 그러나 이와 또 다른 측면의 몇 가지 특징에 대해서도 깊이 있는 고려가 이루어져야 하며, 특히 참요가 오늘날까지 전해지게 된 경위 및 방식에 대해서는 예사 이상의 주의가 필요하다.

실상 '참요' 또는 '요참'이라는 용어는 근래의 연구자들에 의해 붙여

---

10 같은 책, 100면.

11 이렇듯 의심스러운 참요의 선견력을 다소나마 합리적으로 풀어내기 위한 일반적이고도 교과서적인 설명 방식의 한 사례를 다음과 같은 서술에서 찾을 수 있다: "예언은 한 사람에 의해서 말해질 수도 있지만 많은 경우 집단적인 판단과 행위에 의하여 이루어진다. 그렇기 때문에 여러 사람이 입을 모아 예언하는 것은 적중하는 경우가 대단히 많다. (…) 역사적으로 볼 때 정치요에서 예언한 바가 대부분 적중된 사실에서 사람들은 정치요의 신비한 언술에 믿음을 가지게 된다." [윤용식·손종흠, 앞의 책, 133~134면.]

진 것일 뿐, 전근대시기에는 대개 어린아이들의 노래, 즉 '동요(童謠)'라는 명칭으로써 참요를 지칭하였다. 여러 편의 참요가 수록되어 전하는 「용천담적기(龍泉談寂記)」·『증보문헌비고(增補文獻備考)』·『연려실기술(練藜室記述)』 등에서 '동요'라는 어휘를 직접 노출하거나 아예 '동요' 항목을 따로 두어 전래의 참요를 묶어 놓은 것이 그 직접적인 사례이고, 그밖에 『고려사(高麗史)』와 실록(實錄) 등의 관찬 사서들에서도 참요는 대부분 '동요'로 일컬어졌다.[12] 물론, 모든 참요가 처음부터 아이들에 의해 지어지는 것은 아니겠으나, 노래를 여항(閭巷)에 확산시키는 데 아이들이 중요한 역할을 한다는 사실은 분명해 보이며, 참요의 외형도 역시 대개 어린아이들의 말처럼 느껴지도록 구성되어 있다. 이처럼 참요가 아이들의 노래로 인식되어 왔기에 그 가사는 대부분 쉽고도 간명한 어휘로 이루어질 뿐만 아니라 노래의 분량 또한 보통은 매우 짧다.

문제는 이러한 참요의 가사가 어느 순간 채록되어 문헌으로 옮겨질 때에 나타난다. 일반 민요나 고려속요(高麗俗謠)·조선시대의 시조(時調) 등도 이제현(李齊賢, 1287~1367)·홍양호(洪良浩, 1724~1802)·황윤석(黃胤錫, 1729~1791) 등 여러 문인들에 의해 번역된 바 있지만, 이때에는 원작을 한시의 어법에 맞추어 악부시(樂府詩) 형태로 옮기거나 거기에 자신의 소회를 다소간 덧붙이는 방식이 주를 이루었다. 작품의 대의와 흐름을 살릴 뿐, 작품의 음상(音像)까지 담아내려고 시도하지는 않았던 것이다. 일부 참요의 경우에도 물론 이와 유사한 방식으로 한역된 경우가 있기는 하나, 참요는 고래로 신이한 성격을 지니고 있다고 여겨졌기 때문에 노래를 한시의 어법으로 뒤치기보다는 가사 자체를 그대로 재현해 내려는 지향이 더욱 강하였다. 이 과정에서 빈번하게 활용된 방식

12 심경호, 앞의 책, 594~596면.

이 곧 차자표기(借字表記)이다. 체언은 물론, 때로 조사나 용언의 어미와 같은 문법형태소들까지도 차자표기를 통해 옮겨졌던 것이다.

차자표기 자체가 애초 명확한 원칙 없이 관습적인 방식에 따라 이루어지는 경우가 많으므로, 기왕 채록된 노래를 해석하는 과정에서 특정 글자를 실수로 또는 고의로 다르게 읽어냄으로써 본래 노래의 문면과 의미를 완연히 다른 방식으로 이끌게 될 가능성은 언제나 내재되어 있다. 따라서 참요가 음독자(音讀字)·음가자(音假字)·훈독자(訓讀字)·훈가자(訓假字)가 복합된 차자표기 방식으로 채록되어 전할 경우에는 본래 노래의 형태가 어떠한지를 가능한 정확히 재구해 내고 그러한 바탕 위에서 노래의 제작 목적과 유포 경위를 살펴보는 과정이 반드시 필요하다.[13]

다음으로, 참요에는 항상 사후적으로 의미가 부여된다는 사실을 감안해야 할 것이다. 참요가 유행하던 당시에는 그것이 무엇을 의미하는지, 어떠한 사안과 연계되어 그러한 노래가 확산되는지 명확하지 않은 경우가 대부분이다. 많은 참요들이 직설적인 의견 제시보다는 암시적인 수사나 우회적인 표현을 담고 있기 때문에 설령 그 노래가 처음부터 특정 사안에 대한 판단을 포함하고 있다 할지라도 정작 가사가 입에서 입으로 전달되는 도정에서는 그러한 목적성이 인식되지 않거나 희석되기 마련이다. 그러던 것이 현실에서 어떤 사건이 발생한 다음에야 일전

---

13 차자표기에 사용되는 한자를 '음독자'·'음가자'·'훈독자'·'훈가자'로 사분하여 이름 붙인 것은 남풍현의 구분법으로서 이 글에서도 그러한 방식을 따른다. 각각의 차자가 쓰이는 방식은 다음과 같이 정리된다. [남풍현, 『이두연구』, 태학사, 2000, 14면.]

·음독자: 한자를 음으로 읽으면서 그 표의성을 살려서 이용하는 차자. [●]
·음가자: 한자를 음으로 읽되 그 표의성은 버리고 표음성만을 이용하는 차자. [○]
·훈독자: 한자를 훈으로 읽으면서 그 표의성을 살려서 이용하는 차자. [■]
·훈가자: 한자를 훈으로 읽되 그 표의성은 버리고 표음성만을 이용하는 차자. [□]

여기에서 기호 '●'·'○'·'■'·'□'는 필자가 임의로 선택하여 붙인 것이다.

의 노래가 그 일을 사전에 예견한 것이라는 해석이 가해지게 되는데, 참요에 그렇듯 모종의 의미를 부여하고 이를 기록으로 남기기도 하는 주체는 대개 문인이나 사관과 같은 사족층이다. 흔히 참요의 의미란 특정한 사건이 발생하면 저절로 풀이가 되는 것처럼 생각되고는 하지만, 참요와 그것이 징험하였다고 하는 사건을 연계 짓는 안목은 그처럼 자동적으로 마련되지는 않는 것이다.

이처럼 참요의 의미가 풀이되는 과정에는 해석자의 주관과 식견이 개입되기 마련이며, 특히 해석자가 주로 사족층이라는 점에서 그의 정치적 입장이나 판단이 투영될 가능성도 그만큼 높아진다. 때로 노래의 문면과 대략 상통하는 근리한 해석이 이루어지기도 하지만, 노래 자체의 의미와 전혀 어울리지 않는 역사적 사건을 끌어와 마치 노래가 해당 사건을 선견하고 있는 듯이 부회하는 역방향의 해석도 적지 않게 발견될 수 있는 것이다.

따라서 참요의 위상과 의의를 총체적으로 살피기 위해서는, 사관 등 사족층에 의해 부여된 사후적 의미에만 천착할 것이 아니라, 차자로 표기되거나 때로 한역되기도 한 노래의 원 형태를 최대한 재구함으로써 그 본래적 의미를 추정하고, 해당 노래의 어떠한 특질이 식자들에 의해 참요적 성격으로 규정되었는지를 순차적으로 밝히는 작업이 보강되어야 할 필요가 있다. 이를테면 참요의 '민요적(民謠的) 원의(原義)'에 대한 정교한 고찰이 우선적으로 수행되어야 하리라는 것이다. 아래에서 이 같은 분석 방식을 몇 가지 작품의 사례에 구체적으로 적용해 보고자 한다.[14]

---

14 이영태, 앞의 논문에서도 개별 참요 작품의 본래 의미를 추적한 성과가 발견된다. 특히 그는 다른 민요 작품들과의 비교를 통해 참요의 민요적 원의를 조명하기도 하였다. 그러나 참요 자체에 대한 해독이 시도되지 않았을 뿐만 아니라 일부 작품에 한정하여 원의를

3. 참요의 민요적 원의原義

참요에 내재된 정치적 성격은 몇 가지 층위로 나뉘는데, 가령 참요가 특정인이나 집단에 의해 의도적으로 지어져 유포된 경우,[15] 특정 사안에 대한 비판적 시각이 포함된 세태풍자요(世態諷刺謠)가 참요로 재해석된 경우,[16] 비판적 의도와는 무관해 보이는 일반 민요가 참요로 부회된 경우를 생각해 볼 수 있을 것이다.

이들 가운데 가장 흥미로운 부류가 세 번째이다. 의도적으로 지어진 노래이든 세태풍자요이든 정치적 사안이나 시류에 대한 시각과 입장이 노랫말 속에 어느 정도는 포함되어 있는 반면, 세 번째 부류는 그와 같은 정치적 성격이 애초부터 개재되지 않은 단순한 민요, 특히 아이들의 유희요(遊戱謠)가 특정인의 해석을 거치며 참요로 재구성된 경우이기 때문에 일차적·본래적 의미와 이차적·사후적 의미 사이의 편차가 그만큼 클 수밖에 없다. 따라서 특히 이 부류에 속하는 것으로 파악되는 노래들을 중심으로 그 의미를 검토함으로써 참요의 생성 원리나 소통 방식과 관련된 중요한 시사를 얻을 수 있을 것이다.

1) 〈아야마요(阿也麻謠)〉[17]

(…) 왕이 역(驛)의 수레로 달리니 고생이 이루 말할 수 없었는데, 게

고구하는 논의가 진행되었기 때문에, 그보다 좀 더 진전된 분석이 필요하리라 생각한다.

15 고려말의 〈목자요(木子謠)〉·〈이원수요(李元帥謠)〉, 영조대의 〈완급요(緩急謠)〉 등이 여기에 해당될 것이다.

16 효종대의 〈형장요(亨長謠)〉, 숙종대의 〈허적산적요(許積散炙謠)〉·〈미나리요(미나리謠)〉·〈어사화요(御賜花謠)〉, 영조대의 〈망국동요(亡國洞謠)〉 등이 이 부류로 파악된다.

17 본래 작품에는 별도의 제목이 달려 있지 않으나, 논의의 편의상 작품의 주요 구절을 따서 제목을 삼았다. 제목은 심경호, 앞의 책에서 명명된 것을 그대로 따랐으며, 이하 논의되는 작품들의 경우에도 마찬가지이다.

> 양현(揭陽縣)까지 이르지 못하고, 병자일에 악양현(岳陽縣)에서 홍(薨)하였다. 독살 당했다고도 하고, 귤을 먹고 운명하였다고도 한다. 나라 사람들이 이 소식을 듣고 슬퍼하는 사람은 아무도 없었고, 소민(小民)들은 기뻐 날뛰면서, "이제는 다시 살 수 있는 날을 보겠다."라고까지 하였다. 처음에 궁중과 길거리에서 노래하기를,
>
> 阿也麻古之那　　아아, [가지] 마십시오!
> 從今去何時來　　이제 가시면 언제 오시나?
>
> 라고 하였었는데, 이때에 이르러 사람들이 해석하기를, "악양에서 죽는 어려움[岳陽亡故之難]이여, 오늘 가면 어느 때에 돌아올 것인가?"라고 하였다.[18]

여느 민요가 참요로 재해석되는 과정에 특히 중요한 영향을 미치는 것이 노랫말의 해독이다. 같은 텍스트를 두고도 해독을 달리하면서 노래의 의미를 전혀 다른 쪽으로 끌어가는 경우가 빈번하기 때문이다. 『고려사』와 『고려사절요(高麗史節要)』에 수록되었다가 후일 『증보문헌비고』와 『동사강목(東史綱目)』 등에도 전재된 위 노래가 그 대표적 사례로 논의될 수 있다. 충혜왕(忠惠王, 왕정(王禎), 1315~1344)이 정사는 돌보지 않고 비행만 저지르다가 결국 원(元)의 게양현으로 귀양을 가게 되었던 무렵에 유행한 노래라 하는데, 이 노래가 정확히 어느 시점부터 불린 것인지, 꼭 충혜왕과 관련이 있는지조차 명확하지 않을 뿐더러,

---

18 『고려사』 권36, 「世家」 제36, 忠惠王 後5년. "(…) 王, 傳車疾驅, 艱楚萬狀, 未至揭陽. 丙子, 薨于岳陽縣 或云遇鴆, 或云食橘而殂, 國人聞之, 莫有悲之者, 小民至有欣躍, 以爲復見更生之日, 初, 宮中及道路歌曰: "阿也麻古之那, 從今去何時來." 至是, 人解之曰: "岳陽亡故之難, 今日去何時還.""

노랫말도 차자표기로 이루어져 있어 그 의미가 모호하다.

둘째 구는 완연히 한역된 것이므로 "이제 가면 언제 오리?"로 새길 수 있으나, 첫째 구 '阿也麻古之那'는 해석상의 편폭이 크다. 우선 『고려사』 찬자들은 그 음을 그대로 살려 읽으면서 이것이 본래 '악양망고지난(岳陽亡故之難)'을 뜻하며 여기에서 받침 자가 모두 빠진 형태라는 해석을 인용해 놓았다. '악양(岳陽)'은 충혜왕이 악양에 가게 될 것이라는 의미이고, '망고(亡故)'는 죽는다는 용례로 쓰이는 단어이며, '난(難)'은 그 죽는 순간조차 편치 못하리라는 뜻이므로, 충혜왕의 비극적 죽음이 이 노래에 암시되어 있다는 것이다. 충혜왕이 지나치게 포악하고 무능했기 때문에 백성들이 그가 압송되어 가는 것에 동정을 표하기는커녕 환호를 보냈고, 오히려 임금이 곧 객사하고 말리라는 선견을 노래 속에 담아 조롱했다는 해석이다.

朝鮮의 謠讖

【五】 李 殷 相

【그림1】 이은상, 「조선의 참요 五」 [『동아일보』, 1932. 7. 28, 5면.]

그러나 '阿也麻古之那'가 '岳陽亡故之難'으로까지 옮겨지는 방식은 아무래도 무리한 부회인 듯한 인상이 있으며, 이에 따라 이 구절의 원래 의미는 다른 것이었으리라는 추정이 일찍부터 제기되어 왔다. 논자에 따라서 '마고지나'를 '다 틀렸다'는 뜻의 속어 '망구지라'로 보거나,[19] '망

19 이은상, 「조선의 참요: 五」, 『동아일보』, 1932. 7. 28, 5면.

가지다,'[20] 또는 그것의 명령형 '망가지라'로 보거나,[21] 별도의 해독 없이 '망고지나'로 표기를 바꾼 예도 있는데,[22] 그 같은 풀이는 모두 『고려사』의 찬자들이 적어 놓은 설명을 일단 수용하여 이 노래에 충혜왕에 대한 백성들의 저주와 조롱이 담겨 있다는 문맥으로 해석한 결과이다.

하지만 '망구지다'·'망가지다'·'망고지나'를 막론하고 그 어떤 것도 현재까지 밝혀진 19세기까지의 한글 문헌에서 용례가 발견되지 않으므로 이들 어휘가 당시 실제 쓰였을지조차 확실치 않으며, 따라서 '阿也麻古之那'는 당대의 언어 자료와 보다 정밀하게 견주면서 그 의미를 다시 해독해 보아야 할 필요가 있다.

우선 '阿也'는 '아아'를 음차한 감탄사로서 향가(鄕歌)에서부터 자주 등장하는 단어이므로 해독에 큰 무리가 없어 보인다.[23] 다음으로 '마고지나'는 동사 '마다'의 활용형으로 생각되는데, 어간 '마-'와 어미 '-고시라'를 음차하여 붙여놓은 형태가 아닌가 한다. 거부의 뜻을 지닌 동사 '마다'는 『월인석보(月印釋譜)』에서도 발견될 정도로 연원이 오래고,[24] '-으시기를 바라노라'라는 뜻의 청유형 어머 '-고시라/-오시라'는 『악학궤범(樂學軌範)』에 실려 전하는 〈정읍사(井邑詞)〉와 고려 고종대의 작품인 〈한림별곡(翰林別曲)〉에서도 확인되는 것이어서,[25] 위의 노래가 불

---

20 최철, 앞의 논문(1988), 9면.

21 김상훈, 앞의 책, 95면.

22 류해춘, 앞의 논문(1998), 151면. 그 밖에 '阿也麻古之那'를 '阿也麻 / 古之那'로 끊어서 '이제야 고수레[아야마 고지네]'라고 해독한 사례가 있다. [오상태, 「아야마가 연구」, 『어문연구』 95호, 한국어문교육연구회, 1997, 149면.], 아울러 최근 심경호는 '阿也'가 혹 몽골어 '아야치[阿也赤]'와 관련되지 않을까 추정하기도 하였다. [심경호, 앞의 책, 119면.]

23 〈제망매가(祭亡妹歌)〉에서는 동일하게 '阿也', 〈찬기파랑가(讚耆婆郎歌)〉와 〈도천수대비가(禱千手大悲歌)〉에서는 '阿耶', 〈원왕생가(願往生歌)〉에서는 '阿邪'로 조금씩 바뀌지만, 음가에는 큰 차이가 없다.

24 "齋米ᄅᆞᆯ 마다커시ᄂᆞᆯ 王이 親히 나샤 婆羅門ᄋᆞᆯ 마자 드르시니" [〈월인천강지곡〉 기222; 『월인석보』 권8, 78a면.]

리던 당시에 이들 어휘가 쓰였을 가능성은 충분하다. 즉, '阿也麻古之那'는 '아야마고시라'로 재구되어 단순히 "아아, 마십시오."라는 의미를 지니며, 뒷구의 "이제 가면 언제 오시나?[從今去何時來?]"라는 말과 연계 지을 때 내재적으로는 "아아, [가지] 마십시오."라는 뜻으로 새길 수 있으리라는 것이다.[26]

이러한 풀이에 따른다면, 위 노래는 적어도 작품 문면만으로는 단순히 떠나가는 이를 향한 안타까운 심사와 기약 없는 귀환에 대한 한탄을 표출할 뿐이다. 특히, 충혜왕대에 이 노래가 민간에 유행했다고 하였으니, 유사한 시기에 불리었을 고려속요 〈가시리〉나 〈서경별곡(西京別曲)〉과 상통하는 정조를 노래 속에서 추출해 낼 수 있기도 하다.[27]

따라서 혹간 충혜왕이 귀양 가던 시기에 이 노래가 더욱 확산되었다면 그것은 폭군에 대한 조롱의 취지보다는 상국의 억압에 굴종되어 모국을 떠날 수밖에 없는 임금에 대한 동정과 연민이 발동된 결과이었을 가능성마저 상정할 수 있다. 이 경우에는 『고려사』 찬자들의 해석과는 정반대의 맥락에서 노래가 소통된 셈인데, 그럼에도 불구하고 『고려사』에 이 노래가 충혜왕에 대한 저주와 냉소의 수사로 풀이된 것은, 민심을 잃은 고려 후기 임금들의 작태를 가급적 현시해야 했던 『고려사』 찬자

---

25 "어느이다 노코시라 어긔야 내 가논듸 졈그롤셰라" [『악학궤범』 권5, 「時用鄕樂呈才圖儀」, 舞鼓, 〈정읍사〉.]; "혀고시라 밀오시라 뎡소년하" [『악장가사』, 「가사」, 〈한림별곡〉.]

26 양주동도 고려시대의 노래를 개관하는 문맥에서 '阿也麻古之那'를 "아야 말고지라"의 뜻으로 풀이한 바 있다. [양주동, 『麗謠箋注』, 을유문화사, 1954, 34면.] 더 이상의 설명이나 해독이 제시되지는 않았으나, 양주동 또한 〈정읍사〉나 〈한림별곡〉의 용례를 염두에 두었던 것이 아닌가 생각된다.

27 아울러 재래의 상여노래에서도 위와 같은 어구는 흔히 발견된다. [이영태, 앞의 논문, 147~148면.] 때문에 위 노래가 고려 후기 상여노래의 일절이었으리라는 추정도 가능할 듯하다. 물론, 그렇다 하더라도 이 노래가 충혜왕의 귀양을 배경으로 지어진 정치요가 아니리라는 점은 마찬가지이다.

들의 입장이 반영된 결과로 분석된다. 「세가(世家)」 충혜왕조의 마지막 부분에 왕에 대한 매우 비판적인 사론을 달아놓은 것도 그러하거니와,[28] 백성들 사이에서 불리었다는 참요를 인용함으로써 그 같은 비판적 시선을 더욱 강화할 수 있기 때문이다.

2) 〈남산요(南山謠)〉

우리나라 태종 때에,

彼南山往伐石	저 남산에 가 돌을 치니,
釘無餘矣	정이 남음이 없네.

라는 노래가 있었다. '정(釘)'이라는 것은 돌을 치는 기구이다. 그런데 머지않아 남은과 정도전이 일을 당해 주살(誅殺)되었다. '남(南)'이란 남은을 말하고, '정(釘)'은 '정(鄭)'과 같은 음으로 정도전을 말한 것이다. '여(餘)'자의 풀이는 우리말로 '남은(南誾)'과 음이 비슷하니, 정도전과 남은이 없어질 것이라는 뜻이 된다.[29]

위 노래는 남은(南誾, 1354~1398)과 정도전(鄭道傳)이 태조7년(1398)에 벌어질 제1차 왕자의 난에서 태종에 의해 주살되리라는 예언을 담고 있다고 풀이되었으나, 실제로는 무리한 토목 공사에 내몰린 백성들의

---

28 『고려사』 권36, 「世家」 제36, 忠惠王 後5년. "史臣曰: "忠惠王, 以英銳之才, 用之於不善, 昵比惡小, 荒淫縱恣, 內則見責於父王, 上則得罪於天子, 身爲羈囚, 死於道路, 宜矣. 雖有一老臣李兆年言之剴切, 其如不我聽何哉?""

29 김안로, 「용천담적기」, 『希樂堂稿』 권8. [『한국문집총간』 21, 민족문화추진회, 1988, 448면.] "我太宗朝, 有"彼南山往伐石, 釘無餘矣"之謠, '釘'者伐石之具也. 未幾南誾鄭道傳以事誅, '南'謂南誾也. '釘'與'鄭'同音, 謂鄭道傳也. '餘'字之釋, 俚語與'南誾'之音相似, 謂鄭南無矣."

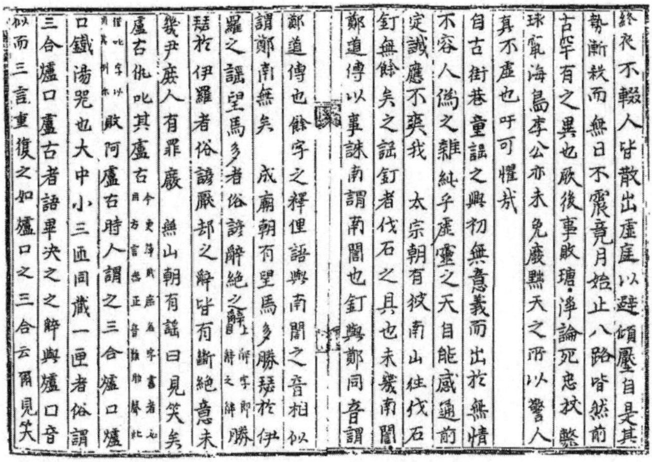
終夜不輟人皆散出虛庭以避頹壓自是其
勢漸殺而無日不震竟月始止八路皆然前
古罕有之異也厥後事敗瑭淨論死忠扶繫
球竄海島李公亦未免廢黜天之所以警人
眞不虛也吁可懼哉
自古街巷童謠之興初無意義而出於無情
不容人僞之雜純乎虛靈之天自能感通前
定識應不爽我　太宗朝有彼南山往伐石
釘無餘矣之謠釘者伐石之具也未幾南誾
鄭道傳以事誅南謂南誾也釘與鄭同音謂
鄭道傳也餘字之釋俚語與南誾之音相似
謂鄭南無矣　成廟朝有望馬多勝瑟於伊
羅之謠望馬多者俗諺辭絶之辭　勝
瑟於伊羅者俗諺厭却之辭皆有斷絶意未
幾尹殷人有罪廢　燕山朝有謠曰見笑矣
盧古低叱其盧古
畝阿盧古時人謂之三合爐口爐
口鐵湯罷也大中小三匜同藏一匣者俗謂
三合爐口盧古者語畢決之之辭與爐口音
似而三言重復之如爐口之三合云爾見笑

【그림2】「용천담적기」[『희락당고』 권8]

비판과 원망이 노래의 본래 주지이었을 것으로 추정된다. 남은과 정도전이 죽기 얼마 전부터 이 노래가 불리었고,[30] 정이 다 무뎌질 정도로 남산의 돌을 끊임없이 깨 내야 할 상황이 있었다면, 응당 연상되는 것은 태조5년(1396)의 축성 공사이다.

단 4개월 동안 40리 넘게 성곽을 쌓아 올린 이 대역사에는 전국 각지에서 약 12만 명이 동원될 정도로 과도한 역이 백성들에게 부과되었으며,[31] 그에 따라 위와 같은 푸념 섞인 노래가 떠돌았을 것으로 짐작되는데, 이는 정조대의 화성(華城) 축조나 고종대의 경복궁(景福宮) 영건시에 부역에 반발하는 뜻이 담긴 노래가 불리었던 것과도 같은 맥락으로 이

---

30 남은과 정도전이 주살된 때는 태조7년(1398)인데, 이 노래가 불린 뒤 '얼마 지나지 않아[未幾]' 두 사람이 죽었다고 하였으니, 노래가 불린 시기 역시 태종이 아닌 태조 연간이어야 한다. 기록상 착오가 있었던 듯하다.

31 이렇듯 축성을 서둘렀던 것은 신도의 도성을 시급히 축조해야 할 필요성과 더불어, 1·2월, 8·9월의 농한기를 이용하여 축성을 끝낸다는 방침이 정해졌기 때문이었다. [원영환, 『조선시대 한성부 연구』, 중판, 강원대 출판부, 1990, 131~138면.]

해될 수 있다. 특히 화성을 쌓을 때 수원부유수(水原府留守) 조심태(趙心泰, 1740~1799)가 지나치게 백성들을 채근하자 민간에서 회자되었다는 다음 노래는 그 비판적 관점과 냉소적 어조에 있어서 〈남산요〉와 상통하는 바가 있다.

水原寃讐	수원이 원수(寃讐)요
華城成火	화성은 성화요
趙心泰太甚[32]	조심태는 태심(太甚)하구나.

도성 축조와 제1차 왕자의 난은 시기상으로 인접해 있던 탓에, 전자를 배경으로 유포된 노래가 잇달아 발생한 후자의 사건을 선견하는 의미로 재해석되었으리라는 것이다. 세태 비판적 성격을 지닌 본래 노래가 완연히 다른 맥락으로 전해지게 된 대표적 사례라 파악된다.

3) 〈수묵묵요(首墨墨謠)〉

연산군 때에 또 다음과 같은 노래가 있어서,

每伊歟可	매[鷹]인가요?
每伊歟可	매[鷹]인가요?
首墨墨	'수묵묵 (수먹먹)'

이라 하였으니, 평성부원군(平城府院君) 박원종과 창산부원군(昌山府

32 『鷄鴨漫錄』 坤. [최철, 앞의 책, 35면에서 재인용.]

> 院君) 성희안 등이 모두 남산 아래 묵사동(墨寺洞)에 살고 있었는데, 두 사람은 나라를 평정하는 계책을 가장 먼저 수립한 인사들이다. '매이(每伊)'라는 것은 세속 사람들이 어른[尊長]을 불러 말씀을 고할 때 쓰는 말이고, '역(斁)' 자는 임금의 휘(諱)와 같은 음이다. '가(可)' 자는 사람들이 서로 이름을 부를 때 조사로 쓰는 말이며, 불러서 어버이나 임금에게 고하는 뜻이기도 하다. '수묵묵(首墨墨)'이라는 것은 그 계획을 세운 우두머리가 묵사동(墨寺洞)에 있다는 뜻이다.[33]

연산군대에 유행했다는 〈수묵묵요〉는 김안로(金安老, 1481~1537)의 「용천담적기」에 수록된 이후 『해동야언(海東野言)』과 『연려실기술』에 전재되었으며, 어느 문헌이나 해석은 위와 같은 방식으로 달아 놓았다.

김안로는 이 노랫말에 장차 일어날 중종반정(中宗反正)의 기미가 은미한 형태로 담겨 있다고 설명하였다. 우선 그는 '每伊斁可'에서 '每'와 '伊'를 모두 음가자로 보았고, 이는 당시 세속인들이 어른에게 말씀을 드릴 때 쓰던 호칭이라 하였는데, 무엇을 지칭한 것인지 명확치는 않으나 음의 유사성을 바탕으로 추정해 본다면, '마님'의 고형(古形)으로 지목되어 온 '마리님'에서 '님'이 빠진 형태를 염두에 둔 설명이 아닌가 생각된다.[34] '斁'은 임금의 휘, 즉 중종(中宗, 이역(李懌), 1488~1544)의

---

33 김안로, 「용천담적기」, 『希樂堂稿』 권8. [『한국문집총간』 21, 민족문화추진회, 1988, 449면.] "燕山朝又有謠曰: '每伊斁可 每伊斁可 首墨墨.' 蓋朴平城元宗, 成昌山希顔等, 俱在終南下墨寺洞, 兩公首建靖國之策. '每伊'者, 俗人呼尊長告語之辭, '斁'字, 同聲於國諱, '可'字, 凡人相呼名助語之辭, 呼而告之親上之義. '首墨墨'者, 首其策者在墨寺洞也.

34 이병도는 신라 '마립간(麻立干)'의 의미를 풀이하는 문맥에서 이 단어가 우리말 '마리[頭]'나 '마루[宗·棟·廳]'에서 유래하였으며, 고구려의 '막리지(莫離支)'와 대한제국기에 쓰인 '상감마루하(上監瑪樓下)'·'상감말루하(上監抹樓下)'의 '마루하'·'말루하', 그리고 '상감마님'·'영감마님'·'나리마님' 등으로 쓰이는 '마님'도 역시 모두 같은 계열이라고 보았다. 특히 그는 '하인의 관인(官人)에 대한 존칭어'인 '마님'은 '마리님'이나 '마루님'의 약어이리라는 분석을 내놓기도 하였다. [이병도 역주, 『삼국사기』 1, 박문사, 1947, 66~67면.] 이러한 견해를 받아들인다면, '마(리/루)님'에서 '님'은 존경의 뜻을 강화하

이름인 '역(懌)'과 음이 같고, '可'는 이름을 부르거나 의문을 나타낼 때 쓰는 조사라 하였다.[35]

종합하면, 김안로가 파악한 이 노래의 의미는 "마님, 역(懌)이시여," 또는 "마님, 역(懌)이십니까?"로서, 백성들이 중종을 염원함은 물론 장차 그가 보위에 오르게 되리라는 사실도 선견하였다는 것이다. 또한 김안로는 '수묵묵(首墨墨)' 세 글자를 모두 음독자로 파악하여 반정의 우두머리[首]인 박원종(朴元宗, 1467~1510)과 성희안(成希顔, 1461~1513) 두 사람이 묵사동에 살았기에 '墨'을 역시 두 번 반복해 놓은 것이라는 분석도 노랫말 속에서 도출해 내었다.

그러나 이 노래의 글자 하나하나에 그처럼 다대한 의미가 함의되어 있다거나 그렇듯 내밀하게 구성된 노래가 민중들 사이에서 자연스럽게 만들어져 유포되었다고 보기는 어려울 것이다. 특히 중종의 휘인 '역(懌)'을 '斁'으로 대체하였다는 것은 선뜻 납득하기 어려운데, 본래 '기쁘다'라는 의미인 중종의 이름을 '싫어하다'·'싫증나다'의 뜻인 '斁'으로 바꾸었다는 것은 아무리 음만을 빌려 왔다고 해도 참람한 처사가 아닐 수 없기 때문이다. 따라서 본래 노래의 문면을 글자별로 처음부터 다시 살펴야 할 필요가 있다.

우선 거론될 수 있는 부분이 '伊斁可'이다. 이 세 글자는 모두 음가자로 분석되며, 그 가운데에서도 '斁'은 온전한 음을 가져오기보다는 음의 한 부분만을 활용한 것으로 보인다. 이두나 향찰 표기에서 발견

기 위해 후일 덧붙인 접사이고 본래는 어른을 단지 '마리' 또는 '마루'라 칭하였을 것임을 짐작할 수 있다. 따라서 김안로가 '세속 사람들이 어른을 불러 말씀을 고할 때 쓰는 말[俗人呼尊長告語之辭]'이라고 설명을 달아 놓은 '毎伊' 또한 '마리'가 아닐까 추정된다.

35 「용천담적기」에서는 '可'를 이름을 부를 때 쓰는 조어(助語)로 설명하였으나, 같은 참요를 다룬 『연려실기술』에서는 '可'가 우리말 조어로서 '耶'와 의미가 같다고 하였다: "'可'字, 方言助語, 與'耶'字同." [이긍익, 「天文典故」, 『燃藜室記述別集』 권15.]

되는 ‘毛冬[모-ㄷ]’·‘窟理[구무-ㄹ]’·‘于萬隱[우-ㅁ-는]’·‘哀反多[서러-ㅂ-다]’ 등에서 ‘冬’·‘理’·‘萬’·‘反’이 모두 해당 한자음의 초성만을 가져다 쓴 용례이고, 그밖에 ‘叱’이나 ‘爾’가 모두 종성 ‘ㄹ’만으로 쓰이는 것을 감안할 때,[36] ‘戳’의 경우도 종성 ㄱ만을 ‘伊’와 ‘可’ 사이에 개재한 쓰임일 가능성이 있기 때문이다. 그렇게 본다면, ‘伊戳可’는 곧 ‘-잇가’로 재구되는데, 이는 〈용비어천가(龍飛御天歌)〉와 〈월인천강지곡(月印千江之曲)〉을 비롯하여 조선 초기 한글 문헌에서 자주 문증되는 의문형 종결어미이다. 한편, 제일 앞의 ‘每’는 ‘매[鷹]’를 표현하는 음가자가 아닌가 추정된다. ‘매’는 『월인석보』에서도 발견될 만큼 연원이 오랜 고유어로서 ‘每’와 음이 같고,[37] 셋째 구에 ‘수묵묵’ 또는 ‘수먹먹’이 새 울음소리를 연상케 한다는 점에서 이러한 추정이 가능하다.

정리하면 위 노래의 원 형태는 “매잇가 매잇가 수묵묵 (또는 수먹먹)”이 되며, 현대역으로는 “매인가요 매인가요 수묵묵(수먹먹) [우네요]” 정도가 될 것이다. 결국 어린아이들이 매에게 말을 걸면서 그 울음소리를 흉내 내는 단순한 유희요가 아닐까 한다. 이 노래가 어떤 경로를 거쳐 위와 같은 차자표기 형태로 정착되었는지는 알 수 없으나, 그에 대한 해석은 차자표기에 쓰인 글자들이 잘못 읽히거나 의도적으로 고쳐져 읽힘으로써 문면 자체의 의미가 전연 다른 방식으로 귀결된 사례라 할 수 있다. 위 노래의 경우는 물론 의도적인 고쳐 읽기에 가까우며, 이를 통해 김안로는 ‘일부(一夫)’는 끝내 패망하고 만다는 역사적 필연성이 참요로써도 징험된다는 뜻을 부각해 내고자 하였던 것으로 보인다.

---

36 장지영·장세경, 『이두사전』, 산호,1991, 24면.

37 “奮은 매 놀애 티ᄃᆞ시 가ᄇᆡ얍고 ᄉᆡ를 씨오”[『월인석보』 권10, 78a면.]; “서리옛 매ᄂᆞᆫ 주머귀를 뷔우디 아니ᄒᆞᄂᆞ니라: 霜鶻不空拳”[『분류두공부시언해』 권20, 19a면.] 등.

4) 〈막좌리평요(莫佐里坪謠)〉

앞서 의주(義州)에서는 옛날부터 서로 전해 내려오는 노래가 있었으니,

莫佐里坪	막좌리(莫佐里) 들판이
盡爲江水所破	강물에 다 허물어지면,
當有白馬將軍	백마 탄 장군이
從馬耳山出來	마이산(馬耳山)에서 나오리.

라고 하였다. 이른바 막좌리 들판이라는 곳은 바로 의주 서쪽 성 밖에 있는 땅인데, 성 안 백성들이 갈고 씨를 뿌리는 곳으로 인산보(麟山堡)와 접경이었고, 마이산은 통군정(統軍亭)과 마주 서 있으니 중국과 경계를 이루고 있는 곳이다. 이때에 압록강이 점점 남쪽으로 파고들어가 큰 들판이 거의 없어지고 말았다. 임진년에 이르러서 의순관(義順館)의 문 앞이 나루목이 되었는데, 제독(提督)이 강을 건너와 원조함에 그가 타고 온 말이 곧 백마이었으니, 이 노래의 말이 과연 징험되었다.[38]

앞서 다룬 〈아야마요〉와 〈수묵묵요〉는 해독의 차원에서 일반 민요가 참요로 재해석된 경우이지만, 〈막좌리평요〉는 노래의 문면은 그런대로 정확히 읽어내되 노래의 맥락을 뒤바꿈으로써 참요적 성격을 도출해 낸 사례로 파악된다.

의주에 구전되어 오던 이 노래의 뜻은 명 제독 이여송(李如松, ?~1598)이 압록강을 넘으면서 결국 풀이될 수 있었다고 하였다. 이여송이

38 申炅, 『再造藩邦志』 권2. [『大東野乘』 권36.] [민족문화추진회 편, 『(국역) 대동야승』 9, 민족문화추진회, 1973, 202~203·四二면.] "先是, 義州有自古相傳之謠曰: "莫佐理坪, 盡爲江水所破, 當有白馬將軍, 從馬耳山出來." 所謂莫佐理坪, 乃州西城外之地, 城中人耕種於此, 直接麟山堡, 而馬耳山與統軍亭相對, 漢地界也. 其時鴨綠江水, 漸漸南移, 嚙巨野幾盡, 至義順館門前爲渡口, 而提督所乘乃白馬也. 其言果驗."

이끌고 온 명의 원군은 조선을 지탱하는 데 실제 도움이 되었기에 선조(宣祖, 이연(李昖), 1552~1608)를 비롯한 지배층은 이를 두고 조선을 '재조(再造)'한 은혜라 칭송하였거니와, 의주 백성들이 그토록 기다려 왔던 '백마장군' 역시 결국 이여송에 다름 아니었다는 해석이다.

【그림3】 이여송(李如松)

이 노래의 본래 의미가 무엇이었을지 정확히 가려낼 수 있는 단서는 별반 발견되지 않으나, 추정이 전연 불가능한 것도 아니다. 가사를 자세히 살펴보면, 노래는 크게 지각의 변동과 영웅의 출현이라는 두 가지 내용으로 구성되어 있고, 전자가 후자의 조건이 되는 모습을 띤다. 이 같은 서사적 내용이 가사에 간략하나마 잠재되어 있다는 점에서, 노래의 바탕에 모종의 설화가 존재했을 여지를 상정해 볼 수 있겠는데, 이를테면 본래 존재하던 어떤 이야기를 축약, 혹은 마무리 짓는 형식으로 이 노래가 덧붙여져 회자되었을 가능성이 있으리라는 것이다. 그러한 전제에 입각할 때, 가장 유력한 대상으로 떠오르는 것이 바로 〈아기장수전설(아기장수傳說)〉이다.

〈아기장수전설〉은 지역적 국한성을 넘어 비슷한 유형의 이야기가 전국 각지에 분포되어 있는 특이한 사례로 알려져 있으며,[39] 전설이 생성

39 일례로, 김수업의 연구에서는 전국에서 채록된 아기장수설화가 당시까지 총 213편이라 정리된 바 있다. [김수업, 「아기장수이야기 연구」, 경북대 박사학위논문, 1994, 222~228면.] 그중 대부분은 남한에서 채록된 각편으로, 이러한 분포가 나타나는 이유는 북한 지역에 아기장수전설이 전승되지 않기 때문이기보다는 1980년대를 전후하여 남한에서 실시된 것과 같은 전면적인 구비설화 조사 작업이 북한에서는 이루어지지 않았기 때문이다. 그 결과 북한 지역의 아기장수설화는 일제시대 임석재에 의해 채록된 일곱 편밖에 확인되지 않는데, 흥미로운 것은 그 일곱 편 가운데 한 편이 1934년 7월에 평안북도 용천군에서 채록된 각편이라는 점이다. [임석재, 『한국구전설화: 평안북도편Ⅲ·평안남

【그림4】 의주성·막좌리평(幕佐里坪), 마이산 [해동지도(海東地圖)]

·확산된 때는 〈혁거세신화(赫居世神話)〉·〈동명왕신화(東明王神話)〉와 같은 시기이거나,[40] 고려 명종·신종 연간,[41] 고려 후기와 조선왕조의 창업기[42] 등으로 소급되리라 추정되어 왔다. 주지하듯이 아기장수는 평민들의 희망을 실현시켜 줄 수 있는 존재이면서도 현실적 권력에 대한 두려움에 의해 부당한 죽음을 당한다.[43] 때문에 이 이야기는 "평민영웅의 가능성과 신분적 질곡 사이의 심각한 갈등이 한국 중세사회 전반의 심각한 문제로서 잠재하였던 사실을 반영"하는 것으로 평가되며,[44] 이를 증명하듯 아기장수는 영원히 제거된 존재가 아니라 특정한 계기를 타고 다시 살아나 억압받는

도편·황해도편』, 임석재전집 3, 평민사, 1988, 32면.] 용천군은 의주가 속한 지역으로서 의주 일대에도 역시 아기장수설화가 전승되고 있었다는 사실을 이로써 확인할 수 있다.

40 천혜숙, 「전설의 신화적 성격에 관한 연구」, 계명대 박사학위논문, 1987, 126~127면.

41 임철호, 「아기장수설화의 전승과 변이」, 『구비문학연구』 3집, 한국구비문학회, 1996, 205면.

42 김수업, 앞의 논문, 125·157면.

43 〈아기장수전설〉 가운데 '날개 계열'이라 불리는 부류의 전형적인 패턴을 현길언은 다음과 같이 정리한 바 있다: "①인물 제시(발단): 옛날 어느 곳에 가난한 농부가 아이를 낳았는데, ②경이적인 사실의 발견(전개): 며칠이 안 되어 그 아이에게서 날개가 달린 것을 알게 되었다. ③상황에 대한 갈등(위기): 집안에서는 역적이 될 것을 두려워하여 ④갈등의 극복(해결): 죽여 버리자 ⑤갈등의 해소(증거물 제시): 용마가 나와서 울다가 죽었는데, 그 자리에 용소(말무덤) 등이 생겼다." [현길언, 「전설의 변이와 그 의미」, 『한국언어문학』 17·18합집, 한국언어문학회, 1979, 290~291면.]

44 김흥규, 『한국문학의 이해』, 민음사, 1986, 70면.

민중들을 언젠가는 구원해 주리라는 희망의 상징으로 남는다.[45]

한편, 용마가 떨어진 곳이라 일컬어지는 장소는 전설이 전승되는 지역의 지형지물에 따라 호수·강·바위·산 등으로 다양할 뿐만 아니라, 그곳에는 '용소(龍沼)'·'백마소'·'백마강'·'말굽바위'·'말무덤'·'용바위'·'용마등[背]'·'용마산'·'천마봉'·'용암(龍巖)' 등 말과 연관된 지명이 남아 전설의 증거물이라 지칭된다.[46] 용마가 떨어져 죽은 곳은 장차 아기장수가 부활할 때 용마가 함께 소생하는 곳이기도 하며, 이때에 이르러서야 용마는 비로소 아기장수를 태우고 비상하거나 진군을 시작한다. 또한 용마의 빛깔에 대해서는 특별히 언급되지 않는 각편도 많으나 언급될 필요가 있을 때에는 대부분 백색, 간혹 청색이라 하여 그 신이성을 강화하는데, 증거물로 제시되는 지명 가운데 '백마소'·'백마강'·'백마산' 등이 흔히 나타나는 것도 이 때문이다.

이렇듯 '백마'와 '장군', 그리고 말과 관련된 지명 '마이산'을 함께 고려할 때, 의주 백성들 사이에서 오래 전부터 불리었다는 위의 노래는 혹 〈아기장수전설〉을 바탕으로 회자된 것이 아닐까 추정된다. 비운에 죽은 평민영웅 아기장수가 언젠가 다시 백마를 타고 나타나 자신들을 신분적 질곡에서 건져내리라는 집약된 서사가 위 노래에 개재되어 있을 가능성이 발견된다는 것이다. 이 경우, "막좌리 들판이 강물에 허물어진다.[莫佐里坪, 盡爲江水所破.]"라고 한 앞의 두 구는 아기장수가 부활하기 위한 배경 내지 전제로 해석될 여지가 있다. 아기장수가 부활하기 위해서는 천지개벽에 준하는 웅대한 격변이 필요하겠기에 들판이 강물

45 김통정(金通精, ?~1273)이나 김덕령(金德齡, 1567~1596), 최제우(崔濟愚, 1824~1864) 등 체제에 비판적인 행적을 보였던 인물들의 설화가 흔히 〈아기장수전설〉과 연계되어 구성되는 것 역시 그와 같은 희망이 투영된 결과이다. [천혜숙, 앞의 논문, 141~146면.]

46 김수업, 앞의 논문, 46~47면.

에 모두 휩쓸려 내려가는 상황이 설정되었으리라는 것이다.

더구나 〈막좌리평요〉가 임진왜란(壬辰倭亂) 이전부터 오랜 동안['자고(自古)'] 의주 지역에 전래되어 왔다면, 백성들이 그토록 염원했던 '백마장군'은 이여송과 같은 중국의 장수이기보다는 아기장수와 같은 평민 영웅이었을 가능성이 보다 높아진다. 전란이란 특정 시기에 발생하는 일회적 사건인 반면, 신분상의 제약과 억압은 백성들이 언제든 짊어지고 살아가야 했던 굴레이기에 이를 일거에 타파해 줄 영웅에 대한 열망 또한 지속적일 수밖에 없기 때문이다.[47]

이 노래가 참요로 해석된 것은 물론 명의 재조지은(再造之恩)을 강조하려는 식자층의 관점이 투영된 결과이거니와, 식자층이 일반 민요로부터 참요적 특질을 도출해 내는 궤적을 일부 보여준다는 점에서도 〈막좌리평요〉의 사례는 흥미롭다. 즉, 이 노래는 위에서 인용한 『재조번방지』 이외에 『서애집(西厓集)』과 『연려실기술』에도 실려 있는데, 셋 가운데 시기상 가장 앞서는 것은 『서애집』이며, 노랫말 역시 유성룡(柳成龍, 1542~1607)이 한역한 것을 후일 다시 전재해 놓았다. 그런데 본래 『서애집』에는 "중국 장수 이여송 제독이 대군을 거느리고 강을 건너와 그 말대로 들어맞았으니, 그 또한 매우 이상한 일이었다."라고만 끝맺었으나,[48] 『재조번방지』와 『연려실기술』에서는 이여송이 타고 온 말이 흰색이었다는 내용까지 덧붙여 놓은 것을 확인할 수 있다. 이는 노래가 정확히 징험되었다는 점을 부각하기 위한 부분적 개작으로서, 노래에 새로운 의미가 부여되는 과정이 이로써 뚜렷이 드러난다.

---

47 특히 이여송은 조선에 걸재(傑才)가 나지 못하도록 여러 고장의 혈맥을 끊어 놓았다고 여러 단혈설화(斷穴說話)에 등장할 정도로 민간에서는 매우 부정적인 모습으로 기억되어 왔기 때문에 노랫속 영웅의 이미지와 어긋나는 측면도 존재한다.

48 유성룡, 「雜著」, 『西厓集』 권16. [『한국문집총간』 52, 민족문화추진회, 1988, 323면.] "唐將李提督率大軍渡江, 其言驗, 其亦怪甚矣."

5) 〈망마다요(望馬多謠)〉·〈허허우소다요(許許又所多謠)〉·〈차팔자요(此八字謠)〉·〈화로요(火爐謠)〉

望馬多　　[망마다]
勝瑟於伊羅[49]　　[승슬ᄒᆞ이라]

許許又所多[50]　　[허허 우솝다]

첫 번째와 두 번째 인용한 노래들은 유사한 성격을 지닌다. 성종대에 유행했다는 첫 번째 노래는 연산군의 모후인 윤씨(尹氏)가 장차 폐비될 사건을 예언한 것이라 해석되었는데, 윤비를 직접 염두에 두고 노래가 지어졌을 가능성도 완전히 배제하기는 어려울 것이나, 만일 그러한 의미가 덧붙여졌다 할지라도 애초 이 노래는 말장난을 가미한 간단한 형태의 동요이었으리라 추정된다. '馬多'는 앞서 '마고시라'에서도 살핀 '마다'를 음가자로 쓴 것이고, '瑟於伊羅'는 '싫어하다'의 고어 '슬ᄒᆞ다'에서 활용된 '슬ᄒᆞ이라'를 역시 음사한 것이라 분석된다. 앞의 '望'과 '勝'은 각각 '마다'의 '마'와 '슬ᄒᆞ다'의 '슬' 앞에, 종성 'ㅇ'이 들어가는 유사한 음인 '망'과 '승'을 하나씩 덧붙여 어세를 강화하고 말장난으로서의 재미까지 곁들이기 위한 것으로 보이며 특별한 의미는 없는 듯하다.[51] 정치적인 의미와는 관계없이 단지 아이들이 즐겨 불렀을 이 노래에 후대의 문인이 특정한 의미를 부여해 놓은 사례로 파악된다.

---

49 김안로, 「용천담적기」, 『希樂堂稿』 권8. [『한국문집총간』 21, 민족문화추진회, 1988, 448면.]

50 『숙종실록』 권4, 1년 6월 23일(경진).

51 이와 유사한 예로 고시조 작품에서 종종 발견되는 '즈뮙다'·'즛뮙다'·'양뮙다'·'얄뮙다' 등을 들 수 있다. 모두 '뮙다'의 어세를 강화하기 위해 한 음절씩을 단어 앞에 덧붙인 형태이다: "져 건너 흰 옷 닙은 사름 즈뮙고도 양믜왜라."[『청구영언』[진본] #517.]; "前前에 얄뮙고 잣뮈운 님을 다 줍아가려 ᄒᆞ노라."[『가곡원류』[국악원본] #494.] 등.

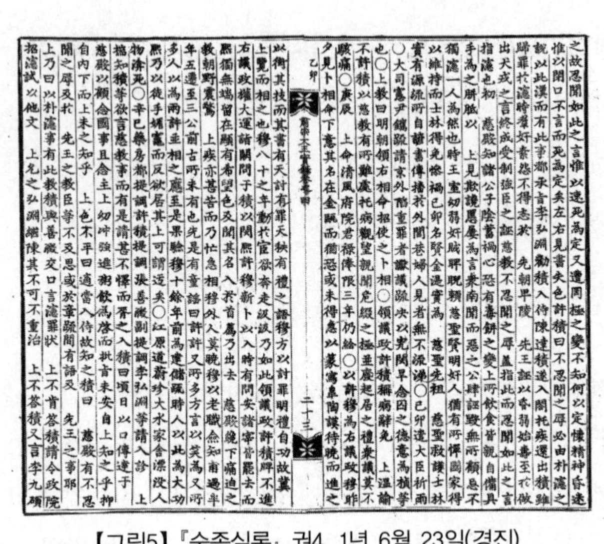

【그림5】『숙종실록』 권4, 1년 6월 23일(경진)

『숙종실록』에 나오는 두번째 노래도 마찬가지이다. '又所多'는 '읇다'나 '우숩다'의 형태로 쓰이던 '우습다'의 음사로 보이는데, 사관의 설명에 따르면, 허적(許積, 1610~1680)과 허목(許穆, 1595~1682)이 각각 우의정과 좌의정에 제수되기에 앞서 시정에서 위 노래가 불리어졌으니, '許許'는 허적과 허목을 뜻하고 그들이 정승에 오르게 되는 일이 우습다며 백성들이 비판한 것이라 하였다. 그러나 이 노래 역시 본래는 일상의 일에 대한 불호(不好)를 나타내는 단순한 형태의 동요이었으리라 보인다.

此八字	[이 팔ᄌᆞ]
彼八字	[뎌 팔ᄌᆞ]
打八字[52]	[? 팔ᄌᆞ]

火爐匠士[53]	화로장사 (?)

52 『선조실록』 권26, 25년 4월 30일(기미).

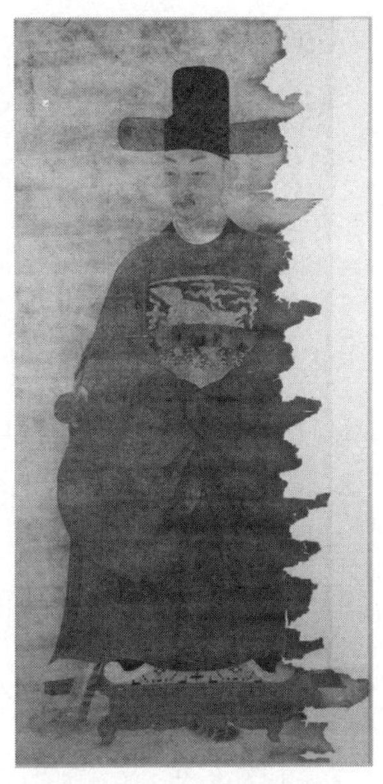

【그림6】 연잉군 시절의 영조

세 번째·네 번째 노래는 뜻이 잘 해석되지는 않지만, 역시 큰 의미 없이 불리던 짧은 노래에 정치적 사건이 결부된 사례라 여겨진다. 먼저, 〈차팔자요〉는 "自利奉事 高利僉正"과 함께 임진왜란이 일어나기 직전에 불리어진 노래라 하여 전란의 참상을 예견한 참요로서 『선조실록』에 기록된 것이다. 마지막 구 '打八字'는 당시에 어떻게 읽혔을지, 그 의미가 무엇이었을지 명확하지 않은데, 사관이 인용한 해석에 따르면 중국인들이 남녀가 간음하는 것을 일러 '타팔자'라고 하므로 이 노래는 장차 명의 군대가 들어와 조선의 여인을 강간하리라는 사실을 선견한 것이라 하였다.[54] 그러나 '타팔자'라는 어휘를 중국 역대 문헌에서 찾아볼 수가 없을 뿐더러, 혹 그것이 중국 특정 지방의 방언이거나 또는 파자에 의해 다른 글자를 구성하도록 배치된 글자라 할지라도 이 같은 설명을 그대로 받아들이기는 어려울 것이다. 아마도 이 노래 역시 본래 단순한 의미의 시정 민요이었으리라 생각된다.

여기에서 무엇보다 주목되는 어휘는 세 구 모두에 들어가는 '八字'이

53 『숙종실록』 권47, 35년 10월 9일(병오).

54 이 노래에 대해서는 선행 연구자들 역시도 다루지 않았거나 『선조실록』의 해석을 그대로 따랐기에 참고할 만한 견해가 발견되지 않는다. 다만, 김성한이 전란 전에 유행했다는 이 노래를 자신의 역사소설에 언급하면서 원문과 함께 '이 팔자, 저 팔자, ×할 팔자'라는 해독을 부기한 것이 발견될 뿐이다. [김성한, 『임진왜란』 3, 어문각, 1985, 12면.] 아마도 '간음한다'라는 사관의 설명을 수용한 결과로 보이고, 혹 '打'의 옛 훈인 '티다'에서 '티'를 취한 것은 아닌가 생각되기도 하지만, 이렇게 해독을 한 근거가 발견되지는 않는다.

다. '팔자'는 본래 사람이 태어난 연월일시를 각각 두 글자씩의 간지로 적어 나오는 여덟 글자를 뜻하는 것이나, 우리나라에 이 말이 들어와서는 특히 한 사람의 운수나 운명을 지칭하는 의미로 뚜렷이 전용되었다.[55] 그러므로 '此八字 彼八字'는 당시 말로는 '이 팔ᄌᆞ 뎌 팔ᄌᆞ'로서 사나운 팔자에 대한 자탄의 의미를 전달했을 가능성이 크고, '타팔자' 역시 그에 뒤따라서 '? 팔ᄌᆞ'라는 하소연이었을 것으로 보이는데, '打'의 쓰임이 여전히 불명확하지만 노래 자체는 간단한 넋두리를 넘어서지 않으며, 여기에 백성들의 선견이 들어 있다는 해석이 후일 덧붙여진 듯하다.

『숙종실록』과 『승정원일기』·『추안급국안(推案及鞫案)』 등에 기록된 마지막 노래는 글자 전체의 의미가 미상이어서 애초 잘못 채록된 것이 아닌가 싶기도 하다. 숙종(肅宗, 이순(李焞), 1661~1720)의 치세 후반기인 숙종35년(1709) 무렵에 불리었다고 하는데, 경종(景宗, 이윤(李昀), 1688~1724)을 옹위했던 소론에 맞서 연잉군(延礽君)을 지지했던 노론측 인사들이 세자가 예정대로 보위에 오를 경우 자신들에게 화가 미칠 것이라며 이 노래를 그 조짐으로 삼았다고 한다. 아동들 사이에 '火爐匠士'라는 노래가 유행한 것을 두고 그 뜻을 '화로장사(禍老張死)', 즉 '노론에 화가 미쳐 장차 죽게 될 것'이라는 의미로 읽어서 이에 대한 대책을 모색하는 한편 노론의 결집을 기도하였다는 것이다.

본래 노래의 뜻에 대해서는 특별히 언급된 것이 없고, 단지 당시 시정의 아이들이 어떤 일을 하다가 뜻대로 되지 않을 때마다 '火爐匠士'라고 하였다는 설명만이 발견될 뿐이다.[56] '화로'는 혹 청인들을 얕잡아

---

55 『번역노걸대(飜譯老乞大)』에서 한어 '命'을 '팔ᄌᆞ'로 옮긴 것을 보면, 조선 중기 이전부터 이미 이러한 용법이 일반화되어 있었으리라 짐작된다: "네 날 위ᄒᆞ야 팔ᄌᆞ 보고려: 你與我看命" [『飜譯老乞大』 下, 70b-71a면.]

이르던 '호로(胡虜)'를 잘못 음사해 놓은 것이 아닌가 추정되지만, '匠士'는 무엇을 적어 놓은 것인지 뚜렷치 않다. 어느 경우이든 '火爐匠士'는 짧은 푸념이나 욕설이 노래로 불리던 것에 불과하였을 터이다.

위에서 살핀 노래들 역시 그 원 형태를 따져 보면 처음에는 별다른 정치적 의미 없이 불리어지던 유희요였다가 특정 사건이 발생한 이후 그 의미가 재구된 사례로 파악되며, 그에 따라 노래가 소통되는 맥락 또한 새롭게 구성되었음을 확인할 수 있다.

4. 나가며

이 글에서는 참요의 의미를 특정한 역사적 계기와는 관계없이 민중들 사이에서 떠돌던 때의 일차적·본래적 의미와 사건이 발생한 후 식자층에 의해 부여된 이차적·사후적 의미로 분리하여 파악해야 한다는 전제 아래, 특히 그간의 연구에서 비교적 소홀히 다루어졌던 전자의 의미를 해명하는 데 중점을 두었다. 이를 위해서 차자표기 또는 한역의 방식으로 전하는 노래들의 원 형태를 재구함으로써 그 본래 의미를 추정하고, 해당 노래의 어떠한 특질이 식자들에 의해 참요적 성격으로 규정되었는지를 밝혀내고자 하였다.

충혜왕에 대한 백성들의 조롱과 저주가 묻어나는 작품으로 일컬어져 온 〈아야마요〉의 경우, 떠나는 이를 향한 서러운 마음과 하염없는 기약이 원래 가사의 뜻이라 풀이되며, 따라서 〈가시리〉·〈서경별곡〉류의 속요와 그 정조가 잇닿아 있다고 논의하였다. 정도전과 남은의 비극적

---

56 『숙종실록』 권47, 35년 10월 9일(병오). "其時街巷兒輩, 作事不成, 每稱"火爐匠士", 故翻傳爲此說矣."

종말을 예언한 노래로 지목되어 온 〈남산요〉는 도성 축조에 동원된 백성들의 세태비판요이었을 가능성이 높고, 중종의 등극을 선견하였다는 〈수묵묵요〉 역시 차자표기를 다시 풀어 보면 매를 부르면서 장난을 거는 단순한 유희요였을 것으로 짐작된다. 또한 명 제독 이여송의 도하를 예언한 노래로 해석된 〈막좌리평요〉의 경우, 아기장수설화와 연계되는 특징들이 문면에서 여럿 발견되는 만큼 본래는 평민영웅의 출현을 염원한 노래였으리라는 추정이 가능하다. 그밖에 〈망마다요〉·〈허허우소다요〉·〈차팔자요〉·〈화로요〉 등도 단순한 신세 한탄이나 일상적 사건에 대한 푸념이 담긴 짤막한 노래였을 것으로 보았다.

물론, 이상의 분석을 통해 종래 참요들이 단지 허위 또는 조작의 산물이라는 결론을 맺으려는 것은 아니며, 그러한 결론은 실상에도 부합하지 않는다. 참요들 가운데에는 미래를 실제로 예견한 노래라 일컬어질 수 있을 만한 사례가 발견되기도 하고, 당대의 정치적 사안이나 세태에 관한 비판을 담은 일부 노래가 장차의 일을 미리 포착해 낸 것으로 해석될 수 있는 가능성도 충분히 존재한다. 특히 두 번째 경우는 보다 복잡한 분석을 필요로 한다. 무언가를 비판하는 행위란 그 비판 받는 대상의 패악(悖惡)이 소멸되기를 기대하는 심리로부터 비롯된다는 점에서 비판과 예언이 반드시 이질적인 차원의 행위라고 치부하기는 어려울 뿐만 아니라, 비판이 예언의 전제 내지 기반이 된다고도 볼 수 있기 때문이다. 이러한 점을 감안하면, 앞서 〈남산요〉와 같은 세태비판요에는 좀 더 나은 미래에 대한 기대 수준의 예언 또는 전망이 개재되어 있다고 해석해야 할 여지도 있다.

그러나 이 같은 경우에서조차도 참요의 본질이나 성격을 구명하기 위해서는 보다 조심스러운 접근 방식이 요구된다. 참요는 대개 백성들 사이에서 자연스럽게 불리어 온 노래이자 미래에 대한 선견을 나타내는 노래라는 두 가지 의의를 지니는 것으로 인식되지만, 앞서 검토한 내용과 연관 지어 보면 그러한 시각이 언제나 적확하다고만은 단정하기 어렵기 때문이다. 때로 참요란 백성들의 노래이기보다는 그것에 의미를 부여한 위정자들의 노래에 가깝기도 하고, 민의의 자연스러운 발현이기보다는 민의가 재해석되거나 과장 또는 훼절된 결과물일 수 있으며, 미래를 선견하기보다는 사건이 발생된 이후의 시점에서 그 사건을 추인(追認)하는 성격의 노래로 파악해야 할 필요성도 존재한다는 것이다.

참요의 의미를 일차적·본래적 의미와 이차적·사후적 의미로 분리하여 다루어야 한다는 이 글의 당초 방침은 바로 그 같은 소견에 입각하여 설정된 것이거니와, 전자의 의미, 즉 참요의 민요적 원의가 정교하게 분석되지 않고서는 참요의 생성이나 소통과 직접 잇닿아 있는 후자의 의미 역시도 온전히 해명되기 어렵다는 점에 유념해야 할 필요가 있다고 생각한다. 이 글은 바로 그러한 입론을 실제 작품에 적용해 보고자 한 한 가지 시도로서의 의의를 지닌다.

제2부

조선 후기와 근대전환기 시가의 변모

제1장

조선 후기 시가의 전환

국문시가의 향유와 모작(模作)

영조英祖의 국문시가 향유와 어제 〈권선지로행勸善指路行〉에 대한 연구

1. 들어가며

18세기 영조(英祖, 이금(李昑), 1694~1776)의 치세기는 문화사적으로 다양한 욕구가 분출되던 시기였다. 특히 시가(詩歌)와 관련하여서는, 18세기 초부터 김천택(金天澤, ?~?)·김수장(金壽長, 1690~?)·이세춘(李世春, ?~?) 등 가객(歌客)들이 활발하게 활동을 하였고 그들의 주관 아래 『청구영언(靑丘永言)』·『해동가요(海東歌謠)』를 비롯한 주요 가집(歌集)들이 편찬되어 나오기도 하였다. 종래 사대부들 사이에서 시여(詩餘)의 영역으로 치부되던 국문시가가 진기(眞機) 또는 천기론(天機論)에 입각하여 때로 한시와 동일한 가치를 지니는 대상으로 격상되었던 것도 바로 이 시기의 일이다.[1]

물론 그와 같은 인식의 전환은 아직 당대 사회 전반으로까지 확산되지는 못하였으나, 사대부들이 시조(時調)나 가사(歌辭)에 관심을 두고 직접 작품을 지어 내기도 했던 사례가 조선 전중기에 비해 보다 빈번해졌던 것은 분명하다. 이 글은 바로 그러한 시대적 흐름을 염두에 두면서

---

1 김흥규, 「조선 후기의 문학」, 『한국 고전문학과 비평의 성찰』, 고려대 출판부, 2002, 84~86면.

고찰의 범위를 한층 확대하기 위한 시도이다. 즉, 국문시가의 의의나 가치에 대한 논의가 전개되고 여러 작품이 산출되던 영조 치세기에 과연 영조 자신은 국문시가에 관하여 어떠한 인상을 지니고 있었는지 검토해 보고자 하는 것이다.

영조의 국문시가관을 논의하고자 하는 것은 단지 영조가 조선 후기 문화적 부흥기의 군왕으로 자리하고 있었기 때문만은 아니다. 선행 연구들에서 이미 밝혀진 바와 같이, 영조는 백성을 위무(慰撫)하고 그들에게 조정의 시책을 납득시키기 위해 국문 문건을 적극적으로 제작하여 유포하였으며, 그러한 국문 활용 정책은 영조 재위기 전반에 걸쳐 지속된다. 『어제경민음(御製警民音)』·『어제백행원(御製百行源)』 등 처음부터 독자적으로 인간(印刊)·제책된 국문 문건도 적지 않게 남아있을 뿐만 아니라, 그 문체·내용·제작 목적 역시 여러 부면에 걸쳐 있기에 그가 국문의 효용이나 가치에 대해 얼마나 깊이 이해하고 있었는지 짐작케 한다.

더불어 영조는 다수의 시문(詩文)을 짓고 그에 대해 근신(近臣)들의 품평을 구할 만큼 문학에 관심이 많은 군주였다. 영조의 어제(御製)는 조선조의 다른 어떤 군주에 비해서도 수량이나 문체면에서 두드러지며, 정조(正祖, 이산(李祘), 1752~1800)가 등극한 직후부터 선왕의 어제를 정리하는 데 상당한 공을 들여야 했던 것도 바로 그 같은 이유 때문이었다.[2]

이처럼 국문과 문학이라는 양 측면에 대한 이해를 갖추고 있었던 영조의 경우라면, 응당 국문문학, 특히 국문시가에 대한 관점을 피력하였을 여지가 그만큼 클 뿐만 아니라, 종래의 국문시가를 활용하여 자신이

2 『정조실록』 권12, 5년 7월 11일(신해); 박용만, 「영조 어제책의 자료적 성격」, 『장서각』 11집, 한국학중앙연구원, 2004, 8면.

직접 작품을 지어내었을 가능성도 상정해 볼 수 있다. 실제로 영조는 〈용비어천가(龍飛御天歌)〉를 탐독하고 그 내용을 문신들에게 인지시키는 한편, 일부 구절을 정시(廷試)의 시제(試題)로도 출제할 만큼 〈용비어천가〉에 관심이 깊었으며,[3] 송강(松江) 정철(鄭澈, 1536~1593)의 가사 작품에 대해서 간략하나마 평설을 남긴 바도 있다.[4]

따라서 그의 견해가 보다 직접적으로 표명된 사례를 찾아내어 분석함으로써 조선 후기 국문시가의 향유 양상을 한층 입체적으로 도출해 낼 수 있으리라 기대한다. 아울러 국문시가에 대한 영조의 취향이 조야(朝野)에 공론화되는 궤적도 관련 기록에 의거하여 재구해 보고자 한다.

2. 국문의 효용에 대한 인식

문학, 특히 시에 예사 이상의 관심을 보였거나 직접 어제시를 지어내었던 조선조의 군왕은 여러 명 존재한다. 조선 전기의 성종(成宗)·연산군(燕山君)·중종(中宗)·명종(明宗, 이환(李峘), 1534~1567) 등이 다수의 어제시를 남겼던 대표적인 임금이며, 조선 후기에도 숙종(肅宗)·정조 등이 빈번하게 시를 지으면서 자신의 문학적 역량을 표출하였다.[5] 그러나 국문에 대한 인식을 드러내거나 국문으로 직접 작품을 짓는 사례는 상대적으로 극히 제한적인 빈도로만 발견될 따름이다. 국문을 운용한

---

3 『승정원일기』 영조11년 10월 22일(정해); 김승우, 『용비어천가의 성립과 수용』, 보고사, 2012, 420~431면.

4 『승정원일기』 영조40년 12월 16일(계사); 하윤섭, 「17세기 송강시가의 수용 양상과 그 의미」, 『민족문학사연구』 37호, 민족문학사학회, 2008, 128~129면.

5 이종묵, 「조선시대 어제시의 창작 양상과 그 의미」, 『장서각』 19집, 한국학중앙연구원, 2008, 169~196면.

다는 것이 군왕으로서 갖추어야 필수적인 자질로 공인되지도 않았을 뿐더러 국문 작품이 지니는 의의나 가치 또한 과히 중요하게 부각되지는 않았던 탓이다.

그나마 세종(世宗)·세조(世祖)·연산군 등은 국문시가와 관련된 뚜렷한 자취를 남겼거니와, 예컨대 세종이 〈용비어천가〉를 명찬하고, 그 국문가사의 시형에 의거하여 후일 〈월인천강지곡(月印千江之曲)〉을 직접 지어 내었던 것은 익히 알려져 있다. 또한 세조는 백성들이 일상적으로 부르던 농가(農歌)의 가치를 시종 강조하여 당시 경직되어 있던 시단을 개혁하고 궁중악을 쇄신하는 데 농가를 적극 활용하였는가 하면,[6] 부왕대에 편찬된『명황계감(明皇誡監)』을 개찬하면서 거기에 딸린 168장 분량의 어제 한문가사까지 모두 국문으로 번역토록 하여 〈용비어천가〉나 〈월인천강지곡〉에 상당하는 또 하나의 거편을 이룩해 내기도 하였다.[7] 한편, 재위 기간 동안 끊임없이 시와 연구(聯句)를 지어 자신의 정치적 입장을 표명하였던 연산군 역시 종래의 궁중 악장을 다수 개찬하는 한편, 모후(母后)를 추모하기 위한 국문악장 〈휘공가(徽功歌)〉를 〈감군은(感君恩)〉의 구절에 의거하여 직접 새로 지어낸 바 있다.[8]

국문시가에 대한 조선조 군왕들의 이 같은 관심은 영조대에 이르러 다시금 표명되는 것으로 파악된다. 그러한 사정을 좀 더 자세히 드러내기 위해 우선 국문의 효용에 대한 영조의 인식을 살펴보고자 한다. 이 경우 영조대에 편찬된 여러 어제서(御製書)들에 무엇보다도 주목할 필요가 있다. 영조는 세자와 세손·신료와 백성들에게 자신의 뜻을 전달

6 조규익,『조선 초기 아송문학연구』, 태학사, 1986, 88~89면; 본서의 제1부 3장「세조의 농가 향유 양상과 배경」의 3절 2)항을 참조.

7 본서의 제1부 3장「『명황계감』의 편찬 및 개찬 과정에 관한 연구」의 3절 3)항을 참조.

8 본서의 제1부 1장「연산군대의 악장 개찬에 대한 연구」의 3절 6)항을 참조.

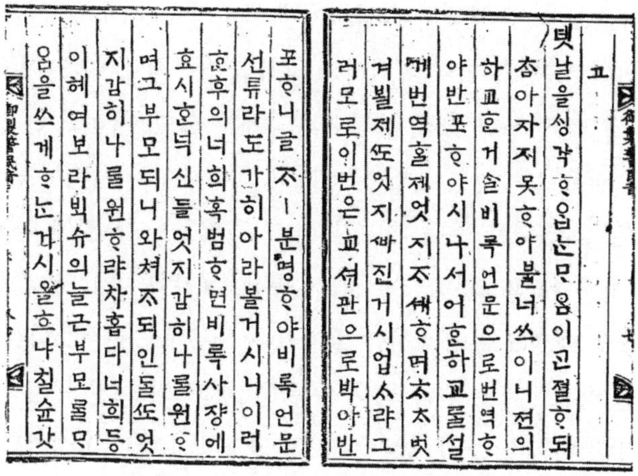

【그림1】『어제경민음(御製警民音)』

하기 위해 빈번하게 윤음(綸音)을 반포하였는데, 대부분 한문으로 지어진 이들 문건 가운데 일부가 영조의 뜻에 따라 후일 국문으로 번역되기도 하고, 또 때로는 아예 처음부터 국문으로 제작·반포된 경우도 발견된다. 이러한 사례를 통해 영조가 국문을 어떠한 방식으로 운용하려 하였는지 그 대략적인 사정을 짐작할 수 있다.

> (…) 그러모로 탄일이 ᄒᆞᄅᆞ밤이 ᄀᆞ리왓고 녯날을 싱각ᄒᆞ옵ᄂᆞᆫ ᄆᆞᄋᆞᆷ이 ᄀᆞᆫ졀(懇切)ᄒᆞ되 ᄎᆞᆷ아 자지 못ᄒᆞ야 불너 쓰이니 젼(前)의 하교(下教)ᄒᆞᆫ 거ᄉᆞᆯ 비록 언문(諺文)으로 번역(飜譯)ᄒᆞ야 반포(頒布)ᄒᆞ야시나 서어ᄒᆞᆫ 하교(下教)ᄅᆞᆯ 셜게 번역(飜譯)ᄒᆞᆯ 제 엇지 ᄌᆞ셰(仔細)ᄒᆞ며 ᄎᆞᄎᆞ 벗겨 뵐 제 ᄯᅩ 엇지 ᄲᅡ진 거시 업ᄉᆞ랴? 그러모로 이번은 교셔관(校書館)으로 박아 반포(頒布)ᄒᆞ니 글ᄌᆞㅣ 분명(分明)ᄒᆞ야 비록 언문(諺文) 선류라도 가(可)히 아라볼 거시니, (…)[9]

9 『御製警民音』, 7a~8a면. 원문에는 한자가 표기되어 있지 않으나, 의미 파악을 위해 인용문에는 한자를 추정하여 병기한다. 아래 인용에서도 마찬가지이다.

재위32년(1756)에 영조는 백성들에게 금주령을 내리고 그 취지를 한문으로 먼저 지은 후 이를 국역하고 양자를 합본하여 『어제계주윤음(御製戒酒綸音)』을 반포하였으나, 본래의 곡진한 뜻이 국문으로 번역되는 과정에서 일부 누락될 수밖에 없었다고 생각하여 이번에는 곧바로 국문으로 훈유하겠다는 뜻을 내비친다. 그 결과물이 곧 위에 인용한 『어제경민음(御製警民音)』인데, 여기에서 특히 눈여겨보아야 할 사항은, 일반 백성들을 대상으로 유포하는 글에서는 아무래도 한문보다는 국문이 큰 효과를 발휘한다는 점과 국문을 통해서 자신의 소견을 왜곡이나 누락 없이 온전히 전달할 수 있다는 점을 영조가 뚜렷이 인식하고 있었다는 사실이다. 영조는 윤음을 한문으로 작성하는 것이 통상적으로 가당하기는 하지만, 선유를 적실하게 전달해야 할 상황에서는 한문의 개입 없이 국문을 직접 노출할 필요가 있다고 생각하였던 것이다.[10]

한편, 이와는 다소 다른 층위에서 영조가 국문의 가치를 인정한 사례는 『어제자성편언해(御製自省編諺解)』에서 찾아볼 수 있다.

> (…) 언문(諺文) 글은 아국(我國)의 방어(方語) ㅣ 라, 그러므로 사ᄅᆞᆷ이 다 홀(忽)ᄒᆞ나, 이 아니면 엇지 ᄡᅥ 경뎐(經傳)을 번역(飜譯)ᄒᆞ야 ᄒᆡ(解)ᄒᆞ리오? 내 반졀(反切)의 처엄의 그 묘(妙)ᄒᆞᆫ 곳을 아지 못ᄒᆞ얏더니, 만(晩) 후(後)에 좀이 업스믈 인(因)ᄒᆞ야 ᄭᆡᄃᆞᄅᆞ니, 슬프다! 셩인(聖人)이 아니시면 뉘 능(能)히 이ᄅᆞᆯ 지으리오? 우리 영묘(英廟) ㅣ 만셰(萬世)ᄅᆞᆯ 위(爲)ᄒᆞ샤 졔작(制作)ᄒᆞ오심이 의(猗)ᄒᆞ오시며 셩(盛)ᄒᆞ오신뎌! 그 가온대 지극(至極)ᄒᆞᆫ 리(理) 이시니 보는 쟈(者) ㅣ 그 맛당이 완미(玩味)ᄒᆞ야 스ᄉᆞ로 어들띠어다. (…)[11]

---

10 이영경, 「영조대의 교화서 간행과 한글 사용의 양상」, 『한국문화』 61집, 서울대 규장각 한국학연구원, 2013, 269면.

11 『御製自省編諺解』 上, 34b~35a면. 한편, 이 부분에 해당하는 『어제자성편』의 구절은

『어제자성편(御製自省編)』은 재위22년(1746)에 영조가 자신의 지난날을 되돌아보고 세자에게 도움이 될 만한 교훈을 남겨 주기 위해 수신(修身)과 치인(治人)에 관계된 옛 글을 취합하여 엮어 낸 교화서로서 목판으로 간행된 한문본과 필사 형태의 국문본이 함께 전해 온다.[12] 인용된 부분은 국문 필사본에 포함된 일절로, 여기에서 영조는 경서를 국문으로 번역하여 그 의미를 새길 수 있다는 점에 주목한다. 『논어언해(論語諺解)』·『대학언해(大學諺解)』·『중용언해(中庸諺解)』 등 선조대(宣祖代)에 완료된 유가 경전의 언해가 본질적으로 세종의 식견을 바탕으로 이루어질 수 있었다는 점을 고평하였던 것이다. 이 문맥에서 영조는 국문 자체의 독자적 성격이나 의의보다는 국문을 활용하여 한문의 문의(文義)를 더욱 명확하게 드러낼 수 있다는 보조적 수단으로서의 효용을 강조하였던 셈이다. 사람들이 모두 국문을 홀대할지라도 경서를 해의하는 데 있어서만큼은 국문의 오롯한 가치를 인정해야 한다는 입장을 표명하였던 것이다.

따라서 통상적으로는 『어제자성편언해』에 표출된 국문관이 앞서 살핀 『어제경민음』의 관점보다 소극적이고 한정적인 수준에 머무는 것이라 비추어질 여지도 있다. 『어제경민음』에서는 국문 자체만으로도 충분히 의사를 전달할 수 있을 뿐만 아니라, 경우에 따라서는 한문을 국문으로 번역하는 것보다 오히려 처음부터 국문을 운용하는 편이 더욱 효과적이라는 인식을 드러낸 반면, 『어제자성편언해』에서는 한문과 연계된 지점에서 국문이 그 존재 가치를 지닐 수 있다고 전제하였기 때문이다.

다음과 같다: "諺書我國方言, 故人皆忽也. 而非此, 何以飜解經傳乎? 予於反切, 初未識其妙處矣. 晩後因無睡, 而覺悟. 噫! 非聖人誰能制此也? 我英廟爲萬世制作, 猗歟盛哉. 其中至理存焉, 覽者其宜玩味, 而自得焉." [『御製自省編』, 22a~22b면.]

12 이정민, 「영조 어제서의 편찬과 의의」, 『한국사론』 51집, 서울대 국사학과, 2005, 359면.

그러나 『어제자성편언해』에서와 같은 비교적 미온적인 국문관이 또 다른 측면에서는 국문의 적용 범위나 활용 방식을 확장하는 데에 더욱 기여할 수도 있다는 점에 유념해야 할 필요가 있다고 생각한다. 한문은 양반 사대부들 사이에서 공적인 목적으로 운용되고, 국문은 백성들을 효유(曉諭)하기 위한 목적 이외에는 대개 사적인 영역에서 더러 활용될 수 있을 따름이라는 이분법적 문자 의식이 적어도 영조의 언술에서는 확연히 드러나지 않기 때문이다. 이를테면 『어제경민음』은 당초부터 백성들을 대상으로 국문을 운용한 문건이므로 과히 특별할 것이 없지만, 『어제자성편언해』는 수신이나 치인과 같은 덕목들을 세자에게 학습시키고자 하는 의도 속에서 국문이 호명되어 나왔다는 점에서 보다 이례적인 사례로 다루어야 하리라는 것이다. 비록 국문을 바탕으로 한문의 문의를 깨우치게 하기 위한 소극적 목적에 의거한 것이기는 하지만, 이를 통해 영조는 사대부가는 물론, 왕실 내부에서도 국문이 유용하게 활용될 수 있고 특히 왕자(王者)로서의 자질을 수련하는 데 기여하는 바가 크다는 인식을 표출하게 된다.

3. 〈어부사(漁父詞)〉·〈도산십이곡(陶山十二曲)〉·〈권선지로가(勸善指路歌)〉에 대한 애호

이처럼 영조가 국문의 효용을 전면적으로 인정하고 있었다고 보기는 어렵지만, 그렇다고 해서 국문이 사적 영역에서만 통용되어야 한다거나 백성을 상대로만 제약적으로 활용될 수 있다는 생각을 지녔던 것도 아님을 알 수 있다. 그는 국문이 수신과 학문의 진작을 위한 매개로써 특출한 효용을 발휘할 수 있다고 여겼던 것이다.

영조의 이 같은 국문관을 감안한다면 국문시가에 대한 그의 관심도 도학에 대한 지향이나 자기 성찰의 취향을 지닌 고아(高雅)한 작품들에 대개 기울어져 있었으리라는 추정이 우선 가능하다. 앞서 세조도 역시 우리말 시가에 대단한 관심을 보였으나, 세조의 경우에는 농민들의 생활 현장에서 불리던 민요에 그 시선이 대개 한정되어 있었다. 그는 농가에 내재된 꾸밈없는 기풍이 당시 문관들이 지었던 한시에서는 전혀 발견되지 않는다고 보았으며, 농가를 거울삼아 시단을 일신해야 한다는 뜻을 직접 표명하기도 하였다.[13] 세조가 중시하였던 농가의 특징이란 일상이 반영된 현장성과 천연함이었을 뿐, 국문시가를 통해 모종의 성찰적 계기를 만들려는 의도가 그에게 있었던 것은 아니다.

반면, 똑같이 국문시가에 관심을 두었다 해도 영조의 입장은 세조와는 확연히 변별된다. 영조는 자기 자신은 물론 세자나 신료, 그리고 유자(儒者)들에게 모범이 될 만한 삶의 지표를 국문시가 속에서 발견해 내고 이를 수신의 전거로 삼고자 하였던 것으로 파악된다. 세조가 투박하지만 자연스러운 미감을 농가로부터 얻어내려고 했다면, 영조는 일련의 국문시가 작품에 포함된 세련되고도 잠언적(箴言的)인 기조를 무엇보다도 중요시하였던 것이다. 그가 〈어부사〉나 〈도산십이곡〉 등과 같은 작품에 뚜렷한 관심을 표명하였던 것 역시 그러한 사정과 무관하지 않다.

> (…) 임금이 말하기를,
> "<어부사>도 또한 네 선조가 지은 것인가?"
> 라 하니, [내섬시 봉사] 이세덕이 말하기를,
> "선조가 지은 것이 아닙니다. 떠도는 노랫말을 제 선조가 다듬어서 전

13 본서의 제1부 3장 「세조의 농가 향유 양상과 배경」의 3절 2)항을 참조.

하였을 따름입니다."

라 하였다. 임금이 말하기를,

"잠저에 있을 때 <어부사>와 <십이곡시(十二曲詩)>를 얻어 보았는데, 보통 사람이 지을 수 있는 작품이 아닌 듯했다. 내가 이로써 [<어부사>를] 선정(先正) 이황이 지은 것이라 여겼던 것이니, 맑고 한가한 취지가 도연명(陶淵明)의 <귀거래사(歸去來辭)>와 더불어 서로 백중(伯仲)이었다."

라고 하였다.[14]

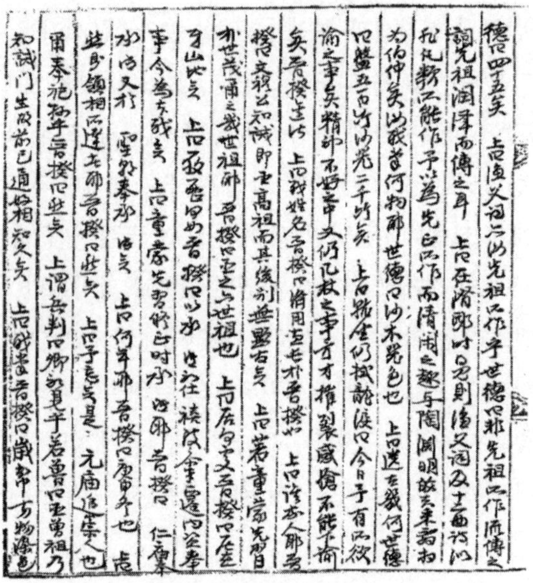

【그림2】『승정원일기』 영조21년 7월 12일(임오)

14 『승정원일기』 영조21년 7월 12일(임오). "上曰: "〈漁父詞〉, 亦汝先祖所作乎?" 世德曰: "非先祖所作, 流傳之詞, 先祖潤澤而傳之耳." 上曰: "在潛邸時得見, 則〈漁父詞〉及〈十二曲詩〉, 似非凡類所能作, 予以爲先正所作, 而淸閑之趣, 與陶淵明歸去來辭, 相爲伯仲矣.""

재위21년(1745) 7월에 희정당(熙政堂)에서 여러 신하들을 윤대(輪對)하던 중 영조는 이황(李滉, 1501~1570)의 7대손으로 당시 내섬시(內贍寺)의 종8품 봉사(奉事)로 있던 이세덕(李世德, ?~?)을 인견한다. 영조는 조정 서무에 관한 일을 문답하다가 이황의 여러 저작으로 화제를 바꾸고, 이내 그의 시가 작품에 대해 문의하기에 이른다.

단지 〈어부사〉의 작자를 확인하려는 정도에 그치는 듯하지만, 위 기록으로부터 영조가 상당히 오랜 기간 동안 〈어부사〉나 〈도산십이곡〉을 높이 평가하고 있었다는 사실을 간취할 수 있다. 잠저시에 이미 이 두 작품을 얻어 보았다고 하였는데, 영조는 왕위를 이을 서열에 들지 못하였기에 유년기부터 궁 밖에서 생활하였으므로 위 인용에서 '잠저'란 그가 순화방(順化坊)에 머물던 젊은 시절을 의미한다. 사가에 나가 있던 동안 영조는 오로지 학문 연마에 진력하면서 고금의 전적을 두루 탐독하는 데 매진하였던 바,[15] 그러한 온축(蘊蓄)의 시기에 모종의 경로로 〈어부사〉·〈도산십이곡〉과 같은 작품을 접할 기회를 가졌고, 그 취의에 공감하여 이를 시작과 자기 수양을 위한 귀감으로 삼아 왔던 듯하다. 특히 영조가 즉위 20여 년이나 지난 시점에서도 작품의 제명을 적시하였던 것으로 미루어 이들 작품에 대한 그의 취향을 엿볼 수 있다. 그렇기에 때마침 이황의 종손을 만나게 된 자리에서 작자를 이황으로 확정받고자 하였던 것이다.

당초부터 이황의 위인과 학술을 흠모해 왔던 영조는 그의 생애와 언행을 정리하여 재위8년(1732)에 『퇴도언행록(退陶言行錄)』을 엮어 간행케 한 바 있으므로 이황의 저작에 대해서 이미 어느 정도 이해를 갖추고 있었음이 분명하다. 다만, '십이곡시', 즉 〈도산십이곡〉은 인본으로 제

---

15 지두환, 『영조대왕과 친인척: 영조세가』 1, 역사문화, 2009, 40~46면.

작된 데다 이황 자신의 발문(跋文) 역시 문집에 남아 전하는 만큼 이를 이황의 작으로 판단하는 데 어려움이 없으나, 〈어부사〉의 작자에 대해서는 영조 자신도 확신할 수 없는 처지였다. 그럼에도 불구하고 그가 이를 이황의 소작이라 생각하였던 것은 〈어부사〉가 도연명의 〈귀거래사〉에 필적할 만큼 비범하다고 평가하였기 때문이다. 〈어부사〉에 대한 영조의 선호는 상당했으며, 그렇기에 〈도산십이곡〉과 마찬가지로 〈어부사〉 역시도 이황과 같은 거유(巨儒)가 지었으리라는 일종의 기대를 품게 되었던 것이다. 작품을 고평한 후 그 작품의 수준에 걸맞은 작가를 찾아 대입해 놓은 형상이다. 이세덕이 〈어부사〉는 선조 이황의 작이 아니라고 진달하였음에도 불구하고 영조가 〈어부사〉의 작자를 탐문하는 작업을 지속하였던 것 또한 그러한 기대 때문이라 할 수 있다.

> 임금이 말하기를,
> "(…) 내가 예전에 <어부사>를 보았는데, 과연 잘 지은 것이었기에 한문과 언문으로 등사하여 한 권을 비치하였었다. 그 아래에 <지로가(指路歌)>와 <도산십이장(陶山十二章)>을 붙여 열람하였으나, 그것을 누가 지었는지 알지 못하였었는데 이제 들으니 선정 [이황의] 소작이라 한다."
>
> 라고 하였다.[16]

앞선 인용보다 1년 가까이 지난 시점에 나온 위 『승정원일기』 기사에서도 영조는 〈어부사〉를 가장 중요한 작품으로 거론하였는데, 그가 국문시가에 관심을 가지게 된 계기가 여기에서는 좀 더 분명하게 드러난

16 『승정원일기』 영조22년 6월 24일(무자). "上曰: "(…) 予於昔年, 見〈漁父辭〉, 則果善作, 故以眞諺謄置一本. 而其下以〈指路歌〉·〈陶山十二章〉, 付而觀之, 而不知其某作矣. 今聞之, 先正所作也.""

다. 단초는 역시 〈어부사〉로부터 마련되었거니와, 이 작품을 보고서 영조는 그 수준을 직감하고서 필사하여 소장하였다고 회상한다. 이때 “한문과 언문으로 베꼈다.[以眞諺謄].”라는 말은 한문과 언문으로 각각 베껴서 간직했다는 의미이기보다는 〈어부사〉에 포함된 다수의 한문구와 더불어 ‘-ᄒᆞ놋다’, ‘-호리라’, ‘닫 드러라 닫 드러라’ 등의 국문 구절[17] 역시도 빠짐없이 적어 원 작품을 그대로 보존하였다는 의미로 해석된다.

이렇게 〈어부사〉 한 본을 우선 비치한 이후 어느 시기에서인가 〈지로가〉와 〈도산십이장〉, 즉 〈권선지로가〉와 〈도산십이곡〉을 추가로 얻게 되어 〈어부사〉 아래에 합편하여 열람하였다는 것인데, 그가 접한 작품들 가운데 이 셋의 가치가 특히 두드러진다고 판단하여 일종의 선집을 구성하였으며, 그 과정에서 세 작품이 모두 자신이 평소 흠모해 왔던 이황의 작이리라는 추정 내지 바람이 어느 정도 개입되었으리라 보인다.[18]

위 기사에서도 영조는 근간의 새로운 전언을 인용하여 세 작품의 작자가 이황이라고 다시금 확정 짓기에 이른다.[19] 후손 이세덕이 진언한

---

17 이현보, 〈漁父歌九章幷序〉, 『聾巖集』 권3. [『한국문집총간』 17, 민족문화추진회, 1988, 416면.]

18 앞서 『승정원일기』 영조21년 7월 12일자 기사에서 영조는 〈어부사〉와 〈도산십이곡〉을 잠저시에 얻어 보았다고 하여 작품을 접한 시기를 비교적 명확하게 이야기한 반면, 22년 6월 24일의 기사에서는 단지 ‘예전에[昔年]’ 〈어부사〉를 보고서 등사하여 비치하였고 〈권선지로가〉와 〈도산십이곡〉도 그 아래에 붙였다고만 언급하였다. 따라서 노랫말을 언제 등사했는지는 확정할 수 없으나, 설령 등사 시기가 작품을 처음 확인했던 시점보다 뒤늦다 해도 영조가 상당히 오랜 기간 동안 세 작품을 흠모해 왔다는 사실은 변하지 않는다. 〈어부사〉와 〈도산십이곡〉에 대한 애호는 영조21년 7월 12일자 기사에 이미 확연히 드러나거니와, 〈권선지로가〉 역시도 ‘예전에[昔年]’ 우연히 열람하고서 그 수준에 탄복하였다고 영조가 직접 술회한 기록을 『열성어제(列聖御製)』에서 확인할 수 있기 때문이다. [이 글의 각주30)번 참조.]

19 영조에게 그 같은 전언을 했던 신하 가운데 한 명은 당시 좌승지로 있던 조명리(趙明履, 1697~1756)로 확인된다: “上曰: “〈勸善指路歌〉, 予亦曾見, 此果何人所作乎?” 明履曰: “先正臣李滉所作云矣.”” [『승정원일기』 영조22년 6월 23일(정해).] 조명리 등의 전언은 영조가 모작(模作)을 지어 내는 계기가 되기도 하였는데, 이 점에 대해서는 다음 절에서

후에도 영조는 〈어부사〉를 비롯한 일련의 작품을 누가 지었는지 계속 수소문하면서 이황과 시가 작품들을 연계 지으려는 시도를 그치지 않았던 것이다. 이렇듯 영조가 〈어부사〉 등의 작품을 고평했던 일차적인 이유는 작품 속에 포함된 비범한 뜻 때문이었다. 내용상의 요건을 우선시하여 작품의 고아한 기조에 이황의 인간적 면모를 덧대었던 것이다.

한편, 이황의 소작에 대한 그 같은 예사롭지 않은 기호는 음률상의 문제와 연관되어 더욱 강화되기 시작한다. 이황이 사표가 될 만한 작품을 지어 남겼을 뿐만 아니라, 음률에 맞추어 노래로써 교훈적 내용을 표출하기도 하였다는 점을 특기하였던 것인데, 이를테면 통상적인 양식인 시가 아닌 가(歌), 즉 노래로써도 유가적 수신과 한정(閑情)을 수준 높게 표현하였던 전례가 있었다는 사실을 높이 평가하였던 것이다. 실제로 영조는 이황을 비롯한 조선의 유자들이 음률을 해득하고 있었는지 여부를 탐문하였으며, 해당 사례들에 대해 다음과 같이 담론하기도 하였다.

> 임금이 말하기를,
>
> "일전에 좌승지가 이르기를 "선정 이황이 지은 노래는 절로 음률이 잘 맞으니, 또한 이와 같은 도가 있습니다."라고 하였는데, 동부승지가 [이 일을] 알 듯하다."
>
> 라 하였다. [동부승지] 이연덕이 말하기를,
>
> "이는 신이 잘 알지 못하는 바입니다."
>
> 라 하였다. [제조(提調)] 원경하가 말하기를,
>
> "우리나라의 성음(聲音)과 언어는 중국과는 다르니, 음률을 맞추는 데 어려움이 있습니다. 그러나 선정신(先正臣) 이황은 자못 음률을 해득하여 일찍이 이르기를, "[노래란] 긴요한 것이 아니어서 짓지 아니하나, 만약

자세히 다룬다.

노래를 짓는다면 음률을 맞출 수 있다."라고 운운하였습니다. 그러므로 판서 윤춘년은 중종조 말년에 등과한 사람으로 역시 음률을 해득하였기에, 판서 이안눌은 "강머리에서 누가 <미인사(美人詞)>를 부르는가[江頭誰唱美人詞]"라는 구를 남겨 중국인들이 능히 음률에 맞는다고 일컬었습니다. 소동파의 문장으로도 또한 가사(歌辭)를 짓지 못하였으니 비록 옛사람들이라 해도 가사를 잘 짓기는 역시 어려웠습니다."

라 하였다. 임금이 말하기를,

"중국의 경우, 음률은 오히려 반드시 볼만한 것이 있을 것이다."

라 하니, 원경하가 말하기를,

"북경(北京)을 다녀온 사람의 말을 들으니 중국의 음률도 역시 별반 볼만한 것이 없다 합니다. 대개 세상이 어지러워져 문물이 모두 쇠잔해지면서 그리되었습니다."

라고 하였다.[20]

좌승지 조명리로부터 이황의 노랫말이 음률에 잘 맞게 지어졌다는 이야기를 전해 듣게 된 영조는 비상한 관심을 드러낸다. 음률의 측면에서도 해당 작품이 상당한 성취를 이루었다는 점을 뒤늦게야 깨닫고서 영조는 이 무렵부터 이황의 소작은 물론 다른 작품들에 대해서도 관심을 두기 시작했던 것으로 보인다. 이황 이외의 경우에도 음률을 해득한 사례가 더 있었는지 물었던 데에서 그 같은 사정을 확인할 수 있다.

영조는 우선 장악원(掌樂院) 정(正)을 역임한 바 있는 동부승지(同副承

---

20 『승정원일기』 영조22년 7월 4일(무술). "上曰: "頃者左承旨云: "先正李滉作歌, 則自叶於音律. 亦有如此之道乎!" 同副承旨似知之矣." 延德曰: "此則臣之所未曉也." 景夏曰: "我國聲音言語, 與中國有異, 有難叶於音律. 而先正臣李滉, 則頗解音律, 嘗曰: "不緊故不爲, 而若作歌, 則可以叶律." 云云. 故判書尹春年, 乃中廟末年登科之人, 而亦解音律. 故判書李安訥, 有'江頭誰唱美人詞'之句, 中原之人, 謂能叶律矣. 以蘇東坡之文章, 亦不能作歌辭, 雖在古人, 歌辭善作, 亦難矣." 上曰: "中原則音律, 尙必有可觀者矣." 景夏曰: "聞往北京人之言, 則中原音律, 亦無別樣可觀云. 蓋文物, 盡爲淪喪於腥塵之中而然矣.""

旨) 이연덕(李延德, 1682~1750)에게 문의하였으나 별다른 답변을 하지 못하였고, 대신 약방제조(藥房提調) 원경하(元景夏, 1698~1761)가 자신의 견문을 상달하면서 우리의 말소리와 언어가 중국과 다르기 때문에 음률에 맞추어 노래를 짓는 것 역시 자못 어려운 일이라고 전제한다. 다만, 예의 이황은 그 가운데에서도 이례적인 사례로 거론되는데, 원경하는 이 점을 이황의 언술을 직접 인용하여 진달한다. 즉, 이황 스스로 자신이 음률에 맞추어 노래를 지어 낼 수 있다고 술회한 바가 있다는 설명이다.[21] 그밖에도 그는 중종대의 윤춘년(尹春年, 1514~1567)과 선조·광해군 연간의 이안눌(李安訥, 1571~1637)을 추가로 지목하면서 음률에 대한 동국 문사들의 이해도를 사뭇 자랑스럽게 거론하기도 하였다.[22] 특히 그러한 자부심은 청조(淸朝)가 들어 선 이후 문물이 쇠락하면서 중원에서는 더 이상 중요한 성취를 찾아볼 수 없다는 소중화적(小中華的) 인식과 맞물려 더욱 두드러지게 표명되고 있다.

이에 대해 영조가 뚜렷한 견해를 드러내지는 않았으나, 적어도 자신이 애호해 왔던 시가 작품이 내용은 물론 형식적 측면에서도 대단히 완정한 수준에 도달해 있다는 인상을 품게 되었을 것임은 충분히 짐작할 수 있는 바이다.

---

21 원경하는 「도산십이곡발(陶山十二曲跋)」의 일부 구절을 다소 과장하여 옮겨 온 듯하다: "(…) 老人素不解音律, 而猶知厭聞世俗之樂. 閒居養疾之餘, 凡有感於情性者, 每發於詩. 然今之詩異於古之詩, 可詠而不可歌也. 如欲歌之, 必綴以俚俗之語, 蓋國俗音節, 所不得不然也." [이황, 「陶山十二曲跋」, 『退溪集』 권43. [『한국문집총간』 30, 민족문화추진회, 1988, 468면.]]

22 실제로 윤춘년은 시의 음악미와 화음(和音)을 대단히 강조한 바 있다. [안대회, 「윤춘년 간행 시화문화의 비교문학적 분석」, 『윤춘년과 詩話文話』, 소명, 2001, 86~87면.]

4. 〈권선지로가〉에 대한 흠모와 〈권선지로행〉의 제작

【그림3】 영조 어진

위에서 살핀 것처럼 시가에 대한 영조의 관심, 특히 그가 이황의 소작이라 생각했던 작품에 대한 애호는 상당했거니와, 그 가운데에서도 가장 두드러지게 거론되었던 작품은 〈권선지로가〉이다. '권선지로가' 이외에 '지로가(指路歌)'·'권의지로가(勸義指路歌)'·'공부자궐리가(孔夫子闕里歌)'·'도덕가(道德歌)'·'인택가(仁宅歌)'·'안택가(安宅歌)' 등 다른 여러 제목으로도 불리는 이 작품은 모두 필사본이어서 이황의 작이라 확정할 만한 문헌상의 근거가 불분명하며, 이본들 가운데 이황 또는 조식(曺植, 1501~1572)의 작으로 표기된 사례들만이 더러 발견될 따름이다. 내용 자체가 인륜을 강조하거나 수신을 권면하는 구절로 일관되고 있기에 전승 과정에서 거유의 명의를 끌어 와 작품의 권위를 강화해 보려 하였을 여지가 다분하다. 비단 〈권선지로가〉뿐만 아니라, 방일함을 경계하고 학문에 매진할 것을 권고하는 내용으로 이루어진 〈금보가(琴譜歌)〉·〈상저가(相杵歌)〉·〈효우가(孝友歌)〉·〈환산별곡(還山別曲)〉 등 일군의 가사 작품들이 이황의 소작으로 전래된 이유 또한 대개 〈권선지로가〉의 경우와 마찬가지이다.[23]

상기 작품들이 과연 어느 시점부터 이황의 작으로 비정되어 왔는지를 특정하기는 어려우나, 적어도 〈권선지로가〉의 경우에는 그 연한이 최소한 18세기 초까지 소급될 수 있고, 이황과 이 작품을 연계 지어

23 박연호, 「퇴계가사의 퇴계소작 여부 재검토」, 『우리어문연구』 36집, 우리어문학회, 2010, 29면.

파악하려는 관행이 당시 이미 널리 퍼져 있었다는 사실 역시 영조의 사례로부터 추정해 낼 수 있다. 앞 절에서 검토한 바와 같이 국문시가에 대한 영조의 관심은 잠저시에 얻어 본 〈어부사〉로부터 비롯되었지만, 단순한 애호의 차원을 넘어 그가 작품을 대내외에 크게 현창하려는 의도까지 지니게 된 계기는 바로 이 〈권선지로가〉를 통해 마련되었다는 점에서 좀 더 깊이 있는 분석과 검토가 필요하다. 다음의 기사에서 그 단초를 발견할 수 있다.

> 임금이 말하기를,
> “<권선지로가>를 나도 또한 일찍이 보았는데, 이는 과연 누가 지은 것인가?”
> [좌승지] 조명리가 말하기를,
> “선정신 이황이 지은 것이라 하옵니다.”
> 임금이 말하기를,
> “그러한가? “회암에서 잔다[晦菴宿]”라는 구에서 나는 그 가사가 누구의 손에 지어져 나왔는지 알지 못하였는데, 이제 이미 알게 되었으니, 그 뜻을 더욱 취하지 아니할 수 없다. 그 구를 “날이 저물면 도중에 회암에서 잔다[日暮途中晦菴宿]”라는 구로 바꾸도록 하라.”
> 하니 [약방제조] 원경하가 말하기를,
> “좋습니다.”
> 라 하고, 또 말하기를,
> “그 다음 구인 “옷소매를 갖추어 들어가다[衣袖俱入]”는 뜻이 겹치는 것 같습니다.”
> 라 하였다. 임금이 말하기를,
> “선정신의 가사에도 또한 “봄옷이 이미 이루어졌다[春服已成]”라는 구가 있으니, 그 뜻을 넣지 않을 수 없다.”
> 라 하였다. (…)[24]

영조는 정조와 더불어 조선시대 군왕 가운데 특히 많은 어제를 남긴 임금으로 알려져 있다. 특정한 정치적 사안에 대한 견해를 내비쳐야 할 필요가 있을 때 글을 짓기도 하였지만, 때로는 별다른 계기 없이 심회를 시나 문으로 적어 내기도 하였다. 영조는 위 기사가 나오기 이전의 어느 시점에 〈권선지로가〉의 일부 구절을 차용하여 한 편의 시를 지었으나 이를 한동안 묻어 두었다가 이즈음 신하들을 윤대하는 자리에서 꺼내 보였던 것으로 파악된다. 작자가 누구인지 확증되지 않는 작품, 그것도 국문으로 지어진 작품의 구절을 선불리 차용하였다는 잠재적 비판을 의식했을 가능성이 크다.

평소 애호해 왔던 국문시가 작품들이 과연 이황의 소작인지에 대해 근 일 년 전부터 탐문해 왔던 영조가 이때에야 비로소 예전에 지은 시를 공론화한 것은 작자 문제에 대해 이제는 어느 정도 확신할 수 있게 되었기 때문이다. 위 기사에 따르면, 좌승지 조명리와 약방제조 원경하 등이 근간에 그러한 확신을 심어 주었던 것으로 보이는데, 이에 영조는 〈권선지로가〉가 이황의 작이라는 점을 조명리와의 문답을 통해 좌중에 공표하는 한편, 일전에 지었던 시를 조명리·원경하 등의 견해를 들어 가며 개작하기 시작한다. 〈권선지로가〉가 거유 이황의 소작임이 적실하다면, 비록 국문시가일지라도 작품 속 구절을 차용해 오는 것이 흠이 되지 않는다고 판단하였던 것이다. 더 나아가 영조는 어제를 표현 및 취지 면에서 〈권선지로가〉와 완연히 합치시킴으로써 두 작품이 일종의 연작이나 유관작인 듯이 느껴지도록 하는 방향을 택하기에 이른다.

---

24 『승정원일기』 영조22년 6월 23일(정해). "上曰: "〈勸善指路歌〉, 予亦曾見, 此果何人所作乎?" 明履曰: "先正臣李滉所作云矣." 上曰: "然乎? '晦菴宿'之句, 予不知歌詞之出於某手矣. 今旣知之, 則其義尤不可不取矣. 其句以'日暮途中晦菴宿', 改之." 景夏曰: "好矣." 又曰: "其下句'衣袖俱入', 意似疊矣." 上曰: "先正歌詞, 亦有'春服已成'之句, 其意不可不入矣." (…)"

영조가 잠저시에 등사하여 간직했던 〈권선지로가〉의 사본이 남아 있지 않아 그가 보았던 작품이 구체적으로 어떠한 것인지 확인되지는 않지만, 위의 인용에 나온 언급들을 바탕으로 그 대략을 추정해 볼 수는 있다. 그가 〈권선지로가〉 가운데 특히 중시하였던 부분은 "날이 저물면 도중에 회암에서 잔다[日暮途中晦菴宿]"와 "봄옷이 이미 이루어졌다[春服已成]"이다. 두 구 모두 어제를 고치는 데 활용되었는데, 예컨대 앞 구의 경우 영조는 본래 "회암에서 잔다[晦菴宿]"만을 적었다가 〈권선지로가〉의 구절을 그대로 살려서 "날이 저물면 도중에 회암에서 잔다[日暮途中晦菴宿]"로 바꾸었다. 또한 어제에 포함된 "옷소매를 갖추어 들어가다[衣袖俱入]"라는 표현이 전후의 구와 의미상 중첩된다는 원경하의 지적을 반박하면서 〈권선지로가〉에도 그와 상통하는 표현으로 "봄옷이 이미 이루어졌다"가 있으니 문제될 것이 없다는 답변을 하기도 하였다. 따라서 영조가 소장했던 〈권선지로가〉 사본에는 적어도 위의 두 구가 포함되어 있었던 것이 명백하지만, "날이 저물면 도중에 회암에서 잔다"에 해당하는 표현이 대부분의 이본에서 발견되는 반면, "봄옷이 이미 이루어졌다"는 현전본에서는 뚜렷이 확인되지 않는다. 아마도 영조가 본 작품은 오늘날 전해지는 이본들보다 더 고형이었으리라 짐작되는데, 여기에서는 우선 총 17종에 달하는 현전본을 분석한 후 그 원형을 추정해 낸 선행 연구의 결과물을 아래에 인용하여 영조의 어제와 견주어 보고자 한다.

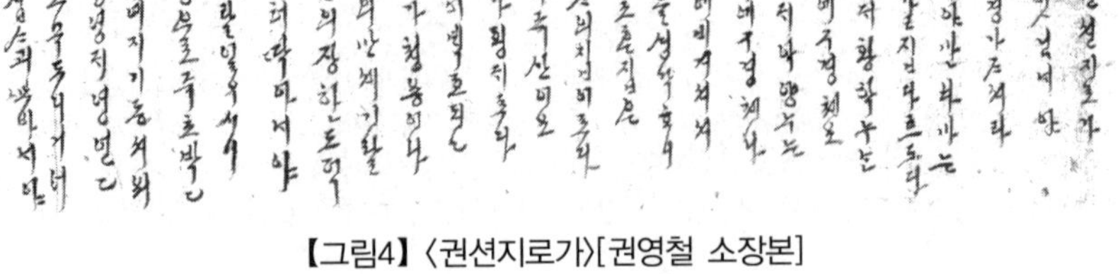

【그림4】〈권션지로가〉[권영철 소장본]

어와 벗님네야 집 구경 가자셔라
집이야 많건마는 찾아갈 집 다르니라
鳳凰臺 黃鶴樓는 俗士의 구경처요
洛城臺 岳陽樓는 騷客의 구경처라
宇宙間에 비겨서서 上上古를 생각하니
아마도 좋은 집은 孔夫子님 집이로다
東山이 主山이요 汶水가 青龍水라
龜山이 白虎요 泗水가 横帶水라
文明한 山水間에 素士의 萬世基라
周公의 道德으로 좋은 터를 닦아 놓고
藩籬를 剖判하고 大家를 세웠으니
五行으로 柱礎 놓고 仁義禮智 기둥 세워
三綱領 大樑 얹고 八條目 도리 걸어
六十四卦 뽑아 내어 次次로 산자 받고
五十土로 알매 넣어 太極으로 蓋瓦하고
日月星辰 窓戶하고 洛龜 河馬 丹青하니
어와 장할시고 이런 집이 또 있는가
三八木 東門이요 四九金 西門이요
三七火 南門이요 一六水 北門이라
仁門을 높피 열고 義路를 널리 닦아
禮樂文物 갖춰 놓고 오는 사람 받자 하니
宮墻이 높은 곳에 누구누구 모였던고
風乎舞雩 詠歸士는 堂上에 올라 있고
陋巷春風 簞瓢師는 室中으로 들어가고
琴張과 木皮와 子路와 仲弓과
冉有와 閔子騫은 문 안에 겨우 드니
七十弟子 三千人을 歷歷히 다 헬소냐
아마도 우리 等이 이 집 구경 가자셔라
正道가 坦坦하니 찾아가기 쉽건마는

九仞山 놉하시니 넘어가기 어려워라
沈沈漆夜 가지 말고 明明白日 가자셔라
가다가 저물거든 晦庵에 들어 자고
明道께 길을 물어 伊川의 배를 타고
濂溪로 내려가니
光風霽月 맑은 곳에 空中樓閣 구경하고
龜陰으로 돌아들어 宗聖公宅 구경하고
亞聖公宅 구경하고 述聖公宅 구경하고
復聖公宅 구경 후에 杏壇을 바라보니
萬歲春光 자진 곳에 하마하마 보련마는
宮墻이 千仞이라 仰之彌高 어이하며
瞻之在前 아득한데 忽然在後 못 보리라
不遠千里 왔다 가서 이 집 구경 못하오면
前功可惜 되오리라 功虧一簣 되단 말가
어와 後生들아 孜孜勤念하여
이 집 구경 가자셔라.[25]

영조는 이 작품에 공자(孔子)를 비롯한 여러 성현들의 유훈을 좇고자 하는 지향이 녹아 있는 데다 이를 각종 수사로 전개해 나가기도 한다는 점에 깊이 공감했던 것으로 보인다. 실제로 〈권선지로가〉에서는 터를 다지고 기둥을 세우며 창을 내고 지붕을 얹는 등 집을 짓는 일련의 행위

25 조기영, 「퇴계의 〈道德歌〉 이본 비교 연구」, 『동양고전연구』 3집, 동양고전학회, 1994, 301~303면. 다만, 〈권선지로가〉의 여러 이본이 본래 단일한 원형에서 파생되었는지, 아니면 복수의 원형에 뿌리를 둔 작품들이 추후 하나의 계열로 수렴되었는지에 대해서는 이견이 존재한다. 위 논문의 경우에는 전자의 관점에 입각하고 있으므로 후자의 입장에서 반론을 제기할 여지가 없지 않다. 그러나 위 논문에서는 개별 이본들의 전래 방식과 표기 체계 및 내용상의 특징을 일일이 분석한 후 양식화된 표현과 시상을 중심으로 〈권선지로가〉의 원형을 재구한 만큼, 그 결과물이 작품의 초기 형태에 근접하는 요소를 다수 반영하고 있다고 필자는 판단한다. 이에 영조의 어제와 견주어 보기 위한 자료로 채택한다.

에 빗대어 유가의 도를 단계적으로 완성해 가는 기쁨을 표출하고 있다. 또한 그렇게 완성된 집 안에 여러 성현들이 좌정해 있는 감격스러운 광경을 제시함으로써 사람이 궁극적으로 지향해야 할 공간이란 바로 '공자의 집'이라는 권고를 전달하기도 한다. 선행을 권장하면서 그 길을 알려 준다는 제명과도 잘 어울리는 내용이라 할 만하다. 이렇듯, 일면 무미한 듯 느껴질 수 있는 교훈을 완곡하고도 흥미롭게 전달한다는 점에서 영조는 〈권선지로가〉를 예사롭지 않게 보았으며, 이 작품이 이황과 같은 거유의 작이리라는 확신을 더욱 더 굳혀 갔을 것이다.

한편, 영조의 어제를 〈권선지로가〉와 상호 비교해 보는 것도 흥미로운 논의거리이다. 앞서 살핀 바와 같이, 영조는 〈권선지로가〉와 어제의 친연성을 드러내기 위해 시상과 표현은 물론 운자와 대우(對偶)에 이르기까지 다양한 범위에 걸쳐 개작을 시도하였다. 처음 영조가 지었던 작품은 전하지 않지만, 개작된 작품은 『열성어제』에 소서(小序)와 함께 수록된 것이 확인된다. 무엇보다도 제목을 '권선지로행(勸善指路行)'이라 하여 〈권선지로가〉와의 연계를 직접적으로 현시하려 하였던 점을 특기할 만하다. 어제 〈권선지로행〉 전문을 몇 부분으로 나누어 아래에 옮긴다.[26]

乾開坤闢人生寅	천지가 개벽하고 사람이 태어나니
其性本來禀於天	그 성품은 본래 하늘에 품부한 것이라,
能修在我本然性	내재된 나의 본연성(本然性)을 잘 닦는다면
可以爲聖可以賢	성인도 될 수 있고 현인도 될 수 있네.
氣質自有淸濁異	기질은 본래 청탁의 다름이 있지만
生知上聖成自然	상성(上聖)께서는 본연성을 태어나면서부터 알았지.

26 영조, 〈勸善指路行〉. [『열성어제』 권19, 6b~7b면.]

雖曰下愚性本善　비록 매우 어리석은 사람도 본성은 본래 선하다 말하지만
盍於斯而益勉焉　어찌하여 본연성을 회복하는 데 더욱 힘쓰지 않을까.
若欲進步先辨路　만약 앞으로 나아가려면 먼저 길을 분별해야 하니
三達德存此知圓　삼달덕(三達德)을 보존해야 이러한 앎이 커진다네.

여타의 훈서류에서와 마찬가지로 이 작품에서도 영조는 수신과 학문에 대한 지향을 표출하는 데 주력하였으며, 그러한 의도에 따라 〈권선지로가〉에 본래 포함되어 있던 뜻이 어제작으로도 완연히 옮아 온 형상을 띤다. 물론 비유적 수사가 많은 〈권선지로가〉에 비해 〈권선지로행〉은 한층 직설적이고 잠언적 성격도 보다 두드러진다.

앞부분 10구까지가 대개 그러한데, 여기에서 영조는 하늘로부터 부여 받은 본연의 성품을 부지런히 갈고 닦아야 한다는 당위를 제시한다. 탁월한 성품을 타고난 경우에야 말할 나위가 없으나, 그렇지 않은 경우라 할지라도 노력 여하에 따라 성인과 현자의 길로 나아갈 수 있다는 전망을 제시한 것이다. 비록 선언적 언술이기는 하지만, 차후 전개될 수신의 방식과 그에 따른 기쁨을 이끌어 내기 위한 전제가 된다는 점에서는 작품의 흐름에 꼭 필요한 단계라 할 수 있다.

確立其志博又約　그 뜻을 확고히 세워 널리 배우고 검약하며
直向誠意關門前　곧장 뜻을 성실히 하여 관문 앞으로 향하네.
正心整衣抱六經　마음을 바르게 옷깃을 정돈하며 육경을 품고서
乘舟搖櫓涉伊川　배에 올라 노를 저어 이천(伊川)을 건너
問途明道向闕里　명도(明道)에게 길을 물어 궐리(闕里)로 향하니
何時得聽誦與絃　어느 때 글 외는 소리와 거문고 소리 들을까.
途中日暮晦菴宿　도중에 날 저물어 회암(晦菴)에서 잠을 자며
靜夜講論性理篇　고요한 밤에 「성리편(性理篇)」을 강론한다.

浴於沂水意閒閒　기수에서 몸을 씻으니 마음이 한가로우며
風于舞雩衣翩翩　무우(舞雩)에서 바람 쐬니 옷깃이 날리도다.
途遇曾點志氣同　길에서 증점을 만나니 뜻과 기상이 같고
吟詠緩步袂相連　시를 읊조리며 느긋하게 걷다 보니 소맷자락 서로 이어진다.
琢磨泗濱一片石　사수(泗水) 가에서 한 조각돌을 쪼고 다듬으며
少休數仞高墻邊　잠시 쉬어 보니 어느새 몇 길이나 되는 높은 담 주변이라.
春色澹蕩指覩間　봄빛은 일렁이며 여기저기 바라보라 가리키니
七十諸子來相延　칠십 제자들 서로 와서 맞이하도다.
忽聞墻來琴瑟聲　홀연히 담장 너머 거문고와 비파 소리 들려오니,
乃覺杏壇起敬先　행단(杏壇)에 오름을 깨닫고서 공경히 일어선다.
既到聖門何躕躇　어느덧 성인의 문하에 도달했으니 무엇하러 망설이나.
孔孟在座宜升筵　공맹이 자리에 계시니 마땅히 나도 자리에 오르리라.

권계적 성격이 강한 앞부분에 이어 11구 이하에서는 옛 성현들을 찾아 길을 떠난 끝에 그들과 감격스럽게 상봉하게 된다는 내용이 전개되고 있어서 〈권선지로가〉와의 친연성이 본격적으로 드러난다. 다만, 집을 짓는 행위에 빗대어 유가의 도를 완성해 간다는 것이 〈권선지로가〉의 주요한 발상인 데 비해, 〈권선지로행〉에서는 일종의 노정(路程)을 설정하여 성현들과 차례로 조우하는 감격을 표출하였다는 차이점이 있다.

먼저 영조는 뜻을 세우고 마음을 다잡아 길을 나서는 광경을 제시한다. 뜻이 굳은 만큼 망설임이 없기에 곧장 관문을 향해 나아가는 의기로운 자세가 역력하다. '바른 마음[正心]'을 지니고서 '정제된 의관[整衣]'을 하여 육경(六經)을 품고 출발한다는 표현으로부터 작품 속 여정이 단순한 유람이 아닌 구도적 순행이 될 것임을 짐작케 한다. 배를 타고

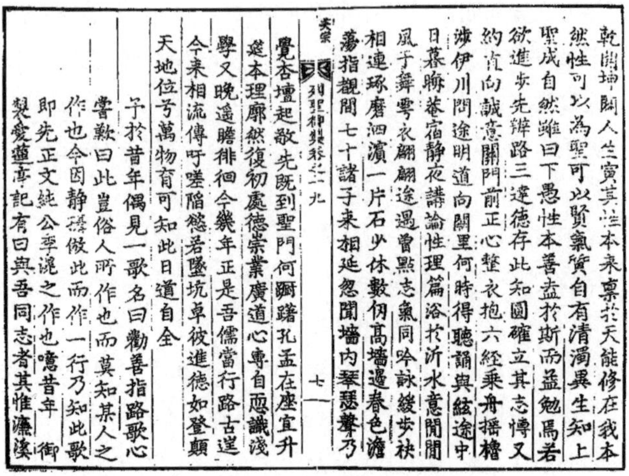

乾闢坤闢人生寅其性本來稟於天能修在我本
然性可以為聖可以賢氣質自有清濁異生知上
聖成自然雖曰下愚性本善盍於斯而益勉焉若
欲進步先辨路三達德存此知圓確立其志博又
約省向誠意關門前正心整衣抱六經乘舟搖櫓
涉伊川問途明道向闕里何時得聽誦與絃途中
日暮晦菴宿靜夜講論性理篇浴於沂水意閒閒
風乎舞雩衣翩翩途遇曾點志氣同吟詠緩步袂
相連琢磨泗濱一片石少休數仞高墻邊春色濃
蕩指覩間七十諸子來相延忽聞墻內琴瑟聲乃

英宗 列聖御製卷之十九 七

覺杏壇起敬先既到聖門何躕躇孔孟在座宜升
進本理廓然復初處德崇業廣道心專自愧識淺
學又晚遙瞻徘徊今幾年正是吾儒當行路古違
今來相流傳吁嗟陷慾若墜坑卓彼進德如登顛
天地位兮萬物育可知此日道自全
予於昔年偶見一歌名曰勸善指路歌心
嘗歎曰此豈俗人所作也而莫知某人之
作也今因靜攝倣此而作一行乃知此歌
即先正文純公李滉之作也噫昔年 御
製愛蓮亭記有曰與吾同志者其惟濂溪

【그림5】 영조 어제 〈권선지로행〉 [『열성어제』 권19]

"이천(伊川)을 건넌다"거나 "명도(明道)에게 길을 묻는다"라는 표현은 물론 정이천(程伊川, 정이(程頤), 1033~1107)과 정명도(程明道, 정호(程顥), 1032~1085)에 빗댄 것으로, 그들의 학문을 안내 삼아 성인의 가르침에 단계적으로 접근해 간다는 의미를 띤다.

그 다음 구인 "도중에 날 저물면 회암에서 잠을 자고[途中日暮晦菴宿]"에서 '회암(晦菴)' 역시 주자(朱子, 주희(朱熹), 1130~1200)의 호(號)를 중의적으로 활용했다는 측면에서 '이천' 및 '명도'와 유사할 뿐만 아니라 내용상으로도 선학들의 도움을 얻어 공맹의 교훈을 해득한다는 의미이므로 앞의 두 구와 뚜렷이 연속된다. 아울러, 앞서 살핀 바와 같이 이 구는 영조가 처음에 "회암에서 잔다[晦菴宿]"라고만 적었다가 개작할 때 자구까지 그대로 〈권선지로가〉의 것을 가져다 쓴 부분이다. 〈권선지로가〉와 〈권선지로행〉이 일종의 연작과도 같은 성격을 지닌다는 점을 이 구절을 통해 명확히 드러내고자 하였던 것이다.[27]

한편, 기수(沂水)에서 목욕하고 무우(舞雩)에서 바람을 쐬는 행위는 증점(曾點)의 전례를 들어 유연자적하는 유자의 기쁨을 표출한 것이므로 특별할 바가 없지만, 대략 이 부분에 이르러 공자의 제자들과의 만남이 그려진다는 점에서는 눈여겨볼 만하다. 앞부분에서는 정이·정호·주희 같은 선현들이 제시되었고 이들을 통해 성인이 거처하는 공간으로 다가갈 수 있는 계기가 마련되었다면, 여정이 진행될수록 시대를 거슬러 올라가면서 공자와의 시공간적 거리가 좁혀지게 되는 것이다. 도중에 증점을 만나 뜻과 기상이 일치한다는 점을 확인하면서 희열을 느끼다가, 종국에는 사수(泗水)에 다다라 공자의 칠십 제자들과 감격스럽게 해후하는 광경이 펼쳐진다. 지척에 성인의 거처가 있다는 사실을 직감한 화자는 공자와 맹자(孟子, 맹가(孟軻), B.C.372?~B.C.289?)가 좌정한 성문(聖門)으로 망설임 없이 들어가면서 비로소 여정을 끝마치게 된다.

이처럼 〈권선지로행〉에서는 수평적 탐문만을 주요한 구도로 설정하였다는 점에서 수직적 완성을 앞세웠던 〈권선지로가〉와 차이를 보인다. 〈권선지로가〉에서의 목표가 '공자의 집'을 쌓아 올려 낙성(落成)하는 것이었다면, 〈권선지로행〉의 지향은 일련의 여정을 거쳐 공맹과의 만남을 달성해 가는 것이기 때문이다. 성인의 도를 추구하되 단계적·점층적으로 시상을 전개하였다는 점에서는 특징이 일치하지만, 구도나 강조점에 일부 변화를 주었다는 측면에서는 영조의 어제가 지닌 독자적 성격을 확인할 수 있는 대목이다.

물론, 영조는 위와 같은 수사적 내용을 서술한 후에 예의 잠언적 언술로 되돌아오는데, 마지막 10구가 그러한 부분에 해당한다.

---

27 한편, 앞서 근신들과 더불어 어제를 개작할 때 영조는 "날이 저물면 도중에 회암에서 잔다[日暮途中晦菴宿]"라는 구 뒤에 "옷소매를 갖추어 들어가다[衣袖俱入]"라는 표현을 넣지 않을 수 없다고 말한 바 있다. 그런데 정작 『열성어제』에 수록된 〈권선지로행〉에는 이 부분이 빠져 있다. 이후에 추가로 개작하면서 어떤 이유에서인지 이 부분을 누락한 것으로 보인다.

本理廓然復初處 아득한 본연의 이치를 태초의 곳으로 회복하니
德崇業廣道心專 덕을 숭상하고 업을 넓게 하여 도심을 오로지하리.
自恧識淺學又晩 스스로 부끄러운 얕은 식견에 배우고 또 힘써야지.
遙瞻徘徊今幾年 저 멀리 배회한 것이 오늘날까지 몇 년이던가.
正是吾儒當行路 정녕 우리 유자들이 마땅히 갈 길이니
古自今來相流傳 예로부터 지금까지 서로서로 전해온 것이라네.
吁嗟陷慾若墜坑 아! 욕심에 빠지는 것은 구렁에 떨어지는 것과 같으니
卓彼進德如登顚 우뚝하게 저 덕에 나아감을 산 정상에 오르듯 하리라.
天地位兮萬物育 천지가 자리 잡아 만물이 생육하니
可知此日道自全 오늘 도가 스스로 온전해지는 것을 알겠구나.

이 부분에 들어 영조는 수신을 지속해 가야 할 유자로서의 책무를 되새긴다. 지난날이 무지와 나태에 빠져 있던 어리석은 시절이었다면, 상상적 공간에서나마 공맹을 만나 본 이 순간부터는 구태를 떨쳐 내고 간단없이 정진해 나가리라는 자기 다짐을 표명하였던 것이다. 그 같은 성찰은 일차적으로는 화자 스스로를 향한 것이지만, 더 나아가 작품을 읽는 모든 이들에게로 교훈을 확산하는 형식을 취하기도 하였다.

위와 같은 취지와 구성을 지닌 〈권선지로행〉에 대해 영조는 무척 만족스럽게 생각했던 듯하다.

> 임금이 어제 <지로행(指路行)>을 여러 신하들에게 보이면서 말하기를, "이 시가 선정신 이황의 <권의지로가(勸義指路歌)>와 우연히 서로 합치되었으니, 실로 세상에 드물게 있는 일임을 느끼게 한다."
> 하니, 도승지 홍상한이 관원을 보내어 선정의 서원(書院)에 치제(致祭)하여 세상에 드문 느낌이 있었다는 뜻을 붙이라고 청하였는데, 임금이 그대로 따랐다.[28]

28 『영조실록』 권63, 22년 6월 24일(무자). "上以御製〈指路行〉, 示諸臣曰: "此詩, 與先正臣

근신들과의 논의를 거쳐 개작을 끝마친 바로 다음날 영조는 여러 신하들 앞에 어제를 내보이며 이황의 〈권선지로가〉와 자신의 〈권선지로행〉이 우연히도 상통한다고 자랑스럽게 이야기한다. 임금의 의도를 간취해 낸 도승지(都承旨) 홍상한(洪象漢, 1701~1769)이 관원을 도산서원(陶山書院)에 내려 보내 치제하여 이 일을 기리는 것이 좋겠다고 곧바로 상언하자, 영조 또한 흔쾌히 가납한다. 더 나아가 영조는 치제를 수행할 예관(禮官)의 지위를 직접 정하는가 하면, 치제할 때 자신의 〈권선지로행〉을 서원에 함께 비치하도록 지시하는 등 이 일에 적극적인 관심을 내비치기도 하였다.[29] 그처럼 영조는 이황과 같은 거유와 자신이 백 년 이상의 시간을 격하고 있음에도 불구하고 동일한 지향을 지니고 있다는 점에 큰 자부심을 느꼈던 것이다. 또한 이황과 자신 사이의 유대를 도산서원 치제를 통해 널리 공론화함으로써 유자를 우대하는 후덕한 군주로서의 위상을 강화하고자 하였다. 이는 『열성어제』에 남아 전하는 〈권선지로행〉의 소서에도 뚜렷이 표명되고 있는 바이다.

> 내가 예전에 <권선지로가>라는 한 노래를 우연히 보고서 일찍이 마음으로 진정 감탄하여 말하기를, '이것이 어찌 세속 사람이 지은 작품이던가!'라고 하였으나, 이를 누가 지었는지는 알지 못하였다. 이제 쉬는 여가에 이를 모방해 행(行)을 하나 지었는데, 이내 이 노래가 선정 문순공(文純公) 이황의 작임을 알게 되었다. 아! 지난해 어제 「애련정기(愛

李滉〈勸義指路歌〉, 偶然相合, 實有曠世之感矣." 都承旨洪象漢, 請遣官致祭于先正書院, 以寓曠感之意, 上從之."

29 『승정원일기』 영조22년 6월 24일(무자). "上曰: "嶺南鄒魯之鄕者, 以其有先正之化也. 曾亦遣官致祭, 而今亦依所達, 遣禮官致祭於書院, 御製亦爲謄送, 竝與先正所作之歌, 而置諸書院, 可也." (…) 上曰: "頃年聖學輯要序, 左承旨其時以翰林書之矣. 紫雲書院致祭, 誰去耶?" 明履曰: "其時玉堂李宗城往矣." 上曰: "今番陶山書院致祭, 亦當送玉堂, 上番儒臣進去, 可也.""

> 蓮亭記)」에 이르기를, "나와 뜻을 같이 하는 자는 오직 염계(濂溪) 한 사람뿐이다."라고 하였는데, 이제 또 말하기를, "백여 년 전 나와 뜻을 같이 했던 자는 오직 선정뿐이었다. 세상에 드물게 보는 느낌을 서로 갖게 되니 어찌 우연이겠는가?"라고 하였다. 그 대략을 간략히 적어 마지막에 붙인다. 【특별히 유신(儒臣)을 보내 선정의 서원에 치제하면서 이번에 임금이 지으신 <권선지로행>과 선정이 지은 <권선지로가> 한 본씩을 깨끗하게 베껴 도산서원에 비치하도록 명하셨다.】[30]

물론, 이러한 영조의 의도가 온전히 달성되기 위해서는 〈권선지로가〉를 과연 이황이 지은 것이 맞는지가 확정되어야만 했다. 앞 절에서 살핀 대로 영조는 〈어부사〉 등 자신이 애호해 왔던 시가 작품들이 모두 이황의 작이리라는 기대 섞인 결론을 내리고는 있었으나, 어제를 계기로 서원에 치제까지 하겠다고 공언한 시점에 이르러서는 〈권선지로가〉가 실제로 이황의 소작이라는 점이 더더욱 분명하게 밝혀져야만 했던 것이다.

때문에 종전에도 논란이 되었던 작자 문제가 또 다시 불거지게 되는데, 이때 신료들 사이에서도 의견이 나뉘었던 것으로 파악된다. 도승지 홍상한과 좌승지 조명리·약방제조 원경하 등은 이황이 〈권선지로가〉를 비롯한 일련의 작품을 직접 지었을 뿐만 아니라 그 수준 역시 비상하다는 점을 여러 전언을 끌어 와 반복적으로 영조에게 진달하였다.

그러나 인본이 남아 전하는 〈도산십이곡〉과 달리 〈권선지로가〉는 이

---

30 영조, 〈勸善指路行〉. [『열성어제』 권19, 7b~8a면.] "予於昔年偶見一歌, 名曰〈勸善指路歌〉, 心嘗歎曰: "此, 豈俗人所作也!" 而莫知某人之作也. 今因靜攝, 倣此而作一行, 乃知此歌, 卽先正文純公李滉之作也. 噫! 昔年御製「愛蓮亭記」有曰: "與吾同志者, 其惟濂溪一人." 今予又曰: "百餘年前, 與我同志者, 其惟先正, 曠世相感, 其豈偶然?" 略記其槪, 以附其末. 【特遣儒臣, 致祭於先正書院, 今者, 御製〈勸善指路行〉, 先正所撰〈勸善指路歌〉, 淨寫一本, 命置陶山書院.】"

황의 작으로 비정할 만한 단서가 뚜렷하지 않은 만큼 회의적인 시각이 제기되기 마련이었다. 실제로 영조는 〈어부사〉의 작자를 묻기 위해 일 년여 전에 인견했던 이황의 현손 이세덕을 다시 어전으로 불러 이번에는 〈권선지로가〉의 작자에 대해 문의하지만, 이세덕은 〈권선지로가〉를 선조의 작이라 볼 근거가 없다고 답하였으며,[31] 시독관(侍讀官)인 부교리(副校理) 윤광소(尹光紹, 1708~1786)와 병조정랑(兵曹正郎) 권만(權萬, 1721~?)도 역시 〈권선지로가〉가 이황의 작인지 가늠할 수 없을 뿐만 아니라 그러한 상황에서 도산서원에 치제하는 것은 더욱 온당치 않다는 취지로 간언한다.[32] 이에 따라 〈권선지로행〉을 서원에 비치하는 일과 예관을 내려 보내 치제하는 일이 모두 잠정적으로 보류되었던 것이다.

그럼에도 불구하고 영조는 영남 출신 신하들로 하여금 이 문제를 더 탐문하여 보고하도록 지시하는데, 그 결과가 어떠했는지 관련 기록이 발견되지는 않지만, 대개 부정적인 견해가 주를 이루었던 듯하다. 이는, 얼마 후 당시 〈권선지로가〉를 이황의 소작으로 생각하고서 취하였던 자신의 하교가 세간에 비웃음을 받을 만한 것이었다고 영조 스스로 술회하였던 데에서도 확인할 수 있다.[33]

---

31 『승정원일기』 영조22년 6월 24일(무자). “上曰: “李世德進來.” 世德進伏. (…) 上曰: “〈指路歌〉今聞之, 則先正所作云, 然乎?” 對曰: “果有是言矣. 一道之人, 皆如是認之, 子孫不如是認之, 而臣家別無眞的文字, 文集亦無謄載之事, 是可怪矣.” 上無答.”

32 『영조실록』 권63, 22년 6월 26일(경인). “召承旨儒臣, 講『詩』二南. 侍讀官尹光紹曰: “陶山書院致祭之命, 臣固欽仰. 而第念指路歌, 只是閭巷間相傳而已, 猶未的知其爲先正之詩, 則朝廷擧措, 恐不可不審愼矣.” 上可之, 令道臣, 採訪以聞.”; 『승정원일기』 영조22년 9월 16일(기유). “上曰: “頃者以〈勸善指路歌〉, 有所下敎. 汝是嶺人, 必有所聞. 是歌果先正所作乎?” 萬曰: “俗傳爲先正所作, 而但無明文可徵者矣.” 上曰: “〈陶山六曲〉·〈漁父詞〉, 亦先正所作乎?” 萬曰: “〈陶山前後十二曲〉, 卽先正所作也. 〈漁父詞〉是故判中樞府事李賢輔, 所點綴編成者也.” 上曰: “〈指路歌〉無刊本乎?” 萬曰: “無之矣.””

33 『승정원일기』 영조22년 10월 13일(을해). “上曰: “若得誌石, 則猶爲可據, 而碑石之竪已久, 則豈有累百年後始知之理乎? 若輕先施行, 終歸於虛, 則恐或如嶺南勸善指路歌之事矣. 指路歌事則設或錯認, 歸於可笑而已.””

결국, 영조는 〈권선지로가〉에 유자들이 지녀야 할 지향이 응축되어 있다는 평가와, 이것이 거유 이황의 작이리라는 기대 섞인 추정을 바탕으로 작품의 가치를 현창하려 하였고, 더 나아가 〈권선지로행〉을 직접 제작함으로써 호학 군주로서의 모범적인 위상까지 드러내고자 의도하였으나, 끝내 뜻한 바를 이루지는 못했던 것으로 정리된다. 이로써 〈권선지로행〉과 그에 딸린 서문 역시 더 이상 공론화되지 못한 채 정조 초년에 『영조어제』를 편찬할 때에야 비로소 수습될 수 있었던 것이다.

5. 나가며

이상에서 국문시가 작품에 영조가 관심을 표명하였던 이유를 그의 국문관과 연관 지어 검토하고, 〈권선지로가〉를 바탕으로 지은 어제의 특징을 분석하였다. 위에서 다룬 내용들을 항목별로 정리하면 다음과 같다.

○ 영조는 국문을 활용하여 한문의 문의를 보다 명확하게 드러낼 수 있다는 효용을 강조하였다. 비록 국문을 바탕으로 한문을 깨우치게 하기 위한 소극적 목적에 의거한 것이기는 하지만, 영조는 일반 백성들 사이에서는 물론, 사대부가나 왕실에서도 국문이 유용하게 쓰일 수 있으며, 특히 수신에 기여하는 바가 크다는 점을 인정하였던 것이다.

○ 영조의 이 같은 국문관을 감안한다면 국문시가에 대한 그의 기호 역시 도학에 대한 지향이나 자기 성찰의 기조를 띤 고아한 작품들에 대개 경사되어 있었으리라는 추정이 가능하다. 실제로 영조는 잠저시에 〈어부사〉를 얻어 보고서 탄복하여 국한문으로 등사하였으며, 이후

〈도산십이곡〉과 〈권선지로가〉를 그 아래에 붙여서 소장하였다.

○ 당초부터 이황을 흠모해 왔던 영조는 자신이 애호했던 이들 작품을 모두 이황이 지었으리라는 기대를 품고 있었다. 이황과 같은 거유가 아니고서는 그처럼 비범한 뜻을 표출해 내기 어렵다고 생각했기 때문이다. 특히 이황이 생전에 음률을 해득하였다는 이야기를 전해 듣게 되면서 그 같은 추정은 더욱 강화되었던 것으로 보인다.

○ 국문시가에 대한 영조의 관심이 개인적인 애호를 넘어 대내외에 보다 분명하게 표출되는 계기는 〈권선지로가〉를 통해 마련된다. 재위 22년(1746) 6월 무렵에 영조는 자신이 애호했던 국문시가 작품들이 실제로 이황의 소작이라는 전언을 듣고서 감격스러워한다. 이에, 일전에 〈권선지로가〉의 구절을 차용하여 지어 놓고도 섣불리 공표하지 못했던 어제시를 근신들에게 내보이며 개작을 시도하기에 이른다. 어제가 표현 및 취지 면에서 〈권선지로가〉와 완연히 합치된다는 점을 강조하여 유자를 우대하는 후덕한 군주로서의 위상을 현시하려 하였던 것이다.

○ 다만 '권선지로행'이라 이름 붙인 어제에서는 수평적 탐문만을 주요한 구도로 설정하였다는 점에서 수직적 완성을 앞세웠던 〈권선지로가〉와 다소 차이를 보인다. 〈권선지로가〉에서의 목표가 '공자의 집'을 쌓아 올려 낙성하는 것이었다면, 〈권선지로행〉의 지향은 일련의 여정을 거쳐 공맹과의 만남을 달성해 가는 것이기 때문이다. 성인의 도를 단계적으로 추구한다는 점에서는 특징이 일치하지만, 어제의 독자적 성격을 확인할 수 있는 대목이다.

○ 영조는 〈권선지로행〉을 도산서원에 비치하고 관원을 보내 치제함으로써 어제에 담긴 뜻을 널리 공론화하고자 하였으나, 〈권선지로가〉를 이황의 작으로 단정할 근거가 없다는 조정의 공의에 따라 계획은 정침되었고, 〈권선지로행〉도 정조 초년에 『영조어제』를 편찬할 때에야

비로소 수습되어 전래될 수 있었다.

이렇듯 영조는 국문의 효용에 대한 인식을 갖추고서 국문 윤음의 편찬을 비롯한 여러 사업을 추진하였음은 물론, 이황의 작이라 스스로 비정한 국문시가 작품들의 가치를 높이 평가하여 〈권선지로행〉과 같은 시를 직접 지어 남기기도 하였다. 그러한 영조의 행적이 당시 조야에 어느 정도의 파급을 일으켰는지는 단언할 수 없지만, 군왕이 국문과 국문시가를 중시하였던 기조를 문신들 사이에 뚜렷이 각인하였다는 점만으로도 적지 않은 반향을 불러 왔을 가능성이 높다.

가령, 후왕인 정조가 영조의 전례에 따라 다수의 국문 윤음을 반포하여 정사를 운영하기 위한 하나의 방편으로 삼았다는 것은 이미 잘 알려진 사실이거니와, 문학 분야에서도 국문을 활용하여 수준 높은 작품을 짓고 전승할 수 있으며 후대에 그 가치를 충분히 평가 받을 수도 있다는 인식을 확산하는 데 영조의 언술이 끼쳤을 영향력을 가늠할 수 있다.

비단 영조의 사례뿐만 아니라 조선조의 군왕들이 지니고 있었던 국문관과 국문문학관을 보여 주는 자료들을 면밀히 탐색하여 정리하고 그 여파를 분석하는 작업은 긴요하다. 군왕은 비록 개인적인 차원에서 국문 작품을 짓거나 향유한 경우라 할지라도 그 효과가 상당한 범위에까지 미쳤을 개연성이 다분하기 때문이다.

궁중악장의 개편 시도

관암冠巖 홍경모洪敬謨의 연향악장 개편 양상과 그 의의

1. 들어가며

조선 왕조의 '문예부흥기'라 흔히 일컬어지는 영정조(英正祖) 연간의 제반 현상에 대해서는 일찍부터 활발하게 논의가 이루어져 왔던 반면, 정치적 구도가 경직되고 민(民)에 대한 수탈이 심화된 세도정권기(勢道政權期)에 대해서는 상대적으로 연구가 미진했던 것이 사실이다. 이러한 연구사적 편향에 대한 반성을 거쳐, 19세기에 대한 관심이 고조되던 시점에 관암(冠巖) 홍경모(洪敬謨, 1774~1851)가 부각되어 나온 것은 자연스러운 현상이라 할 수 있다. 홍경모는 정조대에 이조판서(吏曹判書)를 지낸 이계(耳溪) 홍양호(洪良浩)의 손자로서, 조부의 실증적 학풍과 특유의 호학열을 이어받아 그 역시도 당대의 사상적·학술적 사안들에 대해 깊이 있는 견해를 표명하여 두각을 나타내었기 때문이다.[1]

특히 홍경모는 동국의 역사와 지리, 나아가 불교에 대해서까지 관심을 가지고 있었다는 점에서 더욱 중요하게 거론되었다. 예컨대 그는

---

1 홍경모에 대해서는 생애와 학문, 저술과 기록 정신, 그의 학술사적 위상 등의 측면에서 다각도로 검토된 바 있다. 이 같은 성과들이 이종묵 편, 『관암 홍경모와 19세기 학술사』, 경인문화사, 2011에 집성되었다.

단군조선(檀君朝鮮)의 강역과 통일신라의 북방 경계에 관해 논의하였고, 우리 역사의 시원을 단군(檀君, ?~?) 이전까지 소급함으로써 그 유구함을 강조하였다. 아울러 불교에 대해 담론하면서 연기설(緣起說)을 비롯한 불교의 주요 교리를 긍정하는 식견을 드러내기도 하였다.[2]

그처럼 폭넓은 시야와 유연한 견해가 홍경모의 학문 세계를 특징짓는 요소라 할 때, 또 하나 중시되는 분야가 바로 궁중 악장이다. 그는 국초부터 전래되어 온 궁중악을 체계적으로 정리하고, 기존 악장을 나름의 관점으로 개편하여 5권 분량의 『국조악가(國朝樂歌)』를 엮어 내었던 것이다. 종묘(宗廟)·문소전(文昭殿)·문묘(文廟)의 제례악장(祭禮樂章)은 물론, 각종 연례(宴禮)에 쓰이는 연향악장(燕享樂章), 심지어 중국 고대의 악장까지 다루고 있는 『국조악가』는 어느 개인이 편찬한 것이라고는 느껴지지 않을 만큼 다대한 내용을 포함하고 있다.[3]

그러나 『국조악가』에 대한 본격적인 고찰은 송지원의 선행 논문을 제외하고는 발견되지 않는다. 이 논문에서는 『국조악가』 5권 전체의 편제를 정리하여 소개하고 관련 항목에서 검출되는 홍경모의 예악관(禮樂觀)을 분석하였다. 또한 『악학궤범(樂學軌範)』·『악장가사(樂章歌詞)』·『국조악장(國朝樂章)』·『국조시악(國朝詩樂)』 등 이전의 악서(樂書)들과 견주어 『국조악가』가 지니는 위상에 관해서도 다룸으로써 여러 중요한 논점들을 촉발하였다.[4]

---

2 강석화, 「19세기 경화사족 홍경모의 생애와 사상」, 『한국사연구』 112호, 한국사연구회, 2001, 194~195면.

3 『국조악가』 제1권에서는 종묘, 제2권에서는 교사(郊祀), 제3권에서는 대보단(大報壇)·문묘(文廟)·문무무(文武舞), 제4권에서는 연향(燕享)에 쓰이는 악장을 다루었으며, '고악가보(古樂歌補)'라 제한 제5권에서는 중국 고대의 악장을 상상하여 지어 내었다.

4 송지원, 「홍경모의 『국조악가』 연구」, 『한국학논집』 39집, 한양대 한국학연구소, 2005, 117~137면.

다만, 홍경모가 기존 악장의 내역을 파악하고 정리한 방식에 대해 충분한 검토가 이루어지지 않은 점은 문제시된다. 아울러 『국조악가』의 편제에 중점을 두고 논의가 진행된 탓에 수록 작품들의 특징이 별반 언급되지 못한 미비점도 발견된다. 따라서 종래의 악장과 홍경모의 작품 사이에 어떠한 관계가 있는지 살핌으로써, 그가 악장을 단순히 정리하는 데 그치지 않고 의작(擬作)까지 시도하게 된 의도를 추적하는 작업이 필요할 것이다.

이 글에서는 그 같은 문제의식에 입각하되, 방대한 분량의 『국조악가』 전체를 단일 논고에서 다루기는 현실적으로 어려운 만큼, 우선 연향악장을 대상으로 논의를 전개해 나가고자 한다. 그 체계나 내용이 정례화된 제례악장보다는 형태와 용도가 한층 다양한 연향악장의 사례가 홍경모의 악장관(樂章觀)을 검토하기에 보다 용이한 자료로 소용될 수 있기 때문이다. 연향악장 부분을 분석한 성과를 『국조악가』 전체의 특징을 이해하기 위한 기반으로 삼아 19세기 악장의 현상에 접근해 보고자 하는 것이다.

2. 연향악장의 내역

『국조악가』의 여러 부분에서 홍경모는 스스로를 '고희옹(古稀翁)'이라 지칭하고 있어서 이 책이 저자의 70세 무렵에 편찬되었다는 사실을 짐작할 수 있다. 또한 권5의 말미에 '세정미중춘(歲丁未仲春)'이라고 한 기록을 보면 그 정확한 연대는 저자가 74세 되던 헌종13년(1847)으로 파악된다.

그러나 홍경모가 악장에 관심을 가지고서 이를 체계화하는 작업을

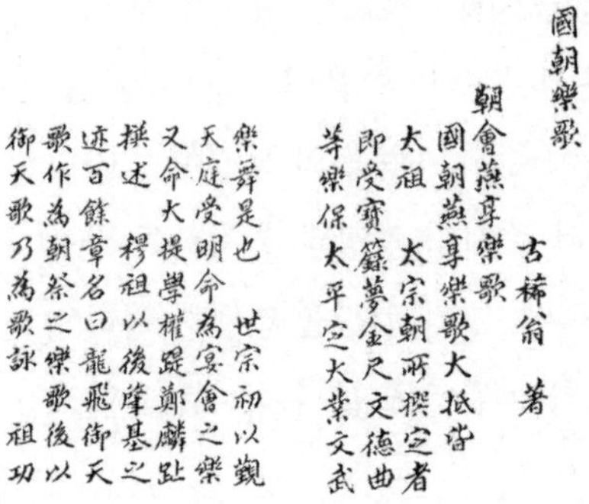

國朝樂歌
古稀翁 著
朝會燕享樂歌
國朝燕享樂歌大抵當
太祖 太宗朝所撰定者
即受寶籙夢金尺文德曲
等樂保太平定大業文武
樂舞是也 世宗初以覲
天庭受明命爲宴會之樂
又命大提學權踶鄭麟趾
撰述 穆祖以後肇基之
迹百餘章名曰龍飛御天
歌作爲朝祭之樂歌後以
御天歌乃爲歌詠 祖功

【그림1】『국조악가』 권4

수행하였던 시기는 훨씬 이전부터임이 분명하다. '종묘대향악가(宗廟大享樂歌)'라고 제한 권1의 서문에서 그는 자신이 태묘(太廟), 즉 종묘의 제거(提擧) 직을 수행하는 동안 종묘제례악(宗廟祭禮樂)의 착종(錯綜)을 발견하고서 이를 바로잡으려 하였다고 기록하였기 때문이다.[5] 당시부터 이루어진 개편 작업의 성과를 만년이 되어 『국조악가』의 제1권으로 엮어 내었던 것이다.

제례악장과 달리 연향악장을 개편한 시기와 의도에 대해서는 뚜렷한 언급이 발견되지 않지만, 저간의 사정을 짐작케 하는 단서 정도는 확인된다.

> 내 이미 연향악의 여러 악장을 모의하여 지어 내었고, 또 국초로부터 [전해지는] 악명(樂名)을 사곡(詞曲)에 맞게 하며 가송(歌頌)을 본받도록 정성을 기울였으나, [나의] 문사(文辭)가 거칠고 졸렬하여 성운(聲韻)이 조화로운지, 율려(律呂)가 잘 맞는지는 모르겠다.[6]

연향악장을 다룬 권4의 서문 말미에서 홍경모는 자신이 이미 종래의 여러 연향악장을 바탕으로 작품을 찬하였다고 하였는데, 이로부터 그가 『국조악가』를 본격적으로 편찬하기 이전에 연향악장에 대한 전반적인 고찰을 마치고서 이미 의작까지 완료하였다는 사실이 드러난다. 어

---

5 『국조악가』 권1, 「宗廟大享樂歌」.

6 『국조악가』 권4, 「朝會燕享樂歌」. "余旣擬撰享樂諸章, 又自國初樂名繫以詞曲以效歌頌之忱, 而文辭蕪拙, 未知能諧於聲韻叶於律呂也."

느 한 시기에 집중적으로 작업을 했던 것이 아니라 평소부터 꾸준히 작품을 찾아 정리해 오던 차에 그 분량이 상당한 정도에 이르자 이내 편목을 달아 『국조악가』의 한 권으로 집성하였으리라는 정황을 알려 주는 대목이다. 제례악장과 마찬가지로 종래의 연향악장 역시도 여러 문제점을 포함하고 있다고 생각하고서 작품을 완정하게 가다듬기 위해 많은 시간과 공력을 들였던 것이다.

과연 어떤 부분을 문제 삼았는지 본격적으로 작품을 분석하기에 앞서 우선 홍경모가 파악했던 연향악장의 내역을 살펴야 할 필요가 있다. 주요 작품을 선별하고 나열하는 방식에 이미 연향악장에 대한 그의 인식이 투영되어 있기 때문이다.

> 국조 연향악가는 대저 모두 태조와 태종께서 선별하여 정한 것으로, 곧 <수보록>·<몽금척>·<문덕곡> 등의 악과 <보태평>·<정대업> 등 문무 악무가 바로 이것이다. 세종 초에는 <근천정>·<수명명>으로써 연회의 음악을 삼았다. 또 대제학 권제·정인지 등에게 목조(穆祖) 이후 왕조의 기업을 닦은 자취를 읊은 백여 장을 찬술하라고 명하시고는 '용비어천가'라고 명명하여 조정 제사의 악가로 삼았다. 이후에는 <용비어천가>로 곧 조종의 공덕을 노래하여 마땅히 상하를 통용하는 바로써 즐겁게 선양하는 뜻을 지극하게 했으니 종묘 음악에 사용하는 데 한정시킬 수가 없었다. [그리하여] <여민락>·<취풍형>·<치화평>·<봉래의>·<발상> 등의 악과 더불어 공적 사적 연향에 함께 통용하도록 윤허했다. 그리하여 <치화평>은 <용비어천가> 전편을 썼고, <취풍형>은 22장을 사용했으며, <여민락>·<봉래의>는 모두 앞의 10장을 셨고, <발상>은 가사가 없어 연례와 통용했으니 노랫말도 민간의 것이고 음악도 민간의 것이므로 교방(教坊)의 이악(俚樂)에 속한다.[7]

---

7 『국조악가』 권4. "國朝燕享樂歌, 大抵皆太祖太宗所撰定者, 卽〈受寶籙〉·〈夢金尺〉·〈文德曲〉等樂, 〈保太平〉·〈定大業〉, 文武樂舞, 是也. 世宗初, 以〈覲天庭〉·〈受明命〉, 爲燕

역시 권4의 서문에서 관련 기록이 발견된다. 나열된 작품의 시기는 태조대에서 세종대까지 걸쳐 있는데, 비록 소략한 기록이기는 하지만 이를 통해 선초 악장의 전승 양상을 추적할 수 있다.

홍경모는 우선 국조의 연향악이 대부분 태조와 태종대에 찬정된 것이라 설명하면서, 그 사례로 〈수보록(受寶籙)〉·〈몽금척(夢金尺)〉·〈문덕곡(文德曲)〉 등의 악가(樂歌)와 〈보태평(保太平)〉·〈정대업(定大業)〉의 악무(樂舞)를 들었다. 앞의 부류는 정도전(鄭道傳)이 지은 것으로 모두 태조의 공덕을 칭송한 작품이다. 개국 직후의 악장이 대부분 정도전에 의해 제진되었던 현상을 적실하게 반영하고 있다. 다만, 〈보태평〉과 〈정대업〉에 대한 기술은 일부 부정확한데, 이들은 〈발상(發祥)〉과 더불어 세종 30년 무렵에 임금이 친제한 것으로 파악된다. 또한 〈보태평〉과 〈정대업〉은 세조대에 이르러 일부 축소·개편된 형태로 종묘제례악장(宗廟祭禮樂章)으로 확정되기도 하였다. 이처럼 두 작품은 세종과 세조의 소작이므로, 이들을 태조 및 태종대의 악장으로 기록한 것은 명백한 오류이다.

한편, 잇달아 언급된 〈근천정(覲天庭)〉은 명(明)과의 긴장 관계를 개선한 태종의 공적을, 〈수명명(受明命)〉은 태종이 명 황제로부터 승인을 받은 사적을 다룬 작품이다. 둘 모두 태종2년(1402)에 하륜(河崙)이 제진하여 연향악으로 사용하였으나, 세종1년(1419)에 사연(賜宴)의 절차를 정할 때 그 쓰임이 공식화되었고,[8] 홍경모 역시도 이러한 사실을 들어

會之樂. 又命大提學權踶, 鄭麟趾, 撰述穆祖以後肇基之迹百餘章, 名曰: '龍飛御天歌', 作爲朝祭之樂歌. 後以〈御天歌〉, 乃爲歌詠祖功宗德, 則所宜上下通用, 以極愉揚之意, 不可止爲宗廟之用. 與〈與民樂〉·〈醉豊亨〉·〈致和平〉·〈鳳來儀〉·〈發祥〉等樂, 於公私宴享, 幷許通用. 而〈致和平〉用〈御天歌〉全篇, 〈醉豊亨〉用二十二章, 〈與民樂〉·〈鳳來儀〉俱用前十章, 〈發祥〉無詞宴禮通用雅俗樂俗敎坊俚樂也."

8 『세종실록』 권5, 1년 8월 19일(신묘).

〈근천정〉과 〈수명명〉을 세종 초년에 연향악으로 삼았다고 기술한 것으로 보인다.

가장 중요하게 다루어진 작품은 역시 〈용비어천가〉이다. 조부 홍양호가 이 작품에 대해 각별한 관심을 가지고서 그 내용을 체계화하고 보충하여 『흥왕조승(興王肇乘)』을 엮어내었던 것과 마찬가지로,[9] 홍경모 역시 〈용비어천가〉의 제작 경위와 내용 및 규모에 대해서는 물론 그 활용 방식에 대해서까지 소상하게 기록하였다. 가령 홍경모는 당초 제례악장으로 사용하기 위해 제작된 〈용비어천가〉가 이내 연향악장으로까지 확장되어 쓰이게 되었다는 점을 언급하였는데, 실제로 세종은 예조의 건의를 받아들여 이러한 용도를 승인한 바 있다.[10] 잇달아 나오는 〈여민락(與民樂)〉은 〈용비어천가〉의 한문가사, 〈취풍형(醉豊亨)〉과 〈치화평(致和平)〉은 국문가사를 올려 부르기 위해 제작된 악곡으로서, 이들이 모두 연향악으로 쓰였다는 사실도 세종대의 기록으로부터 확인할 수 있다.[11]

다만, 그 구체적인 쓰임에 대한 홍경모의 기록에서는 또 한 차례 일부 착종된 부분이 발견된다. 무엇보다도 홍경모는 〈여민락〉·〈치화평〉·〈취풍형〉과 〈봉래의(鳳來儀)〉 사이의 층위를 오인하였다. 전자가 악

---

9 홍양호는 육조의 사적이 『용비어천가』에 뒤섞여 수록되어 있어서 그 내용을 파악하기 어렵다는 문제점을 제기하였다. 이에 따라 『용비어천가』의 복잡다단한 구도를 정리하여 편년체(編年體) 기록으로 재조정하고 거기에 어제(御製) 시문과 사신(詞臣)들의 여러 작품까지 덧붙여 『흥왕조승』을 편찬하였다. 『흥왕조승』에 대해서는 김문식, 「조선 후기의 용비어천가 『흥왕조승』」, 『문헌과 해석』 19호, 문헌과 해석사, 2002, 194~206면; 김승우, 『용비어천가의 성립과 수용』, 보고사, 2012, 443~491면에서 논의된 바 있다.

10 『세종실록』 권116, 29년 6월 4일(을축). "議政府據禮曹呈啓: "(…) 今降〈龍飛御天謌〉, 乃爲歌詠祖宗盛德神功而作, 所宜上下通用, 以極稱揚之意, 不可止爲宗廟之用. 〈與民樂〉·〈致和平〉·〈醉豐亨〉等樂, 於公私燕享, 幷許通用. (…)" 從之."

11 같은 곳.

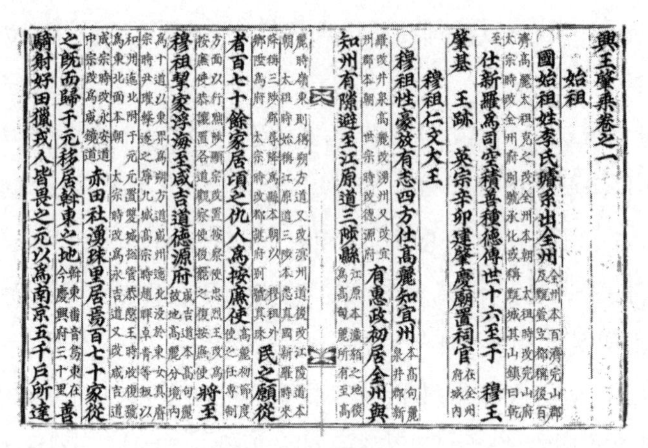

興王肇乘卷之一
始祖
國始祖姓李氏璿系出全州
仕新羅爲司空積善種德傳世十六至于 穆王
肇基 王跡 英宗辛卯建肇慶廟置祠官
穆祖仁文大王
穆祖性豪放有志四方仕高麗知宜州
有惠政初居全州與
知州有隙避至江原道三陟縣
民之願從
者百七十餘家居頃之仇人爲按廉使
將至
穆祖挈家浮海至咸吉道德源府
赤田社湧珠里居焉百七十家從
之旣而歸于元移居斡東之地
騎射好田獵戎人皆畏之元以爲南京五千戶所達

【그림2】『흥왕조승』 권1

곡이고 후자가 이들 악곡이 포함된 정재(呈才)라는 점을 뚜렷이 인식하지 못한 상태에서 〈봉래의〉 역시도 일종의 악곡으로 생각하였던 것이다. 또한 개별 악곡이 실연(實演)되는 부분을 설명할 때에도 〈치화평〉은 악곡을 기준으로, 〈취풍형〉은 〈봉래의〉에 포함된 정재 형태를 기준으로 한 데다, 실연되는 장의 개수 역시 잘못 산정하였다.[12]

이렇듯 〈용비어천가〉의 악곡 및 정재에 대한 설명에서는 몇몇 오류가 발견되지만, 뒤 이어 나오는 〈발상〉에 대한 언급은 눈여겨보아야 할 필요가 있다. 육조(六朝)에게 나타난 각종 상서를 다룬 〈발상〉은 〈보태평〉·〈정대업〉과 대를 이루는 작품이지만, 각각 육조의 문덕과 무공을 칭송한 〈보태평〉과 〈정대업〉만이 후일 종묘제례악장으로 규정되자

12 〈치화평〉과 〈취풍형〉은 〈용비어천가〉의 국문가사 전체를 올려 부를 수 있도록 마련된 악곡이다. 반면 〈여민락〉은 〈용비어천가〉의 한문가사 가운데 당초부터 제1~4장과 125장만을 부르도록 제작되었다. 한편 〈봉래의〉 정재에서는 연행의 시간적 제약 때문에 각 악곡 가운데 실제 연주하는 부분을 따로 규정해 놓았다. 즉, 〈여민락〉은 전편을 사용하고, 〈치화평〉과 〈취풍형〉은 각각 1~16장과 125장, 1~8장과 125장만을 사용하도록 되어 있다. [『세종실록』 권140, 「악보」.]

상대적으로 그 중요성이 줄어들면서 차후 어떻게 활용되었는지 뚜렷이 확인되지 않는다.

홍경모의 위 기록은 〈발상〉의 쓰임을 언급한 보기 드문 자료인데, 이에 따르면 〈발상〉 역시도 〈용비어천가〉의 악곡들과 함께 연회악으로 사용하였으며 노랫말 없이 기악으로만 연주한 것으로 되어 있다. 본래 〈보태평〉·〈정대업〉·〈발상〉이 대등한 위상으로 제작되었다는 점에 착안할 때 이러한 변환은 이례적이라 할 만하다. 특히 조종에게 깃든 천조(天祚)를 형상화한 〈발상〉이 교방(敎坊)의 속된 음악으로까지 인식되었다는 점은 주목된다. 이로써, 종묘제례악으로 편입되지 못한 〈발상〉의 용도가 제약되면서 점차 퇴락해 갔던 궤적을 어느 정도 짐작할 수 있기 때문이다.

이상에서 살핀 바와 같이, 홍경모는 선초 연향악장의 분포를 개관하고 주요 작품을 선별하여 논의하였다. 부분적으로 잘못된 설명이 있기는 하지만, 홍경모의 작업이 자신의 시대보다 무려 4세기 전에 이루어진 현상을 추적한 결과물이라는 점을 감안하면 그 같은 오류가 과히 결정적인 흠결이라 하기는 어려울 것이다. 또 한편, 그의 기록에 포함된 일부 오류들은 그 나름의 의미를 지니고 있기도 하다. 가령 〈용비어천가〉의 악곡과 정재에 대한 설명이 부정확한 것은 그의 시대에 이르면 해당 작품들의 면모를 고증하기 어려울 정도로 그 연행이 빈한해졌던 사정을 반영한다고도 볼 수 있다. 실제로 〈봉래의〉 정재가 연행된 기록은 조선 후기의 몇몇 의궤(儀軌)에 간헐적·단편적으로만 발견될 뿐이며, 〈봉래의〉가 다시금 정비되어 활발히 연행되었던 것은 홍경모 사후인 고종대에 이르러서이다.[13]

---

13 〈봉래의〉 정재의 연행 양상에 대해서는 김경희, 「〈봉래의〉의 역사적 변천과 의미」, 『한

요컨대 홍경모는 자신이 동원할 수 있었던 자료들을 폭넓게 활용하여 선초 연향악장의 내역을 정리하였으며, 비록 완벽하지는 않더라도 그것 자체가 조선 후기 악장의 여러 정황을 보여준다는 의의가 있다.

3. 연향악장의 개편 양상

『국조악가』에서 무엇보다 주목되는 사항은 홍경모가 종래의 악장을 바탕으로 의작을 하였다는 점이다. 이는 여타의 악서들과 확연히 구별되는 특징인데, 가령 영조 연간에 홍계희(洪啓禧, 1703~1771)와 서명응(徐命膺, 1716~1787) 등이 왕명을 받아 찬진한 『국조악장』에서는 기존의 작품들을 정교하게 수집하고 보존하려는 목적이 앞세워진 반면, 홍경모는 종래 작품을 단지 재수록하기보다는 작품의 내용과 표현을 주관에 따라 뒤바꿈으로써 자신이 이상적으로 생각하는 악장을 새롭게 구성해 보려고 하였던 것이다. 때문에 원작이 제작된 경위에 대해 대략적인 설명을 하면서도 정작 그 원문은 제시하지 않고 자신의 의작만을 수록하였을 따름이다.

우선, 『국조악가』 권4의 「국조연향악가(朝會燕享樂歌)」 편에서 그가 개편한 작품들을 정리하면 아래와 같다.

【표1】 연향악장의 개편 내역 [『국조악가』 권4]

1) 〈수보록(受寶籙)〉 → 〈유산(維山)〉 2장 [⑧구, ⑧구]
2) 〈몽금척(夢金尺)〉 → 〈금척(金尺)〉 2장 [⑧구, ⑨구]

국음악연구』 29집, 한국국악학회, 2001, 275~294면; 김승우, 앞의 책, 405~416·492~504면 참조.

3) 〈문덕곡(文德曲)〉
- 개언로(開言路) → 단공(端拱) 1장 [⑧구]
- 보공신(保功臣) → 용비(龍飛) 1장 [⑧구]
- 정경계(正經界) → 아강(我疆) 1장 [⑧구]
- 정예악(定禮樂) → 동국(東國) 1장 [⑧구]

4) 〈근천정(覲天庭)〉 → 〈진진(振振)〉 3장 [④구, ⑧구, ⑧구]
5) 〈수명명(受明命)〉 → 〈선철(宣哲)〉 3장 [⑧구, ⑧구, ⑧구]
6) 〈하황은(荷皇恩)〉 → 〈수명(受命)〉 3장 [⑧구, ⑧구, ⑧구]
7) 〈발상지악(發祥之樂)〉
- 희광(熙光) → 홍휴(鴻休) 1장 [⑧구]
- 순우(純祐) → 알동(斡東) 1장 [⑧구]
- 창부(昌符) → 신호(神弧) 1장 [⑩구]
- 영경(靈慶) → 적지(赤池) 1장 [⑩구]
- 신계(神啓) → 서주(西州) 1장 [⑫구]
- 현휴(顯休) → 압강(鴨江) 1장 [⑧구]
- 정희(禎禧) → 금척(金尺) 1장 [⑧구]
- 항보(降寶) → 장흥(將興) 1장 [⑧구]
- 응명(凝命) → 의주(宐州) 1장 [⑮구]
- 가서(嘉瑞) → 유룡(有龍) 1장 [⑧구]
- 화성(和成) → 경명(景命) 1장 [⑧구]

과연 위와 같은 작업을 통해 그가 의도한 바는 무엇이었는지 원작과 의작을 견주어 가면서 차례로 살피고자 한다.

1) 〈수보록(受寶籙)〉과 〈몽금척(夢金尺)〉

홍경모가 가장 먼저 다룬 〈수보록〉은 태조가 지리산에 감추어져 있던 보록(寶籙)을 받아 왕자(王者)가 될 조짐을 알게 되었다는 내용을 담고 있다.[14] 태조 즉위 후 얼마 지나지 않아 정도전이 제진해 올린 이 작품에서 핵심이 되는 사항은 보록에 적혀 있었다고 전해지는 어구들이다. 실제로 16구로 이루어진 작품 가운데 제5구부터 14구에 이르는 10구가 모두 보록의 어구로 구성되어 있다. 예컨대, 각각 이성계(李成桂)·조준(趙浚, 1346~1405)·배극렴(裵克廉, 1325~1392)을 뜻하는 '목자(木子)'·'주초(走肖)'·'비의(非衣)'와 정도전·정총(鄭摠, 1358~1397)·정희계(鄭熙啓, ?~1396)를 뜻하는 '삼전삼읍(三奠三邑)'과 같은 파자(破字)를 그대로 나열하여 이성계와 그 조력자들이 장차 신왕조를 창업하리라는 보록의 예견을 가감 없이 드러내었던 것이다. 한편 앞의 네 구에서는 보록을 발견하게 된 경위에 대해서 서술하였고, 마지막 두 구에서는 태조가 보록을 받았다는 사실을 다시금 강조하였으므로, 전체적으로 보아 정도전은 별도의 논평 없이 보록의 대의를 객관적인 시선으로 전달하였던 셈이다.

이러한 방식은 정도전이 〈수보록〉을 지어 내던 태조대에는 상당한 효과를 나타내었을 것이다. 무엇보다도 정도전 자신이 건국의 주체였기 때문에 역성혁명(易姓革命)의 정당성을 강변하거나 개국의 위업을 영탄조로 찬양하는 형태는 지극히 작위적인 인상을 줄 수 있다. 그보다는 창업이 우발적으로 이루어진 것이 아니며 오래 전부터 준비되어 온

14 『태조실록』 권4, 2년 7월 26일(기사). "저 높은 산에 / 돌이 산과 가지런하네. / 여기서 이것을 얻었으니, / 실로 기이한 글이도다. / 굳세고 굳세신 목자(木子)께서, / 때를 타고 일어나시니, / 누가 그를 돕겠는가? / 주초(走肖)는 덕망 있고, / 비의(非衣)는 군자로서 / 금성(金城)에서 올 것이며, / 삼전삼읍(三奠三邑)이 / 도와서 이루리로다. / 신도(神都)에 도읍하여 / 팔백 년을 전하리. / 우리 임금 이를 받았으니, / 보록(寶籙)이라 이르도다. [彼高矣山 / 石與山齊 / 于以得之 / 實維異書 / 桓桓木子 / 乘時而作 / 誰其輔之 / 走肖其德 / 非衣君子 / 來自金城 / 三奠三邑 / 贊而成之 / 奠于神都 / 傳祚八百 / 我龍受之 / 日維寶籙.]"

천명(天命)의 귀결이라는 취지의 내용을 한 발 물러 선 입장에서 완곡히 보여주는 방식이 한층 효과적이었던 것이다.

維山巖巖　산은 우뚝 높았고
維石齒齒　바윗돌은 쫑긋쫑긋 한데
于石之中　바위 안에는
有書云異　기이한 글귀가 있네.
建木得子　"나무를 세워 아들을 얻어
復正三韓　삼한을 회복하여 바로잡으리.
握圖徵讖　이루어 조짐을 회복하니
九變震檀　우리나라 판도가 아홉 번 변하리."

天將眷命　하늘이 장차 돌아보고 명령하여
先示其兆　먼저 그 조짐을 보여준 것이라네.
皇祖受之　황조(皇祖)께서 그것을 받아
維以爲寶　오직 보배로 삼으니
鞠玆吉故　이러한 길사(吉事)를 잘 길렀기에
奄有東國　문득 동쪽 나라를 소유했네.
彌千萬世　천만 년 무궁토록
受天之籙　천명을 받은 보록이여.

반면, 개국 후 이미 400년이 지난 시점에 살았던 홍경모에게는 보록의 구체적 내용보다는 태조가 보록을 받은 이유와 그 의미, 그리고 보록의 예견이 관철되어 자신의 시대에까지 이어지고 있다는 찬탄을 부각해야 할 필요성이 제기된다. 이 점을 반영하여 홍경모가 새롭게 찬술한 작품이 곧 〈유산(維山)〉 2장이다.

본래 16구의 한 장으로 된 작품을 8구씩 두 장으로 나누어 지은 것부터가 단계적으로 시상을 전개하려 한 의도를 보여준다. 먼저, 1장에서는 보록의 존재를 언급하면서 보록에 수록된 내용을 대폭 간추려 제시하였다. 조력자들은 모두 제거된 채 이성계만이 언급되는 것이 그 단적인 사례이다. 홍경모가 보다 중점을 둔 부분은 2장인데, 여기에서는 태조가 보록을 받은 사건에 대해서 의미를 부여하고 있다. 즉, 천명이 태조에게 이르러 그 조짐을 먼저 나타내었으며 이것이 보록의 형태로 태조에게 전해졌다고 강조하고, 그러한 상서가 깃든 탓에 조선의 역년이 앞으로도 영원하리라는 전망을 내놓고 있는 것이다. 이처럼 홍경모는 〈수보록〉의 대의를 자기 시대에 좀 더 적실하게 와 닿을 수 있도록 의작하려 하였음을 알 수 있다.

한편, 〈수보록〉 다음으로 다루어진 작품은 〈몽금척〉이다.[15] 잠저 시에 태조가 꿈에서 신인(神人)으로부터 왕권의 상징인 금척(金尺)을 내려 받았다는 내용을 지닌 〈몽금척〉 역시 정도전의 소작이며, 창업의 당위성을 강조하고 있다는 점에서 〈수보록〉과 친연성을 지닌다.

金尺煌煌	금척 반짝반짝
受命之祥	천명을 받은 상서로움.
夢帝賚予	꿈에 상제(上帝)께서 내게 내려주시니
正域彼東方	저 동방을 바로잡았네.
尺生制度	금척으로 제도를 만들고
均齊家國	국가를 고르게 하며,

15 『태조실록』 권4, 2년 7월 26일(기사). "하늘의 살피심이 아주 밝으시어, / 길한 꿈이 금자에 맞았도다. / 청렴한 자는 늙었고, 강직한 자는 어리석어, / 덕 있는 이가 이에 적합하였도다. / 상제(上帝)께서 우리 마음 헤아리시어, / 국가를 다스리게 하셨으니, / 꼭 맞았도다, 그 증험이여! / 천명을 받은 상서로다. / 자손에게 전하여 / 천억 년 길이 이어지리. [惟皇鑑之孔明兮 / 吉夢協于金尺 / 淸者耄矣兮直其戇 / 緊有德焉是適 / 帝用度吾心兮 / 俾均齊于家國 / 貞哉厥符兮 / 受命之祥 / 傳子及孫兮 / 彌于千億.]"

直裁厥符　　곧장 그 증표를 마름질하니
煌煌金尺　　반짝반짝 금척이라네.

煌煌金尺　　반짝반짝 금척
殆天所授　　자못 하늘이 준 것이네.
淸耄直戇　　깨끗한 사람은 늙고 곧은 사람은 완고하니
眷一德是佑　일덕(一德)을 돌보시어 돕네.
我龍受之　　우리 임금께서 이를 받으시어
宰制山河　　산하를 주재하여 다스리니
九變之局　　아홉 번 변한 이 나라,
邃荒大東　　마침내 거칠던 우리나라는
奧維金尺　　금척처럼 반짝반짝.

앞서 〈수보록〉에서와 마찬가지로 홍경모는 원작을 두 장으로 나누어 의작하였는데, 이번에는 두 장을 각각 8구와 9구로 지어서 구수를 바꾸었다. 또한 〈몽금척〉에는 6언·7언 등이 혼용된 데 비해 홍경모는 4언의 제언시(齊言詩)를 지향하기도 하였다. 〈몽금척〉이 어떤 악곡에 실려 연행되었는지는 분명치 않으나, 홍경모가 이처럼 원작의 규모나 형태까지 변개한 것으로 미루어 보면 적어도 자신의 작품으로 종래의 〈몽금척〉을 대체하려고까지 의도하였던 것은 아니라는 사실을 짐작할 수 있다.

내용과 관련하여서는 앞서 〈수보록〉에서 살폈던 것과 유사한 특징이 발견된다. 〈수보록〉을 의작할 때 보록에 적힌 내용보다는 태조가 보록을 받은 의미를 부각하는 데 집중하였던 것처럼, 여기에서도 태조가 꿈속에서 신인을 만난 일보다는 금척의 상징적 의미를 강조하는 데 주력하였다. 실상 정도전의 원작에서 금척은 과히 중요하게 다루어지지 않았다. '길몽이 금척에 맞았다.[吉夢協于金尺.]'라는 구에서 알 수 있듯이 금척은 길몽을 더욱 상서롭게 만드는 하나의 소재로 활용되었을 따름이다. 신인을 만나 전해들은 이야기가 작품의 중심을 차지하고 있는 형상이다. 이를테면 정도전은 '몽금척'의 사적 가운데 '금척'보다 '몽'을 앞세웠다고 할 수 있다.

반면, 홍경모의 작품에서 꿈의 내용은 간략히만 제시되는 데 그친다. 가령 신인이 경복흥(慶復興, ?~1380)과 최영(崔瑩)의 한계를 논평한 부분은 '깨끗한 사람은 늙었고 곧은 사람은 완고하다.[淸耄直戇.]'라는 표현으로 축약되었다. 그에 비해 금척의 의미에 대해서는 많은 분량을 할애하여 상세화하였다. '금척황황(金尺煌煌)'·'황황금척(煌煌金尺)'·'오유금척(奧維金尺)'과 같이 각 장의 앞뒤 구에 모두 '금척'을 제시한 것부터가 그러하다. 아울러 금척의 용처를 상술한 부분도 눈에 뜨인다. 동방을 바로잡고 제도를 정하며 국가를 고루 조화롭게 만드는 데 소용되는 것이 곧 금척이라는 설명을 개재하여 왕권의 상징이자 천명의 조짐으로서 금척이 지니는 의미를 한층 구체적으로 서술하였다.

본질적으로는 동일한 사적을 다루고 있으나, 여기에서도 홍경모는 자신의 주관에 따라 강조점을 변개하면서 새로운 작품을 창안해 내었던 것이다.

2) 〈문덕곡(文德曲)〉

〈문덕곡〉 또한 정도전의 소작이지만, 내용과 형식 양 측면에서 그의 여타 작품들과는 변별된다. 우선 내용상으로는, 왕조 창업의 상서를 다룬 〈몽금척〉·〈수보록〉이나 태조의 무공을 형상화한 〈납씨곡(納氏曲)〉·〈궁수분곡(窮獸奔曲)〉·〈정동방곡(靖東方曲)〉 등이 모두 등극 이전의 사건을 다루고 있는 반면, 〈문덕곡〉은 즉위 후 태조가 보인 정치적 역량 내지 덕행만을 특화하였다는 점에서 이례적이다. 다음으로 형식적 측

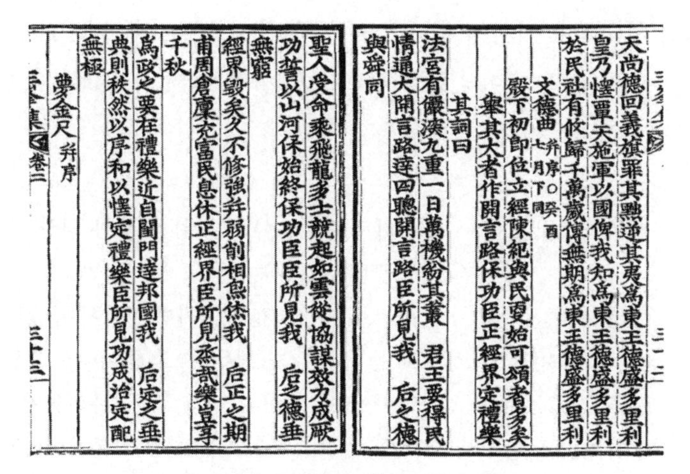

天尙德回義旗罪其黜逆其夷爲東王德盛多里利
皇乃懌覃天施軍以國俾我知爲東王德盛多里利
於民社有攸歸千萬歲傳無期爲東王德盛多里利
文德曲 幷序○癸酉七月下同
殿下初卽位立經陳紀與民更始可頌者多矣
舉其大者作開言路保功臣正經界定禮樂
其詞曰
法宮有儼深九重一日萬機紛其叢 君王要得民
情通大開言路達四聰開言路臣所見我 后之德
與舜同
聖人受命乘飛龍多士競起如雲從協謀效力成厥
功誓以山河保始終保功臣臣所見我 后之德垂
無窮
經界毁矣久不修強幷弱削相魚烋我 后正之期
甫周倉廩充富民息休正經界臣所見烝武樂豈享
千秋
爲政之要在禮樂近自閨門達邦國我 后定之垂
典則秩然以序和以懌定禮樂臣所見功成治定配
無極
夢金尺 幷序
三峯集 卷二 三十三

【그림3】〈문덕곡〉[『삼봉집』 권2]

면에서는, 다른 작품들은 단장체(單章體)로 지은 데 비해 〈문덕곡〉은 태조의 문덕을 네 가지로 나누어 각 한 장씩 서술하는 연장체(聯章體)의 형식을 적용하였다는 차이점이 발견된다.

아울러 〈문덕곡〉은 제작 직후부터 악장으로서의 이상적 요건을 갖추고 있는 사례로 인식되기도 하였다. 즉, 〈몽금척〉과 〈수보록〉은 꿈이나 도참(圖讖)과 같은 비현실적 사건을 다루고 있다는 점에서, 〈납씨곡〉·〈궁수분곡〉·〈정동방곡〉은 군주보다는 무장(武將)으로서의 태조의 위상을 지나치게 강조한다는 점에서 각각 문제시될 수 있는 반면, 〈문덕곡〉은 태조의 실덕(實德)을 칭송하고 있기 때문에 별다른 논란 없이 활용될 수 있었던 것이다.

그래서인지 홍경모 역시 〈문덕곡〉은 앞선 두 작품에 비해 소소한 정도로만 변개하였다. '개언로(開言路)'·'보공신(保功臣)'·'정경계(正經界)'·'정예악(定禮樂)'이라는 〈문덕곡〉 본래의 구도와 순서를 그대로 유지하였다는 것이 우선 그러한데, 홍경모는 이 같은 덕목들이 선초는 물론 자신의 시대에도 역시 군왕의 주요한 자질로 지목될 수 있다고 인식했던 듯하다. 제1장 '개언로'와[16] 그 의작인 '단공(端拱)'의 사례를 통해 이 점을 확인할 수 있다.

端拱垂裳御九重　단정히 공수(拱手)하고 위엄 갖춰 의상 드리워 구중궁궐 다스리는 분
九重深深達四聽　구중궁궐은 깊고 깊지만 사방의 일에 통달하시네.
廣收視聽用其中　보고 듣기를 넓게 거두어 그 중(中)을 쓰셨으니
言路大開政道通　언로를 크게 열어 정치의 도가 통하였지.
開言路君不見　언로를 여신 것을 그대는 보지 못하였나?
聖德巍巍堯舜同　성덕이 높고 높아 요순과 같다네.
猗歟　아아!
聖德巍巍堯舜同　성덕이 높고 높아 요순과 같다네.

〈문덕곡〉의 각 장에서 핵심이 되는 내용은 앞의 네 구에 집약되어 있다. '개언로'와 '단공'에서 해당 부분을 견주어 보면 앞뒤의 표현이 바뀌거나 재배치된 사정이 발견되지만, 대개 원작의 내용이 의작에 충실히 반영되어 있음을 알 수 있다. 구체적인 어휘조차도 원작의 것이 그대로 사용될 정도로 원작과의 친연성이 뚜렷한 것이다.

다만, 그 이하 부분의 변개에 대해서는 눈여겨볼 만하다. 가장 두드러지는 사항은 제5구의 '신소견(臣所見)'을 '군불견(君不見)'으로 바꾸었다는 점이다. '신소견'에서 '신'은 응당 작자 정도전을 의미하는 것으로,

16 『태조실록』 권4, 2년 7월 26일(기사). "대궐이 엄중하여 아홉 겹으로 깊은데 / 하루에도 만기가 어수선히 쌓이누나. / 군주의 할 일은 민정(民情)에 밝히 통함이니, / 언로(言路)를 크게 열어 사방의 일에 통달하시네. / 언로를 여신 것은 신이 본 바이오니, / 우리 임금의 덕은 순임금과 같으시네. [法宮有嚴深九重 / 一日萬機紛其叢 / 君王要得民情通 / 大開言路達四聽 / 開言路臣所見 / 我后之德與舜同.]"

이 표현은 태조의 뛰어난 덕망을 자신이 지척에서 직접 목격했다는 증언이면서, 그러한 태조의 미덕이 미래에도 지속되어야 한다는 당위를 제시하기 위한 포석이기도 하다.[17] 이 부분이 현시됨으로써 정도전 자신을 비롯한 여러 신하들의 시선이 임금의 행실을 지켜보고 있다는 점이 상기되고, 작자 정도전의 존재 또한 부각될 수밖에 없는 것이다. 작중 화자가 정도전으로 고착되는 느낌을 주는 부분이기에 연행 상황에서는 문제시될 소지도 있다.[18]

〈문덕곡〉은 『태조실록』을 비롯하여 『삼봉집(三峰集)』·『용비어천가(龍飛御天歌)』·『악학궤범』 등에도 수록되어 전하는데,[19] 작품의 연행 환경을 반영하는 『악학궤범』에는 실제로 해당 구가 '신소견(臣所見)'이 아닌 '군불견(君不見)'으로 이미 바뀌어 기록된 바 있다. '단공'에서도 역시 이러한 변개를 따르고 있거니와, 홍경모는 신하가 임금의 행실을 평하는 듯한 인상을 주는 '신소견'보다는 "그대는 보지 못하였는가?"라는 감탄적 설의로써 청자의 공감을 환기하는 편이 작품의 흐름에 보다 부합한다고 생각하였던 것으로 보인다.

한편, 〈문덕곡〉의 각 장에서 제6구는 5구의 내용을 받아서 마지막으로 태조의 문덕을 칭송한 후 장을 끝맺는 역할을 감당하는데, 홍경모는

---

17 이와 관련하여 김흥규는 〈문덕곡〉의 "내용 전반은 이미 이루어진 치적이라기보다 장차 군주로서 추구해야 할 당위적 과제를 제시한 것이다. 태조가 즉위한 이듬해라는 상황을 감안할 때 이러한 일들이 벌써 완성되거나 상당히 많이 진전되었다고 보기는 불가능하기 때문이다."라고 하여 〈문덕곡〉에 투영된 정도전의 의도를 적절히 분석해 낸 바 있다. [김흥규, 「선초 악장의 천명론적 상상력과 정치의식」, 『한국시가연구』 7집, 한국시가학회, 2000, 137면.]

18 특히, 정도전이 제1차 왕자의 난에서 종묘사직을 위태롭게 하였다는 죄목으로 제거되었다는 점 때문에 '신소견'이라는 표현을 직접 노출하기 어려운 사정도 존재한다.

19 정도전, 〈文德曲〉, 『三峰集』 권2 [『한국문집총간』 5, 민족문화추진회, 1988, 320~321면]; 『용비어천가』 권9, 25b~26a면; 『악학궤범』 권5, 「時用鄕樂呈才圖儀」, 〈文德曲〉.

이 부분에서도 동일 구를 한 번 더 반복하여 강조하는 『악학궤범』의 전례를 준용하였다.[20] 더 나아가 그는 '의여(猗歟)'라는 감탄사를 별도의 한 구로 배치하여 긴 여운을 둠으로써 영탄하는 어조를 더욱 강화하기도 하였다.

홍경모가 단지 내용을 전달하는 데에만 그치지 않고 악장이 갖추어야 할 감격적 수사와 형식을 나름의 관점으로 보여주려 하였다는 사실을 확인할 수 있다.

3) 〈근천정(覲天庭)〉과 〈수명명(受明命)〉

〈근천정〉과 〈수명명〉은 공히 태종을 칭송한 악장으로 태종의 총신이었던 하륜이 지어 올린 작품이다. 〈근천정〉은, 태조2년(1393)에 표전(表箋) 문제로 불거진 명과의 외교적 갈등을 대군 시절의 태종이 명에 직접 가서 해결하고 돌아온 업적을 다루었다.[21] 한편 〈수명명〉에서는 태종의 등극을 명 혜제(惠帝, 건문제(建文帝), 주윤문(朱允炆), 1377~1402)로부터 승인 받아 고명(誥命)과 인장(印章)을 수령해 온 사적을 칭송하였다.[22]

---

20 "我后之德이 與舜同ᄒᆞ샷다 / 아으 我后之德이 與舜同ᄒᆞ샷다." [『악학궤범』 권5, 「時用鄕樂呈才圖儀」, 〈文德曲〉.]

21 『태종실록』 권3, 2년 6월 9일(신유). "거룩한 왕자시여! / 덕이 매우 빛나시니, / 그 학문은 밝으시고, / 그 문장은 경서로다. // 천자께서 교지를 내리시니, / 나라 사람들이 조심하오. / 군부(君父)의 사신(使臣)이라 / 받들기에 겨를 없소. // 천자를 벌써 뵙고 / 자세하게 아뢰니, / 얽은 죄가 사라짐은 / 국가의 창성이라. // 부지런한 왕자시여! / 옳은 도리를 따르시어 / 전대(專對)하고 돌아오니, / 종사의 빛이시네. // 굳세신 우리 임금 / 오래 살고 건강하오. / 왕자께서 돌아오니 / 즐거움이 한이 없소. [振振王子 / 德音孔彰 / 緝熙其學 / 奎璧其章 // 天子有旨 / 邦人震惶 / 惟君父使 / 不敢或遑 // 旣見天子 / 敷納維詳 / 貝錦消沮 / 家國之昌 // 勉勉王子 / 夙遵義方 / 專對來歸 / 宗社之光 // 桓桓我王 / 壽考而康 / 王子來歸 / 其樂無疆.]"

22 『태종실록』 권3, 2년 6월 9일(신유). "부지런한 임금이여! / 밝은 덕에 머무시고 / 효우(孝友)로 정사(政事)하니, / 높은 이름 그침 없소. // 그 마음을 조심하여 / 한결같이

〈문덕곡〉과 마찬가지로 〈근천정〉과 〈수명명〉 역시 임금의 실덕을 다룬 작품이어서 제작 직후부터 논란 없이 활발하게 사용되었다. 이 경우에도 홍경모는 내용을 특별히 변개하기보다는 형식을 보다 완정하게 다듬는 데 주력하였던 것으로 파악된다. 먼저 〈근천정〉을 의작한 사례를 살피면 다음과 같다.

振振王子　거룩한 왕자시여,
敬明其德　공경히 그 덕을 밝히셨도다.
如圭如璋　규장(圭璋)처럼 훌륭하신 인품을
四方維則　사방 사람들 법으로 삼았지.

天子有旨　천자께서 교지를 내리시니
邦人震驚　나라 사람들 깜짝 놀랐네.
王命王子　왕께서 왕자에게 명하시어
賓于天庭　천정(天庭)에서 손님이 되었다네.
媚于天子　천자에게 사랑을 받으니
德音孔昭　훌륭한 명성 매우 밝구나.
天子曰嘉　천자께서는 가상하다 여기시니
貝錦自消　참소가 절로 사라졌다네.

사대(事大)하니, / 가르침을 받듦에 / 해 돋는 곳 미쳐 갔네. // 황제께서 명명(明命)하니 / 금인(金印)이 빛나옵고 / 또 무엇을 주었는가? / 구장(九章)의 곤의(袞衣)일세. // 절하고 수명(受命)하니 / 천자께서 성명(聖名)하며, / 절하고 수명하니 / 종사(宗社)도 영광이라. // 아! 즐거우셔라, 우리 임금 / 천도(天道)를 받으시어 / 인(仁)을 본받고 백성을 보호하니, / 천년토록 오래 살리. // 아! 즐거우셔라, 우리 임금 / 해 오르듯 밝으시어, / 바른 법을 남기시니, / 만세(萬世)에 계승되리. [亹亹我王 / 德明敬止 / 孝友施政 / 令望不已 // 翼翼乃心 / 事大惟一 / 奉揚聲教 / 漸于出日 // 帝錫明命 / 金印斯煌 / 又何錫之 / 袞衣九章 // 王拜受命 / 天子聖明 / 王拜受命 / 宗社與榮 // 於樂我王 / 荷天之休 / 體仁保民 / 壽考千秋 // 於樂我王 / 如日之升 / 貽謀克正 / 萬世其承.]”

四牡言旋	사신(使臣)의 수레가 돌아오니
鸞聲將將	난새 소리 들려온다.
東人胥悅	동방 사람들 서로 기뻐하니
邦家之光	나라의 빛이 되도다.
振振王子	거룩하신 왕자여,
今聞今望	오늘날 문망(聞望)도 훌륭하신데,
旣忠且誠	이미 또한 충성스러우니
四方之綱	사방의 법도가 되었네.

본래 하륜은 4언 4구를 한 장으로 하여 총 5장 20구의 규모로 〈근천정〉을 지어 내었는데, 홍경모는 이러한 원작의 구성이 지나치게 단락화되어 있다고 여겼던 듯하다. 때문에 5장을 3장으로 축소하되 1장에는 4구, 2장과 3장에는 각 8구를 배당하여 비대칭적인 구성을 취하였다. 작품 전체의 구수는 같되 내용을 크게 세 부분으로 나누어 일종의 '서-본-결'과 같은 층위를 드러내려 하였던 것이다.

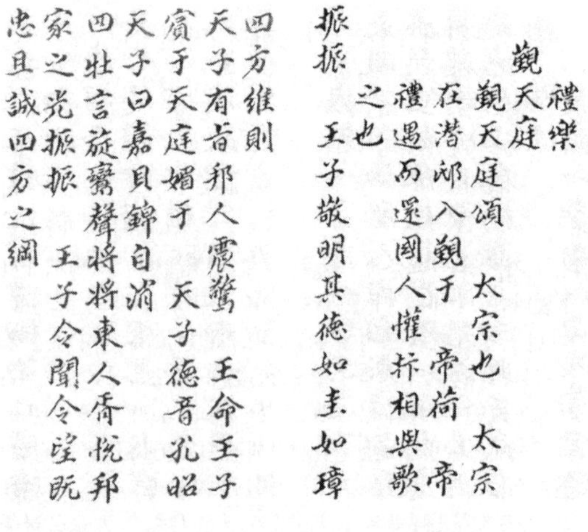

禮樂
覲天庭
覲天庭頌 太宗也 太宗
在潜邸入覲于 帝荷 帝
禮遇而還國人懽抃相與歌
之也
振振王子敬明其德如圭如璋

四方維則
天子有旨邦人震驚 王命王子
賓于天庭媚于 天子德音孔昭
天子曰嘉貝錦自消
四牡言旋鸞聲將將東人胥悅邦
家之光振振 王子令聞令望旣
忠且誠四方之綱

【그림4】〈근천정〉을 의작한 〈진진〉 [『국조악가』 권4]

먼저 1장에서는 태종의 자질과 역량을 나열하여, 장차 닥칠 위기에 슬기롭게 대처할 수 있는 인물로서 태종의 위상을 부각하는 데 집중하였다. 2장에 들어서 본격적으로 명 황제와의 갈등 국면이 나타난다. 황제가 표전문이 참람하다고 여겨 진노하자 방국의 백성들이 모두 두려워하였으나, 부왕의 명을 받은 태종이 덕이 깃든 음성으로 황제에게 상세히 소명하니 마침내 오해가 풀렸다는 사건의 전말이 서술되고 있다. 끝으로 3장은 태종을 맞이하는 기쁨의 수사로 구성된다. 백성들의 환영을 받으며 당당하게 귀국하는 태종의 모습을 조명하였다. 태종의 명민함과 충심이 강조되면서 작품이 종결되는 형상이다.

내용 자체는 하륜의 원작과 크게 다르지 않지만 작품의 구도를 단계화함으로써 태종의 자질과 업적, 그리고 그에 따른 백성들의 칭송을 효과적으로 현시하는 특징을 배가하였다.

이러한 방식은 〈수명명〉에서도 유사하게 발견된다. 〈수명명〉은 4언 4구를 한 장으로 하여 총 6장 24구로 지어졌는데, 홍경모는 이 작품 역시도 3장으로 나누어 의작하는 방식을 택하였다. 실상 하륜의 원작은 4구씩 종결되는 다소 기계적인 형식을 취하고 있다. 홍경모는 이를 내용상의 단계와 순차에 따라 3장으로 간소화하였던 것이다.

宣哲維后　　지혜로운 우리 임금님
穆穆明明　　심원하며 밝고 밝도다.
侯于周服　　주나라에 복종하여
以禮以誠　　예(禮)와 성(誠)을 법으로 삼으셨네.
堯化漸東　　요임금의 교화가 점차 동쪽에 미치니
奉揚聲教　　가르침을 받들어 드날리셨네.
小心事大　　삼가 큰 나라 섬기니
帝有明詔　　황제께서 밝은 조서 내리셨네.

天子曰嘉	천자께서 가상하다 여겨
侈以寵光	큰 은총을 내리셨지.
寵之維何	총애를 받으니 어떻게 할까.
金印煌煌	금인(金印)이 반짝반짝.
袞衣繡裳	곤룡포 수놓은 의상
爛然九章	찬란한 무늬.
環東千里	동쪽 천리에
隆化洋洋	융화가 넘실넘실.

既受帝祉	이미 상제의 복을 받았지.
邦命孔固	나라의 명이 매우 견고하니
不顯厥德	그 덕을 드러내지 않아도
受天之祐	하늘의 도움을 받도다.
永言聖烈	길이 성인의 반열에 오르시고
祚我無疆	우리들의 무궁한 복 되리라.
小大稽首	크고 작은 사람들 머리 조아리며
休命載揚	아름다운 천명을 드날리네.

〈수명명〉을 의작한 〈선철(宣哲)〉에서는 '과거-현재-미래'의 구도가 간취된다. 먼저 1장에서는 태종이 고수했던 지성사대(至誠事大)의 기조를 서술하였다. 이 부분에서는 특히 원작에는 없는 내용까지 등장하는데, 가령 대국에 복종하여 예와 성을 다해 사대함으로써 요임금의 덕화가 동국에 미치게 되었다는 표현이 그러하다. 태종이 효우(孝友)의 가치를 앞세워 정사를 펼쳤다는, 다소 포괄적인 수사에 그쳤던 원작과 대비되는 지점이다.

2장에서는 그 같은 지성사대에 대한 화답으로 황제가 인장과 곤의(袞衣)를 내려 준 영광을 형상화하고 있다. 하륜이 〈수명명〉을 지은 이유 역시 바로 이러한 경사를 드러내기 위한 것이므로 2장은 작품 전체의 핵심이면서 시간대로는 현재의 시점에 해당한다. 앞선 1장의 내용이 원인이 된다면, 2장의 내용은 그 결과이자 현재적 감격을 응축하고 있는 사건이 되는 것이다.

1장과 2장이 과거와 현재의 구도를 지니는 만큼, 3장에서는 응당 미래에 대한 예견이 뒤따라 나오리라는 점을 짐작할 수 있다. 실제로도 3장에서는 황제가 보인 호의를 다시금 상기시키는 한편 천명이 깃든 조선의 상서를 부각하고 그와 같은 길조가 영원히 지속되리라는 밝은 전망을 내놓고 있다.

이처럼 〈수명명〉에서도 원작의 규모와 의미를 상당 부분 유지하면서도 그 짜임을 보다 분명하게 드러내기 위해 시간의 순차를 도입한 것으로 분석된다.

4) 〈하황은(賀皇恩)〉

〈하황은〉 역시 명과의 원만한 관계 또는 명에 대한 사대의 예를 다룬 작품이라는 점에서 〈근천정〉 및 〈수명명〉과 주제상으로 상통한다. 다만, 〈하황은〉은 세종대의 사건을 형상화하였다는 점에서 태종대의 〈근천정〉 및 〈수명명〉과 시대를 격하고 있다. 태종으로부터 선위(禪位) 받은 세종에게 명 문제(文帝, 영락제(永樂帝), 주체(朱棣), 1360~1424)가 고명을 내려 준 사적을 칭송한 이 작품은 세종 즉위년(1418)에 상왕 태종의 명을 받들어 변계량(卞季良)이 지은 것으로 전해진다.[23]

---

23 『세종실록』 권3, 1년 1월 8일(계축). “거룩하신 우리 시조, / 우리 동방 이루시니, / 대를 이을 아들 손자, / 명철하신 임금일세. / 금옥 같은 그 모습에 / 타고 나신 총명이라. / 효도하고 공순하며, / 어질고 진실하며, / 학문을 널리 하여, / 날로 더욱 독실하니, / 밝고 밝은 부왕께서, / 아드님을 아는지라, / 근면에 힘이 겨워, / 나라 일을 맡기셨네.

我祖受命	우리 태조 천명을 받으심은
皇明壬申	황명(皇明) 임신년.
若檀並立	단군이 나란히 서니
唐堯戊辰	당요(唐堯) 무신년.
恪恭侯度	제후의 법도를 삼가 공경하니
式表東藩	동쪽 울타리 법도가 되도다.
奧自初載	일을 시작한 때로부터
荷皇之恩	황제의 은혜를 받았지.

天眷大東	하늘이 우리나라 돌보시어
世有哲王	세상에 밝으신 왕을 내셨네.
有孝有德	효성스러우며 덕성을 갖추시어
日宣重光	날마다 밝은 빛 펼치시네.
堯命舜攝	요임금의 명령과 순임금의 섭정처럼
啓佑無疆	계도하고 보우함에 끝이 없네.
以聖繼聖	성인으로 성인을 이으시니
洪祚靈長	큰 복을 받아 무병장수하소서.

天子曰俞	천자께서 옳다고 하시고
載錫明命	밝은 명을 내려 주시니
王拜稽首	왕께서 엎드려 절하시네.
天子神聖	신성하신 천자여,
天子神聖	신성하신 천자여,

/ 황제 폐하 옳다 하시고, / 밝은 명령 내리시니, / 머리 숙여 임금은 절하며, / 신성하신 황제시여, / 신성하신 황제시여, / 조선에 은혜 넘쳐, / 모두 다 춤을 추며, / 그지없이 감격하네. / 종묘사직 이어 이어, / 억만년을 누리소서. [赫赫始祖 / 造我東方 / 傳子及孫 / 世有哲王 / 金玉其相 / 天賦聰明 / 旣孝且悌 / 旣仁且誠 / 緝熙聖學 / 惟日亹亹 / 明昭父王 / 允也知子 / 迺倦于勤 / 迺托國事 / 皇帝曰俞 / 錫是明命 / 王拜稽首 / 皇帝神聖 / 皇帝神聖 / 恩溢朝鮮 / 小大舞蹈 / 感極天淵 / 綿綿宗社 / 彌萬億年.]”

邦命維新　　이 나라의 명은 오직 새롭도다.
宗社之慶　　종묘사직의 경사여,
天子之恩　　천자의 은혜여.

〈하황은〉은 본래 단장체로 지어졌으나, 홍경모는 이를 세 개의 장으로 나누어 의작하였는데, 1~3장은 차례로 중국과 동국의 유서 깊은 관계, 대를 이어 전개되는 조선의 밝은 정치, 명 황제의 은전과 그에 따른 감격을 주된 내용으로 하고 있다.

그런데 〈수명〉은 원작 〈하황은〉보다 한층 확대된 범위를 설정하고 있다는 점에서 주목된다. 1장의 내용부터가 그러하다. 본래 〈하황은〉은 세종으로의 선위를 명 황제가 승인하였다는 특정한 역사적 사건을 다룬 작품이다. 때문에 원작에서는 '부왕(父王)'·'아들[子]'과 같이 태종과 세종을 지칭하는 어휘가 직접적으로 노출된 데 비해서, 홍경모는 해당 사건을 적시하기보다는 중국과 동국의 유서 깊은 관계를 우선 제시하였다. 예컨대 그는 조선의 개국이 명나라 때 이루어졌다는 점을 단군이 요(堯, ?~?)의 치세기에 일어났다는 사실을 상기시키면서 강조하였다. 동국이 중국에 대해 번방(藩邦)으로 위치해 있던 유래가 단군과 요임금의 시대로까지 거슬러 올라갈 수 있고, 또한 그러한 전례가 조선과 명에 이르러서도 유지되고 있다는 사실을 드러내고자 하였던 것이다.[24]

2장에서는 조선의 일로 시야를 좁혀 서술하였다. 천명을 받아 창업한 이래 효와 덕으로 국가를 영도하여 왕위를 계승해 가고 있다는 자부심을 표출하였다. 또한 요순의 정치를 방불케 하는 영광스러운 시대를

24 홍경모는 단군조선의 역년과 강역에 대해 고증한 바 있으며, 관련 내용을 「역대고(歷代考)」와 『동사변의(東史辯疑)』 등에 상술하였다. [한영우, 「19세기 전반 홍경모의 역사서술」, 『한국문화』 11집, 서울대 한국문화연구소, 1990, 505~536면 참조..]

찬탄하면서 그 기상이 영원히 지속되리라는 확신을 제시하기도 하였다. 끝으로 3장에서는 황제의 고명을 임금이 머리를 조아려 받드니, 이것이 곧 종묘사직의 경사이자 황제의 은혜라는 찬탄이 잇따른다. 하륜의 원작에서는 2장과 3장에 해당하는 내용이 특별히 구분되지 않고 서술되는 데 비해 홍경모는 이 두 단계를 뚜렷이 나누어 정리하였다.

이처럼 〈수명〉에서는 중국과 동국의 역사적 관계를 조명함으로써 명 황제가 세종을 승인한 사건의 의미를 한층 포괄적 견지에서 부각하고 있다.

5) 〈발상(發祥)〉

위에서 살핀 작품들이 개별 임금의 사적을 단편적으로 다룬 데 비해, 〈발상〉은 11성(成)이라는 방대한 규모 속에 태조와 태종은 물론, 익조(翼祖) 및 도조(度祖)와 같은 왕실 조상들의 사적까지 폭넓게 서술하고 있다. 또한 앞선 작품들이 정도전·하륜·변계량 등 태조·태종·세종대의 문한(文翰)들이 제진한 작품이라면, 〈발상〉은 세종의 친제(親製)라는 차이점도 있다.

2절에서 살핀 바와 같이, 홍경모는 〈발상〉이 가사 없이 기악으로만 연주되었다고 기록하였다. 그럼에도 불구하고 이 작품을 의작한 것은, 실제 연행될 것을 전제로 그가 작품을 선정한 것이 아니라 자신의 주관에 부합하는 이상적인 악장의 형식과 내용을 나름대로 재구성해 보려 하였다는 사실을 반영한다.

홍경모의 작품에서 우선적으로 드러나는 특징은 형식상의 변개이다. 〈발상〉은 〈보태평〉·〈정대업〉과 더불어 세종의 친제이지만, 다른 두 작품과 달리 비교적 일관된 형식을 지니고 있다. 즉, 각각 11성과 15성으로 지어진 〈보태평〉과 〈정대업〉의 경우에는 각 성에 4언·5언·6언 등이 다양하게 쓰였을 뿐만 아니라 구수도 불규칙한 데 반해, 〈발상〉의 경우에는 4언만이 쓰였으며 구수도 제1성인 인입(引入)과 제11성인 인출(引出)은 10구로, 제2성부터 10성까지는 모두 12구로 일률화되어 있는 것이다.

홍경모는 이러한 〈발상〉의 형식을 다양화하였다. 우선 구수는 인입과 인출은 8구로, 나머지는 8·10·12·15구 등으로 다르게 하였고, 4언을 위주로 하되 제언만을 고집하지도 않았다. 홍경모는 작품 속의 인물이나 사적의 변화에 맞추어 형식 또한 다변화하는 것이 보다 온당하다고 판단한 듯하다. '발상'이라는 큰 틀의 연작은 유지하면서도 그 안에 포함되는 각 성에는 개별성을 부여한 것이다.

가령, 본래 4언 12구로 지어진 '순우(純祐)'는 '알동(斡東)'이라는 제명으로 의작하면서 4언·7언 등이 섞인 8구로 조정하였으며, 더불어 그 내용이나 강조점도 달리 하였다.

斡東之野	알동(斡東)의 들판에
蠢夷載路	오랑캐들 들끓으니,
赤島之海	적도(赤島)의 바다를
眞人飛渡	진인(眞人)이 날아 건너시네.
導白馬兮蒼龍護送	하얀 말을 이끌고 푸른 용이 호송하니
一何似滹沱氷合	어쩌면 호타하(滹沱河)의 빙합(氷合)과 유사하지 않은가?
是知天之陰騭而	이는 하늘의 그윽한 도움을 받은 것이니
顯相以啓我萬億年王業	현상(顯相)으로 우리의 억만 년 왕업을 열어 주네.

'순우'는 "익조가 알동(斡東)에 있을 때 야인(野人)이 해치려 하는 것을 늙은 할미가 고해 주어서 드디어 적도(赤島)로 피하여 가다가 물이 깊고 배가 없어 형세가 심히 급박하였는데, 별안간 물이 줄어 건널 수가 있었던 일"을 다루었다.[25] 아울러 원작에서는 익조가 야인들에게 침탈을 당하게 된 이유와 그 배경에 대해서까지 서술하였다. 즉, 익조가 북방을 전전하다가 알동에 이르니 백성들이 붙좇아 왔다는 내용을 앞부분에 제시하였고, 야인이 익조를 해하려 하였던 것도 바로 그러한 민망(民望)을 시기하였기 때문이라고 덧붙였다.[26]

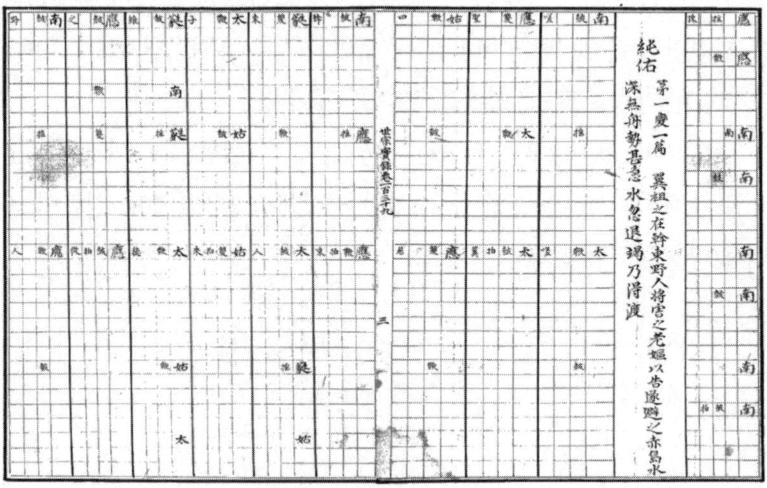

【그림5】〈발상〉'순우'의 정간보 [『세종실록』 권139]

25 『세종실록』 권116, 29년 6월 4일(을축). "純佑, 第一變, 一篇. 翼祖之在斡東, 野人將害之, 老媼以告, 遂避之赤島, 水深無舟勢甚急, 水忽退渴, 乃得渡."

26 같은 곳. "아름답도다, 거룩하신 익조께서 / 알동(斡東)에 계실 때 / 동녘 백성이 아들같이 몰려오니, / 덕화에 붙좇은 것이로다. / 야인(野人)이 이에 시기하여, / 장차 해칠 꾀를 쓰는 지라. / 신령한 할미 고해 주어 / 이에 그 화를 피하셨네. / 큰 물결 문득 물러가서 / 백마가 그대로 건너가니 / 신령의 도움이라, / 어찌 저들의 꾀에 거꾸러지리. [嗟嗟聖翼 / 曰居斡東 / 東人子來 / 維德之從 / 野人予侮 / 將肆頑兇 / 神婆告止 / 迺避厥惱 / 洪濤俄退 / 白馬經進 / 神所扶矣 / 豈殞厥問.]"

그런데 '알동'에서는 해당 내용이 선택적으로 크게 조정되었다. 본래 사적에서 중심이 되는 요소는 신령스러운 노파가 익조에게 위험을 미리 고지하여 모면케 하였다는 것과, 물이 갑자기 줄어 익조가 도하할 수 있었다는 것 두 가지이다.[27] 이 가운데 앞의 사건은 완전히 배제한 대신 익조가 야인의 침탈을 피해 가던 중 하늘의 도움으로 무사히 물을 건널 수 있었다는 내용은 집중적으로 부각하였다. 익조가 백마를 이끌어 물 위를 날아 건너는 광경, 그리고 푸른 용이 익조를 보위하는 모습을 연계 지어서 그 장엄함을 드러내었던 것이다. 실체가 불분명한 '신파(神婆)'를 생략함으로써 익조의 위엄과 그에게 끼친 천우 쪽으로 강조점을 모아들인 형상이다. 또한 그러한 상서가 깃든 왕조의 영광을 찬양하면서 작품을 끝맺고 있기도 하다. 신이한 일화적 사건보다는 조종의 위대함과 창성한 국운을 앞세우려 한 의도가 역력하다.[28]

또 다른 성에서도 이와 유사한 변개가 나타난다. 태조의 사적을 다룬 '신계(神啓)'의 사례가 그러하다. 이 작품은 "태조가 군사를 돌려올 때,

---

27 실제로 익조의 사적은 〈용비어천가〉 제19·20장에서도 다루어졌는데, 이 같은 두 가지 내용에 각 한 장씩을 배당하여 서술하였다: "구든 城을 모ᄅᆞ샤 갏 길히 입더시니 셴 하나비ᄅᆞᆯ 하ᄂᆞᆯ히 브리시니 / ᄡᅬ 한 도ᄌᆞ골 모ᄅᆞ샤 보리라 기드리시니 셴 할미ᄅᆞᆯ 하ᄂᆞᆯ히 보내시니 [굳은 성을 모르시어 갈 길이 아득하시더니 머리 센 할아버지를 하늘이 부리시니라 / 꾀 많은 도적이 모르시어 보려고 기다리시니 머리 센 할머니를 하늘이 보내시니라]"; "四海ᄅᆞᆯ 년글 주리여 ᄀᆞᄅᆞ매 ᄇᆡ 업거늘 얼우시고 ᄯᅩ 노기시니 / 三韓ᄋᆞᆯ ᄂᆞᄆᆞᆯ 주리여 바ᄅᆞ래 ᄇᆡ 업거늘 녀토시고 ᄯᅩ 기피시니 [천하를 여느 사람에게 주겠는가 강에 배가 없거늘 얼게 하시고 또 녹게 하시니라 / 삼한을 남에게 주겠는가 바다에 배가 없거늘 얕게 하시고 또 깊게 하시니라]" [『용비어천가』 권4, 4a~7a면.]

28 6구에서 한(漢) 광무제(光武帝)의 사적을 거론한 것도 그 같은 의도에 따른 조치로 파악된다. 광무제가 왕랑(王郎, ?~24)의 군사에게 쫓겨 호타하에 이르니 얼음이 풀려 물을 건널 수 없었으나, 곧 얼음이 다시 굳어 무사히 몸을 피했다는 역사적 선례를 익조의 일화와 견주었던 것이다. [『資治通鑑』 권39, 「漢紀」 31.] 광무제와 익조를 등치함으로써 익조의 위상을 강화하는 효과를 거두었다. 한편, 광무제의 이 사적은 〈용비어천가〉 제20장의 선사(先詞)에도 등장한다.

동요(童謠)가 있어 이르기를, "서경(西京)의 성 밖은 불빛이요, 안주(安州)의 성 밖은 연기 빛이라. 그 사이를 왕래하는 이원수(李元帥)는 원하건대, 창생들을 구제해 주오."라고 하더란 일"을 다루었다.[29] 원작에서는 고려의 혼란상과 폐단을 거론하면서 이를 종식할 인물로 태조를 지목하는 한편, 그러한 태조의 명망을 뒷받침하는 상서로 아이들의 노래를 언급하는 순서를 취하였다.[30]

'신계'를 의작한 '서주(西州)'에서는 우선 4언으로 일률화되어 있던 원작의 형식을 3언~7언을 다양하게 섞는 방식으로 이완하였다. 또한 내용상으로도 원작의 골자는 유지하되 그 제시 방식이나 중점에는 변화를 주었다.

西州兒	서주(西州)의 아이들
歌且謠	노래하고 읊조리네.
唱予和女	내가 선창하고 여인이 화답하니
如螗如蜩	씽씽매미 같고 쓰라라미 같네.
西京城外	"서경성 밖에
火色烟光	불빛이 피어오르니
願言我李元帥	바라건대 우리 이원수에게 말해 주어
救濟我黔蒼	우리 백성을 구제해 주소서."
彼童子兮	저 동자들이여,

29 『세종실록』 권116, 29년 6월 4일(을축). "神啓, 第四變, 一篇. 先太祖回軍, 有童謠曰: "西京城外火色, 安州城外烟光. 往來其間李元帥, 願言救濟黔蒼.""

30 같은 곳. "아아, 고려가 혼탁하여 / 정치가 바르지 못하니 / 난리가 언제 진정될까. / 연기 빛 불빛 속에 / 그 누가 하늘을 받들어 / 우리의 창생을 구제할까. / 아름답도다, 거룩하신 태조께서 / 왕래하심이 힘차도다. / 천진한 아이들이 / 좋은 말을 퍼뜨리어, / 노래하고 읊조리어 / 우리에게 천심을 나타내도다. [啓彼麗昏 / 其政不穫 / 亂曷有定 / 烟光火色 / 誰其奉天 / 救我黔蒼 / 嗟嗟聖祖 / 往來皇皇 / 童騃無思 / 以矢德音 / 式歌且謠 / 昭我天心.]"

何知若有所憑	어찌 의지할 바 있음을 알고서
攔街兮爭唱	길거리 가로막고 다투어 노래 부르나.
於以見天人響應	이에 천인의 응답을 들을 것이리라.

의작에서는 무엇보다도 동요가 여러 측면에서 대폭 강조되었다. 서경의 아이들이 노래를 부르는 광경이 첫 구부터 곧바로 등장하며, 노래의 내용이 5~8구에 직접 인용의 형태로 삽입되기도 하였다. 아이들의 노래를 직접 제시함으로써 민심이 태조에게 기운 상황을 자연스럽게 보여주려는 의도가 묻어난다. 노래의 내용을 가감 없이 옮겨오는 것만큼 태조에게 이른 천명을 효과적으로 드러낼 수 있는 방법은 달리 없기 때문이다.

더불어 서경의 거리에서 아이들이 다투어 노래를 부르는 모습을 추가함으로써 민심과 천명을 재차 강조하기도 하였다. 하늘의 뜻과 인간의 뜻이 서로 응하리라는 논평을 붙여 아이들의 노래가 지닌 요참(謠讖)으로서의 의미를 더욱 분명하게 언급하였던 것이다.

실상, 개국시조들의 위광(威光)을 밝히기 위해 지은 〈발상〉에는 어느 정도 신이한 요소들이 개입될 수밖에 없다. '발상'이라는 제명부터가 그러하듯 창업의 조짐을 지시하는 상서들이 작품의 주된 내용을 이루기 때문이다. 그러나 홍경모는 그 같은 신이함을 앞세우거나 상서가 표출된 전말을 상세화하는 데 주안을 두지는 않았다. 그보다는 천명을 받은 조종의 위상을 강조하고 천명이 민망으로 연계되는 국면에 주목하여 〈발상〉을 탄력적으로 의작하였던 것이다.

4. 나가며

이상에서 홍경모가 궁중 연향악장의 내역을 정리했던 방식과 개별 작품을 새롭게 개편했던 양상에 대해 살펴보았다.

『국조악가』권4에서 연향악장을 본격적으로 다루기에 앞서 홍경모는 우선 주요한 작품의 내역을 개관하였다. 태조에서 세종대에 제작된 작품들을 나열하면서 4세기 전에 이루어진 악장의 제반 현상을 간결하고도 요령 있게 기술하였으며, 이를 위해 다수의 문헌을 참고한 자취가 역력하다. 다만, 일부 기술에서는 오류가 발견되는데, 특히 〈용비어천가〉의 악곡과 정재를 설명한 부분에서 오류가 빈번하다. 그러나 그 같은 착종은 해당 악곡과 정재의 면모를 고증하기 어려울 정도로 그 연행이 빈한해졌던 사정을 반영하는 것이기도 하다. 이를테면 홍경모는 자신이 동원할 수 있었던 자료들을 폭넓게 활용하여 선초 연향악장의 내역을 정리하였으며, 비록 완벽하지는 않더라도 그것 자체가 조선 후기 악장의 여러 정황을 보여준다는 의의가 있다.

『국조악가』에서 무엇보다 주목되는 사항은 홍경모가 종래 작품의 내용과 표현을 주관에 따라 뒤바꿈으로써 자신이 이상적으로 생각했던 악장을 새롭게 구성해 보려고 하였다는 점이다. 「국조연향악가」 편에서는 모두 일곱 작품을 다루었는데, 의작의 수위와 방식은 작품에 따라 편차가 있다.

먼저 〈수보록〉과 〈몽금척〉은 작품의 주조를 대폭 변개한 사례에 해당한다. 〈수보록〉의 경우에는 신인에게서 전해 받았다는 보록의 내용보다는 태조가 보록을 받은 의미를 천명과 연관 지어 강조하고 국조의 역년이 영원하리라는 전망을 제시하였다. 〈몽금척〉의 경우에도 꿈에서 신인을 만나 담론한 내용은 대폭 축약한 대신 왕권의 상징이자 천명의 조짐으로서 금척이 지니는 의미는 상술하는 방식으로 작품의 중점을 바꾸었다.

〈문덕곡〉에서는 원작의 의미를 대부분 유지하였다. 다만 신하가 임금의 행실을 평하는 듯한 인상을 주는 '신소견'을 '군불견'이라는 감탄적 설의로 대체하여 청자의 공감을 환기하였다. 또한 '의여'라는 2언만으로 한 구를 구성하여 영탄하는 어조를 가미하는가 하면 태조의 문덕을 반복적으로 드러내기도 하였다.

〈근천정〉과 〈수명명〉에서도 역시 내용을 바꾸기보다는 형식을 보다 완정하게 다듬는 데 주력하였다. 두 작품 공히 본래 단장체로 지어진 것을 3장의 연장체 형식으로 바꾸어 구성을 단계화하였다. 〈근천정〉에서는 '서-본-결'의 층위를 두어 태종의 자질과 업적, 그리고 그에 따른 백성들의 칭송을 효과적으로 현시하였다. 한편 〈수명명〉에서는 '과거-현재-미래'의 구도를 갖추었다. 태종이 고수해 왔던 지성사대의 기조, 명 황제의 화답, 왕조의 찬란한 앞날을 순차적으로 배치하였다.

〈하황은〉은 원작의 내용을 확대한 사례이다. 중국과 동국의 유서 깊은 관계, 대를 이어 전개되는 조선의 밝은 정치, 명 황제의 은전과 그에 대한 감격을 주된 내용으로 삼았다. 특히 조선의 개국이 명나라 때 이루어졌다는 점을 단군이 요임금의 치세기에 일어났다는 사적과 견주어 중국과 동국의 역사적 관계를 조명함으로써 명 황제가 세종을 승인한 사건의 의미를 한층 포괄적 견지에서 거론하였다.

15성으로 된 연작인 〈발상〉에서는 형식과 내용 양 측면에서 큰 변화를 도모하였다. 우선 일률화된 본래의 형식을 다변화하였다. 〈발상〉이라는 큰 틀의 연작은 유지하면서도 그 안에 포함되는 각 성에는 개별성을 부여한 것이다. 더불어 내용이나 강조점도 달리 하였다. 가령 '순우'에서는 신이한 일화를 생략한 대신 익조의 위상과 창성한 국운을 앞세웠다. 또한 '신계'에서는 태조를 추앙하며 서경의 아이들이 불렀다는 동요의 구절을 작품에 인용하여 민심의 향배를 보다 직접적으로 표출하였다. 신이함을 앞세우기보다는 천명을 받은 조종의 위상을 강조하고 천명이 민망으로 연계되는 국면에 주목하여 원작을 변개한 것이다.

이처럼 각 작품에 따라 의작한 방식이 다르기는 하지만 전체적인 경향성은 뚜렷이 간취된다. 홍경모는 조종의 면면 가운데 확증할 수 있는 사항들, 즉 실덕에 해당하는 내용을 명징하게 부각하려 의도하였음을 알 수 있다. 그것이 정치적 업적이든 개인적 덕망이든 실체가 분명한 사적을 칭송하는 데 주력하였던 것이다.

반대로 꿈이나 도참, 상서 등과 같은 이적(異蹟)이 개입된 경우에는 경험적으로 납득될 수 있는 방향으로 작품의 내용이나 표현을 조정하였다. 신이함 자체를 부정하지는 않되 그 전말을 굳이 자세히 기술하거나 흥미롭게 전달할 생각은 없었던 것이다. 그보다는 해당 사적의 의미를 천명 또는 민심과 연계 지어 해석하는 절차를 마련하는 데 주안을 두었다.

요컨대 홍경모는 왕조의 창업이 조종의 자질과 명망에 의거하여 이루어진 필연적 귀결이라는 주제를 한층 뚜렷하게 드러내기 위해 내용과 형식 양 측면에서 다양한 방식을 동원하였다. 개국의 위업을 홍포하고 국가의 위상을 드높여야 할 악장의 근본적 요건에 보다 충실한 작품을 지어 내려는 의지가 그 바탕에 깔려 있다고 파악된다.

실상 연향악장의 대부분은 태조에서 세종대에 걸쳐 제정되었거니와, 이들 작품에 포함된 감격적 수사를 홍경모는 다소 작위적이라고 느꼈을 여지가 다분하다. 개국 초에는 역성혁명의 동인과 조종의 위상을 가급적 신성하게 그려 내어 독자나 청자를 감복시키는 방식이 필요하지만, 창업이 이미 완료된 후대에는 국조들의 업적을 실상에 가깝게 설명하고 그에 대한 흠모의 정을 표출하는 정도로 충분하다. 때문에 홍경모는 재래의 연향악장을 자신의 시대에 맞게 좀 더 완정하고도 합리적인 방식으로 개편함으로써 공감의 폭을 확대하려 하였던 것이다.

이러한 사정은 악장의 속성과 관련된 중요한 시사점을 내포하고 있다. 궁중 악장은 한 번 찬정(撰定)되면 좀처럼 변개되지 않는 완고한 특징을 지닌다. 선대의 제작을 함부로 바꿀 수 없는 현실적 난점 때문이다. 홍경모 역시도 이러한 제약에서 완연히 벗어날 수는 없는 위치였다. 그의 의작들이 종래의 작품을 대체하기 위한 목적으로 지어진 것은 아니라는 점이 그 같은 실정을 반영한다. 그러나 악장의 당초 효용을 유지하기 위해서는 시대에 따른 변모가 불가피하다는 인식을 홍경모는 뚜렷이 지니고 있었으며, 그 같은 생각을 가능한 범위에서나마 실천하기 위해 깊이 고심했던 것이다. 바로 그러한 측면에서, 『국조악가』는 악장의 보수성에 대한 직설적인 문제 제기이자 이상적인 악장의 요건이란 무엇인지를 재고케 하는 단서로서 중요한 의미를 지닌다고 평가할 수 있다.

고전시가 속 '어부漁父'모티프의 수용사적 고찰

: 선자화상船子和尙 게송偈頌의 수용과 변전 양상

1. 서론

이 글에서는, 중국 당대(唐代)의 문인들 사이에 널리 회자되었던 선자화상(船子和尙, 화정선자(華亭船子), ?~?)의 게송(偈頌)이[1] 우리 시가(詩歌)에 수용된 계기와 방식을 검토하고, 그것의 의미가 후대에 다기하게 분화 및 변용되는 궤적을 살핌으로써 어부(漁父) 형상의 연원과 활용 양상을 한층 정교하게 드러내고자 한다.

고전시가 작품에 등장하는 어부 모티프에 대해서는 그간 다양한 고찰이 진행되어 왔으며, 연구 성과 또한 적지 않은 편수에 달한다. 그러나 종래 연구들에서 주목한 대상은 대개 『악장가사(樂章歌詞)』 소재 〈어부가(漁父歌)〉와 이현보(李賢輔, 1467~1555)의 〈어부가(漁父歌)〉 및 〈어부단가(漁父短歌)〉·윤선도(尹善道, 1587~1671)의 〈어부사시사(漁父四時詞)〉·이중경(李重慶, 1599~1678)의 〈오대어부가(梧臺漁父歌)〉·이한진(李漢鎭, 1732~1815)의 〈속어부사(續漁父詞)〉 등 국문시가 작품에 편중되었던 것이 사실이다. 그 결과 어부 형상을 해명하기 위한 기반 역시 조선조 사대부들이 처한 정치 현실이나 그들의 출처관(出處觀)과 연계

---

1 "千尺絲綸直下垂 / 一波纔動萬波隨 / 夜靜水寒魚不食 / 滿船空載月明歸."

된 국면에서 설정되고는 하였다.

이러한 시각을 보다 확대해 볼 수 있는 발판은 조동일, 인권환 등에 의해 마련되었다. 이들의 연구에서는 고려 무신집권기의 고승(高僧)인 진각국사(眞覺國師) 혜심(慧諶, 1178~1234)의 문학 세계를 개관하면서 특히 그가 지어 남긴 〈어부사(漁父詞)〉에 주목하였는데, 혜심의 〈어부사〉는 사대부 문인이 아닌 승려의 작인 동시에 시기상으로도 13세기 초까지 소급되는 작품이어서 그 문학사적 가치가 높이 평가된 바 있다.[2]

【그림1】 혜심
[순천시 송광사 소장 진영]

한편, 박완식은 혜심에 관한 기왕의 연구 성과를 이어 받아 그가 〈어부사〉를 창작한 계기를 추적하는 데까지 나아갔다. 즉, 혜심은 중당(中唐)의 선자화상이 조어(釣魚) 행위에 비의하여 지었던 게송을 자신의 염송집(拈頌集)에 수록하고 그 의미를 풀이하는 한편, 그러한 해석적 기반 위에서 본인이 직접 별도의 〈어부사〉를 지어 내었다는 사실이 구체적 기록에 의하여 밝혀진 것이다.[3] 실상, 월산대군(月山大君, 이정(李婷), 1454~1488)의 시조나 『악장가사』 소재 〈어부가〉에 등장하는 "夜靜水寒魚不食 / 滿船空載月明歸."라는 표현이 본

---

2 조동일, 『한국문학사상사시론』, 지식산업사, 1978, 89~100면; 조동일, 『한국문학통사』 2, 4판, 지식산업사, 2005, 66면; 인권환, 『고려시대 불교시의 연구』, 고려대 민족문화연구소, 1983, 57~62·92~116면. 인권환은 이 작품을 들어 우리 문학사에 유가적 연원과는 변별되는 불가계 어부시가가 존재한다는 사실을 강조하였고, 조동일은 혜심이 〈어부사〉를 지음으로써 후대 사대부 문학으로 광범위하게 계승될 연원을 마련하였다고 평가하였다.

3 박완식, 『한국 한시 漁父詞 연구』, 이회, 2000, 308~372면.

래 선자화상의 게송에서 유래되었다는 사실은 익히 알려진 바였으나,[4] 해당 구절이 전래된 과정을 실증해 낸 것은 중요한 성과이며, 이로써 장지화(張志和, 732~774)의 〈어가(漁歌)〉와는 또 다른 계열의 어부 모티프가 우리 문학 속에 수용된 궤적을 살필 수 있게 되었다.

이 글에서는 바로 위와 같은 성과를 바탕으로 하여, 애초 불교적 함의를 지니고 있던 선자화상의 게송이 시조(時調)와 한시(漢詩)를 비롯한 우리 시가 작품들 속에 활용되면서 어떠한 방식으로 계승·변전되어 갔는지 그 면모를 살피고자 한다. 외래문화 요소의 수용은 단지 수동적 접촉이나 일방적 전파의 형태로 일어나지는 않으며 잠재되어 있던 내재적·자발적 동인에 의해 외래 요소의 어떤 부면이 편중·굴절·왜곡되기 마련이라는 점을 고려할 때,[5] 특정 모티프가 수용된 시점을 밝히는 것뿐 아니라 그것이 변용되는 궤적을 살피는 것 역시 중요한 과제가 될 수 있기 때문이다. 특히 선자의 게송은 우리 문학에 수용되면서 시상과 형식에 걸쳐 다양한 편폭의 작품을 파생시킨 만큼 외래 문학의 요소가 토착화되어 가는 과정을 보여주는 사례로서도 가치 있게 거론될 만하다.[6]

---

4 이재수, 『윤고산 연구』, 학우사, 1955, 178~180면; 인권환, 「배에 가득 달빛 싣고 빈 배 돌아오누나」, 『佛光』 155호, 佛光會, 1987; 여기현, 「〈原漁父歌〉의 集句性」, 성균관대 인문과학연구소 편, 『고려가요연구의 현황과 전망』, 집문당, 1996, 403~404면; 이종묵, 「고전시가에서 用事와 點化의 미적 특질」, 『한국시가연구』 3집, 한국시가학회, 1998, 343면 등.

5 김흥규, 「전파론적 전제 위에 선 비교문학과 가치평가의 문제점: 한국 비교문학의 자기반성과 재정향을 위하여」, 『비교문학』 2집, 한국비교문학회, 1978, 11면.

6 선자화상의 게송이 고려 후기 혜심과 이규보(李奎報)에 의해 수용된 과정은 각주3)에 언급한 박완식의 연구에서 검토되었다. 그 이외에는 월산대군의 시조와 『악장가사』 소재 〈어부가〉의 구절이 본래 선자의 게송에서 차용된 것이라는 언급이 각주4)의 논의들에서 이루어졌을 뿐, 그 차용 양상과 변전의 맥락 등을 본격적으로 살핀 논의는 찾아보기 어렵다. 또한 혜심 이후의 인사들 사이에서 선자의 게송이 활용된 궤적에 대해서도 연구된 바가 없는 것으로 파악된다. 이에, 이 글의 2절에서는 우선 박완식의 선행 연구

2. 고려 후기 선자화상 게송의 수용 양상

선자화상에 대해서는, 중당기의 선승(禪僧)인 그가 어부의 행색으로 세인(世人)을 교화하며 살다가 열반(涅槃)했다는 정도 이외에는 명확하게 알려진 바가 없고, 다만 『조당집(祖堂集)』 권5·『경덕전등록(景德傳燈錄)』 권14·『석씨계고략(釋氏稽古略)』 권3·『오등회원(五燈會元)』 권4 등의 기록으로부터 그의 행적에 관한 편린을 읽어낼 수 있을 뿐이다. 위 기록들을 토대로 전반적인 생애를 간추리면, 선자화상은 본적과 생몰 연대는 알 수 없으며 본래 이름은 덕성(德誠)이고, 약산(藥山)의 유엄선사(惟儼禪師, 745~828)를 30년간 좇아 그 법맥을 이은 것으로 전한다. 일찍이 절강성(浙江省) 화정(華亭) 지방에 이르러 작은 배를 띄워 놓고 인연에 따라 왕래하는 사람들을 교화하니 당시인들이 그를 흔히 '선자화상', 즉 '나룻배 스님'이라 불렀는데, 협산선회(夾山善會, 805~881)에게 법을 전한 후 스스로 배를 뒤엎어 물에 빠져 입적(入寂)했다고 한다.[7]

를 기반으로 삼아 혜심과 이규보가 선자의 게송을 수용한 양상을 논의하되 『진각국사어록(眞覺國師語錄)』·『선문염송(禪門拈頌)』·『보한집(補閑集)』 등에서 관련 자료를 보충하여 그 정황을 좀 더 명확히 드러내고자 한다. 이어 3절에서는 선자의 게송을 차용한 작품들을 각종 문헌에서 찾아 분석·범주화하고, 월산대군의 시조와 『악장가사』 〈어부가〉 및 이현보의 〈어부가〉에 대해서도 선자의 게송과 관련 지어 한층 면밀히 검토하게 될 것이다. 한편, 이 글에서 선자의 게송을 '차용'한 것으로 파악한 작품의 범위에는 선자의 게송 자체는 물론 선자의 일화를 시작(詩作)의 밑바탕으로 삼은 작품들까지도 포함된다. '고인의 일[古人事]'을 끌어오는 방식을 '용사(用事)', '고인의 말[古人語]'을 끌어오는 방식을 '점화(點化)'라고 구분해 본다면, 이 글의 고찰 범위는 '용사'와 '점화'의 사례 모두를 포괄하는 셈이다. '용사' 및 '점화'의 개념과 그 적용에 대해서는 이종묵, 앞의 논문, 323~345면에서 논의된 방식을 따른다.

7 『佛光大事典』 권5, 高雄: 佛光山宗務委員會, 1988, 4773면. "唐代禪僧. 籍貫·生卒年均不詳. 名德誠. 隨侍藥山惟儼三十年, 爲其法嗣. 嘗至浙江華亭, 泛小舟隨緣接化往來之人, 世稱船子和尙. 傳法豫夾山善會禪師後, 自覆舟而逝. 有關師傳法夾山善會之因緣, 禪林中稱爲「船子得鱗」. 鱗, 指有金色鱗之魚, 比喩衆中之大力者. 師雖得藥山之法, 然以性好山水, 而致日久仍無嗣法之弟子以報師恩, 後因道吾而得夾山善會, 善會竝從師之問答

선자의 이렇듯 기이한 행적은 중국에서도 오랜 동안 회자되었을 뿐 아니라, 그의 게송 역시 후대에 적지 않은 영향을 끼친 것으로 논의된다.[8]

한편, 혜심이 선자화상에 관해 깊이 인지하고 있었다는 사실은 오늘날 전하는 그의 저작들에서 확인할 수 있다. 익히 알려진 대로, 혜심은 보조국사(普照國師) 지눌(知訥, 1158~1210)의 직계 제자로서 출가 전에는 유학(儒學)을 공부하여 등제한 바도 있기 때문에 문자와 문학에 관용적인 태도를 취하였다.[9] 그래서인지 여느 선승들과 달리 혜심은 상당한 분량의 저작을 남겼거니와, 그의 행적과 법어(法語)를 후일 제자들이 정리해 놓은 『진각국사어록』, 혜심의 시 작품을 따로 뽑아 엮은 『무의자시문집(無衣子詩文集)』, 그리고 옛 선사들의 일화와 염송을 폭넓게 수집하여 정리해 놓은 『선문염송』이 그 대표적인 저작으로 지목된다. 이 가운데 선자화상을 다룬 글은 『선문염송』과 『진각국사어록』에서 산견되는데, 『선문염송』 「수사(垂絲)」 칙(則)에서는 선자와 제자 협산선회 사이의 만남을, 「석두(石頭)」 칙에서는 선자가 배를 엎어 입적하기 직전 협산선회에게 남긴 마지막 화두(話頭)를 각각 다루었고,[10] 『진각국사어록』의 「상당(上堂)」에는 이 화두에 대한 혜심 자신의 평설과 게송을 수록해 놓기도 하였다.[11]

教示而得開悟, 後蒙印可, 成爲嗣法弟子.【祖堂集卷五·景德傳燈錄卷十四·釋氏稽古略卷三】"

8 박완식, 앞의 책, 46면.

9 조동일, 앞의 책(1978), 92~95면; 인권환, 앞의 책, 57~62면.

10 慧諶, 「石頭」, 『禪門拈頌』 권13. [『韓國佛教全書』 5, 한국불교전서편찬위원회, 1979, 418면.] "師遂囑云: "他後, 直須藏身處沒蹤跡, 沒蹤跡處莫藏身. 吾在藥山三十年, 秖明此事, 汝今得之, 於後莫着城隍聚落, 向深山中, 把钁頭覔取一个, 令不斷絶." 山乃辭師送上岸, 山再三迴顧, 情義眷眷, 師乃召夾山, "汝將謂別有在?" 便覆却船山便行.【一本覆却船入水而去.】"

11 慧諶, 「上堂」, 『曹溪眞覺國師語錄』. [『韓國佛教全書』 6, 한국불교전서편찬위원회, 1979, 9면.] "上堂擧: "華亭船子謂來山道: "藏身處沒蹤迹, 沒蹤迹處莫藏身. 我在藥山二十年,

이처럼 혜심은 선자화상의 일화를 재래의 전적으로부터 단순히 발췌하여 소개하는 데 그치지 않고 그에 대한 자신의 해석과 평어를 잇대어 놓았으며, 그 같은 태도는 선자의 게송을 수용하는 과정에서도 동일하게 드러난다. 선자의 게송은, 그가 나룻배 위에서 세인들을 교화하고 있을 때 어느 날 한 관리가 찾아와 "무엇이 일상의 일입니까[如何是日用事]?"라고 묻자, 그에 대한 답의 형식으로 지어 준 것으로서, 본래 몇 수였는지는 뚜렷하지 않으나 현전하는 것은 모두 6수이다.[12] 이 가운데 혜심은 가장 널리 알려진 두 번째 수를 '천척(千尺)'이라는 칙명(則名) 아래 『선문염송』에 수록한 후 각 시구를 자신의 관점으로 하나하나 풀이하였다.

> 화정선자 덕성선사(德誠禪師)가 게를 지었다.
>
> 千尺絲綸直下垂　천 자의 낚싯줄을 곧장 드리우니,
> 一波纔動萬波隨　한 물결 움직이자 만 물결 따라 움직인다.
> 夜靜水寒魚不食　밤은 고요하고 물은 차가워 고기 물지 않으니,
> 滿船空載月明歸　빈 배 가득 달빛 싣고서 돌아온다.
>
> (…) '천 자의 낚싯줄[千尺絲綸]'이라 함은 물고기가 깊고 깊은 곳에 있어서이다. '천 자의 낚싯줄을 드리웠다[千尺絲綸也須垂]' 함은 곧, 만일 물고기를 잡으려면 마땅히 천 자의 낚싯줄이어야 하기 때문이다. 이것이 곧 무위대화(無爲大化)이다. '한 물결 움직이자 만 물결 따라 움직인다[一波才動萬波隨]' 함은 낚시질로 인하여 물결을 일으킨 것인가,

只明斯事, 諸人要會麼?" 良久云: "黑山鬼窟甚龍黑庯黑農, 切忌藏身永沒蹤, 正眼看來如地獄, 那堪死水着眞龍." 卓拄杖." 여기에서 '내산(來山)'은 '협산(夾山)'의 오기(誤記)이며, 선자가 약산에서 수도한 기간을 20년이라 적은 것도 30년의 착오일 것이다.

12 박완식, 앞의 책, 41~42면.

바람으로 인하여 물결을 일으킨 것인가? 하나의 생각이 생기자 오음삼계(五陰三界)가 갖추어지며 생사의 물결이 거세게 솟구쳐 올라 쉬지 않는 것과도 같다. '밤은 깊고 물은 차서[夜靜水寒]' 운운한 것은 한 명의 중생도 제도할 수 없음을 말한 것이다.[13]

便打師從此伏膺
投子青頌無伴石人夜入山雲籠紅頂綠衣寒唱開劫
擎三峯頂捧出全襴對日看
天童覺頌撥頭擺尾赤梢鱗徹底無依解轉身截斷舌
頭饒有術拽迴鼻孔妙通神夜明簾外芳風月如晝枯
木巖前芳花再長春無舌人無舌人正令全提一句親
獨步寰中明了了任從天下樂放放
興化拈但知作佛愁什麼衆生　五祖戒出洛浦語云
更說道理看便出去　大陽延代也要和尚證明
雲竇顯拈這漢可悲可痛鈍置他林際他既雲月是同
我亦溪山各異說什麼無舌人不解語坐具劈口便摵
夾山若是个知方漢必然明窓下安排

【그림2】『선문염송』
[부산시 범어사 소장]

선자가 이 게송에 어떤 뜻을 담았는지, 또한 '낚싯줄[絲綸]'·'고기[漁]'·'달빛[月明]' 등이 무엇을 함의하는지 등에 대해서는 주관에 따라 다르게 해석될 수 있고, 특히 '낚시[釣]'가 비의하는 바를 풀이하는 방식에 따라서 게송 전체의 의미가 좌우될 수도 있겠는데, 이 점에 관해 혜심은 위와 같이 비교적 명확한 견해를 내놓았다. 혜심의 해석 가운데 우선 눈에 띄는 부분은 3구에 대한 설명으로서, 혜심은 이 구를 "한 명의 중생도 제도할 수 없다.[無一衆生可度也.]"라는 의미로 풀이하였다. 이를테면 어부가 낚으려 하는 '고기'는 중생이며, 어부는 그 중생을 제도하려는 자라는 해석이 이루어진 것이다. 이를 바탕으로 다시 1구로 되돌아가 보면, 물고기가 깊고 깊은 곳에 있어서 천 자나 되는 긴 낚싯줄을 드리운다는 것은 그만큼 중생을 제도하기가 어렵거나 불가능하다는 의미가 되는데, 그럼에도 불구하고 부득불 중

---

13 慧諶, 「千尺」, 『禪門拈頌』 권13. [『韓國佛教全書』 5, 한국불교전서편찬위원회, 1979, 417~418면.] "華亭船子德誠禪師偈云: "千尺絲綸直下垂 / 一波才動萬波隨 / 夜靜水寒魚不食 / 滿船空載月明歸." (…) '千尺絲綸'者, 錦鱗正在深深處, '千尺絲綸也須垂', 則若也釣得錦鱗頳尾, 須是千尺絲綸, 是無爲大化也. '一波才動萬波隨'者, 因釣而起波耶? 因風而起波也? 如云一念才生, 便具五陰三界, 生死波瀾, 洶湧不停也. '夜靜水寒'云云者, 無一衆生可度也."

생을 제도하려 한다면 낚싯줄을 곧장 드리울 수밖에 없다는 것이다. 그러나 이 같은 '낚시' 행위, 즉 중생을 제도하려는 행위 자체가 부질없다는 점이 2구에 대한 해석 부분에서 곧 밝혀진다. 혜심은 이 문맥을 풀이하기 위해 수면에 일어난 작은 파동이 끊임없이 이어져 만 물결이 함께 움직이는 정경을 제시한다. 물결이 일어나는 것은 낚싯줄을 드리웠기 때문일 수도 있고 단지 바람이 불어서일 수도 있으나, 어떤 경우이든 이것은 하나의 번뇌가 또 다시 수많은 번뇌로 이어져 생사(生死)의 굴레 속에서 잠시도 쉬지 못하는 미혹함과 같다고 본 것이다. 따라서 중생을 건져 올려야 하겠다는 조급함 역시 한낱 집착에 불과할 뿐더러 오히려 만 가지 번뇌를 부를 단초가 된다. 결국 혜심의 풀이에 따른다면, 중생은 애초부터 제도해야 할 대상 자체가 아니었고 또한 타인에 의해 제도되지도 않으므로, 밤이 깊도록 단 한 마리의 고기조차 걸리지 않는 것은 당연한 귀결이었던 셈이다. 아울러, 마지막 구에 대해서는 혜심이 구체적인 해석을 제시하지 않았으나, 이러한 관점을 연장한다면 배에 가득 싣고 돌아온다 했던 '달빛'이란 단순히 한적함이나 허심(虛心)의 표상이기보다는 위와 같은 깨달음을 얻고 난 후 느끼는 고고한 법열(法悅)을 나타낸다고 이해된다.

한편, 당시 선자의 게송이 반드시 혜심과 같은 승려들 사이에서만 전래되었던 것은 아니라는 사실을 『보한집』과 『동국이상국집』 등에서 확인할 수 있다. 최자(崔滋, 1188~1260)의 『보한집』에는, 당대의 고관이었던 임경겸(任景謙, ?~?)의 침소에 여섯 폭의 그림과 그에 대한 시로 이루어진 병풍이 있었으며 이규보가 동년배인 유승단(兪升旦, 1168~1232)·윤의(尹儀, ?~?) 등과 함께 그 육영시(六詠詩)에 차운(次韻)하여 똑같이 여섯 편의 시를 지었다는 일화가 전한다.[14] 그 여섯 폭의 그림 가운데 열자(列子, B.C.450?~B.C.375?)·도잠(陶潛, 365~427)·왕휘지(王徽之,

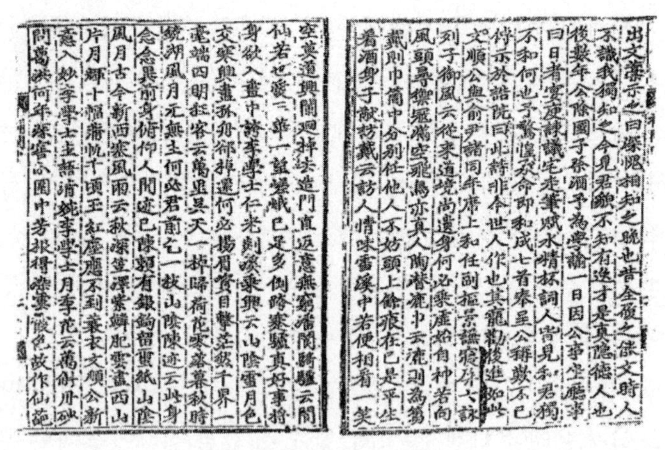
出文藁示之曰僕與相知之晩也昔全盛之餘文時人
不識我獨知之今見君輿不知有逸才是真隱德人也
後數年公除國子祭酒予為學諭一日因公事坐廳事
曰日者宴度詩識宅走筆賦水精杯詞人皆見和君獨
不和何也予驚惶發命即和成七首奉呈公稱歎不已
侍示於諸說曰此詩非今世人作也其寵勸後進如此
文順公與兪尹諸同年席上和任副樞景謙寢屏六詠
列子御風云從來道境尚遺身何必乘虛始自神若向
風頭尋樂處空飛鳥亦真人陶潛漉巾云漉到為蒭
戴則巾箇中分別任他人不妨頭上餘痕在已是平生
看酒身子猷訪戴云訪人情味雪溪中若使相看一笑
空莫道興闌迴棹去造門直返意無窮潘閬騎驢云閬
仙若也愛之華一丝鬢紙已足多倒騎蹇驢真好事持
身欲入畫中詩李學士仁老剡溪乘興云山陰雪月色
交寒與畫孤舟御棹還何必揚眉實目擊莖纖千界一
毫端四明狂客云萬里異天一棹歸荷花零落葉秋時
鏡湖風月元無主何必君前乞一枝山陰陳迹云此身
念念異前身俯仰人間迹已陳賴有銀鉤留貫紙山陰
風月古今新西塞風雨云秋深笠澤紫鱗肥雲盡西山
片月輝十幅蒲帆千頃玉紅塵應不到蓑衣文順公新
意入妙李學士主語靖魏李學士月季花云萬斛明砂
問葛洪何年深窖今圃中芳根得雜霞微色故作仙葩

【그림3】『보한집』 권中

?~388)·반랑(潘閬, ?~1009) 등의 고사와 더불어 선자화상의 고사를 소재로 한 그림도 포함되어 있었고, 이규보 역시 자신의 육영시 가운데 제5수로 선자화상의 게송에 차운한 '화정선자화상(華亭船子和尙)'을 짓는다. 이처럼 선자의 일화와 게송은 적어도 고려 중기 이후에는 문인들 사이에 더러 알려져 있었던 것으로 추정할 수 있다. 혜심과 같이 자구 하나하나에까지 명확한 해석을 달아 놓지는 않았으나, 이규보의 차운시에도 선자의 게송에 대한 그 자신의 해석적 시각이 녹아 있기에 해당 작품을 검토해 보아야 할 필요가 있다.

夜寒江冷得魚遲	추운 밤 차가운 강에 고기잡이 더딘데,
棹却空船去若飛	노를 저으니, 빈 배는 나는 듯이 나아가네.

---

14 "文順公與兪尹諸同年席上, 和任副樞景謙寢屏六詠, 列子御風云, (…)" [崔滋, 『補閑集』 권中. [박성규 역, 『보한집』, 계명대 출판부, 1984, 135~137·377면.]] 임경겸은, 고려 신종 때 중서시랑평장사(中書侍郎平章事)에 올랐던 임유(任濡, 1149~1212)의 둘째 아들이며 종2품 동지추밀원사(同知樞密院事)를 지냈다. 이규보와 유승단은 임유가 관장한 과거에서 급제한 인사들이다. [『고려사』 권95, 「열전」 제8, 任懿.]

千古淸光猶不滅　　천고에 맑은 빛은 아직도 줄지 않았으니,
亦無明月載將歸[15]　　또한 장차 싣고 돌아갈 밝은 달조차 없네.

이규보는 혜심과 동시기 인물일 뿐 아니라 직접 혜심의 비명(碑銘)을 쓰기도 할 정도로 그와 절친했으며,[16] 불교적 취의가 개재된 작품을 다수 창작하기도 하였다.[17] 선자의 게송에 대한 차운시에서도 역시 이 같은 불교적 관점의 해석이 드러난다. 위 작품을 선자의 것과 비교하여 보면, 먼저 선자의 게송에서는 낚시질하는 고요한 정경이 1·2구에 묘사된 반면, 이규보의 시에서는 이 부분이 모두 생략된 채 제1구부터 귀환의 단계가 준비된다. 밤이 깊어 한기가 느껴질 때까지 낚시질을 하였으나 결국 한 마리도 건지지 못해 배는 텅 비어 있는 상태이고, 배가 비었기에 노를 젓자마자 배는 빠르게 나아간다. '나는 듯하다[若飛]'라는 표현에서 매우 경쾌한 움직임이 느껴지는데, 이는 뒷부분의 의미와도 자연스럽게 연결된다. 3·4구는 선자화상 게송의 마지막 구 '滿船空載月明歸'에 대한 이규보의 해석이 응축된 부분이다. 혜심의 해석에 따르면, 선자의 게송에서 빈 배에 달빛만 가득 싣고 돌아온다고 했던 것은 처음에는 고기, 즉 중생을 낚으려 했다가 결국 법열을 얻어 돌아온다는 의미이므로 달빛이 고기를 대체하고 있는 구도로 읽힌다. 반면, 이규보는 고기와 달빛의 이러한 대체 관계 자체를 부정함으로써 달빛의 의미를 훨씬 확대해 놓았다. 천고(千古)에 맑은 빛은 예나 지금

15 이규보, 〈題任君景謙寢屛六詠〉의 제5수 '華亭船子和尙', 『東國李相國集』 권11. [『한국문집총간』 1, 민족문화추진회, 1988, 410면.]

16 이규보, 〈曹溪山 第二世 故 斷俗寺住持 修禪社主 贈諡 眞覺國師 碑銘〉, 「東國李相國集」 권35. [『한국문집총간』 2, 민족문화추진회, 1988, 64~66면.]

17 이에 대한 자세한 고찰은 주호찬, 『이규보의 불교인식과 시』, 보고사, 2006, 42~213면에서 이루어진 바 있다.

이나 변함없이 교교하게 비추고 있으니 이것을 새삼 배에 싣느니 마느니 하는 것부터가 마땅치 않다는 뜻으로서, '맑은 빛[淸光]'이 너무도 밝고 뚜렷하기 때문에 그 빛을 오히려 '없음[無]'의 의미로 연결지은 것이다. 결국 이규보는 '유(有)'와 '무(無)', '공(空)'과 '재(載)'의 구별조차 초탈한 경계에서 선자의 게송을 풀이하였던 사실을 알 수 있다.[18]

이처럼 선자의 게송이 우리 문학 속에 본격적으로 활용되기 시작한 계기는 혜심과 이규보에 의해 마련된 것으로 파악된다. 혜심은 게송을 깊이 있게 반추하여 그 의미를 구성해 냄으로써 선자의 게송이 후대의 선승들에게는 물론, 사대부 문인들에게까지 폭넓게 회자될 수 있도록 기여하였고, 이규보는 자신만의 관점에서 게송을 또 다른 방향으로 재창작해 냄으로써 게송에 대한 다양한 해석의 가능성을 열어 놓았던 것이다.

3. 후대적 변용과 분화

1) 선적(禪的) 해석의 계승

선자화상이 본래 선승이었고 그의 일화와 게송 역시 여러 불전에 수록되어 전하는 데다, 이를 『선문염송』에 적어 구체적으로 소개한 이 또한 선승인 혜심이므로, 게송의 전승 양상을 살피는 문맥에서도 우선 선시의 영역으로부터 시작하는 편이 순리일 것이다. 혜심에 곧 이어 선자의 게송을 용사한 대표적 인사로는 고려 말의 고승 나옹왕사(懶翁王

18 이와 관련하여, 박완식은 선자가 '구도자(求道者)'의 입장에서 게송을 지은 반면, 이규보는 '득도자'의 경지에서 이 작품을 지은 것이라고 양자를 비교하였다. [박완식, 앞의 책, 310면.]

師) 혜근(惠勤, 1320~1376)을 들 수 있다. '고주(孤舟)'라는 같은 제명으로 전해오는 혜근의 다음 두 작품은 선자의 게송과 뚜렷한 관계를 맺고 있기에 주목된다.

一隻孤舟獨出來	한 척 외로운 배로 홀로 나왔다가,
滿江空載月明歸	빈 강 가득 달빛 싣고서 돌아온다.
魚歌獨唱歸何處	고기잡이 노래 홀로 부르며 어디로 돌아갈까?
佛祖從來覓不知[19]	부처와 조사조차도 이제껏 찾을 줄 모르나니.

永絶群機獨出來	온갖 근기(根機) 아주 끊고 홀로 나와,
順風駕起月明歸	순풍에 돛을 달고 밝은 달빛에 돌아오네.
蘆花深處和煙泊	갈대꽃 깊은 곳에 안개에 싸여 배를 대거니,
佛祖堂堂覓不知[20]	부처와 조사가 당당해도 찾을 줄 모르도다.

이규보가 〈화정선자화상〉에서 특히 '달[月]'의 의미를 부각하였다면, 혜근은 '돌아옴[歸]'에 초점을 맞추어 선자의 게송을 해석한 자취가 엿보인다. 혜근의 두 작품 모두 1·2구는 나아갔다[出來] 돌아오는[歸] 구도의 대구로 구성되었으나, 그 돌아오는 곳이 어디인지는 뚜렷이 드러나지 않는다. 앞의 작품 3구에서 '어디로 돌아갈 것인가[歸何處]'라고 묻고 있는 것이나, 뒤의 작품 3구에서 '갈대꽃 깊은 곳[蘆花深處]'에, 그것도 '안개에 싸여 배를 댄다[和煙泊]'라는 표현이 모두 그러한데, 이 때문에 당당한 부처와 조사조차도 이제껏 그 귀처를 찾지 못해 헤매고 있다는 말로 작품을 맺었다. 혜심의 해석 방식에 따른다면, 선자의 게

19 法藏 編, 〈孤舟〉, 「附錄」, 『普濟尊者三種歌』. [『韓國佛教全書』 6, 한국불교전서편찬위원회, 1979, 763면.]

20 惠勤, 〈孤舟〉, 『懶翁和尙歌頌』. [『韓國佛教全書』 6, 한국불교전서편찬위원회, 1979, 733면.]

【그림4】 혜근
[양산시 통도사 소장 진영]

송에서 '滿船空載月明歸'는 중생을 제도하려 애썼던 '어부'가 결국 한 명의 중생도 건질 수 없음을 깨닫고서 돌아오는 여정을 상징하게 된다. 따라서 이때의 '달빛[月明]'은 깨달음 혹은 지혜의 표상이며 그가 돌아오는 곳 역시 그러한 깨달음의 공간이라 할 수 있다. 그런데 혜근은 그처럼 밝고 법열에 가득 찬 귀환의 공간을 안개에 싸인 '갈대꽃 깊은 곳'으로 바꾸어 놓거나, 심지어 '어디로 돌아갈 것인가'라고 반문하였던 것이다. 선자의 게송에서 '돌아옴'이 곧 구도자가 도달해야 할 궁극의 가치였다면, 혜근은 그 궁극적인 공간 자체를 다시 한 번 부정함으로써 본래 게송의 구도에 파격을 주려 하였던 것으로 보인다.

獨放虛舟泛月歸	빈 배를 달 아래 돌아가도록 홀로 놓아두니,
白鷗閑拂浪花飛	흰 갈매기 한가로이 날개짓하여 물결이 흩날리네.
一片湖光開寶鏡	한 조각 호수 빛이 보배로운 거울을 열어주나니,
六宮春色爛熳輝[21]	육궁(六宮)에 봄빛이 난만하게 빛나는구나.

法海清波濶	법(法)의 바다에 맑은 물결 출렁이니,
魚龍數莫窮	어룡(魚龍)은 수도 없이 많네.
絲綸直下處	낚싯줄 곧장 드리운 곳,
鱗甲上鉤中[22]	고기[鱗甲] 위에 낚싯바늘이 걸리도다.

21 無竟, 〈湖舟〉, 『無竟集』 권1. [『韓國佛教全書』 9, 한국불교전서편찬위원회, 1979, 376면.]
22 海源, 〈次贈清波長老〉, 『天鏡集』 권上. [『韓國佛教全書』 9, 한국불교전서편찬위원회, 1979, 604면.]

조선조의 승려들이 지은 위의 두 작품은 선자화상의 게송이 한층 긍정적인 방향으로 시화된 사례이다. 앞의 작품은 자수(子秀) 무경(無竟, 1664~1737)의 소작으로 첫 구부터 매우 자유로운 느낌을 전달한다. 달빛을 띠고 돌아오는 것은 선자의 게송에서와 마찬가지이지만, 무경의 경우는 그저 배를 물 위에 띄워 놓는다고만 하여 굳이 어디로 돌아가야겠다는 지향조차 제시하지 않으며, 한껏 날개짓을 하면서 물결을 일으키는 흰 갈매기 역시 그렇듯 자재한 화자의 심경에 화답하는 형상이다. 한편, 달빛이 물결에 반사되면서 생긴 '한 조각 호수 빛[一片湖光]'은 비록 희미하지만, 그 빛에 의해 이내 '보배로운 거울[寶鏡]'이 열리면서 달밤의 경물이 온통 화사한 봄빛을 띠게 되는데, '보배로운 거울'이라 표상된 화자 자신의 법안(法眼)이 열리기 시작하는 순간적 찰나를 이와 같이 감각적으로 표현해 낸 것이라 이해된다.

두 번째 인용한 함월(涵月) 해원(海源, 1691~1770)의 작품은 선자의 게송을 의미상 정반대로 수용한 경우이다. 초두부터 '법의 바다[法海]'라는 불교적 취의를 전면에 내세운 것으로 미루어 2구의 무수한 '어룡(魚龍)'도 역시 혜심의 해석 방식에 따라 '중생'으로 풀이될 수 있겠으나, 3구 이하는 선자의 본래 게송과는 완연히 다른 방향으로 나아간다. 선자의 게송에서는 낚싯줄을 곧장 드리웠어도 한 마리의 고기조차 낚을 수 없다 했고, 혜심은 이 구를 단 한 명의 중생도 제도할 수 없다는 의미라 해석한 데 반해, 해원은 낚시를 던지는 곳에 오히려 고기가 걸려든다고 표현함으로써 '빈 배'를 '만선(滿船)'으로 바꾸어 풍성한 수확의 기쁨을 드러내었던 것이다. 해원의 이 같은 해석 방식과 유사한 선례로서 선초의 함허당(涵虛堂) 기화(己和, 1376~1433)가 『금강반야바라밀경오가해설의(金剛般若波羅蜜經五家解說誼)』에 남긴 다음과 같은 언급이 참고 될 만하다.

> 금린(錦鱗)은 정히 깊고 깊은 데 있어서, 천 자의 낚싯줄을 모름지기 드리웠도다. 불성(佛性)이 깊어 오온(五蘊)의 바다에 있으니, 요컨대 큰 자비로써 능히 끌어내도다. 큰 자비의 문을 한 번 엶이여! 끝없는 법문(法門)이 이로부터 시작되었도다. 무명(無明)의 긴 밤은 고요하고 마음의 물은 본래 청량하여 청정한 묘각(妙覺)의 성품은 큰 자비의 교화를 받지 않나니, 중생이 이미 교화를 받지 않는다면 부처 또한 세상에 머물지 않도다. 밑 없는 배에 큰 지혜의 달을 머물게 하고, 도리어 청산(青山)에서 다시 저쪽을 향하도다. 비록 그러하나 사람들이 잘못 알까 염려하노니, 오랜 세월 동안 공연히 낚시를 드리웠다고 말하지 말라. 지금 배에 가득 고기를 낚아서 돌아가노라.[23]

이 글의 앞부분에서 '물고기[錦鱗]'를 중생의 불성(佛性)으로, '어부'를 부처[佛]로, '달'을 큰 지혜[大智]로 해석하여 그 의미를 좀 더 명확히 한 것 이외에는 기화의 해석 역시 앞서 살폈던 혜심의 것과 크게 다르지 않다. 그러나 마지막 부분에 달아 놓은 단서는 정반대의 의미를 전달한다. 기화는, 중생이 교화를 받지 않으니 부처 또한 이 세상에 머물 이유가 없기는 하지만 만일 그렇게만 이야기해 놓으면 그 진의를 깨닫지 못한 자들이 오해할 소지가 있다는 우려를 표명하는데, 이는 구도나 중생제도 자체가 당초 쓸모없다는 식의 극단 논리로 나아가는 것을 경

23 己和, 「應化非眞分」 제32, 『金剛般若波羅蜜經五家解說誼』 권下. [『韓國佛教全書』 7, 한국불교전서편찬위원회, 1979, 101면.] "錦鱗正在深深處, 千尺絲綸也須垂. 佛性深在五蘊海, 要以大悲能引出. 一開大悲門! 無盡法門從玆始. 無明長夜靜, 心水本清凉, 淸淨妙覺性, 不受大悲化, 生旣不受化, 佛亦不住世. 無底船留大智月, 却向青山更那邊. 雖然伊麼恐人錯會, 莫謂多時空下釣. 如今釣得滿船歸." 『금강반야바라밀경오가해설의』는 기화가 『금강경』에 대한 재래의 다섯 가지 해설서를 모으고 여기에 다시 해설을 붙인 저술이다. 송대(宋代)의 야부 도천(冶父 道川, 1127~1130)은 『금강경』 「知見不生分」 제30의 "須菩提, 所言法相者, 如來說卽非法相, 是名法相."에 대해 선자화상의 게송을 그대로 인용하여 해설한 바 있는데, 위 인용은 여기에 다시 기화가 설의(說誼), 즉 해설을 붙인 내용이다. 『금강경오가해설의』의 이 부분은 인권환의 앞의 글에서 소개된 바 있다.

계하기 위함으로 보인다. 때문에 기화는 '지금 배에 가득 고기를 낚아서 돌아가노라[如今釣得滿船歸]'라고 만선의 이미지를 제시하여 선자의 게송을 뒤바꾸어 놓았던 것이다. 앞서 살핀 해원의 작품에도 기화의 이 같은 해석 방식이 적용된 자취를 발견할 수 있다.

이처럼 승려들 사이에서 선자의 게송이 운위되거나 용사될 때에는 예의 선적인 의미가 우선적으로 고려되었음을 확인할 수 있다. 혜심부터가 그러했고 이후 고려와 조선의 승려들이 남긴 작품들에서도 이러한 경향은 지속된다. 그러나 작품의 구절을 차용하는 방식은 원의(原義)를 보존하는 쪽보다는 오히려 '파괴'와 '비틀기' 쪽에 가깝다. 한두 구의 의미를 정반대로 끌어오거나 또는 작품 전체의 형상마저도 뒤집어 놓음으로써 작품마다 새로운 경지를 창출하였던 것이다. 고착화된 사고를 지양하는 선가(禪家)에서는 특정한 전고를 특정한 방식으로만 이해하도록 놓아두지 않으며 특히 그 전고가 세간에 널리 회자될수록 비틀기는 더욱 심해지기 마련이거니와,[24] 이 점에서 선자화상의 게송도 예외가 아니었던 것이다.

2) 강호한정(江湖閑情)과 무욕(無慾)의 취의

한편, 선자의 게송은 선승들의 손을 떠나 고려말 이래의 사대부 문인들에게도 빈번히 차용됨으로써 또 다른 부면의 계승과 변용의 궤적을 남기게 된다. 그 양상도 다양하게 분별될 수 있겠으나, 크게는 '강호한정과 무욕'이라는 한 축과 '풍류와 흥취'라는 한 축으로 각각 나누어 살

---

24 가령, "개에게도 불성(佛性)이 있는가?"라는 소위 무자화두(無字話頭)에 대해 '있다'·'없다'를 반복하며 끊임없이 전개되었던 수많은 공안(公案)들이 그 대표적인 사례라 할 수 있다. [주호찬, 「無字話頭와 관련된 頌古와 悟道頌」, 『한문교육연구』 28호, 한국한문교육학회, 2007, 205~225면 참조.]

필 수 있을 듯하다. 여기서는 먼저 전자의 범주로 묶이는 작품들을 검토키로 한다.

孤舟蓑笠碧江空	외로운 배에 도롱이와 삿갓 차림, 푸른 강은 텅 비었는데,
獨釣蕭蕭暮雪中	해질녘 눈 맞으며 홀로 쓸쓸히 낚시질하네.
肯怕水寒魚不食	물결 차가워 고기 물지 않은들 어찌 두려워하랴?
更教詩格播高風[25]	다시금 시의 풍격을 높은 바람에 드날리리.

漁人網集三仙島	어부들의 그물은 삼선도(三仙島)로 몰리는데,
枕石披簑臥月明	나는 도롱이 걸친 채 돌을 베개 삼아 달빛 아래 눕는다.
夜深水寒魚不食	밤 깊고 물결 차가워 고기 물지 않으니,
空教閒唱兩三聲[26]	쓸데없이 두세 가락 노래를 한가롭게 부른다.

각각 이색(李穡, 1328~1396)과 성여신(成汝信, 1546~1632)이 지은 두 작품은 정경과 시상이 서로 유사하다. 두 작품 모두 1·2구에서는 홀로 낚시하는 행위를 묘사하였는데, 이색의 시에서는 저물녘에 내리는 눈을 맞으며 배 위에 독좌하고 있는 형상이, 성여신의 시에서는 그물로 고기를 건지려는 어부들로부터 외떨어져 한가로이 조석(釣石) 위에 드러누워 있는 모습이 각각 제시된다. 이어지는 3구는 밤이 깊고 물결이 차가워 고기가 물지 않는 상황으로서 선자의 계송이 거의 그대로 차용된 대목이다. 그런데 원작에서는 이 부분에 이어 달빛을 띠고 빈 배를

25 李穡, 〈驪江四絶〉의 제4수 '冬', 『牧隱詩稿』 권9. [『한국문집총간』 4, 민족문화추진회, 1988, 67면.]

26 成汝信, 〈養直堂八詠〉의 제7수 '南島漁歌', 『浮査集』 권1. [『한국문집총간』 56, 민족문화추진회, 1988, 80면.]

저어 돌아온다는 방향으로 시상이 연결된 반면, 이색과 성여신의 작품에서는 낚시는 버려둔 채 배 위에서 시를 읊거나 물가에서 노래를 부르는 모습으로 맥락이 바뀌었다. 날이 싸늘해지고 고기도 물지 않으니 그만 돌아가야 하겠다는 것이 아니라, 어차피 고기가 잡히지 않으므로 더 이상 낚시질에 신경 쓸 필요 없이 시와 노래로써 한가로운 정회를 이어가리라는 발상인 것이다. 두 작품 모두 선자의 게송을 완연히 강호한정의 미감으로 엮어 낸 사례로서 문인 취향의 기풍을 전달한다.[27]

【그림5】 이색
[한산이씨대종회 소장 초상]

平沙에 落鴈ᄒᆞ고 荒村에 日暮ㅣ로다
漁舡도 도라 들고 白鷗ㅣ 다 좀든 젹에
뷘 ᄇᆡ에 달 실어 가지고 江亭으로 오더라.[28]

---

27 특히 이색의 시는 당대의 정치 상황과 연결된 것이어서 더욱 깊은 의미를 내포한다. 이 작품에는 '어부가 된 김경지(金敬之)를 생각하며 읊다[有懷漁父金敬之]'라는 부제가 달려있는데, 여기서 김경지, 즉 김구용(金九容, 1338~1384)은 정몽주(鄭夢周)·이숭인(李崇仁, 1347~1392) 등과 함께 성리학을 제창했던 친명파 관료로서 우왕(禑王) 때 북원(北元)과의 수교에 반대하다가 고향인 여흥(驪興)으로 7년 동안 유배를 떠났던 인물이다. 유배기에 김구용은 자호를 '여강어부(驪江漁父)'라 칭하고 한거하였던 바, 이색은 그의 모습을 그리며 이 시를 지었던 것이다. [『고려사』 권104, 「열전」 제17, 金方慶; 최재남, 「어부 지향 공간으로서 驪江의 인식」, 『한국문학논총』 44집, 한국문학회, 2006, 48면.] 따라서 제3구에서 물결이 차갑고 고기가 물지 않는다는 것은 김구용이 겪었던 정치적 난관이나 실의와 연관 지어 풀이될 수 있으며, 4구에서 시의 풍격을 드날리리라는 것에는 그러한 정치적 역경을 일부분 문명(文名)으로 보상받을 수 있으리라는 의식이 담겨있다고 해석된다. '夜精水寒魚不食'의 '夜精'을 '肯怕'으로 바꾸어 '어찌 두려워하랴?'라고 대뜸 반문했던 것도 이와 같은 의식을 반영한 변용인 것이다.

28 『가곡원류』[국악원본] #271.

風急飛如舞	바람이 세차게 춤추듯 날리니,
江空落不知	강은 비어 해 지는지 알지 못해라.
水寒魚不食	물결 차가워 고기 물지 아니하니,
回棹日斜時[29]	석양 빗길 때 노를 돌려 돌아오노라.

위의 작품들은 소상팔경(瀟湘八景)을 소재로 하면서도 그 안에 다시 선자의 게송을 차용한 경우이다. 『청구영언(青丘永言)』[진본(珍本)]·『병와가곡집(瓶窩歌曲集)』·『가곡원류(歌曲源流)』[국악원본(國樂院本)] 등 여러 가집에 조헌(趙憲, 1544~1592)이 지은 것이라 전하는 첫 번째 작품에서는 소상팔경 가운데 평사낙안(平沙落雁)을 택한 후 여기에 조어(釣魚)의 모티프를 조합해 놓았다. 초·중장에서 정경을 제시하는데, 초장에서는 평사에 내려앉는 기러기와 황촌에 지는 해로써 하강하는 이미지를 앞세웠고, 중장에서는 뱃길을 돌리는 어선과 잠이 든 백구를 연결하여 귀환의 의미를 나타내었다. 종장에 이르러 시선은 화자의 모습으로 집약되는데, 선자화상 게송의 제4구['滿船空載月明歸']를 국문화해 놓은 부분이지만, 원래의 구절에서 '돌아온다[歸]'라고만 했던 것을 '강정(江亭)으로 오더라'라고 구체적인 귀향처까지 명시한 점이 특이하다. 이로써 화자는 애초에 배를 띄웠던 곳으로 되돌아가기보다는 배를 저어 가던 도중 강안의 정자로 찾아드는 형상이 되며, 조어를 끝낸 후의 한정을 그곳에서 계속 이어가고자 하는 지향이 드러난다.

역시 소상팔경 가운데 하나를 택해 '강천모설(江天暮雪)'이라 제한 소세양(蘇世讓, 1486~1562)의 절구(絶句)에서는 선자화상 게송의 제3·4구에 묘사된 고요한 배경을 바람이 거세게 불고 파고가 높이 이는 정경으

---

29 蘇世讓, 〈瀟湘八景〉의 제7수 '江天暮雪', 『陽谷集』 권10. [『한국문집총간』 23, 민족문화추진회, 1988, 440면.]

로 바꾸어 시작의 바탕으로 삼았다. 작품 전체의 풍경은 이제 막 해가 지기 시작하는 겨울날의 강상으로서, 선자의 게송과 견주어 보면 시간이 '밤[夜]'에서 '해질녘[日斜時]'으로 앞당겨졌으며, 본래 빈 배에 달빛을 싣고 돌아온다 했던 것이 소세양의 시에서는 석양을 싣고 돌아오는 모습으로 바뀌었다. 앞서 조헌의 시조에서와 마찬가지로, 선자의 게송을 차용은 하되, 원의를 탄력적으로 조정하여 전체적인 시상 속에 적절히 융합함으로써 새로운 시경(詩境)을 창출해 낸 작품이라 할 만하다.

한편, 선자의 게송을 거의 그대로 옮겨오면서도 어부의 허탄한 심경 쪽에 중점을 두어 작품의 분위기를 완연히 다른 방향으로 이끌어 간 경우도 발견된다. 월산대군 이정의 작으로 널리 알려져 있으며 여러 가집에 수록되어 전하는 다음의 시조가 그러하다.

> 秋江에 밤이 드니 물결이 ᄎᆞ노ᄆᆡ라
> 낙시 드리치니 고기 아니 무노ᄆᆡ라
> 無心ᄒᆞᆫ ᄃᆞᆯ빗만 싯고 뷘 ᄇᆡ 저어 오노라.[30]

월산대군이 실제로 이 작품을 지었을는지 확증할 단서는 없으나, 본래 시주를 즐겼던 데다 집 뒤뜰에 풍월정(風月亭)을 짓고 생활할 정도였던 월산대군의 행적으로 미루어 위와 같은 대의의 작품을 그가 직접 지었을 개연성은 다분하다.[31] 선자의 게송 가운데 1·3·4구로 한 편의 시조를 이루었는데, 이 경우 역시 앞서 살핀 작품들과 마찬가지로 게송 본연의 선적 취의는 탈각되었지만, 게송에 내재되어 있었던 명상적 분위기만큼은 효과적으로 전용되었다. 현전 시조 가운데 선자화상 게송

---

30 『청구영언』[진본] #308.
31 인권환, 앞의 글.

의 영향을 가장 직접적으로 반영하고 있는 이 작품은 한 폭의 병풍을 연상케 할 만큼 조어와 귀환의 정경을 내밀하게 묘사하였다. 물론 이러한 정경 묘사가 원 작품에 이미 포함되어 있었던 것이기는 하지만, 월산대군의 경우는 그것을 국문화했을 뿐 아니라, 여기에 다소의 변형을 가하기도 하였다. 선자의 게송을 월산대군이 어떠한 방식으로 수용하였는지 도시해 보면 다음과 같다.

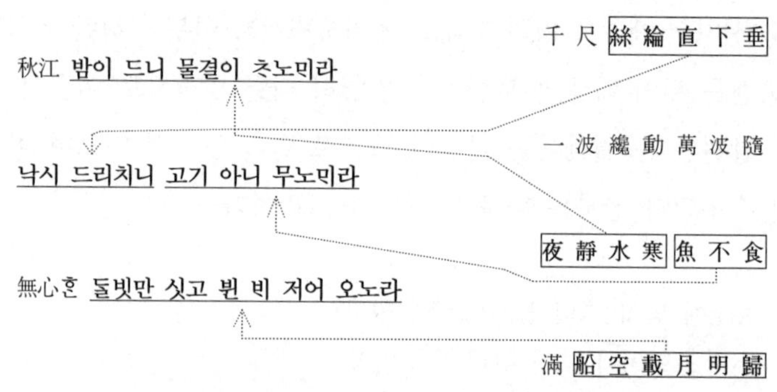

【표1】 월산대군 시조와 선자화상 게송의 비교

게송의 1·3·4구를 중심으로 대체로 그 내용을 별다른 변개 없이 가져왔으나, 여기에 '秋江에'·'無心ᄒᆞᆫ'과 같은 새로운 어휘를 추가하고 시상 전개의 순서도 뒤바꾼 것이 확인된다. 우선, 배경 자체를 가을날의 강상['秋江']으로 설정함으로써 밤이 들어 물결이 차가워진다['밤이 드니 물결이 ᄎᆞ노ᄆᆡ라'; '夜靜水寒']라는 어구를 보다 직접적으로 와 닿게 하였다. 조어 행위는 그 다음에야 제시되는데['낙시 드리치니'], 비록 사소한 변개이기는 하나, 이로써 작품 속 화자의 의식이 크게 달라지게 된다는 점에서는 중요한 대목이라 할 수 있다.

즉, 선자의 게송에서는 물론, 이를 차용한 여타의 작품들에서도 대개

'夜靜水寒魚不食'과 '滿船空載月明歸'는 하나의 연속된 행위였고, 이 구절의 앞부분에서 이미 낚시질[千尺絲綸直下垂]이 시작되고 있었다. 해가 지기 이전부터 낚싯대를 드리워 놓고 있다가 밤이 들어 고기가 물지 않으니 그만 거두어 돌아간다는 것인데, 위 시조에서는 게송의 제1구에 있던 '絲綸直下垂[낙시 드리치니]'를 '夜靜水寒[밤이 드니 물결이 ᄎᆞ노미라]'과 '魚不食[고기 아니 무노미라]' 사이에 배치함으로써 밤이 되고 물결이 차가워진 이후에야 비로소 낚시를 시작한 형상으로 바꾸어 놓았다. 밤이 들어 물이 차가워지면['夜靜水寒'] 고기는 더욱 깊은 곳으로 자맥질하여 미끼를 물지 않는 것['魚不食']이 당연한데도, 화자는 굳이 물결이 차가워진 다음에야 낚시를 던졌던 것이다. 이를테면, 고기를 잡지 않기 위해 오히려 이때를 택해 조어를 시작한 것으로 해석될 수 있으며, 종장 첫 음보에 새로 개재된 '無心ᄒᆞᆫ'이라는 어휘 역시도 이러한 시상 전개 방식과 조응된다. 앞서 살핀 선승들의 작품에서 '달빛[月明]'은 대개 '깨달음'이나 '큰 지혜[大智月]'의 의미로 해석되었으나, 월산대군은 이를 완연히 '무욕(無慾)'의 상징으로 달리 받아들여, 자신의 허정(虛靜)한 심사를 달에 투영함으로써 '無心한 달빛'이라는 표현을 이끌어 내었던 것이다. 원시의 어구를 순서만 바꾸어 거의 그대로 차용해 온 작품임에도 이 시조가 뛰어난 성취를 이룬 수작으로 평가될 수 있는 이유를 바로 이 같은 부면에서 찾을 수 있다.

이처럼 사대부 문인들의 작품 속에서도 선자의 게송은 다양한 방식으로 활용되었던 사실이 확인된다. 그러나 그 활용 양상은 선승들의 작품들과는 판연히 다르다. 가장 두드러진 차이는 역시 선적 색채가 배제되었다는 점으로서, 물고기를 중생으로 보거나 달을 지혜의 표상으로 받아들이는 등의 사례를 사대부 시가에서는 발견하기 어렵고, 대개의 경우 화자의 강호한정을 고양하는 경물로써 그 같은 소재들이 제시될 따름이다. 때문에 이들은 선자의 게송을 차용은 하되, 게송이 지니는 전반적인 의미보다는 특정 구절의 형상성만을 작품 창작에 활용하는 쪽으로 나아간다. 대비하자면, 선승들의 작품에서는 선자의 게송이 주가 되고 여기에 개별 작가들의 해석이 가해졌던 데 반해, 사대부 문인들의 경우에는 자신들의 시정을 표현하는 데 선자의 게송이 부차적으로 동원된 모습이다. 때에 따라서는 그들이 차용했던 구절이 선자화상의 소작인지조차 인식하지 못했을 사례도 많았을 것이며, 이러한 이유 때문에서라도 선자의 게송은 그 원의에 구속되지 않은 채 더욱 광범하게 사대부 문인들의 시가 속에 전용되었던 것으로 보인다.

3) 풍류(風流)와 흥취(興趣)의 서정

선자화상의 게송을 수용한 사례 가운데 앞서 살폈던 사대부 문인들의 작품에서는 화자가 대개 홀로 배를 타고 있는 모습으로 제시되었다. 그렇기에 작품의 전반적인 분위기도 고요하고 한가로운 정서 쪽으로 기울었던 반면, 이제 살피게 될 작품들에서는 풍류와 유락(遊樂)의 측면에 밀착된 주조를 보인다. 그 대표적인 사례로 『악장가사』 소재의 〈어부가〉와 이를 개작한 이현보의 〈어부가〉가 주목된다.

夜靜水寒魚不食이어를	밤은 고요하고 물은 차가워 고기 물지 않으니,
滿船空載月明歸ᄒᆞ노라	빈 배 가득 달빛 싣고서 돌아오노라.
ᄇᆡ ᄆᆡ여라 ᄇᆡ ᄆᆡ여라	배 매어라. 배 매어라.
釣罷歸來네 繫短蓬호리라	낚시질 끝내고 돌아와 짧은 쑥에 배를 매리라.
지곡촉 지곡총 어ᄉᆞ와 어ᄉᆞ와	지국총 지국총 어사와 어사와.

繫舟唯有去年痕이로다[32]	배를 매려는 자리에 지난 해 [매어 놓은] 자국이 남아 있구나.
夜靜水寒魚不食거늘	밤은 고요하고 물은 차가워 고기 물지 않으니,
滿船空載月明歸라	빈 배 가득 달빛 싣고서 돌아오노라.
닫 디여라 닫 디여라	닻 내려라. 닻 내려라.
罷釣歸來繫短蓬호리라	낚시질 끝내고 돌아와 짧은 쑥에 배를 매리라.
至匊悤 至匊悤 於思臥	지국총 지국총 어사와.
風流未必載西施라[33]	풍류는 반드시 서시를 싣지 않아도 좋다.

두 인용 모두 각 작품의 제8장으로서, 선자화상 게송의 제3·4구를 집구(集句)하여 1·2구에 끌어다 놓았고, 제3구에는 '비 미여라 비 미여라'·'닫 디여라 닫 디여라'와 같은 여음구(餘音句)를 삽입함으로써 표층상 복수의 인물을 등장시켰다. 때문에 작품 속 정황이 한층 활기차게 느껴지며 풍류적 기풍이 두드러진다. 앞서 살핀 작품들에서 독백하는 투로 들렸던 화자의 목소리도 이들 〈어부가〉에서는 성량이 크게 확대된 형상으로 다가오는 것이다.

먼저, 『악장가사』 소재 〈어부가〉는 윤선도의 〈어부사시사〉와 달리 시상의 흐름이 출범에서 정박까지 연속된 단계 속에서 전개되지 않고 중간 중간 뒤섞여 있는 것이 특징이지만,[34] 위 인용에서 보듯 제8장의

---

32 『악장가사』, 「가사」, 〈漁父歌〉의 제8장.

33 李賢輔, 〈漁父歌九章幷序〉의 제8장, 『聾巖集』 권3. [『한국문집총간』 17, 민족문화추진회, 1988, 416면.]

34 이에 대한 자세한 설명은 이형대, 『한국 고전시가와 인물형상의 동아시아적 변전』, 소명출판, 2002, 69~75면을 참조.

【그림6】 〈어부가〉 [『악장가사』]

시상은 그 조흥구인 '비 미여라'와 대체로 일치한다. 이때 선자화상 게송의 제3·4구는 '비 미여라'를 위한 귀환의 여정을 이끄는 역할을 하는데, 본래는 게송을 의미심장하게 끝맺는 구였던 이 부분이 〈어부가〉에서는 풍류에 찬 귀로를 예고하는 서두로 그 역할이 뒤바뀐 채 활용된 것이다. 이어지는 제4구 '釣罷歸來네 繫短蓬호리라'에서도 의미의 중점은 '낚시질을 끝내는 것[釣罷]'과 배를 '묶는 것[繫]'에 맞추어진다. 특히 방유심(方惟深, 1040~1122)의 〈주하건계(舟下建溪)〉에서 차용된 이 마지막 구에서는 배를 묶는 행위가 올해뿐 아니라 지난해에도 있었다는 사실을 언급함으로써 시간의 폭을 한층 확대하는 한편, 작품 전체의 흥취 또한 강화하는 효과를 자아낸다.[35]

35 『악장가사』 소재 〈어부가〉의 집구 양상에 대해서는 여기현, 앞의 논문, 1996, 371~415면에서 종합적인 고찰이 이루어진 바 있다. 제8장의 경우, 4구는 사공서(司空曙, 720?~790?)의 〈강촌즉사(江村卽事)〉 제1구에서, 6구는 방유심의 〈주하건계〉 제4구에서 각각 집구된 것이다: 司空曙, 〈江村卽事〉. "釣罷歸來不繫船 / 江村月落正堪眠 / 縱然一夜風吹去 / 只在蘆花淺水邊."; 方惟深, 〈舟下建溪〉. "客航收浦月黃昏 / 野店无灯欲閉門 / 倒出岸沙楓半死 / 系舟猶有去年痕."

한편, 이현보의 〈어부가〉에서는 그 집구 방식이 다소 바뀌었거니와, 주지하듯이 이는 『악장가사』 소재 〈어부가〉의 말이 여러 군데 순서에 맞지 않고 혹 중첩된 탓에 이현보가 본래 12장의 작품을 9장으로 개작하여 새롭게 〈어부가〉를 만들었기 때문이다.[36] 위의 두 인용 모두 각 작품의 제8장이지만, 후자는 총9장의 작품 가운데 8장에 해당하므로 총12장 가운데 8장인 『악장가사』 〈어부가〉보다 더 뒷부분에 배당된다.[37] 하지만 이 경우에도 제8장이 감당해야 할 가장 중요한 몫은 역시 귀환에 있으며, 이현보가 종래의 〈어부가〉에서 제1·2·4구를 그대로 가져온 것도 본래 작품에 이미 귀환의 여정이 잘 드러나 있기 때문일 것이다. 다만 마지막 제6구만은 이제현(李齊賢)의 〈억송도팔영(憶松都八詠)〉 제8수에서 차용하여, 이 장의 흐름을 종장인 제9장으로까지 이월시킨 점은 주목할 만하다.[38]

실상 『악장가사』 〈어부가〉에서는 시상이 '釣罷歸來네 繫短蓬호리라'[4구]에서 '繫舟唯有去年痕이로다'[6구]로 이어지는데, 이는 배를 쑥대에 묶겠다고 예고한 후 실제 이 일을 결행함으로써 조어 행위가 일단락되는 구도이며, 제8장이 그 자체로 완결된 의미를 띠게 된다. 반면,

---

36 李賢輔, 〈漁父短歌五章〉, 『聾巖集』 권3. [『한국문집총간』 17, 민족문화추진회, 1988, 417면.] "〈漁父歌〉兩篇, 不知爲何人所作. (…) 第以語多不倫或重疊, 必其傳寫之訛. 此非聖賢經據之文, 妄加撰改, 一篇十二章, 去三爲九, 作長歌而詠焉, 一篇十章, 約作短歌五闋. 爲葉而唱之, 合成一部新曲."

37 '빅 믹여라'보다 하나 더 뒷단계인 '닫 디여라'가 조흥구로 쓰인 것도 그러한 이유 때문이다. 이현보 〈어부가〉의 조흥구는, "빅 떠라[1장] → 닫 드러라[2장] → 이어라[3장] → 돗 디여라[4장] → 이퍼라[5장] → 빅 서여라[6장] → 빅 믹여라[7장] → 닫 디여라[8장] → 빅 브텨라[9장]"의 순서이다.

38 李齊賢, 〈憶松都八詠〉의 제8수 '西江月艇', 『益齋亂稿』 권3. [『한국문집총간』 2, 민족문화추진회, 1988, 523면.] "江寒夜靜得魚遲 / 獨倚篷窓卷釣絲 / 滿目靑山一船月 / 風流未必載西施." 본래 '風流未必載西施'는 『악장가사』 〈어부가〉 제9장의 마지막에 있던 구이다: "極浦天空際一涯ᄒᆞ니 / 片帆이 飛過碧瑠璃로다 / 아외여라 아외여라 / 帆急ᄒᆞ니 前山이 忽後山이로다 / 지곡총 지곡총 어ᄉᆞ와 어ᄉᆞ와 / 風流未必載西施니라."

이현보의 〈어부가〉에 차용된 제6구 '風流未必載西施라'는 귀환의 도정에서 느끼는 화자의 자족감을 나타낸 표현으로서 아직 귀환이 종결되지 않은 모습이다. 이를테면 이현보의 〈어부가〉 제8장에서는 풍류가 깃든 귀환 장면 자체를 부각하여 그 시상을 다음 장에까지 연결 지었던 것인데,[39] 이 경우 선자의 게송에서 가져온 제2구 '滿船空載月明歸라'가 제6구 '風流未必載西施라'와 맞물리면서 '載月明'과 '未必載西施' 사이에 '싣다[載]'라는 어휘를 중심으로 의미상 조응이 이루어진다. 이미 빈 배 가득 달빛을 실었기 때문에 여기에 굳이 다시 서시(西施, ?~?)를 실을 필요가 없다는 맥락으로서, '달빛[月明]'은 서시를 대신할 수 있을 만큼 풍류에 찬 동반자로 포용되며, 화자의 흥취를 충족시켜 주는 대상으로까지 그 의미가 확대되는 것이다. 이처럼 이현보의 〈어부가〉 제8장은 본래 〈어부가〉에 비해 전반적인 흐름이 좀 더 매끄러울 뿐 아니라, 차용된 개개의 구들도 한층 내밀하게 조직되면서 새로운 의미를 파생시킨 것으로 평가할 수 있다.

> 秋江에 ᄯᅥᆺ는 ᄇᆡ는 向ᄒᆞ는 곳 어듸며요
> 눈갓치 밝은 달을 가득히 실허 타고
> 우리는 홍 좃차 가노ᄆᆡ로 원근 업셔 ᄒᆞ노라.[40]

호석균(扈錫均, ?~?)의 시조는 풍류를 넘어 유락의 취의로까지 경사된 모습을 보여준다. 호석균에 대해서는 조선 후기의 가객(歌客)이리라는 점 외에는 구체적으로 알려진 바가 없으나, 그의 소작으로 전하는

---

39 제8장에서 생략한 '繫舟唯有去年痕'을 이현보는 다음 장이자 마지막 장인 제9장에 두었다: "一自持竿上釣舟 / 世間名利盡悠悠라 / ᄇᆡ 브텨라 ᄇᆡ 브텨라 / 繫舟猶有去年痕이라 / 至匊悤 至匊悤 於思臥 / 款乃一聲山水綠라."

40 『歌曲源流』[一石本] #699.

작품들이 대개 흥취와 유흥의 주조를 띠는 점으로 미루어 이 작품 역시 그와 같은 구도 속에서 파악될 수 있을 것이다.[41] "추강에 배를 띄워 놓았으니 어디로 가려는 것인가?"라는 초장의 질문은 누군가 화자에게 던지는 물음일 수도, 화자의 자문일 수도 있겠는데, 중장 이하에서 그에 대한 화자의 답이 제시된다. 중장은 선자화상 게송의 제4구 '滿船空載月明歸'를 차용한 것이지만, 이 가운데 '공(空)'과 '귀(歸)' 두 글자는 배제하였다. 대신 '달'의 이미지를 더욱 강조하여 마치 '눈처럼 밝은 달'을 배에 가득 실었다고 감각적으로 표현함으로써 작품 전체의 분위기도 한층 풍성하고 조화로운 쪽으로 이끌었다. 이어지는 종장 첫 구에서는 우선 '우리는'이라는 말을 통해 화자와 청자 사이의 공감을 획득한 후,[42] 딱히 어디로 가야할지 지향은 없지만 흥(興)에 따라 흘러가므로 아무런 걱정거리가 없다며 자족감을 드러내었다.[43] 이렇듯 위 작품의 핵심적 의미는 역시 종장의 '흥'으로 집약되며, 그처럼 고양된 흥취를 표출하기 위한 상관물로서 '달'을 배치하였던 것이다.

선자의 게송이 차용된 국문 어부가류 시가나 가객의 시조에서는 앞서 살핀 사대부들의 작품에서와는 또 다른 특징이 발견된다. 작품 속에

---

41 김흥규 외 편, 『고시조 대전』, 고려대 민족문화연구원, 2012에서 그의 소작으로 파악된 작품은 다음과 같다: #0683.1·#0914.1·#1121.1·#1426.1·#1720.1·#1823.1·#2141.1·#2370.1·#2626.1·#3274.1·#3456.1·#3612.1·#4090.1·#4644.2·#4937.1·#5438.1·#5438.2·#5438.3. 한편, 호석균 시조의 전반적 특징에 대해서는 이도흠, 「時調와 하이쿠의 美學에 대한 비교 연구: 扈錫均의 時調와 松尾芭蕉의 하이쿠를 중심으로」, 『한국시가연구』 21집, 한국시가학회, 2006, 139~183면에서 검토되었다.

42 김대행은 시조의 종장 첫 구에 빈출하는 '우리도'의 기능을 "작품의 시행에서 전개된 의미를 공감으로 이끌어 들이기 위해 청자와의 관계를 직접적으로 형성하는 기능"이라고 설명한 바 있다. 김대행, 『시조유형론』, 이화여대 출판부, 1986, 122면.

43 종장의 '원권'이 정확히 무슨 의미인지는 확실치 않으나, 이 작품이 실려 있는 또 다른 가집인 『시철가』에는 '원권'이 '시름'으로 바뀌어 있어서, '원권' 역시 '시름'에 상당하는 의미를 지닌 어휘로 파악된다: "츄강에 씟는 빅는 향허는 곳 어듸믜요 / 눈것치 발근 달을 가득이 실어 타고 / 우리도 흥 좃차 가느미ㄹ 시름 업시." [『시철가』 #13.]

복수의 인물을 등장시켜 화자의 목소리를 대화체로 나타나게 함으로써 풍류와 흥취의 서정을 표출하기에 적당한 구도를 마련하였던 것이다. 그 같은 특성은 일차적으로 이들 작품의 연행 양상과 좀 더 관련지어 논의해야 하지만, 우선 작품 자체의 흐름부터가 한층 호방한 기풍이 드러나도록 여러 모로 조정된 사실을 간취할 수 있다. 이로써 선자의 게송이 애초 지니고 있던 선적 함의와 명상적 분위기는 이 부류의 작품들로 넘어오면서 둘 모두 완연히 탈각되기에 이른다.

4. 결론

이상에서 선자화상의 일화와 게송이 고려 후기에 전래된 과정과 방식을 검토하고, 그의 게송이 고려·조선을 거치며 여러 작품들 속에서 계승·변용된 양상을 살폈다. 논의된 사항을 항목별로 정리하면 다음과 같다.

○ 선자의 게송이 본격적으로 수용된 궤적은 고려 후기의 혜심과 이규보의 글에서 처음 확인된다. 혜심은 게송을 『선문염송』에 수록하면서 그 의미를 깊이 있게 구성해 내었고, 이규보는 새로운 관점의 해석을 적용하여 게송을 재창작함으로써 선자의 게송이 추후 다양한 방식으로 활용될 수 있는 계기를 마련하였다.

○ 혜심 이후의 승려들 사이에서 선자의 게송이 수용될 때에도 예의 게송 본연의 선적인 의미가 우선적으로 고려된다. 그러나 게송을 차용하는 형태는 한 두 구절의 의미를 정반대로 끌어오거나 작품 전체의 형상마저도 뒤집어 놓는 방식으로 이루어지는데, 이는 고착화된 사고

를 거부하는 선승들의 지향이 개입된 결과이다.

○ 이색을 비롯한 여러 사대부 문인들의 작품에서도 선자의 게송은 다양한 방식으로 활용되지만, 그 양상은 선승들의 경우와는 판연히 다르다. 선승들의 작품에서는 선자의 게송이 주가 되고 여기에 개별 작가들의 해석이 가해졌던 데 반해, 사대부 문인들은 대개 게송의 전체적인 의미보다는 특정 구절의 형상성만을 작품에 반영하는 쪽으로 나아간다. 자신들의 강호한정을 표출하는 데 선자의 게송이 부차적으로 동원되었던 것이다.

○ 국문 어부가류 시가나 가객의 시조에서는 강호한정을 넘어 풍류와 유락의 흥취를 드러내기 위해 선자의 게송을 끌어왔던 양상이 발견된다. 작품 속에 복수의 인물을 등장시켜 화자의 목소리를 대화체로 전달하거나 ‘풍류(風流)’·‘흥(興)’과 같은 어휘를 직접 노출하는 등의 구성이 이루어지면서 선자의 게송에 애초 포함되어 있던 선적 함의와 명상적 분위기는 이 부류의 작품들로 넘어오면서 완연히 탈각되기에 이른다.

시가의 감상이나 연구에서, 특정한 글자의 운용, 한 연이나 구의 연결과 호응, 다시 이들이 어우러져 작품 전체가 어떻게 조직되고 있는가 등의 작법을 고찰하는 것은 작품의 아름다움을 확인하는 한 방법이다.[44] 더 나아가 전고(典故)의 구사나 기존 작품의 차용 양상을 검토하지 않고서는 작품의 의미 자체가 올바로 해석되기 어렵다는 점에서 이 문제는 문학 연구에서 특히 중시되어야 할 사항이기도 하다. 가령, 특정 작품 하나만을 놓고 의미를 해석할 때와 같은 전고나 구절이 활용된

44 이종묵, 앞의 논문, 323면.

작품군을 모아 놓고 그 편차를 고려하면서 의미를 파악할 때를 상정해 본다면, 응당 후자의 경우에서 훨씬 더 생산적인 논의가 도출될 여지가 크다. 개별 작가가 전고를 어떻게 받아들였느냐는 점부터가 작품 전체의 방향을 결정짓는 분기점이 되는 경우가 빈번하기 때문이다. 이렇듯 전고와 그 활용 양상에 대한 분석이 면밀하게 이루어질 때에만 시대별·작가군별로 유의미한 특성을 도출해 낼 수 있을 것이다.

이 글은, 바로 그와 같은 견지에서 우리 시가 작품 속에 폭넓게 분포되어 있는 어부 모티프의 연원과 활용 양상을 선자화상의 계송을 사례로 하여 추적해 본 시도이다.

지역적 안목의 전개

조선 후기 시조時調에 반영된 전주全州의 문화적 도상圖上

1. 들어가며

본고에서는 전주(全州)의 풍광을 소재로 하거나 전주와 관련된 시상을 담고 있는 일군의 시조(時調) 작품들을 탐색하고 작품 속에 반영된 조선 후기 전주의 문화적 도상(圖上)을 검토하는 데 목적을 둔다.

역사적으로 전주(全州)는 후백제(後百濟) 견훤(甄萱, 867~936)의 근거지·조선왕조의 풍패지향(豊沛之鄕)·남방의 유력한 고도(古都)·산천(山川)이 준수한 지역·남국(南國)의 인재가 모인 곳·물산의 교역지 등 다양한 의미로 인식되어 왔으며,[1] 시인·묵객(墨客)들이 지은 전주 관련 제영시(題詠詩) 또한 적지 않게 남아 전한다.

기왕의 연구에서도 그 같은 한시 작품들이 비중 있게 거론되었는데, 예컨대 호남 또는 전북의 누정제영(樓亭題詠)을 다루는 가운데 전주 일대를 배경으로 한 사례들이 논의되었는가 하면,[2] 전주의 누정 중 가장

1 『용비어천가』 권1, 5a면; 『세종실록』 권151, 「지리지」, 전라도, 전주부; 『신증동국여지승람』 권33, 전라도, 전주부[민족문화추진회 편, 『(국역) 신증동국여지승람』 4, 재판, 민족문화추진회, 1971, 393~394·一二二면]; 『完山誌』 권上, 4a~4b면; 全州府 編, 『全州府史』, 全州: 全州府, 1943, 1~5면 등.

2 김갑기, 「韓國題詠詩硏究(1)」, 『한국문학연구』 12권, 동국대 한국문학연구소, 1989,

널리 알려진 한벽당(寒碧堂) 제영시의 분포와 특징만을 특화한 고찰이 시도되기도 하였다.[3] 아울러 조선이 건국된 이래 전주가 왕조의 발상지로 점차 부각되는 현상을 당시의 한시 작품을 통해 구명한 논의[4] 역시 전주라는 역사적 공간에 대한 인식이 변모되는 궤적을 보여준다는 점에서 주목할 만하다.

다만, 이 글에서 주된 자료로 삼으려는 시조에 관해서는 아직 뚜렷한 검토가 이루어지지 못했던 것으로 보인다. 조선 후기 전주의 형상을 도출해 내기 위한 자료를 탐색하는 데 있어서 반드시 작품의 양식에 구분을 두어야 하는 것은 아니지만, 한시가 대개 사대부 문인들이 음영(吟詠)의 방식으로 향유해 왔던 갈래인 반면, 시조는 18세기 들어 중인(中人) 가객(歌客)들에게까지 확산되었을 뿐만 아니라 일정한 가창 공간을 기반으로 연행되기도 했던 만큼 한시와는 또 다른 시선과 미감으로 전주를 조명하였을 여지가 충분하다.

이에, 현전 시조 작품들 속에 반영된 전주의 위상을 살핌으로써 기존의 검토 범위를 보다 확장하는 한편, 조선 후기 전주에 대한 세간의 인식을 한층 포괄적 구도 속에서 재구해 보고자 한다. 이하 2절에서는 우선 고시조 작품 가운데 전주를 다룬 사례들을 탐색하여 시대순으로 정리하고, 3절에서 그 결과물을 몇 가지 범주로 나누어 검토해 가는 순서로 논의를 진행하게 될 것이다.

243~268면; 박준규, 「조선 전기 全北의 樓亭題詠攷」, 『호남문화연구』 25집, 전남대 호남학연구소, 1997, 251~283면 등.

3 정훈, 「한벽당 제영시 연구」, 『우리어문연구』 27집, 우리어문학회, 2006, 205~228면; 노재현·신상섭, 「역사경관의 이미지 형성 과정으로 본 한벽당」, 『한국전통조경학회지』 25권 4호, 한국전통조경학회, 2007, 52~64면; 곽지숙, 「〈한벽당십이곡〉과 조선 후기 누정문화」, 『한국어와 문화』 10집, 숙명여대 한국어문화연구소, 2011, 35~62면 등.

4 이우갑, 「전주 관련 한시 연구: 왕실 본향 이미지를 중심으로」, 전북대 석사학위논문, 2015.

2. 전주 관련 시가詩歌의 분포

【그림1】 전주성·한벽당·만경대·덕진제(德津堤) [해동지도(海東地圖)]

전주를 다룬 시가 작품의 분포에 대해서는 아직까지 뚜렷하게 정리되지 않았으나, 주요한 사례 몇 가지는 선행 논의에서 더러 언급되기도 하였다. 먼저 세조2년(1456)에 당시 전주부윤(全州府尹)으로 있던 변효문(卞孝文)이 세조에게 〈완산별곡(完山別曲)〉을 지어 올렸다가 혹평을 받았다는 기록이 『세조실록』에 전한다.[5] 작품의 원문이 남아 있지 않아 그 실상을 알기는 어렵지만, 사관(史官)이 이 작품에 대해 "말이 허황되

5 『세조실록』 권3, 2년 1월 20일(경인). "全羅道觀察使李石亨, 進全州府尹卞孝文所製〈完山別曲〉, 御書曰: "無所用也." 命藏于慣習都監, 是曲辭荒意鄙, 人皆笑之."

고 뜻이 비루하다."라고 기록했던 것과 '완산별곡'이라는 제명으로 미루어 아마도 변효문이 자신의 관할지인 전주의 문물과 풍광을 경기체가(景幾體歌) 형식으로 과장되게 표현했으리라 추정된다.[6]

이어서 18세기 중엽에 신광수(申光洙, 1712~1775)가 지은 〈한벽당십이곡(寒碧堂十二曲)〉의 제4곡에 한벽당에서 기녀들이 '완산신별곡(完山新別曲)'을 연습한다는 구절이 포함되어 있어서 당시 전주 교방(敎坊)의 노래로 '완산신별곡'이라 일컫던 작품이 불리었다는 사실이 확인된다.[7] 누가 지었고 어떤 형식인지, 〈완산별곡〉과 모종의 관련이 있는지 여부 등은 모두 불분명하다. 다만, 그 내용에 '완산팔경(完山八景)' 또는 '완산십경(完山十景)'의 일부가 포함되어 있었을 개연성은 충분하다.[8]

19세기 후반에 들어서야 비로소 전주의 풍경을 비교적 폭넓게 다룬 작품이 나타난다. 철종5년(1854)에 조경묘별검(肇慶廟別檢)의 직으로 전주에 와 있던 민주현(閔冑顯, 1808~1882)이 지인들과 더불어 전주의 명소를 역람하고서 지은 가사(歌辭) 〈완산가(完山歌)〉가 그것이다. 여러 장소가 간략하게 나열되는 정도이고, 그나마 작품의 뒷부분에서는 현달하지 못한 자신의 처지에 대한 회의가 주로 표출되고 있기는 하지만, 기린봉(麒麟峰)·발봉(鉢峰)·오목대(梧木臺)·건지산(乾止山)·한벽당·덕진지(德津池) 등 전주의 주요 경관이 망라되고 있다는 점에서는 19세기 후반 전주의 풍광을 살피기에 유용한 작품이다.[9]

---

6 이 작품이 경기체가 양식으로 지어졌으리라 추정은 여러 논의에서 제기된 바 있다: 조규익, 『조선 초기 아송문학연구』, 태학사, 1986, 84면; 김창규, 『한국 한림시 평석』, 국학자료원, 1996, 662~664면; 본서의 제1부 1장 「세종대의 경기체가 시형에 대한 연구」의 2절 및 제1부 3장 「세조의 농가 향유 양상과 배경」의 3절 2)항 등을 참조.

7 신광수, 〈寒碧堂十二曲〉의 제4수, 『石北集』 권1. [『한국문집총간』 231, 민족문화추진회, 1999, 204면.]

8 노재현·신상섭, 앞의 논문, 59~62면.

9 이 작품의 창작 배경과 구성 및 전승에 대해서는 하성래, 「沙厓 閔冑顯의 完山歌攷」,

한편, 상당수의 작품이 18세기 이후의 가집(歌集)에 수록된 데다 따로 제명이 붙지 않는 것이 일반적인 시조의 경우에는 전주를 소영한 사례를 찾아내기 위해 작품의 내용을 일일이 살펴야 하는 난점이 따른다. 2012년 8월까지의 통계에 따르면, 현전하는 고시조 작품 수는 4만 6천여 수에 달하는 것으로 알려져 있다. 그중에는 동일한 작품으로 분류될 수 있는 각편들이 일부 어휘나 표기만 바뀐 채 가집을 비롯한 여러 문헌에 중복해서 수록된 사례가 많으므로 이들을 제외하면 5,500여 개의 유형[type]을 산정할 수 있다.[10]

시조에 반영된 전주의 형상을 검토하기 위해서는 우선 상기한 5,500여 유형의 현전 시조들 가운데 전주를 배경으로 하거나 전주와 관련된 내용을 담고 있는 작품을 가려내는 작업이 선행되어야 한다. 여기에는 '전주'·'완산(完山)'·'완산주(完山州)'·'비사벌(比斯伐)' 등과 같은 지명이 직접 언급된 사례와 '견성(甄城)'·'풍패지향'·'패읍(沛邑)' 등과 같은 별칭이 등장하는 사례뿐만 아니라, 전주 일대의 승경과 인물을 다룬 작품들까지도 모두 포함될 수 있다. 요컨대 전주의 지역색이 주조를 이루고 있는 작품을 검토 대상으로 선정할 수 있으리라는 것이다.

이와 같은 견지에서 작품을 시대순으로 살피면, 가장 앞서는 것은 『청구영언(靑丘永言)』 진본(珍本)에 잇달아 수록된 사설시조(辭說時調) 두 수[㉠·㉡]로 파악된다.[11] 각각 한벽당과 만경대(萬景臺)를 소재로 한 두 작품의 작자와 창작 연대는 미상이나, 『청구영언』이 영조4년(1728)에 편찬되었다는 점과 김천택(金天澤)이 「만횡청류서(蔓横淸類序)」에

『명지어문학』 16집, 명지대 국어국문학과, 1984, 193~227면; 김신중, 「〈완산가〉의 전승과 변이 고찰」, 『고시가연구』 24집, 한국고시가문학회, 2009, 1~21면에서 검토된 바 있다.

10 김흥규 외 편, 『고시조대전』, 고려대 민족문화연구원, 2012, v~vi면.

11 시조 원문은 다음 장에서 작품을 구체적으로 검토할 때 제시한다.

서 사설시조의 유래가 오래 되었다고 언급한 점을 감안하면,[12] 최소한 18세기 초, 더 나아가 17세기까지 소급될 수 있는 작품들이다. 시조에 반영된 전주의 형상으로서는 상당히 이른 시기에 해당하는데, 조선 중기까지의 평시조(平時調)에서는 전주 관련 소재가 확인되지 않다가 사설시조에 이르러 그 첫 사례가 나타난다는 점도 이례적이라 할 만하다.

시기상 그 다음에 놓이는 작품은 18세기 중후반에 지어졌을 것으로 짐작되는 김두성(金斗性, ?~?)과 신희문(申喜文, ?~?)의 평시조 각 한 수씩이다. 먼저 김두성의 작품[ⓒ]은 한벽당을 배경으로 삼았다. 김두성이 『해동가요(海東歌謠)』를 엮은 김수장(金壽長)과 교유했다는 점에 착안하면, 이 작품은 18세기 중반 무렵에 지어졌으리라 보인다.

한편, 정조대에 활동했던 가객으로 추정될 뿐 생몰연대가 뚜렷하지 않은 신희문의 시조[ⓔ]에도 역시 한벽당이 등장한다. 신희문의 시조는 육당본(六堂本) 『청구영언』에 총 14수가 수록된 것으로 확인되는데, 대부분이 여러 지역의 수려한 풍광을 읊은 것이고, 그중 한 수에서 한벽당을 언급하였다. 대략 18세기 후반의 작으로 추정된다.

위에서 개관한 시조들이 연대가 명확치 않은 데다 어떤 계기로 지어진 작품인지도 알기 어려운 사례인 데 비해, 그 다음 시대에 해당하는 이세보(李世輔, 1832~1895)와 안민영(安玟英, ?~?)의 시조는 작품이 창작된 경위까지 어느 정도 드러나 있어서 조선 후기 전주의 형상을 파악하기 위한 자료로 삼기에 보다 용이하다. 먼저, 성종(成宗)의 현손(玄孫)으로 전주 이씨인 이세보는 전주에 대한 인상과 감회를 국문일기인 『신도일록(薪島日錄)』과 한시에 직접적으로 표명한 바 있다. 다만, 459수에

12 『청구영언』[진본], 「蔓横淸類」. "蔓横淸類, 辭語淫哇, 意旨寒陋, 不足爲法. 然其流來也已久, 不可以一時廢棄, 故特顧于下方."

달하는 그의 시조 가운데에는 전주를 다룬 사례가 상대적으로 소략한 편이며, 덕진지의 승광을 읊은 두 작품[ⓜ·ⓑ] 정도를 추려낼 수 있을 따름이다. 이세보가 20대였던 19세기 중반 철종(哲宗, 이변(李昪), 1831~1863) 연간의 작품으로 확인되며, 비교적 순탄했던 당시 작가의 생활이 반영되어 있는 것으로 보인다.

이세보와 대략 같은 시기에 활동했던 안민영은 전국 각지를 유람하면서 명사(名士) 및 명기(名妓)들과 교유했던 가객으로 역시 전주를 배경으로 한 작품을 지어 남겼다. 그 가운데 한벽당의 승경을 읊은 작품[ⓢ]과 당시 전주 교방의 이름 난 기녀를 소재로 한 시조[ⓞ·ⓙ]가 주목된다. 그밖에 전주기 양대운(襄臺雲·陽臺雲·梁臺, ?~?)을 향한 연정을 드러낸 작품이 몇 수 더 전하기도 하는데[ⓒ·ⓚ], 이들 가운데 상당수는 안민영이 흥선대원군(興宣大院君, 이하응(李昰應), 1820~1898)의 후원을 받아 한층 안정적인 기반 위에서 활동을 할 수 있었던 시절에 지어졌을 가능성이 많고, 따라서 고종(高宗, 이명복(李命福), 1852~1919) 연간인 19세기 후반의 작품으로 그 연대를 추정할 수 있다.

이상에서 살핀 대로 전주를 다룬 현전 시조는 모두 18세기 이후의 작품이다. 조선 후기 들어 시조의 작자층이 확대되고 작품의 향유도 활발히 이루어지는 만큼 과히 많지 않은 작품 수이나마 전주를 소재로 한 시조가 이 시기에 집중되어 나타나는 것은 자연스러운 현상이다. 그러나 또 한편으로는 국문시가를 지어 남긴 주요 작자들 가운데 전주와 뚜렷이 연관되는 인물이 상대적으로 적다는 점도 지적할 만하다. 송순(宋純, 1493~1582)·정철(鄭澈)·윤선도(尹善道)·이현보(李賢輔)·이황(李滉) 등 조선 중기의 주요 국문시가 작자들이 담양(潭陽)·해남(海南)·안동(安東) 등에 한거하면서 각 지역의 풍광을 소재로 시조나 가사 작품을 지은 데 비해, 전주는 적어도 국문시가의 영역에서는 특별히 조명 받지 못했던 것이다.

비록 작품이 풍부한 편은 아니나, 18세기 이래로 전주를 다룬 시조 작품의 흐름이 어느 정도는 확인될 뿐만 아니라, 그 창작 시기를 일별하면 영조부터 고종대에 이르기까지 시기상으로도 편재(遍在)되어 있기 때문에 조선 후기 전주의 풍광을 도출해 내는 데에도 유용한 바가 있다. 아래에서 각 작품이 산출된 배경을 분석하고, 그곳에 담긴 조선 후기 전주의 문화적 도상을 구체적으로 검토해 가기로 한다.

3. 전주 관련 시조에 반영된 문화적 도상

전주를 다룬 현전 시조는 전주라는 지역 전체를 통괄하거나 전주의 역사적 의미를 술회하기보다는 전주의 명소 내지 인물을 부각하는 방식으로 지어진 경우가 대부분이다. 따라서 작품을 검토할 때에도 같은 소재를 작자와 시대에 따라 어떻게 달리 표현하였는지를 중심으로 살피는 것이 보다 효과적이리라 생각한다. 이러한 구도에 따른다면 명승으로는 한벽당·만경대·덕진지가 주요한 소재로 파악되며, 여기에 전주부의 기녀를 소재로 한 작품까지 덧붙여 모두 네 개의 범주를 설정할 수 있다.

1) 한벽당(寒碧堂)의 승경

전주의 대표적인 누정으로 각광 받아 왔던 한벽당은 호남 전체에서도 남원(南原)의 광한루(廣寒樓)·무주(茂朱)의 한풍루(寒風樓)와 더불어 호남의 '삼한루(三寒樓)'로 회자되었던 명소이다. 이 누각은 태종대에

【그림2】 한벽당과 그 주변

집현전(集賢殿) 직제학(直提學)을 지낸 최담(崔霮, ?~?)이 치사 후 귀향하여 세웠기에 처음에는 그의 호를 따서 '월당루(月塘樓)'라 하였으나, 오랜 기간을 거치면서 퇴락하였던 것을 각각 광해군대와 숙종대에 전라도 관찰사를 지낸 유색(柳穡, 1561~1621)과 이사명(李師命, 1647~1689)이 한 차례씩 중건하였다고 전한다. 이름도 어느 때부터인가 '한벽당'으로 바뀌었는데, 그 시기가 언제인지 명확하지는 않으나 유색이 관찰사로 있던 때에 조위한(趙緯韓, 1567~1649)이 지은 시의 제목에 '한벽당'이 등장하는 것을 보면 적어도 광해군에는 이미 한벽당이라는 당호가 쓰였다는 점을 알 수 있다.[13]

『호남읍지(湖南邑誌)』에만도 19수의 시가 수록될 정도로 한벽당 제영시는 상당한 수가 남아 전하거니와, 시조의 경우에도 전주와 관련하여 가장 빈번하게 다루어진 소재는 단연 한벽당이다.

㉠ 寒碧堂 조흔 景을 비 갠 後에 올나 보니 百尺 元龍과 一川 花月이라
佳人은 滿座ᄒᆞ고 衆樂이 喧空ᄒᆞᆫ듸 浩蕩ᄒᆞᆫ 風烟이오 浪藉ᄒᆞᆫ 杯盤이로다

---

13 조위한, 〈游寒碧堂謝巡相柳子有穡令公〉, 『玄谷集』 권6. [『한국문집총간』 73, 민족문화추진회, 1988, 236면.] 이상 한벽당에 관한 사항은 全州府 編, 앞의 책, 954~957면; 정훈, 앞의 논문, 208~211면을 참고하여 요약하였다.

아희야 盞 ᄀ득 부어라 遠客 愁懷를 시서 볼가 ᄒᆞ노라.[14]

『청구영언』[진본]에 실린 이래 『병와가곡집(甁窩歌曲集)』, 『가곡원류(歌曲源流)』[국악원본] 등 40종 가까운 가집에 잇달아 수록될 만큼 19세기 말까지 꾸준히 향유되었던 위 작품을 통해 한벽당에서 벌인 연회의 광경을 재구할 수 있다.[15] 우선 초장에서는 한벽당에 오른 감회를 제시한다. 한벽당에서 조망하는 경관 가운데 으뜸은 누정 아래 상관(上關) 계곡 물에 맑은 안개가 피어오르는 광경이라 흔히 일컬어져 왔으며, 그러한 장관을 '한벽청연(寒碧淸煙)'이라 하여 전주팔경 가운데 하나로 삼아 왔다.[16] 직접적인 언술이 발견되지는 않으나 초장에서 한벽당의 소쇄한 경치를 비가 갠 후에 올라 구경하였다는 것 역시 그 같은 청아한 전경을 염두에 두었기 때문으로 보인다. '백척(百尺) 원룡(元龍)'과 '일천(一川)'은 한벽당의 입지를 묘사한 말인데, 각각 승암산(僧岩山) 절벽에 자리한 정자의 우뚝한 모습과 그 아래로 내려다보이는 상관 계곡물을 지칭하는 것으로 풀이된다. 또한 '화월(花月)'이라는 어휘로부터 화자가 한벽당에 오른 시기가 대개 봄날 저녁 무렵임을 짐작할 수 있다.

---

14 『청구영언』[진본] #528.

15 『청구영언』[진본] 「만횡청류」에 수록된 작품을 일별하면 크게 평민적 정취를 기조로 한 작품과 문인적 취향을 띠는 작품으로 대별해 볼 수 있거니와, 위 작품의 경우에는 문면의 어휘로나 작품의 소재로나 완연히 후자 쪽의 경향을 드러낸다. 다음 절에서 살피게 될 ㉡도 마찬가지이다. [신윤경, 「『진본 청구영언』 소재 만횡청류의 존재 양상」, 이화여대 박사학위논문, 2015, 114~117면 참조.]

16 전주팔경 또는 완산팔경의 연원은 헌종 즉위년(1835)부터 이듬해까지 전라도 관찰사를 지낸 조수삼(趙秀三, 1762~1849)의 시에서 발견할 수 있다. 『추재집(秋齋集)』에 수록된 시 가운데 전주팔경과 관련된 작품은 '죽림야우(竹林夜雨)'·'덕진채련(德津採蓮)'·'동포귀범(東浦歸帆)'·'인봉토월(麟峯吐月)'·'한벽청연(寒碧晴烟)'·'남고모종(南固暮鍾)'·'위봉수폭(威鳳垂瀑)'·'비정낙안(飛亭落雁)'이다. 한편, 전주팔경시의 형성 과정과 변모 양상에 대해서는 최근 정훈, 「전주 팔경시의 형성과정 및 특성 연구」, 『한국언어문학』 85집, 한국언어문학회, 2013, 313~338면에서 구체적으로 검토되었다.

연회가 한창인 정자 안에는 기녀들이 가득 들어 차 있고 풍악이 하늘 높이 울려 퍼지면서 주변의 호방한 경관과 한데 섞여 분위기를 고조시킨다. 주안이 어지러이 흩어질 정도로 좌중이 흥성거리고 풍류가 무르익어 가는 모습을 중장에 열거해 놓았다. '멀리서 찾아 온 나그네의 회포[遠客 愁懷]'라는 말에 이러한 잔치의 성격이 응축되어 있다. 화자는 객지에서 전주로 찾아 들었다가 평소 들어만 오던 한벽당의 명성을 비로소 눈으로 직접 확인하면서 감회에 젖었던 것이다. 특히 기녀와 악공이 함께한 연회의 풍경으로 보건대 이때의 잔치는 전주부나 전라감영에서 주관했을 법한 규모인데, 실제로 한벽당은 중앙 관리를 접대하거나 신임·퇴임하는 지방관을 위해 여흥을 베풀었던 공간으로 널리 활용되었던 만큼,[17] 위 작품도 그러한 관원들의 연회 광경을 담아낸 것으로 보인다.

선행 논의에서도 지적된 바와 같이, 위 작품은 신광수의 〈한벽당십이곡〉과 여러 측면에서 견주어 볼 만하다.[18] 작품이 산출되거나 향유된 시기가 18세기 초중엽으로 거의 같을 뿐만 아니라 다루고 있는 내용도 한벽당에서 벌이는 연회로 공통되기 때문이다.

春城聯袂踏輕埃　봄성[春城]에 소매 맞대고 가볍게 걸어와
寒碧堂中習樂回　한벽당 안에서 음악 익히고 돌아간다.
齊唱完山新別曲　<완산신별곡(完山新別曲)> 입 모아 부르니
判官來日壽筵開　내일은 판관 어른 수연 잔치를 연단다.[19]

---

17 정훈, 앞의 논문(2006), 212면.

18 신윤경, 앞의 논문, 116~117면.

19 신광수, 〈寒碧堂十二曲〉의 제4수, 『石北集』 권1. [『한국문집총간』 231, 민족문화추진회, 1999, 204면.]

그 가운데에서도 제4곡에는 다음날 벌어질 전주 판관(判官)의 수연(壽宴)을 위해 가무를 익히는 교방기들의 일상이 담겨 있다. 판관은 종5품직으로 전주부의 행정 전반을 실질적으로 관할했던 관원이므로 교방기들에게 판관의 수연이란 큰 행사가 아닐 수 없다. 때문에 수연에서 실수하지 않으려고 미리 연회 장소인 한벽당까지 와서 가악을 연습하고 돌아가는 기녀들의 모습이 애틋하게 묘사되었다. 기녀와 악공이 동원되는 풍류적 공간으로 한벽당이 관원들에게 애호되었다는 점을 확인할 수 있게 하는 또 다른 사례이다. 다만, 앞서 살핀 ㉠에서는 한벽당에서 바라보는 승경과 잔치의 흥성임을 다루는 데 주안을 둔 반면, 신광수의 시에서는 교방기들의 고단한 처지를 조명하고 있다는 점에서 시선의 차이가 발견된다.

한편, 연회가 동반되는 위 작품들의 경우와 달리 홀로 한벽당에 올라 조용히 주변 풍경을 완상하는 방식으로 지은 시조도 발견된다.

> ㉢ 寒碧堂 됴탄 말 듯고 芒鞋 竹杖 ᄎᆞ자가니
> 十里 楓林에 들니ᄂᆞ니 물 소릐로다
> 아마도 南中 風景은 예뿐인가 ᄒᆞ노라.[20]

『청구가곡(青丘歌曲)』에서는 김두성(金斗性)의 작이라 했던 것을, 『병와가곡집』에서는 영조조의 광은부위(光恩副尉) 김기성(金箕性, 1752~1811)의 작으로 바꾸어 적기는 했지만, 장헌세자(莊獻世子, 사도세자(思悼世子), 장조(莊祖), 이선(李愃), 1735~1762)의 부마(馬)인 김기성은 생전에 일명 김두성으로 불리기도 했던지라 병와(甁窩) 이형상(李衡祥)이 가집을 편찬할 때 김두성을 김기성으로 오인하여 적었을 가능성이 크다.[21]

---

20 『병와가곡집』 #431.

김두성에 대해서는 김수장과 교류한 가객이리라는 점밖에는 알려진 바가 없으나, 김수장이 활동했던 연대로 미루어 위 작품이 대략 18세기 초중엽에 지어졌으며, 따라서 ㉠이 향유되던 때와 시기상으로 인접해 있다는 추정이 가능하다.

여기에서 화자가 한벽당을 찾아 들고 즐기는 광경은 앞선 작품들에서와는 확연히 다르다. 풍악과 주효가 갖추어진 화려한 연회 대신 위 작품에서는 '죽장'과 '망혜'라는 단출한 차림이 나타날 뿐이다. "한벽당 됴탄 말 듯고"라는 표현으로부터 한벽당의 풍광이 당시 세간에 이미 널리 알려져 있었다는 사실이 확인되며, 화자가 별다른 준비나 기약도 없이 간단한 행장만을 차려 이곳을 찾은 이유도 바로 그러한 승경을 직접 확인하고 싶어 했던 바람 때문으로 풀이된다. ㉠이 봄을 배경으로 삼고 있는 데 비해 이 작품의 계절은 수풀에 단풍이 내린 가을이다. 가을날 한벽당 앞에 펼쳐진 수려한 풍광을 마주하는 동안, 정자 앞을 굽이쳐 흐르는 물소리가 풍류로운 가악 소리를 대신한다. 굳이 잔치를 벌이지 않아도 충분히 한벽당을 찾을 만하다는 인식이 역력하다. 남국의 풍경 가운데 으뜸으로 꼽을 만한 곳이 바로 한벽당이라는 종장의 언술에서 이 점이 잘 드러난다.

> ㉣ 芙蓉堂 蕭灑ᄒᆞᆫ 景이 寒碧堂과 伯仲이라
> 滿山 秋色이 여긔 저긔 一般이로다
> 아희야 換美酒ᄒᆞ여라 醉코 놀녀 ᄒᆞ노라.[22]

정조대의 가객으로 알려진 신희문의 위 시조는 ㉢보다 시기가 약간

---

21 최동원, 「숙종·영조조의 가단 연구」, 『고시조론』, 중판, 삼영사, 1991, 273~274면.
22 『청구영언』[육당본] #539.

뒤늦지만, 유사한 시상을 담고 있다. 작품의 배경 자체는 황해도 해주(海州)의 부용당(芙蓉堂)이기는 하나, 해주의 명소를 다루면서 이를 시종 한벽당과 견주고 있기에 주목된다. 부용당의 깨끗한 경관이 한벽당과 더불어 우열을 가리기 어렵다고 표현한 초장부터가 그러하다. 부용당에 오른 감회를 평탄하게 풀어내면 그만일 법한데도 굳이 한벽당을 끌어왔다는 것은, 한벽당에서 조망하는 승경에 화자가 그만큼 깊은 인상을 지니고 있었다는 사실을 반영한다. 그가 특히 강조했던 한벽당의 경관은 산을 가득 채운 가을 단풍빛인데, '여긔', 즉 부용당에서 바라보는 물경과 '저긔', 즉 한벽당에서 감탄했던 풍치가 빼어나기는 마찬가지라는 평가가 중장에 제시된다. 이처럼 작품 전반에서 부용당과 한벽당이 대등한 위상으로 다루어지기는 하지만, 당초부터 뚜렷한 명성을 획득하고 있었던 한벽당을 통해 이제 막 찾아 와 살펴 본 부용당의 경치를 그리고 있다는 점에서는 한벽당에 대한 당대인들의 인식이 어느 정도였는지를 이 작품을 통해 확인할 수 있다.

㉦ 百尺 紅橋上에 오고 가는 ᄉᆞ름드라
寒碧堂 雨後 景을 알고 져리 즐기ᄂᆞ냐
夕陽에 南固 鐘聲을 더욱 조히 너기노라.

【전주 한벽당에 올라서.】[23]

한벽당을 음영한 작품은 안민영의 『금옥총부(金玉叢部)』에서도 발견된다. 안민영이 지은 시조와 그에 딸린 부기에 전주부 소속 교방기들의 이름이 다수 등장하는 것을 보면 그가 여러 차례 전주를 드나들었을 것으로 추정되지만, 전주의 명소와 관련하여 지은 작품으로는 한벽당

23 『금옥총부』 #82. "登全州寒碧堂."

을 다룬 위의 시조가 유일하다. "전주 한벽당에 오르다."라는 간략한 기록만 남긴 탓에 그가 어떠한 계기로 한벽당을 찾았는지 자세히 드러나지 않으나, 한벽당 주변의 풍경만큼은 작품 속에 잘 반영되어 있다.

초장의 '홍교(紅橋)'는 '홍교(虹橋)'의 오기로 보이는데, 홍교 또는 홍예교(虹霓橋)는 현재 남천교 자리에 있었던 옛 다리로 정조15년(1791)에 만든 이 교각의 중간 부분이 위로 솟아 있어 무지개 같다 하여 붙여진 이름이다.[24] 한벽당을 마주하고 있어서 한벽당이 포함된 주변 경관을 조망하기에 알맞은 위치로 회자되던 장소이다.

작품에서는 한벽당에 올라 선 화자가 홍교를 오가며 경치를 즐기는 사람들을 멀리 바라보고 있는 형상으로 나타난다. 그는 한벽당의 명성을 듣고서 모여든 사람들을 향해 한벽당의 진정한 풍취를 제대로 알고 즐기느냐고 호기롭게 묻는다. 앞서 ㉠에서도 "寒碧堂 죠흔 景을 비 갠 後에 올나 보니"라 하여 비가 걷힌 후 한벽당에 오른 청아한 표출한 바 있거니와, 이 작품에서도 역시 '寒碧堂 雨後 景'의 묘미가 강조된다. 아마도 안민영은 한벽당이 지닌 가장 아름다운 모습, 즉 '한벽청연'을 보기 위해 비가 내린 후를 부러 선택하여 이곳을 찾았으며, 그렇기에 한벽당의 경치를 진정으로 이해하는 자는 바로 자신이라는 자부심을 표출할 수 있었던 것으로 풀이된다.

또 한 가지 주목되는 표현은 종장의 '南固 鐘聲'이다. '남고'란 한벽당 남쪽을 감싸고 있는 남고산(南固山) 기슭의 고찰 남고사(南固寺)를 말하는데, 한벽당에서 경관을 감상하는 동안 해질녘이 되어 때마침 남고사의 범종 소리가 울려 퍼지니 그 은은한 소리를 더욱 듣기 좋게 여긴다는 것이다. 한벽당에 잇대어 남고사가 언급되는 이 작품의 시상은 예사롭

---

24 김규남·이길재, 『지명으로 보는 전주 100년』, 전주: 신아출판사, 2002, 29~41면.

게 볼 수 없다. 여기에서 안민영은 전주의 이름 난 풍경을 조합하여 흥취를 더욱 고양하고 있기 때문이다. 19세기 중엽에 전주팔경을 시화한 조수삼 역시 '한벽청연' 바로 뒤에 남고사의 저녁 종소리, 즉 '남고모종(南固暮鍾)'을 배치하여 두 경관의 연계를 드러냈던 것을 보면,[25] ㅅ이 산출되던 19세기 후반에는 전주팔경이 세간에 이미 널리 알려져 있었고, 안민영 또한 이를 바탕으로 전주의 두 가지 승경을 한 작품에 담아 놓으려 했다는 분석이 가능하다.

2) 만경대(萬景臺)의 풍류

한벽당 이외에 전주의 명승으로 시조에 등장하는 또 다른 장소는 만경대이다. 『청구영언』「만횡청류」에 ㉠ 바로 뒤에 실려 있는 다음 작품에서는 만경대에서 벌어진 연회의 흥취를 호방하게 그리고 있다.

> ㉡ 完山裏 도라 드러 萬頃臺에 올나 보니 三韓 古都에 一春 光景이라
> 錦袍 羅裙과 酒肴 爛熳ᄒᆞᆫ듸 白雲歌 ᄒᆞᆫ 曲調를 管絃에 섯거 내니
> 丈夫의 逆旅 豪遊 名區 壯觀이 오늘인가 ᄒᆞ노라.[26]

만경대는 견훤이 도성(都城)을 방어하기 위해 쌓은 것으로 전해지는 남고산성(南固山城)의 북녘에 위치한 돈대(墩臺)로 전주 일원이 한눈에 조망되는 장소이다. 또한 만경대에는 고려말 정몽주(鄭夢周)와 관련된 일화 및 시가 전해 오고 있어서 만경대를 제영한 한시 작품들 가운데 이러한 내용을 다룬 사례들이 적지 않게 발견되기도 한다. 즉, 우왕6년

25 조수삼, 〈寒碧晴烟〉; 〈南固暮鍾〉, 『秋齋集』 권3. [『한국문집총간』 271, 민족문화추진회, 2001, 401면.]

26 『청구영언』[진본] #529.

(1380)에 이성계(李成桂)가 삼남(三南)에 침구한 왜구를 격퇴한 후 개선하던 도중 전주에 들렀을 때, 서장관(書狀官)으로 이성계를 따라왔던 정몽주가 만경대에 올라 고려의 시운을 한탄하는 〈등전주망경대(登全州望景臺)〉를 지어 읊었다는 일화이다.[27]

【그림3】 만경대에서 내려다본 전주

---

27 정몽주, 〈登全州望景臺〉, 『圃隱集』 권2. [『한국문집총간』 5, 민족문화추진회, 1988, 593면.] "千仞岡頭石徑橫, 登臨使我不勝情, 靑山隱約扶餘國, 黃葉繽紛百濟城, 九月高風愁客子, 百年豪氣誤書生, 天涯日沒浮雲合, 惆悵無由望玉京.【歲在庚申, 倭賊陷慶尙, 全羅諸州, 屯于智異山, 從李元帥戰于雲峯, 凱歌而還, 道經完山, 登此臺.】" 한편, 이성계가 오목대(梧木臺)로 종친들을 소집하여 연회를 베풀고 유방(劉邦)의 〈대풍가(大風歌)〉를 읊으며 신왕조 창업을 암시하자, 그 자리에 있던 정몽주가 울분을 참지 못해 홀로 말을 타고 만경대에 올라 이 시를 지었다는 이야기도 전해 온다. 그러나 이성계가 오목대에서 〈대풍가〉를 읊었다는 일화는 1909년에 출간된 후쿠지마 시로(福島士朗, ?~?)의 『李朝と全州』, 全州: 共存舍, 1909, 71면에서 처음 발견될 뿐 이전의 전적에서는 확인되지 않아 신빙할 수 없다. 또한 정몽주의 시에는 당시 고려의 현실을 걱정하는 우국적인 내용이 담겨 있을 뿐 이성계에 대한 직접적인 반발이 포함되어 있지도 않다. 이상과 같은 사항은 김주성, 「오목대 설화의 사실성 검토」, 『전북사학』 33호, 전북사학회, 2008, 247~271면에서 자세히 검토된 바 있다.

따라서 만경대는 전주의 전경을 굽어볼 수 있는 명소라는 의미와 더불어, 정몽주의 충심을 되새기기 위한 장소로도 인식되었던 것인데, 18세기 초에 기록된 ㉡에서는 유락을 위한 공간으로서만 만경대의 위상이 수렴되고 있다.

종장의 내용으로 미루어 작품의 화자는 여러 지역을 유람하고 다녔던 풍류객으로 보인다. 상춘 가절에 전주 경내를 찾아와 돌아본 후 만경대에 올라 봄빛이 완연한 전주의 풍광을 굽어보며 찬탄하는데, 그러한 감흥은 흥성한 잔치를 즐기는 동안 더욱 더 고양된다. 좌중에는 비단옷을 입은 기녀들이 끼어 있고 술과 안주가 가득한 데다 악사들까지 풍악을 연주하고 있어서 흥취가 넘쳐나는 모습이다. 호시절의 물색과 기녀들의 자태, 주효와 음악이 한데 어우러져 만경대에서 벌이는 연회의 분위기가 극에 달하자, 이름난 지방의 장관을 오늘에서야 비로소 확인하게 되었다는 화자의 감탄이 제시되면서 작품은 종결된다.

이러한 사정을 감안할 때, 적어도 위 시조가 산출되고 유행하였던 18세기 초반까지는 만경대가 정몽주의 우국지정이 서린 곳으로서보다는 연회를 위한 공간으로 더욱 널리 인식되었던 것을 알 수 있다. 특히 작품에 묘사된 연회의 규모와 구성으로 미루어 보면, 이곳이 당시 한벽당 못지않은 유력한 풍류적 공간으로 회자되었으리라 짐작할 수 있기도 하다.

실상, 만경대가 충의(忠義)의 표상으로 일대에 뚜렷이 각인되면서 관련 한시 작품이 제작되기 시작했던 시기는 18세기 중엽 이후이고, 영조 22년(1742)에 진장(鎭將) 김의수(金義壽, ?~?)가 만경대 주변에 정몽주의 〈등전주망경대〉를 석각하였던 것도 바로 그러한 분위기를 반영한다.[28]

---

28 만경대가 충의의 공간으로 정립되는 과정은 정훈, 「만경대에 형성된 호남 忠의 이미지」,

대략 이 무렵부터는 만경대에서 난만한 잔치를 벌이는 일이 자연스레 줄어들 수밖에 없었던 것이다.

따라서 ㉡은 단지 만경대를 배경으로 지어진 국문시가 작품이라는 희소적 가치 때문만이 아니라 만경대가 아직 풍류적 공간으로서의 의미를 지니고 있던 18세기 초반 무렵의 문화적 도상을 보여준다는 점에서도 중요하게 거론할 수 있는 작품이라 평가된다.

3) 덕진지(德津池)의 경개

다음으로 이세보가 지은 작품은 덕진지만을 특화하고 있기에 주목된다. 조선 후기 전주의 대표적인 명소는 한벽당으로 알려져 있었던 데다 당시 성행했던 누정제영의 문화와 연계되면서 시조와 한시를 막론하고 한벽당을 다룬 작품들 역시 여럿 지어진 반면, 이세보는 한벽당보다는 덕진지를 주목하였다는 점을 우선 눈여겨볼 만하다.

> ㉤ 승금지(勝金池)의 빅를 띄여 어부ᄉᆞ(漁父詞)로 화답(和答)ᄒᆞ니
> 월ᄉᆡᆨ(月色)도 됴커니와 십니(十里) 연화(蓮花) 향긔(香氣)롭다
> 아마도 동국(東國) 금능(金陵)은 옛분인가.[29]

이세보가 '승금지'라고 부른 덕진지는 현재의 덕진구 덕진공원 안에 있는 못으로, 이세보가 생존했던 시절에 덕진지가 이미 선유(船遊)의 장소로 활용되었던 사실이 잘 드러난다.[30]

『호남문화연구』 48집, 전남대 호남학연구원, 2010, 351~378면에서 검토되었다. 이 논문에 따르면 이서구(李書九, 1754~1825)·한장석(韓章錫, 1832~1894) 등의 작품에 이르러서야 만경대에 어린 정몽주의 이미지가 완연히 강조되었던 현상을 확인할 수 있다.

29 『풍아』 #234.

30 이세보가 덕진지를 '승금지'라 불렀던 것은 덕진지 북쪽에 위치해 있던 승금정(勝金亭)

【그림4】 연꽃이 핀 덕진지

십리에 걸쳐 연꽃이 향내를 풍긴다는 표현으로부터 선유가 여름날에 이루어졌다는 점을 확인할 수 있거니와, 못의 태반이 연으로 뒤덮이는 여름철의 덕진지는 전주의 승경으로 현재에도 널리 알려져 있다.[31] 일년 중 이 무렵이야말로 덕진지 일원이 가장 아름다운 시기이고 절기상으로도 소서(小暑)와 대서(大暑)를 지날 때여서 응당 뱃놀이를 생각할 만하다. 풍류객이었던 이세보 역시 때맞추어 덕진지에 찾아 와 여름날 밤의 만흥(漫興)을 표출하였던 것이다. 덕진지의 승경에 이세보는 대단한 감회를 느꼈던 듯한데, 종장에서 덕진지가 '동국의 금릉(金陵)'이라 언명했던 데에서 이를 확인할 수 있다. 얼핏 통상적인 언사인 듯도 하지

을 염두에 두었기 때문으로 보인다. 승금정은 헌종대에 관찰사 이시재(李時在, 1785~?)가 창건하였으며, 광무3년(1899)에 재신(宰臣) 이재곤(李載崐, 1859~1943)이 중건하여 이름을 화수각(花樹閣)으로 바꾸었다. [全州府 編, 앞의 책, 948면.] 현재는 전주 이씨 종친회 건물로 쓰이고 있다.

31 덕진지가 조성된 내력과 연못 일원이 일제시대에 공원으로 단장되어 현재에까지 이르게 된 역사적 경과에 대해서는 홍성덕, 「전주의 기맥을 지키는 덕진공원」, 『전주대신문』, 2013. 12. 3, 6면에서 자세히 논의된 바 있다.

만, 적어도 이세보에게 있어서 '금릉'은 최고의 경관을 뜻하는 일종의 대칭이었다. 그러한 용례는 이세보의 유배일기인 『신도일록』에서도 발견된다.

【그림5】 이세보

> (…) ᄒᆞᆫ날를 우러러 탄식(歎息)ᄒᆞ고 황혼(黃昏)의 강진(康津) 읍닋(邑內) 드러오니 셩문(城門) 우의 '금능현(金陵縣)'이라 삭녓더라. 닉 드르니 금능(金陵)은 텬ᄒᆞ졔일(天下第一) 강산(江山)이라, 남경(南京)의 잇다 ᄒᆞ더니 이곳즌 무어슬 빙ᄌᆞ(憑藉)ᄒᆞ여 금능(金陵)이라 ᄒᆞ엿는고? 금능(金陵)이 예 잇쓰니 봉황딕(鳳凰臺)는 어듸 잇누? 좌우(左右)를 살펴보니 셩쳡(城堞)이 다 문어지고 관ᄉᆞ(官司)는 다 퇴비(頹圮)ᄒᆞ엿쓰나 샹고(商賈)드리 왕닉(往來)ᄒᆞ고 쥬거(住居)가 낙역(絡繹)ᄒᆞ니 쏘한 일(一) 도회(都會)라 ᄒᆞ리로다.[32]

철종11년(1860)에 안동 김씨 권문(權門)의 세도에 밀려 완도 앞바다의 신지도(薪智島)로 귀양을 떠나면서 기록하기 시작했던 『신도일록』에는 유배의 여정과 적소(謫所)에서의 생활이 자세히 수록되어 있는데,[33] 위 인용은 그 가운데 이세보가 강진(康津)에 처음 발을 들여 놓을 때의 상황을 담고 있다. 예로부터 강진이 '금릉'으로도 불리었기 때문에,[34] 당

---

32 『신도일록』, 14a~14b면. 원문에는 한자가 표기되어 있지 않으나, 의미 파악을 위해 인용문에는 한자를 추정하여 병기한다. 아래 『신도일록』 부분의 인용에서도 마찬가지이다.

33 이해에 이세보의 아우 이세익(李世翊, 1839~1896)이 등과하자 철종이 그를 한림(翰林)에 제수한다. 안동 김씨 측은 그 같은 인사가 부당하다고 극력 비판하였고, 이에 격분한 이세보가 그들을 다시 논핵하는 상소를 올리는데, 이 일을 기화로 이세보는 유배를 떠나게 된다. [진동혁, 『이세보시조연구』, 집문당, 1983, 54~58면.]

시 강진읍성의 현판에도 '금릉현(金陵縣)'이라 적혀 있었던 듯하다. 이에 대해 이세보는 과연 강진현이 천하제일의 강산인 금릉에 필적할 만큼 수려한지 의구심을 보인다. 강진의 관문에서 바라본 모습이 무척이나 퇴락한 지경이어서 천하의 명승이라는 금릉과의 연계를 별반 찾을 수 없었던 탓이다. 물론 이세보가 금릉을 직접 역람했던 바는 없으나, 그의 관념 속에서 금릉은 이처럼 최고의 경관을 지니고 있는 공간으로 인식되었던 것이다. 따라서 덕진지만이 동국의 유일한 '금릉'이라는 위 작품의 언술에는 대단한 찬탄이 포함되어 있음을 알 수 있다.

한편, ㉤에 잇달아 『풍아(風雅)』에 수록되어 있는 ㉥의 경우 어느 곳을 배경으로 지은 것인지는 뚜렷하지 않으나, 앞선 작품과 시상이나 표현, 소재상의 친연성을 지니고 있어서 역시 덕진지를 읊은 작품으로 추정된다.

> ㉥ 계도(桂櫂)를 흘니져어 치련곡(采蓮曲) 화답(和答)ᄒᆞ니
> 오희월녀(吳姬越女) 어ᄃᆡ 가고 연화(蓮花)만 퓌엿ᄂᆞ니
> 우리도 풍월(風月)를 싯고 경ᄀᆡ(景槪) 됴ᄎᆞ.[35]

계수나무로 만든 노['桂櫂']를 젓는다는 표현으로부터 역시 선유를 즐기고 있는 광경을 확인할 수 있으나, 여기에서는 연꽃의 형상이 보다 강조된다. 즉, 선유의 목적이 연꽃을 감상하는 데 있다는 점이 좀 더 직접적으로 제시되면서 〈채련곡(採蓮曲)〉을 부르며 오희(吳姬)와 월녀(越女)를 연상하는 데에까지 정감이 미치는 것이다. 중장의 '오희월녀'란 이백(李白, 701~762)의 〈월녀사(越女詞)〉를 염두에 둔 표현으로 〈월

---

34 『신증동국여지승람』 권37, 「전라도」, 강진현. [민족문화추진회 편, 『(국역) 신증동국여지승람』 5, 재판, 민족문화추진회, 1971, 70·二二면.]

35 『풍아』 #235.

녀사〉에서는 뱃놀이를 좋아하는 남방의 소녀가 꽃을 꺾어 나그네에게 추파를 던지는 모습이 감각적으로 묘사되고 있다.[36] 화자는 〈월녀사〉에 등장하는 소녀의 눈길을 지금 자신은 확인할 수 없고 단지 안전에는 연꽃만이 흐드러지게 피어 있을 뿐이라는 다소간의 아쉬움을 드러내지만, 이내 그러한 아쉬움을 떨쳐내고 오희와 월녀 대신 '풍월'을 배에 실어 경개를 좇아 즐기겠다는 넉넉한 심사로 되돌아오면서 작품이 종결된다.

이처럼 ⓜ과 ⓗ 모두 덕진지를 운치 있게 그리고 있는데, 그가 이처럼 덕진지를 애호하게 된 계기와 이유는 앞서 잠시 살핀 『신도일록』의 다른 대목을 통해 짐작할 수 있다.

> (…) 길리 젼쥬(全州) 지경(地境)으로 지나가니 이곳즌 풍픽(豊沛) 고읍(古邑)이요, 가친(家親)이 통판(通判)을 지닉여 계시고 나도 쏘한 칠팔(七八) 년(年) ᄉᆞ이에 왕닉(往來)ᄒᆞ든 곳이라. 승금졍(勝金亭)과 한벽당(寒碧堂)이 문득 풍뉴(風流) 마당을 년년(年年)이 지엿쓰믹 비록 여염(閭閻) 부녈(婦女ㄹ)지라도 닉 즄은 다 알더라. 만일(萬一) 이 길노 아니 지닉면 한번 유상(遊賞)ᄒᆞ미 무방(無妨)ᄒᆞ되 몸이 뙤인(罪人)이 되엿는지라 엇지 감(敢)히 다른 데 마음을 두리요?[37]

신지도로 유배를 가던 도중 전주를 지나게 되자 이세보는 옛 일을 되새기며 감회에 젖는다. 왕족의 일원인 만큼 왕가의 본관인 전주, 즉 풍패지향으로서의 전주의 의미를 떠올리는 것은 자연스러운 일이다. 그러나 이세보와 전주의 인연은 좀 더 깊다. 그가 22세 되던 철종4년

---

36 李白, 〈越女詞〉. "吳兒多白皙 / 好爲蕩舟劇 / 賣眼擲春心 / 折花調行客 / 鏡湖水如月 / 耶溪女似雪 / 新妝蕩新波 / 光景兩奇絶."

37 『신도일록』, 6b~7a면.

(1853) 8월에 생부인 이단화(李端和, 1812~1860)가 금구현령(金溝縣令)의 직을 받아 전주진관금구병마절제도위(全州鎭管兵馬節制都尉)를 겸했고, 철종6년(1855) 6월에는 전주부의 실질적인 행정을 담당했던 전주판관(全州判官)으로 부임하면서 이세보 또한 전주 일원을 직접 돌아볼 수 있는 기회를 가지게 되었던 것이다.[38] 이세보가 신지도로 귀양을 떠난 시기는 29세 때인 철종11년(1860) 11월 초이므로 위 기록에서 자신이 7, 8년 사이에 전주를 왕래하였다는 기록과도 일치한다. 따라서 이세보가 덕진지에서 선유를 했던 시기 역시 대략 20대 초중반이었을 것으로 추정된다. 이 무렵은 이세보가 풍계군(豊溪君) 이당(李瑭, 1783~1826)의 후사(後嗣)로 입양되면서, 몰락해 가던 집안이 일약 위세를 되찾기 시작했던 때로, 어느 정도 심적 여유를 느낄 수 있었던 시기이기도 하다.

한편, 이세보가 전주의 여러 지역 가운데 덕진지를 중시했던 이유도 위의 기록으로부터 되짚어 볼 수 있다. 즉, 위 기록이 나온 19세기 중엽에 이미 한벽당은 물론 덕진지 북동쪽에 위치한 승금정 역시도 매년 풍류를 즐기기 위한 공간으로 일대에 이름이 나 있던 상태여서 여염의 부녀들조차도 모르는 이가 없었다는 것이다. 특히 덕진지는 여름철 연꽃으로 유명하여 전주팔경 가운데 '덕진채련(德津採蓮)'이 포함될 정도이므로, 전주를 찾은 이세보 또한 승금정에 들러 덕진지에 배를 띄워 놓고 연꽃을 즐기면서 흥취를 만끽하였던 것으로 보인다.

다만, 응당 그는 한벽당도 둘러보았을 테지만 이에 관련된 작품은 발견되지 않는데, 평생에 걸쳐 창작한 시조를 갈무리하여 직접 『풍아』를 편찬했던 이세보의 치밀함을 감안하면 작품이 일실되었다고 보기는 어렵고, 한벽당에 들러서는 따로 시조를 짓지 않았다고 판단하는 편이

38 이상 이단화의 환력(宦歷)에 대해서는 진동혁, 앞의 책, 29~30면을 참고하였다.

근리할 듯하다. 바꾸어 말하면 이세보의 경우에는 한벽당과 덕진지가 모두 전주의 승경이라는 점을 익히 알고 있었으나, 한벽당보다는 덕진지에서 더 큰 감회를 느꼈으며, 시조 작품도 역시 덕진지를 배경으로 한 것만 지어 남겼으리라는 것이다.

4) 교방기(教坊妓)와의 교분과 연정

전라감영이 위치해 있던 전주부는 호남 제일의 고장으로 일컬어져 왔고, 교방 역시도 호남에서 가장 큰 규모를 유지하고 있었다.[39] 따라서 전주 교방기의 모습을 그리거나 그들과 교류하였던 내용을 담은 작품들을 탐색함으로써 조선 후기 전주의 지역색을 어느 정도 가늠해 볼 수 있을 것이다.

시조에 전주의 교방기가 등장하는 사례는 일찍부터 발견되는데, 가령 앞서 2)절에서 살핀 ㉡에서도 만경대에서 벌인 연회에 '금포(錦袍)'와 '나군(羅裙)'을 입은 여인들, 즉 기녀들이 끼어 있었던 모습이 확인된다. 다만, ㉡에서는 좌중을 묘사하기 위한 소재 정도로만 기녀가 나타나는 데 비해, 안민영은 보다 직접적으로 전주 교방기와의 만남을 작품에 반영하고 있다.

주지하듯이 안민영과 그의 스승 박효관(朴孝寬, 1800~1880)은 흥선대원군, 그리고 대원군의 장남이자 고종의 형인 완흥군(完興君) 이재면(李載冕, 1845~1912)의 비호를 받았고, 그러한 안정적인 기반 위에서 가객으로서의 역량을 한껏 표출해 낼 수 있었다.[40] 때문에 안민영의 작품

---

39 황미연, 「조선 후기 전라도 교방의 현황과 특징」, 『한국음악사학보』 40집, 한국음악사학회, 2008, 634~640면.

40 박을수, 「안민영론」, 황패강·소재영·진동혁 편, 『한국문학작가론』, 형설출판사, 1982, 446~448면; 김신중, 「안민영과 『금옥총부』 연구」, 김신중 역주, 『역주 금옥총부: 주옹

가운데에는 여러 지역의 기녀들을 평하거나 그들의 자색 내지 재능을 묘사한 작품들이 적지 않은데, 여기에 전주부의 기녀 역시 빠지지 않는다.

안민영의 작품에서 확인되는 전주기는 모두 여섯 명으로 연연(姸姸, ?~?)·향춘(香春, ?~?)·농월(弄月, ?~?)·설중선(雪中仙, ?~?)·명월(明月, ?~?)·양대운이 그들이다. 이 가운데 연연과 향춘에 대해서는 별다른 평을 하지 않았으나,[41] 박효관이 81세 되던 경진년(1880) 9월에 크게 벌인 잔치에서 출중한 가무를 선보인 16세의 농월에 대해서는 '일대(一代)의 명희(名姬)'라 하여 크게 칭송하였다.[42]

◎ 꼿츤 곱다마는 香氣 어이 업섯는고
爲花而不香하니 오든 나뷔 다 가거라
그 꼿츨 이름하이되 不香花라 하노라.

【내가 전주를 지나는 길에 전주부의 기녀 설중선이 남방의 제일이라는 이야기를 듣고서 가서 그를 보니 과연 듣던 바와 같았다. 나이는 18세쯤 되었는데, 눈처럼 흰 피부와 꽃과 같은 용모가 극히 사랑할 만했다. 그러나 가무는 전혀 모르고 잡기에 능하며, 성격이 본래 사납고 표독해서 얼굴 예쁜 것만 믿고서 사람을 대하는 예의가 없었다. 그를 따르는 자라고는 다만 창부(唱夫)라고나 할 뿐이었다.】[43]

반면, 설중선에 대해서는 무척 싸늘한 시선을 보낸다. 설중선의 자태가 빼어나 전주는 물론 남방의 으뜸이라는 전언을 들은 안민영은 전주

만영』, 박이정, 2003, 15~20면 등.

41 『금옥총부』 #6; #162.

42 『금옥총부』 #179.

43 『금옥총부』 #124. "余於全州之行, 聞府妓雪中仙, 爲南方第一, 往見之則果如所聞, 年可二九, 雪膚花容, 極可愛, 然全昧歌舞, 能於雜技, 性本悍毒, 專恃容色, 無待人之禮, 但相隨者唱夫云爾."

에 내려와 그를 만난 후 과연 그의 미색에 탄복하였으나, 교방기로서 응당 익혔어야 할 가무에 서툴고 잡다한 기예만을 일삼는 데다 자신의 용모만을 믿고서 방자하게 구는 설중선의 행태를 보며 적잖이 언짢아한다. 이에, 기녀를 '해어화(解語花)'라 일컫는 관습에 따라 설중선의 자색을 고운 꽃에 비유하면서도 기녀의 자질을 제대로 갖추지 못한 그를 비꼬면서 향기가 없다고 평한다. 미모에 혹하여 설중선에게 접근했던 이들이 별다른 매력을 느끼지 못하고 이내 되돌아가 버리고 말리라는 조소를 나비가 꽃을 찾지 않는 상황으로 에둘러 표출하였던 것이다.

㉸ 길럭이 펄펄 발셔 나라가스러니 고기난 어이 이젹지 아니 오노 山 놉고 물 기닷터니 아마 물이 山도곤 더 기러 못 오나 보다 至今예 魚鴈도 빠르지 못하니 그를 슬어하노라.

【나는 임인년(1842) 가을에 우진원(禹鎭元)과 더불어 호남의 순창으로 내려가서 주덕기(朱德基)를 데리고 운봉의 송흥록(宋興祿)을 찾아갔다. (…) 남원으로 향했는데 자(字)가 농선(弄仙)인 전주 기녀 명월(明月)이 도백(道伯)에게 죄를 얻어 남원에 유배되어 있었다. 그 자색을 보니 매우 아름답고 음률도 대충은 알며 행동과 말씨를 갖추지 않음이 없었다. 그리하여 더불어 서로 따르니 그 정의(情誼)가 친밀해져서 시간이 흐르는지도 모를 정도였다. 헤어질 때가 되자 슬프고 안타까운 마음을 말로 표현하기 어려웠다. 서울에 온 뒤에 유배가 풀려서 고향으로 돌아갔다는 소식을 듣고는 곧바로 한 통의 편지를 부쳤으나 답을 받아보지 못하였다. 틀림없이 부침(浮沈)이 있어 그리하였을 것이다.】[44]

---

44 『금옥총부』 #141. "余於壬寅秋, 與禹鎭元, 下往湖南淳昌, 携朱德基, 訪雲峰宋興祿. (…) 轉向南原, 則全州妓明月, 字弄仙, 得罪於道伯, 定配於南原矣, 見其姿色絶美, 粗解音律, 行動凡百言語, 無所不備, 仍與相隨, 情誼轉密, 不覺時日之遷延, 及其臨別, 悵惜之懷, 難以形言, 上洛後, 聞其解配還鄕, 卽付一片書, 未見其荅, 必致浮沉而然耳."

한편, 안민영은 또 다른 면에서는 기녀와 지극한 정감을 나누기도 하였다. 가령, 전라감사에게 죄를 얻어 남원(南原)으로 유배 가 있던 전주의 교방기 명월을 만나 보고서는 그 아름다운 용모와 행실에 마음이 끌려 예정에도 없이 남원에 오랜 동안 체류한다. 한성(漢城)에 돌아온 후 명월이 마침내 해배(解配)되었다는 소식을 듣고서 흔연히 기별을 하였으나 답이 오지 않자 ㉶을 지어 서운하고도 야속한 마음을 드러내었던 것이다. 기러기는 유유하게 날아가건만 물고기는 아직 오지 않는 상황을 제시하여 명월의 답장을 받지 못해 애태우는 처지를 표현하였다. 답서가 기러기처럼 빨리 전해지기를 바라고 있으나, 종장에서는 돌연 물고기는 물론 기러기조차도 빠르지 않다고 하여 자신의 조급한 심정을 강조하였다.

이보다 더욱 깊은 유대는 양대운과의 관계에서 발견된다. 양대운에 대해서는 안민영이 왕년에 전주에 들러 만나 본 기녀라는 사실밖에는 별반 알려진 바가 없으나,[45] 안민영이 지은 시조의 시상으로 보나, 작품 말미에 그가 직접 부기한 기록의 내용으로 보나 안민영과 양대운의 관계가 대단히 각별했다는 점은 충분히 도출해 낼 수 있다.

> ㉷ 心中에 無限 辭說 靑鳥 네계 부치너니
> 弱水 三千里를 네 能히 건너갈다
> 가기사 가고져 허건이와 나릐 자가 근심일셰.

【전주의 양대운(陽臺雲)이 상경하여 은거할 때 봉서(封書) 하나를 엮어 사람을 시켜 보내었다.】[46]

---

45 『금옥총부』 #61. "余於昔年完營之行, 問襄坮雲之香名, 躬往其家, 則韶顏妙岭, 能文能筆, 眞一世之絶艶也. 愛而敬之, 多日相隨."

46 『금옥총부』 #114. "全州陽臺雲, 上京隱居時, 修一封書, 問人傳送."

㉪ 알뜨리 그리다가 만나 보니 우슴거다
그림것치 마주 안져 脉脉이 볼 쑨이라
至今예 相看無語를 情일련가 ᄒᆞ노라.

【정축년(1877) 봄에 나는 운현궁에 있었다. 사람이 찾아와서 나가 보니 그 사람이 소매 속에서 화전지(花箋紙) 봉투 하나를 꺼내 주기에 열어 보았는데 전주의 양대(梁臺)가 서울에 있다는 편지였다. 바로 가서 손을 맞잡으니 그 기쁨을 어찌 헤아리겠는가? 그 기쁨이 지극하여 말이 없었다.】[47]

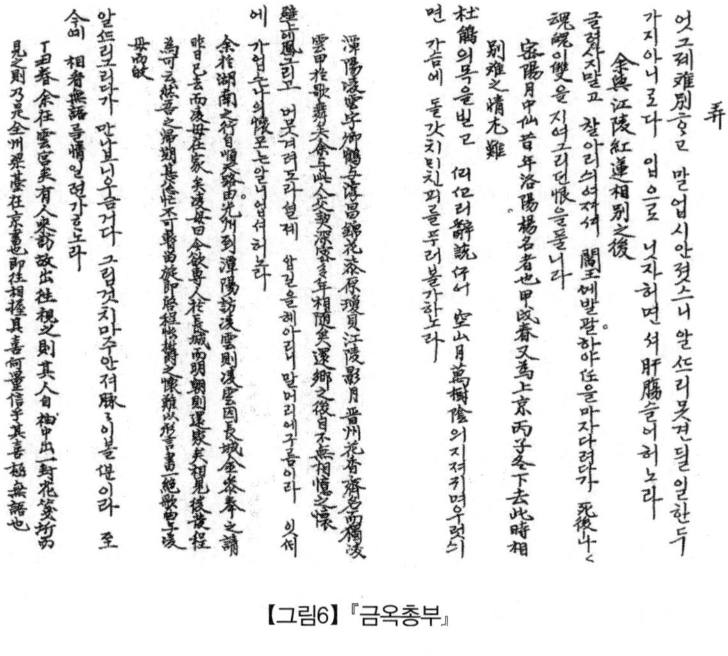
弄
엇그졔 離別ᄒᆞ고 말업시 안졋스니 알ᄯᅳ리 못견딜 일 한두
가지 아니로다 입으로 니자 ᄒᆞ면서 肝腸을 어이 ᄒᆞ노라
金與江陵紅蓮相別之後
글ᄯᅧᄉᆞ지 말고 잘 아리ᄉᆡ여 ᄌᆞᄌᆞ셔 閻王께 발괄ᄒᆞ야 ᄯᅩ을 마ᄌᆞ 다려다가 死後나ᄂᆞ
魂魄이 雙을 지여 그리던 恨을 풀니라
安陽月中仙昔年洛陽楊名者也甲戌春又為上京丙子冬下去此時相
別難之情尤難
杜鵑의 목을 빌고 何다리 辭說ᄒᆞ여 空山月 萬樹陰의 지져귀며 우럿스
면 가슴에 돌갓치 믹친 피를 푸러 볼가 ᄒᆞ노라
潭陽凌雲字卿鶴乎淳昌錦花奈何獲見江陵影月晋州花香齊名而獨凌
雲甲於歌舞矣余與此人交契深密多年相隨矣還鄉之後日不無相憶之懷
壁上鳳凰 그리고 너못 겨려 도라설제 앏길을 혜아리니 말머리에 구름이라 이셔
에 가엽슨 나의 懷抱는 알니 업셔 ᄒᆞ노라
余於湖南之行自順天路由光州到潭陽訪凌雲則凌雲因長城金參奉之請
昨日已去而凌母在家矣凌母曰余欲專人於長城而明朝則還來矣相見後發程
為可云然吾之歸期甚急不可暫留旋即啓程悵惘之懷難以形言書一絕歌曲于凌
母而歸
알ᄯᅳ리 그리다가 만나 보니 우숨거다 그림것치 마주 안져 脈脈이 볼 ᄲᅮᆫ이라 至
今에 相看無語를 情일런가 ᄒᆞ노라
丁丑春余在雲宮矣有人來訪故出往視之則其人自袖中出一封花箋坼而
見之則乃是全州梁臺在京書也即往相握其喜何量信乎其喜極無語也

【그림6】『금옥총부』

47 『금옥총부』 #150. "丁丑春, 余在雲宮矣, 有人來訪, 故出往視之, 則其人自袖中出一封花箋, 坼而見之, 則乃是全州梁臺在京書也, 卽往相握, 其喜何量信乎, 其喜極無語也."

㉧에 딸린 기록으로 미루어, 어떤 이유에서인지 당시 양대운은 전주를 떠나 한성에 은거하고 있었으며 안민영은 반대로 한성 이외의 지역에 머물렀던 듯한데, 중장의 '삼천리(三千里)'라는 어휘로 미루어 그 떨어진 거리가 상당했던 것으로 보인다. 안민영은 양대운에 대한 그리움을 이기지 못해 글을 적어 보내면서 과연 서찰이 제대로 전달될 수 있을지 걱정스러워 한다. 청조(靑鳥)의 날개가 작아 약수(弱手)가 가로막고 있는 삼천리를 과연 무사히 날아갈 수 있을까 자문해 보는 것이다. 물리적 거리가 멀어진 만큼 재회에 대한 기대와 열망 역시 한층 절실해진 형상이다.

연작인지 여부는 확신할 수 없으나, 내용상으로 ㉨은 ㉧에 이어지는 상황을 포함하고 있다. 즉, 간절하게 그리던 두 사람이 한성에서 비로소 해후하게 되는 것이다. 안민영이 대원군을 따라 경운궁(慶運宮)에 머물고 있을 때, 소매 속에 서찰을 넣어 와 전해 주는 이가 있어 확인해 보니 자신이 한성에 머물고 있다는 양대운의 전갈이었고, 이를 본 안민영이 즉각 그 거처로 내달아 양대운을 만났다는 설명이다. 그러한 사정은 작품 속에도 잘 드러난다. 내내 그리워하던 사람을 비로소 눈앞에 마주한 반가움이 워낙 컸던지라 처음에는 만면에 웃음을 띠다가 이내 아무런 말도 하지 못하고 '그림같이' 굳어진 채 다만 서로를 바라만 볼 뿐인 모습이 묘사되고 있다. 이처럼 아무 말 없이 서로를 바라보는 것이야말로 '정(情)'이라는 종장의 언술을 통해 안민영이 느꼈던 기쁨의 정도는 물론, 이심전심했던 두 사람 사이의 속 깊은 유대까지도 되짚어 볼 수 있다.

안민영은 평생에 걸쳐 기녀들과 어울리면서 그들의 자태와 재능을 평하였다. 『금옥총부』에 수록된 181수의 시조 가운데 이와 관련된 사례들만을 따로 모아 논의할 수 있을 정도로 기녀를 다룬 시조는 안민영의 작품 세계에서 중요한 축을 이루는 부분이라 할 만하다.[48] 그 가운데에서도 전주 교방기는 여러 명이 등장하는 데다, 명월과 양대운의 경우처럼 안민영에게 애틋한 인상을 심어 준 이들도 발견된다. 안민영의 사례로 미루어 볼 때, 19세기의 전주는 물산과 승경을 갖춘 남방의 대도회로서 뿐만 아니라, 빼어난 교방기들과 교유하며 운치를 느낄 수 있는 고장으로도 인식되었음을 알 수 있다. 특히 안민영과 같이 당대의 이름 난 가객이자 왕실의 비호까지 받고 있던 인사에게 교방기와의 만남은 전주의 빼 놓을 수 없는 풍취로 여겨졌을 것이다.

4. 나가며

이상에서 전주의 명승을 읊거나 전주와 관련된 시상을 담고 있는 시조 작품들을 탐색하고, 그 속에 반영된 조선 후기 전주의 풍경을 살펴보았다. 논의한 내용을 간추리면 아래와 같다.

전주를 다룬 현전 시조들 속에 가장 빈번하게 등장하는 장소는 호남 삼한루 가운데 하나로 명성이 높았던 한벽당인데, 누각의 운치를 드러내는 방식은 저마다 다르다. 『청구영언』 진본에 수록된 사실시조에서는 봄날 저녁에 이곳에서 벌인 연회의 풍류를 난만하고도 호기롭게 묘사한 반면, 김두성과 신희문의 시조에서는 가을 단풍이 든 한벽당 주변

48 신경숙, 「안민영과 기녀」, 『민족문화』 10집, 한성대 민족문화연구소, 1999, 57~86면; 이형대, 「안민영의 시조와 애정 정감의 표출 양상」, 『한국문학연구』 3호, 고려대 민족문화연구원 한국문학연구회, 2002, 151~177면; 조태흠, 「안민영의 기녀 대상 시조의 성격과 그 이해: 讚妓時調를 중심으로」, 『한국민족문화』 46호, 부산대 한국민족문화연구소, 2013, 35~71면; 조태흠, 「안민영 애정시조의 성격과 그 이해의 시각」, 『한국민족문화』 54호, 부산대 한국민족문화연구소, 2015, 3~30면 등.

의 고요한 풍광을 간명하게 그려 내었다. 한편, 안민영은 한벽당의 가장 아름다운 모습이라 일컬어졌던 '한벽청연(寒碧淸煙)'을 강조하면서도 여기에 남고사의 저녁 종소리, 즉 '남고모종(南固暮鍾)'을 잇달아 배치하여 전주의 이름 난 승경을 한 작품에 응축해 놓기도 하였다.

남고산성의 북녘에 위치한 만경대는 전주를 한눈에 굽어볼 수 있는 명소이면서 정몽주의 충심을 되새기기 위한 유적지로도 회자되었던 곳이지만, 『청구영언』 진본 소재의 사설시조에서는 유락적 공간으로만 그 위상이 수렴되고 있다. 만경대가 충의의 표상으로 뚜렷이 각인되기 시작했던 시기는 영조 연간 이후이므로 이 작품은 만경대가 아직 풍류적 장소로 인식되던 18세기 초반 이전의 문화적 도상을 보여준다는 점에서 주목된다.

왕실 종친인 이세보는 전주의 승경으로 한벽당이나 만경대보다는 덕진지를 지목하였다. 20대 초반에 지은 것으로 추정되는 두 편의 시조에서 그는 덕진지야말로 동국의 경치 가운데 으뜸이라는 최고의 찬사를 보내는 한편, 연꽃이 흐드러지게 핀 연못에 배를 띄워 놓고 경개를 좇아 여름날 밤을 즐기겠다는 넉넉한 심사를 표출하였다. 이세보가 덕진지를 애호했던 계기와 배경은 그의 유배일기인 『신도일록』에도 기록되어 있어 19세기 중엽 전주의 풍경을 파악하는 데 큰 도움이 된다.

전주 교방기의 모습을 그리거나 그들과 교류하였던 내용을 담은 작품들을 통해서도 조선 후기 전주의 지역색을 가늠해 볼 수 있다. 안민영의 시조가 그러한 사례에 해당하는데, 가령 그는 오랜 동안 교감하였던 명월에게서 아무런 기별도 오지 않자 서운하고도 야속한 마음을 시조로 지어 나타내기도 하고, 못내 그리워하다가 한성에서 마침내 해후한 양대운을 앞에 두고서는 반가운 마음이 복받쳐 아무런 말도 하지 못한 채 그의 얼굴을 다정히 바라보기만 했던 광경을 묘미 있게 묘사하기도 하였다. 안민영과 같이 당대의 유명 가객이자 왕실의 비호까지 받고 있던 인사에게 교방기와의 교유는 전주의 빼 놓을 수 없는 풍취로 여겨졌던 것이다.

한 지역과 시대의 문화적 도상을 살피는 데 있어서 문학 작품은 매우 유용한 자료로 활용되고는 한다. 단지 특정 장소나 일화가 작품 속에 반영되어 있다는 점 때문만은 아니다. 그러한 요소들이 작자의 시각 속에서 가공·재구되면서 해당 지역과 시대를 바라보는 독특한 결과 맛까지도 전달해 주기 때문이다. 이른바 문학지리학적 탐색이 여러 새로운 논점을 촉발하는 이유가 여기에 있다. 이 글은 바로 그와 같은 견지에서 조선 후기 전주의 문화적 도상을 시조를 통해 검출해 보고자 한 하나의 시도이다. 시조의 경우에는 각 지역의 풍광과 습속을 다룬 사례들, 즉 지역색을 드러내는 작품들의 비중이 한시에 비해 상대적으로 적기는 하지만, 작품의 분포를 얼마나 면밀히 탐문하고 그 창작 배경을 어느 정도 정교하게 검토하느냐의 수위에 따라 생산적인 논의를 이끌어 낼 수 있는 여지는 충분히 발견될 수 있다고 생각한다. 이 글에서 이루어진 시도를 다른 지역이나 시대로 확산하는 작업이 지속되어야 할 필요성을 느낀다.

제2장

근대전환기 시가의 인식과 대응

시가를 통한 계몽의식의 확산

근대계몽기 『대한민보大韓民報』 소재 시조의 위상

1. 들어가며

비교적 이른 시기부터 연구자들의 주목을 받아왔던 근대계몽기(近代啓蒙期)[1] 가사(歌辭)와 비교할 때, 이 시기 시조에 대한 본격적인 관심은 대체로 뒤늦게 나타났다. 정한모가 현대시사를 서술하는 과정에서 '새로운 시를 위한 태동'이라는 제하로 '저항기'의 시조를 검토하면서부터,[2] 비로소 여러 논자들이 계몽기 시조의 내용·형태상 특성을 다루기 시작하였다. 이로써 당대 시조 작품에 내재된 저항 의지나 풍자 기법 등이 폭넓게 논의되었고, 근래에는 19세기 시조사의 흐름과 관련 지어 계몽기 시조의 위상과 의의를 점검한 연구도[3] 제출된 바 있다.

다만 그간의 논의들은 주로 『대한매일신보(大韓每日申報)』 소재 작품

---

1 19세기말에서 20세기초의 우리 사회를 지칭하는 용어는 논자에 따라 '개화기(開化期)'·'애국계몽기(愛國啓蒙期)'·'근대계몽기(近代啓蒙期)' 등으로 다양하게 쓰이고 있으나, 여기서는 근간의 연구 경향을 반영하는 용어로서 '근대계몽기'를 채택하여 사용한다. 이들 용어의 연원과 의미에 대한 검토는 이형대, 「계몽가사의 시대·양식·미학에 관한 회고적 성찰」, 인권환 외, 『고전문학연구의 쟁점적 과제와 전망』 하, 월인, 2003, 216~220면을 참조.

2 정한모, 『한국현대시문학사』, 일지사, 1974, 148~150면.

3 고미숙, 「애국계몽기 시조의 제특질과 그 역사적 의의」, 『어문논집』 33집, 고려대 국어국문학연구회, 1994.

에 집중되었던 것이 사실이며, 여기에서 새삼 『대한민보(大韓民報)』의 작품을 거론하고자 하는 이유 역시 그와 같은 사정과 무관하지 않다.[4] 계몽기 시조의 자료적 편재를 고려할 때, 『민보』에는 『신보』 못지않은 편수의 작품이 수록되어 전하는 만큼,[5] 어떤 방식으로든 『민보』 소재의 작품을 다루지 않고서는 계몽기 시조의 전개양상을 온전하게 설명하기가 어렵다.

연구자들 사이에 이러한 인식이 점차 확산되면서 두 신문의 작품을 포괄적으로 검토하거나 아예 『민보』의 작품만을 전문적으로 고찰한 논의가 발표되기도 하였다. 하지만 이 경우에도 그 결론은, 『민보』의 작품 역시 『신보』의 것들과 대개 대등한 정도의 이념적 지향 및 기법을 나타낸다는 차원에서 정리되곤 하였다.[6] 한층 분석적으로 두 신문의 작품을 검토한 논의에조차, 『신보』의 시조들이 첨예한 비판 의식을 담고 있었던 데 반해 『민보』에는 더러 퇴행적인 작품이 나타나기도 한다는 점을 언급하였을 뿐, 『신보』와 『민보』 사이의 변별점이나 두 신문의 관계를 면밀히 추적하는 단계에까지 이르지는 못하였다.[7]

두 신문의 작품이 유사하다는 지적은 이 시기 시조 작품의 공통된

---

4 이하에서는 『대한매일신보』와 『대한민보』를 각각 '『신보』'와 '『민보』'라 약칭한다.

5 이 시기 저널리즘에 수록된 시조의 작품수는 『대한매일신보』에 381편, 『대한민보』에 287편, 『소년』·『대한유학생회보』 등의 잡지에 68편으로 집계되고 있다. [같은 논문, 84면.] 논자에 따라 작품수 산정에 다소 이견이 나타나기도 하지만, 위의 숫자에서 크게 벗어나지는 않는다.

6 박을수, 「개화시조연구: 『대한민보』 소재 자료를 중심으로」, 『우리문학연구』 9집, 우리문학회, 1992; 김재훈, 「『대한민보』 수록 시조 연구」, 단국대 석사학위논문, 1993; 정기철, 「『대한민보』 소재 시조의 형식적 특성과 글쓰기 교육으로서의 함의」, 『시조학논총』 18집, 한국시조학회, 2002. 이들 논의에서 『민보』 작품의 내용·형태적 특성으로 지적된 사항들은, 기존에 『신보』의 작품을 대상으로 도출되었던 특성들과 크게 다르지 않다.

7 고미숙, 앞의 논문; 고은지, 「애국계몽기 시조의 창작배경과 문학적 지향: 『대한매일신보』를 중심으로」, 고려대 석사학위논문, 1997.

산출 기반을 이해하는 데 중요한 참고가 될 수 있다. 하지만 표면적인 유사성에 가려 미처 구체적으로 검토되지 못했던 요소들 또한 적지 않다. 비록 『신보』가 『민보』에 앞서 다량의 시조 작품을 연재하였고 뒤늦게 『민보』가 이러한 게재 방식에 동참하였지만, 『민보』 역시 그 나름의 지향과 방침을 통해 계몽기 시조 창작의 한 축을 담당해 왔던 것이다. 고시조 연구에서 가집(歌集)의 특성이나 가집들 사이의 계열별 층위에 대한 고찰이 작품 분석의 밑바탕을 이루는 것과 마찬가지로, 계몽기 시조에 대한 연구 또한 수록 매체의 성향 및 매체들 사이의 영향 관계를 살피지 않고서는 밀도 있는 논의로 나아가기 어려울 것이다.

이에, 이 글에서는 『민보』의 매체적 특성과 체재를 개관하여 시조 작품 산출의 기반을 도출하고, 이를 바탕으로 작품의 내용과 흐름을 검토하는 순서로 논의를 전개해 나가고자 한다. 이 과정에서 두 신문 소재 작품간의 연관성이 드러날 것이며, 근대계몽기 시조를 조망하기 위한 보다 확대된 시야가 마련될 수 있을 것이다.

2. 『대한민보』의 매체적 특성과 시조 창작

『대한민보』의 시조가 어떠한 위상과 지향을 지니고 있었는지 살피기 위해서는 우선 이 신문의 성격과 편집 체재에 대해 간략하나마 검토할 필요가 있다. 『대한민보』는 대한제국 막바지인 1909년 6월 2일 오세창(吳世昌, 1864~1953)·장효근(張孝根, 1867~1946) 등이 중심이 되어 발행한 일간지로서 대한협회(大韓協會)의 기관지적 지위를 겸하고 있었다. 대한협회의 사상적 기조와 활동에 대해서는 이미 기존 논의들에서 그 한계가 지적된 바 있다.[8] 협회의 기본 취지가 정당 정치의 도입에 있었고 이를 실현하기 위한 현실적 방안으로써 일제 통치 하에서의 제한적인 정치 참여와 권력 획득을 도모하였기 때문에 그들의 활동은 반제국주의적 정치 투쟁과는 거리가 멀다는 분석이 그것이다.[9]

실상 『대한민보』가 당국의 인가를 얻을 수 있었던 배경에도 통감부(統監府)의 정책적 고려가 영향을 미쳤으리라는 점을 감안하면,[10] 『민보』가 『신보』 수준의 첨예한 비판 의식을 시종일관 표출하기란 사실상 어려웠을 것이다. 그럼에도 불구하고 『민보』의 필진들은 여러 측면에서 진보적인 논조를 나타내었으며, 이 때문에 대한협회 상층부와 『민보』의 실무진 사이에는 상당한 차이가 있다는 분석도[11] 간과할 수 없다. 실제로

---

8 대한협회는 당시 애국계몽운동의 핵심 단체였으며, 연원을 거슬러 올라가면 보안회(保安會)[1904]·헌정연구회(憲政硏究會)[1905]·대한자강회(大韓自强會)[1906]를 계승하고 있다. 1907년 대한자강회가 고종 양위와 정미7조약에 대한 반대 운동을 강력히 전개하자 이에 위협을 느낀 일본이 이 단체를 강제로 해산하였고[1907.8.21.], 대한자강회 회원들은 다시 천도교 세력과 합세하여 1907년 11월 대한협회를 설립하였다. [강만길, 『고쳐 쓴 한국근대사』, 창작과 비평사, 1994, 235면 참조.]

9 같은 책, 236면; 김항구, 「대한협회의 정치활동 연구」, 『東西史學』 5집, 한국동서사학회, 1999, 206~210면.

10 『대한민보』의 창간 배경과 당시 언론계의 상황에 대해서는 다음의 논저를 참조: 이해창, 『한국신문사연구』, 개정증보판, 성문각, 1983, 76~79면; 최준, 『한국신문사』, 신보판, 일조각, 1990, 157~159면.

11 "대한협회의 기관지로서 일반 시사 신문의 형태로 발행된 『대한민보』의 내용은 국민계몽을 위한 것이 주류를 이루었으나, 당시의 이완용 내각이나 일진회 등의 행태와 보호정치 체제를 직접·간접으로 비난하거나 풍자하는 내용의 기사도 많았다. 특히 한국 최초의 시사만화인 「삽화」를 비롯하여 「言壇」·「풍자소설」·「人籟」·「村村縈目」 등의 고정란과 안중근 사건·이재명 사건·일진회의 합방청원 관련 기사에서 보여지는 비판적 경향은 『대한협회회보』의 내용이나 대한협회 핵심 간부들의 언행에서 보여지는 현실을 수용하고 그에 영합하는 경향과는 상당한 차이가 있는 것이다. 『대한협회』의 이러한 비판적 논조는 『대한민보』가 엄격한 언론 통제 속에서도 일제와 그에 영합한 대한협회의 일부 핵심 인사들의 의도와는 달리 천도교계의 인사들과 젊은 기자들의 주도하에 다수의 대한협회 회원들을 포함한 국민 대중의 비판적 현실 인식을 대변하고 있었음을 보여주는 것으로 생각된다." [김항구, 「대한협회(1907~1910) 연구」, 단국대 박사학위논문, 1993, 179~180면.]

『민보』가 창간된 직후에 『신보』의 총무 양기탁(梁起鐸, 1871~1938)이 오세창과 장효근을 직접 초빙하여 언론의 사명에 대해 담소를 나누고 피차 반목하지 말 것을 논의하였다는 기록이 발견된다.[12] 『민보』 역시, 양기탁·신채호(申采浩, 1880~1936)·박은식(朴殷植, 1859~1925) 등 『신보』의 주요 필진들이 일제의 압력에 의해 대거 사임하자 『신보』가 더 이상 '정론(正論)'을 유지할 수 없게 되었다며 애석해 하기도 했다.[13] 이처럼 두 신문의 담당자들은 서로의 존재와 영향력을 인정하면서 일종의 공존의식까지도 지니고 있었던 것으로 보인다.[14]

【그림1】
『대한민보』, 1909. 6. 2, 1면의 만화

한편 『민보』의 지면 구성이 문예·교양지적 성격을 띤다는 점 또한 이 신문의 중요한 특징으로 지적된다. 『민보』는 창간호에서 네 가지 사명관을 내세웠는데,[15] 그중 하나가 '보도(報道)의 이채(異彩)'였음을 감안하면, 독특한 편집 기조는 처음부터 예견되는 사항이기도 했다. 『신보』를 비롯하여 기존의 대다수 일간 신문이 논설·관보·외보·잡보 위

12 「警視總監機密報告: 警秘 第123號 集報」, 『駐韓日本公使館記錄』, 1909. 6. 16.

13 『대한민보』, 1910. 6. 12, 3면.

14 이 글의 제4장에서 두 신문 소재 시조 작품이 서로 교류되는 양상을 살피게 될 것인바, 이와 같은 교류가 일어나게 된 배경 중 하나로도 두 신문 담당자들 사이의 공존의식을 지적할 수 있을 것이다.

15 '대국(大局)의 간형(肝衡)', '한혼(韓魂)의 단취(團聚)', '민성(民聲)의 기관(機關)', '보도(報道)의 이채(異彩)'. [『대한민보』, 1909. 6. 2, 1면의 만화.]

주의 편집을 앞세웠던 반면, 『민보』는 1면 상단에 외보만을 남겨두고 나머지 기사거리나 논설은 대개 2면 이하에 배치하는 특색을 나타낸다. 특히 1면 중앙에 게재된 시사만화는 당시로는 혁신적인 시도로서 이 신문의 간판과도 같은 역할을 담당했다.[16] 외보와 만화를 싣고 남은 지면은 문예·교양 분야에 할애되었다. 창간호부터 1면에 '단편소설' 〈화수(花愁)〉와 한시를 수록하였는데, 창간사와 각종 축전을 싣기도 버거운 지면을 쪼개서까지 이처럼 문예를 중시했던 것에서 『민보』의 편집 방침이 단적으로 드러난다. 이후에도 소설과 한시는 대개 1면에 고정되었으며, 신조어(新造語)를 소개하고 그 용법을 예시하는 '신래성어(新來成語)'와 한자의 뜻이 잘못 적용된 사례를 교정해 주는 '이훈각비(俚訓覺非)'란에도 꾸준히 연재물이 게재되었다. 이밖에 문화·사회·과학 등 각종 분야의 상식을 담은 '일총화(一叢話)'나 세계 각국의 격언을 흥미롭게 소개하는 '보감(寶鑑)' 등의 교양란 또한 1면 중단부에 배치되었다. 한편 동일한 문장 구조를 서너 차례 반복하면서 어휘만 바꾸어나가는 형식의 다소 이례적인 창작물이 '산록(散錄)'이라는 제하로 3면에 실리기도 하였다.

『민보』에 시조가 수록되기 시작한 것은 1909년 9월 15일자부터이다. 시조 역시 『민보』의 여러 문예·교양물 중 하나로서 수록 지면 또한 이들 내용이 군집을 이루고 있는 1면에 배정되었다. 『민보』에서는 이날 이후 신문이 발행되는 날이면 거의 예외 없이 하루 한 편의 작품을 게재하여, 1910년 8월 29일자까지 약 1년간 총 287수, 매월 평균 약 25수의 작품을 산출하게 된 것이다. 『신보』 역시 1908년 11월 29일자부터 시조

16 『민보』의 만화는 창간 이래 단 한 차례도 빠짐없이 수록되었고 풍자 수법 또한 매우 신랄해서 연구자들의 주목을 받기도 하였다: 이해창, 앞의 책, 79면; 최준, 앞의 책, 158~159면; 정희정, 「『대한민보』의 만화에 대한 연구」, 홍익대 석사학위논문, 2001; 장승태, 「20세기전반 大韓民報와 東亞日報의 時事漫畵 연구」, 전남대 석사학위논문, 2002 등.

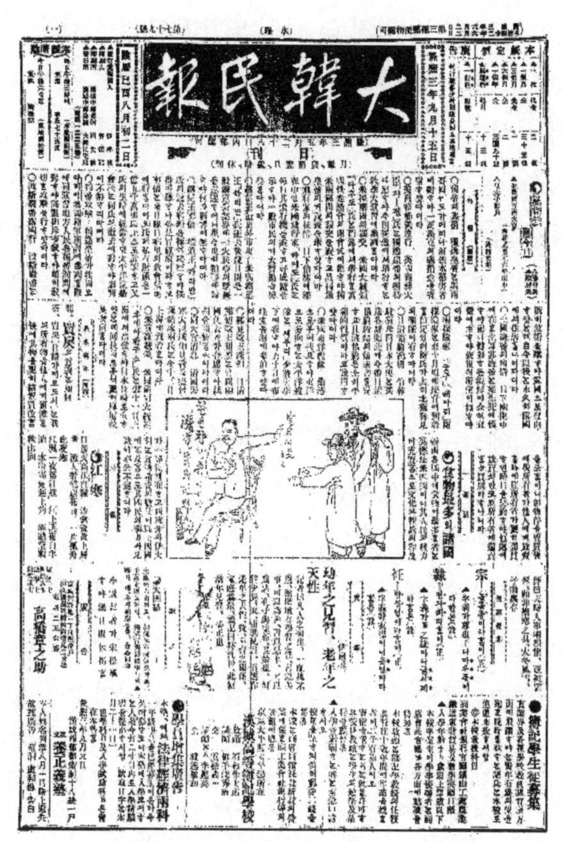
大韓民報

【그림2】『대한민보』, 1909. 9. 15, 1면

연재를 시작한 이래 대체로 빠짐없이 작품을 수록하였지만, 1년 9개월간 38여 수, 매월 평균 약 18수를 산출한 정도이므로, 작품 수에 있어서는 『민보』의 경우가 좀 더 고른 분포를 나타냈다고 할 수 있다.

이 같은 상황은, 시조가 두 신문에서 차지했던 위상이 달랐기 때문으로 분석된다. 『신보』는 1면의 마지막 단에 '사조(詞藻)'란을 마련하여 시조를 수록하였고, 작품의 내용 또한 신문 전체의 논조와 밀접한 연관을 지니고 있었다. 『신보』의 가사 작품들이 흔히 시사평론의 기능을 겸하고 있었던 것과 마찬가지로, 시조 또한 당대의 사건을 매우 적극적으로 다루면서 때로 직접적인 비판까지도 표출했던 것이다.[17] 이처럼 『신보』에서는 시조 자체를 중시했다기보다는 신문의 비판 의식을 나타내는 데 시조라는 대중적인 장르를 활용했던 측면이 강하다. 때문에 1면의 기사가 넘치는 날에는 아예 '사조'란이 누락되기도 하였고, 가사나 창가 등이 시조 대신 '사조'란에 실리기도 하였으며, 1910년 5월 이후 신문의 비판적 논조가 퇴조하는 시점에 이르러 시조 또한 성글게 게재되기 시작했던 것으로 파악된다.[18]

반면 『민보』에서는, 시조를 위한 게재란이 처음부터 '가요(歌謠)'라는 이름으로 따로 마련되었기 때문에,[19] 작품의 내용을 차치하고라도 우선 시조 게재 자체가 신문 편집상의 중요한 방침이었다. '아름다운 말 또는 문채(文彩)'를 포괄하는 '사조'와 달리 '가요'는 뚜렷이 시조만을 위해 마련된 지면이었으며, 이것은 시조에 대한 장르 인식이 『민보』에 이미 갖추어져 있었다는 사실을 지시한다.[20] 2면의 논설이 빠지는 사례는 흔

---

17 이와 관련하여 조동일은, "가사가 세태를 그리며 풍자하는 데 중점을 두었다면, 시조는 민족의 시련과 투지를 간단하면서도 인상 깊은 설정을 갖추어 나타내 비장하고 안타까운 느낌이 들도록 했다."라고 두 장르를 대비하여 설명한 바 있다. [조동일, 『한국문학통사』 4, 4판, 지식산업사, 2005, 303면.]

18 1910년 6월에 이르러 『신보』의 주필과 총무가 교체되면서, 양기탁·안태국(安泰國, ?~1920) 등 기존의 담당자들이 대거 자진 사퇴한다. [최준, 앞의 책, 163~164면.] 이와 때를 맞추어 이해 6~8월 석 달 동안 시조는 단 15편만이 실리게 된다.

19 '가요'란은 1910년 1월 5일자부터 '청구신요(靑丘新謠)'로 그 이름이 바뀐다.

20 '가요'는 본래 '가(歌)'·'영언(永言)' 등과 마찬가지로 노래 일반을 지칭하는 어휘로서 이 용어의 해당 범위가 표면적으로 시조에만 한정된다고는 볼 수 없다. 하지만 '해동가요(海東歌謠)'에서와 같이 '가요'로써 시조를 지칭했던 유력한 전례가 있고, 무엇보다도 『민보』의 '가요(청구신요)'란에 단 한 작품(1910. 5. 5. 〈親耕歌三章〉)을 제외하고는 모두 시조가 실렸다는 점에서 '가요'란이 시조 게재를 위한 지면이었음을 확인할 수 있다. 이것은 당시 신문들이 '사조(詞藻)'·'사림(詞林)'·'문원(文苑)'·'평림(評林)' 등 주로 한시 장르에 편향된 문예란을 설정했던 것과 대비되는 『민보』만의 특성이기도 하다. 한편, 당시 사람들은 새로 도입된 신식 노래를 '창가'로 통틀어 불렀으며, 오늘날의 개념인

히 발견되지만, 시조를 비롯하여 문예·교양물들이 누락되는 경우는 좀처럼 찾아보기 어려울 정도로, 『민보』의 시조는 체재상으로 보다 확고한 위치를 점하고 있었던 것이다. 신문에 수록되는 모든 내용은 그 신문의 논조에 어떤 식으로든 영향을 받게 마련이지만, 『신보』의 경우와 대비할 때 『민보』의 시조는 문예물 자체로서의 입지를 확보하기에 좀 더 유리한 조건을 갖추었다고 할 수 있다.

3. 『대한민보』 소재 시조의 내용

『민보』 소재 작품의 내용이 『신보』의 것과 일정 부분 유사한 것은 사실이다. 무엇보다도 시조를 통해 시사적인 사안을 풍자하거나 독자들의 행동을 촉구하는 방식은 『신보』에 이르러서야 본격화된 특성으로서 『민보』의 필진들에게서도 역시 시조로써 그와 같은 효과를 추구했던 사례를 흔히 발견할 수 있다.

> 六大洲널븐世界、大韓半島要衝이라
> ▲江山도좃커니와、人物인덜업살소냐
> ▲至今에、乙支文德楊萬春이、日日誕生
>
> — ☯誕英雄, 『민보』 1909. 9. 17.

'대중가요'도 해방 이전까지는 대개 '유행가'라 지칭되었으므로[이영미, 「한말·일제시기 대중문화사: 대중가요」, 역사문제연구소 편, 『사회사로 보는 우리 역사의 7가지 풍경』, 역사비평사, 1999, 263~264면], 『민보』의 '가요(청구신요)'란이 이들 노래와 연관된다고 보기도 어려울 것이다.

逆賊놈들말들어라、너도亦是韓種으로
▲무삼厲氣所鐘ᄒᆞ야、賣國運動熱이낫노
▲眞實로、禽獸心腸은、너뿐인가

— ☯討逆,『민보』1909. 12. 9.

大韓帝國、靑年덜아、雙肩擔負、네아난야
▲天下事를、다ᄒᆞᆫ대도、國家잇슨、然後事ㅣ니
▲鑑ᄒᆞ라、波埃印越의、져前轍을

— ☯靑年,『민보』1910. 3. 20.

전대의 시조와는 다르게 목적의식이 표면화된 작품들의 몇 가지 사례인데, 특정 사안에 대한 비판·촉구·기원 등의 의도가 뚜렷하게 간취된다.

가령 〈탄영웅(誕英雄)〉은 한반도의 지정학적 위치를 각인시키면서 영웅의 탄생을 기원한 작품이다. 넓은 육대주 안에서도 전략적 요충지인 한반도의 가치가 특히 뛰어나며 이 땅의 강산 또한 좋아서 인물이 없을 수 없다는 인식을 드러내고 있다. 그러한 인물의 전형으로 선정된 예가 을지문덕(乙支文德, ?~?)·양만춘(楊萬春, ?~?)과 같은 국난 극복의 무장들이다. 종장의 문장 구조로는 이들 영웅이 매일매일 탄생하기를 단순히 기원하는 듯한 인상이지만, 그 이면에는 모든 사람들이 영웅이 되어야 하리라는 촉구가 담겨 있다고 파악된다.

한편, 시사성을 담고 있는 예는 〈토역(討逆)〉과 같은 작품에서 찾을 수 있다. 『신보』와 『민보』를 막론하고 1909년 12월 상순부터 일진회(一進會)를 규탄하는 내용의 논설과 기사를 쏟아 냈다. 이것은 12월 4일 발표된 일진회의 「일한합방상주문(日韓合邦上奏文)」과 「일한합방성명서(日韓合邦聲明書)」 때문이다. 이때 두 신문의 시조들 역시 일제히 일진회를 비판하는 내용으로 채워졌다. 『민보』의 경우 '소위일진회성명서(所謂一進會聲明書)'라는 제목으로 즉각 「합방성명서」 전문을 공개하고,[21] 그날부터 일진회원들을 '난신적자(亂臣賊子)'·'흉도(凶盜)'·'마적(魔賊)'·'역적(逆賊)'·'난적(亂賊)' 등으로 몰아세우는 내용의 시조를 약 열흘간에 걸쳐 게재하였다. 〈토역〉의 경우에는 아예 수신자를 '역적놈들'로 설정해 놓고서 그들을 '금수(禽獸)'에 빗대기까지 하였다.

〈청년(靑年)〉 역시 직접적인 촉구를 담은 작품으로서, 청년들에게 국권의 중요성을 강조하면서 그들에게 맡겨진 막중한 책무를 잊지 말라며 당부하고 있다. 이 작품이 게재된 때는 병탄이 눈앞에 다가온 시점인 만큼, 폴란드[波][22]·이집트[埃]·인도[印]·월남[越] 등 이미 열강의 식민지로 전락한 나라들의 사례를 들면서 그들의 전철을 밟지 말아야 한다는 다급한 목소리를 드러내었다.

『민보』의 시조가 이념적으로 보아 대체로 『신보』의 수위에 맞닿아 있다는 종래 연구들의 판단은 주로 위와 같은 종류의 작품 사례에서 도출된 것이라 할 수 있다. 하지만 『신보』의 거의 모든 작품들이 자주독립에 대한 염원, 일제 및 친일 매국 집단에 대한 규탄, 문명개화에 대한 열망 등 당대의 시대사적 인식과 밀접하게 연관되어 있는 데 비해,[23]

---

21 『대한민보』, 1909. 12. 5, 3면.

22 여기서의 '波'가 폴란드[波蘭]와 페르시아[波斯] 중 어느 쪽을 지칭하는 것인지는 뚜렷하지 않으나, 당시의 정황으로 미루어 폴란드 쪽이 좀 더 가까울 듯하다. 페르시아는 이때까지 국권을 유지하고 있었던 반면, 폴란드는 18세기 말 이래 프로이센·러시아·오스트리아 3국에 의해 분할된 상태였기 때문이다.

23 박을수는 『신보』 시조의 내용 분포를 '①망국민의 통한·애국충정(愛國衷情)과 자유 독립에의 염원, ②일제에 대한 저항과 친일 매국 집단에 대한 규탄, ③문명개화에의 열망과 내적 폐습(弊習)·비리에 대한 자성(自省), ④자연에 대한 예찬과 언롱(言弄)·취락(醉樂)의 한정(閑情)'의 네 가지로 분류하여 살핀 바 있다. 여기서 ④의 비중은 극히 미미하며, 그 가운데서도 완곡한 상징이나 은유적인 의미로 해석될 수 있는 작품을 뺀다면 ④ 유형은 거의 발견되지 않는다고 분석하였다. [박을수, 『한국개화기 저항시가 연구』,

『민보』의 경우는 그 내용 분포에 있어서 폭이 보다 넓은 편이다. 특히 초기에는 『신보』와 유사한 지형을 나타내던 『민보』의 작품들이 후기로 갈수록 보편적 도덕에 대한 주장으로 돌아서기 일쑤고 위기감이나 비판적 긴장의 강도 또한 상당히 누그러지는 양상을 보이기도 한다는 지적은 주목할 만하다. 그 주요한 이유로는 대한협회의 복잡한 인적 구성과 상층부의 친일적 경향이 지목된 바 있다.[24] 『신보』의 필진들이 병탄 이전에 이미 해외로 망명하여 식민지 투쟁을 준비하거나 신민회(新民會)와 같은 비밀 결사를 조직했던 데 반해 그때껏 뚜렷한 실천 방안을 강구하지 못했던 『민보』의 담당자들은 시조에 있어서도 한계를 드러낼 수밖에 없었다는 것이다. 하지만 앞서 살핀 대로 대한협회와 『대한민보』의 필진을 직접 연결 짓는 것은 무리이며, 시조의 내용이 변전된 이유를 찾는 데 있어서도 『민보』 자체 내의 사정을 우선 진단해 보아야 할 것이다.

연재가 시작된 이후 『신보』와 유사한 흐름을 지속해 나갔던 『민보』의 시조 작품이 차츰 다양한 갈래로 분화되기 시작한 시점은 1910년에 들어서면서이다. 1910년 1월부터 『민보』는 『신보』의 표기와는 다른 방식으로 시조를 싣기 시작했으며,[25] 대략 이때부터 작품의 내용과 주제

성문각, 1985, 160~177면.]

24 고미숙, 앞의 논문, 88·98면.

25 표기 방식에 변화가 나타나기 시작한 것은 1910년 1월 14일자 작품 〈초월(初月)〉부터이다. 이날 이후 문장부호[、]의 사용이 탄력적으로 조정되는데, 문장 부호를 전혀 사용하지 않은 작품이 간혹 있는가 하면, 한 장을 대여섯 개 부분으로 잘게 나눈 경우는 흔하고, 그전에는 보이지 않던 띄어쓰기가 나타나기도 하였다. 작품마다 문장 부호나 띄어쓰기가 제각각일 정도로 뚜렷하게 통일된 지침을 발견하기는 어려우나, 대체적인 경향을 살핀다면 작품을 읽기 쉽게 표기하고 그 의미 또한 보다 빠르게 전달할 수 있는 방식을 고안한 것으로 여겨진다. 일률적으로 구절을 나누는 것이 아니라 문장의 의미와 해독의 편의를 고려하여 시행을 끊어 놓은 것이다. 이러한 흐름과 관련된 또 하나의 특징은 한자 병기에서도 발견된다. 1910년 6월 9일자 작품 〈백셜됴(百舌鳥)〉부터 국문을 앞세우고 한자를 병기하는 형식으로 시조가 실리기 시작한 것이다.

에 있어서도 점차 『신보』의 것으로부터 차별화되어 갔던 것이다. 따라서 1910년 들어 작품의 내용이 전반적으로 확대된 것은, 대한협회 상층부의 압력이나 필진들의 사상적 미숙성 때문이기에 앞서, 시조에 대한 필진들의 인식이 변화한 데에서 그 이유를 살필 수 있으리라 보인다. 『신보』의 경우는 신문의 비판 의식을 나타내는 데 시조 장르가 활용되었던 측면이 강했고, 『민보』 역시 초기에는 내용·형태 양 측면에서 『신보』의 영향을 받고 있었지만, 후기에 들어서자 현안 비판과 대중 동원 등의 목적의식에만 주된 강조를 두지는 않게 되었던 것이다. 초기의 경향을 일정 부분 유지해 나가되 시조에 담을 수 있는 내용을 다변화하면서 대중의 공감을 이끌어 내거나 시조 장르 자체의 형상미를 표출해 보려는 시도가 『민보』에서 상대적으로 강화된 것이라 파악된다.

실상 『민보』에 시조 연재가 처음 시작되던 무렵에도 비판적 인식과는 동떨어진 작품들이 실렸던 예가 자주 발견된다.

> 고레라야말듯거라、너는久麼微虫으로
> ▲무삼妖얼禍胎ᄒᆞ야、無辜生靈害ᄒᆞᄂᆞᆫ다
> ▲至今에、雷公電伯쌜니불너、一聲霹靂
>
> — ☯逐虎經, 『민보』 1909. 9. 30.

> 金風이簫瑟ᄒᆞ니、滿庭黃葉紛紛ᄒᆞ다
> ▲縱爾掀天竟如何오、舊日繁華不復覩라
> ▲아마도、物盛而衰ᄂᆞᆫ、天演인가
>
> — ☯黃葉飛, 『민보』 1909. 10. 16.

> 해지자달쓰고、여름가자가을온다
> ▲알괘라世上事ᄂᆞᆫ、榮枯盛衰一時로다

▲우리도、收穫이在前ᄒᆞ니、어셔어셔

— ☯收穫去, 『민보』 1909. 10. 29.

위와 같은 사례는 『신보』에서는 좀처럼 찾아보기 어려운 경향의 작품들이다. 〈축호경(逐虎經)〉은 『민보』에 시조 연재가 시작된 지 2주 남짓 만에 실린 작품으로서, 콜레라를 의인화하여 표현하고 있다. 1909년 7월에 의주에서 콜레라가 발생하여 두 달 후에는 서울에까지 이 병이 크게 유행하였는데,[26] 『민보』에서도 융희3년(1909)의 주요 사건 중 하나로 콜레라의 창궐을 선정할 정도였다.[27] 당시 콜레라는 중국어 '훌리에라[虎列剌]'에서 전용된 '호열자(虎列剌)'나[28] 일본어 발음의 '코레라(コレラ)'로 알려져 있었던 듯하다. 특히 "호랑이가 [살점을] 뜯어낸다."라는 뜻으로 읽히는 '호열자'에는 이 병에 대한 옛 민중들의 두려움이 녹아 있기도 하다. 『민보』에서는 이 같은 상황을 반영하여 '콜레라를 몰아내는 경문'이라는 제목으로 시조를 창작했던 것이다. 『신보』의 경우도 작품 속에 간혹 질병이나 해충을 등장시키는 경우가 있으나 그것은 풍자나 비판의 대상으로 쓰인 것일 뿐,[29] 『민보』에서처럼 질병을 물리치고자 하는 소망을 표현하고 있지는 않다.

〈황엽비(黃葉飛)〉와 〈수확거(收穫去)〉 역시 정치·사회적 현안과는 거리가 있다. 〈황엽비〉에서는 떨어지는 낙엽을 애상에 젖어 바라보고 있

26 정교, 『大韓季年史』 9, 조광 편, 김우철 역, 소명출판, 2004, 42면.

27 "九月, … 虎列剌病이 淸國 安東縣으로 始ᄒᆞ야 義州 仁川에 傳染ᄒᆞ야 漢城ᄭᆞ지 蔓延되야 死亡及患者가 多數하얏고," [『대한민보』, 1910. 1. 1, 3면.]

28 고종 연간에 콜레라가 창궐하자 당시 습속대로 이 병을 중국의 이름과 꼭 같이 '虎列剌'이라고 불렀다. 그런데 '랄(剌)'과 '자(刺)'의 자획이 비슷하여 사람들이 '호열랄'을 '호열자'로 오독(誤讀)하였고, 이것이 그대로 병명으로 굳어졌다. [신복룡, 「오역(誤譯)의 역사」, 『동아일보』, 2001. 8. 18, A19면.]

29 박을수, 앞의 책, 181~187면 참조.

으며, 〈수확거〉는 서둘러 가을걷이 할 것을 독려하는 내용이다. 낙엽의 운명을 대한제국의 처지로 빗대거나 수확을 여러 현안 사업의 결실을 거둔다는 의미로 사용하였을 여지도 있지만, 그렇다고는 해도 이 시기에 실렸던 여타의 사례에 비할 때 상당히 완곡한 어조를 드러내는 작품들임에는 틀림없다.

이와 같은 경향의 작품들이 1910년 들어 그 비중이 차츰 확대되면서 비판적 인식이나 권고를 담은 작품들과 병행하여 실리게 되었던 것이다.

봄이왓네、봄이왓네、靑丘江山、봄이왓네
▲農夫들아、農夫들아、始파百곡、힘써보셰
▲眞實로、秋收를、잔할야면、春種부터

— ☯播種, 『민보』 1910. 3. 15.

하레혜星、무러보자、네가丁寧、오랴ᄂᆞ냐
▲이世上이、다써가도、나ᄂᆞᆫ홀노、歡迎일다
▲千古에、弱肉强食ᄒᆞ든恨을、ᄒᆞᆫ번풀어

— ☯하레星, 『민보』 1910. 5. 14.

벼ㅅᄒᆞᆫ、불갓치쬐고、ᄯᆞᆷ은、비오듯ᄒᆞᆫ다
▲山田水田、다말으고、五穀百穀싸ㄱ이탄다
▲비나니、上天은、數千里의、大雨를、쥬사、萬民蘇生

— ☯祈雨, 『민보』 1910. 6. 1.

백제셩(百帝城)이、놉핫ᄂᆞᆫᄃᆡ、락일침져급(落日砧杵急)이로다
▲젼촌(前村)에、져나부(懶婦)ᄂᆞᆫ、구일예비(舊日豫備)、업셧다가
▲밤중만、촉직셩(促織聲)에、놀나깨여

— ☯도의(擣衣), 『민보』 1910. 8. 31.

〈파종(播種)〉은 앞서 〈수확거〉와 유사하면서도, 〈수확거〉가 평탄하게 권고의 의미를 전달했던 데 비해, 〈파종〉은 '봄이왓네'·'農夫들아'를 연발하는 방식으로 민요조 율격을 섞음으로써[30] 대중적인 공감의 영역을 확대한 점이 다르다. 〈하레성(하레星)〉은 핼리혜성을 소재로 하였다. 76년을 주기로 도는 이 별이 때마침 1910년 4월에 지구에 근접하였다. 〈하레성〉에서는 혜성이 지구에 충돌하는 상황을 가정하여 온 세상이 공멸하기를 바랐는데, 그 이유는 '弱肉强食하든 恨' 때문으로 제시되고 있다. 약자의 입장에서 강자의 지배를 받느니 함께 망해 버리는 편이 낫다는 심정이 담겨 있다. 한편, 〈기우(祈雨)〉는 〈축호경〉과 견줄 만하다. 1910년 늦봄에는 유난히도 가뭄이 심하게 들었던 듯하다. 『민보』는 이해 5월부터 비를 기원하는 작품을 여러 편 싣는데, 〈망우(望雨)〉[5.18.]·〈민한(悶旱)〉[5.19.]·〈도우(禱雨)〉[5.27.]·〈민한(憫旱)〉[5.29.]·〈기우〉[6.1.] 등 제목에서부터 가뭄 걱정이 명백히 드러나는 작품들이다. 〈도의(擣衣)〉는 『민보』에 실린 마지막 시조로서 병탄[1910. 8. 29.] 이후에 게재된 작품이고, 『민보』 또한 이날 신문을 끝으로 폐간 조치된다. 낮잠을 자다가 해질녘에야 일어나 서둘러 다듬이질을 시작하는 게으른 아낙의 모습을 통해 국권을 빼앗긴 후의 안타까움을 드러내었다. 이때의 아낙은 물론 나태하고 어리석은 존재이기는 하지만, 우리 민족 전체의 처지가 투영된 인물이기에 비판의 대상으로서

---

30 이 경우의 '민요조 율격'이란 동일하거나 유사한 어구의 반복에 의해 형성되는 리듬감을 말한다. 특히 초장에 실현된 'aaba형'은 민요에서 광범위하게 발견되는 율격 유형으로서, "窓 내고쟈 窓 내고쟈 이내 가슴에 窓 내고쟈"[『청구영언』[진본] #541]나 "귓도리 져 귓도리 에엿부다 져 귓도리"[『청구영언』[진본] #548] 등 일부 사설시조를 제외하면 시조에서는 좀처럼 찾아보기 어려운 형식이다. 민요의 율격 양식이나 사례에 대한 검토는 다음의 논의를 참조: 김대행, 「민요의 율격체계」, 『이화어문논집』 10집, 이화여대 이화어문학회, 1988, 351~388면.

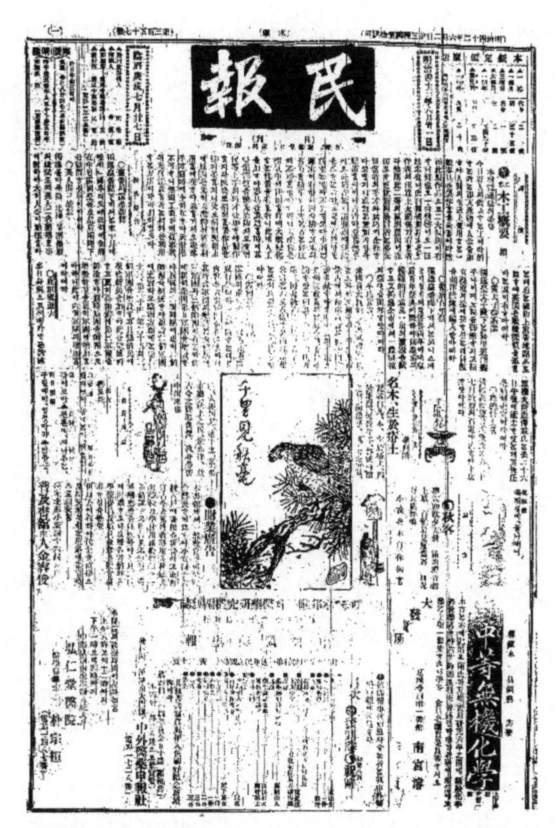
民報

中等無機化學

【그림3】『대한민보』 종간호 [1910. 8. 31, 1면]

보다는 회한이 깃든 존재로 읽힌다.

이상에서 살핀 대로, 『민보』의 시조에는 당대인들이 체험하고 관심을 가졌을 만한 요소들이 보다 폭넓게 반영되어 있다. 친일 매국 집단에 대한 비판이나 문명개화에 대한 염원 역시 이 시기의 중요한 현안이었고, 『신보』에서는 이들 사항과 관련된 작품만을 주로 게재하였지만, 『민보』는 그러한 요소들을 포함하면서도 한층 다양한 소재와 어조를 표출했던 것이다. 이것은 『민보』가 문예·교양지적 성격을 지니고 있었던 점과 밀접하게 연관된다. 시조가 개인적인 감흥을 전달하거나 애상적인 정조로 흐르는 경우는 고시조에서 매우 흔했던 일인데, 『신보』는 이러한 경향의 작품들을 비판하고 계몽성에 초점을 맞추어 시조 창작에 임했던 데 반해,[31] 『민보』에서는 종래 시조 작품들의 흐름을 부정하지 않으면서 탄력적으로 그 내용을 조정해 나갔던 것이다.[32]

4. 인유(引喩)와 상호 차용

『민보』는 물론 『신보』 소재 시조의 특성을 살피는 데에도 빼놓을 수 없는 작업은 기존 작품을 차용하는 양상에 대한 검토이다. 『신보』의 작품들은 흔히 고시조로부터 창작의 자산의 얻어 왔으며, 때로 흥타령과 같은 민요의 표현을 원용한 사례도 발견된다.[33] 『민보』에서도 역시 선행 작품이 활용된 사례를 빈번하게 찾아볼 수 있다.

---

31 『신보』의 이와 같은 시가 인식 방식은 특히 「천희당시화(天喜堂詩話)」에서 그 구체적인 맥락을 살필 수 있다. [고은지, 「「천희당시화」에 나타난 애국계몽기 시가인식의 특질과 그 의미」, 『한국시가연구』 15집, 한국시가학회, 2004 참조.]

32 『민보』가 이처럼 시조의 내용을 조정해 갔던 이유는 명확하게 밝히기 어렵지만, 혹 운영진의 교체가 어느 정도 시조 내용의 변전에 영향을 미쳤던 것은 아닌가 추정된다. 1909년 10월 26일부터 『민보』의 편집인 겸 발행인은 장효근에서 최영목(崔榮穆, ?~?)으로 바뀌는데, 대략 이 무렵부터 저널리즘적 사고방식, 즉 신문의 상업성을 높이려는 의도가 좀 더 표면화되었다고 여겨지기 때문이다. 실제로 『민보』는 창간 직후부터 경영난에 시달렸고 이에 따라 더 많은 독자층을 확보하기 위해 여러 가지 방안을 내놓기도 하였다. [이혜경, 「『만세보』와 『대한민보』에 관한 고찰」, 『저널리즘연구』 2호, 이화여대 신문방송학과, 1972, 228~229면.] 시조 창작에서 당대 대중들이 관심을 가졌을 만한 요소들을 보다 폭넓게 반영하려는 시도가 강화된 것도 일정 부분 이러한 사정과 연관 지어 파악할 수 있을 듯하다.

33 장성남, 「『대한매일신보』 소재 패러디 시조연구」, 『한국언어문학』 42집, 한국언어문학회, 1999, 33~49면.

菊花야너는어이、桃李春風다보내고
▲落木寒天홀로피여、晩節香을자랑나냐
▲우리도、山林處士同情키로、너를사랑

— ☯晩節香, 『민보』 1909. 10. 22.

신량(新凉)이、입교허(入郊墟)하니、등화(燈火)를초가친(稍可親)이라
▲교과셔(敎科書)를、녑헤끼고、각학교(各學校)로가는생도(生徒)
▲모쪼록、급시당면려(及時當勉勵)하야、평생지(平生志)를

— ☯권학(勸學), 『민보』 1910. 8. 12.

시셰(時勢)가、조영웅(造英雄)이오、영웅(英雄)이、역능조시(亦能造時)어날
▲영웅(英雄)의사업(事業)、다못ᄒᆞ고때못맛나、죽은영웅(英雄)
▲지금(至今)에、영웅(英雄)앗겨、눈물지니그도영웅(英雄)[34]

— ☯조영웅(弔英雄), 『민보』 1910. 7. 8.

〈만절향(晩節香)〉은 초·중장에 이정보(李鼎輔, 1693~1766)의 시조가 차용된 작품이다.[35] 원작이 국화를 '오상고절(傲霜孤節)'로 지칭하면서 그 절개를 숭상했던 데 비해, 〈만절향〉에서는 국화의 처사적 이미지를 좀 더 부각해 놓았다. 〈권학〉은 한유(韓愈, 768~824)와 도잠(陶潛)의 한시 구절을 그대로 가져와 한 편의 시조를 이룬 사례이다. 한유의 시는 『고문진보(古文眞寶)』의 「권학문(勸學文)」 편에 따로 뽑힐 정도로 유명한 작품이고,[36] 도잠의 시 역시 같은 책 「오언고풍단편(五言古風短篇)」

---

34 '눈물지니그도영웅'에서 '눈물지니'와 '그도영웅' 사이에 통상 문장부호 '、'가 있어야 자연스러울 것인데, 원문에는 이들 어구가 모두 붙어 있다.

35 『병와가곡집』 #420. "菊花야 너는 어니 三月東風 다 보ᄂᆡ고 / 落木寒天에 네 홀노 픠엿는다 / 아마도 傲霜孤節은 너뿐인가 ᄒᆞ노라."

36 韓愈, 〈符讀書城南〉. "(…) 時秋積雨霽 / 新凉入郊墟 / 燈火稍可親 / 簡編可卷舒 / 豈不

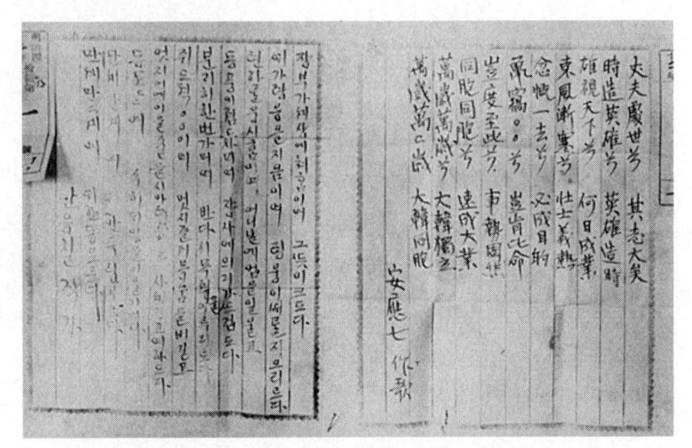

丈夫處世兮 其志大矣
時造英雄兮 英雄造時
雄視天下兮 何日成業
東風漸寒兮 壯士義熱
忿慨一去兮 必成目的
鼠竊○○兮 豈肯比命
豈度至此兮 事勢固然
同胞同胞兮 速成大業
萬歲萬歲兮 大韓獨立
萬歲萬○歲 大韓同胞
安應七 作歌

【그림4】 안중근의 〈장부가(丈夫歌)〉

편에도 수록되어 전하는 수작인데,[37] 〈권학〉에서는 이 두 작품의 구절을 각각 초장과 종장에 삽입하여 학생들에게 부지런히 수학할 것을 당부하였다.

한편, 〈조영웅〉은 안중근(安重根, 1879~1910)이 이토 히로부미(伊藤博文, 1841~1909)를 저격하기 직전에 지은 노래,[38] 즉 〈장부가(丈夫歌)〉로

旦夕念 (…)"

37 陶潛, 〈雜詩〉. "人生無根蒂 / 飄如陌上塵 / 分散逐風轉 / 此已非常身 / 落地爲兄弟 / 何必骨肉親 / 得歡當作樂 / 斗酒聚比隣 / 盛年不重來 / 一日難再晨 / 及時當勉勵 / 歲月不待人."

38 "丈夫處世兮 / 其志大 / 時造英雄兮 / 英雄造時 / 雄視天下兮 / 何日成業 / 東風漸寒兮 / 壯士義熱 / 憤慨一去兮 / 必成目的 / 鼠竊伊藤兮 / 豈肯比命 / 豈度至此兮 / 事勢固然 / 同胞同胞兮 / 速成大業 / 萬歲萬歲兮 / 大韓獨立 / 萬歲萬歲兮 / 大韓同胞. [장부가 셰상에 쳐홈이여 / 그 뜻이 크도다 / 쒸가 령웅을 지음이여 / 령웅이 쒸룰 지으리로다 / 텬하룰 웅시홈이여 / 어니 날에 업을 일울고 / 동풍이 졈졈 차미여 / 쟝사에 의긔가 쓰겁도다 / 분긔히 한번 가미여 / 반다시 목젹을 이루리로다 / 쥐도젹 ○○이여 / 엇지 즐겨 목숨을 비길고 / 엇지 이에 이를 쥴을 시아려스리오 / 사셰가 고 연하도다 / 동포동포여 / 속히 딕업을 이룰지어다 / 만셰만셰여 / 딕한독립이로다 / 만셰만셰여 / 딕한동포로다.]" 역문은 안중근 본인의 것이다. [이기웅 편역, 『안중근 전쟁 끝나지 않았다: 블라디보스토크에서 뤼순 감옥까지의 안중근 투쟁기록』, 열화당, 2000, 69면의 영인 자료

부터 영향을 받은 작품으로 보인다. 우선 초장의 "時勢가、造英雄이오、英雄이、亦能造時어날"은 〈장부가〉의 제3·4구인 "時造英雄 / 英雄造時 [씌가 령웅을 지음이여 / 령웅이 씌를 지으리로다"]와 일치한다. 중장과 종장 역시 이 노래에서 시상을 모아 온 것이라 생각되는데, 중장은 제6구 "何日成業 [어니 날에 업을 일울고]"과, 종장은 제15·16구 "同胞同胞兮 / 速成大業 [동포동포여 / 속히 딕업을 이룰지어다]"과 각각 내재적으로 연관된다. "어니 날에 업을 일울고?"라 외쳤던 안중근은 그 업을 미처 끝마치지 못한 채 죽었으므로, 중장에서 "영웅의 사업、다못ᄒᆞ고째못맛나、죽은영웅"이라 표현하였다. 또한 "동포동포여, 속히 딕업을 이룰지어다!"라는 그의 당부는 동포 중에 또 다른 영웅이 탄생하리라는 종장의 시상과 연결되고 있다.[39]

이처럼 『민보』의 시조는 고시조와 한시를 비롯한 기존 작품으로부터 폭넓게 착상을 얻어 왔으며, 특히 〈조영웅〉은 당대의 작품을 차용했다는 점에서 눈여겨볼 만한 사례이다. 그러나 당대 작품의 경우라면 『신보』 소재의 시조가 더욱 손쉽게 접근할 수 있는 대상이 아닐 수 없다. 『신보』는 『민보』보다 약 9개월 앞서 시조를 연재하였으므로 이미 축적된 작품량이 상당했고, 작품의 형식이나 경향에 있어서도 『신보』에서 차용할 만한 요소들이 더 많았을 것이기 때문이다. 또한 매일 한 편씩 새로운 작품을 써 낸다는 것이 결코 쉬운 일은 아닌 만큼,[40] 『신보』의

참조.]

39 흥미롭게도 이토 히로부미의 추도회장에는 대한협회의 대표단이 참석하여 애도의 뜻을 전했고, 그 기사가 다음날 『민보』에 게재되었다. [『대한민보』, 1909. 10. 30, 2면.] 협회 상층부의 반동적 행태와는 정반대로, 『민보』 필진들은 안중근의 투쟁 의지가 집약된 〈장부가〉를 개작하여 유포하고 있었던 것이다. 대한협회의 행태와 『민보』 필진들의 성향을 직접 연계 지을 수 없다는 사실을 가늠하는 데에도 〈조영웅〉은 시사하는 바가 크다.

40 『신보』의 경우에는 간혹 독자들의 투고 작품도 게재하기는 했으나, 그 비율은 14% 정도에 한정되는 것으로 집계되고 있다. [박을수, 앞의 책, 148면.] 『신보』에 때로 '고조(古

시조로부터 소재·어조·기법 등을 차용하는 방식까지 고려하게 되었던 것이라 추정된다. 이와 같은 사례는 여러 작품에서 발견되지만, 우선 차용의 양상이 비교적 뚜렷하다고 여겨지는 것들을 몇 가지 제시하면 다음과 같다.

쥬먹흙이모도여셔、萬丈峰이놉허잇고。
옴콤물이合ᄒᆞ여셔、茫茫大海깁헛도다。
同胞들아、貳千萬人合心ᄒᆞ면、누가감히。
— ◀小成人▶, 『신보』 1909. 7. 22.

☞

土壤이泰山되고、細流모혀河海로다
▲二千萬衆團結하면、獨立富强非難事ㅣ니
▲願커ㄴ대、우리의同胞님들、合心同力
— ☯大團結, 『민보』 1909. 9. 15.

獨立으로基礎ᄒᆞ고、自由로棟樑숨어。
廣厦天間놉히지어、文明戶들여노코。
그곳에、우리同胞會同ᄒᆞ야、億萬世世。
— ◀文明臺▶, 『신보』 1909. 8. 24.

☞

落成일세落成일세、신建築이落成일세
▲三千里基礎닥고、二千萬棟樑세워
▲그집에、우리同胞開會ᄒᆞ고、獨立萬歲
— ☯落成式, 『민보』 1909. 10. 5.

白雪이나리는곳에、汚穢之物다무친다。
뉘라셔뎌와ᄀᆞᆺ치、奇異ᄒᆞᆫ造化부려。
一時에、無數ᄒᆞᆫ魔鬼輩를、업시홀쏘。
— ◀感雪▶, 『신보』 1909. 11. 30.

☞

一夜에天下白은、造化翁의權能일세
▲汚穢之氣다뭇치고、白玉江山일워세라
▲우리도、그權能빌어다가、惡魔消滅
— ☯初雪, 『민보』 1909. 12. 2.

太平洋너른물에、順風맛나돗츨달고。
둥둥써셔오는비야、向하는곳어듸미뇨。
뭇노니、文明을실엇거든、韓半島로。
— ◀韓半島로▶, 『신보』 1910. 4. 16.

☞

대해양(大海洋)을、바라보니、써드러오는、화륜션(火輪船)아
▲문명긔계(文明機械)를、실엇나냐 ■■■(速射砲)
▲문(問)노니、어셔밧비하륙(下陸)ᄒᆞ면물품(物品)조사
— ☯대션(大船), 『민보』 1910. 7. 6.

調)'나 '무제(無題)'라는 제목으로 고시조가 그대로 게재되었던 것도 이와 같은 창작의 부담감 때문이라 분석되기도 한다. [같은 책, 150~151면.]

비교적 인접한 시기에 수록된 작품을 끌어 와 재창작해 놓았음을 알 수 있다. 가령 첫 번째 쌍의 경우, 우선 작품의 제목을 '소성인(小成人)'에서[41] '대단결(大團結)'로 바꾸어 강렬한 인상을 전달하고자 했다. 또한 〈소성인〉에서는 초·중장이 병렬 구조로 연결되고 종장에서 그 내용이 종합되는 데 비해, 〈대단결〉은 원래 작품의 초·중장을 초장에 집약한 후 중장에서부터 '이천만 민중의 단결'이라는 핵심 어구를 앞세움으로써 작자의 주장을 전달하는 데 좀 더 중점을 두었다.

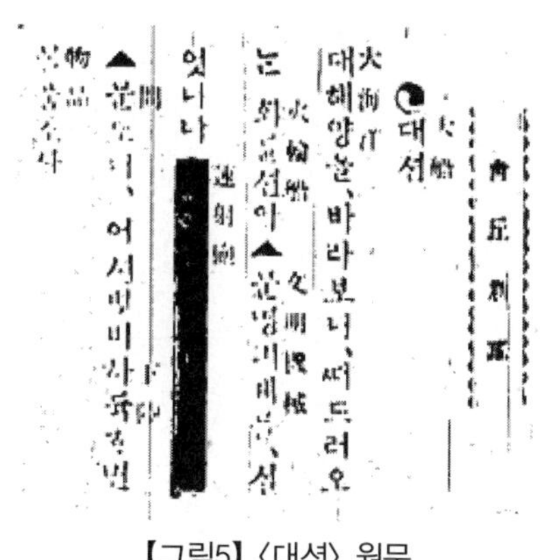
대션
대해양놀, 바라보니, 써드러오
는 화륜션이

【그림5】 〈대션〉 원문
[『대한민보』, 1910. 7. 6, 1면]

두 번째 쌍은 원작이 보다 생기 있게 개작된 사례로 평가된다. 종장은 음절 수까지 거의 그대로 원작을 차용하였으나, 초·중장은 가다듬어 중장으로 옮겨 놓았다. 사실 〈문명대(文明臺)〉의 경우, '독립'·'자유'·'문명'이 건물의 각 부분에 비유된 반면, '광하(廣厦)'는 '넓은 집'이라는 본래 의미 그대로 쓰이고 있어서 어휘 연결이 썩 매끄럽지는 않다. 이 점에 착안한 듯 〈낙성식〉에서는 '삼천리'와 '이천만', '기초'와 '동량'의 대구만을 구성하고, 초장에는 낙성식의 흥겨움이 드러나도록 민요조의 율격을[42] 도입하고 있다.

세 번째 〈초설(初雪)〉 역시 필자의 의도에 따라 원작의 어조가 적절히

41 문맥상 '小成大'의 誤字로 보인다.

42 각주 30) 참조.

다듬어진 사례이다. 두 작품 모두 눈에 의해 온갖 더러운 것들, 즉 '오예지물(汚穢之物)'·'오예지기(汚穢之氣)'가 파묻힌다는 시상을 전개하고 있으나, 눈의 의미를 해석하는 방향은 다르다. 눈과 같은 권능을 지닌 이가 세상에 나타나 '마귀의 무리'를 깨끗이 물리쳐주었으면 하는 염원이 원작의 시선이었다면, 〈초설〉에서는 '우리'로 상정된 주체가 '악마소멸'의 역할을 적극적으로 자임하고 나선다. 이 경우 '마귀배'나 '악마'는 일제와 그에 부회하는 세력이겠는데, 그들과 맞서야 할 주체의 태도가 다소 미온적으로 형상화되었다고 판단한 『민보』의 필자들이 위와 같은 방식으로 한층 적극적인 어조를 가미해 놓은 것이라 생각된다.

마지막에 인용된 〈대션(大船)〉은 소위 '벽돌 신문'이라 지칭되는 사례로서 경무청 검열관에 의해 '불온한' 어구가 삭제된 작품이다. 이처럼 사전 검열에서 문제가 된 어구는 인간할 때 활자를 뒤집어 놓고 찍게 되어 있으나,[43] 무슨 이유에서인지 국문만이 지워지고 한자는 그대로 인쇄되었다. 문명을 싣고 들어오는 배를 한반도로 맞이하겠다는 내용의 원작이 『민보』에서는 한층 도발적인 방식으로 개작되었다. 우선 '문명'이 '문명기계'로 구체화 되었고, '어서 바삐 하륙하면'이라는 말에서 '문명기계'에 대한 간절한 염원을 드러내었다. '문명기계'의 실체가 바로 삭제된 부분에 해당하는데, 남아 있는 한자로부터 그것이 '속사포'라는 사실을 알 수 있다. 속사포(Rapid-Fire Gun)는 당대 최강의 전투력을 자랑했던 영국 해군에서조차 1887년에야 처음 실용화한 첨단 병기이다.[44] 망국이 한 달여 남은 급박한 시점에서, 문명의 개화를 논하고 매국적을 규탄하는 것만으로는 뚜렷한 돌파구를 찾기가 어려웠던 듯, 『민

---

43 정진석, 『언론조선총독부』, 커뮤니케이션북스, 2005, 413면.

44 『세계백과대사전』 11, 교육도서, 1988, 452면.

보』의 필진은 통상적인 '문명' 대신 가공할 파괴력을 지닌 '문명기계'를 떠올리고 있다.[45]

이처럼 『민보』는 시조 창작에 있어서 『신보』를 유효한 참고 기준으로 삼고 있었다는 사실이 드러난다. 위의 사례에서 알 수 있듯, 작품의 전반적인 구도를 옮겨오되 필요에 따라 몇몇 구절의 의미를 짧게 축약하거나 반대로 특정 부분의 시상을 부각하는 기법이 쓰였다. 『민보』가 창작의 바탕으로 삼았던 『신보』의 시조는 불과 며칠에서 몇 주 앞서 발표된 작품들로서 딱히 전대의 문학 자산이라고는 하기 어려운 것들이다. 더구나 원작이 무엇인지가 독자들에게 뚜렷이 인식되지 않는다는 점에서도 앞서 유명 고시조나 한시 등을 차용해 왔던 방식과는 변별되는 사례이다. 고시조·한시를 차용할 뿐만 아니라 『신보』 소재 작품까지도 차용함으로써 『민보』의 필진들은 보다 생산적으로 작품 창작을 할 수 있는 방식을 찾아 나갔던 것이다.

한편, 매체들 사이의 영향 관계는 『신보』에서 『민보』로의 방향뿐 아니라 그 역방향으로도 나타난다. 『민보』만큼 빈번하지는 않지만, 『신보』 또한 상대측의 작품을 차용해 왔던 사례가 발견된다. 이 경우도 그 양상이 비교적 뚜렷하다고 여겨지는 것들만을 몇 가지 제시하면 다음과 같다.

45 특이하게도 이 작품은 종장이 무척 모호하게 종결되는데, 시조창의 관습에 따라 종장의 마지막 음보가 생략된 사정을 감안한다 해도 '물품조사'를 어찌하겠다는 것인지 뒤에 연결될 내용이 즉각적으로 감지되지는 않는다. 문맥으로 판단할 때 '않겠다'나 '않으리' 정도의 부정어(否定語)를 붙여서, 속사포를 들여오기만 하면 통관 절차조차 거치지 않고 서둘러 맞아들이겠다는 의도를 표출한 것으로 새겨야 할 듯 보인다.

萬波自息新羅笛은、鷄鳴玉簫後身인가 ▲古來風浪險커니와、今日風波比홀소냐 ▲願컨대、한曲調길게불어、風靜浪息 —☯萬波息笛, 『민보』 1909. 9. 23.	☞	萬萬波波져玉笛는、新羅쩍에奇物이라。 흔曲調를부는곳에、風靜浪息됴흘시고。 至今에、東海풍波가ᄒᆞ도危險ᄒᆞ니、흔번부러。 —◀萬波息▶, 『신보』 1909. 9. 25.
가을바람찬긔운에、病든人生다시생네 ▲身體健康ᄒᆞ량이면、精神氣魄새로난다 ▲願컨대、그精神그氣魄으로、國家健全 —☯秋風蘇, 『민보』 1909. 9. 25.	☞	秋風이건듯부니、各色病人蘇ᄒᆞ야。 식精神이도라오니、文明發達이써로다。 이써에、維新事業더욱힘써、國家興復。 —◀秋風辭▶, 『신보』 1909. 9. 26.
졔비는、나라드러、옛집을、다시찻고 ▲꾀고리는、벗을짜라、楊柳間에、오락가락 ▲엇지타、우리사람덜은、봄이와도 —☯春愁, 『민보』 1910. 4. 17.	☞	졔비는미물이나、네젼집을다시차져。 남남흔목소리로、녯쥬인을반기는듸。 엇지타、인류중란적비는、미국키만。 —◀엇지타▶, 『신보』 1910. 5. 1.

첫 번째와 두 번째 인용은 작품 제목까지도 거의 그대로 가져온 경우이다. 우선 첫 번째 쌍은 둘 다 『삼국유사(三國遺事)』의 '만파식적(萬波息笛)' 조를 소재로 한 작품인데, 『민보』에 〈만파식적〉이 실린 지 이틀 만에 『신보』에서 '만파식'이라는 제목으로 이 작품을 차용하였다. "이 피리를 불면, 적병이 물러가고, 병든 자가 치유되고, 가물 때 비가 오고, 비올 때 날이 개며, 바람은 가라앉고 파도는 잔잔해졌다."라는[46] 신이한 이야기가 현실 세계에 재현되기를 바라는 마음이 두 작품의 '풍정랑식(風靜浪息)'이라는 어구에 집약되어 있다. 다만 『민보』에서는 현 시기를 단지 풍파가 험하게 몰아치는 상황으로만 상정해 놓은 반면, 『신보』는 풍파의 실체를 좀 더 명확히 드러내었다. 종장의 '東海풍波'가 그것인데 이는 물론 바다 건너 일본을 염두에 둔 표현이다.[47]

---

46 『삼국유사』 권2, 「紀異」, 萬波息笛. "吹此笛, 則兵退病愈, 旱雨雨晴, 風定波平. 號萬波息笛, 稱爲國寶."

두 번째 쌍은 가을바람 부는 시절에 생기를 북돋아 더욱 국가사업에 매진하자는 내용으로서 두 작품의 내용이 크게 다르지 않고, 작품의 차용 양상 또한 앞의 것에 비할 때 대체로 평상적인 수준에 머문 듯한 느낌이다.

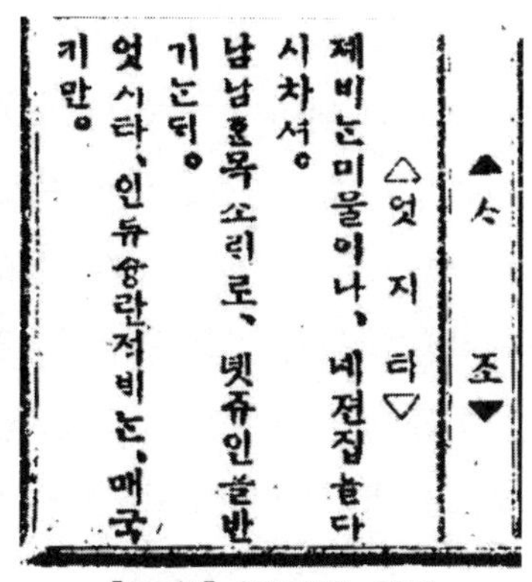
▲ᄉᆞ 조▼
△엇 지 타▽
제비ᄂᆞᆫ미물이나、네젼집ᄎᆞᆺ다
시차서。
남남ᄒᆞᆫ목소릐로、녯쥬인을반
기ᄂᆞᆫ뎨。
엇시타、인류ᄉᆞᆼ란적비ᄂᆞᆫ、매국
기만。

【그림6】〈엇지타〉 원문
[『대한매일신보』, 1910. 5. 1, 1면]

반면 세 번째 인용은 원작의 내용에 비판적인 어조를 담아 효과적으로 개작해 놓은 사례이다. 봄이 들어 만물이 소생하니 제비가 옛집으로 찾아오고 꾀꼬리 또한 활개를 치는데, 사람들은 시간이 흘러도 변하지 않는다는 것이 『민보』의 시상이다. 이 경우 종장이 어떤 의미를 담고 있는가에 대한 판단은 보는 이에 따라 다를 수 있다. "새들조차 저토록 활기 있게 움직이건만 '우리 사람들'은 어찌 하여 구태를 벗어버리지 못하고 현상에 안주하는가?"라는 부류의 비판적 의미를 우선 떠올릴 수 있겠으나, 반대로 "새들은 저처럼 춘흥에 겨워하는데 '우리 사람들'의 형편은 봄이 와도 좀처럼 달라질 것이 없구나."라는 식의 신세 한탄으로도 풀이될 여지가 있다. 『신보』의 〈엇지타〉는 이와 같은 중층적 의미를 차단하고 전자 쪽의 의미에 시상을 집중하였다. 우선 '제비'를 신의 있는 대상으로 설정하여 때가 되면 어김없이 옛 집과 옛 주인을 찾아온다는 모습으

47 당초에 신문왕(神文王, ?~692)이 만파식적을 얻은 장소가 동해안가였고 만파식적을 내려 준 인물 또한 왜적을 막기 위해 동해의 용이 된 문무왕(文武王, ?~681)이었다는 기록을 상기한다면, 『신보』는 전고를 한층 면밀하게 활용했을 뿐 아니라 현실의 문제와도 밀착된 시상을 전개하였다고 평가된다. 초장의 '萬萬波波'라는 어구 역시 해당 전고를 숙지하지 않고서는 사용하기 어려운 표현인 것이다. [『삼국유사』 권2, 「紀異」, 萬波息笛; 권3, 「塔像」, 栢栗寺.]

로 표현하였다. 종장의 개작은 더욱 흥미롭다. 『민보』의 '우리 사람들'이 비판과 연민의 대상으로 모두 읽힐 수 있었던 반면, 『신보』에서는 명백한 비판의 대상으로서 '인류중(人類中) 란적빅(亂賊輩)'를 직접 제시하였다. 조국을 배신하고도 회개할 줄 모르는 그들의 행태는 미물인 제비만도 못한 것으로 폄하되었던 것이다.

이상의 사례에서처럼, 『신보』가 비록 『민보』에 앞서 시조를 게재해 오고는 있었으나 『민보』에도 시조가 실리기 시작하면서부터는 『신보』 역시 『민보』의 작품에서 소재·어구·시상 등을 차용해 왔다는 사실이 발견된다. 두 신문 사이의 이와 같은 교류는 계몽기 시조 창작 과정의 한 단면을 드러내는 것으로서, 『신보』와 『민보』를 종합적이고도 면밀하게 고려해야만 이 시기 작품의 산출 기반과 특성이 온전하게 도출될 수 있다는 점을 시사한다. 20세기 초반, 저널리즘이 시조 수록의 주요 매체가 되면서부터는 매체간의 교류를 통해 작품 산출의 추동력이 향상되었던 것이다. 이러한 창작의 메커니즘은 이전과 이후 어느 시기에도 뚜렷이 찾아보기 어려운 이 시기만의 특성이라는 점에서 더욱 주목된다.

5. 나가며

이 글은, 근대계몽기 시가에 대한 그간의 연구가 장르상으로는 가사, 매체상으로는 『신보』 쪽에 치우쳐 진행되어 왔다는 문제의식에서 출발하였다. 특히 시조의 경우에는 『신보』 이외에 『민보』에도 다량의 작품이 수록되어 전하는 만큼 두 신문의 작품을 포괄적으로 고려해야만 이 시기 시조의 전개 양상을 균형 있게 서술할 수 있다고 전제하였다.

『신보』와 『민보』가 똑같이 시조를 연재하고는 있었지만, 두 신문에서 시조가 차지하는 위상은 달랐다. 『신보』의 경우 시조를 시사적 사안에 대한 비판이나 대중계몽의 도구로 인식했던 반면, 『민보』의 시조는 문예물로서의 지위를 좀 더 확보하고 있었다. 이에 따라 『민보』에는 문명개화에 대한 염원, 친일 매국 집단에 대한 비판 등 『신보』에서 주종을 이루었던 유형의 작품들뿐 아니라, 다양한 소재와 어조로 창작된 시조들이 폭넓게 게재될 수 있었던 것이다. 특히 『민보』의 작품들은 『신보』와 같은 길을 가려다 중도에 일탈된 것이기보다는, 처음부터 차별화된 매체 환경과 장르 인식 속에서 나름의 경향을 산출하게 되었음을 확인하였다.

다음으로, 『민보』의 시조에 기존 작품이 차용된 양상을 검토함으로써 근대계몽기 시조 창작 방식의 한 단면을 살피기도 하였다. 『신보』가 주로 고시조로부터 창작의 자산을 확보했다면, 『민보』는 고시조와 한시는 물론 당대에 창작·유포되고 있던 시가로부터도 착상을 얻어 왔다. 이 중 『신보』의 작품은 특히 『민보』에서 빈번하게 차용되었으며, 그 차용의 양상 또한 소재나 어구를 끌어오는 것에서부터 작품 전반의 시상을 활용하는 데 이르기까지 다양한 형태로 나타난다. 한편, 빈도상으로는 덜하지만 반대로 『신보』가 『민보』의 작품을 차용했던 사례도 발견된다. 이로써 두 신문 사이의 교류가 이 시기 시조 창작에서 중요한 의미를 지닌다는 사실을 도출할 수 있었다.

종래의 연구에서처럼 『민보』 소재의 시조를 단순히 『신보』의 아류작 정도로 치부해서는 근대계몽기 시조의 구도를 온전하게 조명하기가 어렵다. 두 매체의 특성을 객관적으로 평가하여 시조 산출의 배경을 정리하고 그 기반 위에서 실제 작품에 대한 분석으로 나아가야만 할 것이다. 이 글에서 이루어진 검토는 우선 그러한 방향을 제시하는 데 중점을 둔 것이지만, 이와 같은 작업이 꾸준히 진행되어야만 근대계몽기 시조 작품이 고시조 작품들이나 이후 시조부흥운동과의 관계 속에서 어떠한 위상을 지니는지 그 전모를 확인할 수 있게 될 것이다.

시가사 서술을 위한 탐색

김태준의 시가사詩歌史 인식과 고려가사高麗歌詞

1. 들어가며

한국고전문학사 관련 저작에서 고려시대는 여타 시대에 비해 서술하기가 비교적 까다로운 대상으로 인식되고는 한다. 이러한 인식은 국문학 연구 초창기인 1920~30년대 저작으로 갈수록 더욱 직접적으로 토로되는 것을 확인할 수 있는데, 그 요지를 정리해 보면 고려시대는 문학사를 서술하기 위한 재료 자체가 별반 발견되지 않는 '공백기' 내지 '침체기'였다는 데 의견이 모아진다. 물론, 그 같은 난점은 국문 표기 작품만으로, 또는 국문 표기 작품들을 위주로 고전문학사를 서술해 가고자 했던 초기 연구자들의 경향이 반영된 결과이기도 하다.

바로 그러한 상황 속에서, 〈청산별곡(靑山別曲)〉·〈서경별곡(西京別曲)〉·〈가시리〉·〈동동(動動)〉 등 흔히 '고려가요(高麗歌謠)' 또는 '고려속요(高麗俗謠)'로 통칭되는 20편 남짓의 국문시가는 고려시대 문학을 특징짓는 작품들로서 매우 중요하게 부각되는 것이 일반적이다. 비록 몇 편 되지 않는 유산인 데다 길이와 형식 역시 제각각이어서 하나의 역사적 갈래로 묶어 내기는 어려운 작품군임에도 불구하고, 고려가요는 한국문학사의 공백기 또는 침체기를 메워 주는 매우 소중한 자산으로 평

가되고 있는 것이다.[1]

그저 '노래'라는 뜻의 일반명사 '가요'에, 시대적 관칭(冠稱) '고려'를 얹어서 만든 '고려가요'라는 말은 국문학사의 역사적 갈래에 대한 명명법(命名法)으로서는 이례적이라 할 만하다.[2] 과연 어떤 작품까지를 고려가요의 범주에 포함시켜야 하는지에 대해 논자들마다 서로 다른 의견이 제시되어 왔던 것도 형식이나 내용보다는 시대를 갈래 성립의 근거로 내세운 기준 때문이겠거니와, 굳이 '고려'라는 시대를 앞세워서라도 이 시기 노래들을 따로 포괄해 내야만 했던 국문학사적 배경이 무엇이었는지 되짚어 보아야 할 필요성이 제기된다.

【그림1】 김태준

그러한 물음에 대한 해명은 응당 김태준(金台俊, 1905~1949)의 저작에 대한 고찰로부터 시작되어야 할 것이다. '고려가요', 약칭 '여요(麗謠)'를 체계적으로 종합하고 그 서지적·어휘적 특성을 탐색한 연구가 양주동(梁柱東, 1903~1977)의 『여요전주(麗謠箋注)』[1947]로부터 비롯된다는 데에는 이론의 여지가 없지만, 실상 '고려가요'라는 명칭이 일반화되기 이전인 1930년대에 이미 '고려가사(高麗歌詞)'라는 명칭을 새로 만들어 내고 동명의 자

1 한문학(漢文學)이 한국문학의 일부로서 재평가되던 1970~80년대를 거치면서 이러한 경향이 얼마간 완화된 것은 사실이지만, 고려가요의 중요성이 부인되거나 축소될 만큼 관점에 큰 변동이 있었다고 보기는 어렵다. 이는 중고등학교 국어·문학 교과서나 한국문학 작품 선집 등에 고려가요 작품이 지속적으로 실리고 있는 현상을 보아도 알 수 있다.

2 〈공무도하가(公無渡河歌)〉·〈구지가(龜旨歌)〉·〈황조가(黃鳥歌)〉 등 삼국 초기까지의 몇몇 한역 시가 작품들을 잠정적으로 '고대가요(古代歌謠)' 또는 '상대가요(上代歌謠)'라 부르는 정도 이외에는 '고려가요'와 같은 갈래 명칭을 달리 찾아볼 수 없다.

【그림2】 조윤제

료집을 출간함으로써 이들 노래의 의의를 학계에 처음으로 각인했던 인물이 곧 김태준이기 때문이다.

그의 양대 저작이라 할 만한 『조선한문학사(朝鮮漢文學史)』[1931]와 『조선소설사(朝鮮小說史)』[1933; 1939 증보],[3] 그리고 조선시가에 대한 최초의 종합적 저술인 조윤제(趙潤濟, 1904~1976)의 『조선시가사강(朝鮮詩歌史綱)』[1937]에 가려 김태준의 시가 관련 논의들은 연구사적으로 그다지 주목을 받지 못했던 것이 사실이다. 더구나 단행본으로 엮어 출판까지 했던 한문학 및 소설 분야의 연구에 비해 시가 관련 논의들은 단상 내지 착상 수준에 그친 사례가 흔해서 김태준이 조선의 시가를 이해했던 방식이 명확하게 드러나지 않는 경우도 적지 않다. 그러나 단편적이고 계기적인 서술들 속에서도 고려가요에 대한 그의 기본적인 인식은 비교적 뚜렷하게 표출될 뿐 아니라 그 같은 인식이 오늘날의 연구 동향에까지 매우 중요한 영향을 미치고 있는 것은 부인할 수 없다. 과연 고려가요는 그의 국문학 연구에서 어떠한 의미를 지니고 있었는지, 또한 그가 고려가요의 존재를 부각해 냄으로써 강조하고자 했던 조선문학의 특질은 무엇이었는지를 확인해 보아야 할 필요성이 여기에서도 발견된다.

이 같은 문제의식을 바탕으로 이하에서는 김태준이 고려가요의 존재

---

3 『조선소설사』의 '자서(自敍)'에서 김태준은 이 책을 1931년 무렵에 초하였다고 밝힌 바 있다: "돌아보건대 벌서 三年前 조선의 것을 한번 보리라는 마음으로 六堂 崔南善 先生과 故 學友 金在喆 兄의 懇篤한 指導와 啓發을 받어서 本稿를 草하엿섯다." 한편 1939년에는 『조선소설사』의 증보판이 출간된다.

를 학계에 소개했던 배경과 방식을 중점적으로 검토하고자 한다. 아울러 그의 논의가 동시기 연구자인 조윤제에 의해 비판적으로 수용되는 궤적을 살핌으로써 고려가요 관련 논의의 향방도 함께 거론하게 될 것이다.[4]

2. 고려시대에 대한 초기 국문학사의 시각

【그림3】 오구라 신페이

일본인 학자들이 조선의 문학을 연구하기 시작하면서 특히 관심을 두었던 분야는 향가(鄕歌)였다. 『삼국유사(三國遺事)』 소재 향가를 처음으로 어학적으로 분석해 내었던 가나자와 쇼자부로(金澤庄三郎, 1872~1967)와 그에 이어 연구 영역을 좀 더 확대했던 아유카이 후사노신(鮎貝房之進, 1864~1946)이 대표적인 초기 연구자로 지목되며,[5] 이들의 연구는 후일 오

---

4 김태준의 저작에 대한 검토는 대부분 그의 『조선한문학사』나 『조선소설사』에 치중되어 왔으며, 시가 분야에 대해서는 상대적으로 관심이 미약하였다. 그 가운데에서도 류준필, 「형성기 국문학연구의 전개양상과 특성: 조윤제·김태준·이병기를 중심으로」, 서울대 박사학위논문, 1998, 146~158면; 한창훈, 「초창기 한국시가 연구자의 연구방법론: 조윤제, 김태준의 초기 시가 연구를 대상으로」, 『고전과 해석』 1집, 고전문학한문학연구학회, 2006, 168~189면; 김용직, 『김태준 평전: 지성과 역사적 상황』, 일지사, 2007, 193~229면; 김명준, 「한국 고전시가 연구사에서 『조선가요집성』의 성격과 위치」, 『국어문학』 42호, 국어문학회, 2007, 247~272면 등에서 이루어진 분석은 중요한 성과로 평가되며, 이 글 역시 상기 논저들의 소론에서 많은 시사를 받았다.

5 金澤庄三郎, 「吏讀の硏究」, 『朝鮮彙報』 4, 朝鮮總督府, 1918; 鮎貝房之進, 「國文(方言, 俗字) 吏吐, 俗謠, 造字, 俗音, 借訓字: 薯童謠, 風謠, 處容歌 解說」, 『朝鮮史講座』, 朝鮮總督府, 1923.

구라 신페이(小倉進平, 1882~1944)의 『향가 및 이두의 연구(鄕歌及び吏讀の硏究)』[1929]에 종합되면서 현전 향가 작품들이 모두 해독되는 성과로 이어졌던 것이다.[6]

이처럼 향가가 일찍부터 일인 학자들의 관심의 대상이 되었던 이유는 조선문학의 초두에 향가가 놓여 있을 뿐만 아니라, 향찰(鄕札)의 운용법이 일본의 가나[假名]와도 밀접하게 연관되기 때문으로 분석된다. 특히 조선문학의 원류라 할 수 있는 향가에 대한 연구 분야에서 일인 학자들이 선편을 잡음으로써 그들이 도입해 온 근대적 학문 방식의 우위를 조선인들에게 효과적으로 입증해 보일 계기가 마련될 수 있기도 하였다.[7]

비록 주로 어학적인 측면에서 이루어진 연구이었으되, 향가의 형식과 그 의미가 차츰 밝혀지기 시작하면서 조선의 문학을 사적으로 재구해 볼 수 있는 밑바탕이 확보되기에 이른다. 더구나 오구라는 익히 그 존재가 알려져 있었던 『삼국유사』 소재 향가 작품 14수뿐만 아니라, 고려대장경(高麗大藏經) 가운데에서도 무척 궁벽한 곳에 실려 있던 균여(均如, 923~973) 대사의 〈보현시원가(普賢十願歌)〉 11수까지도 새로 찾아내어 모두 해독해 내는 열의까지 보였는데, 이로써 향가가 매우 유서 깊은 문학양식으로서 신라시대는 물론 고려초기까지도 지속적으로 향유되었다는 점을 실증해 낼 수 있게 되었던 것이다. 향가를 깊이 애호했던 신라인들에 관한 언술,[8] 향가를 신이한 노래라 인식하여 담벼락에

---

6 小倉進平, 『鄕歌及び吏讀の硏究』, 京城帝國大學, 1929.

7 양주동이 오구라 신페이의 『鄕歌及び吏讀の硏究』에 자극 받아 『朝鮮古歌硏究: 詞腦歌箋註』, 博文書館, 1942를 출간하였던 사정은 잘 알려져 있다. 한편, 향가 연구와 관련된 초기 일인 학자들의 학적 태도에 대해서는 고운기, 「향가의 근대·1: 金澤庄三郞와 鮎貝房之進의 향가 해석이 이루어지기까지」, 『한국시가연구』 25집, 한국시가학회, 2008, 5~36면에서 자세히 논의된 바 있다.

적어 두기까지 하였다는 고려인들에 관한 기록,[9] 실전 향가집 『삼대목(三代目)』에 대한 언급[10] 등은 삼국과 통일신라, 고려초기에 이르기까지 향가가 시대와 계층을 아우르며 매우 광범하게 퍼져 있었다는 점을 뒷받침하는 증거 자료로 빈번하게 인용되기도 하였다.

이렇듯 향가에 대한 연구가 본격화되면서 중세 이전, 즉 통일신라까지의 조선문학사는 비교적 풍부한 재료를 확보하게 된다. 비록 작품수가 적고 그마저도 8세기 중반 경덕왕대(景德王代)에 그 다수가 편중되어 있는 탓에 이들 작품만으로 고대의 문학사를 풍성하게 서술할 수는 없었으나, 그러한 난점은 향가의 인기에 대한 옛 기록들을 언급하거나 『삼대목』이 실전되어 버린 사정을 상기시킴으로써 얼마간 피해갈 수 있는 것이기도 했다. 이를테면, 향가는 조선의 고대문학사를 화려하게 장식했던 작품들임에 분명하지만, 전승의 제약 때문에 그 실체를 명확히 확인하기 어려울 따름이며, 그나마 현전 작품들로부터 그 뛰어난 시작 방식의 일단을 가늠할 수 있다면서 연구자들 스스로 위안을 삼았던 것이다.[11]

---

8 『삼국유사』 권5, 「感通」 제7, 月明師兜率歌. "羅人尙鄕歌者尙矣, 蓋詩頌之類歟. 故往往能感動天地鬼神者非一."

9 『均如傳』, 「歌行化世分」. "右歌播在人口, 往往書諸墻壁."

10 『삼국사기』 권11, 「新羅本紀」 제11, 眞聖王 2년 2월. "王素與角干魏弘通, 至是, 常入內用事, 仍命與大矩和尙修集鄕歌, 謂之'三代目'云."

11 안확(安廓, 1886~1946)의 다음과 같은 서술이 그 대표적인 사례이다: "此時에는 歌謠는 크게 發達하야 上은 君主 宰相으로브터 下는 庶民 兒童까지라도 다 作歌의 風이 行하니 其度가 漢詩 以上에 進한지라. (…) 鄕歌라 하는 것은 新羅의 歌로 其種이 頗多한지라 眞聖王 二年에 魏弘이 大矩和尙으로 더브러 修集하야 名曰 三代目이라 하는 것이 잇다 하는대 此亦 散失하니라. 今에 三國遺事에 散在한 바를 收集하야 보면 僅 十二篇을 得하다. (…) 此等은 다 漢字와 吏讀文을 合하야 記한 것인대 古語와 古調가 됨으로 不覺無味하다 할지라. 詳察하면 措辭가 巧妙하며 着想이 細微에 入함을 可認이라. 또한 直覺과 眼前의 景色을 敍述한 것이 안이라 人情과 世事를 流暢하게 寫出함을 感할지라. 僧의 作이 多하매 佛語를 多用하얏스나 文學上 空前絶後의 貴詩됨은 言을 俟치 안코 알 것이

특히, 조선 고유의 문자가 없었던 시절에 향찰이라는 독특한 표기법을 고안해 내어 자국어를 어떻게든 적어 내려 노력했던 흔적이 현전 향가에 고스란히 녹아있다는 점이 상기될 때마다 외래 문물을 받아들이면서도 자기 것에 대한 애호를 깊숙이 간직하고 있었던 신라인들의 마음가짐은 한층 강조되었고, 고유의 문화가 약동했던 삼국 및 통일신라시대에 대한 긍정적 시각 역시 더욱 더 굳어지게 마련이었다.

문제는, 이처럼 향가를 바탕으로 비교적 건강한 모습을 유지해 왔던 고대의 문학이 다음 시기인 중세 고려시대에 이르러 매우 빈한한 상태에 떨어지게 되었다는 인식으로부터 촉발된다. 실상, 한자의 음과 훈을 복합적으로 활용하는 향찰 표기와 같은 방식은 일본의 『만요슈[萬葉集]』 등에서도 발견되는 것이지만, 이후 일본에서는 특정 한자들을 표음 부호로만 사용하는 방식으로 전환하여 가나를 만들어 낸 반면, 우리의 경우는 짧은 노랫말을 적어 내는 정도로만 향찰을 사용할 수 있었을 뿐 더 이상의 발전은 애초 어려운 것이었다.[12] 이를테면 표기 체계의

【그림4】 안확

니라." [安廓, 『朝鮮文學史』, 韓一書店, 1922, 24~28면.] 한편, 이 시기를 '鄕歌의 時代'라고 지칭했던 조윤제 역시 이와 유사한 서술을 한다: "이 鄕歌의 價値에 對하여는 多辯을 要할 것도 없이 朝鮮文學史上 光彩있는 存在다. 萬一 이것이 傳치 안었다 할가, 그때는 過去의 朝鮮文學은 實로 慘憺한 것이었을 것이다. 多幸히 이 二十五首라는 極히 微微한 것이나마 있음으로 말미암아 우리는 過去의 옛 文學에 接觸할 수도 있고 또 그 中에서 얼마큼 古代 우리 先祖의 文學的 生活를 窺視할 機會를 얻게 되였다. 여기서 더 慾心을 낸다면 그 總本集이라고도 보이는 三代目이 있었으면 하겠지마는, 이것은 암만하여도 벌서 過去의 存在이고 말았으리라 밖에 생각되지 아니하니, 只今은 다만 三國遺事와 均如傳에 남은 그 몇 首에 注意와 敬意를 表하며 新羅鄕歌의 概念的 經驗을 얻어 두자." [조윤제, 『朝鮮詩歌史綱』, 東光堂書店, 1937, 38면.]

12 향찰이 일본의 가나와 같은 표음부호로 끝내 발전되기 어려웠던 국어사적 배경에 대해서는 이익섭, 『국어학개설』 재판, 학연사, 2000, 229~230면에서 분석된 바 있다.

불완전성 때문에 향찰은 보다 적합한 표기 방식이 고안될 경우 언제든 쉽게 사라질 만한 대상이었고, 그 직접적인 계기는 고려시대에 들어와 마련된다.

통일신라시대까지의 문학적 자산을 대표하는 향가는 『균여전(均如傳)』에 수록된 〈보현시원가〉에 이르러 매우 정련된 형식으로 발전되는 한편, 향가에 대한 인식과 향가를 향유하는 대중들의 태도 역시 대단히 적극적인 단계로까지 높아지게 되지만, 대략 이 시기를 전후하여 향가의 자취가 더 이상 뚜렷하게 드러나지 않는다는 데에서 문제가 발생한다. 고려 예종(睿宗, 왕우(王俁), 1079~1122)이 지었다는 〈도이장가(悼二將歌)〉가 전하고, 현종(顯宗, 왕순(王詢), 991~1031)이 군신(群臣)들과 '향찰체가(鄕札體歌)'를 지었다는 기록만이 발견될 뿐, 고려초기에 그 극단에 이르렀다고 할 수 있을 만큼 발달되었던 향가는 급속하게 쇠퇴하고 말았던 것이다.[13]

고유어를 살려 창작 행위를 했던 고대의 관행이 중세 고려에 들어 한문산문과 한시를 짓는 방향으로 전환됨으로써 고유어 문학을 위주로 문학사를 서술하려 했던 초기 연구자들 역시 큰 난관에 봉착하게 되었

---

13 이처럼 향가가 더 이상 명맥을 유지하기 어려웠던 사정에는 고려초기, 특히 광종대에 본격화된 과거제(科擧制)가 결정적인 요인으로 작용하였음은 물론이다. 과거제는 지식인들의 관심사를 한문 일변도로 편향하는 결과를 불러왔을 뿐 아니라 동아시아의 보편문어(普遍文語)로 이미 자리를 잡아 가던 한문이 고려에 정착되는 데 중대한 영향을 미쳤기 때문이다. 시재(詩才)로 명망이 높았던 부흡(傅翕, 부대사(傅大師), 497~569)과 가도(賈島, 779~843) 등에 못지않게 동국에는 마사(摩詞, ?~?)와 문칙(文則, ?~?) 등 향가를 잘 짓는 문사들이 즐비하다거나, 한시와 향가가 창과 방패와 같아서 서로 우열을 가릴 수 없다고 자부했던 최행귀(崔行歸, ?~?)의 다음과 같은 언술은 더 이상 유효하지 않았다: "彼漢地則, 有傳公將賈氏湯師, 濫觴江表賢首及澄觀宗密修絶關中, 或皎然無可之流, 爭雕麗藻, 齊已貫休之輩, 競鏤芳詞. 我仁邦則, 有摩詞兼文則體元, 鑿空雅曲元曉與薄凡靈爽張本玄音, 或定猷神亮之賢, 閑飄玉韻, 純義大居之俊, 雅著瓊篇, 莫不綴以碧雲, 淸篇可玩, 傳其白雪, 妙響堪聽. (…) 論聲則隔若參商, 東西易辨, 據理則敵如矛楯, 强弱難分, 雖云對衒詞鋒, 足認同歸義海, 各得其所, 于何不臧?" [『均如傳』, 「譯歌現德分」.]

던 것은 당연하다. 초기 국문학 연구 저작들에서 향가가 소멸한 이래 훈민정음(訓民正音)이 창제될 때까지의 시기에 걸쳐 있는 고려시대 전반(全般)이 조선문학사의 '암흑기'로 자리매김 될 수밖에 없었던 이유가 여기에 있다. 가령 조윤제는 고려시대를 '한역(漢譯)의 힘을 빌어 그 생명(生命)을 보존(保存)'할 수밖에 없었던 침체기로 규정한다.

> 新羅의 뒤를 이어 이러난 高麗는 政治上으로는 相當한 改革을 加하얏지마는, (…) 그 反面에 固有文化는 追年 그 勢力이 衰落하야 消化力이 駑鈍하야지고, 나종에는 도로혀 그에 吸取되고 말랴할 狀態에 이르렀으니, 新羅文化의 結晶이라할 鄕歌文字도 高麗朝에 들어와서는 그 使用이 漸漸 드물어저 거의 一般 認識밖에 두게되고, 오로지 漢文만을 써나와 朝鮮의 文學은 겨우 漢譯의 힘을 빌어 그 生命을 保存하얏다.[14]

그가 '향가의 시대'라고 이름 붙였던 '불교 전래~통일신라시대'에도 남아 있는 향가 작품은 몇 편 되지 않지만, 이 시기를 서술하는 데 걸림돌이 되는 것은 자료의 부재일 뿐, 현상 자체의 부재는 아니다. 남아 있는 자료를 정밀하게 검토함으로써 현전하지 않는 작품군이나 작가군을 이런저런 방식으로 추론해 볼 수 있는 여지는 충분히 존재했던 것이다.[15] 반면, 고려시대는 작품 자료가 전하지 않음은 물론, 당초부터 자료가 있었는지조차 확신할 수 없는 암흑기에 다름 아니었다. 더불어 그 같은 현상은 한문에 잠심하여 고유의 사상과 언어를 홀대했던 고려 문인들의 사대적 태도로부터 연원한다는 부정적 시각이 고려시대를 바라보는 초기 연구자들의 인식 속에 자리 잡아 갔던 것이다.

김태준 역시 예외는 아니다. 그도 또한 한문학사와 소설사의 서술

---

14 조윤제, 앞의 책, 88면.

15 같은 책, 38면.

문맥에서 이러한 인식을 적지 않게 표출하는데, 그의 글들 속에서 고려시대를 평가하는 대목들을 뽑아 보면 매우 비판적인 어조가 묻어난다.

> 高麗太祖는 新朝廷에 對한 民心을 安定식히고저 從來로 民間信仰의 上乘을 占領하여오든 佛教에 對하야 그후 名僧 諦觀 大覺이 天台宗을 傳布하고 普照가 禪宗을 弘布하엿스며 한편 羅末의 儒生들을 登庸하야 學校制度를 奬勵하고 光宗 成宗 以後로 大學과 科擧制度를 完成하엿스니 高麗의 前半은 中國學制의 模倣과 創設에 汲汲하엿스며 비로소 文은 文選을 버리고 唐을 배호기 始作하였다. 이처럼 社會의 裏面은 佛教가 支配하고 表面은 儒學이 盛行하야 崔沖 以後 處處에 私學의 創設은 있엇스나 그 또한 學은 詩賦詞章을 專主하며 (…)[16]

> 高麗는 그의 四百七十五年이라는 長久한 歷年임에 比例하야 보면 新羅 藝術의 繼承을 除한 모든 意味에서 文化的으로 暗黑時代이엿다. 小說뿐만 아니라 모든 文學이나 或은 文化的 事業에 있어서 特히 指稱할 만한 것이 없다. 하물며 古代人의 對岸火 가티 尋常視하든 小說文學에 있어서야 다시 論할 餘地가 있으랴? 元來 麗人의 文學的 著述이 高麗의 前半에 있어서는 朱子學의 方盛하야짐으로 因하야 極히 적으며 若干의 稗官文學도 高麗의 中葉에 있어서 高麗文化의 黃金期를 일러 놓은 高宗時代를 中心으로 하야 發端되엿다.[17]

요컨대 고려가 일면 문화적으로는 신라의 문물을 계승하려는 노력을 경주했음에도 불구하고, 그러한 노력이 철저하지 못하였다는 논리가 펼쳐진다. 때문에 새로운 문화, 즉 중국문화가 전면적으로 밀려들어 오자 재래의 신라적 요소들을 버리면서 쉽사리 중화문명 속으로 포섭되

16 김태준, 『朝鮮漢文學史』, 朝鮮語文學會, 1931, 38면.

17 김태준, 『朝鮮小說史』, 淸進書館, 1933, 23~24면.

어 들어갔다는 것이다. 이러한 논리의 저변에는 고려가 신라의 문화적 요소를 그대로 승습했어야 한다는 당위적 규정이 내재되어 있는 것을 확인할 수 있다. 불교문화와 연계된 청자(靑磁)나 금속활자(金屬活字) 정도를 제외하면 고려시대에는 내세울 만한 문화적 요소가 전혀 없다고 혹독한 평가를 내린 것은 바로 그 같은 규정 속에서 도출된 결론인 것이다.

물론 한문학사 서술에 있어서는 전대인 삼국~통일신라기에 비해 고려조에 들어 다수의 문인이 배출되고 주목할 만한 저작이 출현하는 등 큰 발전이 이루어진 것은 분명하다. 때문에 적어도 『조선한문학사』의 서술에서는 고려시대의 문학사적 맥락이 훨씬 명확하게 드러나기도 한다. 그러나 김태준이 직접 표명하고 있듯이, 그가 『조선한문학사』를 저술했던 목적은 수천 년 이래의 '골동품'들을 정리·청산하고 새로운 시대의 문학으로 나아가기 위한 발판을 마련하기 위함이었다.[18] 따라서 고려시대 들어 동아시아 보편문어가 지식인들 사이에 확고하게 자리잡게 된 상황을 그가 특별히 환영할 만한 처지는 아니었던 것이다.

소설사 서술에 있어서도 사정은 크게 다르지 않다. 김태준은 서구의 'Novel'에 대응하는 근대적 형태의 소설이 조선에 존재하지는 않더라도 그 이전 단계인 픽션(fiction)이나 로망스(romance) 등등을 찾는다면 작품 수가 대단히 많다고 판단하였으며, 그 같은 논의 구도 속에서 포섭된 자료가 곧 문헌설화나 패관문학(稗官文學) 등이었다.[19] 이를 반영하듯,

---

18 김태준, 앞의 책(1931), 191면. "在來의 漢文學은 京鄕에 若干 殘喘을 保存하고 있지만은 自然淘汰로써 新鮮하게 刷掃되는 것을 우리는 본다. 날근 것을 整理하고 새로 새것을 배워서 新文化의 建設에 힘쓰자! 이것이 조선漢文學史의 웨치는 標語라 하노라."

19 김태준이 『조선소설사』에서 적용했던 '소설'의 개념에 대해서는 강상순의 논문에서 보다 자세하게 분석되었다: 강상순, 「고전소설의 근대적 재인식과 정전화 과정: 1920~30년대를 중심으로」, 『민족문화연구』 55호, 고려대 민족문화연구원, 2011, 72~76면. 한편, 서구의 Novel 개념을 이처럼 포용적으로 적용하려는 논리를 김태준이 처음 고안해 낸 것은 물론 아니다. 약 30년 전 미국인 선교사 호머B.헐버트(Homer B. Hulbert) 역

한글소설이 조선 후기 들어 본격적으로 제작·유통되기 전까지의 소설사 서술은 대개 『삼국유사』, 『대동운부군옥(大東韻府群玉)』, 『백운소설(白雲小說)』, 『파한집(破閑集)』 등에 수록된 설화들을 위주로 이루어졌거니와, 그러한 자료들조차도 고려시대의 것은 전후 시대에 비해 영성하거나 단편적인 수준을 넘어서지 못한다고 보았던 것이다.

결국, 안확·조윤제·김태준 등을 비롯한 초기 국문학 연구자들에게 고려시대는 국문학적 자산이 매우 소루할 뿐만 아니라 이렇다 할 자산을 산출해 낼 수 있는 추동력조차 갖추지 못한 시기로 인식되기에 이른다.[20]

시 이미 같은 논리를 들어 한국의 소설을 논의했던 전례가 있기 때문이다: Homer B. Hulbert, "Korean Fiction," *The Korea Review*, Jul. 1902, pp.289-291. 헐버트의 이 글에 대해서는 이민희, 「20세기 초 외국인 기록물을 통해 본 고소설 이해 및 향유의 실제: *The Korean Repository* 수록 "Korean Fiction"을 중심으로」, 『인문논총』 68집, 서울대 인문학연구원, 2012, 123~157면; 김승우, 『19세기 서구인들이 인식한 한국의 시와 노래』, 소명, 2014, 139~144면; 정출헌, 「근대전환기 '소설'의 발견과 『조선소설사』의 탄생」, 『한국문학연구』 52집, 동국대 한국문학연구소, 2016, 234~236면 등에서 검토된 바 있다.

20 그러한 초기 연구자들의 시각은 해방 이후의 소위 2세대 국문학자들에게도 이어져 오랫동안 학계의 일반화된 견해로 정착되기에 이르는데, 다음과 같은 장덕순(張德順, 1921~1996)의 견해는 그 대표적인 사례로서 참고할 만하다: "실로 高麗의 文人들은 前代의 有産인 향가 文字도 시험하여 그 군색하고 부자연스러운 데 불만을 느꼈을 것이다. 따라서 固有文字 없는 설움에 차라리 漢文에 傾倒해 버린 것이라고도 생각할 수 있다. (…) 이와 같은 한문학 爛熟은 固有文學을 크게 주접들게 하였으나, 그렇다고 완전히 그 명맥을 잃어버린 것이 아니라 오히려 漢文이나 漢詩 같은 것이 진정으로 이 民族의 情緒를 담기에는 그리 흡족할 수 없는 도구요, 형식이라는 것을 깨닫게 된 것이라고 볼 수 있다. 이와 같은 점으로 미루어 볼 때, 高麗文壇, 특히 그 詩壇은 확실히 前代遺産에 실망했고 또 현상에 불만을 품었고, 미래에 큰 뜻을 기대하였다는 사실을 찾아 볼 수 있다. 동요하는 詩壇에 混沌한 世紀가 휩쓸려 그 시대는 正히 過渡期(Epoque de transition)라 할 만하다." [장덕순, 『한국문학사』, 동화문화사, 1975, 101~102면.] 한문으로 쓰인 작품이라면 어떤 것이든 국문학사 서술에서 가급적 배제하려 했던 김태준이나 조윤제 등과 달리, 장덕순은 훈민정음 창제 이전까지의 한문학 작품을 잠정적으로 포섭하는 한편, 정음 창제 이후에는 국문 작품만을 문학사 서술의 대상으로 설정하는 이중적 구도를 적용한다. 그러나 그 같은 구도 속에서도 여전히 고려시대는 과히 특기할 만한 문학 작품을 내놓지 못했던 시대로 규정된다. 초기 연구자들과 마찬가지로 그 역시 고려시대를 침체기로 보았던 것이다. 그나마 이전 시기 논자들에 비해 이 시대를 다소라

3. 김태준의 시가사 인식과 '고려가사高麗歌詞'의 성립

오구라 신페이가 『향가 및 이두의 연구(郷歌及び吏讀の研究)』를 통해 향가 작품들의 의미를 해독해 내자 조선시가의 흐름과 특질을 찾아보려 했던 논자들은 자연스럽게 향가에 더욱 비상한 관심을 갖게 된다. 향가 해독에 관한 오구라의 독보적 업적을 받아들이거나 때로 비판하면서 삼국 및 통일신라기 문학의 사정을 밝혀내기 위한 논의가 잇따라 제출되었던 것도 이 때문이다. 양주동의 『조선고가연구(朝鮮古歌硏究): 사뇌가전주(詞腦歌箋注)』[1942]는 그 같은 후속 연구의 대표격으로 현재까지도 높이 평가받고 있는 저작이기도 하다.

또 한편, 1920년대 초부터 본격화된 조선학 연구의 기풍 속에서 최남선(崔南善, 1890~1957)·이병기(李秉岐, 1891~1968)·이은상 등 국학파의 주도로 추진된 시조부흥운동(時調復興運動) 역시 이 시기 연구자들에게 중요한 영향을 미칠 만한 사건이었다. 시조부흥운동이 『동아일보(東亞日報)』·『조선일보(朝鮮日報)』 등 저널리즘과 연계되어 확산되면서 시조는 영국의 소네트(Sonnet)·일본의 하이쿠[俳句]·중국의 한시와 어깨를 나란히 하는 조선의 국민문학이라 홍보되었고, 시조의 형식이나 미감 등을 이론화하려는 시도들 또한 활발하게 전개되기 시작한다.[21]

오구라에 의해 향가는 사구체(四句體)·팔구체(八句體)·십구체(十句體) 등 세 종류의 정형적 시형으로 해독되었으며,[22] "시(詩)는 중국말로

도 긍정적으로 읽어 내려 했던 궤적은, 다음 시기, 즉 훈민정음이 창제되어 국문문학이 온전히 정착되어 가던 조선시대를 예비하는 '과도기'라는 규정 정도에서 찾아볼 수 있다. 그 같은 우회적 논리를 준용해야 할 만큼 고려시대 문학사의 공백은 좀처럼 해결하기 어려운 과제로 남아 있었던 것이다.

21 1920년대부터 본격화된 시조의 정전화 과정에 대해서는 근래 이형대의 연구에서 다각도로 검토된 바 있다: 이형대, 「1920~30년대 시조의 재인식과 정전화 과정」, 『고시가연구』 21집, 한국고시가문학회, 2008, 265~293면.

지으므로 오언칠자(五言七字)로 갈고 쪼아야 하고 가(歌)는 우리말로 지으므로 삼구육명(三句六名)으로 끊고 갈아야 한다."라는 최행귀의 증언은 그러한 향가의 정형적 양식을 실증하는 확고한 논거로 활용될 수 있었다.[23] 아울러, 본래는 악곡에 올려 부르는 노랫말 텍스트로 인식되어 왔던 시조가 국학파에 의해 '시조시(時調詩)', 즉 명확히 시[Poetry]로서의 위상을 확보하게 되는 과정에서, 오장(五章) 형태의 가곡창사(歌曲唱詞)가 초·중·종 삼장(三章)의 시조창 형식으로 재편되었고, 이것이 곧 문학적 시조의 고유한 정형이라 규정되기도 하였다. 그 같은 과정을 거쳐 신라에는 향가, 이조(李朝)에는 시조라는 두 가지 우뚝한 정형시 양식이 조선시가사에 건재하였다는 구도를 확립할 수 있게 되었던 것이다.

그러나 신라와 이조의 문학이 이렇듯 강조될수록 그 가운데에 놓인 고려는 또 다시 난감한 대상으로 남겨질 수밖에 없다. 향가와 시조는 조선민족이 이루어낸 빛나는 문학적 성취임이 분명하지만, 향가와 시조 사이에 놓인 수백 년을 공백기로 남겨 두고서는 조선시가, 나아가 조선문학의 역사적 전개를 합리적으로 설명해 내기가 어려웠던 것이다.[24] 결국 문학사가들은 이 간극을 어떠한 방식으로든 메워야 했고,

---

22 물론, 오구라 신페이 이래 여러 논자들이 향가를 4·8·10구체의 형태로 해독한 것이 각 작품의 실상에 부합하는지, 특히 8구체 향가가 실재했는지에 대해서는 반론이 제기되고 있다. [성기옥·손종흠, 『고전시가론』, 한국방송통신대 출판부, 2006, 64~68면; 박재민, 「『삼국유사』 소재 향가의 原典批評과 借字·語彙 辨證」, 서울대 박사학위논문, 2009, 51~72면 등 참조.] 그럼에도 불구하고 향가가 모종의 정형시 양식이라는 점에는 이론의 여지가 없다.

23 『均如傳』, 「譯歌現德分」. "詩構唐辭, 磨琢於五言七字, 歌排鄕語, 切磋於三句六名." 여기에서 '삼구육명'의 의미가 무엇인지에 대해서는 대단히 많은 이견이 제시되어 왔으며, 이 문제는 아직까지도 한국문학사의 주요 쟁점 가운데 하나로 남아 있다. [김학성, 「三句六名의 해석」, 장덕순 외, 『한국문학사의 쟁점』, 집문당, 1986, 128~137면.] 물론, '삼구육명'의 의미가 무엇이든 이 말이 향가의 정형성을 지시하는 것만은 분명하다.

그를 위해서는 고려시대의 문학 유산을 새로 발굴하거나 검토해야만 했다.

이러한 작업을 선두에서 이끌었던 이는 김태준이다. 한문학사와 소설사 서술에서 김태준이 고려시대의 문학을 부정적으로 평가하였다는 점은 앞서 언급한 바이며, 그러한 시각은 시가 분야에도 마찬가지로 적용되었지만, 그가 조선시가의 사적 전개를 어떻게든 유기적으로 연결지어 설명하기 위해 고민했던 흔적만은 비교적 이른 시기부터 발견된다. 이 대목에서 주목되는 글이 1932년 1월 15일부터 2월 2일까지 『동아일보』에 13회에 걸쳐 연재했던 「별곡(別曲)의 연구(研究)」이다. 조윤제의 『조선시가사강』보다도 5년여 앞서 발표된 이 글은 조선시가에 대한 김태준의 초기 견해를 살피는 데 여러 가지 면에서 시사하는 바가 크다.

> 歌辭(一名 歌詞)는 高麗 中葉 以後 外國系의 樂府, 樂章, 樂歌 等에 反抗하야 安軸의 關東別曲, 竹溪別曲과 가티 樂府에 對立하는 特別한 曲調라는 意味에서 別曲이라는 것이 생겨나서 當時의 別曲은 御用的 漢文體의 樂府, 樂章에 각금 代用되여섯다. 勿論 形式에 잇서서도 一種 中國의 詞(詩餘 塡詞) 長短句에 조선 吏讀을 달어 노흔 形式으로 그 끄테는 반드시 短章이 添附되어 잇는 一定한 形式이 잇섯스니 이것이 流行한 끄테는 一般 歌, 曲 等도 分化하야 發達되고 또 어느새 이 사이에 短歌라는 새로운 形式이 發達되어 이는 時調라는 名稱으로써 一般에 通用하게 되엇다.

---

24 물론, 고구려 을파소(乙巴素, ?~203)·백제 성충(成忠, ?~656), 신라 설총(薛聰, 655~?) 등의 작으로 기명된 시조가 현전 가집(歌集)들에 전해온다는 점을 들어 시조가 삼국시대부터 존재해 왔다는 논리가 성립될 수 있다. 그러나 이들 작품은 국문학연구 초창기에서부터 후대의 위작(僞作)일 것으로 추정되었으며, 시조의 발생 시기는 고려말로부터 잡아 가는 것이 통례였다. 이러한 시각은 김태준 역시도 표명했던 바이다: 김태준, 「別曲의 研究 (一)」, 『동아일보』 1932. 1. 15, 5면; 「別曲의 研究 (二)」, 『동아일보』 1932. 1. 16, 5면.

그러나 別曲이라는 노래 體는 李朝의 中葉까지 傳하여 오는 동안에 그 形式에도 만흔 變遷을 주어슬 쑨 아니라 近世에 일으러서는 古相思別曲, 相思別曲, 江湖別曲, 秋風感別曲, 彩鳳感別曲 等 例와 가티 『別曲』이라는 意味를 『離別에 對한 歌曲』이라고 誤解한 關係로 毫釐의 差가 드디어 千里의 어김이 되고 말엇다. 딸하서 樂府, 樂章을 正曲으로 한 데 對한 別曲인 同時에 그를 舊調로 본다면 後者는 新調로도 볼수 잇스니 別曲新調라는 것이 古代歌詞 總稱이다.[25] 【강조는 원문의 것.】

別曲의 研究 【一】

金台俊

(一) 別曲이란무엇인가

朝鮮에서는 訓民正音이 創製되기 前까지는 純全히 漢字를빌어너서 모든것을 記錄하야서 史乘이나經學이나詩文이나하는것도 全혀 이로써하며 方言으로써된 歌謠도漢字를빌녀서 그音을 表記하야왓섯다 勿論「한글」文字使用以前에도 어떠한 文字가 잇섯든 하다는史說도업는것은아니나 오날날傳하야오는 文獻만으로는 이를 容易히肯定할수 업다 如如間 新羅金大問의 지은三大目이 當時의 鄕歌集이라고 하며 百濟文化의 延長으로써된日本의 紀記萬葉의 記錄法이또한 조선의 鄕歌的體裁인 것으로보아 訓民正音이 誕生된李朝 世宗以前에도 不完全 하나마 그와가튼 記錄法이잇는것은 아니다 이記錄의 不完全하다는것이 恒常後世의 學究에게만흔疑點을 提供하게된다 그럼으로 이 歌謠의讀法, 起源, 源流까지도 모다 漠然하고 더욱(別曲)이라는 部門에넘으러서는 確實히古來로歌謠學上의一部門임을 認識하면서도 歌謠自體까지가 그다지 儒學社會에 즐겁게 容納되지 못한만큼 이도 無分別 冷待로써傳하야왓다

그러면 조선文學上에 잇는조선歌謠 조선歌謠上에잇는 조선의 別曲의位置를보인후에實例를들어서 別曲의意義를定하기로하자

【그림5】 김태준, 「별곡의 연구 (一)」 [『동아일보』 1932. 1. 15, 5면.]

우선 그가 규정한 '별곡'의 개념부터가 오늘날 연구에서와는 이질적이다. '청산별곡'·'서경별곡'·'한림별곡(翰林別曲)'·'화산별곡(華山別曲)'·'관동별곡(關東別曲)'·'상사별곡(相思別曲)' 등 여러 국문시가 작품의

25 김태준, 「別曲의 研究 (一)」, 『동아일보』 1932. 1. 15, 5면.

제목에 등장하는 이 '별곡'이라는 용어의 의미는 아직까지도 뚜렷이 해명되지 못한 상태이나, 위 작품들의 형식이 고려속요·경기체가(景幾體歌)·가사(歌辭)·십이가사(十二歌詞) 등으로 그 형태를 달리한다는 점에서 이 말이 특정 시가군에 대한 지칭이 아니라는 사실만은 분명하다.[26]

따라서 '별곡'이라는 용어로써 모종의 양식사적 검토를 수행하기는 어려운 측면이 있고, 김태준 역시 이 점을 파악하였으나, 그는 '별곡'의 의미를 보다 적극적으로 풀이하여 한문으로 이루어진 악부(樂府)나 악장(樂章)에 대응되는 고려중엽 이후 '우리말 가요'의 범칭(汎稱)으로 규정하고자 하였다. 결국, 「별곡의 연구」는 우리말 노래의 특성과 전개를 되짚어 보려 했던 적극적인 탐구의 소산으로서 비록 논의의 규모나 밀도에 있어서는 『조선시가사강』에 미치지 못하지만 통시적 시각을 기반으로 한 일종의 시가사 기술로서의 위상은 뚜렷이 지니고 있었던 것이다.

「별곡의 연구」에서도 향가와 시조는 각각 삼국~통일신라와 이조를 대표하는 문학사적 성취로 언급되었으나, 고려시대의 우리말 노래, 즉 고려시대 별곡에 대해서는 별다른 사적 고찰이 이루어지지 않는다. 사실상 정몽주(鄭夢周)·길재(吉再, 1353~1419)·권근(權近) 등 여말선초 문인들의 몇몇 시조를 제외하면, 고려시대의 노래로서 당시 그가 명확하게 제시할 수 있었던 문헌적 자료는 안축(安軸)의 개인 소작으로 전하는 〈관동별곡(關東別曲)〉·〈죽계별곡(竹溪別曲)〉 정도가 전부였다. 그나마 이 작품들은 오늘날의 연구에서 이른바 '경기체가'라 부르는 독특한 시가 양식으로서 전대절(前大節)과 후소절(後小節) 말미의 '景 긔 엇더하니

---

26 '별곡류' 작품들을 통시적으로 검토했던 박경우는 '별곡'이란 여러 시가 갈래에 걸쳐 관습적으로 붙여지는 제명이며, 특히 작품이 산출된 공간적 배경과 밀접하게 연관되는 것으로 논의한 바 있다: 박경우, 「別曲類 詩歌의 題名慣習과 空間意識 연구」, 연세대 박사학위논문, 2005.

잇고'라는 투식구(套式句) 이외에는 대부분 한자 어휘의 연쇄로 이루어진 형태이기 때문에, 향가나 시조 등에 비할 때 딱히 우리말 노래라고 규정지을 수 있는 측면이 그다지 발견되지 않는다. 바로 이 점 때문에라도 고려시대가 한문에 압도된 국문학사의 침체기라는 김태준의 인식이 더욱 굳어지게 되지만, 또 한편으로는 그처럼 한문 편향의 작품들을 통해서라도 향가와 시조 사이의 간극을 이어 보고자 했던 그의 고민이 묻어나기도 한다.

물론 '향가 → 경기체가 → 시조'의 구도를 제시하는 것으로써 그의 시가사 서술이 일단락될 수는 없었다. 김태준이 종래에 뚜렷이 언급되지 않았던 또 다른 자료들을 찾아보고자 했던 이유도 여기에서 발견된다. 그 첫 번째 귀착점이 『문헌비고(文獻備考)』·『지봉유설(芝峯類說)』 등의 유서(類書)들이며, 오늘날 고려문학의 정수로 평가받는 고려가요 혹은 고려속요 역시 대략 이 대목에서부터 언급되어 나오기 시작한다.

> (…) 문헌은 無徵하나마 西京曲과 西京別曲, 大同江曲과 翰林別曲 等이 모다 高麗의 俗樂에 쓰든 歌詞라고 하나 只今은 도모지 傳치 아니한다
>
> 西京曲과 西京別曲 - 成宗十八年 教曰 宗廟之樂 … 俗樂如西京別曲은 男女相悅之詞니 甚不可也라 樂譜則 不可卒改니 宜依其曲調하야 別製曲調하라고 하엿다 西京曲은 言仁恩充暢以及草木하야 雖折敗之柳라도 亦有生意也라 箕子之民이 習於禮讓하야 知尊君親上之義하야 作此歌라
>
> 大同江曲 - 箕子施八條之教하야 以興禮俗하니 朝野無事하고 人民이 懽悅하야 以大同江으로 比黃河하고 永明嶺으로 比嵩山이라 此曲이 今亦 不傳이라 (同上)
>
> 翰林別曲 - 高麗翰林諸儒所撰이라 自高麗時로 最重翰林하야 人望之若登瀛洲라 觀於翰林別曲이면 可想翰林宴이니 至我朝하야 濫觴

尤甚이라 (芝峯類說)

이로 보아 西京別曲 翰林別曲 가튼 것은 東方 三疊을 지은 鄭知常의 '綠窓朱戶笙歌咽하는 盡是梨園弟子家'(西京絶句)에서 벌서 일즉 麗朝의 中葉부터 傳唱되여 麗末의 모든 時調와 別曲의 根源을 일넛던 것인 듯하며 그리고 보니 '別曲'의 天地의 開闢된 지가 뜻박게 오랜 듯하다[27]

『문헌비고』와 『지봉유설』에서 인용해 온 위 자료 가운데 대부분은 『고려사』 권71, 「악지(樂志)」에서도 발견되는데, 「악지」에 한꺼번에 정리되어 있는 해당 내용을 굳이 유서류로부터 재인용해 온 것을 보면, 이때까지도 김태준은 『고려사』 「악지」의 존재를 몰랐거나 그 내용을 충분히 인지하지 못했던 것으로 보인다. 그는 유서류에 적힌 단편적인 서술이나마 되짚어 가면서 별곡의 시원을 가늠해 보았지만, 원문을 확인하지 못한 상태에서 이루어진 그 같은 시도는 추정의 수준에 한정될 수밖에 없었다.

더구나 위 글은 정밀한 자료 검증에 기반을 둔 것도 아니었다. 그 직접적인 정황은 〈서경별곡〉에 대한 언급에서 발견된다. 그가 예시한 것은 〈서경〉·〈서경별곡〉·〈대동강(大同江)〉·〈한림별곡〉의 네 작품으로서 이 가운데 〈서경별곡〉을 제외한 나머지 작품들은 「악지」에 그 창작 배경과 내용이 전하고, 〈서경별곡〉은 고려의 속악이 선초에 들어 '남녀상열지사(男女相悅之詞)'로 배척받는 문맥에서 그 제명만 종종 등장한다. 김태준 역시 『성종실록(成宗實錄)』의 기사를 통해 〈서경별곡〉의 존재를 확인하였으며, 〈서경〉과 〈대동강〉 등 서경을 배경으로 한 또 다른 작품들의 존재도 함께 언급하면서, 작품들의 실체가 남아 있지

---

27 김태준, 「別曲의 研究 (三)」, 『동아일보』 1932. 1. 17, 5면.

않아서 유감이라는 심사를 토로하였던 것이다.

하지만 그가 「별곡의 연구」를 발표하기 1년 6개월여 전에 안확은 이미 〈서경별곡〉을 비롯한 고려조 노래들의 원문을 지면에 공개한 바 있다. 조선시가의 형식적 특징을 밝혀내고자 했던 안확은 「조선시가(朝鮮歌詩)의 조리(條理)」라는 연재를 통해 향가, 시조, 가사 등 역대의 시가 작품들을 예시하면서 각종 논의를 전개하였고, 그 가운데에는 〈서경별곡〉은 물론 〈정읍사(井邑詞)〉·〈청산별곡〉 등 고려가요 작품들의 원문이 포함되어 있다.[28] 그는 이들 원문을 『악학궤범(樂學軌範)』과 『악장가사(樂章歌詞)』 등에서 인용해 온 것이라고 직접 밝혔는데, 평소 조선문학의 역사적 흐름에 관해 다각도로 탐문하던 안확이 『악학궤범』과 『악장가사』를 이 무렵 구체적으로 검토하였으며, 그곳 '속악'편에 적힌 국문시가 작품들을 초출하여 조선시가의 면모를 논의하였던 것이다.

반면, 본래 한문학과 소설에 관심을 가지고 그 사적 전개를 고찰한 이후 그 다음 탐구 대상으로 시가를 선택했던 김태준은 아직 충분한 자료를 확보하지도, 소론을 면밀하게 정리하지도 못한 상태에서 「별곡의 연구」를 집필해 나갔기 때문에 『악학궤범』·『악장가사』 등과 같은 매우 중요한 악서(樂書)들을 자신의 서술 속에 반영하지 못했던 것으로 보인다.[29] 특히 같은 시기 논자인 안확의 논의를 간과했던 것을 보면,

---

28 安廓, 「朝鮮歌詩의 條理 (五)」, 『동아일보』, 1930. 9. 6, 4면; 「朝鮮歌詩의 條理 (九)」, 『동아일보』, 1930. 9. 11, 4면 등.

29 김태준은 조선문학의 영역을 ①신화·전설·고사·야담류, ②소설류, ③희극류, ④가요류, ⑤조선한문학(제2의적)의 다섯 가지로 구분하였다. 이 가운데 ②와 ⑤는 그가 직접 정리하였고, ①에 대해서도 『조선소설사』에서 부분적으로나마 다루어졌다. 또한 ③은 김재철(金在喆, 1907~1933)의 『조선연극사(朝鮮演劇史)』[1933]에서 검토된다. 따라서 ①·②·⑤를 거친 김태준은 남은 영역인 ④가요류를 연구하는 단계로 나아가게 되었던 것이다. 이상 김태준의 조선문학 연구가 점차 확대되어 가는 궤적에 대해서는 류준필, 앞의 논문, 146면에서 논의된 바 있다.

당시 몇 편 되지 않았던 선행 연구들조차 뚜렷이 살피지 못했던 김태준의 부주의가 드러나기도 한다.

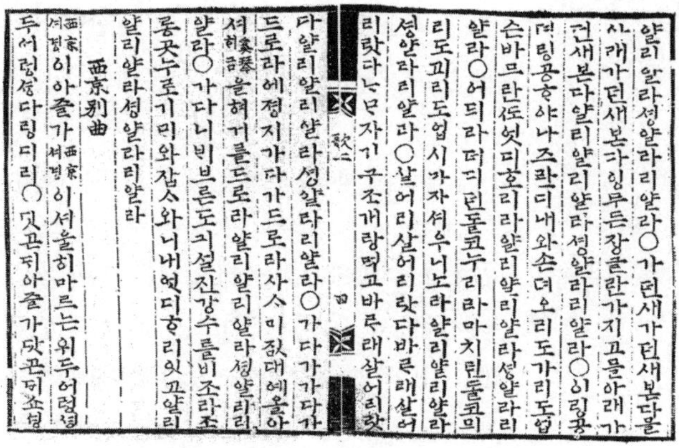

【그림6】〈청산별곡〉·〈서경별곡〉[『악장가사』]

물론, 조선조의 악서들, 특히 『악장가사』가 지닌 문헌적 가치를 본격적으로 검토해 낸 작업이 김태준에 의해 이루어졌다는 점은 여전히 주목해야 할 부분이다. 실상 『악장가사』 소재 국문시가들을 논의에 활용했던 안확은 문헌 자체의 특성은 물론, 개별 작품의 의미나 제작 연대 등에 대해서도 별다른 언급을 하지 않았다. 『악장가사』에 서(序)·발문(跋文)을 비롯하여 이 책의 편찬 과정을 짐작케 하는 별도의 기록이 없기 때문이기도 하지만, 기본적으로 안확이 관심을 가졌던 대상은 조선 시가의 형식과 표현법이었기 때문에 개별 시가 작품의 특성이나 역사적 전개 등에 대해서는 몇몇 사례를 제외하고는 깊이 있는 고찰을 수행하지 않았고 그럴 필요도 과히 느끼지 못했던 것이다.

『악장가사』 소재 작품들에 대해서 김태준이 본격적으로 관심을 보이게 된 계기는 뚜렷하지 않지만, 그 관심의 결과로 오늘날 '고려가요'라

【그림7】『조선가요집성: 고가편 제1집』[1934] 표지

불리는 작품들이 하나의 군집으로 다루어지기 시작했던 것은 분명하다. 김태준은 「별곡의 연구」를 발표한 2년 후에 『조선가요집성(朝鮮歌謠輯成): 고가편(古歌篇)』[1934]을 편찬하면서 처음으로 '고려가사'라는 말을 사용하기 시작한다.

> 李朝成宗 때 成俔의 손에된 樂學軌範에 動動, 眞勺(鄭瓜亭), 處容歌의 本文을 한글로 譯載하여있고 嶺南으로 傳해온 樂章歌詞에는 우의 處容歌 外에 翰林別曲의 全文을 傳하고 또 步虛子, 感君恩, 鄭石歌, 青山別曲, 西京別曲, 思母歌, 楞嚴讚, 靈山會相, 雙花店, 履霜曲, 가시리, 儒林歌, 新都歌, 風入松, 夜深詞, 滿殿春, 漁父歌, 華山別曲, 五淪歌, 宴兄弟曲, 霜臺別曲, 與民樂(龍飛御天歌의 一部)이 傳해 오는데 語意와 作者, 作風으로 보아 新都歌와 및 漁父歌, 華山別曲, 五淪歌, 以下는 李朝歌詞에 屬할것으로 看做하엿고 鄭石歌, 西京別曲의 一部는 李益齋의 漢譯이 있고 雙花店의 一部「三藏」은 高麗史 所載의 三藏과 吻合하는것이요 그他도 以下各各 解說에 論한 바와 같은 理由로써 이 十七篇을 高麗歌詞에 부칫다(…) 高麗歌詞는 그 自體는 傳치 못하나 그 遺跡만은 여러 文獻에 만히 들어나는 것이다[30]

그가 이 책의 서문에서 직접 언명한 대로 이때에 이르러서야 김태준은 『악학궤범』이나 『악장가사』의 존재를 명확히 인식하였으며, 불과 1년여 전 「별곡의 연구」에서 작품이 '도모지 傳치 않는다.'라고 했던 〈한림별곡〉·〈서경별곡〉의 원문 역시도 이 책에 그대로 전재할 수 있게 된다.

---

30 김태준 편, 『朝鮮歌謠集成: 古歌篇 第一輯』, 조선어문학회, 1934, 29~31면.

아울러 조선 후기 전적인 『문헌비고』와 『지봉유설』을 활용하여 고려시대 속악을 논의하던 방식도 탈피하여 1차 자료인 『고려사』 「악지」의 내용을 직접 거론하기도 하는데,[31] 이 같은 사정을 종합해 보면, 김태준은 1932년과 1933년 사이에 걸쳐 『고려사』 「악지」와 『악학궤범』·『악장가사』 등의 악서를 집중적으로 검토하는 시간을 가졌으며, 이를 바탕으로 「별곡의 연구」의 미비점과 오류들을 대폭 보정할 수 있었던 것으로 분석된다.

그가 이 작업에 얼마나 공을 들였는지는 특히 『악장가사』 소재 작품들의 시대를 판정하는 문맥에서 잘 드러난다. 기본적으로 『악장가사』의 편자는 아악(雅樂)과 속악(俗樂)으로 구분지어 노랫말을 수록하였을 뿐, 개개 작품이 어느 시대의 산물인지에 대해서는 단서를 남기지 않았기 때문에 작품의 시대 귀속은 온전히 연구자들의 몫으로 남겨질 수밖에 없었던 바, 안확은 이 작업에 별다른 관심을 두지 않았던 반면, 김태준은 활용 가능한 문헌적 증거들을 찾아 가면서 특정 작품이 고려시대부터 전승되어 온 것인지, 이조에 들어 새로 지어진 것인지를 판가름하였던 것이다.

실제 이 책 「고려가사편」에 수록된 작품의 내역을 보면, 〈처용가(處容歌)〉·〈이상곡(履霜曲)〉·〈쌍화점(雙花店)〉 등은 그 자신이 『고려사』 「악지」나 실록 등을 면밀히 살펴 가면서 고려시대 노래라는 확증을 얻은 것이었던 반면, 〈만전춘(滿殿春)〉·〈청산별곡〉·〈가시리〉 등은 문헌적 증거 없이 작품의 시상과 어조만으로 판단하여 고려가사에 귀속한 것이었다. 이러한 검토와 추정의 절차를 거쳐서 『악학궤범』·『악장가사』에 전하는 조선시대의 여러 궁중 악곡들은 고려조로부터 승습된 것들과 조선 초기에 새로 지어져 편입된 것들로 뚜렷이 양분되기에 이른다.

---

31 같은 책, 29면.

오늘날의 연구에서도 이 구분법은 유지되어, 전자를 '고려가요' 또는 '고려속요'로, 후자를 '악장' 또는 '선초악장(鮮初樂章)'으로 갈라서 국문학의 역사적 갈래를 설정하고 있거니와, 그 같은 분류를 처음으로 시도한 연구자가 김태준이었고, 그 결과물이 처음으로 기재된 지면이 바로 『조선가요집성[고가편]』의 「고려가사편」이었던 것이다.

개념이나 분류가 과연 적확한지 여부는 차치하고서라도 조선문학사의 침체기로 규정되어 왔던 고려시대에 국문으로 된 시가 작품이 뚜렷하게 존재하고 있었다는 점을 김태준이 부각해 낸 것은 학계에 큰 파장을 불러올 만한 일대 사건이었음이 분명하다. 그 같은 반응은 『조선가요집성[고가편]』이 편찬된 직후부터 나타난다. 일례로 이 책의 서평을 쓴 이종수(李鍾洙, 1906~1989)는 「고려가사편」을 『조선가요집성[고가편]』 가운데 가장 뛰어난 부분이라 추켜세우면서 찬사를 아끼지 않았다.

> 高麗歌詞는 全部 二十二篇, 그 大部分은 樂學軌範과 樂章歌詞에서 轉載하엿고, 그밧게 高麗 文集과 全羅道 方面에서 蒐集하야 編者가 解釋을 부친 것이 잇다. 編者가 가장 勞作한 것은 實로 이 高麗歌詞일 것이니 이와 갓튼 勞作은 編者와 갓치 讀書의 範圍가 넓은 ○學者가 아니고는 하기 어려운 일이다. ◇高麗歌詞篇을 編한 金君의 功勞는 둘로 볼수 잇스니 하나는 編者가 ○○○○을 널리 涉獵하야 高麗歌詞를 추려내고 이것을 高麗歌詞라고 時代的 考證을 加한 것이오, 또 하나는 그 歌詞를 一一히 解釋한 것이다. 이 두 가지가 다 하기 어려운 일인 것은 말할 必要도 업다.[32] 【○는 해독 불가】

엄밀히 말해서 『조선가요집성[고가편]』은 김태준의 학술적 견해가 뚜

---

32 李鍾洙, 「BOOK REVIEW: 朝鮮歌謠集成 古歌篇 第一輯을 읽고 (中)」. [『김태준전집』 1, 보고사, 1990, 220면.]

렷이 표명된 저작은 아니다. 실상 제1부인 「신라향가편」은 오구라 신페이의 해독을 전재한 데 지나지 않았고, 「백제고가편」이나 「이조가사편」 역시도 작품 자료를 모은 후 거기에 간략한 해제를 붙인 데 불과했기 때문이다. 그럼에도 불구하고, 여타 편목과는 달리 유독 「고려가사편」만은 자료를 모아 제시한 것 자체가 큰 성과로 인식될 만했으며, 해당 작품들을 고려시대의 소작으로 비정했던 그의 안목 또한 이전 연구자들에게서는 찾아볼 수 없는 뛰어난 자질로 평가되기에 충분했던 것이다.

이러한 세간의 반응에 화답이라도 하듯, 김태준은 『악장가사』 소재 작품들의 시대 판정을 더욱 정교화하기 위한 작업을 지속적으로 수행한다. 〈만전춘별사〉가 고려조의 소작임을 증명하기 위해 김수온(金守溫)의 악부시를 새로 찾아내어 제시하거나,[33] 〈청산별곡〉이 고려가사의 초기작임을 강조하고자 작품 원문을 다시 가져 와 게재했던 사례[34] 등이 그러하다.

이로부터 수년이 흐른 1939년에 그가 『고려가사(高麗歌詞)』라는 소책자를 따로 펴내게 된 것도 '고려가사'를 최초로 논리화하였다는 자긍심이 뒷받침된 결과로 해석된다. 실상 『조선가요집성[고가편]』을 편찬할 당시 김태준이 공언했던 후속 작업은 그 속편을 펴내는 일이었다. 어떤 이유에서인지 김태준은 이 속편을 끝내 출간하지 않은 대신, 기왕의 『조선가요집성[고가편]』에서 「고려가사편」만을 따로 떼 내어 증보·개편한 후 별도의 자료집으로 엮어 내었던 것이다. 추정컨대, 그는 이미 그 실체가 밝혀진 이조의 시조 작품들을 이런저런 문헌들에서 초출하여 평탄하게 엮어 내는 것보다는 일전에 새로 개념화하여 반향을 일으

---

33 김태준, 「高麗歌詞의 一種 「滿殿春別詞」에 대하여」, 『조선일보』 1934. 2. 20, 2면.
34 天台山, 「古歌 青山別曲」, 『한글』 17호, 한글학회, 1934, 105면.

켰던 고려가사를 보다 정교하게 해설하고 그 의의를 조명하는 작업이 훨씬 가치가 있다고 여겼던 것으로 보인다.

표면적으로만 판단하면 『조선가요집성[고가편]』「고려가사편」과 『고려가사』에 수록된 내역의 차이는 몇몇 작품들이 들고 나는 수준에 불과해 보인다. 하지만 특정 작품을 넣거나 빼기 위해 김태준이 또 다시 고심했던 흔적은 역력히 드러난다.

【표1】『조선가요집성』[1933]「고려가사편」과 『고려가사』[1939]의 수록 작품 일람
[⊠: 『고려가사』에 누락된 작품 / ▩: 『고려가사』에 새로 수록된 작품]

『조선가요집성』「고려가사편」			『고려가사』		
순서	수 록 작 품	출전	순서	수 록 작 품	출전
1	睿宗이 二將을 悼한 노래	壯節公行狀	1	動動	악학궤범, 악장가사
2	動動다리	악학궤범, 악장가사	2	西京別曲	악장가사
3	處容歌	악학궤범, 악장가사	3	處容	악학궤범, 악장가사
4	鄭瓜亭(眞勺)	악학궤범, 악장가사	4	鄭瓜亭	악학궤범, 악장가사
5	翰林別曲	악장가사	5	鄭石歌	악장가사
6	西京別曲	악장가사	6	翰林別曲	악장가사
7	鄭石歌(딩아돌아)	악장가사	7	履霜曲	악장가사
8	靑山別曲(살어리)	악장가사	8	雙花店	악장가사
9	滿殿春 [別詞]	악장가사	9	靑山別曲	악장가사
10	履霜曲	악장가사	10	滿殿春	악장가사
11	思母曲	악장가사	11	關東別曲	謹齋集
12	雙花店	악장가사	12	竹溪別曲	謹齋集
13	가시리	악장가사	13	思母曲	악장가사
14	感君恩	악장가사	14	가시리	악장가사
15	關東別曲 [安軸]	謹齋集	15	寒松亭	靑丘永言
16	竹溪別曲 [安軸]	謹齋集	16	睿宗悼二將歌	壯節公行狀

17	楞嚴讚	악장가사	17	井邑詞(百濟歌詞)	악학궤범, 악장가사
18	觀音讚	악장가사			
19	西往歌 一 [懶翁和尙]	新編普勸文			
20	西往歌 二 [懶翁和尙]	권상로 채집			
21	尋牛歌 [懶翁和尙]	권상로 채집			
22	樂道歌 [懶翁和尙]	권상로 채집			

수록 작품 수가 『고려가사』에 들어 오히려 줄어든 것이 특징적이다. 어떻게든 고려가사 작품들을 확보해 보려 했던 김태준의 당초 의도와는 어긋나는 결과라 할 만한데, 그 사정은 본래 『조선가요집성』에 수록되었다가 『고려가사』에서 누락된 작품들의 특성을 살핌으로써 얼마간 가늠해 볼 수 있다. 여기에 해당하는 작품들은 크게 세 가지 부류로 나뉜다.

먼저 〈감군은(感君恩)〉은 선초의 윤회(尹淮)가 지은 악장을 김태준이 고려의 작품으로 잘못 인식하였다가 후일 오류를 인정하고서 덜어 낸 경우이다. 다음으로 〈능엄찬(楞嚴讚)〉과 〈관음찬(觀音讚)〉은 시대적 기준으로만 본다면 충분히 고려가사에 넣을 수 있는 사례이지만, 〈동동(動動)〉·〈서경별곡〉 등 여타 작품들과 달리 한문어투 위주인 데다 특유의 불찬가적(佛讚歌的) 성격이 강한 탓에 고려가사의 범주에서 제외한 것으로 보인다. 또한, 여말의 고승 나옹화상(懶翁和尙) 혜근(惠勤)의 작으로 전해오는 〈서왕가(西往歌)〉 두 편·〈심우가(尋牛歌)〉·〈낙도가(樂道歌)〉는 문헌적 증거가 불명확할 뿐 아니라 외형이 가사(歌辭)의 양식이고 역시 불교적 내용이어서 제외한 듯하다.

물론 〈감군은〉 이외의 나머지 작품들을 김태준이 『고려가사』에서 누락했다고 해서 그가 이들 작품을 고려가사가 아니라고 단정한 것은 아니지만, 종래 시대적 기준 일변도로 작품을 선정했던 태도가 표기나 내용적 기준으로까지 확대된 것은 분명하다. 요컨대 그는 우리말 위주로 된 노래이면서 꾸밈없는 감정 표현이 묻어나는 민요적 성격의 작품들을 위주로 고려가사를 다시 모아 보고자 하였던 것이다. 『고려사』 「악지」의 관련 기록을 바탕으로 『청구영언』에서 〈한송정(寒松亭)〉으로 추정되는 작품을 찾아내어 새로 『고려가사』에 옮겨 적은 것이나, 본래 백제의 노래이지만 고려를 거쳐 조선조까지 전래되었던 〈정읍사〉를 고려가사의 범주에 넣어 제시했던 것도 그처럼 변화된 기준이 반영된 결과라 할 수 있다. 이러한 작업을 통해 오늘날 흔히 '고려가요' 또는 '고려속요'라 불리는 작품들의 기본적인 윤곽이 『고려가사』에 들어 보다 뚜렷이 드러나게 되었던 것이다.

한편, 수록 작품의 내역보다도 더욱 중요하게 살펴야 할 사항은 김태준이 강조했던 고려가사의 의의이다. 『조선가요집성[고가편]』에서는 아직 명확하게 제시되지 못했던 고려가사의 특징이나 문학사적 의미가 『고려가사』의 단계에 들어 한층 직접적으로 표명되고 있기 때문이다. 『고려가사』의 서문을 통해서 그가 굳이 「고려가사편」을 별도의 자료집으로 엮어 내고자 했던 의도도 함께 되짚어 볼 수 있는데, 그 대의는 고려가사야말로 고려문학의 정수라는 칭송으로 수렴된다.

> "고려가사"라는 책이 따로 있는 것이 아니라, "악학궤범"(樂學軌範), "악장가사"(樂章歌詞) 같은 책에 전해 내려오는 노래를 모으고 한편으론 여러 책에 한두마디씩 노래를 모아서 "고려가사"라는 명칭을 붙여서 이번에 학예사(學藝社)에서 경영하는 조선문고본(朝鮮文庫本)으로 세상에 내놓은 것입니다. (…) "고려가사"는 그럭저럭 二十首를 얻었습니

> 다. "신라" 시절엔 "향가"(鄕歌)가 있었고 "이조"에 들어서는 "시조" 같은 노래가 있으나 "고려" 시절에는 무엇이 있었는가 하고 궁금하던 中에 이러한 것이 있은 것을 발견한 것은 저의 平日 늘 기뻐 말지 않는 바이외다. 그는 "신라" 시절의 "향가"처럼 알기 어려운 것도 아니고 힘을 써서 읽으면 좀 더 읽을 수 있는 것이외다. 노래로도 절창일 뿐 아니라, 어학적으로 가장 귀중한 "문헌적 가치"를 갖고 있는 것이외다. 만일 "고려가사"의 발견이 없었더란들 고려 오백년의 문학 乃至 문화의 역사의 일부분을 알 길이 없을 뻔했습니다. 그中에도 "살어리랏다", "가시리", "어름우헤 댓닙자리보아", "셔경이아즐가", "딩아돌아" 같은 노래는 듣기도 전에 어깨가 으쓱으쓱 춤이 추어지는 감홍적인 노래요 이조 오백년의 한문문화의 지독한 영향을 받기 이전의 조선의 노래는 "이조"의 시대의 저렇게 단조로운 千편一률의 三四調가 아니고 좀 더 "리듬"이 아름다운 것이 있다는 것을 알 수 있고, 조선말로도 그런 노래를 지을 수 있다는 것을 알 수 있는 것이외다. 나는 "고려가사"를 어학적으로 연구한 사람이 아니고 문학적으로 감상(鑑賞)하려는 者이외다. 고려시대는 "한글"도 생기기 전이라, 조선말로 된 소설도 없고 시도 없고 연극도 없고 오직 이 노래 한 권이 남아 있을 뿐입니다. 여기 "고려가사"의 중요성(重要性)이 있습니다. "고려문학사"는 오직 이 "고려가사"로 씌어질 것입니다. 오직 고려가사를 예찬하고 이만 붓을 던지나이다.[35]

위 글의 초두에서부터 김태준은 '고려가사'가 본래부터 있었던 것이 아니라 자신에 의해 새로 창안된 지칭이라는 점을 분명히 한다. '고려가사'에서 노랫말이라는 뜻의 일반명사 '가사'를 빼면 남는 것은 '고려'이며, 그가 중점을 두었던 대상도 결국은 고려라는 특정 시대였던 것이다. 앞서 살핀 대로 그가 그처럼 고려에 천착할 수밖에 없었던 이유는 고려시대의 문학 자산이 전후 시대에 비해 무척 소루하다는 인식 때문

---

35 김태준, 「高麗歌詞 이야기」, 『한글』 68호, 한글학회, 1939, 44~45면.

이었다.

한문학사와 소설사를 직접 저술했던 김태준은 고려시대에는 국문문학의 유산을 찾기 어렵다는 점을 절감하였을 뿐만 아니라, 자신이 서문을 쓰기도 했던 김재철의 『조선연극사』에서도 고려시대 연극의 자취를 찾기는 쉽지 않았다. 결국, 서구 문학의 갈래 구분법에 따라 시·소설·극으로 조선문학을 대별한 후 여기에 설화류와 '제이의적(第二義的)' 한문학을 포함시켰던 김태준의 논리 구도에서[36] 고려시대 문학의 흐름은 그가 뒤늦게야 관심을 가지고 천착했던 고려가사로써만 서술될 수밖에 없는 상황이었다. ""고려문학사"는 오직 이 "고려가사"로 씌어질 것입니다. 오직 고려가사를 예찬하고 이만 붓을 던지나이다."라고 했던 고양된 어조의 저변에는 기나긴 모색 과정 끝에 마침내 조선문학사의 연속성을 확증할 수 있게 되었다는 감격이 깔려 있는 것이다.

더 나아가서 그가 모아들인 고려가사, 그중에서도 대표작으로 예시했던 〈살어리랏다〉[〈청산별곡〉]·〈가시리〉·〈어름우헤 댓닙자리보아〉[〈만전춘〉]·〈셔경이아즐가〉[〈서경별곡〉]·〈딩아돌아〉[〈정석가(鄭石歌)〉] 등에 조선 고유의 리듬이 녹아 있다는 점 역시 간과할 수 없는 부분이었다. 초창기 국문학 연구자들이 대개 그러하였듯이 김태준 또한 조선문학 속에서 조선 고유의 특질을 찾아내고자 노력했던 탓에, 외래적 요소, 특히 중국문학의 자장권에 놓인 작품들에 대해 비판적 인식을 표출하곤 하였다. 조선 고유의 특질이란 흔히 민중적 성격과 연계되었고, 외래 사상과 관습에 물들지 않은 진솔한 작품들에 찬사가 이어졌던 것이다. 이러한 태도가 반드시 김태준에게만 국한되는 것은 아니지만, 한문학과 소설, 시가에 이어 곧바로 민요 연구에도 깊은 관심을 내

---

36 각주29) 참조.

비쳤던 김태준의 경우 그 같은 요소들에 경도될 여지가 보다 컸던 것만은 사실이다.

이처럼 김태준에게 고려가사는 각별한 의미를 지닌 대상이었다. 무엇보다도 고려가사를 새로 범주화함으로써 조선문학사의 연속적인 흐름을 찾아낼 수 있게 되었다는 데 대해 김태준 스스로도 만족감을 표출하였다. 더불어 한문학에 온통 물들어 국문문학이 크게 위축된 시대라 부정적으로만 인식해 왔던 고려시대에 뜻하지 않게 그처럼 감흥적이고도 고유한 정서를 지닌 시가 작품들이 존재하였다는 점 또한 김태준에게는 가외의 소득으로 여겨질 만했다. 고려가요를 국문학사의 주요 자료로 다루게 된 것이나, 고려가요의 속가적(俗歌的) 요소를 중시하여 이들 작품을 아예 '고려속요'라 지칭하는 관행이 오늘날 일반화된 것도 그 연원을 따져 올라가면 결국 김태준의 작업에 맞닿게 되는 것이다.

4. 나가며: 고려가사 논의의 향방과 의의

김태준이 한문학이나 소설은 물론 시가에 대해서도 적지 않은 저술을 남긴 것은 사실이지만, 시가사 전체를 통괄할 만큼 체계적인 논의로까지 그의 연구가 발전되었다고 보기는 어렵다. 『조선한문학사』나 『조선소설사』에 비견될 만한 사적 저술을 시가 분야에 대해서는 시도하지 않았던 것도 그가 시가사를 종합적으로 엮어낼 만큼 충분한 준비를 갖추지는 못했다는 점을 반영한다. 익히 알려져 있다시피 그와 같은 작업은 조윤제에 의해서 비로소 이루어지게 된다.

조윤제가 『조선시가사강』을 출간한 1937년은, 김태준이 『조선가요집성[고가편]』에서 고려가사의 존재를 언급했던 1933년과 고려가사의 의의를 더욱 강조하면서 『고려가사』를 별도로 편찬해 내었던 1939년 사이에 놓이는 시기로서, 조선시가의 역사와 맥락을 통시적으로 고찰하고자 했던 조윤제에게도 김태준이 개념화해 놓은 고려가사는 응당 중요한 자료로 활용될 수 있을 만한 대상이었다. 더구나 조윤제 역시도 고려시대 국문시가의 향방을 알기 어렵다는 점을 인식하고 있었던 것은 마찬가지였기 때문에 향가와 시조 사이의 공백을 메워 줄 수 있는 자료로서 고려가사의 존재는 각별할 수밖에 없었던 것이다.

그러나 실제 『조선시가사강』에 서술된 내용을 보면, 조윤제는 고려가사를 그다지 중요하게 거론하지 않았다. 이러한 사정은 고려시대를 다룬 제3장의 제명을 그가 '시가(詩歌)의 한역시대(漢譯時代)'라 달아 놓은 데에서도 직접적으로 간취된다. "[고려의 문인들이] 오로지 漢文만을 써나와 朝鮮의 文學은 겨우 漢譯의 힘을 빌어 그 生命을 保存하얏다."라는[37] 언술에서도 드러나듯, 조윤제는 고려가사의 존재가 고려시대 시가사 내지 문학사의 특질을 재고하게 할 만큼 중요하게 부각될 수는 없다고 보았던 것이다. 특히 그는 고려가사의 대다수를 차지하는 『악학궤범』·『악장가사』 소재 작품들을 제3장의 마지막 절인 '고려(高麗)의 속악(俗樂)'에서 차례로 개관하는 데 그쳤는데, 여기서 '속악' 혹은 '속악가사(俗樂歌詞)'라는 말은 『악학궤범』이나 『악장가사』의 편명에서 그대로 가져 온 것이다. 김태준이 '고려가사'라는 용어를 새로 만들어 내면서까지 이들 작품이 '고려'의 소산이라는 점을 강조하려 애썼던 데 비해 조윤제는 보다 객관적인 자세로 문헌 위주의 검토를 수행하면서 현상을 제시하는 데 주력했던 것이다. '고려문학사는 오직 고려가사로 쓰여질 것'이라 했던 훗날 김태준의 공언이 조윤제의 시가사 서술에서는 관

---

37 조윤제, 앞의 책, 88면.

철되지 않았던 셈이다.

조윤제가 기왕의 고려가사를 시가사 서술에서 적극적으로 활용하지 않았던 주요 이유 가운데 하나는 작품들의 형식이 일정하지 않기 때문으로 추정된다. 그가 『조선시가사강』에서 중시했던 사항은 개개의 작품들을 넘어서는 양식사적 특징과 변천이었다. 그는 특정 시대나 특정 사조가 작품의 양식을 구성하는 데 중요한 영향을 끼치게 된다고 보았으며, 그렇게 구성된 양식 속에서 개별 작품의 특징과 미감도 도출해 낼 수 있다는 입장을 시종 지니고 있었던 것이다. 이 같은 논의 구도 속에서 예의 중요하게 거론되는 것이 '성형시(成型詩)', 곧 정형시 양식이었다. 『조선시가사강』의 목차를 '향가시대(鄕歌時代)'·'가사송영시대(歌辭誦詠時代)'·'시조문학발휘시대(時調文學發揮時代)' 등 양식사적 변천에 주목하여 구성해 놓은 것 역시 그러한 시각을 반영하는 사례이다.[38]

때문에 조윤제는 작품마다 모두 다른 형식을 지닌 고려가사를 하나의 응집력 있는 양식으로 규정하기는 어려울 뿐만 아니라 이들 작품을 따로 군집화하려는 시도조차도 합당하게 여기지 않았던 것으로 보인다.[39] 이를테면 김태준은 조선시가사, 나아가 조선문학사의 공백을 메우는 데 고려가사가 대단히 중요하게 기여할 수 있으리라는 확신을 내

---

38 이와 관련하여 안확이 '가시(歌詩)', 김태준이 '가요(歌謠)'라는 용어를 사용한 데 비해 조윤제는 '시가(詩歌)'를 내세웠던 사실도 주목할 만하다. 류준필이 지적한 바와 같이, 이들 가운데 어떤 용어든 음악과의 관련성을 중시한다는 점에서는 동일하지만, '시가'는 문학적 성격을 보다 강조한다는 점에서 차이가 있다. 즉, '시가'는 자연발생적인 민속이나 생활로서의 성격과는 일정한 거리를 두는 용어인 것이다. [류준필, 앞의 논문, 146~147면 참조.]

39 고려가요를 하나의 단일한 양식으로 파악하고 그 안에서 기본형·변격형·파격형 등을 설정하는 방식은 후대의 논자들 사이에서 적지 않게 시도되었던 바이다. 대표적으로 정병욱(鄭炳昱, 1922~1982)의 논의가 여기에 해당한다: 정병욱, 「한국시가문학사(上)」, 고려대 민족문화연구소 편, 『韓國文化史大系 V: 언어·문학사』, 고대 민족문화연구소 출판부, 1967, 802~808면.

비쳤던 데 반해, 조윤제는 『악학궤범』·『악장가사』 등에 산재한 고려가사를 조선시가의 정격적 반열에 위치시키는 순간, 조선시가의 역사적 발전상이나 맥락은 오히려 훼손될 될 수밖에 없다는 인식을 지니고 있었던 것이다. 20여 편이나마 남아 전하는 고려가사를 과히 중요하게 처리하지 않은 대신 조윤제는 상당한 추정을 거듭해 가면서까지 그가 고려시대의 '성형시' 양식이라 규정했던 진작(眞勺)의 본체를 밝혀내기 위해 노력하였거니와,[40] 그 또한 개별 작품보다는 양식의 변천을 위주로 시가사를 집필하려 했던 의도가 반영된 결과라 할 수 있다.

요즘의 관점에서도 조윤제의 이 같은 소견은 여전히 유효하게 계승되고 있는 것이 사실이다. '고려가요'·'고려속요'라는 조어 대신 '속악가사'라는 객관적 지칭을 선호하거나 고려가요 갈래의 실체에 대해 비판적 시각을 표출하는 오늘날 연구자들의 입장은 바로 『조선시가사강』에 피력된 조윤제의 견해와 잇닿아 있는 것이다.[41]

이처럼 고려가요의 의의나 실상에 대한 시각차는 해당 논의가 처음으로 본격화된 1930년대부터 이미 잠재되어 있었다는 사실이 발견된다. 대략 양주동의 『여요전주』를 기점으로 논의의 균형은 한동안 김태준의 논리 쪽으로 기울게 되지만, 조윤제의 반론적 시각 역시 만만치 않은 영향력을 확보하고 있었던 것이다. 저간의 사정을 되짚어 보면, 고려가요와 관련된 논란은 결코 국문학의 단일 갈래를 설정하는 문제에 국한되지 않는다. 논란 자체가 국문학사를 합리적으로 서술해 내기 위한 치열한 고민의 산물일 뿐 아니라, 그러한 모색의 과정이 현재까지

40 조윤제, 앞의 책, 96~102면.

41 가령, 조동일, 조규익 등 적지 않은 국문학 연구자들이 '속악가사'라는 명칭을 보다 선호한다. 한편, 고려가요 갈래의 실체성에 대해서는 여러 논자들에 의해 비판적 견해가 제시되어 왔으며, 김흥규에 의해서 그러한 반론들이 보다 논리적으로 종합된 바 있다: 김흥규, 「고려속요의 장르적 다원성」, 『한국시가연구』 1집, 한국시가학회, 1997, 37~55면.

도 이어져 내려오고 있기 때문이다. 이미 시한이 다한 것처럼 보이기도 하는 김태준의 고려가사 관련 저술들을 깊이 있게 되새겨야만 하는 이유가 여기에 있다.

한국문학과 시가를 바라보는 외부의 시선

19세기말 서구인 윌리엄 G. 애스턴의 한국문학 인식

1. 들어가며

일찍부터 서구인들의 동아시아 인식은 중국과 일본에 대한 탐문을 바탕으로 추동되었기 때문에 동아시아의 언어나 문화에 대한 초기의 연구가 중국과 일본에 치중되었던 것은 자연스러운 현상이었다. 그에 비해 한국에 대한 서구인들의 관심은 상대적으로 미미한 편이었지만, 근래에 들어 19세기말 서구인들의 한국관을 보여 주는 여러 자료가 새로 발굴되고 한국을 관찰했던 서구 인사들의 면면과 관계 또한 부각되면서 이에 대한 본격적인 연구가 시도되고 있다.

그 가운데 특히 한국문학과 관련하여서는 제임스 S. 게일(James Scarth Gale, 기일(奇一), 1863~1937)·호머 B. 헐버트(Homer Bezaleel Hulbert, 흘법(訖法)·할보(轄甫), 1863~1949)·모리스 쿠랑(Maurice Courant, 1865~1935) 등이 주목을 받았으며, 엘리 B. 랜디스(Eli Barr Landis, 남득시(南得時), 1865~1898)·프레데릭 S. 밀러(Frederick Scheiblin Miller, 민로아(閔老雅), 1866~1937) 등에 대해서도 일부 논의가 진행되었다. 이러한 성과를 바탕으로 19세기 말에서 20세기 초 사이 재한(在韓) 서구인들 사이에 한국문학이 어떠한 방식으로 논의되고 서구에 소개되었는지 어느 정도 큰 그림

을 그려 볼 수 있게 되었다.[1]

다만, 위에 언급한 인사들이 대개 외교나 선교 등의 목적으로 한국에 오랜 기간 체류하였거나 한국에 대한 관심을 처음부터 뚜렷이 표명하였던 경우에 해당한다면, 중국이나 일본에서 주로 활동했던 서구인들 가운데에도 일부 한국에 관한 탐구를 진행하였던 사례가 존재한다는 점에 주목할 필요가 있다. 예컨대 일본 한슈(藩主)의 초청으로 도쿄 카이세이학교(開城學校)에서 학생들을 가르쳤던 윌리엄 E. 그리피스(William Elliot Griffis, 1843~1928)는 일본을 연구하던 중 일본과 여러모로 밀접한 관계를 지녀 왔던 한국에 대해서까지 시야를 확장하면서 1882년에 『은자의 나라 한국(*Corea, the Hermit Nation*)』을 출간하기에 이른다. 이는 일본측 자료를 바탕으로 이루어진 간접적 관찰에 해당하지만, 그의 저작이 한국에 대한 당시 서구인들의 관심을 촉발하는 데 매우 중요한 계기가 되었던 것은 분명하다.[2]

【그림1】 윌리엄 G. 애스턴

이 글에서 다루게 될 윌리엄 G. 애스턴(William George Aston, 아수돈(阿須頓), 1841~1911) 역시 일본에서 활동하고 일본에 대한 연구를 주로 수행했던 서구 지식인이라는 점에서 그리피스와 유사하다. 물론 애스턴은 한국을 특화한 단행본을 출간한 바가 없기는 하나, 한국을 표제로 한 에세이를 수편 작성한 데다, 그의 일본 관련 저술 속에 한국에 대한 서술을 일

---

1 이상현, 『한국 고전번역가의 초상: 게일의 고전학 담론과 고소설 번역의 지평』, 소명출판, 2013; 김승우, 『19세기 서구인들이 인식한 한국의 시와 노래』, 소명출판, 2014 등.

2 이영미, 「그리피스(1843~1928)의 한국 인식과 동아시아」, 인하대 박사학위논문, 2015, 136~138면.

부 게재하였던 바, 이들을 면밀히 살펴보아야 할 필요성은 충분하다. 더구나 그리피스와 달리, 애스턴은 한국어를 학습하는 데에도 큰 열의를 보이면서 한국어를 듣고 이해할 수 있는 능력을 갖추었을 뿐만 아니라 단기간이나마 한국에 체류하면서 한국의 출판문화와 서지를 직접 탐문하기도 하였다.

이러한 사정을 감안하면 애스턴은 한국에 대한 이해도에 있어서 당시 어떤 서구인들에 비해서도 뒤지지 않는 수준을 지니고 있었다는 판단이 가능하다. 그의 저작에 대한 분석을 통해 19세기말 한국과 한국문학에 대한 서구인들의 관점을 한층 정교하게 검토하는 한편, 보다 동아시아적인 시각을 지닌 인사의 한국문학관을 살필 수 있는 기반도 마련할 수 있을 것이다. 이하에서는 애스턴이 한국에 관심을 가지게 된 경위를 살핀 후, 한국문학에 대한 그의 논평을 분석하는 순서로 논의를 진행해 가고자 한다. 이로써 애스턴에 대한 종래의 연구 성과들을 보완하고 확충하게 될 것이다.[3]

---

3 애스턴에 대한 종래의 연구는, 그의 한국 고서 수집 과정 및 내역을 분석한 논문과 한국어 학습서 『한국의 설화들(*Corean Tales*)』의 성격 및 특징을 분석한 논문이 주종을 이룬다: 코뱌코바 울리아나, 「애스톤문고 소장 『Corean Tales』에 대한 고찰」, 『서지학보』 32호, 한국서지학회, 2008, 77~99면; 박진완, 「러시아 동방학연구소 애스턴 문고의 한글 자료: 한국어 학습 과정과 관련하여」, 『한국어학』 46, 한국어학회, 2010, 199~228면; 허경진·유춘동, 「러시아 상트페테르부르크 국립대학과 동방학연구소에 소장된 조선전적(朝鮮典籍)에 대한 연구」, 『열상고전연구』 36집, 열상고전연구회, 2012, 9~32면; 허경진·유춘동, 「애스턴(Aston)의 조선어 학습서 『Corean Tales』의 성격과 특성」, 『인문과학』 98집, 연세대 인문학연구원, 2013, 33~53면; 정병설, 「러시아 상트베테르부르크 동방학연구소 소장 한국 고서의 몇몇 특징」, 『규장각』 43, 서울대 규장각 한국학연구원, 2013, 145~166면; 유춘동, 「국외소재문화재재단지원, 구한말 영국공사 애스턴(Aston)이 수집했던 조선시대 전적 조사의 성과와 과제」, 『열상고전연구』 46집, 열상고전연구회, 2015, 13~29면; 백진우, 「영국 케임브리지대학 소장 한국 고전적 자료의 현황과 특색: 개인 수집가를 중심으로」, 『열상고전연구』 46집, 열상고전연구회, 2015, 31~59면 등. 한편, 애스턴의 한국문학관에 대해서는 김성철, 「19세기 후반~20세기 초반 서양인들의 한국 문학 인식 과정에서 드러나는 서구 중심적 시각과 번역 태도」, 『우리문

2. 애스턴의 생애와 한국

애스턴의 생애와 전반적인 활동에 대해서는 선행 연구들에서도 소개된 바 있으므로, 여기에서는 일본에 대한 그의 관심이 한국에 대한 관심으로까지 확산된 궤적만을 간추려 살피게 될 것이다.[4] 현재 북아일랜드(Northern Ireland) 지역인 데리(Derry)의 평범한 집안에서 출생한 애스턴은 1860~1863년 동안 벨파스트(Belfast)의 퀸스칼리지(Queen's College)에서 라틴어·그리스어·프랑스어·독일어 등 여러 언어를 학습하였고, 졸업 후에는 도쿄[東京] 주재 영국 공사관에 견습 통역관(student interpreter)으로 파견되어 일본 및 동아시아 지역과 처음 인연을 맺게 된다.

그는 이내 일본의 언어와 문화를 탐문하고 관련 저작들을 읽어 가며 일본에 관한 학술적 연구를 수행하기 시작하는데, 당시에는 이미 어네스트 M. 새토우(Ernest Mason Satow, 1843~1929), 배질 H. 체임벌린(Basil Hall Chamberlain, 1850~1935) 등과 같은 재일 영국인들이 일본에 관한 저술을 집필하고 있던 때이므로, 애스턴은 이들과 지속적으로 교류하면서 연구를 심화하게 된다. 실제로 체임벌린·새토우·애스턴의

학연구』 39집, 우리문학회, 2013, 101~105면; 이상현·윤설희, 「19세기 말 在外 외국인의 한국시가론과 그 의미」, 『동아시아문화연구』, 56집, 한양대 동아시아문화연구소, 2014, 331면 등에서 논의되었으며, 주로 그의 「한국의 대중문학(Corean Popular Literature)」이 다루어졌다. 이 글에서는 「한국의 대중문학」 이외의 글을 포함하여 논의하는 한편, 중국문학 및 일본문학과 관련된 지점을 거론하고자 한다.

4 애스턴의 생애에 대해서는 Peter Kornicki, "Aston, Cambridge and Korea," University of Cambridge, Web. 25 Oct. 2015. 〈http://www.ames.cam.ac.uk/postgraduate/copies-oldpages/deas-korean/aston-and-korea〉; 코뱌코바 울리아나, 앞의 논문, 81~86면; Robert Neff, "William George Aston: 'intellectual explorer' of Korean," *The Korea Times*, 21 Aug. 2011, p.14; 임경석·김영수·이항준 편, 『한국근대 외교사전』, 성균관대 출판부, 2012, 338~340면 등에서 다루어진 바 있다.

세 영국인은 일본학(日本學, Japanology)을 확산한 초기 학자들로 지목되고 있으며, 그들의 연구 업적을 수합하는 작업이 이미 이루어진 바 있기도 하다.[5]

분과 학문의 경계가 뚜렷하지 않았던 당시로서는 일본의 역사·문화·언어·정세 등에 대해 특별히 구분을 두지 않고 일본학이라는 포괄적 견지에서 연구가 진행되기 마련이었다. 애스턴의 경우만 해도 일본어의 계통과 특징에 대한 언어학적 관심을 우선 드러내었으되, 곧 일본의 문학과 역사에 대한 연구로 그 영역을 확장한다. 이처럼 그의 관심사가 점차 확대되어 가는 궤적 속에 일찍부터 한국에 관련된 주제가 등장한다는 점은 눈여겨 볼 필요가 있다. 이를 확인하기 위해 애스턴이 발표했던 초기의 주요 저작들을 아래에 나열한다.

ⓐ Has Japanese an Affinity with Aryan Languages [1874]
ⓑ An Ancient Japanese Classic(the Tosa Nikki, or Tosa Diary) [1875]
ⓒ *A Grammar of the Japanese Written Language* [1877]
ⓓ Hideyoshi's Invasion of Korea [1878~1883]
ⓔ A Comparative Study of the Japanese and Korean language [1879]
ⓕ Proposed Arrangement of the Korean Alphabet [1880]

일본어가 인구어(印歐語, Indo-European languages)와 어떠한 연관을 맺는지 탐문한 ⓐ와, 일본어 문법서인 ⓒ는 그의 일본어 학습이 단지

---

5 A. George, Ed., *Early Japanology: Aston, Satow, Chamberlain: reprint from Transactions of the Asiatic Society of Japan*, Tokyo: Yushodo Press, 1997; "近代日本學のパイオニア: チェンバレンとアーネスト・サトウ", 横浜開港資料館, 2017. 1. 13. 〈http://www.kaikou.city.yokohama.jp/journal/126/index.html〉.

외교관에게 필요한 의사소통 능력을 향상시키려는 실용적 목적에만 국한되지 않고 일본어에 대한 학술적 탐구에까지 미치고 있다는 사실을 잘 보여준다. 한편, 그 사이에 끼어 있는 ⓑ는 애스턴이 일본어에 대해서뿐만 아니라 일본의 고문헌과 문학에 대해서도 조예를 지니고 있었다는 사실을 시사한다. 그가 다룬 『토사니키(土佐日記)』는 중세 가나[假名] 문학의 주요 작품 가운데 하나로 거론되거니와 애스턴 또한 『토사니키』의 가치를 인식하고 이를 해제하여 서구에 소개하였던 것이다.[6]

시기상 그에 잇달아 나오는 ⓓ·ⓔ·ⓕ는 애스턴의 한국관과 관련 지어 중요하게 살펴야 할 저술이다. 셋 모두 한국의 역사와 언어에 대한 상당 기간의 학술적 탐구를 기반으로 작성된 것이라 파악되기 때문이다. 이러한 애스턴의 학적 편력은 체임벌린이나 새토우와 비교해도 이례적이라 할 만한데, 그들이 일본학자(Japanologist)로서의 위상을 유지하면서 시종 일본에 대한 연구에 치중했던 데 비해서 애스턴은 일본에 대한 학술 논문을 발표하기 시작한 지 4~5년 사이에 이미 일본에 대한 관심을 한국에 대한 관심으로까지 이어갔다는 사실을 확인할 수 있다.

먼저 ⓓ는 일본사와 관련된 애스턴의 첫 에세이인데, 일본사에 대한 그의 관심이 공교롭게도 한일 관계사에 해당하는 임진왜란(壬辰倭亂)을 다룬 글로 처음 표출되었다는 점은 흥미롭다. 물론 제목부터 '히데요시의 한국 침략(Hideyoshi's Invasion of Korea)'이라 하여 '조선출병(朝鮮出兵)'·'분로쿠노에키[文祿の役]'와 같이 일본의 입장을 반영한 시각이 분명히 드러나 보이기는 하지만, 실제 서술된 내용을 보면 당시 조선과 일본, 그리고 동아시아 전체의 정세를 비교적 포괄적으로 서술하려는

---

6 이 작품은 후일 그의 『일본문학사』에서도 비중 있게 다루어진다: W. G. Aston, *A History of Japanese Literature*, New York: D. Appleton and Company, 1899, pp.67-76.

시도 또한 적지 않게 발견된다.

> 한국과 일본의 관계는 처음 교류가 시작되었던 기원전부터 히데요시의 치세기에 이르기까지 큰 부침을 겪어 왔다. 일찍이 한국은 중국의 학술과 문물을 전해 준다는 점에서 일본의 스승과도 같은 모습을 나타냈다. 한국인들은, 1231년에 일본에 상륙하려다가 실패했던 쿠빌라이칸의 지휘 아래 대규모 병력을 동원하기도 하였다. 또 다른 시기에는 한국이 일본 침략군에게 내침을 당해 일부 지역이 일본 관원들에 의해 통치되었다거나, 복종의 증표로 한국이 일본에 많은 조공을 바쳤다고도 한다. 14세기말에 한국이 중국의 보호 아래 단일 국가로 통일된 이후로는 약 2백 년 동안 일본과 한국이 대등하고도 우호적인 관계로 교류했다. 국서와 증정품을 지참한 사절들이 정기적으로 양국 사이를 오갔으며, 쓰시마섬[對馬島]의 일본 상인들에 의해 무역도 이루어졌다. 그들은 일본에서 가장 가까운 부산(Pusan; Fusan) 지역에 근거지를 마련하기도 했다.[7]

「히데요시의 한국 침략」은 1878·1881·1883년에 각각 한 편씩 총 세

7 "The relations of Korea and Japan underwent great vicissitudes from their beginning in the first century B.C. until Hideyoshi's time. At an early date, Korea appears as the instructor of Japan in Chinese learning and in the arts of civilization. Koreans swelled the numbers of the army which under Kublai Khan attempted vainly to effect a landing in Japan in A.D. 1281. At other times we hear of Korea being overrun by Japanese invading armies, of its being governed in part by Japanese officials, or paying to Japan a heavy tribute in token of submission. From the union of Korea into one state towards the end of the 14th century under the protection of China, Japan and Korea met each other on equal and friendly terms for about two hundred years. Embassies bearing letters and presents were periodically exchanged between the two countries, and a trade was carried on by Japanese merchants of the island of Tsushima, who had an establishment at Pusan(Fusan), a town in that part of Korea nearest to Japan." [W. G. Aston, "Hideyoshi's Invasion of Korea," *Transactions of the Asiatic Society of Japan*, vol.6, pt.2, Tokyo: The Asiatic Society of Japan, 1878, p.227.]

편으로 나뉘어 『왕립아시아학회 일본지부 회보(*Transactions of the Asiatic Society of Japan*)』에 수록되었는데, 그 첫 부분에서 애스턴은 한국과 일본의 관계를 고대사부터 개관해 나가면서 한국이 일본의 학술과 문화를 정립하는 데 미친 영향을 서술하는가 하면, 『니혼쇼키(日本書紀)』 등에 근거를 둔 이른바 남선경영론(南鮮經營論)을 언급하면서도 이를 확정하지는 않는 유보적 태도를 보이기도 한다. 또한 16세기 후반에 조선과 일본이 마찰을 빚을 수밖에 없었던 이유를 당시 양국의 정세나 교류와 연관 지어 설명하는 등 비교적 객관적인 입장을 견지한 서술도 이하 부분에서 확인된다.

실제로 애스턴이 이 글을 쓰기 위해 참고한 자료는 『세이칸이랴쿠(征韓偉略)』·『조센모노가타리(朝鮮物語)』·『조센세이바츠키(朝鮮征伐記)』 등 대부분 일본측의 사료였지만, 유성룡(柳成龍)의 『징비록(懲毖錄)』도 보았던 것으로 확인되는데,[8] 그만큼 그는 임진왜란을 조선측의 입장에서 바라보는 관점에 대해서도 고려하고 있었던 것이다. 이러한 사정은 그가 이전부터 한국의 문헌을 깊이 있게 파악하고 있었다는 사실을 짐작케 하는 단서가 된다.[9]

한국에 대한 애스턴의 관심은 이어지는 글에서 보다 분명하게 드러난다. ⓔ와 ⓕ 모두 한국어를 다룬 글로서, 한국어에 대한 애스턴의 이해도를 잘 보여준다. 특히 ⓔ의 경우에는 한국어와 일본어의 특징을 음성체계(their phonetic systems)·문법의 기능(the functions of their grammar)

---

8 ダブルュー·ジー·アストン, 增田藤之助 譯, 『豊太閤征韓史: 英和對譯』, 東京: 隆文館, 1907, 2면.

9 최근 백진우의 면밀한 연구를 통해, 한국과 한국어에 대한 애스턴의 관심이 새토우와 주고받은 서신에 잘 드러난다는 점이 확인되었다. 대략 1879년부터 1882년까지 애스턴은 새토우와 서신을 교환하면서 한국어와 한국 서적에 대해 여러 차례 논의하였다. [백진우, 앞의 논문, 43~53면.]

·문법적 과정의 성격(the character of their grammatical procedures)의 측면에서 세밀하게 비교하고 그 특징을 분석한 논문으로 한국어의 계통을 밝히기 위한 당시 서구인들의 논의 가운데 분석의 범위나 깊이에 있어서 단연 두드러진다.[10]

한편, ⓕ는 한글 자모의 배열 방식에 대한 애스턴 자신의 제안을 피력한 성과이다. 흔히 통용되고 있는 한글 자모의 배열 순서가 불합리하여 한국어 학습자들에게 혼란을 준다는 문제점을 제기하면서 한국어의 음운 체계에 따라 자모를 합리적으로 다시 배열해야 한다는 주지를 담고 있다.[11] 이 과정에서 한글 자모가 당초부터 조음(調音) 기관의 형상을 본떠 만든 과학적 산물이라는 점을 지적하였는데, 글 중간에 한글의 창제자를 단지 '창제자(inventor)'라고만 언급한 것으로 미루어 애스턴이 『훈민정음(訓民正音)』 또는 이와 관계된 기록을 직접 보지는 못했으리라 생각되지만, 그럼에도 불구하고 그는 한글의 제자 원리를 근접하게 추정해 내었던 것이다.

당시까지 애스턴은 한국을 방문한 적이 없고 한국과 관련된 업무를 수행하지도 않았으나, 한국의 역사와 언어에 대한 관심을 유지하면서 이처럼 선도적인 연구 성과를 제출하였다. 애스턴의 고찰은 단순한 호기심의 수준을 넘어 학술적인 성향을 띨 뿐만 아니라 일본에서 한국으로 관심의 영역이 확장된 시기 역시 상당히 빨라서 일본에 대한 연구와 한국에 대한 연구가 거의 동시에 이루어진 현상마저 발견할 수 있다.

---

10 송기중, 「19세기 서양인의 국어 계통론」, 『알타이학보』 12호, 한국알타이학회, 2002, 190~194면. 차후 일본인들의 한국어 연구에도 이 글은 큰 반향을 일으킨 것으로 평가된다. [같은 논문, 194면.]

11 W. G. Aston, "Proposed Arrangement of the Korean Alphabet," *Transactions of the Asiatic Society of Japan*, vol.8, pt.1, Tokyo: The Asiatic Society of Japan, 1880, pp.58-60.

【그림2】 대한제국 시기의 주한 영국공사관

한국에 대한 그 같은 관심은 1884년 4월에 애스턴이 한성 주재 초대 영국 영사로 발령을 받아 한국에 상주하게 되면서 더욱 강화될 수 있는 계기가 마련된다.[12] 애스턴은 첫 영국 영사일 뿐만 아니라 한국에 상주한 첫 서구 외교관이기도 했던 만큼 고종(高宗) 역시 그를 무척 환대했던 상황을 『승정원일기(承政院日記)』에서 확인할 수 있다.[13] 그러나 당시 조선은 대원군(大院君)과 민비(閔妃, 명성황후(明成皇后), 1851~1895) 세력 간의 갈등이 첨예하던 격동기였던 데다 급기야 이해 12월에 갑신정변(甲申政變)이 일어나면서 정세가 더욱 불안정한 상황으로 치닫게

12 애스턴은 1882년 6, 8, 9월과 1883년 3, 5, 11월에도 조영수호통상조약(朝英修好通商條約, Treaty of Friendship and Commerce between Great Britain and Corea)을 체결 및 비준하는 등의 문제로 한국을 수일간씩 방문한 적이 있었으나, 그가 한성에 상주하면서 한국 관련 업무를 전담하기 시작한 것은 1884년 4월부터이다. [임경석·김영수·이항준 편, 앞의 책, 339면 참조.]

13 『승정원일기』 고종22년 8월 1일(정묘). 그는 조영수호통상조약을 영국측의 입장에 맞게 개정하는 한편 한국의 지정학적 중요성을 영국 정부에 전달하는 데에도 주력하였던 것으로 알려져 있다. [Kornicki, op. cit.]

된다. 그러한 일련의 사건으로 애스턴은 영사로 취임한 바로 이듬해인 1885년 1월에 일본으로 돌아가고 마는데, 한국을 직접 관찰할 수 있었던 모처럼의 기회가 이렇듯 제약된 것은 초기 한국학(韓國學, Koreano-logy) 연구의 중대한 손실이 아닐 수 없다.[14]

그럼에도 불구하고 애스턴은 일본으로 돌아와서도 한국어 학습을 지속해 갔으며, 이 과정에서 김재국(Kim Chaikuk·Kim Chaekuk, ?~?)이라는 한국인 교사의 도움을 받기도 하였다. 한동안 한국을 다룬 에세이를 발표하지 않았으나, 이는 한국에 대한 관심이 퇴색했다기보다는 그 즈음 일본에 대한 연구에 보다 집중했기 때문인 듯하다. 실제로 1889년 5월에 애스턴이 건강상의 사유로 은퇴하고 고국으로 돌아가 저술 활동에 주력하면서부터는 한국에 대한 에세이도 다시금 등장하게 되는 것이다. 주요한 내역을 나열하면 아래와 같다.

ⓖ Corean Popular Literature [1890]
ⓗ The Önmun – When Invented [1895]
ⓘ Writing, Printing and the Alphabet in Korea [1895]
ⓙ *A History of Japanese Literature* [1899]
ⓚ Chhoi-Chhung: A Corean Märchen [1900]

1890년 이래 발표된 위 저작들은 이전의 글들에 비해 더욱 전문화된 식견을 담고 있는 것으로 파악된다. 가령, 한국을 떠나온 지 5년이 지난 시점에 발표된 ⓖ에서는 한국의 서적과 문학에 대한 전반적인 설명을

14 그는 영국이 거문도(巨文島)를 점령한 사안을 해결하기 위해 1885년 6월에 한성으로 재차 파견되지만, 이듬해에 일본으로 또 다시 돌아간다. [임경석·김영수·이항준 편, 앞의 책, 340면 참조.]

시도하는 한편, 구체적인 작품을 들어 한국문학의 특질을 서구에 소개하고 있다. 한국문학에 대한 서구인의 논의로서는 매우 이른 시기에 나온 사례에 해당한다.[15] 또한 훈민정음의 창제 과정에 대한 논문 ⓗ와 한국어의 표기 및 출판문화를 다룬 논문 ⓘ도 같은 해에 잇달아 발표하는데, 앞서 1880년에 쓴 ⓕ와 비교해 보면, 한글에 대한 애스턴의 이해가 훨씬 진전된 사정을 확인할 수 있다. 1880년에는 일본인들의 조선어 학습서를 바탕으로 한글을 논의했던 데 비해, 이 무렵에는 『국조보감(國朝寶鑑)』의 구절을 직접 인용하여 한글의 창제 과정과 제자 원리를 자세히 소개하였던 것이다.[16]

1896년 이후에는 일본에 관한 저작이 주를 이룬다. 특히 ⓙ는 처음으로 저술된 일본문학사 단행본으로서 일본인 학자들 사이에서도 일찍부터 그 가치를 인정받아 왔는데, 부분적으로 한국과 관련된 서술이 포함되어 있어서 해당 내역을 검토해 볼 필요가 있다. 한편, 학술지에 발표된 것으로는 한국에 관한 마지막 논의로 파악되는 ⓚ는 고소설 「최고운전(崔孤雲傳)」의 이본 「최충전(崔忠傳)」을 다룬 글이다. 한국어문학에 대한 그의 관심이 늦게까지 지속되고 있다는 점을 보여주는 사례로서 거론할 만하다.

이상과 같은 진전된 성과들은, 비록 단기간이나마 그가 한국에 머무는 동안 습득한 여러 견문이 상당 정도 뒷받침되었기 때문에 작성될 수 있었다고 파악된다. 그는 특히 한국의 서적을 수집하고 열람하는

15 가령, 한국문학에 대해 다수의 논저를 남겼던 제임스 게일이나 호머 헐버트가 1895년부터 『한국휘보(*The Korean Repository*)』에 비로소 한두 편씩의 에세이를 발표하기 시작했던 것과 비교해 보면 시기상 약 5년을 앞선다.

16 Jaehoon Yeon, "Queries on the origin and the inventor of Hunmin chŏngŭm," SOAS-AKS, Web. 25 Oct. 2015. 〈https://www.soas.ac.uk/koreanstudies/soas-aks/soas-aks-papers/file43078.pdf〉.

데 열의를 보였거니와, 그러한 탐문이 은퇴 후 본격적인 학술적 성과로 귀결되어 나왔던 것이다.

3. 애스턴의 저술에 나타난 한국문학

한국을 다룬 애스턴의 저작을 세분하면 한국어·한글·인쇄술과 서적·한국문학에 관한 것 등 몇 가지로 다시 나누어 볼 수 있겠는데, 이 가운데 문학에 관해서는 과히 많은 견해를 남긴 편이 아니지만, 초기 서구인 논자들 가운데에서도 애스턴이 비교적 이른 시기에 속해 있으며 따라서 그의 논의가 후속 논의에 중요한 영향을 미칠 개연성이 다분하다는 점을 감안하면, 비록 사소한 내역일지라도 정교하게 분석해 볼 필요가 있다. 이에, 애스턴이 한국문학에 대해 어떠한 견해를 지니고 있었고, 그러한 견해가 표명된 배경은 무엇인지 ⓖ·ⓙ·ⓚ 등 주요 저작을 중심으로 살펴보고자 한다.

1) 한국문학의 전반적 특질에 대한 논평 : 「한국의 대중문학(Corean Popular Literature)」

가장 대표적인 저작은 역시 「한국의 대중문학」이다. 애스턴이 동아시아에서의 활동을 정리하고 영국으로 떠난 직후인 1890년에 발표한 이 글에서는 '대중문학(popular literature)'이라는 표제에 걸맞게 일반 백성들이 흔히 접하는 작품들을 위주로 한국문학을 검토하였다. 이때 '대중적(popular)'이라는 말은 한글로 이루어진 문헌을 지칭하기 위한 수식으로서, 이후 게일이나 헐버트 등 다른 서구인들이 사용했던 '방언적(vernacular)'·'구어적(colloquial)'이라는 용어와도 의미상 상통한다.

COREAN POPULAR LITERATURE.

BY

W. G. ASTON, C. M. G.

(Read 22nd January, 1890.)

The popular literature of Corea has received little attention from European scholars. Nor is it much honoured in its own country. It is conspicuously absent from the shelves of a Corean gentleman's library, and is excluded even from the two bookshops of which Sŏul boasts, where nothing is sold but works written in the Chinese language. For the volumes in which the native Corean literature is contained, we must search the temporary stalls which line the main thoroughfares of the capital or the little shops where they are set out for sale along with paper, pipes, oil-paper, covers for hats, tobacco pouches, shoes, inkstones crockery—the *omnium gatherum*, in short, of a Corean 'General Store.' Little has been done to present them to the public in an attractive form. They are usually limp quartos, bound with coarse red thread in dirty yellow paper covers, after the manner with which we are familiar in Japan. Each volume contains some twenty or thirty sheets of a flimsy grayish paper, blotched in places with patches of other colours, and sometimes containing bits of straw or other extraneous substances, which cause grave difficulties to the decipherment of the text. It is not unfrequently a question whether a black mark is part of a letter or only a bit of dirt. One volume generally constitutes an entire work. There are no fly leaves, no title-page, no printer's or publisher's name and no date or place of publication. Even the author's name is not given. The printer's errors

ASTON: ON COREAN POPULAR LITERATURE. 105

are numerous, and the perplexity they occasion is increased by the confusion of the spelling. For the word 'orthography' has no meaning in Corea, any more than it had in England four hundred years ago. Every writer spells as seems good in his own eyes, and persons and provincial peculiarities are always traceable. There is no punctuation, and nothing to show where one word ends and another begins. A new chapter or paragraph is indicated, not by any break in the printing, but by a circle, or by the very primitive device of inserting the words 'change of subject.'

The character used is a cursive form of the *Önmun*, an alphabetical form of writing which has been in use in Corea for several hundred years. It is a simpler form of the same script to which some Japanese writers have attributed a Japanese origin, styling it the 'character of the age of the Gods.' To those who are familiar only with the more distinct form of this writing used in some printed books, the cursive character is almost, or even altogether illegible. There are numerous contractions, some almost undistinguishable from each other, and the letters run into one another, so that it is hard to know where one ends and another begins. When to these difficulties are added printer's mistakes, erratic spelling, or *lacunae* produced by holes in the paper, the most enthusiastic student may sometimes be tempted to pass on in despair, leaving a *hiatus valde deflendus* in the story.

The use of an alphabetical character for a language highly charged with Chinese words, is a circumstance which has an obvious bearing on the movement now in progress for the adoption of Roman letters, or Japanese *kana*, in writing Japanese. Here we have a literature where not a single Chinese character is used except for the paging. This example seems, and no doubt is, encouraging to the promoters of these systems, but it should be noted that no scientific, theological, or other learned work is or can be written in this manner. Beyond a certain point the *Önmun* alone is unintelligible. Even in the ordinary popular tales,

【그림3】「한국의 대중문학(Corean Popular Literature)」

이처럼 애스턴이 '대중문학'이라는 주제를 다룰 수 있었던 것은 한국에 대한 직접적 체험이 뒷받침되었기 때문이다. 일본측의 자료를 통해 한국문학을 검토할 때에는 아무래도 동아시적 견지에서 이루어진 한문학의 자산을 위주로 논의할 수밖에 없었던 반면, 한국에 체류하는 동안에는 각종 필사류와 국문 문헌을 폭넓게 확인할 수 있었던 데다 그러한 문헌이 어떠한 경로로 생산되고 유통되는지에 대해서도 대략적으로나마 파악할 수 있었던 것이다. 이 글의 서두에서부터 그와 같은 견문이 표출되고 있다.

> 유럽 학자들은 한국 대중문학에 대해 거의 관심을 보이지 않았다. 한국 대중문학이 그다지 추앙받지 못하는 사정은 한국 안에서도 마찬가지

> 이다. 이례적일 만큼 사대부(gentleman)의 서가에는 한국의 대중문학이 비치되어 있지 않으며, 심지어 서울에 있는 유력한 두 서점에서도 한국 대중문학은 취급하지 않고 한문 서적만 판매한다. 고유한 한국문학이 수록되어 있는 책을 구하기 위해서는 서울의 주요 대로에 늘어선 가판을 뒤적거리거나, 종이 · 곰방대 · 기름종이 · 삿갓 · 담배쌈지 · 신발 · 벼루와 같은 잡동사니와 함께 책을 내놓고 파는 작은 점방, 요컨대 한국식 '잡화상(General Store)'을 찾아보아야 한다. 대중들에게 책을 매력적인 모양으로 선보이려는 작업은 거의 이루어진 바가 없다.[17]

애스턴은 한국의 대중문학이 유럽인들의 관심권 밖에 있었다는 사실을 언급하는데, 실제로 애스턴이 이 글을 쓸 무렵에는 서구인들 사이에 한국문학에 관한 논의 자체가 아직 활성화되지 않은 상태였다. 그나마 윌리엄 그리피스가 『은자의 나라 한국』의 「부록(Appendix)」에 '한국문학(Corean Literature)'이라는 표제로 간략히 그 현황을 개괄한 정도가 당시까지 한국문학에 대한 서구인들의 관점을 살필 수 있는 거의 유일한 자료라 할 만하다. 이 글에서 그리피스는 한국의 고유어 문학이 미미한 수준이라고 평가절하한 반면, 문인층 사이에 보편화된 문필 문화, 즉 한문학 작품의 창작 열기에 대해서는 상당한 비중으로 서술한 바

---

17 "The popular literature of Corea has received little attention from European scholars. Nor is it much honoured in its own country. It is conspicuously absent from the shelves of a Corean gentleman's library, and is excluded even from the two bookshops of which S ul boasts, where nothing is sold but works written in the Chinese language. For the volumes in which the native Corean literature is contained, we must search the temporary stalls which line the main thoroughfares of the capital or the little shops where they are set out for sale along with paper, pipes, oil-paper, covers for hats, tobacco pouches, shoes, inkstones crockery – the *omnium gatherum*, in short, of a Corean 'General Store.'" [W. G. Aston, "Corean Popular Literature," *Transactions of the Asiatic Society of Japan*, vol.18, Tokyo: The Asiatic Society of Japan, 1890, p.104.]

있다.[18]

애스턴의 견해 역시 수 년 전 나온 그리피스의 것과 크게 다르지 않으나, 그리피스가 간접적인 견문과 전언을 바탕으로 한국문학의 전체적 구도를 가늠하였던 데 비해, 애스턴은 한국의 서지와 문학을 직접 탐문하였다는 점에서 일정한 차이가 있다. 예컨대 한국에서 고유어로 쓰인 문헌을 보기 위해서는 제대로 된 서점(bookshop)이 아닌 잡동사니를 파는 가판(temporary stall)에나 가 보아야만 한다는 것은 1884년과 그 이듬해에 그가 한성에서 직접 관찰했던 현상임이 분명하다. 이어지는 부분에서 고유어로 이루어진 문헌의 장정(裝幀) 및 인간(印刊) 또는 필사(筆寫) 방식이 조잡한 수준이라고 평가한 대목 역시 마찬가지이다.[19] 이처럼 애스턴은 일전에 한국의 문헌을 주의 깊게 관찰했던 내역을 자신의 체험을 술회하는 방식으로 자세하게 기록하였던 것이다. 한국문학의 내용과 갈래를 다룬 부분에서도 그러한 서술 방식은 유지된다.

> 지금까지 한국의 대중적 서적을 외형적 측면에서 살펴보았는데, 이제 그 내용으로 시선을 돌려 보자. 여기에서, [그처럼] 조악한 외관을 지닌 서적 안에서 고도의 예술적 가치를 지닌 문학 작품을 찾을 수 있을까? 최소한 흥미롭고 고유한 특색이라도 나타내는 작품을 구비전승이나 시나 극에서 찾아낼 수 있을까? 실상 나는 아니라고 답할 수밖에 없다. 한국어는 다른 모든 언어에 비해서도 원시적 상태에 놓여 있다. 위대한 작가들이 그들의 문학적 재능을 발달시키기 이전 단계인 것이다. [한국어로 된] 서사시(epic poetry)를 기대할 수 없고 실제로도 존재하지 않는다. 심지어 우리의 발라드에 상당하는 작품도 없다. 극도 없다. 고유한

---

18 William E. Griffis, *Corea, the Hermit Nation*, London: W. H. Allen & Co., 1882, pp.449–450.

19 Aston, "Corean Popular Literature," pp.104–105.

> 시(native poetry)가 있다고는 하는데, 한시의 직역을 말하는 것이 아니라면, 나는 필사본으로든 인본으로든 한국 고유의 시를 단 한 편도 발견할 수 없었다. 설화(tale)는 셀 수 없이 많고, 허구가 다수 개입된 약간의 역사물(history)이 존재하며, 중국의 표준적 저작들을 번역한 것도 아주 조금 있다. 그리고 몇몇 교훈적인 글도 있는데, 물론 이들은 거의 다 중국에서 유래한 것이다. 나는 그밖에도 유용한 영수장부・해몽서・상례(喪禮)에 관한 책・척독집(尺牘集)을 보았으나, 그 가운데 어떤 것도 별반 한국적인 특징을 지니고 있지 않다. 중국이라는 독사(毒蛇, serpent)가 지나쳐간 자취가 이들을 온통 뒤덮고 있는 것이다.[20]

내용적 측면에 있어서도 한국문학은 과히 매력적인 면모를 갖추지는 못한 것으로 논의하였다. 우선 그는 한국문학 작품들 속에서 모종의 예술적 가치를 추출해 내기가 어려울 뿐만 아니라 어떤 부류의 작품에서도 흥미를 유발할 만한 고유한 인물상을 발견할 수 없다고 보았다. 또한 한국어 자체가 '원시적 상태(primitive condition)'에 놓여 있기 때문

---

20 "But let us now turn from the outward appearance of the popular books of Corea to their contents. Have we here under an unpromising exterior a literature of high artistic merit or at least displaying an interesting and independent national character in its folk lore, its poetry, or its drama? Truth compels me to answer no. The language is in the primitive condition of all languages before great writers have arisen to develop their literary capacities. We hardly expect to find epic poetry, and there is none. There is nothing even which corresponds to our ballads. There is no drama, and although I was told that there exists a native poetry, I was never able to discover any in print or manuscript, unless literal translations from the Chinese can be reckoned as such. There are numerous tales, a little history, abundantly spiced with fiction, a very few translations of Chinese standard works, and some moral treatises, which of course are also more or less Chinese. I have also seen a book of useful receipts, an interpreter of dreams, a book on the etiquette of mourning, and a letter-writer. Hardly anything has a distinctively Corean character. The trail of the Chinese serpent is over it all." [Ibid., p.106.]

에 한국에서는 당초부터 위대한 작가가 출현하기 어렵다는 회의적 견해를 내놓기도 하였다.

앞의 진술은 현상에 해당하고 뒤의 진술은 현상의 원인을 짚어낸 것이겠는데, 특히 원인을 논의한 부분은 눈여겨 볼 만하다. 여기에서 한국어가 '원시적 상태'에 있다는 진단은 한국어 자체의 특징이나 수준을 말한 것이기보다는, 한국어에는 이렇다 할 문체(style)가 발달되어 있지 않다는 의미로 파악된다. 앞서 애스턴은 한국어에 통일된 정서법(orthography)이 존재하지 않아 표기가 난삽하고 가독성 역시 대단히 떨어진다고 지적하였거니와,[21] 이로 미루어 보면 그는 한국어는 문어(literary language) 체계가 기본적으로 빈약하며 그에 따라 고아한 문학 작품의 기반이 되는 문체(literary styles)의 발달도 제약될 수밖에 없었다고 판단한 것으로 보인다. 여타 언어권에서와는 달리 뛰어난 자질을 지닌 작가들이 한국어의 문체를 제대로 발달시키지 못했다는 것이다. 특히 긴 호흡을 지닌 정련된 작품일수록 한국어로 짓는 것이 더욱 어렵기 마련인데, 애스턴이 그 대표적인 사례로 든 대상은 바로 서사시(epic)이다. 한국에 서사시가 존재하리라 기대할 수 없고 실제로도 존재하지 않는다는 단언은 그의 논리 구도 속에서는 당연한 귀결인 것이다.

실상 한국에 서사시가 존재하지 않는다는 지적은 호머 헐버트가 1896년에 쓴 「한국의 시(Korean Poetry)」에서도 발견되는 바이지만, 그 이유에 대한 논의에서 두 사람이 큰 차이를 보이고 있다는 점은 흥미롭다. 즉, 헐버트는 한국의 시가 자연음(nature music)을 위주로 구성되는 데다 한국인은 사소해 보이는 사물과 현상에도 예사 이상의 감흥을 느끼는 특징이 있어서 서사시보다 서정시에 대한 선호가 압도적이라는

21 Ibid., p.105.

분석을 내놓은 바 있다.[22] 한국인에게 서사시는 기질상 맞지 않을 뿐만 아니라 별반 필요도 없다는 취지의 설명이다.

반면, 애스턴은 한국어로는 문학 작품을 짓는 것 자체가 어렵기 때문에 서사시를 발달시킬 계제도 마련되지 않았다는 입장을 취하였던 것이다. 극(drama)은 물론, 서사시보다 격식이 낮은 발라드(ballad)조차 한국문학에는 존재하지 않는다는 서술 역시 그러한 평가의 연장선상에서 이해된다. 그렇다면 그나마 기대해 볼 만한 부류는 짧은 서정시(lyric) 정도이고 애스턴 또한 한국에 '고유의 시(native poetry)'가 있다는 전언을 들은 것으로 언급하였으나, 자신이 직접 그 실물을 확인하지는 못하였기 때문에 미심쩍은 반응을 표하는 데 그친다.

약 5~6년 후 게일과 헐버트가 시조(時調)를 한국의 '송가(ode)'·'노래(song)'·'성악(vocal music)'·'시(poetry)' 등으로 지칭하면서 영역하여 소개하기 시작하였던 것을 감안하면,[23] 애스턴이 누군가로부터 그 존재를 전해 들은 한국 '고유의 시'란 아무래도 시조이었을 가능성이 높아 보인다. 다만, 게일이 지인으로부터 방각본(坊刻本) 『남훈태평가(南薰太平歌)』를 건네받아 수록 작품을 직접 확인할 수 있었던 반면, 애스턴은 폭넓은 탐문에도 불구하고 인본과 필사본 어느 쪽으로도 문헌적 전거를 확보하지 못했던 것이다.[24] 그가 단지 한시를 축자적(逐字的)으로 번역한

---

22 Homer B. Hulbert, "Korean Poetry," *The Korean Repository*, vol.3, Seoul: Trilingual Press, May 1896, p.206.

23 이 시기에 이루어진 게일과 헐버트의 시조 영역에 대해서는 강혜정, 「20세기 전반기 고시조 영역의 전개양상」, 고려대 박사학위논문, 2014, 35~63, 94~114면; 김승우, 앞의 책, 80~91, 117~127면 참조.

24 다만, 애스턴이 수집한 한국 고서 가운데에도 방각본 『남훈태평가』가 포함되어 있는 것으로 확인된다. [국외소재문화재재단 편, 『러시아와 영국에 있는 한국전적』 1, 국외소재문화재재단, 2015, 120면.] 「한국의 대중문학」이 나온 1890년 이후에야 그가 『남훈태평가』를 보았던 것인지, 또는 그 전에 보고서도 이를 '한국 고유의 시(Korean native

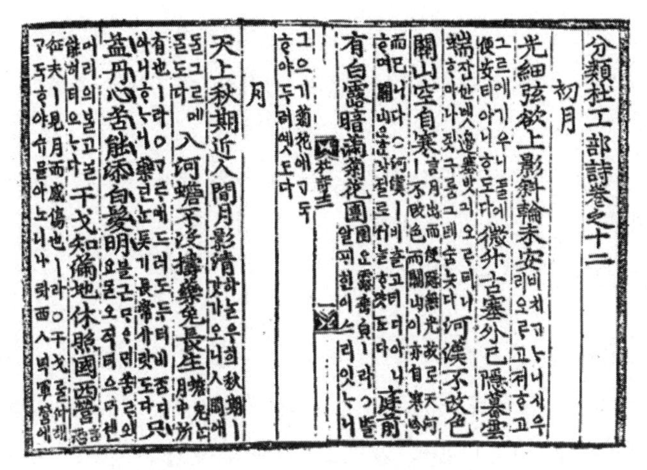
分類杜工部詩卷之十二

初月

光細弦欲上 影斜輪未安 微升古塞外 已隱暮雲端 河漢不改色 關山空自寒 庭前有白露 暗滿菊花團

月

天上秋期近 人間月影清 入河蟾不沒 擣藥兔長生 只益丹心苦 能添白髮明 干戈知滿地 休照國西營

【그림4】『두시언해』[중간본] 권12

사례(literal translations from the Chinese)를 보았다고 한 것은 대개『시경언해(詩經諺解)』나『두시언해(杜詩諺解)』 등을 말하는 듯하다.

이상의 내역이 애스턴이 생각했던 본격적 의미의 문학 범주에 해당하는데, 결론은 역시 한국에는 문학이 온전하게 발달되지 않았다는 평가로 집약된다. 그밖에 그가 열거한 사례들, 가령 중국 문헌의 언해·해몽서·척독집 등은 이른바 예술적 가치(artistic merit)를 논의하기는 어려운 문헌들로서, 한글의 쓰임이 번역이나 실용서 등에 국한된다는 인상을 전달한다.

거의 유일하게 거론할 만한 내역은 'tale', 즉 '설화'로 통칭된 다수의 이야기들과 허구적 상상력이 농후하게 가미되어 있다고 언급된 역사물(history)이다. 애스턴은 그 각각의 사례로 「장화홍련전(薔花紅蓮傳, *Changhoa Houngyön chön*)」과 「임진록(壬辰錄, *Imjinrok*)」을 예시하였는

poetry)'로 판단하지 않았던 것인지는 불분명하다.

데, 우선 「장화홍련전」에 간략하게 붙인 평을 통해 그가 한국 '설화'의 전반적 특징을 어떻게 파악하였는지 짐작할 수 있다.

> 아마도 한국의 대중적인 서적 가운데 열에 아홉은 평범한 성격을 지닌 설화(tale)일 것이다. 아래에 제시하는 「장화홍련전」의 줄거리를 통해서 그러한 평범한 성격에 대해 알 수 있을 것이다.[25]

「장화홍련전」과 같은 작품을 지칭할 때 애스턴은 '설화(tale)' 이외에도 '이야기(story)'·'서사(narrative)'·'이야기(Märchen)' 등의 용어를 사용한 것으로 확인된다. 어느 것에든 작자가 뚜렷하지 않은 구비적 산물이라는 전제와 더불어, 작품에 등장하는 인물의 특징이나 작품의 구성 및 내용상의 요건으로도 충분한 창작의 소산이라 평가하기에는 부족하다는 인식이 깔려 있다. 후일 헐버트가 서구적 개념의 '소설(novel)'과 '소설가(novelist)'를 재정의하면서 한국에는 고유어로 쓰인 수많은 소설이 유통되고 있으며, 그 수준 역시 상당하다고 논평했던 것과 사뭇 대조적이다.[26]

한편, 역사물의 사례라 할 수 있는 「임진록」에 대해서는 긴 분량을 할애하여 작품의 구절을 세세하게 다루었다. 수 년 전 「히데요시의 조선 침략」을 집필하는 동안 임진왜란에 대한 각종 전적을 탐독했던 영향으로 짐작된다. 애스턴은 「임진록」의 여러 서사 가운데 특히 사명당(四溟堂, 유정(惟政), 1544~1610)이 왜왕(倭王)의 항복을 받는 부분을 특기하

---

25 "Perhaps nine out of ten Corean popular books are tales, of the ordinary character of which the following summary of the *Changhoa Houngyŏn chŏn* will give a good idea."[Aston, "Corean Popular Literature," p.107.]

26 Homer B. Hulbert, "Korean Fiction," *The Korea Review*, vol.2, Seoul: Methodist Publishing House, Jul. 1902, pp.289-291.

면서 예사롭지 않은 관심을 드러내었으나, 「임진록」에 대한 전반적인 평가는 역시 부정적인 범위를 벗어나지 않는다.

> 이 이야기는 대부분 순전한 역사의 형상을 띠고 있다. 이 시기의 사건에 대한 다른 자료가 없다면, 우리는 이 이야기를 실제 벌어진 사건에 고도의 상상력을 가미한 기록이라 생각하게 되기 마련이다. 그리고 [이야기에 포함된] 신비적 요소를 제거하거나 해명함으로써 이 이야기로부터 적실한 역사적 서사를 추론해 내고자 할 것이다. 한국을 침략했다는 진구황후의 전설을 바탕으로 호프만 박사가 그러한 시도를 한 바 있다. 그러나 우리는 이 이야기에 처음부터 끝까지 진실된 어휘라고는 단 하나도 없다는 것을 알고 있다. 이 시기에는 어떠한 종류의 외교사절도 존재하지 않았던 것이다. 만일 신뢰할 만한 [역사적] 서사를 알고자 한다면, 이 이야기는 물론 이와 유사한 삽화들도 단지 모두 생략하는 방법밖에는 없다.[27]

애스턴은 「임진록」에 상상력이 다수 포함되어 있다는 점을 지적하면서도 그러한 특징에 대해 본질적으로는 거부감을 드러내지 않는다. 상상력을 발휘하여 특정한 역사적 사건을 흥미롭게 재구성하려는 시도는 얼마든지 인정할 수 있기 때문이다. 또 한편으로 애스턴은 그처럼 각색된 기록들로부터 실제 역사적 현상을 추출해 내는 작업 역시 가치 있다

---

27 “This story occurs in a book most of which is genuine history. If we had no other record of the events of this time, we might he tempted to think it a highly imaginative account of some real events, and by eliminating or explaining away the miraculous element to educe from it a true historical narrative, as Dr. Hoffmann has done with the legend of Iingo Kogu's invasion of Corea. We know, however, that there is not a word of truth in it from beginning to end. There was no embassy of any kind at this time, and the only way to treat this and similar episodes is simply to omit them altogether, if we wish to arrive at an authentic narrative.” [Aston, “Corean Popular Literature,” p.113.]

는 인식도 지니고 있었음이 확인된다. 가령, 3세기 무렵에 진구황후(神功皇后, 170~269)의 영도로 일본이 한반도 남부를 정벌하였다는 『니혼쇼키』 등의 설화적 기사들을 독일인 요한 J. 호프만(Johann Joseph Hoffmann, 1805~1878)이 역사적으로 검증하려 시도하였던 것이 그 사례로 제시되고 있다.[28]

그럼에도 불구하고 애스턴이 「임진록」의 가치를 폄하했던 이유는 이 작품이 어떠한 역사적 근거도 지니고 있지 않다고 보았기 때문이다. 착상 자체가 완연한 허구인 데다 신비적 요소마저도 두드러져서 임진왜란 직후에 벌어졌던 실제 역사가 전연 반영되어 있지 않다는 판단을 내린 것이다. 실상 애스턴이 당초부터 「임진록」을 문학 작품이 아닌 일종의 역사 서술로 규정하였기 때문에 이러한 혹평은 자연스레 뒤따라 나올 수밖에 없었던 것이기도 하다. 더구나 「임진록」이 『징비록』을 고유어로 각색한 결과물이라는 부정확한 사실을 전제한 이상 「임진록」의 허구성은 더욱 부각되어 나타나기 마련이었다. 따라서 「임진록」의 가치를 평할 때에도 그 내용이 실제 역사를 어느 정도 반영하고 있는지에 우선적인 관심을 둘 수밖에 없었거니와, 특히 사명당 관련 기술에서 그 같은 요건으로부터 완전히 어긋나는 부분을 발견하게 되면서 역사 서술로서도 큰 의미를 지니지 못한다는 결론을 내리기에 이르렀던 것이다. 결국 「장화홍련전」과 마찬가지로 「임진록」 역시도 한국문학의

---

28 애스턴이 지목한 호프만의 저작은 다음의 것으로 추정된다: J. Hoffman, "Japan's Bezüge mit der Koraischen Halbinsel und mit Schina nach Japanischen Quellen," *Nippon: Archiv zur Beschreibung von Japan und Dessen Neben-und Schutzländern*, P. F. v. Siebold, vol.7-8, Leiden: Bei dem Verfasser, 1839. 특히 호프만은 이 글의 부록(Anhang)에 "서기 200년 일본인의 신라 정벌에 관한 전설들(Legenden von der Expedition der Japaner anch Sinra im Jahre 200 n. Chr. Geb.)"이라는 제목을 달아 해당 문제를 집중적으로 분석하고 있다. 여기에 그가 인용했던 주요 사료가 『니혼쇼키(*Nippon Ki*)』이다.

조악함을 드러내기 위한 또 다른 사례로 활용되었던 셈이다.

이처럼 애스턴이 「한국의 대중문학」에서 한국문학을 평가하는 가장 기본적인 관점은 한국문학의 전반적인 미발달 상태이다. 빼어난 작가와 작품 및 갈래를 기대할 수 없을 정도로 문학이 일천하다고 판단하면서, 표기 체계의 난삽함, 문체의 부재, 뒤떨어진 출판 기술 등을 문학의 발달을 저해하는 주요인으로 지목하였다.

위와 같은 평가와 연동되는 또 다른 시각은 독자성의 부족이다. 철저하게 중국을 추종해 왔던 한국에서는 문학 역시도 독자성을 띠기 어렵다고 보았던 것이다. 그러한 견해는 한국문학을 동아시아적 견지에서 다룰 때 좀 더 분명하게 드러나는 사항이므로 애스턴의 대표적 저작인 『일본문학사』를 통해 해당 내역을 검토해 보고자 한다.

A History of

JAPANESE LITERATURE

BY

W. G. ASTON, C.M.G., D.LIT.

LATE JAPANESE SECRETARY TO H.M. LEGATION, TOKIO

London

WILLIAM HEINEMANN

MDCCCXCIX

BOOK THE FIRST

ARCHAIC PERIOD (BEFORE A.D. 700)

THERE are a few geographical and other facts which it is useful to bear in mind in tracing the history of Japanese literature. If we glance at a map of Eastern Asia we see that Japan forms a group of islands somewhat larger in superficial area than Great Britain and Ireland, separated by a narrow strait from the adjoining continent. Here lies the peninsula of Corea, inhabited by a nation distinct from the Chinese in race and language, but from ancient times dependent both politically and intellectually on its powerful neighbour. Corea has shown little originality in the development of its literature or civilisation, and its chief importance in connection with Japan depends on its geographical position, which, in the infancy of the art of navigation, made it the natural intermediary between Japan and China.

China, with its ancient civilisation, its copious and in many respects remarkable literature, and a history which goes back for more than two thousand years, has for many centuries exercised a commanding influence over all its neighbours. What Greece and Rome have been to Europe, China has been to the nations of the far East. Japan, in particular, is very deeply indebted to it. There is no department of Japanese national life and thought,

【그림5】『일본문학사(*A History of Japanese Literature*)』

2) 일본문학사 속의 한국문학
: 『일본문학사(*A History of Japanese Literature*)』

미국 뉴욕에 소재한 D. Appleton and Company사에서는 1890년대 후반에 들어 세계 여러 지역의 문학사를 한 권씩 편찬하는 방식으로 '세계의 문학(Literatures of the World)' 또는 '세계문학약사(Short Histories of the Literatures of the World)'라고 이름 붙인 시리지를 출간하기 시작하는데, 그 내역을 보면 고대 그리스·영국·프랑스·이탈리아·스페인·체코 등 유럽권의 문학뿐만 아니라 일본·중국·페르시아·인도 등 아시아권의 문학도 포함돼 있을 정도로 범위가 넓었음을 확인할 수 있다. 이 가운데 1899년에 출판된 『일본문학사』는 애스턴이, 1901년에 출판된 『중국문학사(A History of Chinese Literature)』는 닝보[寧波] 주재 영국 영사를 역임한 후 케임브리지대학(University of Cambridge) 교수로 재임 중이던 허버트 A. 자일스(Herbert Allen Giles, 1845~1935)가 각각 맡아서 집필하였다. 이처럼 서구 논자들에 의해 첫 일본문학사와 중국문학사가 저술될 수 있었던 것은 그만큼 이들 문학에 대한 당시 서구인들의 관심과 이해도가 확충되어 있었다는 사실을 반영한다.

특히 애스턴의 『일본문학사』는 단지 문학사적 현상뿐만 아니라 각 시기별로 일본의 정치사·문화사·사상사적 문제까지 면밀하게 다룬 수작으로 일찍부터 평가받아 왔는데, 실제로 『일본문학사』가 출간된 지 9년 후인 1908년에는 시바노 로쿠스케(芝野六助)가 이 책에 자세한 주석을 덧붙여 일역본을 내면서 그 서문에 애스턴의 『일본문학사』가 지니는 학술적 가치를 상당한 분량을 할애하여 자세히 언급하기도 하였다.[29]

---

29 芝野六助, 「譯者自序」, W. G. Aston, 芝野六助 譯補, 『日本文學史』, 大日本圖書, 1908, 1~6면.

일본문학에 대한 총평에 해당하는 이 책의 서장에서 애스턴은 일본문학사를 저술해야 하는 이유를 설명한다. 여기에서 그는 일본문학의 특질이 이제껏 서구인들에게 빈약한 수준으로만 알려져 왔다는 문제점을 제기하면서 그 총체적인 특징에 대한 논의가 필요하다는 당위를 제시하였다. 일본인들이 자신들의 문학을 서구에 알리기 위해 여러 모로 노력하기는 했지만, 그러한 성과가 과히 서구인들에게 유용하지 않기 때문에 서구인들의 관점에서 서구인들에 의한 일본문학사 기술이 이루어져야 한다고 주장하였던 것이다. 일본문학이 이른바 세계문학(世界文學, World Literature)의 정당한 일원으로서 독자적 특징을 확보하고 있다는 판단을 하였던 것으로 파악할 수 있다.

한편, 보다 중요한 언급은 본문의 첫 구절에서 발견된다. 일본문학사 서술을 시작하면서 애스턴은 동아시아의 지정학적 위치를 거론하며 한국과 일본을 대비하였던 것이다.

> 일본문학사를 추적해 가는 데 있어서 염두에 두면 유용할 만한 몇 가지 지리적 사항 등이 있다. 동아시아 지도를 일별하면, 일본은 브리튼과 아일랜드를 합친 것보다 조금 넓은 면적으로 열도(列島)를 형성하고 있으며 좁은 해협을 사이에 두고 대륙과 인접해 있다. 이곳에 한반도가 위치하는데, 한반도의 거주민은 중국인과 인종 및 언어상으로 구별되는 민족이지만, 고대로부터 정치적으로나 지적으로나 그의 강력한 이웃에 의존해 왔다. 한국은 문학과 문물을 발달시키는 데 있어서 독창성을 거의 보여주지 못했다. 일본과 관련하여 한국이 지니는 중요성이란 한국의 지리학적 위치 정도이다. 즉, 항해술이 아직 초보적 수준이던 시기에 한국은 자연스레 일본과 중국을 매개하는 역할을 수행했던 것이다.[30]

30 "There are a few geographical and other facts which it is useful to bear in mind in tracing the history of Japanese literature. If we glance at a map of Eastern

> 그러나 우리는 일본 민족이 지닌 타고난 재능을 간과해서는 안 된다. 수많은 [문화적] 요소들을 외부에서 받아들였음에도 불구하고 일본인들은 고유성을 유지하고 있는 것이다. 일본인들은 무언가를 단순히 차용해 오는 데 절대로 만족하지 않는다. 예술・정치 제도, 심지어 종교조차도 그들은 다른 곳에서 받아들인 모든 것을 폭넓게 조정하고 거기에 민족적 의식(the national mind)을 새겨 넣는다. 문학의 경우도 마찬가지이다. 중국문학의 영향을 막대하게 받은 데다, 때로는 [그러한] 외국의 표준을 맹목적으로 추종하느라 문학이 자연스레 발전하는 데 걸림돌이 되기도 하였지만, 그럼에도 불구하고 일본문학에는 민족적 특질을 보여주는 순수한 지표들이 남아 있다. 일본문학은 용맹하고 정중하고 낙관적이며 향락적인 사람들의 문학이다.[31]

먼저, 한국은 중국과는 인종이나 언어상으로 확연히 구별되는 집단이지만, 정치나 사상의 영역에서는 완고하게 중국에 종속되어 있어서

Asia we see that Japan forms a group of islands somewhat larger in superficial area than Great Britain and Ireland, separated by a narrow strait from the adjoining continent. Here lies the peninsula of Corea, inhabited by a nation distinct from the Chinese in race and language, but from ancient times dependent both politically and intellectually on its powerful neighbour. Corea has shown little originality in the development of its literature or civilisation, and its chief importance in connection with Japan depends on its geographical position, which, in the infancy of the art of navigation, made it the natural intermediary between Japan and China." [Aston, *A History of Japanese Literature*, p.3.]

31 "We must not, however, forget the native genius of the Japanese nation, which, in spite of numerous external obligations, has yet retained its originality. The Japanese are never contented with simple borrowing. In art, political institutions, and even religion, they are in the habit of modifying extensively everything which they adopt from others, and impressing on it the stamp of the national mind. It is the same with the literature. Though enormously indebted to China, and at times hindered in its natural development by a too implicit reliance on foreign guidance, it has remained nevertheless a true index of the national character. It is the literature of a brave, courteous, light-hearted, pleasure-loving people." [Ibid., p.4.]

독자적인 문학을 발전시키지 못했다고 평가한다. 일본과의 관계에서도 역시 한국은 중국문화를 일본에 전파해 주는 중개자 역할을 담당했을 뿐이라는 제한적 위상만을 이야기하고 있다.

반면, 일본문화와 문학에 대한 애스턴의 관점은 확연히 다른 데다 그러한 고평가는 한국문학에 대한 저평가와 뚜렷이 대비되기까지 한다. 일본은 한국을 거쳐 중국문화를 다수 수용하였으되, 중국적 요소를 변형하고 자기화하는 데 대단한 역량을 발휘해 왔으며, 그 같은 성향이 일본문학의 특장이자 본질을 이룬다고 보았던 것이다. 심오하고 철학적인 경지에까지 일본문학이 미치고 있지는 않으나, 반대로 일본인들은 쾌활하고 정서적이며 간결한 미학을 성립시키면서 독자적인 영역을 확보하였다는 판단이다.[32]

이처럼 애스턴이 한국문학과 일본문학에 관하여 각각 극단적으로 엇갈리는 평가를 내린 기준은 각 문학에 독자적 특징이 포함되어 있느냐의 여부였다. 똑같이 중국문학이라는 거대한 영향력 아래에 놓여 있었으나, 한국은 이를 수용하고 추종하는 데 급급했던 반면 일본은 끊임없는 개신과 변모를 추구함으로써 오늘날에 이르게 되었다는 시각이 발견된다. 보기에 따라서는 일본문학 특유의 발전 경로를 강조하기 위해서 그와 대비하는 한국의 사례를 제시했다고 여겨질 정도로 애스턴은 두 문학의 상반된 현상에 대해 대단히 직설적인 언급을 하였던 것이다. 이러한 기조에 따라, 이후의 서술에서 한국문학이나 문화와 관련된 서술은 대부분 한국이 일본에 중국문화를 전파하는 역할을 담당하였다는

32 이러한 시각은 이미 체임벌린에게서도 발견되는 것이다. 체임벌린은 『만요슈(萬葉集)』를 바탕으로 일본 고전시가의 특징을 논의하면서 그 주요한 세 가지 자질로 '간소함(simplicity)'·'전례에 대한 애호(love of precedent)'·'품격 있는 세련미(a certain courtly polish)'를 제시한 바 있다. [Basil H. Chamberlain, *The Classical Poetry of the Japanese*, London: Trüber & Co., 1880, pp.16-19.]

국면으로 국한될 따름이다.

예컨대 일본 고대(Archaic Period)에 백제(百濟)의 왕인(王仁, ?~?)에 의해 한문이 전래됨으로써 일본의 문화가 비약적으로 발전할 수 있는 계기가 마련되었다거나,[33] 나라시대[奈良時代]에 한반도 출신 도래인(渡來人)들의 지도로 회화·의학·조각 등이 전수되었다는 설명이 그러하다.[34] 가마쿠라시대[鎌倉時代]에는 여몽(麗蒙) 연합군의 일본 원정 이래로 한국 및 중국과의 교류가 제한되어 일본 내의 한학(漢學, Chinese learning)이 쇠퇴하였다고 적었는데,[35] 애스턴은 이러한 현상들을 빠짐없이 설명하면서 한국과 일본의 관계를 되짚어 내었으나, 어느 시대의 것이든 그 실질은 한국이 중국과 일본 사이의 가교 역할을 담당하였다는 취지로 귀결되고 있다.

그나마 조금은 다른 일면이 드러나는 부분은 임진왜란과 관련된 서술에서 발견된다.

> 에도시대 문학의 또 다른 특색은 [이 시기에 들어] 일본사회가 개선될 수 있었던 이유를 추정케 하는 단서가 되기도 한다. 당시의 작가들은 자신의 견해를 더 이상 식자층 내부에 발표하는 데 그치지 않고, 일반 민중에게도 표명하였다. (…) 서적 역시도 이전보다 훨씬 쉽게 손에 넣을 수 있었다. 8세기까지 소급되는 일본의 인쇄술이 이 무렵에 사상 처음으로 대중화되었다. 히데요시의 군대가 한국을 휩쓸고 귀환하면서 활판으로 인쇄된 수많은 서적을 가지고 왔는데, 일본의 인쇄공들이 이것을 본보기로 삼았던 것이다. 이에야스[家康]도 인쇄술의 발달을 적극 지원하였다. 이때부터 인본(印本)의 생산이 증가하기 시작하여 현재에 이르기

33 Aston, *A History of Japanese Literature*, p.6.

34 Ibid., p.18.

35 Ibid., p.132.

까지 실로 어마어마한 분량이 축적되었다.[36]

임진왜란은 전쟁사 내지 정치사적 성격을 지닌 사건이므로 문학사 서술에서 과히 중시되지 않을 수 있겠으나, 애스턴은 전쟁이 끼친 문화사적 의미에 대해서도 날카로운 안목을 보여주었다. 이 역시 임진왜란을 다룬 에세이를 연작으로 발표할 정도로 애스턴이 이 사건에 관심이 많았기 때문으로 풀이된다.

그가 중시한 사항은 서책과 활판 인쇄술인데, 한국이 인쇄술에 있어서 중세까지 상당한 진전을 이룩하였고 특히 이른 시기부터 금속활자를 활용하였다는 점은 이미 당시 서구 학자들 사이에도 논의되고 있던 사항이었다.[37] 이 점을 고려하였던 듯, 애스턴은 임진왜란 직후인 에도

---

36 "There is another feature of the literature of the Yedo period which is traceable to the improved condition of the country. Authors now no longer addressed themselves exclusively to a cultured class, but to the people generally. The higher degree of civilisation which was rendered possible by an improved administration and a more settled government included a far more widely extended system of education than Japan had ever known before. And not only were the humbler classes better educated. They were more prosperous in every way, and were better able to purchase books as well as to read them. Books, too, were far more easily attainable than before. Printing, which in Japan dates from the eighth century, now for the first time became common. Hideyoshi's armies, returning from their devastating raid upon Corea, brought with them a number of books printed with movable types, which served as models for the Japanese printers. Iyeyasu was a liberal patron of the printing-press. Since this time the production of printed books has gone on at an increasing rate, and they now form an accumulation which is truly formidable in amount." [Ibid., pp.219-220.]

37 Ernest Satow, "On the Early History of Printing in Japan," *Transactions of the Asiatic Society of Japan*, vol.10, Tokyo: The Asiatic Society of Japan, 1882, p.62; Ernest Satow, "Further Notes on Movable Types in Korea and Early Japanese Printed Books," *Transactions of the Asiatic Society of Japan*, vol.10, Tokyo: The Asiatic Society of Japan, 1882, pp.252-259; Maurice Courant, *Bibliographie coréenne*, vol.1, Paris: E. Leroux, 1894, pp.XLI-LXVI 등.

시대[江戶時代]에 들어 일본의 출판문화가 급성장했던 중요한 이유로 조선에서 약탈해 온 각종 인본들을 지목하였다. 조선의 활판 인쇄술을 전범으로 삼아 출판 기법을 혁신함으로써 문학의 창작과 보급이 유래 없이 대중화될 수 있었다는 분석이다. 전쟁과 그에 따른 약탈이 에도시대의 문화적 수준을 제고하는 계기가 되었다는 점을 면밀히 추적하였던 것이다.

에도시대는 애스턴이 『일본문학사』에서 특히 비중 있게 다룬 시대인데, 그중에서도 임진왜란 직후인 17세기에 활동했던 일본 한학자(漢學者)들에 대해 예사롭지 않은 분량을 할애하여 서술하였다. 가령, 아라이 하쿠세키(新井白石, 1657~1725)의 생애와 저작을 자세하게 검토하면서 그가 조선통신사(朝鮮通信士)를 응대하는 직책을 맡아 수행하였다거나 이탈리아 예수회 소속의 조반니 B. 시도티(Giovanni Battista Sidotti, 1668~1714) 신부를 심문하였다는 등의 행적을 흥미롭게 다루고 있다.[38] 또 다른 한학자 무로 큐소(室鳩巢, 1658~1734)에 관해서도 마찬가지이다. 애스턴은 이들이 한학에 정통했을 뿐만 아니라 한어(漢語)를 일본어 어휘로 접목하는 데에도 특출한 기여를 하였다고 고평하였다. 이들은 현학적인 허위를 드러내지 않았으며 자신들의 한학적 소양을 일본화하기 위해 진력하였다고 비중 있게 기술하였던 것이다. 애스턴은 에도시대에 들어 일본문학이 크게 성장할 수 있었던 기반 역시 이들 한학자의 활동에서 찾고 있는데, 특히 한학자들에 의해 일본어의 어휘와 표현력이 고도화되면서 근대적인 문학어(the modern literary language)가 성립될 수 있었다는 점을 강조하였다. 18세기에 일본의 대중문학(popular literature)이 세련되고 독특한 미감을 갖추게 되었던 것은 17세기 한학

38 Aston, *A History of Japanese Literature*, p.253.

자들의 기여에 힘입은 바라고 보았던 것이다.[39]

앞서 「한국의 대중문학」에서 애스턴은 한국어, 특히 한국어의 문어가 '원시적(primitive)' 수준에 지나지 않아서 문학이 온전히 발전할 수 없는 실정이라고 논평하였거니와, 이는 일본어에 대해 '근대적인 문학어'를 갖추었다고 평가한 것과 극명하게 대조된다. 대개 임진왜란 이후에는 일본 한학자들이 역량을 발휘하여 독자적인 문화적 기반을 더욱 확고하게 구축해 나갔을 뿐만 아니라 한문학 분야에서조차 한국의 영향력을 벗어날 수 있었다는 구도를 읽어 낼 수 있다.

실제로 『일본문학사』의 이하 부분에서는 한국이 일본의 문화적 전범이 되었다거나 중국문화를 전래하는 중개자 역할을 수행하였다는 서술이 더 이상 발견되지 않을 뿐더러, 한국에 대한 언급 자체를 별반 찾아볼 수 없기도 하다. 일본의 경우 자국어 문학은 당초부터 한국에 비해 크게 앞서 있었던 데다, 아라이 하쿠세키와 같은 걸출한 문사가 배출되면서부터는 한문학의 영역에서도 한국의 영향을 의식하지 않게 되었다는 취지가 엿보인다. 일본이 한문학을 자국 문학을 발달시키기 위한 창의적 기반으로 삼았던 데 비해 한국은 한문학에 매몰됨으로써 두 나라 문학의 격차는 17세기 이후 더욱 격심해졌다는 인식을 지니고 있었던 것이다. 근대적 문학어의 정착 여부는 그러한 격차를 유발한 핵심 요인으로 인식되고 있다.

결국 『일본문학사』에서 논의된 한국의 이미지나 위상은 중국문화를 일본에 전파하는 일종의 창구 역할을 수행해 왔다는 것과 중국문화를 충실하게 체현하는 중국 추종자로서 자국만의 독자적인 문학적 자산을 발전시키지 못했다는 점이다. 또한 일본에 대한 한국의 영향은 고대로

---

39 Ibid., pp.265-266.

갈수록 그 파급이 상대적으로 크지만 근세에 이르러는 전파자로서의 지위조차도 상실했다는 시각이 발견된다.

3) 한국문학의 이례적 특질
:「최충: 한국의 이야기(Chhoi-Chhung: A Corean Märchen)」

한편, 『일본문학사』가 출간된 후 약 1년 만에 발표한 「최충: 한국의 이야기」는 또 다른 측면에서 주목할 만하다. 이 에세이는 지면에 수록된 공식적인 것으로는 한국에 관한 애스턴의 마지막 글로 파악되는데, 한국인의 중국관과 관련하여 다소 독특한 일면을 발견해 낸 것이 이 글을 작성하게 된 계기가 되었던 듯하다.

물론, 그는 한국이 중국의 정치적 위세와 문화적 선도력에 압도되어 시종 굴종적인 태도를 보여 왔으며 한국문학에도 그 흔적이 뚜렷이 남아 전한다고 수차 논평해 왔던 바, 이 글의 서두에서도 그러한 기조는 유지된다.

> 한국의 구비전승(folk-lore)은 중국 구비전승의 한 지류로 간주된다. 현전하는 이야기에는 특별히 한국적인 특징이 거의 포함되어 있지 않다. 그리고 그간 내가 살펴 온 거의 모든 한국문학에도 동일한 판단을 적용할 수 있을 것이다. 용왕(龍王, the Dragon King)과 같은 초자연적 취향은 도교(道教)로 알려져 있는 중국의 통속적 신화로부터 차용해 온 것이다. 다만 용왕은 노자(老子)와도, 노자의 명의와 결부된 주목할 만한 고전(classic)과도 아무런 연관이 없다.[40]

---

40 "The folk-lore of Corea is to be regarded as a branch of that of China. The present story contains hardly anything that is specially characteristic of Corea, and the same may be said of nearly all the Corean literature which has fallen under my notice. The supernatural machinery of the Dragon King etc. is borrowed from the

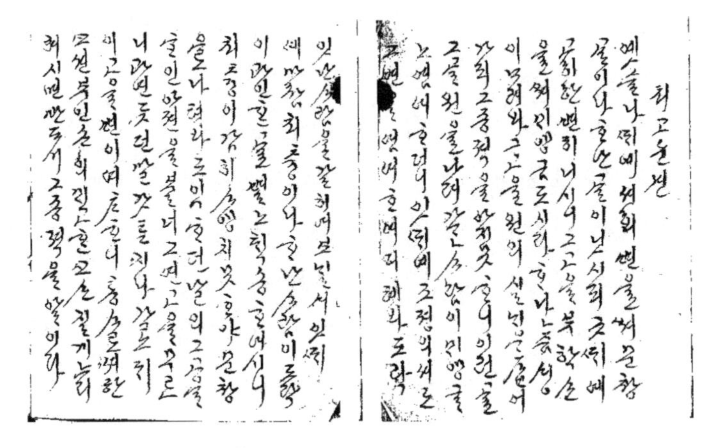

【그림6】「최고운전」[국립중앙도서관 소장본]

여기에서 애스턴은 한국문학에 관해 이전에 피력했던 관점을 반복하면서 한국문학 속에 내면화된 중국적 요소를 다시금 설명한다. 한국의 구비전승에서는 한국적인 특질을 거의 찾아볼 수 없고 중국의 문화적 요소만이 두드러질 뿐이어서 한국의 구비전승 전체가 중국 구비전승의 한 지류(branch)로 간주될 수 있다는 것이다.[41] 이전에도 그는 「장화홍련전」·「숙향전(淑香傳)」 등의 작품을 단지 '이야기' 또는 '설화'라 칭하면서 그 미숙함을 부각하였거니와, 여기에서는 '구비전승'이라는 또 다

vulgar Chinese mythology known as Taoism, though it has nothing to do with Lao-tze or the remarkable classic with which his name is associated." [W. G. Aston, "Chhoi-Chhung: A Corean Märchen," *Transactions of the Asiatic Society of Japan*, vol.28, Tokyo: The Asiatic Society of Japan, 1900, p.1.]

41 이 점에 있어서도 헐버트와 확연한 차이를 보인다. 헐버트는 한국 구비전승이 표준적인 규준 이외에는 중국의 것과 닮은 구석이 없다고 논평하면서 이를 통해 한국문학의 독자적 특질을 언명하였던 것이다. [Homer B. Hulbert, "Korean Survivals," *Transactions of the Korea Branch of the Royal Asiatic Society*, vol.1, Seoul: Royal Asiatic Society Korea Branch, 1900, p.45.] 이러한 헐버트의 관점에 대해서는 김승우, 앞의 책, 136~139면을 참조.

른 용어를 사용하였다. 이 역시 그가 소개하려는 「최충전」을 설화적 성격이 농후한 작품으로 파악한 탓이다.

한국의 구비전승은 대단히 중국적이라는 논평은 이내 한국문학 전체에 대한 인상으로 확대된다. 이러한 맥락이라면 한국문학에 대해서는 그다지 거론할 만한 사항이 없다는 귀결에 이를 수 있으나, 그럼에도 불구하고 그가 「최충전」을 특화하여 소개하는 이유는 이 작품이 여타의 사례와는 사뭇 다른 시각을 지니고 있다는 판단 때문이다. 이 점에 대해서는 애스턴 스스로도 의아해 하였다.

> 이 설화에는 중국에 대한 강도 높은 반감이 편재되어 있어서, 일부 한국인들에게서 우리가 발견할 수 있는 중국에 대한 경외심 어린 호감(reverent affection)을 한국인들이 전적으로 지니고 있는 것은 아니라는 사실을 증명해 주는 듯하다.[42]

간략하게 한 문장으로만 서술되었지만, 「최충전」에 대한 애스턴의 관점은 응축적으로 잘 드러나 있다. 그는 「최충전」에 중국을 향한 극렬한 반감이 편재되어 있다고 파악하였는데, 실제로 「최고운전」 또는 「최문헌전(崔文獻傳)」 등의 한문본 이본으로도 전하는 이 작품은 신라를 폄시하는 당나라 황제와 관원들의 고압적 술책에 맞서 신라, 나아가 한국을 대표하는 인물로 설정된 최치원(崔致遠, 857~?)이 기지와 문재를 발휘하여 중국의 조야를 굴복시킴으로써 자존심을 드높였다는 서사를 지니고 있다.[43] 그러한 특질에 유념하면서 애스턴은 「최충전」을 30면에

---

42 "The strong animus against China which pervades this tale tends to prove that the Coreans have not quite the reverent affection for that country which some people would have us believe to exist." [Aston, "Chhoi-Chhung: A Corean Märchen," p.1.]

걸쳐 세세하게 영역하고 행간에 주석을 달아 작품의 배경과 의미를 풀이하였던 것이다. 가령 그는 다음과 같은 부분에 특히 주목하였던 것으로 보인다.

> 황뎨 젼교허셔 대궐문마다 고이헌 변화를 베푸러 써 최공을 해코져 헐시 첫 문에 디함을 깁게 ᄒᆞ고 둘재 문에 각식풍뉴를 어즈러이 베풀고 셋재 문에 금슈쟝막을 두르고 그 안에 코키리를 녀은 후에 최공을 쳥허니 최공이 쉰 자 사모를 쓰고 궐문에 나아가니 사모 쁠이 문에 걸녀 드러가지 못허는지라 최공이 앙텬 쇼왈, "우리 쇼국 궐문도 내 사모 쁠이 걸니지 아니커늘 대국문이 엇지 이렷틋 젹으리요?" 황뎨 이 말을 드르시고 참괴허셔 문을 헐고 드리라 허시다. 최공이 텬연이 드러가며 그 녀ᄌᆞ에 준 바 부작을 ᄎᆞ례로 던지고 셋재 문에 니르러 부작을 더지니 믄득 변허여 비얌에 되여 코키리 코에 감기니 능이 입을 엿지 못허더라.[44]

물론 애스턴이 위와 같은 일면에 착목했다고 해서, 그에 대해 아주 중요한 의미를 부여하였다고 보기는 어려운 것이 사실이다. 말 그대로 이례적 사례가 지니는 희소성에 주목했을 뿐 「최충전」으로부터 한국문학과 문화 전체를 아우를 만한 뚜렷한 논점을 짚어 내고 있지는 않기 때문이다.

어쩌면 이 글은 한국인의 대중국 의식이 그가 생각해 왔던 것만큼 과히 우호적이거나 추종적이지만은 않았으며 특히 민중들 사이에는 모종의 반감도 존재해 왔다는 가설로서의 성격도 지니지만, 그러한 가설

---

43 이처럼 한국인의 자주적 대외관이 뚜렷이 드러나는 「최충전」은 18세기 이래 일본인들의 한국어 학습서로 꾸준히 활용되기도 하였다. [정병설, 「18·19세기 일본인의 조선소설 공부와 조선관: 〈최충전〉과 〈임경업전〉을 중심으로」, 『한국문화』 35집, 서울대 규장각 한국학연구원, 2005, 28~35면.]

44 『崔忠傳』[新活鉛字本], 27b~28a면.

을 본격적으로 검증해 보려는 시도로까지 그의 시선이 확장되거나 발전되지는 못했던 것으로 파악된다. 「최충: 한국의 이야기」 이후로도 애스턴은 10여 년 동안 저술 활동을 이어갔으나, 한국에 관해서 더 이상 뚜렷한 견해를 표명하지는 않았던 것이다.

4. 나가며: 남은 과제들

이상에서 19세기 말 영국의 외교관으로 일본과 한국에서 활동했던 애스턴의 생애를 개관하고 그가 한국에 관심을 드러내었던 궤적과 그의 저작에서 발견되는 한국문학에 대한 인식을 검토하였다.

애스턴은 외교관 신분이었으나, 학술적인 관심을 뚜렷이 지니고 있었으며 파견지인 일본의 언어와 문화를 연구하는 데 진력하였다. 특히 그는 한국이 일본과 언어의 계통적 특질로나 역사적 관계로나 매우 밀접하게 연관되어 있음을 간파하고 이른 시기부터 한국어를 학습하면서 한국에 대한 연구를 병행하기도 하였다. 이와 같은 기조는 그가 한국 영사로 발령을 받아 한성에 상주하면서 더욱 강화될 수 있는 계기를 맞게 되지만, 부임 직후 발생한 갑신정변과 그에 따른 정치적 혼란 때문에 한국을 직접 관찰할 수 있었던 모처럼의 기회는 제약되고 만다. 그럼에도 불구하고 애스턴은 한국어 학습을 지속해 갔으며, 1889년 은퇴하여 저술 활동에 매진하는 동안 한국에 관해서도 한층 정교한 논의들을 작성하였다. 한국문학을 바라보는 애스턴의 시각 역시 대부분 이 시기의 글들에서 확인할 수 있다.

가장 대표적인 저작은 한국문학에 대한 총체적 인상을 담고 있는 「한국의 대중문학」이다. 이 글에서 애스턴이 한국문학을 평가하는 가장 기본적인 관점은 미숙한 발달 상태이다. 그는 한국어의 문어 체계가 빈약하여 고아한 문학 작품의 기반이 되는 문체의 성립을 기대할 수 없고, 실제로도 이렇다 할 문학 장르가 존재하지 않는다고 평가하였다. 표기 체계의 난삽함과 뒤떨어진 출판 기술 역시 문학의 발달을 저해하는 요인으로 제시되었다. 한국 대중문학은 대부분 설화류(tale)이고, 일부 역사물(history)이 있다고 소개하면서 그 각각의 사례로 「장화홍련전」과 「임진록」을 예시하였으나, 전자는 이렇다 할 특징이 없는 평범한 성격 때문에, 후자는 역사적 실상을 벗어난 허구성이 농후하다는 점 때문에 그 가치가 높지 않다고 평가 절하하였다.

한국문학의 의의에 대한 의구심은 이후의 논의에서도 발견된다. 애스턴의 대표적 저작인 『일본문학사』의 경우, 일본문학의 전반적 특징을 논하는 서론에서 한국과 일본을 대비하였다. 한국은 정치·문화적으로 중국에 완고하게 종속되어 있어서 독자적인 문학을 갖추지 못한 반면, 일본은 한국을 거쳐 중국문화를 다수 수용하였으되 중국적 요소를 변형하고 자기화함으로써 고유한 문학을 발달시켜 나갔다고 보았다. 이하 부분에서도 한국과 관련된 서술은 한국이 일본에 중국문화를 전파하는 역할을 담당하였다는 측면으로 국한될 따름이다. 한편, 임진왜란 때 조선에서 약탈해 온 여러 서적과 인쇄술이 에도시대의 대중적 출판문화를 추동하는 데 중요한 기여를 하였다는 언급도 발견된다. 그러나 아라이 하쿠세키 등과 같은 한학자들의 활약으로 일본에 근대적 문학어가 갖추어졌다고 평가된 에도시대 이후로는 『일본문학사』에서 더 이상 한국이 거론되지 않는다.

이렇듯 애스턴은 한국이 중국문화의 충실한 추종자라는 시각을 시종 지니고 있었으나, 「최충전」은 그러한 한국의 위상에서 뚜렷이 벗어나는 사례로 인식하였다. 한국을 대표하는 인물로 설정된 최치원이 기지와 문재를 발휘하여 중국의 조야를 굴복시킨다는 서사를 지닌 이 작품은 한국이 중국의 정치적 압박이나 문화적 수준에 굴종적 태도를 보이지만은 않았다는 사실을 시사한다고 평가하였던 것이다. 이 점에 착안하여 그는 「최충전」을 세세하게 영역하고 행간에 주석을 달아 작품의 배경과 의미를 풀이하였다. 그러나 애스턴은 「최충전」을 예외적 일례로 여겼을 뿐, 이 작품을 통해 한국문학 전반을 아우를 만한 논점을 제기하는 데까지 나아가지는 않았다.

애스턴에 대한 연구는 최근 들어 더욱 본격화될 수 있는 계기를 맞이하였다. 영국과 러시아에 흩어져 있는 애스턴의 한국 관련 장서들에 대해 종합적인 조사가 이루어지면서 그 온전한 내역을 확인할 수 있게 되었기 때문이다.[45] 애스턴이 장서를 수집하게 된 계기와 과정을 추적함으로써 그가 한국의 어떤 측면에 특히 관심을 두고 있었는지, 한국에 대한 관점이 어떻게 변화되어 갔는지 등의 사안을 되짚어 볼 수 있는 기반이 대폭 확충된 것이다.

이와 같은 성과를 강화하고 정교화하기 위해서는 애스턴의 한국관 내지 한국문학관을 포괄적으로 분석하는 작업이 병행되어야 할 것이다. 특히 애스턴은 일본에 오랜 기간 체류했던 데다 일본에 대한 연구를 주로 수행해 왔던 만큼, 한국문학에 대한 그의 견해 역시 대개 일본문학과 한국문학을 비교하는 문맥에서 서술되거나, 동아시아 문학 전체의 특징에 대한 관점을 바탕으로 표출되기 마련이었다.

이 글은 바로 그러한 측면에 중점을 두고서 해당 사례들을 분석해 본 시도로서, 추후의 연구를 위한 발판으로서의 성격도 띤다. 무엇보다

---

45 각주 3)에 제시한 허경진·유춘동, 앞의 논문(2013); 유춘동, 앞의 논문; 백진우, 앞의 논문 등에서 이러한 작업이 이루어졌으며, 목록과 해제 역시 별권으로 출판되었다. [국외소재문화재재단 편, 앞의 책.]

도 애스턴의 고서 수집과 그의 한국문학관이 연동되는 지점에 대한 고찰, 그리고 한국문학뿐만 아니라 한국문화 일반에 걸친 애스턴의 관점에 대한 검토가 이루어져야 할 것이다. 더 나아가 애스턴이 한국문학을 저평가한 이유가 무엇인지 그 배경에 관한 추적도 필요하다. 이전의 서구인들과는 달리 애스턴은 한국의 문헌을 오랜 기간 탐문하였으며 그에 대해 해박한 지식을 갖추고 있기까지 했다. 한국에 대한 몰이해 때문에 한국 및 한국문학을 폄시하고는 했던 이전의 서구인들과는 사뭇 다른 사례인 것이다. 애스턴이 일본에서 주로 활동한 외교관이었다는 점을 감안하면, 그의 한국관이 어느 정도는 당시의 정치적·외교적 사안과 연계되어 있었을 여지도 다분하다. 이와 같은 사항들은 근간 밝혀진 애스턴 관련 자료들을 면밀히 분석하면서 해명해야 할 후속 과제이다.

서구 체험의 문학적 형상화

〈셔유견문록崗遊見聞錄〉의 서양 인식 방식과 표현 기법

1. 들어가며

【그림1】 이종응

이 글은 400여 행의 장편 가사(歌辭)인 〈셔유견문록(西遊見聞錄)〉 [1902]을 분석하는 데 목적을 둔다. 작자인 이종응(李鍾應, 1853~1920)은 중종(中宗)의 11대손으로서, 1902년 영국 에드워드 7세(King Edward VII, 1841~1910)의 대관식 사절단 수행원으로 런던에 파견되어 일본·미국·영국·이집트·스리랑카 등 각 대륙의 여러 나라를 둘러본 후 그 여정을 한문 기록인 「서사록(西槎錄)」과 가사 작품인 〈셔유견문록〉에 각각 기록하였다.

【표1】 〈셔유견문록〉의 주요 내용

행	행수	주 요 내 용
1~10행	10	영국 사행을 하게 된 계기
11~30행	20	출행(出行) 과정
31~37행	7	일본까지의 여로(旅路)
38~52행	15	일본에서의 행적

53~61행	9	캐나다까지의 여로
62~94행	33	캐나다 · 미국에서의 행적
95~99행	5	영국까지의 여로
100~291행	192	영국에서의 행적
292~341행	50	귀행 과정과 견문 [프랑스~대완국[페르가]]
342~407행	66	귀행 과정과 견문 [스리랑카~일본]
408~422행	15	귀국 후의 감회

【그림2】 에드워드 7세 대관식에 파견된 축하 사절단
[뒷줄: 참리관 김조현·인천 주재 영국영사 H. 고페(H. Goffe)
앞줄: 통역관 고희경·특명대사 이재각·비서 이종응]

그간 〈셔유견문록〉에 관한 연구는 주로 작품 속에 묘사된 서양의 모습을 정리하는 데 치중되었을 뿐,[1] 작가 의식이나 표현 기법 등 좀 더

---

1 김원모, 「이종응의 「西槎錄」과 〈셔유견문록〉 해제」, 『동양학』 32집, 단국대 동양학연구소, 2002, 130~131면; 박노준, 「〈海遊歌〉와 〈셔유견문록〉 견주어 보기」, 『고전시가 엮어 읽기』 하, 태학사, 2003, 362~386면; 조동일, 『한국문학통사』 4, 4판, 지식산업사,

세밀한 요소들에 대해서까지 관심이 미치지는 못하였다. 이에, 〈셔유견문록〉만의 특징적인 성격을 부각하고, 이를 통해 20세기 초 관료 지식인의 서양 인식 방식을 도출하는 한편, 그러한 인식이 가사 장르의 특성 속에서 구현되는 양상도 더불어 검토하고자 한다.

2. 긍정적인 서양 인식과 그 계기

【그림3】 에드워드 7세

〈셔유견문록〉에서 이종응은 시종 영국의 겉면을 묘사하는 데 집중하였다. 외국의 경물(景物)을 접할 때 그것이 긍정적이든 부정적이든 일단 그 새로움 자체에 관심이 가는 것은 당연한 수순일 수 있다. 하지만 특이한 점은, 이 작품의 경우 화자가 이국의 문물과 풍경에 동화되는 양상이 매우 즉각적이고 전면적이라는 사실에 있다.

> 도로상(道路上)에 박셕(薄石) 깔고 ᄉᆞ이 ᄉᆞ이 슈목(樹木)이라
> 일졈(一點) 진ᄋᆡ(塵埃) 돈졀(頓絶)ᄒᆞ니 우리 셰계(世界) 여긔로다
> 오난 사람 가는 ᄉᆞ람 억ᄊᆡ을 부븨이고
> 쌍마ᄎᆞ(雙馬車)며 외마ᄎᆞ(馬車)는 슈미(首尾)를 년(連)ᄒᆞ도다[2]
>
> [144~147행]

2005, 106~107면.

2 원문에는 한자가 표기되어 있지 않으나, 의미 파악을 위해 인용문에는 한자를 병기한다. 아래 인용에서도 마찬가지이다. 한편, 행수는 김원모, 「이종응의 「西槎錄」과 〈셔유견문록〉 자료」, 『동양학』 32집, 단국대 동양학연구소, 2002, 133~215면에서 산정된 것을 준용한다.

본국(本國) 장졸(將卒) 장(壯)한 즁(中)에 이십ᄉ국(二十四國) 속국(屬國) 병정(兵丁)
슈풀쳐름 드러셔셔 딕오(隊伍)가 분명(分明)ᄒ다. (…)
부국(富國) 강병(强兵) 분징시(紛爭時)에 셔양(西洋)에 졔일(第一)이라
[270~283행]

앞의 인용은 이종응이 런던에 처음 도착하여 목도한 거리의 풍경이다. 잘 정돈된 도로와 활기 넘치는 시가지를 둘러보며 사뭇 감탄하고 있는 모습이 드러난다. 특히 먼지 한 점 없이 청결한 거리를 일컬어 "우리 세계 여긔로다."라고 표현하는 등 런던을 매우 이상적인 삶의 공간으로 인식하였던 것이다.

【그림4】 에드워드 7세의 대관식 행렬 :
웨스트민스터 사원으로 행진하는 인도 왕자들과 군대 [1902년]

두 번째 인용에서도 이러한 상황이 이어진다. 즉위식을 기념하여 마련된 열병식에서 영국 군대의 위용이 유감없이 발휘된다. 이곳에는 영

【그림5】 이종응이 영국 정부로부터 수여 받은 메달

국의 병사들뿐 아니라 영국의 지배를 받던 24개국 식민지 병사들까지도 참여했는데, 이종응은 다른 나라 장정들이 영국군에 편입되어 있다는 사실에 대해 전혀 의아해 하는 기색을 보이지 않는다. 오히려 영국과 식민지 병사들이 한데 합쳐져서 서양 제일의 군대를 이룩했다는 점만이 부각될 뿐이다.

위와 같이 자와 타, 지배자와 피지배자, 강대국과 약소국의 구분을 없애고 온 세계를 화목한 공간 속에 융합하려는 작자의 의도는 사실 이 작품의 서두에서부터 예고되었던 바이기도 하다.

> 광무(光武) 황뎨(皇帝) 사십츄(四十秋)에 만국(萬國) 통화(通和) 시절(時節)일세
> 통화(通和) 약조(約條) 엇더한고 화란(禍亂) 상구(相救) 본의(本意)로다
> [1~2행]

작품의 첫 두 행에서 이종응은 당시를 "만국이 소통하면서 화합하는 시절"이자, "어려움이 있을 때 국가간에 서로 도와주는 본의"가 지켜지는 시대라 표현하였다. 이처럼 세계가 공고하게 형제애로 단합된 시대에서라면, 대한제국이 비록 세계적 조류에 뒤쳐졌다고 해서 특별히 갈등할 필요도 없고, 서구의 풍부한 물산과 강력한 군사력이 위협적으로 다가올 이유 또한 사라진다. 단지 눈앞에 널린 경탄스러운 광경을 가급적 그럴 듯하게 표현하면 충분한 것이다. 런던의 모습이 작품 곳곳에서 '하늘 같은 대도(大道)'[129행]·'선경(仙境)'·'춘몽(春夢)'[154행]·'인간천

상(人間天上)'[216행] 등 일견 지나치리만큼 화려한 수사로 묘사된 것도 그와 같은 측면에서 이유를 살필 수 있다.

한편, 이종응이 영국의 문물이나 풍경에 전면적으로 동화되었던 것과 마찬가지로 영국인들이 그에게 베푸는 배려와 관심 또한 즉각적으로 감지되고 빠짐없이 서술된다.

> ㉠ 션창(船艙 부두(埠頭) 나리시니 쳔만인(千萬人)이 위립(圍立)이라 [102행]
>
> ㉡ 오난 ᄉᆞ람 가는 ᄉᆞ람 여화여월(如花如月) 미인(美人)더라
> 구름쳐럼 뫼야 셔셔 타국(他國) ᄉᆞ신(使臣) 구경ᄒᆞᆫ다 [130~131행]
>
> ㉢ 장녜경(掌禮卿)이 영졉(迎接)ᄒᆞ고 황실(皇室) 마ᄎᆞ(馬車) 등ᄃᆡ(等待)로다 [121행]
>
> ㉣ ᄇᆡᆨ옥계상(白玉階上) 썩 나시니 ᄒᆡᆼ보셕(行步石)이 홍젼(紅氈)이요
> 병정(兵丁) 순검(巡檢) 보호(保護)ᄒᆞ고 쌍마ᄎᆞ(雙馬車)는 장ᄃᆡ(長待)로다 [137~138행]
>
> ㉤ 우리 좌ᄎᆞ(座次) 어ᄃᆡᆯ넌고 ᄐᆡᄌᆞ비(太子妃)와 겸상(兼床)이라
> 영화(榮華)로다 영화(榮華)로다 봉명사신(奉命使臣) 영화(榮華)로다 [236~237행]

일행이 리버풀항에 도착하여 하선하는 순간 '천만인'이 선창부두에 둘러서서 환영하는 모습[㉠]과 런던 시내로 마차를 타고 들어오는 동안 시민들이 구름처럼 몰려들어 자신들을 구경하는 모습[㉡]이 호기롭게 묘사되고 있다. 영국 정부의 공식적인 영접 예식은 이종응에게 더욱 큰 감회를 불러일으킨다. 일행을 위해 준비된 황실마차[㉢]와 붉은 카펫·호위병들[㉣]이야말로 일국의 사신만이 향유할 수 있는 최대의 배려이기 때문이다. 특히 황실 주관 만찬장에서 황태자비와 겸상하게 된 것

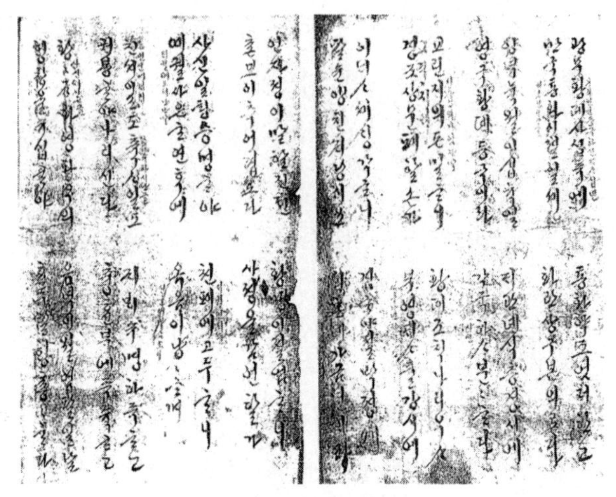

【그림6】 〈셔유견문록〉

[ⓜ]은 각국 사절단 가운데에서도 자신들이 각별하게 대우받고 있다는 증거라 할 수 있으므로 이종응에게는 이 또한 대단히 영화로운 일로 여겨졌던 것이다.[3]

이렇듯 〈셔유견문록〉에 밝고 긍정적인 인식이 나타나게 된 근본적인 계기는 위의 두 가지 부면이 서로 조응하는 지점에서 발견될 수 있다. 런던의 여러 문물과 경관을 극히 이상적으로 파악하려 했던 이종응의 지향이 한 쪽 편에 자리한다면, 그러한 지향에 화답하듯 영국측에서 그에게 호의를 나타냈던 태도가 또 다른 한 쪽 편에 존재한다. 해외 체험이란 본래 이질적인 문화·인사들과의 접촉을 전제로 하므로 그에 따른 견문이 형성되는 양상 또한 서로가 상대방을 어떠한 방식으로 인

3 이날 만찬장에는 일곱 개의 식상(食床)이 마련되었는데, 일본 사절단은 황태자와 제3좌에 동석했고, 청국 사절단은 제6좌에 배석되었다고 한다. [「서사록」, 6월 23일조.] 이종응이 제4좌에 황태자비와 동석하게 된 데에 감격한 것도 청국 사절단에 비해 자신들이 더욱 대우받고 있다는 판단 때문으로 보인다.

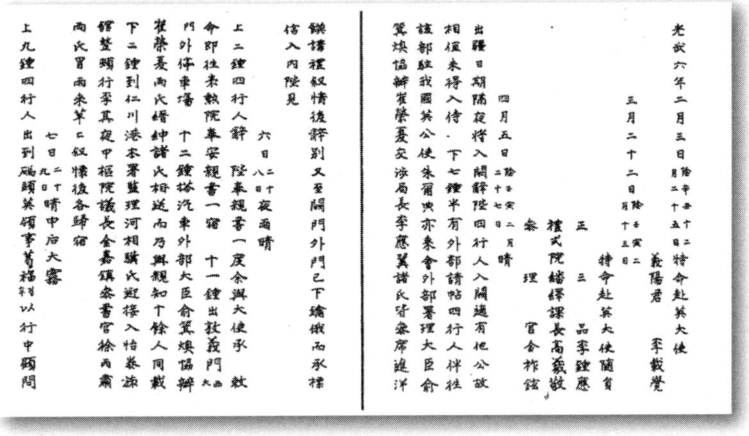
光武六年二月三日 陰壬寅十二月二十五日 特命赴英大使
義陽君 李載覺
五月二十二日 陰壬寅二月十三日
特命赴英大使隨員
正三品 李鍾應
禮式院繙譯課長 高羲敬
參理官 金祚鉉
四月五日 陰壬寅二月二十七日 晴
出疆日期隔夜將入闕辭陛四行人入闕適有他公故
相値未得入侍。下七鍾半有外部請帖四行人件往
該部駐我國英公使朱爾典亦來會外部署理大臣俞
箕煥協辦崔榮夏交涉局長李應翼諸氏皆參席進洋
饌請裡叙情後辭別又至闕門外門己下鑰徹而承標
信入內陛見
六日 二十八日 夜雨晴
上二鍾四行人辭陛奉親書一度余與大使承敕
命即往未熱院奉安親書一宿 十一鍾出敦義門
門外停車場 十二鍾搭汽車外部大臣俞箕煥協辦
崔榮夏兩氏偕紳諸氏相送而乃與親知十餘人同載
下二鍾到仁川港本署監理河相驥氏迎接入怡泰旅
館整頓行李其夜中樞院議長金嘉鎮參書官徐丙肅
兩氏冒雨來餞〻叙懷後各歸宿
七日 二十九日 晴中后大霧
上九鍾四行人出到碼頭英領事葛福以行中顧問

【그림7】「서사록」

식하고 대우하느냐에 따라 상이한 형태로 나타날 수밖에 없다.[4]

사행가사(使行歌辭), 나아가 해외 체험을 다룬 조선 후기 시가 작품 가운데 〈셔유견문록〉이 유난히 화목한 분위기로 일관되었던 것도, 여타 작품들에서와는 달리 이처럼 이종응의 체험 자체가 두 가지 조건을 동시에 구비하고 있었기 때문으로 분석된다. 이미 보편 문명의 선구자로 각인되고 있었던 서구에 대한 직접 체험과 즉위식을 거행하는 동안 해외 사절들을 극진하게 예우했던 영국측의 배려가 맞물리면서[5] 〈셔유

---

4 자신이 상대를 저급한 존재로 인식한다면, 상대국에서 아무리 융숭한 대접을 해 온다 해도 오히려 그들을 경멸하는 태도가 나타나기 마련이며, 반대로 자신이 상대국의 발달된 면모를 동경한다 해도 상대국에서 자신을 배제하려는 태도가 느껴지거나 그러한 상대국의 발전상에 자신이 끝내 동참할 수 없으리라는 조짐이 감지된다면 좌절감이나 울분이 표출되기 십상이다. 일본에서의 체험을 담은 〈일동장유가(日東壯遊歌)〉[1764]나 청나라 사행 후 지어진 일부 연행가사류(燕行歌辭類)들이 전자의 부류에 포함될 수 있을 것이다. 후자의 사례로는 〈해유가(海遊歌)〉[1903]가 거론될 수 있으며, 〈유일록(遊日錄)〉[1902]에서도 부분적으로 이와 유사한 특성이 발견된다.

5 에드워드 7세의 즉위식은 1837년 빅토리아 여왕(Queen Victoria, 1819~1901)의 즉위식

견문록〉의 긍정적인 세계 인식은 탄생되었던 것이다. 결국 〈셔유견문록〉은 20세기 초 상층 관료 지식인만이 누릴 수 있었던 이례적인 경험의 산물이며, 그러한 측면에서 독특한 위상을 지니는 작품이라 할 수 있다.

3. 표현 기법의 특성

〈셔유견문록〉의 긍정적인 서양 인식이 실제 문면 속에 드러나는 양상을 살피는 문제 또한 주요한 과제이다. 이러한 목적에 「서사록」은 유용한 참고 자료가 된다. 「서사록」은 영국을 향해 떠나는 날로부터 궁궐에 되돌아와 복명하기까지 약 180일 동안의 여정을 하루도 빠짐없이 기록해 놓은 한문 일기로서, 이 기록이 최종 정리된 것은 1902년 9월 1일이며, 이로부터 약 한 달 후에 〈셔유견문록〉이 탈고되었으므로, 대개 〈셔유견문록〉은 「서사록」의 기록을 바탕으로 지어졌으리라 추정된다. 주목해야 할 점은 「서사록」에 기록된 내용과 〈셔유견문록〉의 서술 사이에 상당 부분 차이가 난다는 사실이다. 이를 검토하기 위해, 두 기록의 핵심 부분인 런던에서의 행적을 위주로 그 내용을 대비하면 다음 표와 같다.

이후 65년 만에 치러진 행사였으며, 영국에서는 즉위식인 6월 26일을 전후하여 12일간 각종 축하 행사를 준비했다. [김원모, 「한국의 영국 축하사절단 파견과 한·영 외교관계」, 『동양학』 32집, 단국대 동양학연구소, 2002, 112면.]

【표2】 〈서사록〉과 〈셔유견문록〉에 서술된 여정

날짜	「서사록」에 서술된 여정	〈셔유견문록〉에 서술된 여정과 주요 내용	
		서술 순서 [행] [행수]	주요 서술 내용
1902. 6.6.	런던 유스턴역	① [115~134행] [20]	마중 나온 영국 접빈관리
	호텔		
6.7.	-		
6.8.	주영 공사관		
6.9.	시내	② [135~147행] [23]	번화한 런던의 풍경
	동물원	⑤ [158~168행] [11]	갖가지 진귀한 동물들
6.10.	상점	③ [148~149행] [2]	상점의 풍부한 물품
	서커스장	⑥ [169~175행] [7]	서커스장의 광경과 여러 공연
6.11.	-		
6.12.	주영 공사관		
6.13.	버킹엄궁[접견실]	⑦ [176~194행] [19]	에드워드 7세와의 접견 내용
	버킹엄궁[만찬장]	⑧ [195~227행] [33]	웅장한 궁실과 만찬장 풍경
6.14.	-		
6.15.	주영 공사관		
6.16.	영국국립은행		
6.17.	마담터소		
	화원	④ [150~157행] [8]	화원의 시설과 인파
	국회의사당		
6.18.	-		
6.19.	수정궁[불꽃놀이장]	⑩ [240~266행] [27]	객수(客愁)와 불꽃놀이 광경
6.20.	교도소		
6.21.	-		
6.22.	-		
6.23.	버킹엄궁[만찬장]	⑨ [228~239행] [12]	만찬장 풍경
6.24.	버킹엄궁 · 시내		

6.25.	-		
6.26.	버킹엄궁 · 강변		
6.27.	소방본부		
6.28.	폴로경기장		
6.29.	-		
6.30.	놀이공원		
7.1.	황실주관 관병식장	⑪ [267~283행] [17]	절도 있는 영국군의 모습
7.2.	관병식장		
7.3.	황실 예식원		
7.4.	빅토리아 여왕 능		
7.5.	주영 공사관		
7.6.	도버항		

우선 지적될 수 있는 사항은, 런던에서의 여러 견문들이 선택적으로 〈셔유견문록〉에 반영되었다는 점이다. 〈셔유견문록〉에서는 시내·동물원, 화원, 서커스장 등 런던 시민들의 일상과 휴양·유락시설들에 대한 서술[①~⑥]이 한 축을 이루고, 영국 황실 주관의 만찬과 각종 행사에 대한 서술[⑦~⑪]이 또 다른 한 축을 형성하고 있다. 또한, 실제로는 두 내용이 일자별로 뒤섞여 있으나, 〈셔유견문록〉의 경우 그러한 시간 순서를 무시하고, 휴양·유락시설에 대한 내용을 앞쪽에 몰아서 서술한 후 궁전에서의 견문은 뒤쪽에 따로 묶어 배치하였다는 사실이 발견된다. 반대로, 「서사록」에서는 관심 있게 다루어졌던 각종 견문들, 가령 영국국립은행·국회의사당·교도소·소방본부·예식원 등 주로 공식적인 사무와 연관된 시찰 장소들이 〈셔유견문록〉에서는 모두 배제된 현상도 나타난다. 이와 같은 선별과 재조직화 과정을 통해 작품의 시선은 매우 빠르고 응축적으로 런던의 각종 정경을 포착하고 있으며, 그 과정

에서 작자의 고양된 흥취 또한 자연스레 표출될 수 있었던 것이다.

아울러 이종응은 서술의 흐름에 따라 때로 실상과 어긋난 내용을 삽입하기도 한다. 예컨대 ⑨에 해당하는 6월 23일 버킹엄궁 만찬에는 영국 황제가 참석하지 않았지만, 〈셔유견문록〉에는 에드워드 7세가 각국 사절들과 둘러앉아 만찬을 함께한 것으로 묘사되고 있는 점이 그 대표적인 사례이다.[6] ⑪의 불꽃놀이 장면에서도 그러하다. 이날 불꽃놀이의 절정은 영국 황제와 황후를 형상화한 불꽃이었는데, 이 불꽃이 터진 이후에도 한참 동안 놀이가 계속되지만, 〈셔유견문록〉에서는 불꽃이 터진 순서를 바꾸어 영국 황제 내외의 형상이 가장 마지막을 화려하게 장식한 것으로 묘사되었던 것이다.[7]

한문 기록이 함께 전하는 종래의 사행가사들과 비교해 보아도 이상의 특성들은 이례적이라 할 만하다. 실제 체험이 가사 작품으로 옮겨지면서 일부분 선별되거나 더러 과장되는 예는 빈번하게 발견된다 해도,[8] 〈셔유견문록〉에서와 같이 견문의 순서가 재조정된다든지 사실 관계 자체가 변개되는 사례는 흔히 찾아보기 어렵기 때문이다. 물론 이 같은 특성은 이종응 개인만이 지닌 독특한 서술 방식이라 치부할 수도 있겠으나, 좀 더 내면적인 연관 관계를 살핀다면 앞서 언급했던 긍정적인 서양 인식이 작품의 형상화 양상에까지 폭넓게 영향을 미친 결과로 파악해야 할 것이다. 이국에 대한 인식과 체험이 변별되는 만큼 그 표현 기법 또한 기존의 사행가사들로부터 점차 이탈되어 갔던 궤적이 드러난다는 것이다.[9]

---

6 "졔일상(第一床)은 영황뎨(英皇帝) 쥬셕(主席)ᄒᆞ고 각국(各國) 사신(使臣) 둘너 안고" [232행]

7 "최말(最末)의난 영황(英皇) 영후(英后) 완연(宛然)히 안진 모양(模樣)도 되니" [264행]

8 사행가사와 한문 사행록 사이의 대비는 최강현, 『한국기행문학연구』, 일지사, 1982의 제1장과 7장에서 상세하게 이루어진 바 있다.

4. 나가며

〈셔유견문록〉은 '맹목적인 서양 추종'과 '역사적 현실에 대한 몰이해(沒理解)'라는 요소 때문에 학계에서 그간 크게 주목 받지 못했던 것이 사실이다. 그러나 그러한 표면적인 특성이 나타나게 된 내재적 동인을 한층 면밀하게 검출해야 할 필요가 있다. 표현 기법 또한 관련 자료와 연계 지어 추적해 간다면 새롭게 부각될 만한 요소들이 다분하다는 사실을 확인할 수 있었다. 바로 그와 같은 관점에서 이 작품에 대한 연구가 좀 더 진전된 방식으로 진행되어야만 〈셔유견문록〉 자체는 물론, 근대계몽기 시가나 사행가사 등 유관 갈래의 특성을 밝히는 데에도 직접적으로 기여하게 될 것이다. 이 글에서 이루어졌던 몇 가지 검토는 그러한 목표에 접근해 가기 위한 하나의 시도이다.

---

9 작품의 여러 부분에서 잡가나 민요 구절이 빈번하게 차용되었던 이유도 그러한 연장선상에서 분석될 수 있을 것이다.

찾아보기

• 인명색인 •

〈ㄱ〉

〈ㅇ〉

〈 ㅊ 〉

〈 ㅋ 〉

• 문헌 · 작품색인 •

〈ㄴ〉

〈ㄷ〉

〈ㅁ〉

〈ㅇ〉

〈 ㅌ 〉

〈 ㅍ 〉

〈 ㅎ 〉

〈기타〉

• 일반색인 •

〈ㄱ〉

〈ㄴ〉

〈ㄷ〉

〈ㅁ〉

〈ㅂ〉

〈ㅅ〉

참고문헌

1. 자료

1) 원전

『경국대전(經國大典)』→ 법제처 역주, 『경국대전』, 한국법제연구원, 1993.

『고려사(高麗史)』→ "고려시대 사료: 고려사", 국사편찬위원회 한국사데이터베이스, 2017.1.13. 〈http://db.history.go.kr/KOREA/item/level.do?itemId=kr&types=r〉.

『국조악가(國朝樂歌)』→ 계명문화사 편, 『한문악장자료집』, 계명문화사, 1988.

〈권선지로가(勸善指路歌)〉; 〈금보가(琴譜歌)〉; 〈상저가(相杵歌)〉; 〈완산가(完山歌)〉; 〈환산별곡(還山別曲)〉; 〈효우가(孝友歌)〉.

→ 임기중, 『한국역대가사문학집성』, DVD-ROM, 누리미디어, 2005.

→ "국가지식DB 한국가사문학", 담양군 한국가사문학관, 2017.1.13. 〈http://www.gasa.go.kr/〉.

『균여전(均如傳)』→ 최철 · 안대회 역주, 『(역주) 균여전』, 새문사, 1986.

『대한매일신보(大韓每日申報)』; 『대한민보(大韓民報)』

→ "뉴스라이브러리: 고신문 『대한매일신보』", 한국언론진흥재단, 2017.1.13. 〈http://www.bigkinds.or.kr/mediagaon/goNewsKeyword.do〉.

→ "원문정보: 신문자료 『대한민보』", 독립기념관 한국독립운동 정보시스템, 2017.1.13. 〈http://search.i815.or.kr/subService.do〉.

→ 임선묵 편, 『근대시조집람』, 경인문화사, 1995.

→ 강명관 · 고미숙 편, 『근대계몽기시가자료집』 1~3, 성균관대 대동문화연구원, 2000.

『동문선(東文選)』 권94~95. → 민족문화추진회 편, 『(국역) 동문선』 7, 민족문화추진회, 1969.

『명황계감(明皇誡鑒)』[필사본]. → "문헌 자료와 해제: 『명황계감언해』", 디지털한글박물관, 2017.1.13. 〈http://www.hangeulmuseum.org/sub/information/bookData/book_view.jsp?fileName=00647a00001aa000a&d_code=00647&g_class=04&pg=0〉.

『문심조룡(文心雕龍)』→ 최동호 역편, 『문심조룡』, 민음사, 1994.

『번역노걸대(飜譯老乞大)』 下. → 서상규, 『번역노걸대 어휘색인』, 박이정, 1997.

『보한집(補閑集)』→ 박성규 역, 『보한집』, 계명대 출판부, 1984.

『분류두공부시언해(分類杜工部詩諺解)』

→ 한문교재편찬회 편, 『두시언해』, 경인문화사, 1975.

→ 박영섭, 『초간본 두시언해 어휘자료집』, 박이정, 1998.

사고전서(四庫全書) → 『(文淵閣) 四庫全書: 電子版』, 上海: 中文大學出版社; 迪志文化出版社, 2002.

『삼국사기(三國史記)』
→ 정구복 외 역주, 『(역주) 삼국사기』 1~2, 성남: 한국정신문화연구원, 1997.
→ 이병도 역주, 『삼국사기』 1~2, 박문사, 1947.
『삼국유사(三國遺事)』 → 강인구 외 역주, 『(역주) 삼국유사』 1~4, 이회문화사, 2002.
「서사록(西槎錄)」 → 김원모, 「이종응의 「西槎錄」과 〈셔유견문록〉 자료」, 『동양학』 32집, 단국대 동양학연구소, 2002.
『세종실록(世宗實錄)』 권136~146, 「악보」 → 이혜구 역주, 『세종장헌대왕실록 22: 악보 1』, 재판, 세종대왕기념사업회, 1981.
〈셔유견문록(西遊見聞錄)〉 → 김원모, 「이종응의 「西槎錄」과 〈셔유견문록〉 자료」, 『동양학』 32집, 단국대 동양학연구소, 2002.
『시용향악보(時用鄕樂譜)』 → 국립국악원 편, 『한국음악학자료총서』 22, 국립국악원, 1987.
『신도일록(薪島日錄)』 → 『이세보시조집: 附신도일록』, 단국대 출판부, 1985.
『신증동국여지승람(新增東國輿地勝覽)』 권33 · 권37. → 민족문화추진회 편, 『(국역) 신증동국여지승람』 4~5, 재판, 민족문화추진회, 1971.
『악장가사(樂章歌詞)』 → 김명준 역, 『악장가사 주해』, 다운샘, 2004.
『악학궤범(樂學軌範)』 → 이혜구 역주, 『(신역) 악학궤범』, 국립국악원, 2000.
『악학편고(樂學便考)』 → "보물 제652-2호: 『악학편고』", 문화재청 국가기록유산, 2017.1.13. 〈http://www.memorykorea.go.kr/〉.
『어제경민음(御製警民音)』 → 홍문각 편, 『御製訓書諺解, 御製百行源, 御製警民音 (合本)』, 홍문각, 1984.
『어제자성편(御製自省編)』; 『어제자성편언해(御製自省編諺解)』 → 조항범 외, 『(역주) 어제자성편언해』, 역락, 2006.
『여지도서(輿地圖書)』 → 변주승 역주, 『여지도서 48: 전라도 보유 I』, 흐름, 2009.
『역대병요(歷代兵要)』 → 성백효 교열, 『역대병요』 상 · 중 · 하, 國防軍史研究所, 1996.
『연려실기술별집(燃藜室記述別集)』 권15 → 『연려실기술별집』 下, 경문사, 1976.
『완산지(完山誌)』 → 이희권 역, 『(완역) 완산지』, 전주: 전주시 · 전주문화원, 2009.
『용비어천가(龍飛御天歌)』 → 京城帝國大學 法文學部 편, 『龍飛御天歌』 상 · 하, 京城帝國大學 法文學部, 1938.
『월인석보(月印釋譜)』 제8 · 제10
→ 세종대왕기념사업회 편, 『역주 월인석보 7 · 8』, 세종대왕기념사업회, 1993.
→ 세종대왕기념사업회 편, 『역주 월인석보 9 · 10』, 세종대왕기념사업회, 1993.
『월인천강지곡(月印千江之曲)』 上 → 박병채, 『(논주) 월인천강지곡』, 세영사, 1991.
『李朝と全州』 → 福島士朗, 『李朝と全州』, 全州: 共存舍, 1909.
『재조번방지(再造藩邦志)』 권2 → 민족문화추진회 편, 『(국역) 대동야승』 9, 민족문화추진회, 1973.
『전주부사(全州府史)』 → 홍성덕 · 김철배 · 박현석 역, 『(국역) 전주부사』, 2판, 전주: 전주시 ·

전주부사 국역편찬위원회, 2014.
조선왕조실록(朝鮮王朝實錄)→"조선시대 사료: 조선왕조실록", 국사편찬위원회 한국사데이터베이스, 2017. 1. 13. 〈http://sillok.history.go.kr/main/main.do〉.
『주한일본공사관기록(駐韓日本公使館記錄)』→"대한제국 사료: 주한일본공사관기록", 국사편찬위원회 한국사데이터베이스, 2017. 1. 13. 〈http://db.history.go.kr/item/level.do?itemId=jh〉.
『청구영언(靑丘永言)』[진본(珍本)]; 『청구영언(靑丘永言)』[육당본(六堂本)]; 『가곡원류(歌曲源流)』[국악원본(國樂院本)]; 『풍아(風雅)』; 『금옥총부(金玉叢部)』; 『병와가곡집(瓶窩歌曲集)』.
→심재완 편, 『(교본) 역대시조전서』, 세종문화사, 1972.
→박을수, 『한국시조대사전』 상·하, 아세아문화사, 1992.
→김신중 역주, 『역주 금옥총부: 주옹만영』, 박이정, 2003.
→김흥규 외 편, 『고시조 대전』, 고려대 민족문화연구원, 2012.
『치평요람(治平要覽)』
→이우성 편, 『치평요람』 1~34, 아세아문화사, 1994.
→이우성 편, 『치평요람』 35~39[補遺1~補遺5], 아세아문화사, 1996.
→세종대왕기념사업회 고전국역 편집위원회, 『(국역) 치평요람』 1~38, 세종대왕기념사업회, 2001~2011.

2) 문집 및 어록

권 근, 『양촌집(陽村集)』→『한국문집총간』 7, 민족문화추진회, 1988.
기 화, 『금강반야바라밀경오가해설의(金剛般若波羅蜜經五家解說誼)』→『한국불교전서』 7, 한국불교전서편찬위원회, 1979.
김안로, 『희락당고(希樂堂稿)』→『한국문집총간』 21, 민족문화추진회, 1988.
김종직, 『점필재집(佔畢齋集)』→『한국문집총간』 12, 민족문화추진회, 1988.
무 경, 『무경집(無竟集)』→『한국불교전서』 9, 한국불교전서편찬위원회, 1979.
법 장, 『보제존자삼종가(普濟尊者三種歌)』→『한국불교전서』 6, 한국불교전서편찬위원회, 1979.
변계량, 『춘정집(春亭集)』→『한국문집총간』 8, 민족문화추진회, 1988.
서거정, 『사가시집(四佳詩集)』→『한국문집총간』 11, 민족문화추진회, 1988.
성여신, 『부사집(浮査集)』→『한국문집총간』 56, 민족문화추진회, 1988.
소세양, 『양곡집(陽谷集)』→『한국문집총간』 23, 민족문화추진회, 1988.
신광수, 『석북집(石北集)』→『한국문집총간』 231, 민족문화추진회, 1999.
신숙주, 『보한재집(保閑齋集)』→『한국문집총간』 10, 민족문화추진회, 1988.
영 조, 『열성어제』 권19→서울대 규장각 편, 『열성어제』 3, 서울대 규장각, 2002.
유성룡, 『서애집(西厓集)』→『한국문집총간』 52, 민족문화추진회, 1988.

이 색, 『목은시고(牧隱詩稿)』→『한국문집총간』 4, 민족문화추진회, 1988.
이 익, 『성호사설(星湖僿說)』 권4→민족문화추진회 역, 『(국역) 성호사설』 2, 한국학술정보, 2007.
이 황, 『퇴계집(退溪集)』→『한국문집총간』 30, 민족문화추진회, 1988.
이규보, 『동국이상국집(東國李相國集)』→『한국문집총간』 1~2, 민족문화추진회, 1988.
이제현, 『익재난고(益齋亂稿)』→『한국문집총간』 2, 민족문화추진회, 1988.
이현보, 『농암집(聾巖集)』→『한국문집총간』 17, 민족문화추진회, 1988.
정도전, 『삼봉집(三峰集)』→『한국문집총간』 5, 민족문화추진회, 1988.
정몽주, 『포은집(圃隱集)』→『한국문집총간』 5, 민족문화추진회, 1988.
조수삼, 『추재집(秋齋集)』→『한국문집총간』 271, 민족문화추진회, 2001.
조위한, 『현곡집(玄谷集)』→『한국문집총간』 73, 민족문화추진회, 1988.
해 원, 『천경집(天鏡集)』→『한국불교전서』 9, 한국불교전서편찬위원회, 1979.
혜 근, 『나옹화상가송(懶翁和尙歌頌)』→『한국불교전서』 6, 한국불교전서편찬위원회, 1979.
혜 심, 『선문염송(禪門拈頌)』→『한국불교전서』 5, 한국불교전서편찬위원회, 1979.
______, 『조계진각국사어록(曹溪眞覺國師語錄)』→『한국불교전서』 6, 한국불교전서편찬위원회, 1979.

2. 논저

1) 단행본

강만길, 『고쳐 쓴 한국근대사』, 창작과 비평사, 1994.
권오만, 『개화기 시가 연구』, 새문사, 1989.
김규남·이길재, 『지명으로 보는 전주 100년』, 전주: 신아출판사, 2002.
김기동, 『국문학개론』, 태학사, 1981.
김기종, 『월인천강지곡의 저경과 문학적 성격』, 보고사, 2010.
______, 『한국 불교시가의 구도와 전개』, 보고사, 2014.
김대행, 『시조유형론』, 이화여대 출판부, 1986.
김명준, 『악장가사 연구』, 다운샘, 2004.
______ 교주, 『(교주) 조선가요집성』, 다운샘, 2007.
______, 『한국고전시가의 모색』, 보고사, 2008.
김무현, 『한국민요문학론』, 집문당, 1987.
김 범, 『사화와 반정의 시대: 성종·연산군·중종과 그 신하들』, 역사비평사, 2007.
김사엽, 『이조시대의 가요연구』, 재판, 학원사, 1962.
김상훈, 『가요집』 1, 평양: 문예출판사, 1983.
김성한, 『임진왜란』 3, 어문각, 1985.

김세중, 『정간보로 읽는 옛 노래』, 예솔, 2005.
김수경, 『고려 처용가의 미학적 전승』, 보고사, 2004.
김승우, 『용비어천가의 성립과 수용』, 보고사, 2012.
______, 『19세기 서구인들이 인식한 한국의 시와 노래』, 소명출판, 2014.
김영수, 『조선시가연구』, 새문사, 2004.
김영철, 『한국근대시논고』, 형설출판사, 1988.
김용직, 『김태준 평전: 지성과 역사적 상황』, 일지사, 2007.
김종수, 『조선시대 궁중연향과 여악연구』, 민속원, 2001.
김창규, 『한국 한림시 평석』, 국학자료원, 1996.
______, 『한국 한림시 연구』, 역락, 2001.
김태준, 『朝鮮漢文學史』, 朝鮮語文學會, 1931.
______, 『朝鮮小說史』, 淸進書館, 1933.
______ 편, 『朝鮮歌謠集成: 古歌篇 第一輯』, 조선어문학회, 1934.
김흥규, 『한국문학의 이해』, 민음사, 1986.
______, 『욕망과 형식의 시학』, 태학사, 1999.
______, 『한국 고전문학과 비평의 성찰』, 고려대 출판부, 2002.
______, 『근대의 특권화를 넘어서: 식민지 근대성론과 내재적 발전론에 대한 이중비판』, 창비, 2013.
______, 『옛시조의 모티프·미의식과 심상공간의 역사』, 소명출판, 2016.
남풍현, 『이두연구』, 태학사, 2000, 14쪽.
박경주, 『경기체가 연구』, 이회문화사, 1996.
박완식, 『한국 한시 어부사 연구』, 이회, 2000.
박을수, 『한국개화기 저항시가 연구』, 성문각, 1985.
성기옥·손종흠, 『고전시가론』, 한국방송통신대 출판부, 2006.
小倉進平, 『鄕歌及び吏讀の硏究』, 京城帝國大學, 1929.
송방송, 『한국음악통사』, 일조각, 1984.
市野澤寅雄, 『杜牧』, 漢詩大系 14, 東京: 集英社, 1965.
신동준, 『조선의 왕과 신하, 부국강병을 논하다』, 살림, 2007.
신병주, 『조선평전: 60가지 진풍경으로 그리는 조선』, 글항아리, 2011.
심경호, 『참요: 시대의 징후를 노래하다』, 한얼미디어, 2012.
안 확, 『朝鮮文學史』, 韓一書店, 1922.
양주동, 『鮮古歌硏究: 詞腦歌箋註』, 博文書館, 1942.
______, 『麗謠箋注: 朝鮮古歌硏究 續篇』, 을유문화사, 1947.
양태순, 『한국고전시가의 종합적 고찰』, 민속원, 2003.
역사문제연구소 편, 『사회사로 보는 우리 역사의 7가지 풍경』, 역사비평사, 1999.
오항녕, 『조선초기 성리학과 역사학: 기억의 복원, 좌표의 성찰』, 고려대 민족문화연구원, 2007.

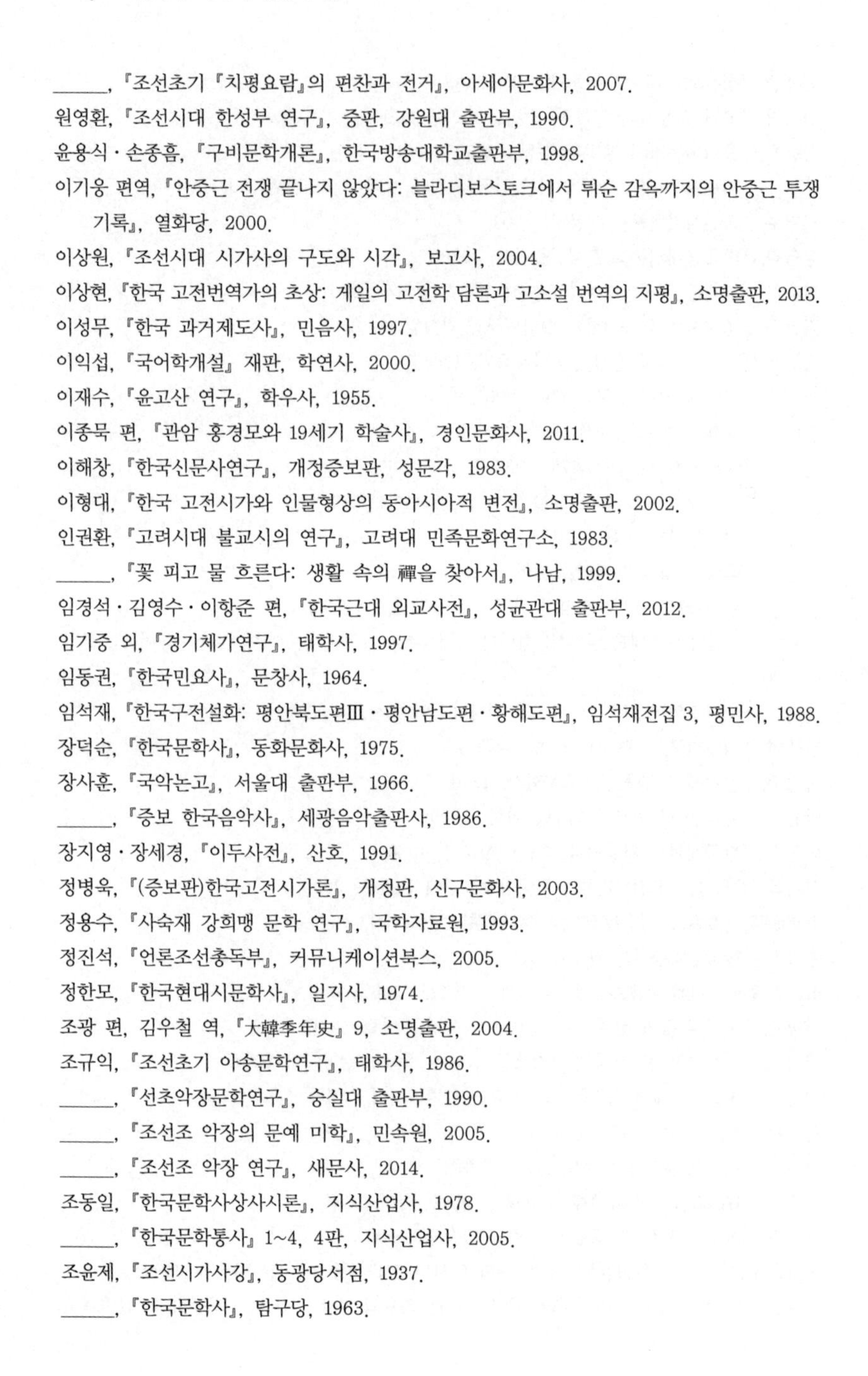

______, 『조선초기 『치평요람』의 편찬과 전거』, 아세아문화사, 2007.
원영환, 『조선시대 한성부 연구』, 증판, 강원대 출판부, 1990.
윤용식 · 손종흠, 『구비문학개론』, 한국방송대학교출판부, 1998.
이기웅 편역, 『안중근 전쟁 끝나지 않았다: 블라디보스토크에서 뤼순 감옥까지의 안중근 투쟁 기록』, 열화당, 2000.
이상원, 『조선시대 시가사의 구도와 시각』, 보고사, 2004.
이상현, 『한국 고전번역가의 초상: 게일의 고전학 담론과 고소설 번역의 지평』, 소명출판, 2013.
이성무, 『한국 과거제도사』, 민음사, 1997.
이익섭, 『국어학개설』 재판, 학연사, 2000.
이재수, 『윤고산 연구』, 학우사, 1955.
이종묵 편, 『관암 홍경모와 19세기 학술사』, 경인문화사, 2011.
이해창, 『한국신문사연구』, 개정증보판, 성문각, 1983.
이형대, 『한국 고전시가와 인물형상의 동아시아적 변전』, 소명출판, 2002.
인권환, 『고려시대 불교시의 연구』, 고려대 민족문화연구소, 1983.
______, 『꽃 피고 물 흐른다: 생활 속의 禪을 찾아서』, 나남, 1999.
임경석 · 김영수 · 이항준 편, 『한국근대 외교사전』, 성균관대 출판부, 2012.
임기중 외, 『경기체가연구』, 태학사, 1997.
임동권, 『한국민요사』, 문창사, 1964.
임석재, 『한국구전설화: 평안북도편Ⅲ · 평안남도편 · 황해도편』, 임석재전집 3, 평민사, 1988.
장덕순, 『한국문학사』, 동화문화사, 1975.
장사훈, 『국악논고』, 서울대 출판부, 1966.
______, 『증보 한국음악사』, 세광음악출판사, 1986.
장지영 · 장세경, 『이두사전』, 산호, 1991.
정병욱, 『(증보판)한국고전시가론』, 개정판, 신구문화사, 2003.
정용수, 『사숙재 강희맹 문학 연구』, 국학자료원, 1993.
정진석, 『언론조선총독부』, 커뮤니케이션북스, 2005.
정한모, 『한국현대시문학사』, 일지사, 1974.
조광 편, 김우철 역, 『大韓季年史』 9, 소명출판, 2004.
조규익, 『조선초기 아송문학연구』, 태학사, 1986.
______, 『선초악장문학연구』, 숭실대 출판부, 1990.
______, 『조선조 악장의 문예 미학』, 민속원, 2005.
______, 『조선조 악장 연구』, 새문사, 2014.
조동일, 『한국문학사상사시론』, 지식산업사, 1978.
______, 『한국문학통사』 1~4, 4판, 지식산업사, 2005.
조윤제, 『조선시가사강』, 동광당서점, 1937.
______, 『한국문학사』, 탐구당, 1963.

주호찬, 『이규보의 불교인식과 시』, 보고사, 2006.
지두환, 『영조대왕과 친인척: 영조세가』 1, 역사문화, 2009.
진동혁, 『이세보시조연구』, 집문당, 1983.
최강현, 『한국기행문학연구』, 일지사, 1982.
최동원, 『고시조론』, 증판, 삼영사, 1991.
최승희, 『조선초기 정치문화의 이해』, 지식산업사, 2005.
최재남, 『체험서정시의 내면화 양상 연구』, 보고사, 2012.
최 준, 『한국신문사』, 신보판, 일조각, 1990.
최 철, 『한국민요학』, 연세대 출판부, 1992.
최 철 · 손종흠, 『고전시가강독』, 한국방송대 출판부, 1998.
한영우, 『조선전기 사학사 연구』, 서울대학교 출판부, 1981.
ダブルュー・ジー・アストン, 增田藤之助 訳, 『豊太閤征韓史: 英和対訳』, 東京: 隆文館, 1907.
Aston, W. G., *A History of Japanese Literature*, New York: D. Appleton and Company, 1899.
Chamberlain, Basil H., *The Classical Poetry of the Japanese*, London: Tr ber & Co., 1880.
Courant, Maurice, *Bibliographie cor enne*, vol.1, Paris: E. Leroux, 1894.
George, A. Ed., *Early Japanology: Aston, Satow, Chamberlain: reprint from Transactions of the Asiatic Society of Japan*, Tokyo: Yushodo Press, 1997.
Griffis, William E., *Corea, the Hermit Nation*, London: W. H. Allen & Co., 1882.
Lee, Peter H., *Celebrations of Continuity: Themes in Classic East Asian Poetry*, Cambridge: Harvard University Press, 1979.
__________, 김성언 역, 『용비어천가의 비평적 해석』, 태학사, 1998.

2) 논문

강경호, 「『명황계감』과 그 原據文獻添補: 開元天寶詠史詩43首와의 관계를 중심으로」, 『국제어문』 2집, 국제어문학회, 1981.
_____, 「『명황계감』의 연구: 그 언해본을 통한 복원 작업을 중심으로」, 『논문집』 15집, 건국대 대학원 논문집, 1982.
강등학, 「민요의 이해」, 강등학 외, 『한국 구비문학의 이해』, 월인, 2000.
강상순, 「고전소설의 근대적 재인식과 정전화 과정: 1920~30년대를 중심으로」, 『민족문화연구』 55호, 고려대 민족문화연구원, 2011.
강석화, 「19세기 경화사족 홍경모의 생애와 사상」, 『한국사연구』 112호, 한국사연구회, 2001.
강혜정, 「20세기 전반기 고시조 영역의 전개 양상」, 고려대 박사학위논문, 2014.
고미숙, 「애국계몽기 시조의 제특질과 그 역사적 의의」, 『어문논집』 33집, 고려대 국어국문학연구회, 1994.
고운기, 「향가의 근대 · 1: 金沢庄三郎와 鮎貝房之進의 향가 해석이 이루어지기까지」, 『한국시가연구』 25집, 한국시가학회, 2008.
고은지, 「애국계몽기 시조의 창작배경과 문학적 지향: 『대한매일신보』를 중심으로」, 고려대 석사학위논문, 1997.
_____, 「「천희당시화」에 나타난 애국계몽기 시가인식의 특질과 그 의미」, 『한국시가연구』 15집, 한국시가학회, 2004.
곽지숙, 「〈한벽당십이곡〉과 조선후기 누정문화」, 『한국어와 문화』 10집, 숙명여대 한국어문화연구소, 2011.
구사회, 「한국악장문학연구」, 동국대 박사학위논문, 1991.
국외소재문화재재단 편, 『러시아와 영국에 있는 한국전적』 1, 국외소재문화재재단, 2015.
권연웅, 「세조대의 불교정책」, 『진단학보』 75호, 진단학회, 1993.
金沢庄三郎, 「吏讀の研究」, 『朝鮮彙報』 4, 朝鮮總督府, 1918.
김갑기, 「韓國題詠詩研究(1)」, 『한국문학연구』 12권, 동국대 한국문학연구소, 1989.
김경희, 「〈봉래의〉의 역사적 변천과 의미」, 『한국음악연구』 29집, 한국국악학회, 2001.
김기협, 「'용비어천가'가 사대문자?」, 김성칠 · 김기협 역, 『(역사로 읽는) 용비어천가』, 들녘, 1997.
김대행, 「용비어천가의 권점에 대하여」, 『국어교육』 49집, 한국국어교육연구회, 1984.
_____, 「민요의 율격체계」, 『이화어문논집』 10집, 이화여대 이화어문학회, 1988.
김문기, 「〈용비어천가〉의 구조」, 『국어교육연구』 9, 경북대 사범대, 1977.
_____, 「경기체가의 종합적 고찰」, 김학성 · 권두환 편, 『고전시가론』, 새문사, 1984.
김문식, 「조선후기의 용비어천가 『흥왕조승』」, 『문헌과 해석』 19호, 문헌과 해석사, 2002.
김선아, 「용비어천가 연구: 서사시적 구조 분석과 신화적 성격」, 숙명여대 박사학위논문, 1985.
_____, 「용비어천가에 나타난 主體性 發顯에 대한 고찰」, 『院友論叢』 4집, 숙명여자대학교 대학원 원우회, 1986.
김성철, 「19세기 후반~20세기 초반 서양인들의 한국 문학 인식 과정에서 드러나는 서구 중심적 시각과 번역 태도」, 『우리문학연구』 39집, 우리문학회, 2013.
김성혜, 「둑제의 음악사적 고찰」, 『음악과 민족』 38호, 민족음악학회, 2009.
김수업, 「아기장수이야기 연구」, 경북대 박사학위논문, 1994.
김신중, 「〈완산가〉의 전승과 변이 고찰」, 『고시가연구』 24집, 한국고시가문학회, 2009.
김영진, 「구촌 이복로의 경기체가: 〈화산별곡〉과 〈구령별곡〉」, 『한국시가연구』 25집, 한국시가학회, 2008.
김원모, 「이종응의 「西槎錄」과 〈셔유견문록〉 해제」, 『동양학』 32집, 단국대 동양학연구소, 2002.
_____, 「한국의 영국 축하사절단 파견과 한·영 외교 관계」, 『동양학』 32집, 단국대 동양학연구소, 2002.

김윤경, 「용비어천가에 나타난 옛말의 변천」, 『동방학지』 4집, 연세대 국학연구원, 1959.
김일근, 「『명황계감』과 그 언해본의 정체」, 도남조윤제박사고희기념간행위원회 편, 『도남조윤제박사고희기념논문집』, 형설출판사, 1976.
______, 「『명황계감』과 그 언해본에 대한 新攷: 이규보의 영사시에 관련해서」, 『학술지』 24집, 건국대, 1980.
김재훈, 「『대한민보』 수록 시조 연구」, 단국대 석사학위논문, 1993.
김종수, 「세종대 雅樂 정비와 陳暘의 『樂書』」, 『온지논총』 15집, 온지학회, 2006.
김주성, 「오목대 설화의 사실성 검토」, 『전북사학』 33호, 전북사학회, 2008.
김중권, 「조선 태조・세종연간 경연에서의 독서토론 고찰」, 『서지학연구』 27집, 서지학회, 2004.
김진세, 「〈화산별곡〉고」, 백영 정병욱선생 10주기추모논문집 간행위원회 편, 『한국고전시가작품론』, 집문당, 1992.
김창규, 「華山別曲評釋考」, 『국어교육논지』 9집, 대구교육대학, 1982.
______, 「유고도덕악장고: 〈연형제곡〉과 〈오륜가〉의 평석」, 수우재 최정석박사 회갑기념논총간행위원회 편, 『한국문학연구』, 동 위원회, 1984.
김태준, 「別曲의 硏究 (一)」, 『동아일보』 1932. 1. 15.
______, 「別曲의 硏究 (二)」, 『동아일보』 1932. 1. 16.
______, 「別曲의 硏究 (三)」, 『동아일보』 1932. 1. 17.
______, 「高麗歌詞의 一種 「滿殿春別詞」에 대하여」, 『조선일보』 1934. 2. 20.
______, 「高麗歌詞 이야기」, 『한글』 68호, 한글학회, 1939.
김학성, 「三句六名의 해석」, 장덕순 외, 『한국문학사의 쟁점』, 집문당, 1986.
______, 「〈용비어천가〉의 짜임새와 시적 묘미」, 『국어국문학』 126호, 국어국문학회, 2000.
김항구, 「대한협회(1907~1910) 연구」, 단국대 박사학위논문, 1993.
______, 「대한협회의 정치활동 연구」, 『東西史學』 5집, 한국동서사학회, 1999.
김흥규, 「전파론적 전제 위에 선 비교문학과 가치평가의 문제점: 한국 비교문학의 자기반성과 재정향을 위하여」, 『비교문학』 2집, 한국비교문학회, 1978.
______, 「장르론의 전망과 경기체가」, 논총 간행위원회 편, 『백영정병욱선생환갑기념논총』, 신구문화사, 1982.
______, 「고려속요의 장르적 다원성」, 『한국시가연구』 1집, 한국시가학회, 1997.
______, 「선초 악장의 천명론적 상상력과 정치의식」, 『한국시가연구』 7집, 한국시가학회, 2000.
______, 「신라통일 담론은 식민사학의 발명인가: 식민주의의 특권화로부터 역사를 구출하기」, 『창작과 비평』 145호, 창작과 비평사, 2009.
남정아, 「『명황계감언해』의 국어학적 연구」, 계명대 석사학위논문, 2001.
노연수, 「조선의 개창과 강원도」, 강원도사 편찬위원회 편, 『강원도사』 5, 춘천: 강원도, 2012.
노재현・신상섭, 「역사경관의 이미지 형성 과정으로 본 한벽당」, 『한국전통조경학회지』 25권 4호, 한국전통조경학회, 2007.
류준필, 「형성기 국문학연구의 전개양상과 특성: 조윤제・김태준・이병기를 중심으로」, 서울대 박사학위논문, 1998.
류해춘, 「고려시대 정치민요의 기능과 그 미학」, 『어문학』 65호, 한국어문학회, 1998.
______, 「조선시대 정치민요의 유형과 그 미학」, 『어문학』 71호, 한국어문학회, 2000.
박경우, 「別曲類 詩歌의 題名慣習과 空間意識 연구」, 연세대 박사학위논문, 2005.
박규홍, 「漁父詞 硏究: 작품에 나타난 인생관을 중심으로」, 『시조학논총』 14집, 한국시조학회, 1999.
______, 「漁父詞의 形成 硏究」, 『시조학논총』 15집, 한국시조학회, 1999.
박노준, 「〈海遊歌〉와 〈셔유견문록〉 견주어 보기」, 『고전시가 엮어 읽기』 하, 태학사, 2003.
박연호, 「퇴계가사의 퇴계소작 여부 재검토」, 『우리어문연구』 36집, 우리어문학회, 2010.
박연희, 「정치민요의 현실반영과 그 해석」, 최철 편, 『한국민요론』, 집문당, 1986.
박용만, 「영조 어제책의 자료적 성격」, 『장서각』 11집, 한국학중앙연구원, 2004.
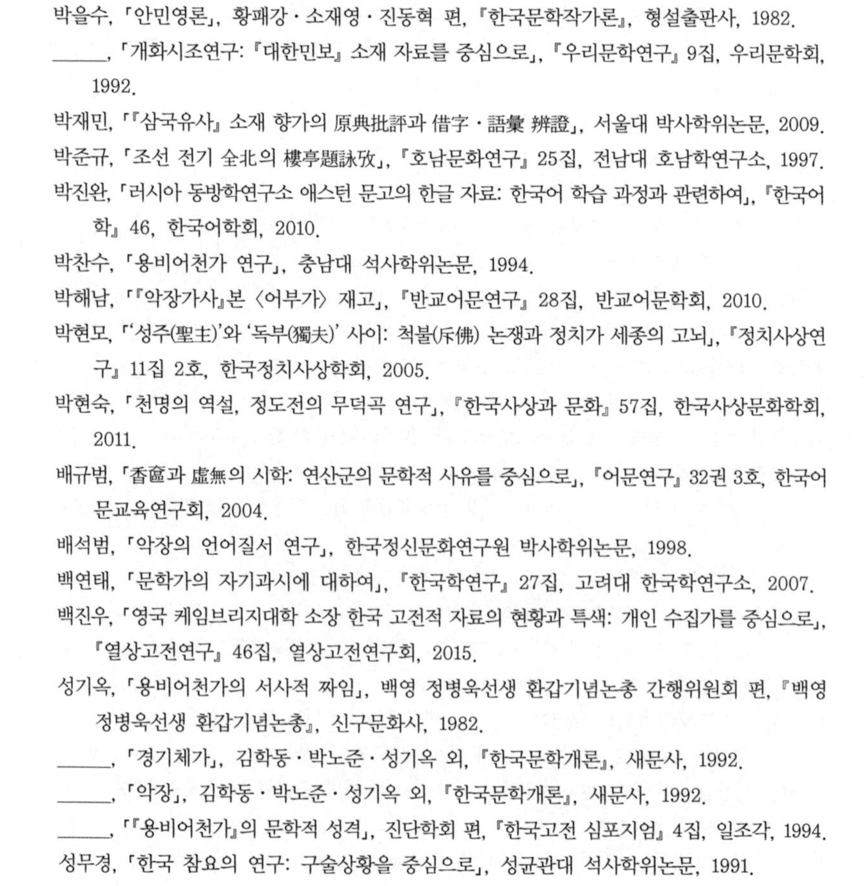
박을수, 「안민영론」, 황패강·소재영·진동혁 편, 『한국문학작가론』, 형설출판사, 1982.
______, 「개화시조연구: 『대한민보』 소재 자료를 중심으로」, 『우리문학연구』 9집, 우리문학회, 1992.
박재민, 「『삼국유사』 소재 향가의 原典批評과 借字·語彙 辨證」, 서울대 박사학위논문, 2009.
박준규, 「조선 전기 全北의 樓亭題詠攷」, 『호남문화연구』 25집, 전남대 호남학연구소, 1997.
박진완, 「러시아 동방학연구소 애스턴 문고의 한글 자료: 한국어 학습 과정과 관련하여」, 『한국어학』 46, 한국어학회, 2010.
박찬수, 「용비어천가 연구」, 충남대 석사학위논문, 1994.
박해남, 「『악장가사』본 〈어부가〉 재고」, 『반교어문연구』 28집, 반교어문학회, 2010.
박현모, 「'성주(聖主)'와 '독부(獨夫)' 사이: 척불(斥佛) 논쟁과 정치가 세종의 고뇌」, 『정치사상연구』 11집 2호, 한국정치사상학회, 2005.
박현숙, 「천명의 역설, 정도전의 무덕곡 연구」, 『한국사상과 문화』 57집, 한국사상문화학회, 2011.
배규범, 「香奩과 虛無의 시학: 연산군의 문학적 사유를 중심으로」, 『어문연구』 32권 3호, 한국어문교육연구회, 2004.
배석범, 「악장의 언어질서 연구」, 한국정신문화연구원 박사학위논문, 1998.
백연태, 「문학가의 자기과시에 대하여」, 『한국학연구』 27집, 고려대 한국학연구소, 2007.
백진우, 「영국 케임브리지대학 소장 한국 고전적 자료의 현황과 특색: 개인 수집가를 중심으로」, 『열상고전연구』 46집, 열상고전연구회, 2015.
성기옥, 「용비어천가의 서사적 짜임」, 백영 정병욱선생 환갑기념논총 간행위원회 편, 『백영 정병욱선생 환갑기념논총』, 신구문화사, 1982.
______, 「경기체가」, 김학동·박노준·성기옥 외, 『한국문학개론』, 새문사, 1992.
______, 「악장」, 김학동·박노준·성기옥 외, 『한국문학개론』, 새문사, 1992.
______, 「『용비어천가』의 문학적 성격」, 진단학회 편, 『한국고전 심포지엄』 4집, 일조각, 1994.
성무경, 「한국 참요의 연구: 구술상황을 중심으로」, 성균관대 석사학위논문, 1991.

성호주, 「경기체가」, 한국문학개론 편찬위원회 편, 『한국문학개론』, 혜진서관, 1991.
손태룡, 「변계량의 樂歌 창제 고찰」, 『한국음악사학보』 40집, 한국음악사학회, 2008.
송기중, 「19세기 서양인의 국어 계통론」, 『알타이학보』 12호, 한국알타이학회, 2002.
송지원, 「홍경모의 『국조악가』 연구」, 『한국학논집』 39집, 한양대 한국학연구소, 2005.
송희복, 「우리 문학사에 있어서 군주시가의 재조명」, 『국제언어문학』 23호, 국제언어문학회, 2011.
신경숙, 「안민영과 기녀」, 『민족문화』 10집, 한성대 민족문화연구소, 1999.
신명숙, 「여말선초 서사시 연구」, 단국대 박사학위논문, 2005.
신석호, 「이조초기 성균관의 정비와 그 실태」, 『대동문화연구』 6·7합집, 성균관대 대동문화연구원, 1969.
신윤경, 「『진본 청구영언』 소재 만횡청류의 존재 양상」, 이화여대 박사학위논문, 2015.
심경호, 「〈용비어천가〉 小論」, 백영 정병욱선생 10주기추모논문집 간행위원회 편, 『한국고전시가작품론』, 집문당, 1992.
_____, 「〈용비어천가〉의 구조」, 『국문학연구와 문헌학』, 태학사, 2002.
심승구, 「조선시대 둑제의 변천과 의례」, 『공연문화연구』 28집, 한국공연문화학회, 2014.
안대회, 「윤춘년 간행 시화문화의 비교문학적 분석」, 『윤춘년과 詩話文話』, 소명, 2001.
안장리, 「강희맹의 생애와 문학」, 『열상고전연구』 18, 열상고전연구회, 2003.
안 확, 「朝鮮歌詩의 條理 (五)」, 『동아일보』, 1930. 9. 6.
_____, 「朝鮮歌詩의 條理 (九)」, 『동아일보』, 1930. 9. 11.
여기현, 「〈原漁父歌〉의 集句性」, 성균관대 인문과학연구소 편, 『고려가요연구의 현황과 전망』, 집문당, 1996.
오상태, 「아야마가 연구」, 『어문연구』 95호, 한국어문교육연구회, 1997.
유재일, 「사숙재의 「農謳十四章」에 대한 작품 연구」, 『한국 한시의 탐구』, 이회, 2003.
유춘동, 「국외소재문화재재단지원, 구한말 영국공사 애스턴(Aston)이 수집했던 조선시대 전적 조사의 성과와 과제」, 『열상고전연구』 46집, 열상고전연구회, 2015.
윤은숙, 「나가추의 활동과 14세기말 동아시아 정세」, 『명청사연구』 28집, 명청사학회, 2007.
이도흠, 「시조와 하이쿠의 미학에 대한 비교 연구: 扈錫均의 시조와 松尾芭蕉의 하이쿠를 중심으로」, 『한국시가연구』 21집, 한국시가학회, 2006.
이민희, 「20세기 초 외국인 기록물을 통해 본 고소설 이해 및 향유의 실제: *The Korean Repository* 수록 "Korean Fiction"을 중심으로」, 『인문논총』 68집, 서울대 인문학연구원, 2012.
이상현·윤설희, 「19세기 말 在外 외국인의 한국시가론과 그 의미」, 『동아시아문화연구』 56집, 한양대 동아시아문화연구소, 2014.
이숭녕, 「연산군의 詩想의 고찰」, 『동방학지』 12집, 연세대 동방학연구소, 1971.
이영경, 「영조대의 교화서 간행과 한글 사용의 양상」, 『한국문화』 61집, 서울대 규장각 한국학연구원, 2013.

이영미, 「그리피스(1843~1928)의 한국 인식과 동아시아」, 인하대 박사학위논문, 2015.
이영태, 「조선시대 참요 연구」, 『어문연구』 102호, 한국어문교육연구회, 1999.
이우갑, 「전주 관련 한시 연구: 왕실 본향 이미지를 중심으로」, 전북대 석사학위논문, 2015.
이은상, 「조선의 참요」, 『동아일보』, 1932. 7. 23~1932. 8. 7.
이임수, 「경기체가」, 김광순 외, 『한국문학개론』, 경인문화사, 1996.
이재범, 「『역대병요』의 문헌적 고찰」, 『韓國軍事史硏究』 1집, 國防軍史硏究所, 1998.
이정민, 「영조 어제서의 편찬과 의의」, 『한국사론』 51집, 서울대 국사학과, 2005.
이종묵, 「고전시가에서 用事와 點化의 미적 특질」, 『한국시가연구』 3집, 한국시가학회, 1998.
______, 「조선시대 어제시의 창작 양상과 그 의미」, 『장서각』 19집, 한국학중앙연구원, 2008.
이종출, 「조선초기 악장체가의 연구」, 『성곡논총』 10집, 성곡학술문화재단, 1979.
이현자, 「어부가계 시가 연구」, 『시조학논총』 15집, 시조학논총, 1999.
이형대, 「안민영의 시조와 애정 정감의 표출 양상」, 『한국문학연구』 3호, 고려대 민족문화연구원 한국문학연구회, 2002.
______, 「계몽가사의 시대·양식·미학에 관한 회고적 성찰」, 인권환 외, 『고전문학연구의 쟁점적 과제와 전망』 하, 월인, 2003.
______, 「1920~30년대 시조의 재인식과 정전화 과정」, 『고시가연구』 21집, 한국고시가문학회, 2008.
이혜경, 「『만세보』와 『대한민보』에 관한 고찰」, 『저널리즘연구』 2호, 이화여대 신문방송학과, 1972.
임철호, 「아기장수설화의 전승과 변이」, 『구비문학연구』 3집, 한국구비문학회, 1996.
장성남, 「『대한매일신보』 소재 패러디 시조연구」, 『한국언어문학』 42집, 한국언어문학회, 1999.
전원범, 「한국고대 참요연구」, 『세종어문연구』 3·4집, 세종어문연구회, 1987.
전인초, 「관우의 인물 造型과 關帝 신앙의 조선 전래」, 『동방학지』 134집, 연세대 국학연구원, 2006.
전일환, 「關山別曲에 관한 연구」, 『모악어문학』 1집, 전주대 국어국문학회, 1986.
鮎貝房之進, 「國文(方言, 俗字) 吏吐, 俗謠, 造字, 俗音, 借訓字: 薯童謠, 風謠, 處容歌 解說」, 『朝鮮史講座』, 朝鮮總督府, 1923.
정출헌, 「근대전환기 '소설'의 발견과 『조선소설사』의 탄생」, 『한국문학연구』 52집, 동국대 한국문학연구소., 2016.
정 훈, 「한벽당 제영시 연구」, 『우리어문연구』 27집, 우리어문학회, 2006.
______, 「만경대에 형성된 호남 忠의 이미지」, 『호남문화연구』 48집, 전남대 호남학연구원, 2010.
______, 「전주 팔경시의 형성과정 및 특성 연구」, 『한국언어문학』 85집, 한국언어문학회, 2013.
정구복, 「『용비어천가』에 나타난 역사의식」, 『한국사학보』 1집, 한국사학사학회, 2000.
정기철, 「『대한민보』 소재 시조의 형식적 특성과 글쓰기 교육으로서의 함의」, 『시조학논총』 18집, 한국시조학회, 2002.

정두희, 「조선건국사 자료로서의 『용비어천가』」, 진단학회 편, 『한국고전 심포지엄』 4, 일조각, 1994.

정병설, 「18 · 19세기 일본인의 조선소설 공부와 조선관 : 〈최충전〉과 〈임경업전〉을 중심으로」, 『한국문화』 35집, 서울대 규장각 한국학연구원, 2005.

______, 「러시아 상트베테르부르크 동방학연구소 소장 한국 고서의 몇몇 특징」, 『규장각』 43, 서울대 규장각 한국학연구원, 2013.

정병욱, 「한국시가문학사(上)」, 고려대 민족문화연구소 편, 『韓國文化史大系 V: 언어 · 문학사』, 고대 민족문화연구소 출판부, 1967.

정재호, 「歷代歌類攷」, 『어문논집』 9호, 안암어문학회, 1966.

정재호 · 강등학, 「민요」, 고려대 민족문화연구원 편, 『한국민속의 세계』 8, 고려대 민족문화연구원, 2001.

정하영, 「『명황계감언해』의 서사문학적 성격」, 『한국고전연구』 6집, 한국고전연구학회, 2000.

조규익, 「조선왕조실록 소재 시가작품 연구 II: 연산조를 중심으로」, 『열상고전연구』 4집, 열상고전연구회, 1991.

______, 「악장」, 조규익 외, 『국문학개론』, 새문사, 2015.

조기영, 「퇴계의 〈道德歌〉 이본 비교 연구」, 『동양고전연구』 3집, 동양고전학회, 1994.

조남욱, 「세종대왕의 효행 연구」, 『윤리교육연구』 30집, 한국윤리교육학회, 2013.

______, 「세종대왕의 효제(孝悌)에 관한 연구」, 『유교사상문화연구』 59집, 한국유교학회, 2015.

조태흠, 「안민영의 기녀 대상 시조의 성격과 그 이해: 讚妓時調를 중심으로」, 『한국민족문화』 46호, 부산대 한국민족문화연구소, 2013.

______, 「안민영 애정시조의 성격과 그 이해의 시각」, 『한국민족문화』 54호, 부산대 한국민족문화연구소, 2015.

조흥욱, 「용비어천가의 창작 경위에 대한 연구: 국문가사와 한문가사 창작의 선후관계를 중심으로」, 『어문학논총』 20집, 국민대 어문학연구소, 2001.

주호찬, 「無字話頭와 관련된 頌古와 悟道頌」, 『한문교육연구』 28호, 한국한문교육학회, 2007.

芝野六助, 「譯者自序」, W. G. Aston, 芝野六助 訳補, 『日本文學史』, 大日本圖書, 1908.

진재교, 「〈역대세년가〉 연구: 〈동국세년가〉를 통해 본 선초 관각문학의 한 국면」, 『동방한문학』 14집, 동방한문학회, 1998.

天台山, 「古歌 青山別曲」, 『한글』 17호, 한글학회, 1934.

천혜숙, 「전설의 신화적 성격에 관한 연구」, 계명대 박사학위논문, 1987.

최　철, 「한국정치민요연구」, 『인문과학』 60집, 연세대 인문과학연구소, 1988.

최선혜, 「조선초기 『명황계감』과 『내훈』: 여성에 대한 서책 간행과 왕권의 안정」, 『남도문화연구』 21집, 순천대 남도문화연구소, 2011.

최재남, 「어부 지향 공간으로서 驪江의 인식」, 『한국문학논총』 44집, 한국문학회, 2006.

코뱌코바 울리아나, 「애스톤문고 소장 『Corean Tales』에 대한 고찰」, 『서지학보』 32호, 한국서지학회, 2008.

하성래, 「沙厓 閔胄顯의 完山歌攷」, 『명지어문학』 16집, 명지대 국어국문학과, 1984.

하윤섭, 「17세기 송강시가의 수용 양상과 그 의미」, 『민족문학사연구』 37호, 민족문학사학회, 2008.

한영우, 「19세기 전반 홍경모의 역사 서술」, 『한국문화』 11집, 서울대 한국문화연구소, 1990.

한창훈, 「초창기 한국시가 연구자의 연구방법론: 조윤제, 김태준의 초기 시가 연구를 대상으로」, 『고전과 해석』 1집, 고전문학한문학연구학회, 2006.

허경진 · 유춘동, 「러시아 상트페테르부르크 국립대학과 동방학연구소에 소장된 조선전적(朝鮮典籍)에 대한 연구」, 『열상고전연구』 36집, 열상고전연구회, 2012.

허경진 · 유춘동, 「애스턴(Aston)의 조선어 학습서 『Corean Tales』의 성격과 특성」, 『인문과학』 98집, 연세대 인문학연구원, 2013.

현길언, 「전설의 변이와 그 의미」, 『한국언어문학』 17 · 18합집, 한국언어문학회, 1979.

홍성덕, 「전주의 기맥을 지키는 덕진공원」, 『전주대신문』 817호, 2013. 12. 3.

황미연, 「조선후기 전라도 교방의 현황과 특징」, 『한국음악사학보』 40집, 한국음악사학회, 2008.

황정희, 「皮日休 문학의 연구」, 고려대 박사학위논문, 1995.

Aston, W. G., "Hideyoshi's Invasion of Korea," *Transactions of the Asiatic Society of Japan*, vol.6, pt.2, Tokyo: The Asiatic Society of Japan, 1878.

__________, "Proposed Arrangement of the Korean Alphabet," *Transactions of the Asiatic Society of Japan*, vol.8, pt.1, Tokyo: The Asiatic Society of Japan, 1880.

__________, "Corean Popular Literature," *Transactions of the Asiatic Society of Japan*, vol.18, Tokyo: The Asiatic Society of Japan, 1890.

__________, "Chhoi-Chhung: A Corean M rchen," *Transactions of the Asiatic Society of Japan*, vol.28, Tokyo: The Asiatic Society of Japan, 1900.

Gale, James S., "A Few Words on Literature," *The Korean Repository*, vol.2, Seoul: Trilingual Press, Nov. 1895.

__________, "The Influence of China upon Korea," *Transactions of the Korea Branch of the Royal Asiatic Society*, vol.1, Seoul: Royal Asiatic Society Korea Branch, 1900.

Hoffman, J., "Japan's Bez ge mit der Koraischen Halbinsel und mit Schina nach Japanischen Quellen," *Nippon: Archiv zur Beschreibung von Japan und Dessen Neben- und Schutzl ndern*, P. F. v. Siebold, vol.7-8, Leiden: Bei dem Verfasser, 1839.

Hulbert, Homer B., "Korean Poetry," *The Korean Repository*, vol.3, Seoul: Trilingual Press, May 1896.

______________, "Korean Survivals," *Transactions of the Korea Branch of the Royal Asiatic Society*, vol.1, Seoul: Royal Asiatic Society Korea Branch, 1900.

______________, "Korean Fiction," *The Korea Review*, vol.2, Seoul: Methodist Publishing House, Jul. 1902.

Kornicki, Peter, "Aston, Cambridge and Korea," University of Cambridge, Web. 25 Oct. 2015. 〈http://www.ames.cam.ac.uk/postgraduate/copies-oldpages/deas-korean/aston-and-korea〉.

Lee, Peter H., "Early Chosŏn eulogies," *A History of Korean Literature*, Ed. Peter H. Lee, Cambridge: Cambridge Univ. Press. 2003, pp.152~153.

Neff, Robert, "William George Aston: 'intellectual explorer' of Korean," *The Korea Times*, 21 Aug. 2011, p.14.

__________, "Further Notes on Movable Types in Korea and Early Japanese Printed Books," *Transactions of the Asiatic Society of Japan*, vol.10, Tokyo: The Asiatic Society of Japan, 1882.

Satow, Ernest, "On the Early History of Printing in Japan," *Transactions of the Asiatic Society of Japan*, vol.10, Tokyo: The Asiatic Society of Japan, 1882.

Yeon, Jaehoon, "Queries on the origin and the inventor of Hunmin chŏngŭm," SOAS-AKS, Web. 25 Oct. 2015. 〈https://www.soas.ac.uk/koreanstudies/soas-aks/soas-aks-papers/file43078.pdf〉.

그림출처

24쪽 〈상대별곡〉 [『악장가사』]
김명준, 「악장가사 원전」, 『악장가사 주해』, 다운샘, 2004, 223~24면.

31쪽 〈한림별곡〉 [『고려사』 권71]
"고려시대 사료: 고려사", 국사편찬위원회 한국사데이터베이스, 2017. 1. 13.
〈http://db.history.go.kr/KOREA/item/level.do?itemId=kr&bookId=志&types=#articleList/kr_071r_0010_0020〉.

35쪽 〈용비어천가〉 제88장 [『용비어천가』 권9]
京城帝國大學 法文學部 편, 『龍飛御天歌』 下, 京城帝國大學 法文學部, 1938, 407~408면.

42쪽 〈월인천강지곡〉 기146 [『월인천강지곡』 상]
박병채, 「원본 영인」, 『논주 월인천강지곡』, 세영사, 1991, 365~366면.

48쪽 연산군묘 [서울시 방학동 소재]
"도봉구 문화관광: 연산군묘", 서울특별시 도봉구청, 2017. 1. 13. 〈http://tour.dobong.go.kr/Contents.asp?code=10001583〉.

50쪽 『악학궤범』 「서」
장사훈, 「부록: 『악학궤범』 영인본」, 『증보 한국음악사』, 세광음악출판사, 1986, 736면.

57쪽 『연산군일기』 권1 「총서」
"조선시대 사료: 조선왕조실록", 국사편찬위원회 한국사데이터베이스, 2017. 1. 13.
〈http://sillok.history.go.kr/popup/viewer.do?id=kja_000〉

71쪽 〈학연하대처용무합설〉 초입배열도[『악학궤범』 권5]
장사훈, 「부록: 『악학궤범』 영인본」, 『증보 한국음악사』, 세광음악출판사, 1986, 679면.

79쪽 〈감군은〉의 정간보 [후렴 부분]
김세중, 『정간보로 읽는 옛 노래』, 예솔, 2005, 143~144면.

91쪽 〈용비어천가〉 제114~115장 [『용비어천가』 권10]
京城帝國大學 法文學部 편, 『龍飛御天歌』 下, 京城帝國大學 法文學部, 1938, 527~528면.

94쪽 〈봉래의〉의 전인자(前引子) 악보 [『세종실록』 권140]
"조선시대 사료: 조선왕조실록", 국사편찬위원회 한국사데이터베이스, 2017. 1. 13.
〈http://sillok.istory.go.kr/popup/viewer.do?id=wda_30012001&type=view&reSearchWords=봉래의&reSearchWords_ime=봉래의〉

96쪽 〈봉래의〉의 〈치화평〉[하] 악보 제14장 부분 [『세종실록』 권142]
"조선시대 사료: 조선왕조실록", 국사편찬위원회 한국사데이터베이스, 2017. 1. 13.
〈http://sillok.history.go.kr/popup/viewer.do?id=wda_30012006&type=view&reSearchWords=&reSearchWords_ime=#〉

103쪽 〈용비어천가〉 제1~2장 [『용비어천가』 권1]
京城帝國大學 法文學部 편, 『龍飛御天歌』 上, 京城帝國大學 法文學部, 1938, 20~21면.

107쪽 〈용비어천가〉 제15~16장 [『용비어천가』 권3]
京城帝國大學 法文學部 편, 『龍飛御天歌』 上, 京城帝國大學 法文學部, 1938, 245~246면.

120쪽 변계량의 필적 [『명가필보(名家筆譜)』 권1]
백두용 편, 『해동역대명가필보』 권1, 1926, 37a면.

126쪽 한양도(漢陽圖) [1760년대]
서울역사박물관 유물관리과, 『서울지도』, 서울역사박물관, 2006, 10면.

133쪽 〈화산곡〉 [『춘정속집』 권1]
민족문화추진회 편, 『한국문집총간』 8, 민족문화추진회, 1988, 168면.

139쪽 〈화산별곡〉 [『악장가사』]
김명준, 「악장가사 원전」, 『악장가사 주해』, 다운샘, 2004, 215~216면.

144쪽 북궐도(北闕圖)
『월간 문화재』 360호, 2014. 9, 한국문화재재단, 29면.

153쪽 양녕대군 이제의 묘 [서울시 사당동 소재]
「양녕대군 이제 묘역과 지덕사 사당」, 중앙일보 J플러스 블로그 뉴스, 2010. 11. 15, 2017. 1. 13. 〈http://article.joins.com/news/blognews/article.asp?listid=11915629〉.

156쪽 『세종실록』 권52, 13년 5월 4일(정묘)
"조선시대 사료: 조선왕조실록", 국사편찬위원회 한국사데이터베이스, 2017. 1. 13. 〈http://sillok.history.go.kr/popup/viewer.do?id=kda_11305004_007&type=view&reSearchWords=&reSearchWords_ime=〉

162쪽 세종조 회례연의 연주 절차 [『악학궤범』 권2]
장사훈, 「부록: 『악학궤범』 영인본」, 『증보 한국음악사』, 세광음악출판사, 1986, 705~706면.

168쪽 〈연형제곡〉 [『악장가사』]
김명준, 「악장가사 원전」, 『악장가사 주해』, 다운샘, 2004, 221~222면.

175쪽 세종 어진
"어진박물관 유물 검색: 세종 어진", 어진박물관, 2017. 1. 13. 〈http://www.eojinmuseum.org/home/bbs/board.php?bo_table=collect_relic&wr_id=2&sfl=&stx=&sst=wr_datetime&sod=desc&sop=and&page=5〉.

186쪽 〈유림가〉 [『악장가사』]
김명준, 「악장가사 원전」, 『악장가사 주해』, 다운샘, 2004, 195~196면.

194쪽 『조선경국전』 상, 「예전」
민족문화추진회 편, 『한국문집총간』 5, 민족문화추진회, 1988, 428면.

197쪽 방현령(房玄齡)
"書聖 王羲之: 『晉書』中「王羲之傳」", 中國文化研究院, 中國文明, 2017. 1. 13. 〈http://www.chiculture.net/30050/d03.html〉.

206쪽 〈평생도팔곡병(平生圖八曲屛)〉 장원급제 부분
신병주, 『조선평전: 60가지 진풍경으로 그리는 조선』, 글항아리, 2011, 170면.

211쪽 정도전
"선현의 표준영정: 정도전", 문화체육관광부·한국문화정보원 한민족정보마당, 2017. 1. 13.
〈http://www.kculture.or.kr/korean/portrait/portraitPartList.jsp〉.

213쪽 나하추에 대한 기록 [『태조고황제실록』 권76]
"조선시대 사료: 명실록", 국사편찬위원회 한국사데이터베이스, 2017. 1. 13.
〈http://sillok.history.go.kr/imageViewer/?levelId=msilok_001_0780_0010_0030_0150_0030〉

220쪽 『태조실록』 「총서」
"조선시대 사료: 조선왕조실록", 국사편찬위원회 한국사데이터베이스, 2017. 1. 13.
〈http://sillok.history.go.kr/id/waa_000041〉

226쪽 〈납씨가〉의 정간보 [『시용향악보』]
"보물 제551호: 『시용향악보』", 문화재청 국가기록유산, 2017. 1. 13.
〈http://www.memorykorea.go.kr/〉

233쪽 둑제악장 [『세종실록』 권147]
"조선시대 사료: 조선왕조실록", 국사편찬위원회 한국사데이터베이스, 2017. 1. 13.
〈http://sillok.history.go.kr/id/wda_30015008〉

235쪽 둑제 배열도 [『악학궤범』 권2]
장사훈, 「부록: 『악학궤범』 영인본」, 『증보 한국음악사』, 세광음악출판사, 1986, 712면.

236쪽 둑제 소용 기물 [『악학궤범』 권8]
장사훈, 「부록: 『악학궤범』 영인본」, 『증보 한국음악사』, 세광음악출판사, 1986, 638면.

240쪽 〈청산별곡〉과 〈납씨곡〉의 가사 배열 비교 (1장)
김세중, 『정간보로 읽는 옛 노래』, 예솔, 2005, 139~141면.

252쪽 「용비어천가발」
京城帝國大學 法文學部 편, 『龍飛御天歌』 下, 京城帝國大學 法文學部, 1938, 541~542면.

278쪽 〈용비어천가〉 제76장 [『용비어천가』 권8]
京城帝國大學 法文學部 편, 『龍飛御天歌』 下, 京城帝國大學 法文學部, 1938, 319~320면.

287쪽 「치평요람서」
세종대왕기념사업회 고전국역 편집위원회, 『(국역) 치평요람』 1, 세종대왕기념사업회, 2001, 二면.

291쪽 「치평요람범례」
세종대왕기념사업회 고전국역 편집위원회, 『(국역) 치평요람』 1, 세종대왕기념사업회, 2001, 三면.

294쪽 『제왕운기』 권하
"보물 제895호: 『제왕운기』", 문화재청 국가기록유산, 2017. 1. 13.
〈http://www.memorykorea.go.kr/〉

308쪽 〈농구십사장〉 [『사숙재집(私淑齋集)』 권11]
민족문화추진회 편, 『한국문집총간』 12, 민족문화추진회, 1988, 153면.

312쪽 광릉(光陵) [남양주시 진전읍 소재]
"문화관광 역사나들이: 광릉(光陵)", 남양주시청, 2017. 1. 13.
〈http://m.nyj.go.kr/mweb/gg/80003VIE.do?bbsId=BBSMSTR_000000000091&isAdmin=false&nttId=380〉

322쪽 『세조실록』 권18, 5년 12월 28일(병자)
"조선시대 사료: 조선왕조실록", 국사편찬위원회 한국사데이터베이스, 2017. 1. 13.
〈http://sillok.history.go.kr/popup/viewer.do?id=kga_10512028_002&type=view&reSearchWords=&reSearchWords_ime=〉

326쪽 〈봉래의〉 치화평무도 · 취풍형무도 초입배열도 [『악학궤범』 권5]
장사훈, 「부록: 『악학궤범』 영인본」, 『증보 한국음악사』, 세광음악출판사, 1986, 682면.

329쪽 김홍도필(金弘道筆) 풍속도화첩(風俗圖畵帖)
"보물 제527호: 김홍도필(金弘道筆) 풍속도화첩(風俗圖畵帖)", 문화재청, 2017. 1. 13.
〈http://www.cha.go.kr/korea/heritage/search/Directory_Image.jsp?VdkVgwKey=12,05270000,11&imgfname=1613422.jpg&dirname=treasure&photoname=%EA%B9%80%ED%99%8D%EB%8F%84%ED%95%84%20%ED%92%8D%EC%86%8D%EB%8F%84%20%ED%99%94%EC%B2%A9(%E9%87%91%E5%BC%98%E9%81%93%E7%AD%86%20%E9%A2%A8%E4%BF%97%E5%9C%96%20%E7%95%B5%E5%B8%96)%EB%85%BC%EA%B0%88%EC%9D%B4&photoid=1613422〉.

335쪽 당 현종
"音乐才子唐玄宗", 纵观历史网, 2017. 1. 13.
〈http://www.zgls5000.net/tangchao/40800.html〉.

339쪽 『세종실록』 권93, 23년 9월 29일(임술)
"조선시대 사료: 조선왕조실록", 국사편찬위원회 한국사데이터베이스, 2017. 1. 13.
〈http://sillok.history.go.kr/popup/viewer.do?id=kda_12309029_005&type=view&reSearchWords=&reSearchWords_ime=〉

340쪽 양귀비
"Collection online: Chinese beauty Yang Guifei playing flute painted by Chobunsai Eishi(鳥文斎栄之)", The British Museum.
〈http://www.britishmuseum.org/research/collection_online/collection_object_details.aspx?objectId=785169&partId=1〉

345쪽 〈개원천보영사시〉 [『동국이상국집』 권4]
민족문화추진회 편, 『한국문집총간』 1, 민족문화추진회, 1988, 327면.

354쪽 『월인석보』 제2
세종대왕기념사업회 편, 「부록 원문: 『월인석보』 제2」, 『역주 월인석보 제1, 2』, 세종대왕기념사업회, 1992, 81면.

359쪽 『명황계감』 [언해본]
김일근 교설, 『명황계감언해』, 경인문화사, 1974, 28~29면.

377쪽 이은상, 「조선의 참요 五」 [『동아일보』, 1932. 7. 28, 5면.]
"일제강점기 사료: 동아일보", 국사편찬위원회 한국사데이터베이스, 2017. 1. 13.
〈http://db.history.go.kr/item/level.do?sort=levelId&dir=ASC&start=1&limit=10&page=1&setId=-1&prevPage=0&prevLimit=&itemId=npda&types=&synonym=off&chinessChar=on&levelId=npda_1932_07_28_v0005_0700&position=-1〉.

381쪽 「용천담적기」 [『희락당고』 권8]
민족문화추진회 편, 『한국문집총간』 21, 민족문화추진회, 1988, 448면.

387쪽 이여송(李如松) (?~1598)
"历代名将: 明朝名将李如松" 学历史网, 2017.1.13.
〈http://www.xuehistory.com/jiangjun/52906.html〉

388쪽 의주성 · 막좌리평(幕佐里坪), 마이산 [해동지도(海東地圖)]
"규장각 소장 원문자료: 해동지도", 서울대 규장각 한국학연구원, 2017. 1. 13.
〈http://kyudb.snu.ac.kr/pf01/rendererImg.do?item_cd=GZD&book_cd=GR33469_00&vol_no=0000&page_no=061&imgFileNm=GM33469IL0002_061.jpg〉

392쪽 『숙종실록』 권4, 1년 6월 23일(경진)
"조선시대 사료: 조선왕조실록", 국사편찬위원회 한국사데이터베이스, 2017. 1. 13.
〈http://sillok.history.go.kr/popup/viewer.do?id=ksa_10106023_002&type=view&reSearchWords=&reSearchWords_ime=#〉

393쪽 연잉군 시절의 영조
"보물 제1491호: 연잉군 초상", 문화재청, 2017. 1. 13.
〈http://www.cha.go.kr/korea/heritage/search/Culresult_Db_View.jsp?mc=NS_04_03_01&VdkVgwKey=12,14910000,11〉.

405쪽 『어제경민음(御製警民音)』
홍문각 편, 『御製訓書諺解, 御製百行源, 御製警民音 (合本)』, 홍문각, 1984, 150~151면.

410쪽 『승정원일기』 영조21년 7월 12일(임오)
"조선시대 사료: 승정원일기", 국사편찬위원회 한국사데이터베이스, 2017. 1. 13.
〈http://sjw.history.go.kr/id/SJW-F21070120-01800〉

417쪽 영조 어진
"어진박물관 유물 검색: 영조 어진", 어진박물관, 2017. 1. 13.
〈http://www.eojinmuseum.org/home/bbs/board.php?bo_table=collect_relic&wr_id=3&sfl=&stx=&sst=wr_datetime&sod=desc&sop=and&page=5〉.

420쪽 〈권션지로가〉[권영철 소장본]
"국가지식DB 한국가사문학: 권션지로가(권영철 소장본)", 담양군 한국가사문학관, 2017. 1. 13.
〈http://www.gasa.go.kr/〉.

426쪽 영조 어제 〈권선지로행〉 [『열성어제』 권19]

서울대 규장각 편, 『열성어제』 3, 서울대 규장각, 2002, 311~312면.

438쪽 『국조악가』 권4
계명문화사 편, 『한문악장자료집』, 계명문화사, 1988, 409~410면.

442쪽 『흥왕조승』 권1
"규장각 소장 원문자료: 『흥앙조승』", 서울대 규장각 한국학연구원, 2017. 1. 13.
〈http://kyujanggak.snu.ac.kr/home/index.do?idx=06&siteCd=KYU&topMenuId=206&targetId=379〉

451쪽 〈문덕곡〉 [『삼봉집』 권2]
민족문화추진회 편, 『한국문집총간』 5, 민족문화추진회, 1988, 320~321면.

456쪽 〈근천정〉을 의작한 〈진진〉 [『국조악가』 권4]
계명문화사 편, 『한문악장자료집』, 계명문화사, 1988. 422~423면.

464쪽 〈발상〉 '순우'의 정간보 [『세종실록』 권139]
"조선시대 사료: 조선왕조실록", 국사편찬위원회 한국사데이터베이스, 2017. 1. 13.
〈http://sillok.history.go.kr/popup/viewer.do?id=wda_30011002&type=view&reSearchWords=순우&reSearchWords_ime=순우〉

473쪽 혜심(1178~1234) [순천시 송광사 소장 진영]
"전남 화순에서 혜심 진각국사 추모제 개최", 『현대불교신문』, 2012. 8. 2, 2017. 1. 13.
〈http://www.hyunbulnews.com/news/articleView.html?idxno=272638〉.

478쪽 『선문염송』 [부산시 범어사 소장]
"부산시 지정 문화재: 범어사 『선문염송집』", 부산광역시청, 2017. 1. 13.
〈http://tour.busan.go.kr/board/view.busan?boardId=TOUR_ASSET&menuCd=DOM_000000105004002000&orderBy=DATA_TITLE%20ASC&startPage=18&dataSid=130718〉.

480쪽 『보한집』 권中
"한국학종합DB: 보한집", (주)미디어한국학, 2017. 1. 13.
〈http://db.mkstudy.com/mksdb/e/korean-anthology/book/reader/57/?sideTab=toc&articleId=669349〉.

484쪽 혜근 [양산시 통도사 소장 진영]
"천축승 지공이 고려 나옹에게", 『법보신문』 2015. 3. 18, 2017. 1. 13.
〈http://www.beopbo.com/news/articleView.html?idxno=86133〉.

489쪽 이색 [한산이씨대종회 소장 초상]
"이색 초상: 목은영당본(牧隱影堂本)", 문화재청, 2017. 1. 13.
〈http://www.cha.go.kr/korea/heritage/search/Culresult_Db_View.jsp?mc=NS_04_03_01&VdkVgwKey=12,12150100,11〉.

496쪽 〈어부가〉 [『악장가사』]
김명준, 「악장가사 원전」, 『악장가사 주해』, 다운샘, 2004, 209~210면.

505쪽 전주성 · 한벽당 · 만경대 · 덕진제(德津堤) [해동지도(海東地圖)]
"규장각 소장 원문자료: 해동지도", 서울대 규장각 한국학연구원, 2017. 1. 13.

〈http://kyudb.snu.ac.kr/pf01/rendererImg.do?item_cd=GZD&book_cd=GR33469_00&vol_no=0000&page_no=055&imgFileNm=GM33469IL0001_055.jpg〉.

511쪽 한벽당과 그 주변
"전주시 문화관광: 지정문화재 한벽당", 전주시청, 2017. 1. 13.
〈http://tour.jeonju.go.kr/index.9is?contentUid=9be517a7503a4b6a015040cac293093f&tag=%EC%A7%80%EC%A0%95%EB%AC%B8%ED%99%94%EC%9E%AC&contentDivision=1&inineContentUid=29996250493845d7a54efa3bd8b47e95〉

519쪽 만경대에서 내려다본 전주
"전주 사진 DB: 만경대에서 바라본 전주 시가지", 전주시청, 2017. 1. 13.
〈http://jeonju.go.kr/planweb/board/view.9is?dataUid=9be517a750b736e20150d185e672360f&boardUid=9be517a75069f1f501506ef638830eef&contentUid=9be517a75069f1f501506ef81d020eff&layoutUid=&searchType=&keyword=&categoryUid1=&categoryUid2=&cateogryUid3=〉

522쪽 연꽃이 핀 덕진지
"홍성덕 교수가 들려주는 '전주, 전주사람들' 이야기: 전주의 기맥을 지키는 덕진공원", 『전주대신문』 2013. 12. 5, 2017. 1. 13.
〈http://news.jj.ac.kr/news/articleView.html?idxno=129〉.

523쪽 이세보
진동혁, 『이세보 시조 연구』, 집문당, 1983, 1면.

531쪽 『금옥총부』
김신중 역주, 「원본 영인」, 『역주 금옥총부』, 박이정, 2003, 233~234면.

543쪽 『대한민보』, 1909. 6. 2, 1면의 만화
이해창, 『한국신문사연구』, 개정증보판, 성문각, 1983, 77면.

545쪽 『대한민보』, 1909. 9. 15, 1면
"원문정보: 신문자료 『대한민보』", 독립기념관 한국독립운동 정보시스템, 2017. 1. 13.
〈http://search.i815.or.kr/subContent.do?initPageSetting=ns&readDetailId=1-002261-004-0037〉.

555쪽 『대한민보』 종간호 [1910. 8. 31, 1면]
"원문정보: 신문자료 『대한민보』", 독립기념관 한국독립운동 정보시스템, 2017. 1. 13.
〈http://search.i815.or.kr/subContent.do?initPageSetting=ns&readDetailId=1-002261-005-0143〉.

558쪽 안중근의 〈장부가(丈夫歌)〉
이기웅 편역, 『안중근 전쟁 끝나지 않았다: 블라디보스토크에서 뤼순 감옥까지의 안중근 투쟁기록』, 열화당, 2000, 69면.

561쪽 〈대션〉 원문 [『대한민보』, 1910. 7. 6, 1면]
"원문정보: 신문자료 『대한민보』", 독립기념관 한국독립운동 정보시스템, 2017. 1. 13.
〈http://search.i815.or.kr/subContent.do?initPageSetting=ns&readDetailId=1-002261-0

05-0102〉.

565쪽 〈엇지타〉 원문 [『대한매일신보』, 1910. 5. 1, 1면]
"뉴스라이브러리: 고신문 『대한매일신보』", 한국언론진흥재단, 2017. 1. 13.
〈http://www.bigkinds.or.kr/OLD_NEWS_IMG3/DMD/DMD19100501u00_01.pdf〉.

570쪽 김태준
심경호, "일본 진보초(神保町) 고서점 이야기 1", 민음사 블로그 민블로, 2017. 1. 13.
〈http://m.blog.naver.com/minumworld/220393999976〉.

571쪽 조윤제
"영남대학교 사이버 기증문고: 도남(陶南) 조윤제(趙潤濟)", 영남대 중앙도서관, 2017. 1. 13.
〈http://slima.yu.ac.kr/lib/donate/PersonalList.csp?HLOC=YNUL&COUNT=469436Zw00&Kor=1&DATA=*&HIS=&FILENUM=&PAGENO=&DPAGENO=&New=&BasicList=LIST&SSORT=S04&SORDER=0&LOC=YNUL>ype=&donorname=&donorcode=2349&donoralphabet=〉.

572쪽 오구라 신페이
"이 주일의 역사: 언어학자 오구라 신페이 사망(1944.2.8.)", 『부산일보』, 2012. 2. 6, 30면.

575쪽 안확
"경남 교육 인물사: 안확", 경상남도교육청 기록관, 2017. 1. 13.
〈http://recordscenter.gne.go.kr/kor/page.do?menuIdx=541〉.

584쪽 김태준, 「별곡의 연구 (一)」[『동아일보』 1932. 1. 15, 5면.]
"일제강점기 사료: 동아일보", 국사편찬위원회 한국사데이터베이스, 2017. 1. 13.
〈http://db.history.go.kr/item/level.do?sort=levelId&dir=ASC&start=1&limit=10&page=1&setId=-1&prevPage=0&prevLimit=&itemId=npda&types=&synonym=off&chinessChar=on&levelId=npda_1932_01_15_v0005_0900&position=-1〉.

589쪽 〈청산별곡〉·〈서경별곡〉 [『악장가사』]
김명준, 「악장가사 원전」, 『악장가사 주해』, 다운샘, 2004, 185~186면.

590쪽 『조선가요집성: 고가편 제1집』[1934] 표지
김태준 편, 『朝鮮歌謠集成: 古歌篇 第一輯』, 조선어문학회, 1934.

605쪽 윌리엄 G. 애스턴
"近代日本學のパイオニア: チェンバレンとアーネスト·サトウ", 横浜開港資料館, 2017. 1. 13. 〈http://www.kaikou.city.yokohama.jp/journal/126/index.html〉

613쪽 대한제국 시기의 주한 영국공사관
Homer B. Hulbert, The Passing of Korea, New York: Doubleday, 1906, p.150.

617쪽 「한국의 대중문학(Corean Popular Literature)」
W. G. Aston, "Corean Popular Literature," *Transactions of the Asiatic Society of Japan*, vol.18, Tokyo: The Asiatic Society of Japan, 1890, pp.104-105.

623쪽 『두시언해』[중간본] 권12
한문교재편찬회 편, 『두시언해』, 경인문화사, 1975, 303면.

627쪽 『일본문학사(A History of Japanese Literature)』

W. G. Aston, *A History of Japanese Literature*, New York: D. Appleton and Company, 1899, p.3.

637쪽 「최고운전」[국립중앙도서관 소장본]

"국립중앙도서관 소장 원문: 「최고운전초」", 국립중앙도서관, 2017. 1. 13. 〈http://www.nl.go.kr/nl/search/SearchDetail.nl?category_code=ct&service=KOLIS&vdkvgwkey=1134606&colltype=DAN_OLD&place_code_info=171&place_name_info=%EB%94%94%EC%A7%80%ED%84%B8%EC%97%B4%EB%9E%8C%EC%8B%A4&manage_code=MA&shape_code=B&refLoc=null&category=&srchFlag=Y&h_kwd=%EC%B5%9C%EA%B3%A0%EC%9A%B4%EC%A0%BC%EC%B4%88&lic_yn=N&mat_code=RB&topF1=title&kwd=%EC%B5%9C%EA%B3%A0%EC%9A%B4%EC%A0%BC%EC%B4%88&dan=&yon=&disabled=&media=&web=&map=&music=&etc=&archive=&cip=&kolisNet=&korcis=〉

644쪽 이종응

김원모, 「이종응의 「西槎錄」과 〈셔유견문록〉 해제」, 『동양학』 32집, 단국대 동양학연구소, 2002, 132면.

645쪽 에드워드 7세 대관식에 파견된 축하 사절단

"英 여왕 증조부 대관식에 대한제국 사절단 보냈다", 『동아일보』 1999. 4. 12, A23면.

646쪽 에드워드 7세

"Edward VII: King of Great Britain and Ireland," Encyclopædia Britannica, 2017. 1. 13. 〈https://global.britannica.com/biography/Edward-VII〉

647쪽 에드워드 7세의 대관식 행렬

"Coronation Procession of King Edward VII: Indian Princes and Troops Approaching Westminster Abbey, 9 August 1902," National Army Museum, London, 2017. 1. 13. 〈http://www.nam.ac.uk/online-collection/detail.php?acc=1986-10-10-1〉

648쪽 이종응이 영국 정부로부터 수여 받은 메달

"대한제국 사절단의 영 여왕 증조부 대관식 참관기: 영국견문록 97년 만에 첫 공개", 『조선일보』 1999. 4. 12, 31면.

650쪽 〈셔유견문록〉

김원모, 「이종응의 「西槎錄」과 〈셔유견문록〉 자료」, 『동양학』 32집, 단국대 동양학연구소, 2002, 202면.

651쪽 「서사록」

김원모, 「이종응의 「西槎錄」과 〈셔유견문록〉 자료」, 『동양학』 32집, 단국대 동양학연구소, 2002, 185면.

초출일람

「세종대의 경기체가 시형詩形에 대한 연구」
『한민족문화연구』 44집, 한민족문화학회, 2013.

「연산군대의 악장 개찬에 대한 연구」
『우리어문연구』 47집, 우리어문학회, 2013.

「〈용비어천가〉의 단락과 구성에 대한 연구」
Journal of Korean Culture, vol.28, 한국어문학국제학술포럼, 2015.

「경기체가 〈화산별곡華山別曲〉의 제작 배경과 구성」
Journal of Korean Culture, vol.32, 한국어문학국제학술포럼, 2016.

「경기체가 〈연형제곡宴兄弟曲〉의 제작 배경과 지향」
『동양고전연구』 65집, 동양고전학회, 2016.

「선초 악장 〈유림가儒林歌〉 연구」
『우리어문연구』 41집, 우리어문학회, 2011.

「선초 악장 〈납씨곡納氏曲〉의 특징과 수용 양상」
『한민족문화연구』 55집, 한민족문화학회, 2016.

「『용비어천가』의 전거典據와 체재體裁에 대한 연구」
『한국학연구』 44집, 고려대 한국학연구소, 2013.

「세조世祖의 농가農歌 향유 양상과 배경」
『우리어문연구』 50집, 우리어문학회, 2014.

「『명황계감明皇誡鑑』의 편찬 및 개찬 과정에 관한 연구」
『어문논집』 72호, 민족어문학회, 2014.

「참요讖謠의 원의原義에 대한 고찰」
Journal of Korean Culture, vol.24, 한국어문학국제학술포럼, 2013.

「영조英祖의 국문시가 향유와 어제 〈권선지로행勸善指路行〉에 대한 연구」
『한국시가연구』 38집, 한국시가학회, 2015.

「관암冠巖 홍경모洪敬謨의 연향악장 개편 양상과 그 의의」
『우리문학연구』 51집, 우리문학회, 2016.

「고전시가 속 '어부漁父' 모티프의 수용사적 고찰」
『고전과 해석』 11집, 고전문학한문학연구학회, 2011.

「조선 후기 시조時調에 반영된 전주全州의 문화적 도상圖上」
『한국언어문학』 94집, 한국언어문학회, 2015.

「근대계몽기 『대한민보大韓民報』 소재 시조의 위상」
『한국문학이론과 비평』 33집, 한국문학이론과 비평학회, 2006.

「김태준의 시가사詩歌史 인식과 고려가사高麗歌詞」
『민족문화연구』 57호, 고려대 민족문화연구원, 2012.

「19세기말 서구인 윌리엄 G. 애스턴의 한국문학 인식」
『동양고전연구』 61집, 동양고전학회, 2015.

「〈셔유견문록西遊見聞錄〉의 서양 인식 방식과 표현 기법」
Proceedings of the 30th Anniversary Conference, Dourdan: Association for Korean Studies in Europe, 2007.